구스만 데 알파라체

Guzmán de Alfarache

by Mateo Alemán

Published by Acanet, Korea, 2012

한국연구재단총서 Academic Library of NRF　학술명저번역　513

구스만 데 알파라체

Guzmán de Alfarache

마테오 알레만 지음 | 강필운 옮김

아카넷

차례

어리석은 독자에게 │ 9
현명한 독자에게 │ 13
이 작품의 이해를 위하여 │ 17

제1권
구스만 데 알파라체는 자신의 부모님 얘기와
가출해서 처음 겪은 일들에 대해 이야기한다

제1장 구스만 데 알파라체는 아버지에 대해 이야기한다 │ 21

제2장 계속해서 구스만 데 알파라체는 부모님이 누구인지, 어떻게 아버지
　　　가 어머니를 만나서 사랑하게 되었는지 그 사연을 이야기한다 │ 40

제3장 어느 금요일 오후 구스만이 집을 나와 객주에서 겪은 이야기 │ 61

제4장 구스만 데 알파라체는 자기가 묵었던 객주 여주인한테 일어난
　　　일에 대해 마부가 들려준 이야기와 그 밖의 이야기를 해준다 │ 72

제5장 칸티야나에서 구스만 데 알파라체와 객주 주인 사이에 벌어진 일
　　　│ 86

제6장 구스만 데 알파라체가 객주 주인과의 사이에서 일어났던 이야기를
　　　끝낸다 │ 95

제7장 구스만 데 알파라체는 도둑놈으로 몰려 감옥에 갇히지만, 사건
　　　진상이 밝혀지고 석방된다. 한 사제가 즐거운 여행길이 될 수 있는
　　　이야기를 하겠다고 약속한다 │ 102

제8장 구스만 데 알파라체는 자기가 들은 두 연인 오스민과 다라하의
　　　 사랑 이야기를 들려준다 ｜ 113

제2권
구스만 데 알파라체는 자기가 어떻게 악동이 되었고,
어떤 일들을 겪었는지 이야기한다

제1장 구스만 데 알파라체는 카사야를 떠나 마드리드로 가는 도중 한
　　　 객주에서 일하게 된다 ｜ 169

제2장 구스만 데 알파라체는 객주 주인을 떠나 마드리드로 가서 악동이
　　　 된다 ｜ 179

제3장 구스만 데 알파라체는 덧없는 명예에 대한 공격을 계속하고, 어떻
　　　 게 해야 품위 있는 사람이 될 수 있는가에 대한 생각을 밝힌다 ｜ 185

제4장 구스만 데 알파라체는 계속해서 명예의 무상함에 대해 언급한다
　　　 ｜ 194

제5장 구스만 데 알파라체가 요리사의 하인이 된 사연을 이야기한다 ｜ 204

제6장 구스만 데 알파라체는 계속해서 주인 요리사와의 사이에서 벌어진
　　　 일과 그와 헤어지게 된 사연을 이야기한다 ｜ 220

제7장 구스만 데 알파라체는 주인과 헤어져 다시 악동이 되고, 향료 상인
　　　 한테서 돈을 훔치게 된 사정을 이야기한다 ｜ 231

제8장 멋지게 차려입은 구스만 데 알파라체는 톨레도에서 몇몇 여인들과
　　　나눈 사랑 이야기와, 그녀들에게 배신당한 일 그리고 말라곤에서
　　　또다시 농락당한 일에 대해 이야기한다 ｜ 244

제9장 알마그로에 도착한 구스만 데 알파라체는 어느 부대 소속의 군인
　　　이 되고, '말라곤에는 집집마다 도둑이 있고 시장의 집에는 아들과
　　　아버지가 있다'라는 부정적인 말의 기원에 대해 이야기한다 ｜ 258

제10장 구스만 데 알파라체가 이탈리아에 도착하기까지 대위를 섬기면서
　　　겪은 일들 ｜ 267

제3권
구스만 데 알파라체는 이탈리아에서 겪은 구걸 행각과
그 밖의 일들에 대해 이야기한다

제1장 구스만 데 알파라체는 제노바에서 친척들을 찾지 못하고 사람들
　　　에게 놀림만 받다가 결국 로마로 도망친다 ｜ 279

제2장 제노바를 빠져나온 구스만 데 알파라체는 구걸을 시작했고, 가난
　　　한 자들과 어울리면서 그들의 법규와 법령을 배운다 ｜ 288

제3장 구스만 데 알파라체가 가난한 법학자에게 혼난 이야기와 그 밖에
　　　구걸을 하면서 겪은 일들 ｜ 298

제4장 구스만 데 알파라체가 어느 기사하고 생겼던 일과 가난한 자들의
　　　자유에 대해 이야기한다 ｜ 307

제5장 구스만 데 알파라체는 자기와 동시대 사람인 피렌체에서 죽은
　　　어떤 거지한테 일어났던 이야기를 한다 ㅣ 316

세6장 로마로 돌아온 구스만 데 알파라체를 가엾게 여긴 추기경이 자기
　　　집으로 데려가 침대에 눕히고 치료를 해준다 ㅣ 326

제7장 구스만 데 알파라체가 추기경을 모시는 시동이 되면서 벌어진 일들
　　　ㅣ 337

제8장 구스만 데 알파라체는 자기가 모시는 시종을 조롱한 비서에게
　　　복수를 한 것과 건과일 한 통을 훔치기 위해 꾸민 책략에 대해
　　　이야기한다 ㅣ 352

제9장 구스만 데 알파라체가 몬시뇨르에게서 또다시 건과일을 훔치는
　　　이야기와 노름 때문에 스스로 그 집을 나가게 된 이야기 ㅣ 362

제10장 구스만 데 알파라체는 추기경과 헤어져 프랑스 대사를 섬기게
　　　되면서 몇 가지 장난을 친다. 나폴리의 한 시종에게서 들은 이야
　　　기를 하면서 이 책의 제1부를 끝낸다 ㅣ 373

번역을 마치며 ㅣ 399

일러두기

1. 『구스만 데 알파라체』 제1부는 1599년 마드리드에서, 제2부는 1604년 리스본에서 출판되었다. 이 책은 그중에서 제1부만 번역한 것이다.

2. 이 역서는 1599년 마드리드에서 출간된 마테오 알레만의 『구스만 데 알파라체(*Guzmán de Alfarache*)』 원전을 저본으로 삼고, 프란시스코 리코(Francisco Rico)가 플라네타(Planeta) 출판사에서 1983년에 출간한 판본과 베니토 브랑카포르테(Benito Brancaforte)가 카테드라 (Cátedra)출판사에서 1984년에 출간한 판본을 참조해서 이루어졌다.

3. 본문에 나오는 각주는 모두 역주다.

4. 제1권의 제목은 원문에는 달려 있지 않으나 한국어판에서는 그 내용을 요약해 붙인 것이다.

5. 표지에 쓰인 그림은, 1681년 앤트워프(안트베르펜)에서 발행된 『구스만 데 알파라체』 제2부에 실린 삽화이다.

아, 원수같이 어리석은 독자여! 당신이 나쁜 친구를 많이 사귀고, 아는 것
도 거의 없고, 다른 사람 잘 헐뜯고, 시기심 많고, 욕심 많다는 것을 당신
은 처음 듣는 이야기인지 몰라도 나는 잘 알고 있습니다. 당신은 명예는
순식간에 잃고, 명예로워지는 데 오랜 시간이 걸리고, 덕은 쌓지 않고 다
른 사람들에게 해만 끼치고, 쉽게 부화뇌동하고, 나쁜 버릇은 잘 못 고칩
니다. 당신의 날카로운 이빨은 다이아몬드로 된 어떤 요새라도 다 뚫을 것
입니다. 어떤 것이 당신의 혓바닥보다 더 강한 힘을 가지고 있을까요? 당
신은 동정심을 베푼 적이 있습니까? 당신은 얼마나 많은 단점을 망토 속
에 감추고 있습니까? 바실리스크 뱀처럼 독을 품고 있지 않으면서도 사람
을 노려만 봐도 죽이는 당신의 눈은 무엇을 바라보고 있습니까? 당신의
귀에 들어가는 어떠한 진실의 꽃도 당신의 심장에 있는 많은 벌들 속에서
독으로 바뀝니다. 당신이 벌하지 않는 순박함은 어떤 겁니까? 당신이 혼

란시키지 않는 정의로움은 어떤 겁니까? 당신이 더럽히지 않는 진실은 어떤 겁니까? 당신의 음탕함으로 더럽혀지지 않은 푸른 초원은 어디에 있습니까? 만일 지옥의 고통을 겪고 있는 사람을 그려야 한다면, 그것을 가장 진실하게 표현한 것은 바로 당신의 초상화일 겁니다. 혹시 당신은 열정이 내 눈을 멀게 하고, 분노가 나를 조종하고, 어리석음이 나를 망친다고 생각합니까? 그건 아닙니다. 만일 당신이 현실을 똑바로 볼 수만 있다면, 뒤를 돌아만 봐도 아담 이후로 당신 삶이 신에게 영원히 버림받은 것을 알 수 있을 겁니다.

그렇다면 그렇게 오래된 불행에서 어떤 개과천선을 기대할 수 있을까요? 당신의 날카로운 손톱에서 벗어날 수 있는 행운아는 누구일까요? 나는 어수선한 궁정에서 도망쳤고, 당신은 마을에서 내 뒤를 밟았습니다. 고독 속으로 숨은 나에게 당신은 해를 끼쳐서, 당신의 권한에 굴복하지 않고서는 나는 안전할 수가 없었습니다.

내가 보호한다고 해서 당신이 고쳐지는 것도 아니고, 당신은 그런 비호를 받을 자격도 없고, 그리고 그런 믿음 때문에 내가 당신의 감옥에 갇히는 것은 분명 아닙니다. 당신은 모든 존경과 경의를 무시하고, 훌륭한 분들을 비난하고, 몇몇을 실없는 사람으로, 또 어떤 사람들을 호색한으로 만들고, 또 다른 사람들을 거짓말쟁이로 헐뜯습니다. 당신은 시골 쥐라서 멜론의 딱딱하고 쓰고 맛없는 껍질을 먹고 단 부분은 싫어하고, 귀찮고 힘들고 성가시게 하는 파리를 흉내 내며, 향기 좋은 정원과 숲에서 도망쳐 더러운 곳을 찾습니다.

당신은 훌륭하고 숭고한 미덕에 주의하지 않고, 개가 말하고 여우가 대답하는 것으로도 만족합니다. 아, 불행한 여우와 비교된 당신은 그처럼 쓸모없고, 어려움에 빠지고, 쫓기게 될 것입니다. 당신은 명예의 특권이나 노골적인 아부로 나를 존경하려 하지만 나는 그런 것들을 향유하고 싶지 않습니다. 나쁜 사람에게 찬양을 받는 것은 창피한 일입니다. 어쩔 수 없이 하는 당신의 사악한 존경은 나쁠 수밖에 없으니, 나는 착한 사람이 꾸짖어 주기를 더 바랍니다.

자유분방한 당신은 기분 내키는 대로 달리고, 부수고, 깨고, 찢습니다. 당신의 발에 짓밟힌 꽃들로 덕 많은 사람의 이마에 화관을 씌우고, 그의 코에 향기를 보냅니다. 당신의 송곳니에 찔려 죽고 당신의 손에 상처 입은 꽃들은 신중한 자의 상처를 치료할 것이고, 나는 그 보호 속에서 다행스럽게도 당신의 심한 풍랑을 피할 수 있을 것입니다.

악몽이나 슬픈 꿈을 꾸는 사람들은 아주 거칠게 상상력과 싸우곤 해서, 마치 힘센 황소와 힘겨루기를 한 것처럼, 깨어나도 녹초가 되어 꼼짝 못합니다. 나는 앞 서문에서 나와서 미개하고 어리석은 자들이 얼마나 될까 헤아려보면서, 자발적으로 귀양을 떠났지만 돌아오는 것은 마음대로 할 수 없는 사람처럼 그들을 비난하는 것이 내 책무였습니다. 나는 이 책에서 한 약속을 지키기 위해 속임수를 써서 했던 내기를 어쩔 수 없이 계속해야만 했습니다.

재주도 없고, 밖에서 배운 것도 별로 없는 내가 정상적인 길을 밟는 것을 두려워하고, 이렇게 책을 출판하는 자유와 허락이 나에게는 과분하다고 생각하는 것은 매우 당연한 일입니다. 그러나 본받을 만한 것을 선혀 찾아볼 수 없는 그런 나쁜 책은 없다고 본다면, 내가 번득이는 재치는 부족하지만, 가지고 있는 열의로 보충해서 뭔가 좋은 결과를 도출해낸다면,

그것으로 나의 힘든 수고에 대한 충분한 보상이 될 것이고, 나의 무례한 행동에 대한 용서가 될 것입니다.

나는 공들여 서론을 길게 쓰거나 지루하게 말을 늘이고 싶지 않습니다. 지나치게 당신을 찬양하거나, 정도 이상으로 문장의 힘을 왜곡하거나, 당신이 나한테 인정을 베푸는 데서 행복을 느끼게 하고 싶지 않습니다. 나는 당신의 충고를 받아들이고, 당신에게 보호를 부탁하고, 당신의 변론에 의지합니다.

나는 진정으로 당신을 염두에 두고 도움이 되기를 바라는 마음에 이 작품을 썼으니, 당신은 내가 이익을 얻기 위해서나 재능을 과시하기 위해 썼다고 생각하지 마십시오. 나는 그러한 마음이나 능력도 없습니다. 내가 등을 돌리고 시선은 반대로 하고서 입항하고 싶은 곳으로 배를 이끈다고 말하려는 사람은, 내 분명히 말하건대, 속은 것입니다. 나는 공동의 행복을 위해서 뱃머리를 돌렸고, 그러한 행복은 충분히 따를 만한 가치가 있습니다. 당신은 스케치하고 초안을 그린 것을 많이 보게 될 것입니다. 여러 방해물 때문에 색을 칠하지 못하고 초안만 잡아놓은 것을 많이 보게 될 것입니다. 나는 생각지도 않던 공격을 감행할지도 모른다는 두려움에 움츠리며, 어떤 것들은 다시 손을 대고 수정했습니다. 내가 겁도 없이 무턱대고 시도한 것도 있는데, 그것들은 나름대로 솔직하게 다루어졌다는 점에서 의미가 있습니다.

내가 하고 싶은 말을 많이 하고, 많이 쓰지 않았던 것을 쓴다고 비웃지 말고 내 이야기를 충고로 받아들이십시오. 내가 당신한테 주는 것들과 그런 내 마음을 받아주십시오. 그것들을 망각의 쓰레기통에다 오물처럼 버리지 마십시오. 그것이 금 세공장에서 쓸어낸 값비싼 금가루가 될 수 있다는 점을 명심하십시오. 그 가루들을 긁어모아서 사색의 도가니 속에 넣고 영혼의 불을 지피면 당신은 분명히 풍요롭게 해줄 금을 갖게 될 것입니다.

내 이야기가 다 가볍지는 않고, 지성인이나 성인의 글에서 가져온 것도 많습니다. 그것들을 당신에게 자랑하고 파는 것입니다. 신의 손에서 나오지 않은 것치고 훌륭한 것은 없고, 신께 영광이 돌아가지 않게 하는 것만큼 나쁜 것도 없습니다. 이 이야기는 모든 것을 다 담고 있으니, 훌륭하지 않거나 나쁜 것은 버리고 당신한테 유용한 것만 껴안고 받아들이십시오. 그러나 나는 해를 끼치지 않는 것들은 항상 도움이 된다고 확신합니다.

이야기 속에서 글을 따라가다 보면 당신이 도덕적인 사람이 될 수 있을 기회가 많이 생길 것입니다. 당신은 심각하지도 복잡하지도 않은 내용을 보게 될 것인데, 그것이 이 책의 주제인 악동의 존재입니다. 비록 그런 이야기들은 아주 조금만 그릴 거지만, 그것들로 이 책의 재미를 더해줄 것입니다. 그것은 음식이 푸짐하게 차려져 있는 식탁에는 분위기를 북돋우면서 소화를 도와주는, 모두가 좋아하는 달콤한 포도주와 음악이 있어야 하는 것과 같은 이치입니다.

처음에 내가 시적인 이야기를 쓸 때는 단 한 권으로 출판할 마음이었는데, 몇 권으로 나누어져 있다 보니 여러 의구심이 일어날 수 있을 것 같아서, 몇 마디 말을 덧붙여 이런 불편함을 떨쳐내는 것이 옳은 일이라 여겨졌습니다. 이를 위해, 앞으로 이 책 제1부에서 말하겠지만, 우리의 악동 구스만 데 알파라체는 라틴어와 수사학과 그리스어에 능통한 학생이고, 이탈리아에서 스페인으로 돌아온 후에 학업에 더욱 정진하고 경건한 신앙심을 갖게 되었지만, 다시 악으로 회귀하면서 그러한 생활을 버렸고 몇 년간 악의 세계에 다시 빠졌습니다. 그는 아주 악명 높은 도둑이라는 죄명으로 갤리선[1]에서 강제로 노를 저으며, 바로 그곳에서 자신의 삶을 글로 적

:.

1) 중세 지중해에서 노예나 죄수들에게 노를 젓게 하고 돛으로 항해하던 배. 전쟁 때에는 전투함으로 썼다.

었는데, 이 이야기는 제2부에서 보게 될 것입니다. 제1부에서 어떤 교훈적인 글을 쓴다는 것이 부적절하거나, 내 의도를 벗어난 일은 아닙니다. 많은 글을 알고 박식하면서도 세상을 잘못 만나 노예선에 갇혔지만 한가한 틈을 이용해서 이런 글을 쓰는 것도 매우 의미 있는 일이라는 생각이 들었습니다. 처형당하는 순간 구원에만 신경 써야 하는데도 교수대 계단을 올라가면서 짧막한 설교를 위해 고민하며 그 순간을 벗어나려고 하는 어리석은 자들을 아직까지 많이 봅니다.

이 책은 제3권으로 나뉘어 있습니다. 제1권에서는 구스만 데 알파라체가 어머니의 집을 가출하여 또래 아이들과 어울리면서 그들이 어리석은 생각으로 벌이는 일들과, 나쁜 일에 집착함으로써 밝은 눈을 가지고 있으면서도 보려고 하지 않는 일들을 이야기합니다. 제2권에서는 그가 겪는 악동의 삶과, 불량한 친구들을 사귀고 나태한 생활을 하면서 얻게 되는 나쁜 버릇을 다룹니다. 제3권에서는 그에게 닥치는 불행과 가난, 그리고 위축되고 싶지 않고 또 존경할 수 있었고 존경하려 했던 사람에게 지배받고 싶지 않아서 벌이는 일탈 행동들에 대해 다룹니다. 앞으로 쓰게 되는 글은 최고의 이야기가 될 것입니다. 신의 가호가 있기를.

제1권

구스만 데 알파라체는 자신의 부모님 얘기와 가출해서 처음 겪은 일들에 대해 이야기한다

제1장

구스만 데 알파라체는
아버지에 대해 이야기한다

어떻게 하면 호기심 많은 당신한테 내가 살아온 이야기를 잘 해줄 수 있을까 생각하다 보니 마음이 조급해졌습니다. 당신이 아무런 편견도 갖지 않고 내 이야기를 집중해서 잘 듣고 이해하는 것이 가장 중요하며, 또 그래야 적잖은 재미를 느낄 수 있을 것입니다. 내가 정의를 먼저 내린 다음에 상황을 제시해야 하는 규칙을 따르지 않고, 이야기를 하기 전에 부모가 누군지 밝히지도 않고 또 내 출생에 대해서도 분명치가 않다면서, 변론가들이 내가 엉터리 라틴어를 쓴다고 비난하고 내가 위증을 했다고 반론하는 여지를 남기지 말았어야 했는데 깜빡 잊었습니다. 그런 식으로 이야기를 풀어나간다면 분명 지금보다 더 재미있고 독자들도 더 좋아할지 모릅니다. 나는 독자들의 재미를 위해서 나한테 합법적이지 않은 것은 놔두고 가장 중요한 것들만 대부분 취할 셈입니다.

비록 그 누구도 시신을 파헤쳐서 목숨을 부지하는 하이에나의 속성을 갖는 것이 바람직하지는 않지만, 오늘날 이 세상에 검열관들이 있는 것을 보면, 그런 연대기 작가들이 적지 않다고 분명히 말할 수 있습니다. 당신이 이런 조그만 그림자에서도 내가 그들을 험담한다는 것을 추정해내고서는, 나보고 자기 잘못도 못 고치면서 다른 사람들 것은 들춰내는 그런 바보, 머저리 같은 놈이라고 수많은 악담을 마구 퍼부어대도 그건 그리 놀라운 일이 아닙니다. 나는 당신 말이 훌륭하다고 생각합니다. 당신이 나를 나쁜 놈 취급할지 모르겠지만, 나는 내가 네 번째 계율 같은 명예와 존경에 대한 성스러운 계율을 어기는 그런 나쁜 놈이라고 생각하고 싶지는 않고 ─세상 사람들한테 나쁜 놈 소리 듣는 것은 끔찍한 일입니다─ 나의 장점으로 약점을 감추고 싶어 한다는 것을 당신에게 알려주고 싶습니다. 평상시 하던 대로 다른 사람들을 욕보이면서 이름을 얻으려고 하는 것은 비열하고 나쁜 생각에서 나오고, 매우 장엄한 종교 행사에서 벌이는 바보짓 같은 것이며 그것보다 더 어리석은 일은 있을 수 없습니다. 나는 손에 들고 있는 카드 패를 보여주었지만, 이웃이나 친척의 잘못이 내 실수를 가리지는 못했습니다. 남을 험담하는 사람은 항상 비난받는데, 나는 그렇지 않았습니다. 이야기를 꾸미면서 내게는 모든 사람들이 "이 이야기는 진짜 그럴듯한데"라고 말하면서 나를 이 축복의 길로 이끌어주는 것이 필요했습니다.

그의 삶은 꽤 많이 알려졌을 뿐만 아니라 삶 전체가 모든 사람들에게 속속들이 밝혀져 있어서, 그걸 부정하려 드는 것은 정신 나간 짓이었을 것이고, 사람들에게 또 다른 입방아의 빌미를 제공할 뿐이었을 것입니다.

전에는 내가 순수하고 진솔한 텍스트를 만드는 것이 ─그렇게 말할 수 있다면─ 사람들에게 최대한의 예의를 나타내는 것이라 생각했습니다. 그걸로 사람들이 그 이야기에 대해 이러쿵저러쿵 떠들던 말들이 다 거짓임을 폭로하고 싶었습니다. 사람들은 그 텍스트에 대해 이야기할 때마다 전혀 상관없는 말들을 더 붙여 확대했고, 마음 내키는 대로 덧붙여진 이야기들은 계속해서 퍼져나갔습니다. 만일 어떤 사람에게 자기 이야기를 해보라고 한다면 그는 온갖 미사여구로 치장하고 기지를 발휘해서 이집트의 피라미드를 부수고, 벼룩을 거인으로 만들고, 추측한 것을 확실한 거라고 하고, 들은 것을 봤다고 하고, 자기 생각을 학문이라고 할 것입니다. 이야기 대부분이 다 이런 식입니다.

마드리드에서 내가 알고 있는 어느 외국 기사의 경우도 마찬가지였습니다. 스페인 말에 관심이 무척 많았던 그 기사는 궁정에서 말 두 마리를 키우고 있었습니다. 그는 자기 조국이 멀리 떨어져 있어서 살아 있는 말을 가져갈 수 없었기 때문에, 그 말들을 정밀하게 그려서 자기 나라 친구들에게 자랑하고 싶었습니다. 그는 유명한 두 화가에게 각각 자기 말을 그려달라고 부탁하면서, 대가로 돈뿐만 아니라 생생하게 잘 그린 사람에게는 보너스까지 주겠다고 약속했습니다. 한 화가가 암갈색 말을 완벽하게 그렸는데, 그 그림에는 재현해내기 불가능한 것 하나만 빠져 있었습니다. 그건 바로 말의 영혼이었습니다. 실제와 조금도 차이 나지 않을 만큼 완벽하게 그려서, 조금만 방심하여 정신을 차리지 않고 본다면 실제와 그림을 전혀 구분해낼 수가 없을 정도였습니다. 그는 이 정도로만 그림을 완성했고, 배경은 그곳에 어울리는 명암을 살려 처리했습니다.

또 다른 화가는 하얀색에 잿빛 점박이 말을 그렸습니다. 그의 그림도 매우 훌륭했지만, 앞서 언급한 작품에는 미치지 못했습니다. 그러나 그는 매우 교활했습니다. 그는 말을 그리고 나머지 흰 배경의 윗부분에는 원근법을 이용해서 저녁노을에 물든 구름, 폐허가 된 건물들과 벽간을, 땅바닥 근처 아래에는 나무, 만개한 꽃, 초원, 큰 바위들을 그려 넣었습니다. 그림 한

쪽에는 마구들이 걸려 있고, 그 밑에는 연킹들이 있었습니다. 많은 정성을 기울여 잘 그린 그림이라 무척 비싼 가격을 받을 수 있을 것 같았습니다.

첫 번째 그림이 마음에 든 기사는 ―이건은 너무나 당연한 선택이었습니다― 가격에 개의치 않고 그 그림을 사고, 그 뛰어난 화가에게는 반지를 부상으로 주었습니다. 기사가 그림값을 후하게 쳐주는 것을 본 다른 화가는 우쭐대며 자기 그림에 대해 지나치게 비싼 값을 요구했습니다. 말도 안 되는 엄청난 액수에 놀란 기사가 말했습니다.

"이보시오. 저 화가 그림 가격이 얼마인지 안 봤소? 당신 그림은 그보다 더 나은 것도 없는데."

이에 화가가 대답했습니다.

"말에 대해서만 보자면 기사님 말씀이 옳습니다. 그러나 제 그림에 있는 나무하고 폐가들은 저 그림의 말만큼이나 가치가 있는 것들입니다."

기사가 말했습니다.

"나는 나무와 건물들이 가득 찬 그런 그림을 내 나라로 가져가고 싶은 마음이 추호도 없고 또 그럴 필요도 없소. 거기 가면 보다 아름답고 훌륭한 나무와 건물들이 더 많이 있으니까. 나는 오로지 말에만 관심이 있을 뿐이고, 게다가 그림이 아니고서는 도저히 향유할 수 없는 그런 것을 가져가고 싶소."

화가가 다시 말했습니다.

"저런 큰 화폭에 말 한 마리만 달랑 있는 것은 매우 초라해 보일지 모릅니다. 다양한 사물을 담아 그림을 완성하는 편이 시각적인 면이나 장식적인 면에서 매우 중요하고 또 당연히 그래야만 합니다. 그래야 그림이 높게 평가되고 빛이 나는 법입니다. 그러니 말뿐만 아니라 마구와 의자도 함께 가져가시는 게 더 옳은 일입니다. 특히 제 그림은 완벽한 작품 구도를 갖추었으니, 만일 저에게 금붙이를 주신다 하더라도, 제가 그린 마구들에 대한 대가로 생각지는 않겠습니다."

자기가 소중히 여긴 것을 이미 손에 넣은 기사는 다른 것에는 관심이 없었습니다. 그 그림도 매우 훌륭했지만, 거기에까지 대가를 치를 만큼의 여유는 없어서, 재치 있게 말을 했습니다.

"나는 당신한테 말 한 마리만 요구했소. 당신이 그 그림을 나한테 팔 용의가 있다면 나는 기꺼이 그림값을 치르겠소. 그러나 난 마구는 필요 없으니 당신이 갖든지 다른 사람들한테 주든지 하시오."

좀 더 완벽한 구도로 작품을 완성하면 더 많은 돈을 받을 거라 생각했던 그 화가는 자신의 의사 선택이 무의미해지고 더 이상의 추가 보상을 받지 못하게 되자 난감해했습니다.

당신이 사람들한테 본 것이나 들은 것을 이야기하라고 하거나, 사물의 진실이나 본질을 이야기하라고 하면, 그들은 못생긴 여자 얼굴처럼 보통 그걸 숨기거나 꾸며서 얘기하는 것이 일반적입니다. 그것을 과장하고, 사람들의 관심을 끌고 흥미를 불어넣기 위해서 각자 자신의 감정에 따라 멋들어진 표현과 느낌을 보태어 이야기합니다. 이빨로 그걸 잡아당기기도 하고, 그걸 꾸미려 연마하고 윤을 내기도 하고, 자기 마음 내키는 대로 추켜세우거나 졸업시키는 팔라틴 백작[1]처럼, 현자를 바보로, 미인을 추녀로, 용감한 자를 겁쟁이로 점차 바꾸면서 사물을 평가합니다. 만일 말에 안장을 얹지 않으면, 그들은 말 그림을 완성할 생각은 하지 않고 자기 마음대

··

1) 중세와 근세 초기 유럽의 여러 나라에 있던 관직. 유럽 궁정에서 특히 법정의 일을 담당했고, 사면이나 은총을 내릴 수 있는 특권을 교황으로부터 받았다. 대학교 졸업장과 박사학위증을 주는 권한도 있었다.

로 사물을 감정하고, 그것이 적절하다는 평가를 받지 못하면 아무 말도 않습니다.

그런 일이 나의 아버지한테 일어났는데, 어느 누구도 진실에 관해서는 관심이 없었습니다. 3으로 13을, 13으로 300을 만들고, 모두들 뭔가를 더 보태고, 이것저것 몇 가지를 덧붙여서 실체도 근거도 없는 이야기 꾸러미를 만들어냈습니다. 하나하나야 별것 아니지만 그것이 합쳐지면 상처가 되었습니다. 거짓말을 꾸며내는 혓바닥들은 날카로운 화살촉과 벌겋게 달아오른 숯불처럼 명예에 상처를 입히고 명성을 불살라버리고 싶어 했고, 그래서 그들과 나는 치욕스러운 나날을 보내야 했습니다.

아담의 후손 중에서 누구를 부모로 둘 건지 마음대로 고를 수 있다면 싸움을 해서라도 내가 최고를 선택할 것이라고 당신은 생각할 겁니다. 그러나 그건 별 의미가 없고, 신께서 다 알아서 정해준 것이기 때문에, 각자 자신한테 어울리는 부모를 갖고 있습니다. 내가 가지고 있던 과오가 온 사방의 고귀한 피에 떨어졌으니, 신은 찬양받을 겁니다. 피는 상속되고, 사악함은 들러붙습니다. 자기가 해야 할 일을 하는 사람은 그만큼 보상을 받을 것이며, 자기 부모의 잘못을 물려받지 않을 것입니다.

첫 번째 것에 대해 말하자면, 아버지와 그의 친척들은 레반테인들[2]이었습니다. 그들은 제노바에 살러 가서 귀족의 반열에 오르게 되었습니다. 그전에 살던 곳에서는 천성이 그러지 않았는데, 여기에 와서 그렇고 그런 사람들이 됐습니다. 그곳에서는 돈을 빌려주고 이자를 받는 것이 일상적인 거래였는데, 이제 이 땅에서도 우리 죄 때문에 모두들 그런 거래를 하고

..

2) 원래 레반테는 스페인의 동부 지방을 말하는데, 여기서는 벼락부자가 된 유태인이라는 뜻이 포함되어 있다.

있습니다. 사람들은 그들을 고리대금업자라고 헐뜯으며 비난했습니다. 그는 여러 번 그런 말을 듣게 되었지만, 꾹 참고 웃어넘겼습니다. 그런 거래는 지금까지 이루어져 왔고, 또 허용되었으니, 그 사람들이 틀렸던 것입니다. 돈을 벌려고 금이나 은을 담보로 일정 기간 돈을 빌려주거나, 속이는 거래들이나, 이자를 받는 돈거래들 그리고 사람도 거래도 실종된 이 시장 저 시장에서 돈만이 판치며 돌아다니는 것을 몇몇 사람들은 합법적이라고 말하는데, 나는 거기에 찬성하고 싶지 않고, 신께서도 그걸 원치 않을 것입니다.[3] 야곱의 목소리와 에서의 손을 가지고 화살을 쏴서[4] 속임수를 들춰낸다는데, 나는 한 번도 보지 못해서, 확실하게는 말씀드리지 못하겠습니다.

그러나 이러한 거래가 뭔지를 완전히 이해하는 것은 그 거래를 잘 이용할 수 있느냐 악용하게 되느냐와는 별개입니다. 그러다 보니 그것을 나쁘게 여길 필요가 없는데도 그들이 비난받는 것이 부당하긴 하지만 나는 놀랍지가 않고, 어떤 의혹이나 수군거림, 비난도 없는 그런 아주 깨끗한 것이 오히려 놀랍습니다.

만일 한밤중에 성직자가 손에 칼을 들고 허리띠에 단검을 차고 창문을 통해서 이상한 곳으로 가는 것을 보고는 성체를 주러 가는 거라고 말한다면, 그건 정신 나간 짓일 겁니다. 내가 나쁜 짓을 하면서 만족해하는 그런 바보가 되는 것을 신은 원치 않고 교회도 허락하지 않습니다. 인간이 기도하고, 착한 일을 하고, 미사를 듣고, 고해성사를 하고, 성체 받기를 바라고

---

3) 교회법에서는 이자를 받고 돈을 빌려주는 것을 금하였다.
4) 아버지 사울이 다윗을 죽이려 한다는 계획을 알리기 위해 요나단이 화살을 쏘는 내용을 암시하고 있다.

있는데, 그것 때문에 사람들한테 위선자[5]라고 손가락질을 받는다면 나는 침을 수가 없고, 그리고 이런 악행은 없을 것입니다.

내 아버지는 구슬 열 개마다 큰 구슬이 달려 있고, 전부 열다섯 개의 큰 구슬이 달려 있는 긴 묵주를 가지고 있었습니다. 그는 묵주를 돌리며 스페인어로 기도하는 법을 배웠습니다. 개암 열매보다 굵은 그 묵주는 어머니가 외할머니한테 물려받은 것을 아버지한테 준 것입니다. 아버지는 한 번도 그 묵주를 손에서 놓지 않고, 매일 아침 바닥에 무릎을 꿇고 손을 모아 모자를 가슴 위에 대고는 미사를 드렸습니다. 그런 그를 두고 사람들은 미사를 듣지 않으려고 기도를 한다, 모자를 높이 든다는 등 말이 많았습니다. 이렇게 말한 사람들은 이성적인 사람들일 것이고, 아버지보고 마음이 사악하고 무모한 위인이라고 말한 사람들은 양심이 없는 잔인한 사람들이었을 겁니다.

물론 이런 험담이 나도는 데는 다 그만한 이유가 있었고, 그 발단은 이러했습니다. 아버지는 세비야에서 동료한테 엄청난 액수의 사기를 당했는데, 돈을 되찾고 또 다른 일도 꾀하기 위해 그를 찾아 나섰다가 그만 도중에 배를 약탈당하고 배 안에 있던 사람들과 함께 포로가 되어 알제리로 잡혀갔습니다. 두려움과 자포자기 속에서, 원만하게 돈을 회수할 방법도 없는 막막한 상태에서, 어떻게 해야 자유를 찾아 돌아갈 수 있을지 속 시원하게 말해주는 사람도 없고 해서 아버지는 이슬람교로 개종하고, 상당한 유산을 물려받은 아름다운 무어 여인과 결혼했습니다. 이익을 추구하는 점에서 —내가 항상 모시는 사람들, 지체 높은 기사나 저명인사들 대부분에 대해 나는 아주 나쁘게 생각지 않는데, 어디든지 좋은 사람이 있으면

5) 당시 이슬람교나 유대교에서 기독교로 개종한 사람을 이렇게 불렀다.

나쁜 사람도 있게 마련입니다— 내친김에 내가 알고 있는 아버지 친척 몇에 대해 이야기하겠습니다. 그들은 자기들 집은 잊어버리고 다른 사람들집을 차지하려 애쓰고, 사람들이 자기들을 진실로 대해주기를 바라면서정작 자신들은 그러지 않고, 자기들이 받을 것은 다 받으려 하면서 갚아야할 것은 갚지 않으려 하고, 번 것을 다 써버리고 나면 —흔히들 말하는 것처럼— 또 다른 죄를 도모했습니다. 이들처럼 아버지를 속인 동료도 이제는 빚을 독촉할 사람이 없을 거라 확신하고서, 자기 앞에 나타난 채권자들과 조건과 기한을 정하고, 자기가 돈을 벌면 부채를 청산하겠다고 협상했습니다.

이 사실을 알게 된 아버지는 비밀리에 조국으로 돌아오고 싶은 욕망을마음속에 품고 장사를 하고 싶다는 말로 무어 여인을 속였습니다. 가진 재산을 다 정리해서 세키로—베르베르 순금 통화—바꾸고, 챙길 수 있는보석은 다 챙긴 다음 가엾은 그녀를 버리고 도망쳤습니다. 어떤 친구나 원수도 눈치채지 못하게 다시 기독교로 개종해서 후회하고 울면서 자기 자신을 고발했습니다. 자신의 죄를 용서해달라며 주님의 은총을 빌고서 속죄를 받고는 자신의 돈을 회수하러 나섰습니다. 이런 이유로 그가 착한 일을 할 거라고 믿는 사람은 아무도 없었습니다. 만일 아버지를 험담하는 사람들에게 또 다른 이유를 대라고 한다면, 그들은 수도 없이 여러 번 뻔뻔스럽게 나한테 했던 말도 안 되는 소리를 또 지껄일 것입니다. 한 번 나쁜일을 저질렀던 사람은 항상 그런 종류의 악한 일을 행한 사람으로 낙인찍힙니다. 이 명제는 참이지만 예외 없는 법칙은 없습니다. 신이 인간을 대하는 방법을 그 누가 알겠습니까?

당신은 더도 덜도 말고 바로 여기서 내 아버지가 어떤 사람인지 짐작할수 있을 것입니다. 그가 두세 번 다른 사람들의 재산을 가로채고, 그 또한 다른 사람들한테 사기당했다고 말하는 것이 그리 놀라운 일은 아닙니다. 인간은 철로 만들어지지 않아 못이나 니사 같은 것을 가지고 있을 필요가 없어서, 힘이 부족하고 항상 풀어지고 느슨해집니다. 장사치들은 어디서든지 자신들이 원하는 곳에서 속임수를 썼고, 특히 스페인에서는 그런 식으로 돈을 버는 것이 일상이 되어버렸습니다. 그렇다고 우리가 놀랄 이유는 하나도 없습니다. 그들은 자신들이 사람들을 속인다는 것을 서로 다 알고 있고, 그런 짓을 하고는 고해신부 앞에 가서 자기들이 한 일을 장황하게 늘어놓습니다. 오직 신만이 그런 일에 대한 재판관인데, 그들이 저지른 일을 누가 용서하는지 보십시오. 나는 그런 사람들을 많이 봤지만 그런 짓을 저질렀다고 교수형 당한 사람은 한 명도 보지 못했습니다. 죄를 졌든지, 나쁜 짓을 하든지, 도둑질을 한다면 분명 벌을 받아야 하겠지만, 6레알[6]도 안 되는 돈을 훔친 죄로 매를 맞고 노를 젓는 죄수가 되는 사람들을 우리는 봅니다.

아버지한테 반항하는 아들이 되지 않기 위해서 내 생각을 말하고 싶지 않지만, 플라톤이 나에게 소중하지만 진리는 그보다 더 소중하기에 나는 진실을 밝혀야 합니다. 아버지가 저지른 짓은 권선징악의 대표적인 본보기가 되는 최고의 나쁜 짓이라 생각하는 나를 모든 살아 있는 피조물들이 용서해주기를 바랍니다. 수완이 좋은 장사꾼은 나에게 "그가 교황과 추기경 소속의 어떤 수도원으로 가려고 하는지 봐라. 누가 바보나 노 젓는 죄수나 망나니 같은 자를 그가 전혀 이해 못 하는 법을 제정하는 데나 교섭을 결정하는 곳에 집어넣겠는가?"고 말할 겁니다. 나는 나쁜 짓을 하면 안 된다고 한 내 말이 틀렸다는 것을 알았습니다. 비록 아버지가 교수형에 처해진

••
6) 14세기부터 스페인에서 통용된 은화.

다 할지라도, 이런 명예로운 도둑 기술을 가질 수만 있다면 당신의 비난을 기꺼이 감내할 수도 있을 것 같습니다. 평상시 달리는 것처럼 달려야지, 그런 중요한 것들과 그것들보다 더 중요한 다른 것들을 개선한다는 것은 나로서는 언감생심 꿈도 꾸지 못할 일이었습니다. 그건 바로 늑대한테 소리를 지르고, 태양을 품고 사막에서 설교를 하는 거나 마찬가지입니다.

　사람들이 아버지한테 죄를 다 뒤집어씌운 이야기로 돌아갑시다. 아버지는 당신이 말했거나 다른 사람들한테 들은 그 이유 때문에 감옥에 갇혔지만, 부자고 그리고 ―흔히들 말하는 것처럼― 아버지가 시장이고 대부가 법원서기라서 석방되었습니다. 아버지가 죄를 지었다는 징후는 무수히 많았으나, 그것만으로는 유죄를 입증할 수 없었습니다. 전부 난롯가에서의 음모고, 거짓말이고, 그에게 감정을 품은 거짓 증언이었던 것 같습니다. 왜냐하면 내가 당신한테 한 부분을 솔직하게 털어놓는다면, 다른 부분에서 내가 정당하다고 변호하는 것을 당신이 부인하지 못할 것이기 때문입니다. 무슨 말이냐 하면, 법원서기를 대부로 두었다는 것은 그가 소송에 드는 비용을 감당할 수 있었다는 뜻입니다. 법원서기들은 집시의 영혼을 가지고 다른 사람들을 눈앞에서 속이고 재판에서 마술을 부리고, 재판도 자기들 마음에 드는 곳에서 열어서 변호사들은 변론을 하지 못하고 판사는 판결을 내리지 못하게 할 수 있습니다.

　잊어버리기 전에 이야기 하나 해드리겠습니다. 어느 사순절 금요일에 마드리드 성 힐 교회[7]에서 한 설교사가 최고재판소 재판관들 앞에서 설교를 했습니다. 그가 재판관 앞을 지나가다가 한 법원서기 앞에 멈추더니 말했습니다.

•••

7) 1606년 스페인의 펠리페 3세(1598~1621 재위)가 설립한 성 프란시스코 수도원.

"여기서 마차가 멈추고 바퀴가 진흙 수렁에 빠졌습니다. 만일 주님의 천사들이 언못[8]을 휘젓지 않으면 저는 어떻게 빠져나갈지 모릅니다. 여러분, 지금까지 저는 30년 이상 많은 죄인들이 참회하는 것을 봐왔습니다. 그들은 한번 악의 세계에 발을 들여놓은 후로 수도 없이 죄를 지었지만, 신의 은총으로 자신들의 삶과 양심을 교정했습니다. 한 남자는 부도덕한 여인과의 부정한 관계 때문에 시간과 인생을 허비했습니다. 도박장 주인이 한 노름꾼에게 노름꾼들은 거머리처럼 서로의 피를 빨아먹는다고 하면서 "오늘은 따지만 내일은 잃어. 돈은 돌고 돌지"라고 주의를 주자, 그는 가버렸고, 다른 노름꾼들만 남았습니다. 유명한 도둑은 두려움과 수치심 때문에 인생이 바뀌었고, 앞뒤 안 가리고 험담을 하는 사람은 중풍에 걸리고서야 조용해졌고, 거만한 자는 신세를 망치고서야 오만이라는 것이 진흙탕임을 깨달았고, 거짓말쟁이는 바로 앞에 있는 사람들한테 욕을 얻어먹고 비난받고서 거짓말을 멈추었고, 분별없이 신을 모독하는 자는 친구와 친척들의 끊임없는 질책으로 교정되었습니다. 모두들 조만간에 결실을 맺을 것이며, 뱀처럼 낡은 허물을 벗을 것입니다. 여러분 모두에게 구원의 길잡이를 보여드렸습니다만, 법원서기한테만은 방도가 없습니다. 특히 어제보다 오늘, 30년 전보다 올해 그를 올바르게 인도할 길을 더 못 찾겠습니다. 그는 항상 똑같습니다. 그가 어떻게 고백을 하고 누가 그를 용서해줄지 모르겠습니다. 저는 지금 자기 일에 충실하지 않는 사람에 대해 말씀드리는 겁니다. 그들은 자기네 마음 내키는 대로 서류를 꾸미고 판결문을 작성합니다. 그리고 단돈 2두카도[9] 때문에 또는 자기 친구나 심지어 자

∵∴

8) 성경에 나오는 이야기로, 가끔 천사가 내려와 물을 흔들어놓으면 제일 먼저 그 물에 들어가는 사람은 병이 낫는다는 베데스다 연못.

기 여자 친구를 기쁘게 해주려고 수많은 죄를 지으며 다른 사람들의 인생과 명예, 재산을 빼앗습니다. 그들은 끝을 모르는 탐욕 때문에 죄를 짓고, 항상 굶주림에 헐떡거리며, 마음속에서는 지옥의 뜨거운 열기를 품고, 타인의 재산을 씹지도 않고 마구잡이로 꿀꺽 삼킵니다. 그들은 자기들과 아무 상관도 없는 것을 지속적으로 상납받고, 손바닥에 놓인 그 돈이 피와 살로 바뀌는 순간 원주인들에게 되돌려주지 않고, 세상과 악마에게 되돌려줍니다. 그래서 어떤 법원서기가 구원을 받고 —그렇다고 모든 사람들이 다 그렇다는 것은 아닙니다— 영광의 나라에 들어갈 때, 환희에 찬 천사들이 서로 이런 말을 할 겁니다. "주님 안에서 기뻐하라. 하늘나라에 법원서기라니? 참 별일이네, 희한한 일이야."

이 말로 그는 설교를 끝냈습니다.

법원서기를 바꿔볼 생각일랑 하지 마십시오. 그는 쇠도 금빛을 낼 수 있다고 말하면서 자기 잘못에 대해 변명을 할 겁니다. 자기들이 잘못했다는 것은 ┼시대의 평가고, 음식값과 세금은 나날이 더 오르고, 자기네는 사람들한테서 거저 돈을 받지는 않고, 자기들 돈으로 집세를 내고, 자기들 직업에 자부심을 갖고 있다고 말할 것입니다.

그들은 항상 그런 식이어서 아리스토텔레스는 공화국에 가장 큰 피해를 주는 것은 매관매직이라고 말했습니다. 스파르타 왕인 알카메네스는 왕국이 번성하려면 어떻게 해야 하느냐는 질문을 받고는 왕이 자신의 재산을 우습게 여기면 된다고 대답했습니다. 그러나 신의 직무를 맡아서 한다고 믿고 있고, 그래서 지상의 신들이라 불리는 재판관들이 악한 자를 벌하고 선한 자에게 상 주는 일을 포기하면서 정의를 팔아먹는 꼴은 정말 웃기

9) 스페인 가톨릭 양왕 때 최초로 만들어져서 16~17세기까지 통용되었던 금화.

는 일입니다. 죄를 지은 재판관이 구원을 받는다는 것은 절대 있을 수 없는 일이고, 나는 이를 분명히 입증할 수 있습니다.

이 세상에 그렇게 나쁘고, 부끄러운 줄도 모르고, 법을 무시하고, 금덩어리 무게로 자신의 홀(笏)이 구부러지는 그런 재판관이 있다는 것을 누가 믿을 수 있을까요? 물론 재판관이 된다는 것은 자기도 모르는 새 조금씩 죽어가는 거라고, 다시 말해서 자신들이 달성한 것이 헛된 것이라고 말하는 재판관들도 있습니다. 일단 법관이 된 다음에는 재물을 발에다 쌓아놓기 위해서 그들은 문어처럼 됩니다. 그들의 몸 어디에도 모공이나 관절은 없고 입이나 빨판만이 있습니다. 그걸로 밀, 귀리, 포도주, 기름, 베이컨, 포목, 리넨, 비단, 보석, 돈을 집어삼키고 움켜쥡니다. 지물포에서 향신료 상점까지, 자기 침대에서 자기 노새 침대까지, 가장 빼어난 것에서 가장 사소한 것까지. 오직 죽음의 작살만이 그것들을 풀어줄 수 있습니다. 부패하기 시작하면서 재판관들은 정의를 잘못 사용하여 영원히 상처를 입고, 그걸 마치 상여금처럼 받아들여서 정의를 지키지 못하는 것입니다. 그들은 도둑놈들이 훔친 것을 상납받기 때문에 도적질을 눈감아주고, 돈에 대한 욕심이 커질수록 그들의 두려움은 더 없어지고, 도소매상들은 영혼의 중요한 필요를 위해 신이 주신 것 이외에 적절치 못한 육체적 필요를 해결하려고 돈이나 가장 유혹하기 쉬운 것으로 매수한 자신들의 보호자들을 데리고 있습니다.

물론 이러한 일들이 일어날 수도 있겠지만, 그렇다고 지레 짐작할 필요는 없습니다. 별거 아닌 그런 것에 욕심을 내는 사람은 천 명 중 한 명일 테고, 그런 자는 진짜로 상스럽고 천박한 생각의 소유자일 것이고, 더 이상 재고의 가치도 없는 인간입니다. 그는 스스로 벌을 받고, 가는 곳마다 사람들의 손가락질을 받고, 사람들 입방아에 오르내리고, 천사들한테 외면당하고, 공적·사적으로 모든 이들에게 비난을 받습니다. 그 때문에 다른 모든 사람들이 손해를 볼 필요는 없습니다. 만일 어떤 이가 모욕당했다고 불평을 하면, 서로 다른 주장이 팽팽히 맞서는 소송 싸움처럼, 양측이 판정 결과에 다 만족할 수는 없다는 점을 당신은 생각해야 합니다. 옳다, 그르다는 불만이 제기될 것입니다. 그러나 이러한 일에는 넓은 이해심과 치밀한 전략이 필요한데. 당신한테 이 점이 부족하다면 그것은 당신 잘못일 테고, 재판관은 당신의 정당한 요구를 인정치 않을 겁니다. 재판관은 당연한 권리를 가질 수 있는 사람에게 공정한 판결을 내리지 않고, 정의가 뭔지도 모르고 오히려 그 반대로 재판을 합니다. 또 한쪽의 태만이나, 강력한 지원자를 구하거나 정의를 따르는 데 필요한 힘이나 돈이 부족해서 그런 일이 벌어지기도 합니다. 그래서 재판관을 비난하는 것은 옳지 않고, 더군다나 최고의 판사들 사이에 그렇지 못한 판사들이 많이 숨어 있는 최고재판소에서는 더더욱 그렇습니다. 한 사람이 어떤 열정 때문에 뛰쳐나가려고 한다면, 열정이 없는 다른 사람들은 그를 제지하려고 들지 모릅니다.

그라나다에서 한 소작인이 돈 문제로 대리인을 내세워 그 마을 지주를 상대로 소송을 제기한 일이 기억납니다. 그 마을의 시장인 페드로 크레스포와 연관된 송사다 보니, 이 사건은 최고재판소 재판관들 귀에까지 들어갈 정도였습니다. 어느 날 소작인이 누에바 광장에서 대심원 정문을 바라보고 있었습니다. 이 건물은 스페인 전 지역에서 가장 유명한 건물 중 하나로, 특히 현관은 이 시대 그 어느 것과도 견줄 수 없는 빼어난 아름다움을 자랑하고 있었습니다. 그 양 끝에 정의롭고 늠름한 왕의 군대가 위치해 있는 것이 보였습니다. 그 마을의 다른 농부가 그에게 뭐 하고 있냐고, 왜 재판을 청구하러 들어가지 않느냐고 묻자, 그가 대답했습니다. "이런 것들은 나하고 상관없는 일이라는 생각이 들어서 그냥 집으로 돌아가고 싶네.

내 집에는 정의가 살아 있어서 일이 엉망진창이 되지 않을 것인데, 재판에서는 내가 원하는 바를 이루지 못할 것 같아."

설사 한 사람이 정의를 가지더라도 그것을 지킬 줄 모르고 또 지킬 수 없다면, 내가 말한 것처럼, 그건 놀라운 일이 아니며 그렇게 될 것입니다. 아버지는 정의로운 사람이었고, 소송을 걸 줄 알았고, 걸 수 있었기 때문에, 정의를 얻었습니다. 게다가 고통 속에서 흔적을 깨끗이 지웠고, 근거도 없는 유언비어를 퍼뜨리며 공공연하게 적대감을 드러내는 증인들을 비난했습니다.

파마를 하고, 수염을 멋지게 정리하고, 돈을 물 쓰듯 뿌리고, 선물을 남발하고, 여인들을 유혹하는 험담가가 사악한 음성으로 말하는 것을 듣고서 나는 가슴이 아팠습니다. 그런 당신의 험담 때문에 나는 심적으로 무척 압박감을 받았고 피곤했습니다. 나는 이번에는 당신을 만족시키고, 당신의 반론에 더는 대답 안 하고 당신의 억지 궤변도 무조건 다 받아들일 생각입니다. 그래서 진실이 밝혀지게 되면 당신이 원하는 것을 얻을 수 없을 거라는 말도 안 되는 소리를 한다고 나는 말하지 않습니다. 그런 식으로 재판이 진행된다면 소동은 일어나겠지만, 모든 것이 다 필요합니다. 법을 마음대로 재단하는 재판관, 철천지원수 같은 법원서기 그리고 그들에게 매수당한 자들로부터 신께서 당신을 보호해주기를 바랍니다.

그러나 출신 성분 때문에 가장 약하고 진실하지 못한 속인들의 생각이나 의견을 당신이 따르고 싶다면, 솔직하게 한번 말해보세요. 진짜로 내 아버지가 죄를 지었다고 생각합니까? 당신 말대로 아버지를 환자 취급하는 몇몇 의사들의 의견이 옳다면, 아버지가 건강하다는 것을 누가 판결 내릴 수 있을까요? 나는 저속한 인간을 찬양하지 않거니와, 설사 그런 비열한 짓을 하는 사람들이 스페인에서 찬양받는다 할지라도 나는 그렇게 할 수 없습니다.

　나는 아버지를 잘 알기 때문에 당신한테 말할 수 있는 겁니다. 그는 흰 피부에 금발, 곱슬머리, 짙은 푸른색의 큰 눈을 가졌고, 앞 머리칼을 내려 이마를 가렸습니다. 이게 신이 주신 본래 모습이었다면, 얼굴에 화장을 하고 그런 옷을 입고 거리를 활보하는 것이 옳은 일은 아닐 겁니다. 그러나 당신이 말한 것처럼 비누를 만드는 기름과 기술을 이용하였고, 사람들한테 찬양의 대상이 되는 그의 이빨과 손이 치약가루, 쓸개즙, 화장비누와 다른 저질스러운 것들 덕분이라는 게 사실이라면, 당신이 그에 대해 말할 때 내가 당신에게 다 털어놓을 것이고, 나는 그와 철천지원수지간이 될 것이며, 그런 비슷한 것을 사용하는 모든 사람들의 적이 될 것입니다. 그는 단지 여자들한테만 허용되는 치장을 하고, 그런 여장 남자의 행동들 때문에 사람들의 구설수에 오르고 의심을 사게 된 것입니다. 그들은 아름답지 않아서 화장을 하는데, 그것 때문에 건강을 해치고 돈을 낭비합니다. 못생긴 여자들뿐만 아니라 예쁜 여자들까지 아침에 일어나 침대에서 화장하기 시작하고 한낮에 점심이 다 차려지면 그제야 화장을 끝내는 것을 보니 씁쓸합니다. 여자란 자기 얼굴을 거울에 비춰보면 비춰볼수록 그만큼 더 자기 얼굴을 망가트린다는 내 말이 전혀 허튼소리는 아닐 겁니다. 이게 비난받은 여인한테도 이럴진대, 하물며 남자들 경우에는 어떻겠습니까?

　아, 추함 중에 추함이고, 모욕 중의 모욕입니다! 아버지의 사랑이 내 눈을 멀게 한다든가, 단지 조국이라는 이유 때문에 내가 맹목적으로 편을 든다고 당신은 발할 수 없을 것이고, 내가 이성이나 진실에서 벗어난 말을 하는 경우를 보지 못할 것입니다. 그러나 만일 아버지에게 죄가 있다고 비난한다면, 그렇지 않음을 보여주기 위해서, 여기에 아주 적합하고 그리고 거의 이 시대에 벌어졌던 신기한 이야기를 하나 해주고 싶습니다. 많은 사람들이 악에 빠지면 바보들은 위로를 얻는다는 말이 있듯이, 이 이야기는 당신한테는 경고가 될 테지만 나한테는 위로가 될 것입니다.

1512년, 이탈리아 라벤나에서는 약탈이 있기 얼마 전에 잔인한 전쟁[10]이 일어났습니다. 이 도시에서 매우 이상한 괴물이 태어나 엄청난 호기심을 끌었습니다. 그 괴물은 허리 위로 몸통, 머리, 얼굴이 인간의 모습을 하고 이마에는 뿔이 달려 있었습니다. 그런데 팔이 없고, 대신 그 자리에 박쥐 날개가 돋아 있었습니다. 가슴에는 피타고라스의 Y[11]가, 배에는 X가 새겨져 있었고, 자웅동체의 성기를 가지고 있었습니다. 허벅지는 하나밖에 없었고, 거기에 다리 하나하고 솔개의 발과 발톱이 달려 있었고, 무릎에 눈 하나가 달려 있었습니다. 그 괴물에 대해 모두들 엄청난 관심을 보였고, 박식한 사람들은 그러한 괴물들이 항상 경이롭다고 생각하면서, 그중에서도 특히 다음과 같은 것들에 특별한 의미를 부여했습니다. 뿔은 긍지와 야망을, 날개는 불안정과 경솔함을, 팔이 없음은 훌륭한 수단이 없다는 것이고, 맹금류의 발은 도둑질, 사기, 탐욕을 나타내며, 무릎에 있는 눈은 허망하고 세속적인 것을 좇는 것이고, 자웅동체의 성기는 남색과 수간을 의미한다는 것입니다. 이런 사악한 생각들이 당시 이탈리아 전역에 만연해 있었습니다. 이에 신께서 전쟁과 알력이라는 채찍으로 벌을 내리신 것입니다. 그러나 X와 Y는 행운의 표식이었습니다. 가슴의 Y는 미덕을 의미하고, 배에 새겨진 X는 어리석은 육욕을 억제하면서 가슴 속에다 덕을 쌓는다면 신은 그에게 평화를 줄 것이고 그의 분노를 가라앉혀줄 것임을 나타냅니다.

..

10) 1512년 독일의 막시밀리안 1세와 프랑스의 루이 12세가 구성한 연합군이 베네치아공화국의 패권을 거머쥐기 위해 스페인, 영국, 교황 율리우스 2세의 연합군과 벌인 전쟁.
11) 피타고라스는 학이 나는 모습에서 Y를 착안해서 그리스 알파벳에 첨가하였다.

모든 것이 혼탁한 상황 속에서 아버지는 시대의 흐름을 따랐고, 죄를 지은 사람은 아버지 혼자만이 아니었음을 당신은 여기서 보게 됩니다. 당신은 제일 좋은 학교를 나온 만큼, 당신이 죄를 짓는다면 그 죄가 더 클 것입니다. 우리 모두가 인간이기에 저지르는 그러한 비참함에 우리가 빠지지 않도록 아무쪼록 신께서 보살펴주십시오.

제2장

계속해서 구스만 데 알파라체는 부모님이
누구인지, 어떻게 아버지가 어머니를 만나서
사랑하게 되었는지 그 사연을 이야기한다

내 이야기로 돌아가서, 기억이 틀리지 않는다면, 이미 말했듯이, 아버지는
속죄를 한 다음 빌려준 돈을 받기 위해 세비야로 왔는데, 그 돈 때문에 다
툼이 많았습니다. 사전에 철저하게 준비하지 않았더라면 돈을 받아내는
대신에 돈을 찾기 위한 소송비용이 더 들어갔을지도 모릅니다. 그러나 아
버지는 만전을 기해서 재판에 임했기 때문에 그에게서 조금의 허점도 끄집
어낼 수 없었습니다. 한 사람은 빚을 다 갚지 않으려고, 다른 사람은 다 잃
지 않기 위해서 대책을 세워야만 했습니다. 엎지른 물을 주워 담으려고 최
대한 노력을 다했습니다.

그들에게서 돈을 받아낸 아버지는 노름판에서도 행운을 잡았습니다. 처
음부터 운이 좋아서 짧은 시간에 점심과 저녁 밥값을 벌었습니다. 산후안
데 알파라체에 아담한 집 한 채를 짓고, 거기에 뿌리를 내리고 정착하려
노력했으며, 동산과 부동산을 구입했습니다. 세비야에서 반 레구아[1] 조금

더 떨어져 있고, 휴양하기에 매우 적합한 그곳에서 여러 날, 특히 여름 오후에 한가로운 시간을 보내고, 파티를 벌이곤 했습니다.

마요르 교회 앞 계단 주변에서는 장사꾼들이 장사를 하고 있었습니다. 교회 주위로 나 있고 바깥쪽에서 보면 가슴만큼 높은 곳에 나 있는 그 길은 커다란 대리석과 단단한 사슬로 둘러 싸여 있었습니다. 어느 날 거기에서 아버지는 다른 상인들하고 거닐다가 어떤 사람의 숨겨놓은 자식의 세례식이 거행된다는 것을 알게 되었습니다. 아버지는 군복 차림의 늙은 기사와 함께 있는 내 어머니를 보려고 사람들을 따라 세례식장으로 들어갔습니다. 앞에 들어가는 사람들은 대부와 대모였고, 분위기로 보아 그 군인은 교회에서 많은 돈을 받는 기사 같았습니다. 어머니는 화려하고 우아하고, 사랑스럽고, 아직 앳된 모습에, 아름답고, 조신하며 한껏 치장을 하고 있었습니다. 세례식이 진행되는 내내 시종일관 아버지는 바보처럼 넋이 나간 얼굴로 어머니를 바라보았습니다. 얼굴에 아무런 치장도 하지 않았는데도 자태가 너무 고와서, 그림 속의 화려한 지장을 한 어떠한 여인도 어머니의 아름다움을 따라갈 수가 없었습니다. 아버지의 외모에 대해서는 앞에서 이미 말했습니다.

그런 남자들을 하늘처럼 여기고, 다른 남자들은 멋진 열정이 없다고 생각하는 여자들처럼, 어머니는 자기를 바라보고 있는 아버지를 짐짓 안 보는 척하면서 조심스레 바라보기 시작했습니다. 아무리 못생기고 천한 남자가 쳐다보더라도 그걸 좋아하지 않는 그런 고상한 여인은 없을 것입니다. 뭔가를 호소하는 것 같은 눈동자와 꾹 다문 입에서 그녀의 속마음이 드러났습니다. 어머니는 그때 그 남자의 보물, 즉 그의 여자가 되리라는

1) 1레구아는 약 5.6킬로미터.

것을 알았고, 그는 그녀를 매우 신중하게 자기 사람으로 만들었습니다. 그 여인은 자기 집으로 돌아갔고, 아버지는 한순간도 그 여인 생각에서 벗어날 수 없어서 죽을 지경이었습니다.

아버지는 그 여인을 다시 보기 위해 온갖 궁리를 다했지만, 그 여인이 미사 들으러 교회에 오지 않아서 오랫동안 그녀를 볼 방법이 없었습니다. 물방울이 바위를 뚫고 집념이 항상 이긴다고, 온통 그녀 생각에만 빠져 있던 아버지는 드디어 계책을 생각해내고, 긴 두건을 쓰고 시중을 드는 한 노파를 이용하였습니다. 사탄의 신하인 그 여자들은 가장 순결한 여인들의 단단한 탑을 항상 파괴하고 무너뜨렸습니다. 아버지는 그 노파의 도움으로 검은 옷과 망토로 몸을 감싸고 장사 보따리에 잼 등을 담았습니다. 의도되지 않은 배신은 없고, 요구하지 않는 추악함은 없으며, 뽑지 않는 피는 없고, 더럽혀지지 않는 순결과 청결은 없으며, 안에 숨어 있는 악은 없습니다. 말로 꼬드기고 선물로 애정 공세를 펼친 끝에 아버지는 어머니와 편지를 주고받게 되었습니다. 항상 처음이 어려운 법이지, 빵은 일단 화덕에 넣고 굽기 시작하면 뒤틀리기 시작합니다. 그는 계략을 꾸몄습니다. 돈은 어떤 어려움도 다 해결한다는 말을 들은 적이 있는지라, 그녀를 자기 사람으로 만들 수 있다는 강한 자신감을 보였습니다.

아버지는 게으름을 피우거나 인색하지 않았습니다. 앞서 말한 것처럼, 그 노파를 꼬드기면서 돈을 엄청나게 썼고 그녀는 기꺼이 돈을 받았습니다. 돈을 받은 사람은 반드시 사례를 해야 하는 법인지라, 그 노파는 어머니가 아버지에게 품고 있는 사랑의 열망에 땔감을 하나하나 얹었고, 가느다란 나무토막에는 금방 불이 활활 타올랐습니다. 앞에서 당신이 들은 대로, 어머니는 신중한 여인인지라 좋아하면서도 의심을 품고, 하느님에 대한 믿음처럼 마음속에서 확실한 결정을 못 내리고 갈등했습니다. 겉으로는 좋은 척하면서도 속으로는 그렇지 않았고, 또 그 반대 경우도 있었으며, 결정을 했다가는 다시 마음이 바뀌곤 했습니다. 결국에 무엇이 금과 은을 부식시키겠습니까?

늙은 노인이었던 그 기사는 가래가 끓고 기침을 하고 담석증에 걸려 소변을 볼 때마다 고통스러워했습니다. 그가 침대에서 벌거벗고 누워 있는 모습을 곁에서 보는 것은 매우 일상적인 일이었습니다. 어머니의 눈에 그는 이제 아버지하고 비교되었고, 그는 몸도 왜소하고 정신도 오락가락했습니다. 신이 없는 곳에서 거래를 많이 하는 것은 항상 화를 부릅니다. 새로운 변화들은 특히 끊임없이 새로운 형태를 추구하는 물질들처럼 천성적으로 새로움을 갈망하는 여자들을 기쁘게 해줍니다. 어떤 부당한 난관도 뛰어넘겠다는 각오로 늙은 남편을 버리고 옷을 바꿔 입기로 마음먹은 어머니는 선천적으로 그리고 젖을 빨면서부터 획득한 빈틈없는 성격과 또 오랜 경험으로 길을 헤쳐나가는 방법을 찾았습니다. 자기가 누리던 것을 틀림없이 다 잃을 수 있다는 두려움에 짧은 시간이나마 갈등도 했으나, 이미 그녀의 마음은 온통 아버지에게 가 있었습니다. 어머니 마음에 한번 각인된 아버지의 존재를 악마는 열 번이나 반복해서 주입했고, 따라서 트로이를 정복하는 데는 그리 큰 어려움이 없었습니다.

어머니도 나름대로 계산을 했습니다. '아무리 다른 사람들한테 많은 것을 준다 하더라도, 내가 손해 보는 일은 없을 테고, 우리 집에 있는 가구나 장식품을 파는 것도 아니잖아. 나는 빛과 같아서 흠 하나 없이 온전히 그대로일 거야. 은혜를 입은 사람한테 고마움을 표시해야지, 인색하게 굴어선 안 돼. 두 사람한테서 다 혜택을 얻어야지. 닻은 하나보다는 두 개를 내리면 하나가 풀려도 다른 하나가 단단하게 잡고 있으니까 배가 더 안전할 거야. 만일 집이 무너진다 하더라도 비둘기 집이 그대로 있으면 비둘기는 부족하지 않을 거야.' 이런 생각을 하면서 방법과 시간에 대해 그 누파아 이야기했습니다. 자기 집에서는 원하는 바를 이루기가 불가능했기 때문에 이 궁리 저 궁리 끝에 다음과 같은 선택을 했습니다.

5월 말 헬베스 마을과 산후안 데 알파라체 마을에 여름이 찾아왔습니다. 알파라체는 기름진 땅과 지리적 위치 때문에 그 지역에서 가장 살기 좋은 곳이었습니다. 이 두 마을은 서로 가까이 이웃하고 있었고, 그 유명한 과달키비르 강이 흐르면서 밭과 숲을 적셔주고 있었습니다. 만일에 이 지상에서 낙원이라는 이름을 붙인다면 바로 이곳일 것입니다. 나무가 무성하게 자라고, 수많은 종류의 꽃들이 만발하여 알록달록 수를 놓고, 맛있는 과일들이 주렁주렁 열리고, 은빛물결 이는 강물이 흐르고, 거울같이 맑은 샘물이 솟고, 햇빛이 뚫고 들어오지 못할 정도로 숲이 우거져 쾌적한 그늘이 지고, 공기는 상쾌했습니다.

이처럼 좋은 계절에 어머니는 결혼을 반쯤 약속한 아버지와 집안의 하녀 한 명과 함께 하루 놀러 가기로 계획을 세웠습니다. 그들이 가는 곳은 아버지 집에서 조금 떨어져 있는 헬베스 마을의 끝이었습니다. 그들은 사전에 신중하고 조심스럽게 계획을 짜고 입을 맞춰놓았습니다. 비록 아버지 집이 목적지와는 다른 길이었지만, 어머니는 가는 도중에 급한 볼일을 핑계로 아버지 집을 들르기로 되어 있었습니다. 목적지에 가까이 다가갈 때쯤 어머니가 갑자기 야외의 차가운 아침 공기를 핑계로 대며 복통을 호소했습니다. 당나귀 안장에 앉아서 너무나 고통스러워하는 그녀를 내려놓아야만 했습니다. 다들 놀라서 우왕좌왕 하는 사이, 그녀의 통증은 심해져만 갔고, 손은 뒤틀리고 의식은 점점 흐려지고, 얼마나 답답한지 가슴 단추를 풀어헤치는 것을 보고는 다들 그녀가 아픈 것을 의심하지 않았습니다. 모두들 그녀가 안쓰러워 눈물을 흘렸습니다.

주위에 지나가던 사람들이 몰려들기 시작하면서 각자 나름대로 처방을 내놓았습니다. 그러나 당장 그런 처방에 필요한 약을 구할 곳도 없었고, 또 그런 것을 만들 만한 장소도 아니었던 터라 도움이 되는 것은 하나도 없었습니다. 한 발짝 움직이는 것조차 어려웠기 때문에 다시 도시로 돌아갈 수도 없어서, 어머니는 그냥 길 중간에서 있는 수밖에 없었습니다. 이제 당신한테 그 일이 어떻게 끝났는지 알려드릴게요. 상황은 점점 더 심각해졌고, 모두들 뭘 어떻게 해야 할지 몰라 우왕좌왕하고 있었는데, 모인 사람들 중에서 그 계획을 위해 아버지가 사전에 매수한 사람이 말했습니다. "일단 상태가 심각하니까 이 여인을 길에서 옮겨 이 부근에 있는 첫 번째 집으로 데리고 가세요." 다들 그 말에 수긍하고 집주인에게 그녀를 쉬게 해달라고 부탁하기 위해 급하게 문을 쾅쾅 두드렸습니다. 하녀가 나와서는 짐짓 자기 집주인이 돌아왔다고 생각하는 척하며 말했습니다. "아이고, 주인 나리! 죄송합니다. 바빠서 빨리 못 열어드렸습니다." 그 늙은 하녀는 사건 전모를 다 알고 있었습니다. 아버지한테 무엇을 어떻게 해야 하는지 사전에 교육을 다 받았습니다. 더구나 판단력이 빠른 그 하녀는 그런 상황에 대비해서 필요한 것을 항상 준비해놓고 있었습니다. 부자가 가난한 사람보다 더 유리한 점은 가난한 자는 아무리 착하더라도 항상 나쁜 하인이 섬기고, 부자는 비록 나쁜 사람이라 할지라도 착한 하인의 봉사를 받는다는 것입니다. 우리의 착한 하녀는 문을 열고, 처음 보는 사람들에게 시치미를 뚝 떼며 말했습니다. "아이고, 어쩌나! 우리 주인님인 줄 알았는데, 처음 뵙는 분들이시네요. 주인님은 왜 이리 늦으시나? 아무튼 뭘 도와드릴까요? 뭐가 필요하세요?"

기사가 대답했습니다. "아주머니, 우리 집사람이 길 가는 도중에 갑자기 복통을 일으켜서 그러는데, 잠시 쉴 수 있는 방 하나 내주시겠소?" 하녀가 안타까운 표정으로 대답했습니다. "에고 저런, 저렇게 고운 얼굴에 웬 병이야! 어서 늘어와 편히 쉬세요."

어머니는 아무 말도 하지 않고 고통만 호소했습니다. 하녀는 자기가 할 수 있는 모든 호의를 다 베풀며 아래층 거실을 공짜로 내주었는데, 거기에는 침대 하나가 조립되어 있었고, 침대에는 매트리스 몇 장이 쌓여 있었습니다. 하녀는 재빨리 그 매트리스들을 똑바로 펴서 깔고, 상자에서 깨끗하고 얇은 담요와 침대 시트 그리고 베개를 꺼내서 어머니가 누울 수 있게 침대를 정리했습니다.

어머니는 침대를 정리하고, 방을 치우고, 향을 피우고, 향수로 냄새를 없애고, 점심 식사를 차리고, 그밖에 편하게 쉴 수 있는 준비를 해달라고 부탁하려고 했지만, 그 하녀뿐만 아니라 어느 누구도 얼씬거리지 않고 문은 굳게 닫혀 있어서 아무것도 할 수 없었습니다. 하녀는 그날 벌어진 일이 쉽게 들통 날까 싶어 괜한 의심을 안 사려고 어머니가 부를 때까지 기다렸습니다. 어머니는 고통에 힘겨운 나머지 옷을 벗고 침대에 누웠고, 뜨거운 수건을 몇 장 부탁해 배에다 얹었습니다. 그런데 너무 뜨거워 고통스러웠고, 복통을 덜어줄 것 같지도 않아서 수건들을 무릎 훨씬 아래에다 내려놓고, 몇 장은 몸에서 치웠습니다.

다행히도 이 처방으로 복통은 많이 줄어들었고, 어머니는 좀 쉬려고 졸리는 척했습니다. 단지 그녀가 회복하기만을 바라던 가엾은 기사는 기뻐하며 그녀를 혼자 침대에 놔두고, 거실 밖에서 빗장을 잠그고는 머리를 식히러 정원으로 나가면서, 어느 누구도 문을 열거나 소리를 내지 말고 조용히 해달라고 그 집 하녀에게 부탁을 하고, 어머니가 정신을 차리면 자기를 부르라고 했습니다.

아버지는 자지 않고 귀를 기울여 모든 이야기를 다 들으면서, 자기가 있는 조그만 방의 쪽문 열쇠로 어머니가 있는 방에 들어갈 수 있는지 살피고 있었습니다. 주위가 온통 조용했고, 사전에 다 입을 맞추어놓았기 때문에, 하녀는 남편이 들어오면 비밀 신호로 알리기 위해 조심스럽게 경계하고 있었습니다. 아버지는 어머니를 만나기 위해 문을 열었습니다. 그때 거짓으로 꾸민 아픔이 사라지고 어머니에게는 진짜 고통이 나타났습니다. 이렇게 두 시간이 흘렀는데, 그사이에 벌어진 일들은 2년이 걸려도 다 말할 수 없을 것입니다.

한낮의 열기가 더 뜨거워지자, 기사는 더위도 피하고 아내가 차도가 있는지도 알고 싶어서 집 안으로 들어와 어머니에게로 갔습니다. 그가 온다는 전갈을 받은 아버지는 가슴에 큰 아픔을 안고, 자기가 있던 방으로 다시 돌아갔습니다.

늙은 남편이 돌아오자, 어머니는 자는 척하다가 소리에 깨서는 일부러 화를 냈습니다. "아이, 참! 나 좀 쉬게 놔두지, 왜 그렇게 빨리 문을 열어요?" 착한 남편이 대답했습니다 "이봐요, 사랑하는 부인, 당신이 눈에 불을 켜고 화를 내니 내 가슴이 무척 아프네. 그렇지만 두 시간 이상 잤잖소." "아니, 눈 감은 지 30분도 안 된 것 같은데 ―어머니가 대꾸했습니다― 내 평생 이렇게 푹 쉰 적이 없었어요." 그건 거짓말이 아니었습니다. 어머니는 솔직한 말로 속였고, 얼굴에는 조금 즐거운 표정을 지었으며, 남편 덕분에 자기가 살 수 있었다고 말하면서 치료를 해준 사람들에게 무척 고마워했습니다. 그 말을 들은 기사는 기뻐하며, 두 사람은 쾌적한 정원에서 파티를 열기로 했습니다. 정원은 멀리 떨어져 있지 않았던 터라 음식과 그 외에 필요한 것을 가져오라고 시켰습니다.

파티 준비를 하느라 어수선한 틈을 타서 아버지는 다른 문을 통해 몰래 집을 빠져나와 세비야로 돌아올 수 있었습니다. 일각이 여삼추였으며 순간은 기나긴 세월이었습니다. 그들의 새로운 사랑에 부족한 시간은 지옥의 고통이었습니다.

어느덧 해는 기울고, 오후 다섯 시쯤 되자 아버지는 여느 때처럼 말을 타고 돌아왔습니다. 도착해서 여러 사람이 있는 것을 보고는 반갑다는 인사를 하고, 그동안 일어난 일을 다 듣고서 안타까워했습니다. 그는 매우 예의 바르게 처신했습니다. 말이 분명하지는 않았지만 굵직한 목소리로 시치미를 뚝 떼고 매우 신중하게 얘기를 했습니다. 아버지와 어머니 두 사람은 공개적으로는 진정 어린 우정을 맺었고, 비밀리에 사랑의 언질을 주고받았습니다.

호의와 우정 그리고 사랑 사이에는 차이가 있습니다. 호의는 한 번도 보지 못한 사람이나 그의 덕성 또는 인품에 대해서만 들어 알고 있는 사람 혹은 나를 감동시킬 수 있는 사람에 대해 갖게 되는 것입니다. 우리가 우정이라 부르는 것은 서로 사귀고, 우리 사이에 통하는 공감 때문에 주고받는 것입니다. 따라서 호의는 현재 없는 사람들 사이에서, 우정은 현재 있는 사람들 사이에서 존재하는 것입니다. 그러나 사랑은 이와는 다른 길을 달립니다. 사랑은 당연히 상호 관계적이어야 하며, 두 마음의 전달입니다. 각각의 마음은 기분을 북돋아주는 곳보다 사랑하는 곳으로 갑니다. 사랑은 진실하고 성스러울수록 더욱더 완벽해집니다. 그래서 우리는 몸과 마음을 다 바쳐 그 무엇보다도 신을 사랑해야 합니다. 신이 우리를 그만큼 사랑하기 때문입니다. 신 다음으로 배우자를, 그다음으로 이웃을 사랑해야 합니다. 음탕하고 부정한 사람은 사생아처럼 이런 사랑을 받을 자격이 없습니다. 어떤 식이든지 사랑이 있는 곳이라면 거기에는 마법이 있을 것입니다. 사랑 때문에 조건이 서로 바뀌고, 어려움을 극복하고, 사나운 사자를 길들입니다. 사랑을 위한 음료나 음식이 있다고 말한다면 그건 틀린 겁니다. 그건 단지 판단을 흐리게 하고, 목숨을 빼앗고, 기억을 이끌어내고, 병과 중대한 사고를 일으킬 뿐입니다. 사랑은 자유로워야 하고, 사랑받는 사람이 자유롭게끔 그에게 힘을 주어야 합니다. 영주는 적들이 강제로 성을 빼앗으려 한다면 성을 포기하지 않습니다. 나쁜 방법으로 사랑하려고 하는 사람은 상대방에게 사랑한다고 말할 수 없고, 자유의지가 없는 사랑은 억지일 뿐입니다.

대화가 오갔고, 카드놀이를 하자고 해서, 프리메라[2]를 시작했습니다. 아버지가 일부러 어머니에게 져주었습니다. 두 사람이 밤이 되기를 기다려 카드놀이를 중단하고 정원으로 나가 시원한 공기를 마시는 사이에 식탁이 차려졌습니다. 아버지와 어머니는 저녁을 먹은 다음, 조그만 배를 준비시켜 놓고 강가에 도착했습니다. 배를 타고 노를 저으며, 강을 떠돌아다니며 음악을 연주하는 음악패의 노래를 들었습니다. 그건 당시 그곳에서 매우 일상적인 일이었습니다.

두 사람은 다시 도시로 돌아와 각자 집으로 가서 잠자리에 누웠습니다. 정확한 판단력을 상실한 또 다른 멜리센드라[3]인 어머니는 '육체는 산수에냐[4]'에서 포로로 잡혀 있고, 마음은 파리로 향해 있으면서'[5] 남편과 잤습니다.

그날 이후로 더욱더 가까워진 두 사람은 아주 은밀하고 교묘하게 관계를 이어갔고, 그녀를 잃을 위험에 빠지면 빠질수록 제노바 성격[6]에 물든

• •
2) 카드놀이의 일종.
3) 스페인 8음절 시 형식인 로만세에 등장하는 인물. 샤클마뉴 내세의 딸로 무어인들에게 붙잡혔다가 가이페로스에 의해 구출되고 그와 사랑을 나눈 여인.
4) 오늘날 스페인의 사라고사.
5) 이 구절은 가이페로스가 무어인들의 포로로 잡혀 있는 멜리센드라를 구출해서 프랑스로 데리고 오는 내용의 로만세의 일부분이다.

레반테인은 빈틈없는 성격을 더욱 발휘하며 자신감을 드러냈습니다. 내가 이미 언급한 그 안달루시아 출신의 아름다운 여인은 좋은 학교를 다녔고, 안티구아 사원에 있는 두 성가대[7]에서 배웠는데, 거기에서 반드시 그녀가 지켜야 하는 것을 잃었다는 소문이 돌았습니다. 그녀는 기사와 함께 부부의 연을 맺은 날, 집 안의 가구나 옷 말고 순전히 금은보석으로 3,000두카도 넘게 기부금을 냈다고 나에게 맹세했습니다.

시간은 흘러갔고 매일 아침 날이 밝을 때마다 새로운 일들이 나타나기 시작했습니다. 아무리 발버둥 쳐도 매 순간 일어나는 일 하나하나가 목숨과 직결되는 운명을 벗어날 수가 없습니다. 그래서 늙은이와 어린애들이 죽는 일이 항상 생기는 것입니다. 점잖은 기사는 늙고 쇠약했지만, 우리 어머니는 젊고 예쁘며 매력이 넘쳤습니다. 욕망을 채울 기회를 얻게 된 기사는 결국 자기 무덤을 자기가 파기 시작한 것입니다. 나날이 비쩍 말라갔고, 두통과 고열로 머리가 쪼개지는 것 같더니 결국 식욕까지 잃게 되었습니다. 이런저런 수를 다 써보는 사이 건강은 더욱 악화되었고, 결국 기사는 죽음에 이르렀습니다. 자기는 이제 오로지 어머니만을 위해서 살 것이며 자기 목숨은 어머니 거라고 항상 말하던 그에게 어머니는 생명을 줄 수가 없었습니다. 모든 것이 거짓이라, 결국 그를 땅에 묻고서 어머니는 살게 된 것입니다.

집에는 여러 조카들이 같이 살고 있었지만, 나 말고 그 누구도 어머니하고 관련이 없었고, 다들 출생이 제각각이었습니다. 이승의 삶을 거의 즐

••

6) 스페인에서는 제노바에 대해 부정적인 생각을 가지고 있었다. "남자들은 양심이 없고, 여자들은 수치심이 없으며, 바다에는 물고기가 없다."

7) 스페인 세비야에 있는 누에스트라 세뇨라 데라 안티구아 성당 소속 성가대.

기지 못한 그 훌륭한 양반을 아무쪼록 신께서 용서해주시길! 기사가 죽음에 다다랐을 때, 아직 그의 영혼이 침대 시트가 아니라 육체에 남아 있는데도, 조카들은 자기들끼리 한편이 되어 어머니와 대립각을 세웠습니다. 앤트워프의 약탈[8]도 차압당할지 모른다는 우려만큼 가혹하지는 않았습니다. 어머니는 치즈를 응고시키고, 옷장과 열쇠를 관리하고 총애를 받았습니다. 비록 가장 중요한 것을 다 가지고 있었고, 또 자신이 주인이었지만, 시간이 지나면서 슬슬 돈을 빼돌리기 시작했습니다. 위험이 닥치자 어머니에게는 경찰에 쫓길 바에야 있는 것을 다 챙겨서 도망치는 것이 최상의 방법이라는 생각이 들었습니다.

어머니와 조카들이 꾸며낼 수 있는 모든 계략을 다 쓰다 보니, 죽은 기사를 묻을 땅 한 쪼가리도 없을 지경이 되었습니다. 채 며칠도 못 가서 숨겨놓은 재산을 찾기 위해 난리들이었습니다. 교회 담당자들이 가가호호 방문해서 조사를 벌였지만, 훔친 사람이 그걸 되돌려주는 경우는 거의 없습니다. 기사가 살아생전에 한번은 돈을 정리하고 금고와 서재를 뒤지고 그밖의 다른 뭔가를 집으로 가지고 와서는 "부인, 이건 당신 거요"라고 말했다는 구실거리를 어머니는 가지고 있었습니다. 그래서 변호사들은 그녀한테 양심에 걸릴 게 없다고 말했습니다. 게다가 그녀는 당연히 받을 것을 받은 것이라서, 비록 추하게 벌었지만 추하게 받지는 않았습니다.

기사의 죽음을 통해서 나는 전에 들었던 말을 입증하게 되었습니다. 부자들은 굶어 죽고, 가난한 사람들은 배 터져 죽고, 물려받은 재산이 없고 교회 보살핌을 받는 사람들은 추위에 얼어 죽는다는 겁니다. 이 점은 우

8) 플랑드르의 반란을 진압하기 위해 1576년 스페인 군대가 앤트워프(안트베르펜)를 침략한 사건.

리가 분명히 명심해야 할 것입니다. 셔츠 한 장 물려받지 않은 사람들에게 몸뚱이 가릴 셔츠 한 장 주고는 고분고분 말 잘 듣고 따르게 만듭니다. 부자들은 가난한 자들이 나쁜 사람들이 될까 두려워하면서도 그들을 나쁘게 만듭니다. 가진 것 하나 없이 시작한 사람들은 손가락 빨며 궁핍하게 살다가, 병에 걸리기 전에 먼저 굶어 죽습니다. 가난한 자들은 가난하기 때문에 모두들 가엾이 여기며 어떤 이들은 이것저것을 보내주고, 또 어떤 이들은 가져다주고, 특히 극한 상황에 빠졌을 때는 사방의 모든 사람들이 다 도와주러 옵니다. 그래서 가난한 자들은 과식하고 소화를 제대로 시키지 못해서 음식이 목까지 올라오고 배 터져 죽습니다.

병원에서도 이런 일이 벌어집니다. 신앙심 깊고 동정심 많은 몇몇 얼간이들이 선물 광주리를 든 하녀들을 데리고 가난한 환자들을 방문해서 그들 호주머니와 소매에 간식거리를 가득 채워주고는 그것으로 선심을 베풀었다고 생각하지만, 그것은 주님의 은총으로 그들을 생매장하는 일입니다. 내 생각에 그건 잘못된 것 같고 환자보다는 간호사에게 먼저 주는 편이 좋을 것 같습니다. 의사가 잘 판단해서 그것을 나누어주면 환자들에게 해가 안 되고 위험하지 않게 될 것입니다. 실리와 손실, 시간과 병을 고려하지 않는 그릇된 동정심은 말에게 먹이를 마구 주는 마부처럼, 도움이 되는 건지 생각지도 않고 그들의 목구멍에 음식을 쑤셔 넣어서 죽게 만드는 것입니다. 이런 문제는 관리자들에게 맡기는 것이 좋습니다. 그들은 더 큰 악에 빠진 사람들을 구하기 위해 음식이나 돈을 분배하는 법을 알 것이기 때문입니다.

참 얼마나 말도 안 되는 엉터리인가! 도대체 어떤 신학에 근거를 둔 건지! 당신은 내가 배 가장 밑바닥에서 갑판으로 뛰어오르는 것을 안 봤습니까? 내 인생이 후안 데 디오스[9]의 삶처럼 된다면 이런 내 교리가 받아들여질 테지요! 화덕이 뜨거워져 이런 불꽃이 튀어 올랐습니다. 당신은 나의 이런 부족함을 용서해주시겠죠. 지금까지 잘한 적도 있으니, 나로서는 앞으로도 기회가 주어질 때마다 제대로 처리해야 할 것입니다. 내가 당신한테 말하는 사람들을 보지 말고 그들이 하는 말을 잘 들어야 합니다. 당신이 입고 있는 그 멋진 옷을 꼽추가 만들었는지가 중요한 게 아닙니다. 나를 가만히 놔두지 않으면 참을성을 갖추라고 당신한테 벌써 주의를 줬을 것입니다. 취미들을 측정할 수 있는 그릇이나 균등하게 나눌 저울은 없기에 모든 사람들한테 환영받는다는 것은 불가능하다는 것을 잘 알고 있습니다. 각자 자기 나름의 취미가 있는데, 자기 것이 최고라고 생각하는 사람이 제일 많이 속은 겁니다. 그건 취미가 많은 사람일수록 그만큼 더 삶이 황폐해지기 때문입니다.

어머니가 기다리고 있는 자리로 다시 돌아갑니다. 어머니는 첫 남편이 죽고서 둘째 남편에게서 많은 사랑과 귀여움을 받았습니다. 첫 남편이 죽고 만 3년이 지나 4년째 접어들 때 둘째 남편을 받아들였습니다. 여성학적으로 따져보면 나는 아버지가 둘입니다. 어머니는 나를 그들의 자식으로 만들 줄 알고, 도저히 불가능한 일을 가능케 했습니다. 두 남편을 전부 즐겁고 기쁘게 만들었고 내조를 잘했습니다. 두 남편은 나를 친자식으로 알고, 한 사람은 나를 아들이라고 불렀고, 다른 사람도 마찬가지였습니다. 기사가 혼자 있을 때는 내가 친자식이고 부자지간이 너무나 닮아서 달걀도 그렇게 닮은 두 개를 찾을 수 없을 거라고 했습니다. 그리고 머리만 잘

9) 1495~1550, 포르투갈에서 태어나 1550년 스페인 그라나다에 산후안데디오스 병원을 설립하였으며 1690년에 성인으로 추대되었다. 현재 전 세계에 216개의 산후안데디오스 병원이 있다.

라서 보면 부자가 똑같이 생겼다고 말했습니다. 그런데 이건 봉사가 손으로 얼굴을 한 번 스치기만 해도 알 수 있을 선네, 그런 속임수를 알아차리지 못했다는 것은 정말 불가사의한 일이었습니다. 그러나 두 사람은 어머니를 사랑하느라 눈이 멀었고 또 어머니를 믿었기 때문에 조금도 의심하지 않았던 것입니다.

그만큼 두 사람은 어머니를 믿었고, 나를 귀여워했습니다. 그 둘의 차이라면 살아온 연륜에서 오는 성격 차이뿐이었습니다. 마음씨 좋은 늙은이는 공개적으로 표현하였고, 외지인은 속으로만 나를 귀여워했는데, 그게 그의 진심이었음을 나중에 어머니가 나의 출생에 대해 이야기할 때 누가 진짜 아버지인지를 알려주어서 알게 되었습니다. 이제는 더 이상 내 출생에 대해 이러쿵저러쿵 욕하지 말기를 감히 부탁합니다. 나는 지금 어머니 입에서 들은 것을 그대로 말하는 겁니다. 나는 둘 중에서 누가 진짜 내 아버지인지, 아니면 내가 또 다른 제삼자의 자식인지를 안다는 것이 무척 겁났습니다. 어머니한테는 죄송한 이야기이지만 누구에게라도 거짓말하는 것은 좋지 않고, 더군다나 이 글을 쓰는 나한테 그런 것은 더더욱 나쁩니다. 내가 옆에서 그런 거짓말을 부추겼다고 그들이 말하는 것을 나는 원치 않습니다. 그러나 두 사람에게 사랑한다는 말을 한 어머니는 그 둘을 다 속였으니 믿을 수 없는 사람입니다. 그녀는 처녀일 때 이것을 알았지만, 유부녀들의 규칙은 또 달랐습니다. 유부녀들은 둘은 하나고, 하나는 아무것도 아니고, 셋은 장난이라고 말하고 싶어 합니다.[10] 남편은 제외하고─사실이 그렇습니다─, 남편 한 명은 아무것도 아니고, 남편과 다른 남자

. .

10) 첫 번째 여인은 부인이고, 두 번째는 동반자고, 세 번째는 즐기기 위해 만나는 여자라는 스페인 속담이 있다

를 합쳐도 한 명이 되고, 이것과 또 다른 한 명을 합쳐서 두 명이 되니, 유부녀에게 남자 세 명은 처녀의 남자 두 명과 같은 것이기 때문입니다. 어머니 생각도 사실 이랬던 것입니다. 경위야 어찌 되었건 나의 아버지인 레반테인도 마찬가지였습니다. 나의 두 아버지들도 그렇게 말했고 각자 그것을 인정했습니다. 서로 다 알고 있는 사실에 대해 내가 불만을 제기하는 것은 바람직하지 않습니다. 그들이 나를 친자식으로 여겼고, 그렇게 해서 지금의 내가 있고, 성스러운 결혼으로 나는 합법적인 자식이 된 것입니다. 내가 아버지가 누군지도 모르고 태어난 호래자식이라고 말할지 몰라도 나는 행복했습니다.

아버지는 바보스러울 만큼 우리를 진정으로 사랑했습니다. 여자라곤 원장수녀밖에 모르는 사람들이 이렇게 된다는 말이 있듯이, 넓은 땅을 가질 수 있는 은혜를 입은 것처럼 고마운 마음으로 우리를 대했습니다. 더 이상 앞뒤 가리지 않고, 이것저것 따지지도 않고 어머니와 결혼을 했습니다. 그러나 아버지가 경솔하게 결정한 것이 아니라는 점을 당신이 이해해주면 좋겠습니다. 사람들은 각자 자신의 이야기를 할 줄 아는데, 바보가 다른 집에서 하는 것보다 신중한 사람이 자기 집에서 더 잘할 줄 압니다.

물려받은 재산은 시간이 지나면서 인생을 즐기는 데 다 탕진하고 파산 지경까지 왔습니다. 아버지는 일해서 버는 것은 거의 없고 손해만 실컷 보고, 파티 연다고 지출이 심했습니다. 그런 재산은 모든 일을 잘 처리해나갈 수 있는 매우 안정적이고 신용 있는 사람들이 지녀야 하는 것인데, 신중하지 못한 사람들한테는 심장까지 갉아먹는 좀나방이 되고, 보석 잔에 담긴 독 당근이 되어서 가진 재산을 잿더미로 만들어버립니다. 한편으로 소송에 휘말리고 청춘사업으로 가산을 탕진하고, 또 한편으로는 대부분 사람들이 그렇듯이, 아버지는 비쩍 말라가지고 만지면 부러질 정도가 되었습니다.

어머니는 알뜰해서 뭐든지 버리는 일이 없었습니다. 젊었을 때 벌어놓은 것과 기사와 살면서 모아둔 돈과 그가 죽고서 물려받은 것하고 해서 결혼지참금이 거의 1만 두카도나 되었습니다. 그 돈으로 아버지는 어느 정도 안정을 찾고 이전의 모습으로 돌아왔습니다. 기름이 거의 남지 않은 등잔에서 불을 밝히는 심지처럼 아버지는 불을 밝히기 시작했습니다. 돈을 쓰고 마차와 가마를 만들었습니다. 어머니가 그걸 원해서가 아니라, 자신의 마른 모습을 사람들이 알아보지 못하게 감추려고 만든 것입니다. 아버지는 할 수 있는 한 최선을 다해서 자신의 위신을 지켜나갔습니다. 그러나 수입이 지출을 따르지 못했습니다. 버는 것은 한 사람인데 쓰는 사람이 많다 보니 시간이 지날수록 생활고는 심해졌고, 해가 갈수록 물가는 더욱 올라 생활이 말도 못할 정도로 형편없어졌습니다. 잘 버는 사람이 가난해지고, 가난한 사람이 잘 벌게 되고 오히려 주인이 되었습니다. 아버지는 죄를 짓고 가산을 다 날리고 초라해져갔습니다. 그러다 갑자기 병에 걸려 닷새 만에 죽었습니다.

나는 열두 살 먹은 철부지라 아버지의 부재를 느끼지 못했습니다. 우리는 가난해서 며칠간이라도 먹고살기 위해 집에 있는 장식품과 가구를 팔아야만 했습니다. 그것들은 부자였던 사람들이 소유해왔던 거라서 변변하지 않은 것도 가난한 사람들이 갖고 있는 제일 좋은 것보다도 값어치가 더 나갔습니다. 그리고 로마 유적처럼 시간이 지나도 그들의 것이었음을 알아볼 수 있는 흔적이 남아 있었습니다.

어머니는 자상한 남편을 여의어서 그런지 무척 상심이 컸습니다. 그가 떠나고 남은 가산도 없고 그 나이에 돈을 꾸러 다닐 처지도 못 되었습니다. 아직도 아름다움은 남아 있었지만 세월의 흐름을 비껴갈 수는 없었습니다. 그러다 보니 외모도 별 볼일 없게 되었고, 전에는 많은 남자들이 귀찮을 정도로 어머니를 따라다녔건만 이제는 그런 일도 없고, 우리들의 운명을 바꿔줄 만한 사람도 나타나지 않았습니다. 설사 그런 사람이 나타났더라도 어머니가 더는 관심을 안 가졌을 테고, 나도 허락하지 않았을 것입니다.

내가 가장 큰 곤궁에 빠졌을 때 어머니의 미모도 끝이 났으니, 나는 불행한 놈입니다. 내가 '끝났다'고 투덜댔지만, 그래도 어머니는 마음만 먹으면 40년가량 된 낡은 토카[11]를 쓰고 하루쯤은 주변의 눈길을 끌 수 있을 정도로 아직은 이전의 아름다움이 조금은 남아 있었습니다. 그 이후로 나는, 자기들이 아직 어리고 어제는 만티야[12]를 쓰고 외출했다고 말하는, 나이가 좀 들었고 매력도 별로 없는 하녀들을 알게 되었습니다. 말했던 것처럼, 나는 어머니를 자세히는 모르지만 어머니는 우물쭈물하며 팔을 내밀 사람이 아니었고, 처지가 힘들어졌거나 더더욱 안 좋아졌더라면 차라리 굶어 죽었을 것입니다.

당신은 여기서 이 아버지도 저 아버지도 없고, 재산은 다 사라졌고, 최악의 상황에 닥쳐 오로지 명예만 짊어진 채, 집에는 먹고사는 데 도움이 될 만한 사람이 한 명도 없는 나를 보게 됩니다. 아버지 쪽으로는 엘시드[13]도 나한테 아무런 도움이 안 됐습니다. 그건 이미 과거의 부귀영화였을 뿐입니다. 외가 쪽으로는 아무런 도움도 안 되는 늙은 노인네가 많이 있었습니다. 나중에 안 사실인데, 어머니는 톨레도의 교외 농장들[14]보다도 더 많은 과실수를 가지고 있었습니다. 공개적으로 밝히는 건데, 어머니는 그곳

⋮

11) 과부나 늙은 여인네들이 머리에 뒤집어쓰는 친.
12) 스페인 여인들이 머리에 쓰는 비단 숄.
13) 1040~1099, 본명은 로드리고 디아스 데 비바르이고, 카스티야 왕국의 민족 영웅이자 스페인 최초의 서사시 「엘시드의 노래」의 주인공.
14) 과실수들이 많은 것으로 유명했다.

에서 열심히 일을 해서 수확물을 많이 거두었습니다. 그렇게 자신의 노력으로 출산할 때만 제외하고는 꾸준히 일을 해서 할머니한테는 좋은 딸이 되었고, 나는 어머니한테 골머리만 썩혀주는 아들이 된 것입니다.

어머니가 두 사람과 정을 나누었다면, 할머니는 수십 명의 남자들하고 관계를 가졌습니다. 흔히 말하듯이, 닭들처럼 조그만 방에서 밥 같이 먹고 한 둥지에서 같이 자면서도 서로 부리로 쪼지 않아서, 가죽 두건[15]을 머리에 씌워놓을 필요도 없었습니다. 할머니는 자기 딸과 함께 남자들을 찾아가서 백 가지 혈통이 복잡하게 얽혀서 각각의 아버지들에게 어머니를 그의 자식이라고 빡빡 우겼습니다. 어머니는 사실 그들 모두를 닮았었습니다. 눈을 닮은 사람, 입을 닮은 사람, 몸의 다른 부분을 닮은 사람도 있었습니다. 심지어는 반점을 만들어 닮았다고 하기도 했습니다. 분명 침 뱉는 모습까지도 닮은 사람이 있었을 것입니다. 모두들 아무 의심 없이 어머니를 자기 딸이라 생각했습니다. 그래서 닮은 부분이 있는 곳은 전부 그 아버지의 성을 따랐습니다. 성은 두 개[16] 이상이었는데, 이름은 단지 하나였습니다. 본명은 마르셀라였고, 게다가 얼토당토않게 '돈'[17]을 붙였습니다. '돈'을 붙이지 않은 여인은 방이 없는 집이요, 방아가 없는 풍차요, 그림자 없는 육체처럼 무시당했습니다. 자기 마음대로 성을 붙였기 때문에, 내 분명히 말하건대, 할 수 있는 한 제일 좋은 성을 갖다 붙이려고 왕이나 하사할 수 있는 그런 귀족 가문들의 성을 붙였고, 또 그 성들로 리스트를 만들 정도였습니다. 할머니는 아무도 모르게 어머니한테 네가 구스만 가문인 것

∴

15) 매와 같은 새들에게 움직이지 못하도록 머리에 씌워놓는 가죽 두건.
16) 스페인에서는 아버지 성과 어머니 성을 같이 사용하는 것이 일반적이다.
17) Don. 스페인에서 귀족 이름 앞에 붙이는 경칭.

058

같다고 은밀히 말하면서, 양심을 걸고 솔직히 밝힌다며 메디나 시도니아 공작[18] 부처와 가까운 친척인 어느 기사의 딸이라고 생각한다는 것이었습니다.

할머니는 많은 것을 알고 있었고, 돌아가실 때까지 쓸 돈을 가지고 있었습니다. 어머니가 아침일 때 할머니는 한밤중이어서, 어머니는 항상 할머니 곁에 있었습니다. 첫 번째 남자는 페루에서 부자가 되어 돈을 광주리마다 가득 싣고 돌아온 사람이었는데, 그 덕분에 할머니는 4,000두카도 이상을 챙기게 되었습니다. 할머니는 기회가 오면 절대로 놓치지 않았고, 해야 할 일을 반드시 챙겼으며, 자기 권리 앞에서는 기독교인이라는 사실도 망각하였고, 악마한테도 햇과일을 바치지 않았습니다. 설사 또 다른 엄청난 불행이 우리에게 일어났더라도 지금보다 심하지는 않았을 것이고, 혹시 내가 홀로 태어난 것처럼 내 누이가 태어났다면 그녀는 어머니가 의지하고, 늙었을 때 지팡이가 되어주고, 우리의 빈궁함을 지켜주고, 우리가 난파되었을 때 피할 수 있는 항구가 되어주어서 우리는 위기를 대수롭지 않게 넘겼을지도 모릅니다.

세비야에는 온갖 것을 다 사고파는 난전이 있어서 돈 벌기에 안성맞춤이었습니다. 모든 이들의 고향이고, 자유로운 목장지대고, 아주 혼잡하고, 확 트인 들판이고, 끝이 없는 둥근 땅이고, 고아들의 어머니이고, 죄인들의 피신처라, 여기서는 온갖 것이 다 필요했고, 아무도 그걸 가지고 있지 않았습니다. 이 도시는 모든 것을 다 끌어당기는 바다고, 모든 것이 여기에서 다 멈추었습니다. 나는 남다른 재주가 있어서 일거리가 떨어지지 않았고, 주머니에서 돈이 마른 적이 없었습니다. 설사 최악의 경우가 벌어지

..
18) 스페인의 유명한 귀족 가문인 구스만가(家) 출신으로 1588년 무적함대 총사령관이 되었다.

더라고 우리는 왕들처럼 먹고 마시는 게 부족하지 않을 것입니다. 저당 잡히거나 팔 물건을 가지고 있는 사람은 그것을 사주거나 팔수 있도록 도와주는 사람을 반드시 만날 것입니다.

지금까지 들으신 대로 정말 나는 불운아였습니다. 약한 몸으로 무거운 짐을 등에 지고 힘겹게 살아가면서, 해야 할 일은 많지만 능력은 없고, 그림자를 드리워주는 나무 한 그루 없는 외톨이였습니다. 이제 겨우 변성기에 접어든 아이가 그런 힘겨운 일들을 제대로 할 수 있을지 생각해보십시오.

희망 없는 삶에서 벗어나기 위해 내가 찾아낸 최상의 방법은 어머니와 고향을 떠나 뭔가 새로운 일을 해보는 것이었고, 그렇게 했습니다. 아버지 성을 쓰면 사람들이 알아볼 것 같아서 어머니 성인 구스만을 그리고 내가 태어난 곳인 알파라체를 성으로 쓰고, 내가 믿는 신과 좋은 사람들에게 나를 맡기고, 세상을 돌아다니며 구경하기 위해 고향을 떠났습니다.

제3장

어느 금요일 오후 구스만이 집을 나와
객주에서 겪은 이야기

당신도 들었듯이, 나는 세비야에서 아버지와 과부 어머니한테 꾸지람 한 번 든지 않고, 베이컨과 부드럽고 맛있는 빵, 버터, 장미 꿀, 수프를 먹으며 톨레도의 장사치 아들보다도 더 귀하고 편안하게 자라서 버릇이 없었지만 재능은 많았습니다. 집과 친척들과 친구들을 버리는 것이 옳지 않은 일이라는 생각이 들었고, 더군다나 내가 살던 곳을 너무 좋아했습니다. 그렇지만 피할 수 없는 강력한 힘이 나를 끌어당겼습니다. 세상을 보고, 이탈리아에서 나의 고귀한 혈통을 확인해보고 싶다는 욕망이 나를 꼬드겼습니다.

해서는 안 될 일이었지만 나는 가출을 했고, 솔직히 말해서 그건 후회해도 이미 늦은 불행한 일이었습니다. 많은 대책이 있을 거라 믿었지만, 그나마 가지고 있던 얼마 안 되는 것도 다 잃었습니다. 물에 비친 자기 모습을 보고 짖다가 물고 있던 고기마저 놓친 개처럼 되어버렸습니다. 문밖을 나서자마자 갑자기 두 개의 나일 강이 눈에서 뿜어져 나오면서 내 얼굴은 완전히 눈물범벅이 되었습니다. 해가 지자 하늘도, 지나가야 할 땅 한 뼘도 보이지 않았습니다. 그 도시에서 가까운 곳에 있는 산라사로에 도착해서 그 신앙심 깊은 성전[1] 계단에 앉아서 지나왔던 길을 되돌아보며 생각에 잠겼습니다. 아무런 준비도 없이 아무런 생각도 없이 돈도 없이 이제 겨우 첫걸음을 뗀 긴 여행을 하겠다고 집을 나온 것이 후회가 되면서 진짜 돌아가고 싶었습니다. 금요일 밤 어둑어둑한 저녁인데도 간식은 고사하고 아무것도 먹은 게 없었던 때에 많은 불행이 일어났습니다. 불행은 시작되면 항상 버찌처럼 서로 얽히고설켜서 주렁주렁 딸려옵니다. 도시를 떠날 때가 만일 고기 먹는 날이어서, 설사 내가 봉사라 하더라도 냄새를 따라 빵집으로 들어가서 고기만두 하나 사서 배를 채우고 눈물을 닦았더라면 그 정도로 서럽지는 않았을 것입니다.

나는 잃어버린 행복이 얼마나 안타까운지, 배고픔과 배부름 사이에는 얼마나 큰 차이가 있는지 깨닫기 시작했습니다. 먹으면 모든 고통이 사라집니다. 음식이 부족한 곳에서는 행복은 없고 불행만 넘쳐나고 즐거움은 지속되지 않고 만족감은 나타나지 않습니다. 모두들 이유도 모른 채 싸우고 아무도 잘못이 없다면서 서로서로 잘못을 떠넘기고 모두가 계략을 꾸미고 난폭해집니다. 결국 모든 것이 통치이고 철학입니다.

저녁밥 생각이 간절했지만 입에 들어갈 거라고는 시원한 우물물뿐이었습니다. 뭘 해야 할지, 어느 항구로 가야 할지 몰랐습니다. 한편으로는 무조건 부딪혀보자는 마음이 생기면서도, 또 한편으로는 겁이 났습니다. 두려움과 희망 사이에서, 눈앞에는 낭떠러지 절벽이, 등 뒤로는 늑대가 있었

..

1) 한센병 환자들을 위한 산라사로 병원. 알폰소 10세(1252~1284 재위) 때 세워진 걸로 추정된다.

습니다. 불안한 마음으로 걸어가면서 운명을 신의 손에 맡기고 싶었습니다. 경건한 신앙심에서 우러나온 건지는 모르겠지만, 교회에 들어가서 짧게 기도를 했습니다. 교회가 문 닫을 시간이라 더는 거기에 머무를 수 없었습니다. 밤이 되면서 머리에서 일어나는 상상은 멈추었지만 눈물은 계속 줄줄 흘러나왔습니다. 교회 입구 바깥쪽 벽에 붙어 있는 벤치 위에서 울다가 잠이 들었습니다.

어떻게 그런 일이 일어났는지 모르겠지만, 꿈속에서는 향수와 서글픔을 잊을 수 있어서 그랬던 것 같습니다. 그건 마치 자기 부인을 묘지에 묻으러 오면서 맨발에 옷도 거꾸로 입고 온 라몬타냐[2] 사람한테 일어난 일과 같았습니다. 그 지역에는 집들이 띄엄띄엄 있고 몇몇 집들은 교회에서 매우 멀리 떨어져 있었습니다. 선술집 앞을 지나다가 백포도주 파는 것을 본 그는 다른 일로 거기에 들르는 척하면서 말했습니다. "이것들 보시오, 불쌍한 마누라 묻고 단숨에 왔소." 이렇게 말하며 객주에 들어서서는 한두 잔 홀짝거리더니 그만 취해서 잠이 들어버렸습니다. 장례에 참석했던 동료들이 돌아와서 그가 땅바닥에 쭉 뻗어 있는 것을 보고는 그를 깨웠습니다. 그가 정신을 차리며 말했습니다. "아이, 참. 용서들 하게나. 세상에, 그렇게 갈증이 나고 정신없이 잠든 적이 없었다네."

내가 정신을 차린 것은 토요일 해가 뜬 지도 거의 두 시간이 지났을 때였습니다. 그날 열린 결혼식을 축하하러 온 여자들의 북 치고 춤추는 소리 때문에 빨리 깬 건지 모르겠지만, 악기를 두드리고 노래를 부른 일은 전혀 기억나지 않았습니다. 잠이 덜 깬 채로 느지막하게 배고파 일어났지만, 내가 어디에 있는 건지도 모르겠고 꿈속을 헤매고 있는 것만 같았습니다. 현

---

2) 스페인 북부 산탄데르의 한 지방.

신이라는 것을 깨닫고 난 혼자 중얼거렸습니다. "내 운명은 던져졌다. 아무쪼록 신이 함께 하시길!" 굳은 결심으로 내 갈 길을 가기 시작했지만, 어디로 가고 어디서 멈추어야 할지 몰랐습니다.

어디로 향하든 가장 아름답다고 생각되는 길을 택했습니다. 그때를 돌이켜보면 통치를 잘못해서 머리가 해야 할 일을 발이 하는 나라들과 가정들이 떠오릅니다. 이성과 지성이 역할을 못하는 곳에서는 금을 녹여서 송아지를 장식합니다. 좋든 싫든 나는 발 가는 대로 산으로 마을로 그 어디로든 갔습니다.

라만차 지방[3]의 어느 돌팔이의사한테 일어났던 일이 생각났습니다. 그는 글도 모르고 공부한 적도 없었습니다. 항상 처방전과 시럽병과 설사약을 많이 가지고 다니면서 환자를 방문하면 병에 효과가 있을 만한 처방전 하나를 손을 집어넣어 꺼내면서 혼자 중얼거렸습니다. "신께서 당신을 낫게 해주십니다." 그리고 그 돌팔이는 첫 번째로 손에 잡힌 처방전을 환자에게 줍니다. 피를 빼내는 치료를 할 때는 혈관이나 혈액 양을 전혀 고려하지 않고, 그가 입에서 내뱉는 말처럼, 대충 뽑아냈습니다. 그렇게 그는 잘못된 길로 들어섰습니다.

그렇다면 나 자신한테도 이렇게 말할지 모릅니다. "신께서 너를 낫게 해주신다!" 그때 나는 가고 있는 길의 방향도 몰랐습니다. 그러나 신은 자기를 섬기는 정도에 따라 그리고 자신이 알고 있는 결말을 위해서 우리들의 최고 행복과 직결되어 있는 고난을 주기 때문에, 우리가 고난에 처하게 되면 그것은 신이 우리를 잊지 않고 있다는 표식인 만큼 우리는 신에게 무한한 감사를 해야 합니다. 길을 나선 이후로 고난이 오기 시작했고, 잠시의

∴

3) 스페인 중부 지역에 위치하며, 세르반테스의 소설 『돈키호테』의 무대가 된 곳으로 유명하다.

예외도 없이 따라와서, 내가 어디를 가든지 고난의 시련이 넘쳐흘렀습니다. 그러나 이 고난은 신이 보낸 것이 아니라 내가 찾던 거였습니다.

차이점이라면 신이 직접 보낸 고난으로 내가 고통을 받으면 신은 나를 거기서 벗어나게 해준다는 겁니다. 그러니 그 고난은 흙으로 살짝 덮여 있는 값비싼 금광이고 화려한 보석이라서 조금만 수고하면 발견하고 찾아낼 수 있습니다. 그러나 인간이 죄를 짓고 쾌락을 추구하다가 자초하게 되는 고난은 금 색깔의 알약[4]이라서, 겉모습은 맛있어 보이지만 몸을 엉망으로 망가뜨립니다. 그러한 고난은 독 많은 살모사가 우글거리는 초원이고, 보기에는 값비싼 보석 같지만 그 밑에는 전갈들로 가득 차 있고 짧은 삶으로 속이는 영원한 죽음입니다.

그날 겨우 2레구아 남짓 걸었는데도 ─나는 처음으로 그렇게 먼 거리를 걸었습니다─ 힘들어서인지, 그 유명한 콜럼버스처럼 지구 정반대 지역에 도착해서 신대륙을 발견한 것 같았습니다. 정오쯤 어느 객주에 도착했습니다. 온몸은 땀과 먼지로 범벅이 되고 발은 아프고 서럽고 속은 텅 비어 있어서, 무엇보다도 먼저 뭐라도 먹고 싶은 생각에 입이 근질근질해서 먹을 것을 부탁했더니 달걀밖에 없다고 했습니다. 그거라도 있다니 그나마 다행이었습니다. 날씨가 더워서 그랬는지 여우가 그랬는지 어쨌든 달걀을 품고 있던 닭이 죽었는데, 엉큼한 여주인은 손해 보기 싫어서 그 달걀들을 싱싱한 달걀 사이에 넣고 있는 중이었습니다. 나한테 달걀을 준 그 여주인은 아마 복 받을 겁니다. 그녀는 나를 아직 볼에 젖살이 통통히 남아 있는 철부지 애송이로 취급했습니다. 누가 나한테 조금만 베풀어도 감지덕지한 상황이라, 나는 그 여주인이 훌륭한 영혼의 소유자 같았습니다.

•••

4) 약제사들은 약의 쓴맛을 감추기 위해 약 표면을 금 색깔로 처리했다.

그녀가 물었습니다. "너 어디서 왔니?" 세비야에서 왔다고 대답했습니다. 여주인은 내 곁으로 오더니 내 턱 밑을 손으로 툭툭 치면서 말했습니다. "야, 이놈아, 어디로 가는 길이니?"

오, 신이시여! 내가 보기에 그 여주인은 기분 나쁜 콧김으로 늙음을 쫓아내고, 그 늙음으로 모든 악마를 쫓아내는 것 같았습니다. 만일 그때 내 배 속에 뭐라도 들어 있었더라면 다 쏟아냈을 것입니다. 그러나 그때는 내 창자가 입에 붙어 있었습니다.

나는 먹을 것을 구하러 궁정으로 가는 길이라고 말했습니다. 여주인은 나를 한쪽 다리가 빠져 있는 벤치에 앉히고, 벤치 위에다 화덕 바닥 닦는 더러운 천을 식탁보로 깔고서 소금이 담긴 옹기그릇과 물이 담긴 닭 모이 그릇을 놓고 식탁보보다 더 시커먼 빵 반 덩어리를 주었습니다. 그러고는 접시에다 달걀 오믈렛을 담아주었는데, 그것은 차라리 달걀로 만든 고약이라고 부르는 편이 더 나을 것 같았습니다.

거기에 있는 것들, 빵, 물 그릇, 물, 소금 그릇, 소금, 식탁보하고 여주인이 모두 다 똑같았습니다. 나는 아직 세상사 경험이 없었고, 배가 너무 고픈 나머지 창자가 뒤틀렸습니다. 나는 돼지가 도토리를 먹는 것처럼 이것저것 안 가리고 한꺼번에 다 먹어치웠습니다. 불쌍한 닭들의 연한 뼈들이 이빨 사이에서 부서지면서 잇몸을 간질이는 것을 느꼈습니다. 그런 느낌은 분명 처음이었고 새로운 맛이었습니다. 집에서 어머니가 해주던 그런 달걀 맛은 아니었지만 배고픔과 피곤함으로 그런 생각할 겨를이 없었습니다. 내가 보기에는 지역 간의 거리 차가 그런 것의 원인이 되고, 모든 것이 맛과 질에서 다 똑같지 않을 거란 생각이 들었습니다. 그때는 내가 운이 좋다고 생각했습니다.

가난한 사람이 어떤 대책이라도 세워야 하는 것처럼, 굶주린 자는 양념에 신경 쓰지 않는 법입니다. 나는 양은 얼마 되지 않았지만 즐거운 마음으로 재빨리 입으로 가져갔습니다. 빵은 매우 거칠어서 쉬엄쉬엄 먹었습니다. 차례대로 위 속으로 내려갈 수 있게 몇 입 뜯어 먹고 쉬다가 또 몇 입 뜯어 먹었습니다. 빵 껍질부터 뜯어 먹기 시작해서 풀 만드는 마지막 부스러기까지 다 먹어치워서, 개미가 먹을 빵가루 하나 남겨놓지 않았습니다. 식성 좋은 사람들 앞에 과일 한 접시를 놔두면 가장 잘 익은 것부터 덜 익은 것까지 나 먹어치워서 거기에 과일이 있었다는 흔적을 남기지 않습니다. 흔히 말하는 대로, 나는 빵 반 덩어리를 꾹꾹 눌러 먹었는데, 만일 적당한 양이 되고 내 눈이 물릴 정도가 되려면 내 배 속에 있는 거지는 빵 3파운드로도 부족했을 것입니다.

세비야는 항상 가뭄으로 고통을 겪었는데, 그해도 가뭄 때문에 흉년이었습니다. 풍년일 때에도 힘들게 지냈으니 그 반대 경우는 얼마나 힘들었을까요? 여기서 그 문제에 대해 더 깊이 파고들어 간다거나 그 이유에 대해 이야기하는 것은 적당치 않은 것 같습니다. 나는 그 도시 출신이라, 그냥 조용히 입 다물고 싶습니다. 모든 사람들이 다 한통속이고 끼리끼리 달려갑니다. 누구든지 공개적이든 아니든 간에 오로지 이익을 얻을 생각으로 살아갑니다. 가난한 사람을 위해서 동전을 많이 던지는 사람은 거의 없고 다 자기 재산을 위해서 그러는 겁니다. 그들은 동전 반 냥도 일일이 다 확인한 다음에 동냥으로 줍니다.

이런 일이 어느 고을 군수에게 일어났습니다. 세금이 너무 과하다고 와서 하소연하는 마을의 한 늙은이에게 군수가 말했습니다. "뭐라고요? 아무개씨, 우리 마을에서 가난한 사람들한테 고기 내장과 발과 선지를 나누어줬을 때 당신들이 그렇게 서약을 했잖아요?"

영감이 대답했습니다. "제가 어떻게 의무를 지키는지 안 보셨습니까? 저는 매주 토요일마다 와서 돈을 내고 그 허드레 고기를 받았습니다." 그것은 양들의 허드레 부위였습니다.

어디서든지 이런 일이 벌어집니다. 그들은 반죽 덩어리를 자기들끼리 나누어 갖고, 오늘은 나를 위해서 당신은 내가 사게 놔두고, 내일은 당신을 위해서 나는 당신이 팔도록 합니다. 그들은 양식을 독점하고, 거기에 가격을 마음대로 매겨서 자기들한테 유리한 가격으로 팔고, 모든 것이 자기들 것이기 때문에 전부 다 사고팝니다.

이건 내가 직접 본 건데, 안달루시아 그라나다 왕국에 있는 어느 주요 도시의 시의원이 목장을 가지고 있었는데, 날씨가 추워져 모두들 부뉴엘로⁵⁾만 찾아서 목장의 우유가 소비되지 않았습니다. 사순절이 시작되었는데도 아무런 대책이 없어서 우유를 생산하는 사람들은 손실을 많이 본 것 같았습니다. 그래서 그들은 부뉴엘로를 만들어 파는 무어인들이 나라를 약탈하고 있다고 시청에 알렸습니다. 그들이 볼 수 있는 피해의 최소한을 보상해주기로 했습니다. 손실액이 한 사람당 6마라베디⁶⁾ 조금 넘었는데, 좀 더 올려서 보상액을 8마라베디로 정했습니다. 손해를 본 시민들은 어느 누구도 우유를 생산하려 들지 않았습니다. 그러나 그 시의원은 우유판 이익금을 버터, 생크림, 생치즈 같은 제품 생산에 투자했습니다. 드디어 가축을 방목하는 시기가 다가왔습니다. 치즈 생산이 시작되면서 시의원은 치즈 가격을 예전처럼 12마라베디까지 올렸습니다. 그러나 여름이라서 치즈 만들기에는 적당치 않은 계절이었습니다. 인간들이 어떻게 살아남을 수 있었는가를 곰곰이 생각하면서 그는 이런 책략을 세웠던 것입니다.

•••

5) 스페인식 튀김 도넛으로 겨울에 많이 먹는다.
6) 11~14세기까지 스페인에서 통용된 동전으로 1레알이 34마라베디였다.

갈 길에서 너무 많이 벗어났으니, 다시 우리 이야기로 돌아가겠습니다. 책임을 나눌 사람이 있는데도 잘못을 통치자에게만 떠넘기는 것은 좋지 않고, 공급자와 담당자들에게도 물어야 합니다. 그들 모두에게는 말고 일부에게나 다섯 명 중에서 네 명에게 책임을 지게 해야 합니다. 그들 중 어떤 이들은 장자 상속권을 확대하려고, 또 다른 이들은 그렇게 해서 상속자를 굶기려고, 불쌍한 사람과 과부에게서 훔치고 윗사람을 속이고 왕에게 거짓말하면서 이 땅을 어지럽힙니다.

이것 역시 여기서 내가 다루어야 하고 이 책이 요구하는 내용과는 다른 것입니다. 이 책에서는 내 삶을 이야기하겠습니다. 다른 사람들 이야기는 굳이 하고 싶지는 않지만 필요하다면 그렇게 할지도 모르겠습니다. 말 위에서 침착한 사람은 없으니까요. 더군다나 이미 잘 알려진 일들은 굳이 감출 필요가 없습니다. 이런저런 이야기들이 전부 다 나돌고, 내 이야기에 힘을 실어줍니다. 그러나 진실을 속이는 자가 속는 법인데 어떻게 우리가 진실에 눈을 감을 수 있겠습니까!

세비야는 심한 기근에 시달리고 있었습니다. 대책을 강구해야 하는 사람들의 탐욕과 숨겨진 무질서로 인해 그해는 기근이 무척 더 심해서 모두들 하늘만 쳐다보고 있었습니다. 서너 사람 사이에서 비밀이 오가더니 결과는 생각지도 않고 나쁜 원칙과 엉터리 대책으로 나라에 해만 끼쳤습니다.

이곳저곳 내가 떠돌아다니는 곳마다 항상 힘깨나 쓰는 벼락부자들이 있었습니다. 그들은 대부분 고래들이라, 집에 물건을 가득 채우고 재산을 늘리려 탐욕스러운 입을 벌리고 모든 것을 꿀꺽 삼키려 들었습니다. 고아에게 눈을 돌리지 않고, 불쌍한 여자의 목소리에 귀 기울이지 않고, 약자가 기댈 수 있도록 어깨를 내주지도 않고, 환자나 곤경에 처한 자에게 따뜻한 손을 내밀지 않고 오로지 자기 밭에만 물을 대기 위해 훌륭한 지도자의 목소리로 지배했습니다. 그들은 겉으로는 무지갯빛 희망을 떠들어대면서 실제로는 나쁜 일만 꾸며댔고, 신의 어린 양들인 척하지만 악마의 자식들이었습니다.

사람들이 귀리 빵 반죽을 만들었는데 맛이 그리 없지는 않았습니다. 밀을 가지고 있던 사람은 식탁을 차리기 위해 정제 밀가루를 끄집어냈고, 남은 것은 전부 다 마을 사람들에게 팔려고 가지고 왔습니다. 마을 사람들은 빵 굽는 사람이 되었습니다. 흙으로 태워져야 할 사람들이 흙을 태웠습니다. 그래서 그들은 벌을 받았습니다. 나쁜 것을 나쁘게 생각하는 좋은 사람들도 많이 있었다는 것을 당신한테 부인할 수가 없습니다. 단지 가난하기 때문에 마음의 여유가 없는 것입니다. 빵을 만들었던 가난한 사람들은 빵을 못 굽게 방해한 사람들을 궁지에 몰아넣었습니다. 그들은 가난했고, 궁하면 다 해결되기 때문입니다. 더는 당신한테 말하지 않을 테니 알아서 판단하십시오.

인내력이 부족한 내가 어떻게 포기하지 않고 아무 생각도 없이 여기까지 글을 써내려 왔을까요? 나 자신한테 박차를 가했고, 나를 찌르는 방향으로 몸을 틀었습니다. 내가 당신한테 할 수 있는 사과라고 해봐야 가축에 짐을 싣고 앞으로 몰고 가는 사람들이 대는 핑계나, 막다른 골목에서 마주친 사람을 넘어뜨리고 "미안합니다"라고 말하는 정도입니다. 비록 그 당시에는 그렇게 맛이 나쁘지는 않았지만, 결론적으로 말해서 빵은 전부 맛이 없었습니다. 나는 먹으면서 스스로 위로했고 마시면서 기분을 풀었습니다. 그 지역 포도주는 그만큼 관대했습니다.

이렇게 해서 나는 기운을 차렸고, 지금은 음식이 가득 찼지만 조금 전만 하더라도 텅 비어 있고 무게도 얼마 안 나가는 배를 옮기느라 지쳐버린 발도 한층 더 가벼워졌습니다. 다시 길을 나서는데, 입 안에 있는 달걀에서 어떻게 딱딱 소리가 난 건지 궁금해서 안달이 났습니다. 가면서도 계속 이 생각에 빠졌고, 깊이 빠질수록 불길한 생각이 더 많이 떠올랐고 배 속도 거북해졌습니다. 무척 맛없는 음식이었고 시커먼 기름은 기름등잔 바닥 같았고 프라이팬은 지저분했고 객주 여주인의 눈에는 눈곱이 덕지덕지 붙어 있었지만, 구역질 나는 음식일거라고는 꿈에도 생각하지 못했습니다.

이런저런 생각을 하다가 진실을 알게 되었습니다. 한 블록 정도를 더 걸어가다가 그 생각이 떠오른 것뿐인데 참을 수가 없었습니다. 임신부처럼 내 몸 속에 아무것도 안 남을 때까지 배 속에서 입으로 음식물이 분출되었습니다. 오늘날까지도 불쌍한 병아리들이 배 속에서 삐약거리며 있는 것 같습니다. 포도밭 토담 밑에 앉아 불쌍한 신세를 한탄하면서 한순간의 판단 잘못으로 가출한 것을 무척 후회했습니다. 남자애들은 앞으로 다가올 피해에 대해서는 전혀 신경도 안 쓰고 현재 좋아하는 것만 쫓다가 항상 굴러떨어집니다.

제4장

구스만 데 알파라체는 자기가 묵었던
객주 여주인한테 일어난 일에 대해 마부가
들려준 이야기와 그 밖의 이야기를 해준다

어지럽고 정신이 멍해서 팔을 베고 땅바닥에 드러누워 있는데, 그때 우연히 카사야 데 라시에라 마을에서 포도주를 실어 나르기 위해 나귀 떼를 몰고 가는 마부를 만났습니다. 아직 어린애가 혼자서 괴로운 표정을 짓고 누워 있는 모습이 측은해 보였는지 ―그때는 그렇게 믿었습니다― 마부는 나를 위로해주기 시작했습니다. 무슨 일이 있었느냐고 묻기에 객주에서 일어났던 일을 이야기해주었습니다.

내 이야기가 미처 다 끝나기도 전에 그는 웃음보가 터지기 일보직전이 되었습니다. 나는 무안했습니다. 조금 전까지만 해도 죽은 사람처럼 혈색이 하나도 없었던 내 얼굴은 그에 대한 분노로 시뻘겋게 달아올랐습니다. 그러나 그곳은 내 본거지가 아니고, 사막에서 무기 하나 없는 상황이다 보니 내가 하고 싶은 대로 노래 부를 수도 없는 노릇이라 참았습니다. 대책이 없을 때는 거짓 미소를 지으며 시치미 뚝 뗄 줄 알고, 달성할 확신이 서지 않는 목표는 처음부터 자제할 줄 아는 것이 신중한 태도입니다. 그래야 어떻게든 체면을 세우며 살아갈 수 있다고 사람들은 생각합니다. 내가 허튼수작을 부렸거나 그런 마음을 먹었더라면, 제대로 이겨보지도 못하고 위험에 빠지거나 분명히 졌을 것입니다. 싸움은 피해야 합니다. 부득이한 경우라면 비슷한 또래들하고 싸우고, 어른들일 경우에는 당신보다 더 젊거나 당신을 밀쳐 넘어뜨릴 힘이 있는 사람하고는 싸우지 마십시오. 모든 것에는 다 문제점이 있고 그에 따르는 결과가 있습니다. 애써 참긴 했지만, 나는 너무 화가 치밀어 올라서 한마디 하지 않을 수 없었습니다. "이것 보세요, 내 머리에 뭐가 묻었어요, 왜 웃어요?" 웃음을 멈추지 않는 그의 모습이 지나쳐 보였습니다. 마부는 입은 벌리고 머리는 숙이고 손은 배에다 얹고서 더는 나귀에 타고 있을 수 없어서 땅바닥에 내려오고 싶은 모양이었습니다. 서너 번 씩이나 대답을 하려다가는 못하고, 그때마다 다시 웃기 시작했습니다. 그의 몸속에서 웃음이 끓어오르고 있었습니다.

신이시여, 제기랄! 한참 지나 웃음의 홍수가 잠잠해지더니 —타호 강에도 큰 홍수는 흔치 않은데— 마부는 배를 움켜지고는 겨우 웃음을 참으며 말했습니다. "애야, 너한테 일어났던 불행한 일 때문에 웃은 게 아니야. 내가 네 불행을 기뻐할 이유도 없지 않니? 난 지금부터 두 시간도 전에 그 여주인한테 일어났던 일 때문에 웃은 거다. 혹시 젊은 사람 둘이 같이 가는 것 못 봤니? 군인 같던데. 한 명은 녹색 계통 옷을 입었고, 또 한 명은 순모로 된 옷과 아주 가는 체크무늬 조끼를 입고 있었단다."

내가 대답했습니다. "내 기억이 틀리지 않다면, 그런 옷을 입은 사람들은 내가 객주를 나설 때 그 집에 있었는데요. 그들은 그때 도착해서 음식을 시켰어요."

마부가 말했습니다. "그 둘이 네 복수를 해줬단다. 그들이 여주인을 골려준 것 때문에 내가 웃은 거다. 네가 이 길을 계속 간다면, 나는 나귀를 타고 가면서 무슨 일이 있었는지 이야기해주마."

그때 그렇게 해야 될 것 같아서 이야기해주는 대가로 충분하다고 생각되는 몇 마디 감사의 인사를 했습니다. 채무자가 돈은 없고 궁할 때는 좋은 말 몇 마디로 천 냥 빚을 갚을 수 있습니다. 마부는 비록 볼품없는 안장이었지만 손잡이가 달려 있는 수레나 네 마리 말이 끄는 마차에 앉아 있는 듯했습니다. 곤경에 처한 사람을 구해주는 것은 그것이 별게 아니고 설사 유치한 짓이라 하더라도 그 사람에게는 큰 도움이 됩니다. 그것은 조그만 돌멩이를 고요한 물에 던지면 큰 파장을 일으키는 것과 마찬가지라서, 좋은 때가 되면 큰 보상을 받게 됩니다. 좋은 때는 항상 오고, 늦게 오지도 않습니다. 확 트인 하늘을 보았습니다. 그가 천사처럼 보였고, 그 얼굴은 환자가 원하는 의사 얼굴 같았습니다. 내가 '원하는'이라고 말하는 것은, 당신이 들었을지 모르겠지만, 의사는 세 가지 얼굴을 가지고 있기 때문입니다. 먼저 인간의 얼굴인데, 그런 얼굴은 필요 없습니다. 또 하나는 천사의 얼굴인데 이것이 필요한 것입니다. 세 번째는 악마의 얼굴을 가진 의사인데, 병과 돈이 동시에 끝나도 그는 자신의 실속을 채우려 끈질기게 환자를 방문합니다. 마드리드에 있는 한 기사한테 이런 일이 일어났는데, 병에 걸려서 의사가 한 번 왕진 올 때마다 1에스쿠도[1]를 주기로 했습니다. 기사의 병이 완치되었는데도 의사는 계속 왕진 오겠다고 고집을 피웠습니다. 어느 날 아침 기사가 교회로 갔습니다. 왕진 간 의사는 그가 집에 없는 것을 알고는 어디로 갔냐고 물었습니다. 항상 손해만 끼치고 전혀 도움이 안되는 바보 같은 하인은 어디가도 꼭 한 명씩은 있는지라, 기사가 미사 보

:

1) 스페인의 옛날 금화.

074

러 갔다고 말해줬습니다. 의사는 박차를 가해 노새를 급히 몰고 교회에 도착해서 그를 찾아 말했습니다. "나리, 제 허락도 없이 무리하게 외출하시면 어떻게 합니까요?" 기사는 의사가 찾고 있는 것이 뭔지를 알아차렸고, 이제 더는 그의 진료가 필요 없었기 때문에 지갑에서 1에스쿠도를 꺼내면서 말했습니다. "의사 선생, 이것 받으시오. 내 이름을 걸고 맹세컨대, 선생 치료는 이제 나한테 아무런 도움이 안 될 것 같소." 어리석은 의사의 탐욕과 고귀한 귀족의 넓은 아량이 어떤 건지 잘 보십시오.

나귀에 올라타고 길을 가기 시작한 지 얼마 안 되어, 아마 100걸음도 못 가서, 카사야 방향으로 데려다줄 사람을 기다리며 토담 바로 뒤에 앉아 있는 사제 두 사람을 만났습니다. 그들은 카사야 출신으로 어떤 송사 문제로 세비야에 왔습니다. 모습이나 얼굴로 봐서 그들이 착하고 가난하다는 것을 알 수 있었습니다. 그들은 말을 잘했는데, 나이는 한 사람은 많아야 36세 정도고 다른 사람은 50이 넘어 보였습니다. 그들은 마부를 멈추게 하고 내가 한 것처럼 그와 협상을 벌여, 볼품없는 나귀를 타고 우리와 같이 길을 떠났습니다.

마부는 그때까지도 웃음을 멈추지 못해서, 자기 이야기를 겨우 해나갈 수 있었습니다. 한 가구마다 닭 500마리당 2마리를 세금으로 내는 것처럼 말 한마디 할 때마다 웃음이 터져 나와서, 말하는 것보다 웃는 것이 세 배는 더 많았습니다. 말이 자꾸 중단되며 이야기하는데 시간이 그만큼 더 걸려서 듣는 사람으로서는 참기 괴로웠습니다. 한 가지 사실을 알고 싶은 사람은 말과 말이 계속 이어져 입에서 한꺼번에 쏟아져 나오기를 바랍니다. 사건의 전모를 알고 싶은 간절함과 조급함이 극에 달했고, 이야기를 듣고 싶어 미치기 일보 직전이었습니다. 혹시 하늘에서 불이 떨어져 객주와 그 안에 있는 것을 다 태운 건지, 그 집에 하인들이 집을 태운 건지, 여주인은 살았는지, 아니면 적어도 그것보단 경미하게 그녀의 발을 올리브 나무에 묶어놓고 긴 대를 때려 여주인을 죽였는지 ―그렇다면 여주인은 웃기 위해 많은 대가를 치른 셈입니다― 궁금했습니다. 그토록 실없이 계속 웃는 사람한테서 좋은 일을 기대하거나 예측해서는 안 될 거라는 생각이 들었습니다. 적당한 웃음은 확실히 편안함을 보여주고, 헤픈 웃음은 경솔하고 이해력이 거의 없고 허영심만 있음을 보여주고, 칠칠맞은 웃음은 아무리 어쩔 수 없는 경우라 해도 완전히 미쳤음을 정확히 보여주는 것입니다.

신은 큰 산이 생쥐 한 마리 출산하기를 원했습니다.[2] 그의 말은 천 번이나 옆으로 새고 끊기다가 결국 이어졌습니다. 그는 뒤따라오는 동료 한 명을 기다리며 포도주를 한잔하려고 멈췄다가, 여주인이 달걀 여섯 개로 만든 토르티야[3]를 접시에 담고 있는 것을 봤습니다. 그중 세 개는 상한 달걀이었고, 나머지 세 개는 많이 상하지는 않은 거였습니다. 그녀는 토르티야를 앞에 놓고 자르기 시작했는데, 잘 안 잘려지면서 조각들 끝이 서로서로 조금씩 붙어 있는 것이 잘려지기를 무척 거부하는 것처럼 보였습니다. 갑자기 불길한 생각이 들면서 도대체 무슨 일이 있었던 건지 그들은 궁금증이 났습니다. 사실을 밝히는 데에는 그리 오랜 시간이 걸리지 않았습니다. 그 토르티야에는 삶의 흥망성쇠가 들어 있었습니다. 나뿐만 아니라 다른 누구라도 그것을 보고 실망하지 않을 사람은 없었을 것입니다. 그러나 아직 어렸던 나는 토르티야를 보고도 그냥 지나쳤었고, 그들은 호기심이 무척 많거나 그런 일에 경험이 많았는지 자세히 살펴보고서, 조금 딱딱한 부

..

2) 큰 산이 엄청난 굉음을 내며 출산의 기미를 보이자 사람들이 공포에 떨며 가보았더니 조그만 생쥐를 출산하였다는 『이솝우화』에 나오는 이야기.
3) 달걀과 감자를 주원료로 해서 만드는 스페인식 오믈렛.

리가 붙어 있는 머리 같은 것을 세 개 찾아내고서 상황을 파악하게 되었습니다. 그것을 부수고 싶어서 손가락으로 한 개를 들어보니 죽었던 한 마리가 자기로 만든 토르티야는 먹을 만하다고 부리로 말했습니다. 그들은 다른 접시로 그 음식을 덮어놓고서 비밀리에 말을 주고받았습니다.

나중에 다 밝혀졌지만, 그때 객주 여주인은 상황 파악을 하지 못하고 있었습니다. 이윽고 한 명이 말했습니다. "주인아주머니, 다른 음식은 없어요?" 여주인이 조금 전에 그들이 보는 앞에서 송어 한 마리를 샀던 것입니다. 송어는 비늘을 벗기기 위해 땅바닥에 놔뒀습니다. 여주인이 대답했습니다. "이거 두 토막 정도는 원한다면 줄 수 있지만 다른 것은 더 없어요." 그들이 말했습니다. "아주머니, 우리는 떠나야 하니까 빨리 두 토막만 구워주세요. 얼마 받으실 겁니까?" 여주인은 송어 한 토막에 1레알이 들었으니 적어도 1블랑카[4]는 받아야 된다고 말했습니다. 그들은 비싸다고 하면서 한 토막에 1레알 이문이면 충분하지 않느냐고 말했습니다. 결국 2레알로 합의를 봤습니다. 돈을 잘 안 내는 사람은 자기가 받은 것은 생각지도 않고, 또 외상으로 가지고 온 것도 갚을 때는 깎으려 듭니다.

생선 두 토막으로 4레알을 받으니 손해 본 것 같아서 여주인은 화가 났습니다. 두 토막을 구워주자 그들은 먹고서, 먹다 남은 것은 탁자 위에 있는 냅킨에 쌌습니다. 그들은 배부르게 먹고는 무슨 심사가 뒤틀렸는지 밥값도 내지 않고 가려고 했습니다. 젊은 남자가 병들어 죽은 양의 내장을 손질하고 있는 여주인한테 가서는 오른손에 쥔 달걀 토르티야로 엄청나게 세게 여주인의 얼굴을 때리고 두 눈에다 문질러댔습니다. 눈이 아프고 앞이 안 보이자 여주인은 눈을 뜰 생각은 감히 하지도 못하고 미친 사람처럼

4) 스페인 카스티야에서 중세부터 통용된 동전.

소리만 질러댔습니다. 또 다른 동료는 그 못된 짓을 나무라는 척하면서 뜨거운 재를 그녀에게 한 움큼 뿌렸습니다. 그러고 나서 그들은 객주를 나서며 말했습니다. "엉큼한 노파 같으니라고. 그런 짓을 했으니 당해도 싸다." 그녀는 이빨이 빠져서 입이 오목하고 눈은 움푹 들어가고 머리칼은 헝클어지고 지저분했습니다. 재를 왕창 뒤집어쓰고 화를 내는 모습이 영락없이 튀김용 메기 같았습니다. 하도 우스꽝스러워서, 그 모습을 본 사람이나 그걸 떠올리는 사람은 웃음을 참을 수가 없었습니다. 이걸로 이야기를 다 마친 마부는 이제 평생 웃을 일이 생겼다고 말했습니다.

"혼자 힘으로는 어떻게 할 수가 없어서 다른 사람 손을 빌려 복수하고 싶었는데, 이제 내 평생 —내가 대답했습니다— 울 일만 생겼네요. 그렇지만 내 살아생전에 그 노파가 달걀과 소년의 일을 기억하면서 나한테 지은 죄의 대가를 치르게 할 거예요."

사제들은 내 말을 꾸짖으며 내 행동을 나무랐습니다. 내가 복수하지 않은 것을 후회하는 걸 나무랐습니다. 그들은 나를 더욱더 꾸짖었고, 늙은 사제는 내가 화내는 걸 보고는 말했습니다.

"지금 흥분하다 보니 곧 나에게 고해성사를 하면서 후회할 말을 함부로 뱉어내는구나. 신께서 너에게 열매를 맺게 하셔서, 네가 지금 말하고 있는 것을 후회하게 하고 앞으로 벌일 행동을 고쳐주시기를 바란다. 마태오 복음서 5장과 루가복음서 6장에 '너희는 원수를 용서하라, 너희를 미워하는 자들에게 잘해주어라'고 씌어 있다. 왜 너에게 해를 끼치는 자가 아니라 미워하는 자들에게 잘해주라고 했는지 먼저 생각해봐야 할 거다. 그건 비록 원수가 너를 미워할지라도, 네가 원치 않는다면 해를 끼친다는 것이 불가능하기 때문이야. 우리는 영원히 지속하는 것을 진정한 선으로 받아들이고, 내일 없어질 수 있는 것을 악이라고 부를 수 있어. 악을 믿음으로써 우리는 길을 헤매고, 선을 잃고, 원수를 좋은 친구라 하고 친구를 원수라 부르게 되지. 그러니 원수로부터 진정한 선이, 친구에게서 악이 탄생하지.

이 세상에서 가장 믿을 만한 친구는 자기 재산으로 우리를 도와주고, 자신의 목숨으로 우리가 좋아하는 것을 해결해주고, 우리 명예가 위기에 처할 때 자신의 명예로 해결해주지. 그러나 어떤 경우에도 그런 사람은 거의 없어서, 과연 이 시대에 그런 본보기가 되는 사람이 있을지 의심스럽구나. 설사 그런 사람들이 있다 하더라도 그렇지 않은 사람들이 더 많이 있다면 그것은 소수점보다도 훨씬 더 작을 거야. 그래서 그들이 가진 것을 나한테 전부 다 주더라도 지옥에서 내가 구출되는 데는 별 도움이 되지 못할 거야. 어떤 사람들은 재산을 덕망 있는 사람들한테 쓰지 않고 오히려 죄짓는 데 거드는 사람들을 친구라 여기고 자신의 돈을 줘. 비록 나 때문에 그가 목숨을 잃는다 하더라도 내 삶이 1분이라도 더 연장되지 않고, 신을 섬기는 것 이상의 명예는 없기에, 만일 그 친구의 명예가 사라지거나 실추되더라도 그것은 다 거짓이고 불명예일 뿐이라고 확실하게 말할 수 있다. 그래서 친구가 나에게 하는 말은 다 쓸데없고 허황되고 의미가 없는 것들뿐이지.

그러나 내 원수는 그야말로 진주고, 무엇이든지 도움이 된다. 나에게서 뭔가를 빼앗아 가려는 사람한테 잘 대해주려고 하기 때문에 신은 그만큼 더 많이 나를 사랑하신다. 원수가 모욕을 해도 내가 용서를 한다면, 신은 내가 짓는 수많은 죄를 용서해주시고 사해주신다. 원수가 나한테 욕을 해도 나는 그를 칭찬한다. 원수의 욕설은 나에게 해를 줄 수 없고, 나는 칭찬을 하기 때문에 오히려 축복을 받는 것이지. '신이시여, 어서 축복을 내려주소서.' 그래서 원수 덕분에 내 생각과 말과 행동은 진실하고 참되게 되는 것이다.

너는 그런 엄청난 신비함의 원인과 그토록 숭고한 미덕의 힘이 뭐라고 생각하니? 이야기해줄게. 신이 그렇게 명령하신 만큼 그건 그분의 확고한 명령이자 의지다. 지상에 있는 왕들의 명령도 따라야 하거늘 하물며 하늘과 땅의 모든 왕들이 그 앞에서 고개를 숙이는 천상의 왕의 경우에는 더 이상 무슨 말이 필요하겠니? '내가 명하노니'라는 말씀은 명령하는 말에 꿀을 바른 것이야. 그건 마치 의사가 환자에게 밀감 꽃이나 덜 익은 호두나 오렌지 껍질, 유자의 속이나 우엉 뿌리를 먹으라고 처방하는 것과 같아. 그러면 환자가 뭐라고 하겠니? '의사 선생님, 그런 것은 처방해주지 마십시오. 건강한 몸도 그런 거 먹으면 못 견딜 겁니다.' 설탕물을 타면 그런 처방약을 삼킬 수가 있어. 먹기 어려운 것은 설탕을 가미하면 부드럽고 달콤하게 되지.

'내가 명하노니 너의 원수를 사랑하라'는 단 꿀과 같은 신의 말씀이시다. 이 말씀은 전에 우리한테 맛이 없었던 것과 똑같은 것들로 만든 진수성찬이다. 이 음식은 우리 몸을 더욱 강하게 만들어주고 색욕을 쓰고 고통스럽게 만든다고 성령은 말씀하신다. 우리의 구세주 예수 그리스도께서 명령하셨기에 이 말씀은 부드럽고 맛있고 달콤하다. 그리고 누가 나의 한쪽 뺨을 때리면 다른 쪽 뺨을 내밀라고 명하셨기에, 성인들의 말씀을 어기지 않고 정확히 지키는 것이 명예다.

어떤 장군이 대위한테 적이 지나가는 곳을 잘 지키고 있다가 그들을 죽이고 쳐부수라고 명령한다면, 그 장군에게 이렇게 대답해라. '그게 뭐 그리 중요합니까? 적이 지나갈 때 설사 기회가 오고 분노가 치밀어 오르더라도 공격하지 마십시오.' 적이 지나가면서 모욕적인 말을 하고 엄포를 놓으며 겁쟁이 대위라 부른다고, 과연 그것으로 적들이 공격을 했다고 할 수 있을까? 그건 절대 아니고, 도리어 그것을 무시해야 한다. 너는 명령에 따르다가 손쉽게 이길 수 있는 상대를 놓치게 된다. 만일 명령을 어기고 일을 그르치고 임무를 제대로 수행하지 않으면 벌을 받아 마땅하다. 그렇다면 무슨 이유로 신의 명령을 준수하는 데 게으름을 피울까? 왜 신의 명령을 어길까? 만일 봉급 때문에 더 많은 땅을 차지하려고 애쓰는 일이라면, 그 대위는 장군의 명령을 더 잘 따를 텐데, 우리는 왜 신의 명령을 따르려고 하지 않을까? 우리가 따르기만 한다면 신께서는 천상의 영토를 주실 텐데.

특히 율법을 정했던 바로 그분의 신성한 몸에다 관리가 불경스러운 손으로 따귀를 세게 때리는 짓을 서질렀지만, 그분은 욕도 하지 않으시고 화도 내지 않으시면서 그 법을 지키셨다. 이러한 불경을 인성이 전혀 없는 신이 겪는다면 과연 태연하게 행동하실까? 사사로운 약속을 지키시기 위해, 고통을 혼자 다 짊어지심으로써 고통을 추방하시고, 마치 당신 자신께서 이단자들 중 한 명인 것처럼 그들 속에서 패배할 장소를 찾으셨어. 그건 조물주의 손에서 벗어나 원수인 악마의 유혹에 넘어갈 장소를 찾는다고 하는 편이 더 맞는 말일 거야. 우리가 잘 알고 있듯이 떠나시면서 주 예수께서는 유언장을 덮으시고, 십자가에 못 박혀 육신은 갈기갈기 찢기시고, 발바닥에서 머리까지 고통과 피로 뒤덮이시고, 가시왕관 때문에 생긴 끔찍한 상처로 머리카락은 성스러운 피로 엉겨 붙어 양탄자처럼 뻣뻣해지고, 어머니 성모 마리아와 제자들과 작별을 고하고 싶어 하시며, 마지막 말들 속에서 간절한 바람으로 그 성체에서 영혼이 떨어져나가는 가장 큰 고통을 겪으시며 영원한 하느님 아버지께 당신을 묶은 사람들을 용서해달라고 비셨단다.

그를 따르던 성 크리스토발[5]께서 뺨을 맞고서 스승님이 받았던 모욕을

5) 1230~1298. 크리스토발 데 리시아 혹은 순례자 성인 크리스토발이라고 불리며 7월 10일이 그의 축일이다.

기억해내며 말하셨다. '만일 내가 기독교인이 아니라면 복수할 텐데.' 그분으로부터 복수는 우리 어머니인 교회의 자식들과는 무관한 일이 되었다. 제자들이 보는 앞에서 뺨을 맞은 성 베르나르도[6]는 제자들이 복수를 하려고 하자 제지하고 말리며 말씀하셨다. '매일매일 자신이 다른 사람에게 모욕을 주고서는 용서를 비는 사람이 다른 사람에게 모욕을 당할 때마다 복수를 하려 드는 것은 좋지 않아 보인다.' 성 스테파노께서[7]는 다른 사람들이 던진 돌에 맞을 때 목숨을 잃는 그런 아픔을 느끼지 않고 오히려 그 잔인한 집행자들이 영혼을 잃어버리는 것을 보고 그것 때문에 마음 아파하며 돌아가시면서도 자신의 적을 용서해달라고 신께 비셨어. 성 스테파노께서는 그중에서도 특히 사울의 용서를 비셨는데, 사울은 사람들의 말에 속고 또 성인의 가르침에 질투심을 느껴 사형 집행인들이 성인에게 더 큰 상처를 입히도록 그들의 옷과 망토를 지켜주는 것이 당연한 일이라 생각했던 자다.

　그분의 기도가 너무나 진실해서 영광스러운 성 바울의 신앙심을 움직였도다. 이러한 가르침을 경험하고 이것이 우리를 구원하는 데 가장 중요하고 절실한 것임을 알게 된 이 현자가 말씀하셨다. '분노를 잊고 절대로 분노와 어울리지 마라. 너의 원수들을 축복해주고 절대 저주하지 마라. 그들이 주리거든 먹이고 목마르거든 마시게 하라. 그렇게 하지 않는다면 너희가 한 대로 받으리라. 너희가 용서하면 너희도 용서받으리라.' 성 야고보는 말씀하셨다. '자비심은 없고 오로지 정의로움만 부르짖는다면 자비심이 없

---

6) 1090~1153. 프랑스에서 태어나 24세 때 시토 수도회에 입회하였고, 후에 수도원장이 되었다.
7) 스데반. 역사상 첫 순교 성인이고, 또한 베드로를 비롯한 예수의 열두 제자들이 직접 뽑은 역사상 최초의 7명의 부제(副祭) 중 한 명이었다.

는 자들은 심판받을 것이다.'

두려워하며 이 신성한 가르침을 지키기로 결심한 콘스탄티누스 대제[8]는 적들이 그를 비난하고 그의 초상화에 돌을 던져 머리와 얼굴에 상처를 입혔다고 신하들이 와서 말하자 그 말을 귀담아 듣지 않고 점잖게 모욕을 참고 몸 전체를 손으로 다 만져보면서 말했어. '누가 무슨 돌을 던졌는데? 그리고 상처라니? 그대들이 와서 말하는 고통이나 아픔을 나는 전혀 모르겠구나.' 대제는 부하들에게 불명예란 그것을 불명예라 여기는 사람한테만 있다는 가르침을 준 것이다.

그와 너는 다 신이 만든 존재이기에, 그가 너한테 욕을 보였다면 그것은 그가 신에게도 욕을 보인 것임으로, 설사 네가 복수를 하지 않고 용서를 하더라도 그는 대가를 치르게 된다. 이 모든 것은 신이 관장하신다. 만일 왕의 성이나 궁전에서 어느 누가 모욕을 당한다면 왕도 함께 모욕을 당하는 것이다. 완전한 용서를 받기 위해서는 모욕당한 사람이 용서해주는 걸로는 충분치가 않아. 그런 분별없는 행동이나 모욕은 왕의 명령까지도 욕보이는 것이고, 그의 궁전이나 영토까지도 비난하는 것이기 때문이지. 그래서 신께서는 말씀하셨다. '원수 갚는 것이 내게 있으니, 내가 갚으리라.' 협박을 받고 불행한 것을 보시고 협박한 자를 신이 직접 벌하신다면 그는 차라리 태어나지 않는 것이 더 좋았을 거야. 네가 불행에 빠지고 싶지 않다면 원수를 갚지 마라. 그러면 너는 축복받을 것이고, 명예로워질 것이며, 너에게 그렇게 하라고 명령하신 분을 따라서 그분을 닮아갈 거야. 네가 축복받으려면 원수들이 화를 내도 참고, 그들이 모욕을 줘도 고마워해야 한다. 그러면 영광과 평화를 얻게 될 것이다."

••

8) 313년에 밀라노칙령 선포로 기독교를 최초로 공인한 로마 황제(306~337 재위).

나는 그 훌륭한 말씀을 가능한 한 여기서 여러 번 반복하고 싶습니다. 그 말은 전부 하늘에서 온 성경 말씀이었습니다. 그때부터 나는 진정으로 그 말을 따르기로 마음먹었습니다. 아무리 생각해봐도 참 좋은 말입니다. 복수를 당하게 할 수 있는 것보다 더 큰 복수가 있을까요? 복수보다 더 어리석은 일이 무엇일까요? 복수란 불의의 격정이고 신의 눈과 인간 앞에서 가장 추악한 일이며 맹수들이 하는 짓입니다. 복수는 겁쟁이와 여자들이나 하는 짓이고, 용서는 영광스러운 승리입니다. 복수하려는 자는 용서해주는 주인공이 될 수 있으면서도 죄수가 될 수 있습니다. 조물주의 뜻을 거슬러 타인의 땅을 가로채어 자기 것인 양 주장하는 피조물만큼 바보스러운 자가 또 어디에 있겠습니까? 당신이 당신 것이 아니고 또 당신 소유물이 하나도 없다면, 당신을 모욕한다고 하는 그자가 당신에게서 무엇을 빼앗겠습니까? 복수는 당신 주인인 신이 책임집니다. 신에게 복수를 맡기면 신은 조만간 원수들에게 복수를 할 것입니다. 그분의 손에서 복수를 빼앗는 것은 불경스럽고 파렴치한 죄입니다. 선을 행하는 것보다 더 고귀한 일이 무엇일까요? 악을 저지르지 않는 것보다 더 큰 선은 무엇일까요? 신이 내린 명령을 따르는 것이 우리의 의무이듯이, 당신에게 베풀지 않고 해를 끼치는 사람에게 선을 베푸는 것이 그 답입니다. 원수에게 복수하는 것은 사탄의 일입니다. 당신에게 호의를 베푸는 사람에게 선을 행하는 것은 인간으로서 당연히 해야 할 일입니다. 짐승조차도 그러한 이치를 깨닫고 자신을 해치지 않는 사람에게는 으르렁대지 않습니다. 원수에게 선을 베푸는 것은 초자연적인 섭리이고, 영원한 영광에 이르는 성스러운 계단이고, 하늘의 문을 여는 십자가고, 영혼의 달콤한 휴식이고, 육신의 평화입니다.

복수란 평온함이 없는 삶입니다. 복수는 복수를 부르고, 결국 모두 다 죽음에 이릅니다. 꽉 조이는 옷을 입고 단도를 몸 안에 넣는 것은 미친 짓이 아닐까요? 복수란 단지 원수를 갚기 위해 자기 자신을 해치고, 눈 하나를 멀게 하기 위해 자신의 두 눈을 망가뜨리고, 하늘을 향해 침을 뱉어 자기 얼굴에 떨어지게 하는 것뿐, 다른 그 무엇이겠습니까? 존경스럽게도 세네카는 이러한 사실을 인식했습니다. 세네카의 원수가 광장에서 그를 발로 차자, 모두들 소송을 제기하라고 부추기자 그는 웃으며 말했습니다. "나귀를 소송에 거는 것은 미친 짓이 아닐까요?" 세네카는 발로 차는 사람에게 복수하는 것은 짐승이나 하는 짓이고, 자신은 인간인 만큼 그런 것을 전혀 신경 쓰지 않는다는 의미로 말했을 것입니다.

복수하는 것보다 더 야만스러운 짓이 있을까요? 복수에 전혀 관심을 갖지 않는 것만큼 위대한 일이 있을까요? 다른 사람에게 모욕을 당한 오를레앙 공작이 프랑스 왕위에 오르고 났을 때, 그자에게 복수를 하라고 옆에서 부추기는 사람에게 말했습니다. "프랑스 국왕이 오를레앙 공작이 받은 모욕을 복수하는 것은 어울리지 않는 일이네." 자기 자신을 이기는 것이 가장 위대한 승리라고 한다면, 왜 우리는 욕구, 분노, 원한을 극복하고 이 승리를 쟁취하지 않습니까? 그렇다면 누가 목숨을 빼앗고 헛된 명예를 손상시키고 재산을 고갈시키는 짓을 하더라도 우리는 그 사람을 용서할 것입니다.

오, 거룩한 신이시여! 내가 만일 착한 아이였다면, 그 훌륭한 분에게 들은 것만 가지고도 올바른 길을 갔을 것입니다. 그분은 아름다운 젊음이라는 보물을 잃고서 길바닥에 떨어진 밀알이 되었습니다.

그분의 훌륭한 말과 가르침은 칸타야나까지 가는 내내 우리를 즐겁게 해주었고, 거의 해가 질 무렵이 되어서야 우리는 도착했습니다. 나는 배가 무척 고팠고 같이 간 마부도 밥 먹기를 학수고대했건만, 그럴 기회가 오지 않았습니다. 사제들은 잠자리를 찾아 친구 집으로 갔고, 우리는 우리의 숙박지로 갔습니다.

제5장

칸티야나에서 구스만 데 알파라체와
객주 주인 사이에 벌어진 일

사제들을 떠나보낸 뒤에 마부에게 물었습니다. "어디로 가죠?" 그가 대답했습니다. "잘 알고 있는 객주가 있어. 잠자리도 편하고 인심도 후한 곳이야."

마부는 그 지역에서 도둑놈 소굴 같은 객주로 나를 데리고 갔습니다. 그곳에서는 당신이 여유 있게 먹을 수 있을 만큼 음식이 푸짐하게 있었지만, 나는 재수가 옴 붙은 놈이라 프라이팬에서 나오니 불로 떨어지고, 카리브디스를 힘겹게 벗어나니 스킬라[1]에 빠졌습니다.

객주 주인은 손님들이 이용할 수 있게 튼튼한 나귀와 갈리시아산 암말을 키우고 있었습니다. 궁핍한 사람들도 얼굴이나 나이나 심지어 옷도 따지지 않고 설사 머리에 백선이 걸려 두건을 썼더라도 여자라면 다 좋아하

..

1) 카리브디스(Charybdis)와 스킬라(Scylla)는 오디세우스가 메시나 해협을 건널 때 만났다던 암초 또는 괴물로서 진퇴양난의 대재앙을 뜻한다.

는 판이니, 하물며 짐승들 사이에서 이런 일이 일어난다고 해서 그리 놀랄 일은 아닙니다. 나귀와 암말들은 항상 축사와 구유에서 같이 먹고 자고 생활하였는데 주인은 그것들을 묶어 꼼꼼하게 관리하지 않았습니다. 오히려 손님들이 몰고 오는 말이나 나귀들이 하는 행동을 보고 배우라고 풀어놓고 키웠습니다. 그 결과 암말은 동반자의 씨를 배게 되었습니다.

안달루시아에서는 혼종의 교배를 법으로 엄격히 금하고, 이를 어길 경우 무거운 형벌에 처했습니다. 마침 그때 암말이 새끼 노새를 낳게 되어 객주 주인은 그것을 키울 속셈으로 며칠간 조심스레 숨겨놓았습니다. 그러나 이런 일을 남 눈에 띄지 않게 하는 것은 불가능했고, 자기를 미워하는 사람들에게 복수의 빌미를 주고 싶지도 않고, 손해를 볼까 겁도 나고 또 이득을 보려는 욕심에 지난 금요일 밤에 새끼 노새를 도살했습니다. 고기를 잘라 소금에 절여놓고 내장, 곱창, 혀, 골은 이번 토요일에 쓰려고 손질해놓았습니다. 우리는 ―이미 말했듯이― 진수성찬과 편안한 잠자리가 준비된 숙소에 때맞춰 잘 도착했습니다. 같이 간 마부는 마구를 내려놓고는 나귀를 돌보았습니다. 나는 거의 녹초가 되어 도착하자마자 바닥에 드러누웠고, 한참 동안 손가락 하나 꼼짝할 수가 없었습니다.

허벅지는 감각이 없었고, 그 허벅지를 매달고 다닌 발바닥은 퉁퉁 부었고, 등자도 없이 나귀를 타다 보니 궁둥이는 사정없이 내려치는 충격에 시달렸고, 사타구니는 마치 비수로 찌르는 것처럼 아팠습니다. 온 삭신이 다 쑤셨고 무엇보다도 배가 너무 고팠습니다. 일행 하나가 숙박비를 막 치르고서 내 쪽으로 오는 것을 보고 내가 말했습니다. "밥 먹는 게 좋지 않을까요?" 그는 밥 때가 됐으니 그러자고 했습니다. 이튿날 그는 아침 먹는 대로 카사야에 제때 도착해서 짐을 싣고 싶었기 때문이었습니다. 저녁거리가 있는지 물어보니 주인장은 아직까지 음식이 많이 남아 있다고 대답했습니다.

주인장은 좀 시끄럽고, 눈치가 빠르고, 쾌활하고, 매우 교활한 사람이었습니다. 그가 그렇게 속일 사람이라곤 전혀 생각지도 못했는데, 그는 나를 너무나 교묘하게 속였습니다. 허울 좋고 번지르르했으며 말도 그럴듯하게 늘어놓아서 주인장에게 호감이 갔습니다. 나는 속으로 주님을 찬양한다는 말을 수도 없이 외쳤고, 그 거룩한 이름을 찬양했습니다. 그분은 힘든 일 뒤에 휴식을, 아픔 뒤에 치료약을, 폭풍 뒤에 잔잔함을, 슬픔 뒤에 평온함을, 거친 음식 뒤에 맛있는 음식을 주셨습니다.

톨레도의 시골 마을 올리아에서 내가 잘 알고 있는 농부한테 일어난 재미있는 말실수 이야기를 당신한테 해도 괜찮을지 모르겠지만, 더는 소문이 퍼져나가는 것도 안 좋을 것 같고, 또 순박하고 깊은 신앙심을 가진 사람 입에서 나온 거니까 말씀드리겠습니다. 그가 다른 사람들하고 프리메라[2] 놀이를 하고 있었는데, 세 번째 순서 사람이 가지고 있던 패를 내자 두 번째 사람이 말했습니다. "와, 세상에! 프리메라 잡았으니까 드디어 한 판 이겼다." 농부가 자기 패를 보니 전부 같은 모양인지라 이겼다는 기쁨에 그와 동시에 말했습니다. "너무 좋아하지 말게, 난 플룩스인걸." 그런 말도 안 되는 실수를 이 이야기 속으로 가져오자면 여기가 딱 제격이니, 그런 일이 저한테 일어났기 때문입니다.

마부가 물었습니다. "자, 떠날 준비는 어떻게 됐습니까?" 엉큼한 주인이 대답했습니다. "어제 우리 집 귀여운 송아지가 죽었어요. 어미 소는 비쩍 말랐고 가뭄 때문에 풀도 안 자라서, 태어난 지 일주일밖에 안 된 놈이

⋮

2) 카드놀이의 일종. 한 사람당 카드를 네 장씩 가지고 하는데, 제일 좋은 패는 전부 같은 모양이 나오는 플룩스고, 프리메라는 세 번째로 좋은 패다.

죽었어요. 허드레 부위하고 내장은 요리해놨으니까 원하면 말씀만 하십시오." 이 말을 듣고서 나는 기뻐 그 자리에서 폴짝폴짝 뛰었습니다. 나는 마음이 좀 편안해졌고, 허드레 고기가 있다는 말에 몸이 날아갈 것 같았고, 정말 그 말만 들어도 좋아서 눈물이 날 지경이었습니다. 피로가 다 달아나고 얼굴에는 웃음만 남았습니다. 내가 말했습니다. "주인장, 뭐든지 다 가져다주세요."

곧바로 깨끗한 옷이 식탁에 깔리고 지난번처럼 맛없지는 않은 빵과 아주 훌륭한 포도주 그리고 신선한 샐러드 한 접시가 차려졌습니다. 워낙 깨끗하게 비어 있던 내 배 속에 그 음식을 채워 넣는 데는 그리 많은 시간이 걸리지 않았습니다. 그런데 송아지 내장과 발은 어디에도 보이지 않았습니다. 주인은 배고픈 사람을 취하게 만들어 정신을 흐리게 해놓고서는 처음부터 속일 작정이었습니다.

여자나 선원이나 객주 주인이 하는 약속을 믿을 바에야 차라리 자기 자랑만을 늘어놓는 사람의 약속을 믿는 편이 낫다고 어느 토스카나인이 충고했을 정도로, 그들이 하는 말은 하나같이 다 거짓입니다. 객주 주인은 샐러드 다음으로 삶은 곱창 요리를 쥐꼬리만큼 담은 커다란 접시 몇 개를 내놓았습니다. 음식이 많으면 배가 부를 것이고 그러면 속이는 것을 알아차리기가 쉽기 때문에 그는 음식을 많이 내놓지 않았습니다. 간에 기별도 안 가게 먹다 보니 배가 더 고팠고, 더 먹고 싶었습니다.

같이 간 마부에 대해서는 할 이야기가 없습니다. 그는 야만인처럼 난폭한 부모에게서 태어났고, 태어나자마자 마늘 한 쪽을 먹었습니다.[3] 어리식

···

3) 스페인에서는 아이가 태어나면 악마로부터 보호하기 위해 꿀을 먹이는 풍습이 있었다. 그런데 여기서는 너무 가난해서 꿀 대신 마늘을 먹었다는 의미로 쓰였다.

ㄱ 거친 사람들은 착하고 순수한 것과는 거리가 멀고, 자기들이 무엇을 좋아하고 싫어하는지도 구분하지 못합니다. 그들은 뛰어난 감각도 없고, 보기는 하지만 봐야 할 것은 안 보고, 들을 때도 들어야 할 것은 듣지 않습니다. 특히 말을 할 때는 투덜대는 것이 아닌데도 꼭 화난 사람처럼 보입니다. 그들은 씹지 않고 꿀꺽 삼키는 개들 같고, 뜨거운 쇠를 통째로 삼키고 마드리드에서 세 번의 겨울을 보낼 수 있는 밑창이 두 개 깔린 구두도 눈앞에 있으면 다 먹어치울 타조들 같습니다. 나는 타조가 시동이 쓰고 있는 모자를 주둥이로 뺏어 통째로 삼키는 것을 본 적이 있습니다.

그러나 교양 있고 깔끔한 부모 밑에서 따뜻하게 자란 나는 속임수를 간파하지 못했습니다. 물론 너무나 배가 고파서 그랬을 수도 있습니다. 뭔가 맛있는 것을 먹고 싶다는 생각에 다른 것은 눈에 들어오지도 않았으니까요. 엉큼한 객주 주인이 내 눈을 조금씩 흐려놓았다는 게 조금도 이상하지 않았습니다. 나는 너무 성대한 연회를 준비하는 게 아닌가 하는 우려가 들 정도로 착각했던 것입니다. 배고픈 사람한테는 맛없는 빵이 없다는 말 안 들어 봤습니까? 나는 그저 맛있는 것 먹는다는 기쁨에 빠져 있었습니다.

또 다른 것이 더 있는지 물어보았습니다. 객주 주인이 돼지기름에 튀긴 소골과 달걀이 있는데 괜찮겠냐고 물어서 나는 좋다고 대답했습니다. 주인이 음식을 준비하는 것보다 우리가 대답하는 시간이 더 오래 걸렸습니다. 그는 우리가 음식을 재촉할까봐 맛보기로 내장 요리를 좀 내왔습니다. 무슨 맛인지는 모르겠는데 썩은 지푸라기 냄새가 나서 나는 마부한테 접시를 밀어냈습니다. 그는 조금도 거절하지 않고 접시 속으로 빠져들었습니다.

마부가 내장을 많이 먹으면 그만큼 골 요리가 나한테 많이 돌아올 거라 생각하니 그한테 내장 요리를 양보한 게 억울하지 않고 오히려 기분이 좋았습니다. 그런데 일이 그 반대로 돌아갔습니다. 그는 내장 요리를 혼자 다 먹고도, 마치 그날 온종일 음식이라곤 한 숟가락도 먹지 못한 사람처럼, 쉬지 않고 숟가락질을 해댔습니다. 달걀과 골 요리가 식탁에 차려졌고, 달걀 오믈렛을 본 마부는 찢어져라 입을 크게 벌리고 웃기 시작했습니다. 맛있는 음식 먹고 기운 좀 차릴 것만 기대하고 있던 나는 약이 오르고 속이 뒤틀렸습니다. 우리가 무슨 말을 주고받는지 들으려고 노심초사 애쓰고 있던 주인은 마부가 기분 나쁘게 웃는 것을 보고는 그가 분명히 뭔가 알아차린 거라 생각하고는 안절부절못했습니다. 그 시각에 또 다른 걸로 웃을 이유가 하나도 없기 때문이었습니다. 죄지은 사람은 항상 조심하면서, 자기 그림자를 보고도 놀랍니다. 그는 자기가 지은 죄 때문에 괴로워하고, 어떠한 행동이나 동작도 자기한테 해가 되는 거 같고, 바람이 불면서 자기가 지은 죄를 모든 사람들에게 알려준다고 생각합니다. 불쌍한 주인은 비록 의뭉스럽고 나쁜 짓 하는 데 습관이 되었고 훔치는 데 이력이 난 사람이지만, 이번만큼은 겁이 많이 났습니다. 대개 이런 사람들은 겁이 많고 허풍쟁이입니다.

왜 당신은 사람들이 싸우고 죽이고 서로 갈라지고 협박한다고 생각합니까? 협박을 당하면 겁이 나니까 그걸 감추려고 그러는 겁니다. 그건 마구 짖어대는 개들이 거의 물지 않는 것과 같습니다. 똥개들은 하나같이 막 짖어대며 난리 법석을 피우다가도 상대방이 다시 자기를 바라보면 슬그머니 꼬리를 내립니다. 그건 두려움과 의심과 악한 마음을 갖고 살아가는 사람들의 특성입니다. 객주 주인은 허둥대며 어디를 어떻게 막아야 하는지 몰라 우물쭈물하며 말했습니다. "이건 진짜 송아지 고기 맞는데, 왜 웃는 거요? 필요하다면 증인 백 명은 데려올 수 있소." 말을 하면서 그는 얼굴이 벌겋게 달아올랐습니다. 화가 나서 피가 아래쪽으로 몰리고, 눈에서는 불꽃이 일어나는 것 같았습니다.

마부가 고개를 들어 객주 주인에게 말했습니다. "누가 당신한테 그런 걸 물었어요? 누가 당신 나이 물었어요? 이 객주에서는 손님이 무엇 때문에 웃는지, 얼마나 웃는지에 따라 숙박 요금을 더 내야 하는 법이라도 있습니까, 아니면 웃으면 부과되는 세금이라도 있는 겁니까? 남이야 울든 웃든 상관 말고 당신 받을 것만 받으면 되잖소. 나도 남잔데, 만일 당신을 비웃었다면 솔직히 그랬다고 말했을 거요. 이 달걀들 보니까 여기서 3레구아 떨어진 곳에 있는 객주에서 나하고 같이 온 친구가 먹었던 달걀들이 기억나누만요."

그러고서 마부는 나한테 들었던 얘기하고, 그 후에 그 객주에서 다른 젊은이들이 겪었던 일을 객주 주인에게 다 이야기해주었습니다. 말할 때 나타나는 감정, 웃음, 표정과 어깨를 들썩이는 모습이 마치 장미를 풀어놓은 물에서 목욕하는 것 같았습니다.

주인은 수도 없이 놀라워하고, 예수 그리스도의 이름을 반복해서 불러대면서 계속 성호를 긋고 눈을 하늘로 치켜뜨면서 말했습니다. "주님, 용서하소서! 당신의 이름을 더럽힌 자의 죄를 용서하소서!" 객주 주인은 훔치는 데는 일가견이 있어서 교묘하게 훔치면서도 어떠한 저주도 피해왔습니다. 그는 왔다 갔다 하면서 놀라 벌벌 떠는 척하며 큰소리로 말했습니다. "어떻게 그런 객주가 안 무너지지요? 어떻게 신은 그런 객주를 가만 놔두시고, 그런 나쁜 여자의 죄를 눈감아주실까요? 어떻게 오늘날 이런 마녀가 세상에 살고 있을까요? 왜 땅은 그런 마녀를 꿀꺽 삼키지 않을까요? 모든 객주 주인들이 그런 여자한테 불만입니다. 모두들 그런 식으로 손님을 대하는 그 여자를 욕합니다. 어느 누구도 기분 좋을 리 없고, 모두들 우려합니다. 모두 주인들이 다 악덕업자거나 그 여자만 나쁜 사람일 수 있겠지만, 어쨌든 모든 객주 주인들이 다 잘못했다고 할 수는 없습니다. 이런저런 이유로 어느 누구도 그 객주에서 묵으려 하지 않습니다. 모두들 그곳을 지날 때 성호를 긋고 멀찌감치 지나갑니다. 그런 여주인은 채찍질 백 대를 가하는 태형에 처해야 합니다. 그런 여자는 객주 운영을 못하게 해야 합니다. 어떻게 그런 여자가 객주 일을 하는지, 어떻게 그러고도 벌을 받지 않는지 모르겠네요. 어제와 작년처럼 오늘도 뻔뻔스럽게 훔치는 것은 진짜 이상야릇한 일입니다. 그보다 더 큰 문제는 마치 누가 시킨 것처럼 해서 훔친다는 것입니다. 분명 그럴 겁니다. 감시인, 고발자, 종교경찰[4] 군졸 모두 그러한 사실을 알고 있으면서도 그 여자의 감정을 건드리지 않기 위해 모르는 체하는 겁니다. 그 여자가 다른 사람들의 재산을 빼앗아 이들에게 세금을 바치니 이들도 좋아할 수밖에요. 그러니 다른 방법으로 그 여자 재산을 빼앗고 태형을 가해야 합니다. 비록 그 객주에 대한 소문이 안 좋아져 그 불행한 여인이 많은 것을 잃겠지만, 손님들한테 세심한 주의를 기울이고 관리를 잘한다면 다시 손님들이 많이 몰려들 겁니다. 길을 나설 때마다 곡식 한 톨씩을 가져오는 개미는 사람한테 밟히지만 않는다면 일 년 동안 먹을 양식을 곡식창고에 쌓아둘 수 있습니다. 그 여자 진짜 나쁩니다, 진짜 나빠요!"

말이 여기에 다다랐을 때, 나는 객주 주인이 이제 말을 마칠 거라 생각했지만, 그는 다시 말을 이어갔습니다. "순결한 성모 마리아께 맹세하건대, 나는 가난하지만 내 집에서는 최대한 성의를 다해 손님을 모십니다. 정직이 제 삶의 목표인 만큼 고양이를 토끼로, 염소를 양으로 속여서 팔지 않습니다. 양가죽을 쓴 늑대는 결국 그 진실이 밝혀집니다. 각자 자기 몫

---

4) 15~16세기 스페인에서 비가톨릭인들을 감시하던 비밀경찰.

만큼만 가져가면 되지, 다른 사람을 속여서는 안 되지요."

여기서 객주 주인은 씩씩거리며 말을 마쳤습니다. 그가 총총걸음으로 가는 걸 보고, 난 이제 후식 먹게 되겠구나 생각했습니다. 그러나 식사는 그걸로 끝이었습니다. 그가 후식으로 우리에게 가져온 것은 호두처럼 통통한 올리브 열매 몇 알뿐이었습니다. 난 내일 아침에는 송아지 고기 좀 준비해달라고 객주 주인한테 재차 부탁하고서 잘 곳을 찾았습니다. 가장 평평한 바닥에다 길마를 몇 개 펼치고 밤을 보냈습니다.

제6장

구스만 데 알파라체가 객주 주인과의
사이에서 일어났던 이야기를 끝낸다

일요일 동이 트기 시작했을 때 나를 세비야 광장들 중간이나 내 어머니 집 문 앞에 두더라도 나를 알아볼 사람이 있을까 싶을 정도였습니다, 내 몸에 벼룩이 너무 많이 기어 다녔기 때문입니다. 하기야 그 녀석들한테도 그해 는 넘기 힘든 보릿고개 시절이었고, 나 때문에 겨우 연명하고 있을 때였습니다. 마치 홍역을 앓고 있는 것처럼, 아침에 일어나 보면 물리지 않은 곳이라곤 한 군데도 없이 몸 전체가 울긋불긋했습니다. 그러나 길을 가느라 피곤했고, 또 그 전날 밤에는 보통 때보다도 술을 더 많이 마신 터라 꼼짝 도 않고 낙원을 꿈꾸면서 잤는데, 아직도 7레구아를 더 가야 하는 마부가 일찍 미사를 보러 갈 생각으로 날 깨웠습니다. 나는 아직 태양이 떠오르기 전이라 일어나 불을 켜고 식사를 주문했습니다.

내 입에는 별로였는데 마부는 아주 달게 먹었습니다. 한 입 한 입 먹는 모습이 음식을 칠면조 가슴에다가 쑤셔 넣는 것 같았습니다. 그는 맛있는 음식을 처음 먹어보는 사람처럼 칭찬이 입에서 내내 떠나지 않았습니다. 나도 내 나쁜 미각을 탓하면서, 그를 따라 어쩔 수 없이 맛있게 먹을 수밖에 없었습니다. 솔직히 말해 정말 맛이 없었지만, 누가 했는지 정말 맛있다고 응대했습니다. 전날 저녁에도 음식이 딱딱하게 굳었고 맛이 없어서 조금밖에 안 먹었는데도 속이 꽉 찬 것처럼 더부룩하고 밤새 소화가 안 되었습니다. 마부한테 잔소리꾼으로 몰릴까봐 걱정이 앞서긴 했지만, 주인한테 한마디 하지 않을 수가 없었습니다. "무슨 고기가 이렇게 질기고 맛이 없어요? 이거 먹다가 이빨 빠진 사람 없어요?" 주인이 대답했습니다. "이게 얼마나 싱싱한 고긴데요. 소스 뿌려서 안 먹었어요?" 마부가 말했습니다. "소스 같은 것 필요 없어요. 이 친구는 부드럽고 맛있는 빵하고 싱싱한 달걀만 먹고 자라서, 어떤 음식이라도 다 딱딱하고 맛이 없어요."

나는 꾹 참고 입을 다물었습니다. 이제 완전히 다른 세상에 와 있는 것 같았고, 말로는 이해할 수 없는 또 다른 여정이 되었습니다. 그렇지만 이유도 없이 나쁜 놈처럼 되어버렸으니, 난 화가 났습니다. 바로 그때 전날 밤에 분명 송아지 고기라고 주인이 말했던 것이 뜬금없이 기억났습니다. 말만 그럴듯하게 하면서 거짓말만 하는 그가 나쁜 사람이라는 생각이 들었습니다. 진실은 그렇게 맹세할 필요가 없고, 아무런 불평도 없는 완벽한 만족이라는 것은 항상 의심스럽습니다. 내가 무슨 고기를 먹은 건지, 객주 주인이 무슨 고기를 준 건지 알 수가 없었습니다. 사실 나쁜 음식이라고는 생각하지 않았지만, 그렇다고 좋은 고기라는 생각도 들지 않았습니다. 궁금증이 도통 내 머리를 떠나지 않았지만, 신경이 많이 쓰이지는 않았습니다.

내가 계산서를 요구하자, 마부는 자기가 계산하겠다고 했습니다. 이제 친구 사이니 나도 조금은 내겠다고 하니까, 얼마 되지도 않는데 굳이 나눠

내는 것이 싫다고 그가 말했습니다. 길에서 만났을 때부터 친절하고 고맙게 대해주며 탈 것과 먹을 것을 준 그에게 고맙다는 말을 연거푸 했습니다.

세상사가 다 그런 식으로 돌아가는 줄 알았습니다. 어디를 가더라도 비용을 다 대주고 말을 태워주는 사람을 만날 것만 같았습니다. 나는 기운을 차렸고, 엄마 젖을 빨지 못하도록 쓴 알로에를 젖꼭지에다 발랐던 것처럼, 엄마 젖을 잊기 시작했습니다. 지옥에서 우글거리는 배은망덕한 놈이라는 소리를 듣지 않기 위해, 마부가 돈을 낸다고 우길수록 나는 더욱더 언행에 조심하면서 그를 따라 나귀들을 물을 먹이기 위해 구유로 몰았습니다. 마구를 달고 떠날 채비를 다 끝내고 나귀들한테 보리를 먹였습니다. 옆에서 마부를 거들어 나귀들의 이마와 귀를 닦았습니다. 일을 하는 동안 망토를 의자에 걸쳐놓았는데, 수은처럼 불에 타버렸는지 연기처럼 바람에 날아가버렸는지 사라지고 보이지 않았습니다. 객주 주인이나 마부가 나를 놀리려고 숨겨놓은 게 아닌가 하는 의심이 들었습니다.

그런데 이건 놀림의 수준이 아니었습니다. 그들은 맹세코 내 망토기 자기들 수중에도 없고, 누가 가지고 있는지, 어디에 있는지도 모른다고 했습니다. 문이 닫혀 있는 걸로 봐서 문을 연 사람은 아무도 없었습니다. 거기에는 우리들과 객주 주인밖에 없었습니다. 옷이 없어진다는 것이 불가능하다는 생각이 들었고, 또 실제로도 그런 터라, 혹시 내가 망토를 다른 데 놔두고 기억이 나지 않는 것이 아닌가 하는 생각도 들어서 정신없이 객주 전체를 다 뒤졌습니다. 마루에서 부엌까지 걸어가다가 뜰에서 멈춰 섰습니다. 거기에 선혈 자국이 크게 나 있었고, 그 옆에는 새끼 노새 가죽이 펼쳐져 있었는데, 새끼 노새의 발은 아직 잘리지 않고 붙어 있었습니다. 귀도 이마 부분과 함께 펼쳐져 있었습니다. 바로 그 뒤에 머리뼈들이 있었고, 단지 혀와 골만 없었습니다.

그때 내 의심은 더 굳어졌습니다. 틈을 봐서 마부를 불러 우리가 먹은 점심과 저녁 밥 재료로 쓰고 남은 부위들을 보여주면서 말했습니다. "이 객주에서 우리가 저녁으로 먹은 게 빵하고 달걀이라고 생각하세요? 당신이 우쭐거리며 입에 침이 마르도록 칭찬했고, 주인이 자랑을 하면서 약속했던 송아지 고기가 이건가요? 우리가 먹은 저녁하고 점심 어떻게 생각하세요? 고양이를 토끼로, 염소를 양으로 속여 팔고, 그 뻔뻔스러운 얼굴이 세상 사람들한테 다 알려지고, 자기 마누라한테 입에 담지 못할 소리를 하면서 학대를 한 그 주인이 우리를 어떻게 대했나요?"

마부는 잔해를 보고는 난처해하고 놀라서 아무 말도 못하고 고개를 숙인 채 길을 떠날 채비를 하러 갔습니다. 그 일이 있고서 그날 온종일 그리고 우리가 헤어질 때까지 작별 인사 빼놓고는 마부에게서 어떠한 말도 듣지 못했습니다. 앞으로 보겠지만, 그 인사말도 마지못해 내뱉은 것입니다.

저마다 그런 비슷한 일이 자기한테 일어나지 않을까 상상하는 것이 나로서는 안타까운 일이긴 하지만, 계속해서 내 마음을 슬프게 한 마부의 웃음소리가 더는 나오지 못하도록 내 불운을 기꺼이 받아들이니, 나는 그만큼은 고통스럽지 않았습니다. 객주 주인이 내 망토를 가지고 있지 않을 거라고 생각하는 건 꿈일 거라 생각하고 그에게 복수하기로 했습니다. 차분하고 이성적으로 판단하면 할수록 용기가 더 나고 겁은 사라집니다. 망토를 달라고 하자 객주 주인은 실실 웃으며 거절했습니다. 나는 관청에 고발한다는 협박을 해야겠다고 생각했지만, 그가 전혀 눈치채지 못하게 아무 말도 하지 않았습니다. 그는 나를 보호자도 없는 불쌍한 어린애 취급하며, 무척 거만한 태도로 나를 때릴 거고 겁쟁이들한테나 어울리는 창피함을 줄 거라고 공갈쳤습니다. 그러나 어린 양들이 조금만 모욕을 당해도 화를 내고 몇 마디 말다툼에서 큰 싸움으로 이어지는 것처럼, 힘이 약하고 나이도 어린 나는 의자에서 벌떡 일어나 벽돌 반 장을 객주 주인에게 던졌습니다. 그가 기둥 뒤로 피하지 않았더라면 다쳤을 테고 그러면 나도 복수를 할 수 있었을 것입니다. 그러나 그가 피해서 자기 방으로 도망치더니 칼을 들고 나왔습니다.

이런 잔인한 사람들이 누군지 잘 보세요. 객주 주인은 여리고 약한 내 팔에 대항해서 자신의 그토록 억세고 강한 팔을 이용하려 하지 않았습니다. 나를 때리려고 한 것은 잊어버리고, 햇병아리 같은 어린 내가 무기 하나 안 가지고 있는 것을 보고는 무기의 힘을 빌려 나를 공격하려 했습니다. 그가 칼을 들고 오자 나는 겁이 나 땅바닥에서 돌멩이 두 개를 주워 들고 방어 태세를 갖추었습니다. 내 손에 든 돌멩이를 보더니 그는 자리에 멈춰 섰습니다. 고래고래 지르는 고함 소리에 객주는 난리 북새통이 되었고, 마을 사람들이 다 몰려들었습니다. 이웃 사람들이 와서 왁자지껄 시끄러워지니까 종교경찰과 법원서기들도 왔습니다.

종교경찰 둘이 사건 경위를 조사했습니다. 법원서기들이 좀 더 많은 이익을 챙길 수 있는 피고인을 맡으려고 서로 말다툼을 벌이는 통에 더 시끄러워졌습니다. 그들은 상대방의 할아버지를 무덤에서 파냈고, 상대방의 어머니가 누군지를 물었고, 상대방의 아내와 종교를 비방했습니다. 그러나 거짓말 같지는 않아 보였습니다. 서로 상대방의 말을 들으려 하지 않았고, 우리도 우리 자신을 이해하지 못했습니다.

몇몇 시의원과 지역 유지도 도착해서 중재에 나섰고, 나를 심문했습니다. 그들은 항상 가장 약한 사람들만 붙잡고 늘어지고, 외지인, 가난하고 불쌍한 사람, 보호자가 없는 사람, 소외받는 사람, 아무런 대책이 없는 사람들을 먼저 잡습니다. 그들은 소동의 원인을 알고 싶어 했습니다. 그들이 나를 한쪽으로 데려가더니 사실대로 말하라고 강요하기에 나는 그때까지 벌어진 일을 꾸밈없이 그대로 이야기했습니다. 그러나 가까이에 있는 사람들이 내 말을 들을까봐, 재판관들과 같이 좀 떨어진 데로 가서 노새에 대한 이야기를 했습니다.

그들은 먼저 사건을 검증하고 싶어 했으나, 시간이 그리 많지 않아서 객주 주인을 구속시키는 일부터 시작했습니다. 주인은 자신이 어떤 범죄를 저질렀다는 것을 꿈에도 생각지 못하고 있었습니다. 그는 이 사건이 단순히 망토 때문에 벌어진 일이라고만, 그리고 망토를 훔친 건 그냥 재미로 놀려주려 한 것뿐이라고 믿고 있었습니다.

그러나 노새 고기 조각과 껍질과 그 외 허드레 부위들이 하나씩 드러날 것 같자 객주 주인은 두려운 나머지, 노새의 잔해 앞에서 하나도 숨기지 않고, 아니 그럴 엄두도 못 내고 사실대로 다 털어놓았습니다. 앞에서 말한 대로, 천박하고 파렴치한 인간들은 확실히 겁도 많고 소심합니다. 그래서 괴롭히거나 협박하지도 않았는데도, 객주 주인은 자신이 저지른 도적질과 장난질을 순순히 다 자백했습니다. 그 객주에서는 손님들의 물건을 훔쳐서 거래를 해왔던 것입니다.

망토를 어디다 숨겼는지 알아내려고 나는 모든 이야기에 귀를 기울였지만, 객주 주인은 나에 대한 증오심 때문에 끝내 밝히지 않았습니다. 망토를 찾으려고 애써봤지만 소용없었습니다. 재판관들은 마부와 내 진술을 다 받고도, 우리가 외지인이라는 이유로 다시 검토를 했습니다. 나를 폭행죄로 감옥에 가둘 건지에 대해 여러 의견이 오갔습니다. 법원서기들은 나를 감옥에 보내려 했지만, 종교경찰 하나가 내가 옳고 잘못이 없다고 말했습니다. 즉 내가 망토를 빼앗기고 어떻게 알몸으로 걸을 수가 있었겠냐고 말한 것입니다. 그래서 나는 풀려나고 객주 주인은 감옥으로 보내졌습니다.

우리는 떠날 채비를 해서 사제들이 기다리고 있는 곳으로 갔습니다. 사제들은 각자 자신의 나귀에 올라탔습니다. 내가 그동안 일어났던 일을 이야기하자, 그들은 놀라워하며 힘든 내 처지를 위로했습니다. 그러나 위로한다고 대책이 세워지는 것은 아니라서 하느님께 모든 것을 맡기기로 했습니다. 나와 동료 마부는 난리 법석 통에 제대로 준비도 하지 못하고 거의 도망치듯이 길을 나선 터라 미사에 참석도 못했습니다. 경건한 신앙심을 갖고 있는 나는 매일 미사에 참석하곤 했습니다. 나쁜 시작은 좋은 결과를 낳을 수가 없고 이제 더는 나한테 좋은 일은 벌어지지 않으리라는 생각이 불현듯 내 머릿속을 스쳤습니다. 앞으로 알게 되겠지만, 사실 그랬습니다. 신을 저버리고 시작하는 일은 좋은 결과를 기대할 수 없습니다.

제7장

구스만 데 알파라체는 도둑놈으로 몰려 감옥에
갇히지만, 사건 진상이 밝혀지고 석방된다.
한 사제가 즐거운 여행길이 될 수 있는
이야기를 하겠다고 약속한다

고대 이집트인들은 점성술을 무척 믿었던 민족으로, 그들이 저지른 많은
실수 중에서도 특히 운명의 신을 믿고 찬양한 것이 가장 큰 실수였습니다.
매년 첫째 날 그 신에게 바치는 축제가 열립니다. 지난 한 해에 대한 감사
를 드리고 새로운 한 해를 잘 보살펴달라고 많은 손님들이 초대됩니다. 고
대 이집트인들은 이 여신이 모든 일을 관장한다고 믿어서, 이 여신은 최고
의 통치자로 군림했습니다. 우리가 찬양하는 진정한 신의 존재를 몰랐기
에 그런 일이 벌어진 것입니다. 우리의 신은 강력한 힘과 성스러운 의지로
하늘과 땅을 지배하고 그 안에서 보이게 혹은 보이지 않게 모든 것을 키웁
니다.

　고대 이집트인들은 불행이 찾아오기 시작하면 그것이 진짜로 살아서 오
는 것처럼 여겼기 때문에, 한 가지 불행이 끝나면 또 다른 불행이 찾아와
서 인간은 죽을 때까지 잠시도 쉬지 못하고, 또 어떤 경우에는 불행이 겹

쟁이들처럼 떼를 지어 한꺼번에 들이닥쳐 집을 파산시킨다고 생각했습니다. 쓰러진 자는 더 절망하고, 그렇지 않은 자도 안심하지 못하도록 높은 산들도 의연하게 놔두질 않고 보이지도 않고 생각지도 못하는 수단과 방법으로 붕괴시키는 불행만큼 공기는 그처럼 가볍게 산꼭대기에 오르지는 못합니다. 그들처럼 신앙의 등불이 부족해서 겪은 불행들이 만일 나한테 온다면, 이렇게 말할지도 모르겠습니다. "불행이여, 혼자 온다면, 언제든지 환영이다."

어제 아침에는 좀 피곤했고, 아무도 눈치채지 못하게 순례자의 복장으로 변장한 거지 같은 닭 요리를 먹은 것 때문에 화가 나 투덜댔습니다. 그러고는 냄새나는 노새 내장으로 저녁을 먹었습니다. 더 재수 없었던 것은 고기와 골을 먹은 것인데 그건 아버지한테 물려받은 내 살을 먹은 거나 다름없었습니다. 마지막 불행은 망토를 잃어버린 거였습니다. 손해는 조금 입으면 놀라지만 많이 입으면 고분고분해집니다. 도대체 누가 그런 일을 꾸몄을까요? 무슨 불행한 운명 때문에 나는 집을 나왔을까요? 그랬습니다. 내 발로 걸어서 집을 나온 이후로 내내 나쁜 일만 일어났습니다. 몇 가지 불행은 다가올 불행의 전조였고, 그 이후로 찾아온 불행의 슬픈 징조였습니다. 불행은 끊임없이 찾아오면서 나에게 조금도 쉴 틈을 주지 않았습니다. 지상에서의 삶은 전쟁입니다. 땅에서는 안전하거나 영원한 것이 없고 완벽한 기쁨이나 진정한 만족이 없습니다. 모든 것이 거짓이고 부질없습니다. 그걸 보고 싶다면 한번 들어보십시오.

주피터 신이 자신의 즐거움을 위해 지상의 모든 생물과 인간을 키우면서 만족의 신에게 지상에서 거주하라고 명령했습니다. 그때는 그들이 나중에 은혜를 저버리라고는 생각지도 못했고, 어떠한 낌새도 알아차리지 못했습니다. 사람들은 만족의 신과 같이 있으면 다른 것을 전혀 기억하지 못했고, 이 신을 위해서 희생양을 바치고 성대한 축제를 벌이고 찬양의 노래를 불렀습니다.

이에 화가 난 주피터 신은 모든 신들을 소집해서 일장 연설을 했습니다. 자신의 형상을 본떠서 인간들을 만들고 키워놨더니 그 은혜는 아랑곳 하지 않고 오로지 만족의 신만 찬양하고 있다면서, 그런 미친 짓을 방지할 대책을 마련해보자고 했습니다.

가장 자비로운 신들이 말했습니다. "인간들은 나약한 존재니까 그냥 못 본 체하고 넘어갑시다. 우리가 그들과 운명을 바꿔서 그들처럼 된다면, 우리도 과연 그렇게 행동할까요? 너무 신경 쓸 필요가 없다고 봅니다. 더 심해진다면 그때 가서 똑바로 가르치면 될 것 같습니다."

모모[1]가 자신의 권리를 이용해서 말을 하려고 했으나, 다른 신들이 입 다물고 있다가 나중에 말하라고 했습니다. 자신이 원하는 말을 모모가 해주기를 기대하고 있던 주피터는 이에 화가 났지만, 그들의 말을 따를 수밖에 없어서 자기 차례가 돌아오면 다시 한 번 목적을 관철하기 위한 연설을 하리라 마음먹었습니다. 그러나 신들 중에서는 그와 지위가 비슷한 신이 적지 않았습니다. 그들이 말했습니다. "그런 중대한 죄를 지었는데도 벌하지 않는 것은 정당하지 않습니다. 무한한 신들에 대항하여 끝도 없이 신성 모독을 하는 것은 무한한 형벌로 다루어야 합니다. 그들을 쳐부수고 씨를 말려 더는 자라나지 못하게 해야 합니다. 반드시 인간이 있을 필요는 없습니다." 이에 어떤 신들은 그러지 말고 엄청나게 큰 벼락을 떨어뜨려 인간들을 다 태워 죽이고 다른 훌륭한 생물체를 키우자고 했습니다.

∵

1) 밤의 여신과 꿈의 신 사이에서 태어나 오로지 다른 사람이 하는 일을 꾸짖기만 하는 신. 무슨 말이든지 할 수 있는 자유가 있었기 때문에 다른 신들에 의해 하늘에서 쫓겨난다.

이렇게 다양한 의견들이 제시되고, 저마다 자신의 지위를 내세워 뜻을 굽히지 않자 아폴로 신에게 가서 그의 허가와 인정을 호소했습니다. 아폴로 신이 근엄한 목소리와 차분한 표정으로 말했습니다. "자비로운 주피터 신이여, 그대가 인간에게 무거운 벌을 내리려 하는 것은 너무나 옳은 일이라 어느 누구도 반박할 수 없을 것이요. 그렇지만 내가 느끼는 바를 말하지 않을 수 없군요. 또 그게 내가 당신께 응당 해야 할 일이라 생각되네요. 만일 그대가 세상을 파괴한다면 당신이 세상에서 키운 것은 다 쓸데없는 짓이 되고, 그대가 세상을 바로잡기 위해 수고했던 일을 스스로 망쳐버린다면 그건 그대의 오점이 될 것이며, 결과적으로 그대는 자신이 한 일을 후회할 것이요. 그대가 갖고 있는 사육의 권능을 피조물을 없애는 데 쓴다면 그대는 스스로의 위신을 추락시키게 될 것이오. 그들을 멸종시키고 다른 종을 새로 키우는 것 역시 그대에게 어울리지 않소. 그대는 그들에게 자유의지를 주든지 뺏든지 해야 할 것이오. 만일 자유의지를 준다면 그들은 반드시 이전으로 되돌아 갈 것이지만, 만일 빼앗아서 그들이 디는 사람이 안 된다면 그대는 하늘과 땅의 그 많은 구성체들, 별, 달, 태양과 그대가 완벽하게 만들었던 그 이외의 많은 것들을 쓸데없이 또다시 키워야 할 것이오. 그러니 이를 예방할 수 있는 한 가지 대책 이외에는 새로이 바꾸지 않는 게 좋을 것 같소. 주피터 신이여, 인간들로 하여금 당신의 뜻을 따르도록 하기 위해서 만족의 신을 보낸 것이니, 모든 것이 그대 뜻에 달려 있소. 인간들이 그 뜻을 감사히 여기며 잘 따른다면, 그들을 감싸 안고 은혜를 베풀지 않는 것은 그대의 뜻에 맞지 않는 일이 될 것이오. 그러나 그들이 당신의 뜻을 거스르고 무례한 짓을 한다면 참지 말고 그들을 벌해야 할 것이오. 그런 자들에게 자비를 많이 베풀 필요는 없을 것이오. 차라리 그들에게서 만족의 신을 빼앗고, 대신에 그와 형제이면서 무척 닮은 불만의 신을 보내시오. 그러면 인간들은 그 시간 이후로 그대의 자비심과 자신들의 비참함, 그대의 선행과 자신들의 악행, 그대의 휴식과 자신들의 노고와 고통, 그대의 영광과 권능과 자신들의 나약함을 깨닫게 될 것이오. 그대의 뜻에 따라 자격 있는 사람에게 상을 내려, 좋은 사람과 나쁜 사람이 똑같이 축복을 받아서는 안 되고, 벌 받을 사람은 벌을 받고 당신의 뜻을 깨달아야 할 것이오. 오, 자비로운 주피터 신이여! 지금 당장 그렇게 하시오. 그대의 뜻대로 행하는 게 가장 타당할 것이오."

아폴로 신이 연설을 끝냈습니다. 모모는 이전에 인간들한테 쌓인 원한 때문에 그들이 저지른 죄를 부풀리려고 했으나, 그의 다혈질 성격을 아는 터라 모두들 그의 생각을 질책했습니다. 모두가 아폴로 신의 판단을 찬양하면서 머큐리 신에게 일 처리를 맡겼습니다. 머큐리 신은 날개를 펴고 공중을 가로질러 지상에 도착해, 만족의 신과 같이 있는 인간들을 만났습니다. 인간들은 만족의 신을 위해 축제를 벌이면서 언젠가 자신들이 그 자리에서 쫓겨날 수 있다는 것은 꿈에도 생각지 않고 있었습니다. 머큐리 신은 만족의 신이 있는 곳으로 가서, 썩 내키지는 않았지만 어쩔 수 없이 수행해야 하는 일이었기에, 다른 신들이 내린 명령을 비밀리에 전했습니다.

이에 사람들은 동요하기 시작했고, 자신들의 신을 데려가는 것을 보고는 모두들 그 신을 지키기 위해 젖 먹던 힘까지 내서 만족의 신을 붙들고 늘어졌습니다. 그런 폭동을 보고 있던 주피터 신이 땅으로 내려왔습니다. 인간들이 만족의 신의 옷을 붙잡고 있었으므로, 주피터 신은 책략을 써서 만족의 신을 끄집어내고 불만의 신에게 그의 옷을 입히고는 그의 자리에 대신 앉혔습니다. 만족의 신은 하늘로 올라갔지만, 사람들은 속은 줄도 모르고 기뻐했습니다. 그들은 목적을 달성하고 자신들의 신과 같이 있다고 믿었지만, 사실은 그게 아니었습니다.

그런 실수는 그때부터 되풀이되었고, 그와 똑같은 속임수는 오늘날까지 지속되고 있습니다. 사람들은 만족의 신이 자기들과 함께 지상에 있다고 믿었지만, 사실은 그렇지 않았습니다. 땅에 있는 것은 그의 옷을 입고 그와 비슷하게 생긴 불만의 신이었습니다. 당신이 만일 다른 것을 믿거나 상상한다면, 당신은 진실과 동떨어진 삶을 살고 있는 것입니다. 그걸 보고 싶다면 내 말 잘 들으십시오. 파티, 피로연, 춤, 음악, 즐거움, 쾌락 그리고 당신 욕망의 최고점에서 마음이 가장 이끌리는 그 모든 것을 당신이 아주 좋아하는 방식으로 생각해보십시오. 만일 당신한테 "어디 가세요?"라고 묻는다면, 당신은 "아주 마음에 드는 파티에 가요"라고 매우 우쭐거리며 대답할지 모릅니다. 나는 당신이 거기 가서 환영받고 즐기기를 바랍니다. 꽃이 만발한 정원, 은빛 물소리, 진주처럼 반짝이는 샘물은 당신을 기쁘게 해줄 것입니다. 당신은 햇빛의 눈부심 없이, 바람의 성가심 없이 음식을 먹었습니까? 당신은 욕망을 채웠고, 충분히 휴식을 취했고, 즐겁게 대접받고 사랑받았습니까? 슬픔으로 깨지지 않는 만족이란 있을 수 없습니다. 혹시 불쾌한 일이 없었다면 집으로 돌아갈 때나 침대에 누울 때, 당신은 피곤하거나 먼지투성이거나 땀을 흘리거나 소화가 안 되거나 감기에 걸리거나 화가 나거나 우울하거나 아프거나 머리를 다치거나 죽거나 중에 하나가 될 것입니다. 큰 기쁨 속에서 큰 불행이 일어나고, 항상 눈물의 전야제가 펼쳐집니다. 한밤중에 벌이는 전야제가 아닙니다. 당신은 더 오랫동안 사람들의 신뢰를 얻지 못할 거니까 그 우상숭배 중간에 눈물을 흘려야 합니다. 옷에 속았고 가면에 눈이 멀었다고 지금 나한테 고백하러 올 겁니까? 만족의 신이 있었다고 생각했던 그곳에는 그의 옷과 불만의 신밖에 없었습니다. 지상에는 만족이 없고, 진정한 만족은 하늘에 있음을 이제 알겠습니까? 그곳에 가서 만족을 가질 때까지 여기서는 그것을 찾지 마십시오.

떠나려고 결심했을 때, 나는 만족을 상상해봤고 아직까지도 그걸 생각하고 있습니다. 거기서는 수확량 같은 것은 걱정하지 않고 태평스럽게 살지도 모른다는 상상을 하면서, 4월의 아름다운 들판을 봤습니다. 걸을 필요도, 피곤해지지도 않을 것 같은 넓고 평평한 길을 상상했고, 객주 주인들이 어떤 사람들인지, 그들이 말도 안 되는 그런 맛없는 음식을 내놓을 건지 당신이 들어본 것 중 최고의 음식을 팔 건지 아무것도 모른 채 선술집과 객주에서 먹고 마시는 것을 상상했고, 온갖 사물들, 새들, 동물들, 산, 숲 그리고 사람들의 다양함과 위대함에 가까이 다가가는 꿈을 꿨습니다. 내가 찾지 못한 것을 꿈꾸는 것이 아니라 훌륭한 삶을 그려보며 만족해했습니다. 모든 것이 나를 도와준다고 상상했습니다. 어디를 가든지 그곳에서는 어머니가 선물을 주고, 하녀가 옷을 벗겨주고, 침대에 저녁을 가져다주고, 이불을 깔아주고, 아침이 되면 식사를 준비해주는 것입니다. 세상이 그렇게 길다는 것을 누가 믿을까요? 이전에 지도를 본 적이 있었는데, 세상이 하나로 붙어 있는 것 같았습니다. 나에게 필요한 게 부족했다는 걸 누가 상상이나 할 수 있었겠습니까? 나는 그렇게 많은 고통과 비참함이 있으리라곤 생각하지 않았습니다. 그러나 '생각하지 않았다'는 것은 바보들이나 하는 짓이고, 야만인들의 변명일 뿐이고, 무분별한 자들의 피난처일 뿐입니다. 신중하고 현명한 자는 항상 생각하고 대비하고 조심해야 합니다. 내가 어리석은 아이처럼 아무것도 이해하지 못하고 철없이 굴었으니 벌을 받는 것은 당연합니다. 좀 쉬고서 무엇이 옳고 그른지 알고 싶습니다.

망토를 도둑맞고 놀림만 당한 채 객주를 나설 때 내 머릿속은 온갖 생각들로 가득 차 있었습니다. 잃어버리고서야 맛을 알아차린 이집트의 그 요리들을 먹고 싶었습니다. 우리 모두는 길을 가며 생각에 잠겼습니다. 착한 마부는 객주 주인의 농간으로 기가 죽었고 웃음이 사라졌습니다. 전에는 내 머리에 돌을 던졌는데, 지금은 자기 손이 유리로 됐다는 것을 알아차리고 조용히 손을 움츠렸습니다.

상대방에게 말하기 전에 그가 어떻게 받아들일까를 생각하고, 행동으로 옮기기 전에 상대방에게 어떤 피해를 줄까에 대해 생각하는 것이 신중한 태도입니다. 위험에 뛰어드는 것은 좋지 않습니다. 자유라도 다 같은 자유가 아니고, 말이라고 다 같은 말이 아니고, 손이라고 다 같은 손이 아닙니다. 모든 사물들은 다 존재의 이유가 있고, 모든 사람들에게 존경받고 싶은 자는 모두를 존경해야 할 것입니다. 당신의 비밀이 다른 사람들에게는 비밀이 아니거나 아닐 수 있고, 당신이 듣고 싶지 않거나 참고 견딜 수 없는 말로 당신에게 대답할지도 모른다는 것에 대해 생각해봤습니까? 힘이나 권력을 믿지 마십시오. 만일 그들은 당신 앞에서 치욕스러운 말을 하지 못한다면 세상 사람 전부한테 다 폭로할 것입니다. 잘 대해주면 친구가 될 수 있는 사람들을 적으로 만들지 마십시오. 아무리 악한 적도 적은 직이고, 작은 불꽃에서 큰불이 일어나는 것입니다. 신중하고, 고귀하고, 용감한 자들이 이런 일들을 겪지 않고 위험에 빠지지 않기 위해, 감정에 사로잡히지 않고 조심스럽고 이성적으로 걸어가는 것이 얼마나 명예롭고 가치 있는 일인가요! 당신은 마부가 어떻게 걷는지 못 봤습니까?

마부는 웃지도 않고 조용히 걸어갔습니다. 창피해서 얼굴도 못 들고 땅만 보며 갔습니다. 착한 사제들은 기도를 하면서 갔습니다. 나는 나의 불행에 대해 생각하며 갔습니다. 모두가 생각에 빠져 있을 때, 종교경찰 둘이 왔습니다. 그들은 주인의 엄청난 보물과 돈을 훔쳐 달아난 시동을 찾고 있었는데, 그들이 수집한 정보에 따르면 그 시동은 또 다른 나일 수밖에 없었습니다.

나를 보자마자 종교경찰들이 소리쳤습니다. "야, 이 도둑놈아, 잡았다. 이제 넌 도망칠 수 없다!" 그들은 나를 주먹으로 때리고 나귀에서 떨어뜨려 잡더니, 장물을 찾아낼 수 있을 거라 믿고는 나귀를 뒤졌습니다. 길마를 벗기고 안장을 꼼꼼히 살피며 말했습니다. "야, 이 도둑놈아! 사실대로 말하지 않으면 여기서 당장 교수형에 처할 테다!" 그들은 내 말을 들으려고도 하지 않고, 내 변명을 받아들이려고도 하지 않았습니다. 결국 나는 범인이 되었습니다. 그들은 나를 밀치고 때리면서, 아무 말도 못하게 하고 한마디 변론조차 내뱉지 못하게 했습니다. 나는 무척 아팠지만 속으로는 은근히 기분이 좋았습니다. 그들은 내 동료가 나를 숨겨준 사람이라 생각하고는 그한테 더 크게 소리를 질렀던 것입니다.

적들이 큰 고통을 당하고 있을 때 그것을 느끼지 못하는 사람들의 사악한 심성을 당신은 생각해보지 않았습니까? 나로서는 마부 때문에 망토를 잃고 노새를 저녁으로 먹었으니, 그와는 악연이었습니다. 그가 추궁을 당하고 맞는 것을 보니 내 고통이 덜어졌습니다. 종교경찰들은 마부를 무자비하게 때리며 장물을 어디에다 숨겼는지 밝히라고 추궁했습니다. 나처럼 그 일과 아무런 관련이 없는 불쌍한 마부는 어찌할 바를 몰랐습니다. 처음에는 농담으로 생각했으나 정도가 지나친 것을 보고는, 사태의 심각성을 파악하고 눈물을 흘렸습니다. 그는 아무 말도 않고 나를 보지도 않았습니다.

종교경찰들이 옷을 샅샅이 뒤지고 이리 보고 뒤집어봐도 장물은 나타나지 않았지만, 구타는 멈추지 않았습니다. 그들은 마치 재판관들처럼 거친 말과 행동으로 우리를 함부로 다루었습니다. 아마도 그런 식으로 훈련을 받은 모양이었습니다. 그들은 때리다 지쳤고 우리는 맞느라 지쳤습니다. 종교경찰들은 우리를 세비야로 이송하려고 묶었습니다. 성스러운 세

단체인 종교재판소, 종교경찰, 십자군에 위반되는 죄를 절대로 짓지 마시고, 당신이 아무 잘못이 없다면 신이 종교경찰로부터 당신을 자유롭게 풀어주면 좋겠습니다. 다른 관리들은 학식과 양심을 가지고 올바른 판정을 내리는데, 종교경찰들은 대개가 흉악스럽고 양심이라곤 눈곱만치도 없으며, 당신이 하지 않았고 자기들이 보지도 않았으면서도 포도주를 뇌물로 바치지 않으면 당신이 돈을 가지고 간 것을 본 증인이 있다고 거짓 맹세를 할 것입니다. 결론적으로 말해 그들은 범죄자들을 체포하는 정의의 종이고, 따라서 거리를 활보하고 다니는 도둑놈이거나 그와 비슷한 자들이고, 앞으로 말하겠지만, 나라 안에서 공공연하게 훔치는 도둑놈들입니다. 청렴한 종교경찰인 당신은 내가 당신을 나쁘게 말한다고 지적하면서 자신이 매우 존경받고 일을 잘 수행하고 있다고 말하는데, 그 점은 인정하겠습니다. 그러나 아무도 우리 말을 못 듣게 우리끼리 있을 때만 그렇게 말하세요. 내가 당신 동료에 대해 사실대로 이야기하고 있다는 것을 모르십니까? 나는 그에 대해 이야기한 거지, 당신 이야기를 한 것은 아닙니다.

사제들과 헤어져 그들은 자기네 길을, 우리는 우리 길을 갔습니다. 당신은 내가 무슨 생각을 했는지 듣고 싶으시지요? 나는 그렇게 얻어맞고 죽을 바에야 차라리 고향으로 돌아가고 싶었습니다. 어딘가로 끌려가기 전에 그들이 찾는 사람이 내가 아니라는 사실이 분명히 밝혀질 거라는 확신이 이상하리만치 강하게 들었습니다. 개처럼 묶여서 끌려가는 고통은 당신이 당해봐야 느낄 수 있을 겁니다.

축복받은 그 두 종교경찰 중 한 명이 어떻게 나를 봤는지 다른 종교경찰에게 말했습니다. "어이, 이것 봐! 내가 뭐라 그랬나? 우리가 속은 것 같아." 다른 종교경찰이 대답했습니다. "어떻게?" 첫 번째 종교경찰이 다시 말했습니다. "우리가 찾는 놈이 왼손 엄지손가락이 없다는 거 몰라? 이놈은 다 있잖아?" 그들은 범인의 인상착의가 적혀 있는 서류를 다시 읽고서는 자기들이 완전히 속았음을 깨달았습니다. 분명히 그들은 제일 먼저 만나는 사람을 몽둥이로 때리고 싶었던 모양이었습니다. 그들은 사과하면서 우리를 풀어줬습니다. 우리는 혹독한 대가를 치렀습니다. 그들은 마부가 소송을 제기하거나 다음 객주에서 한잔 마실 돈 몇 푼까지 다 빼앗아갔습니다.

뭔가 좋은 결과가 나오지 않는 것만큼 나쁜 일은 없습니다. 망토를 잃어버리지 않았더라면 내 엄지손가락이 정상인지 아닌지 그들은 눈치채지 못했을 것이고, 그들이 다시 보러 온다면 그건 끔찍한 일이고, 그럴 바에야 차라리 천 가지 고통을 받는 편이 더 좋을지도 모르겠습니다. 심신은 지쳤고, 도둑을 맞았고, 배는 고팠고, 주먹으로 맞아 턱뼈는 망가졌고, 목덜미는 빠질 것만 같았고, 얼굴도 맞아서 이빨이 피범벅이 되었습니다. 내 동료도 상황이 나보다 더하면 더했지 덜하지는 않았습니다. "미안해, 친구들. 당신들이 아니네!" 사과라는 게 얼마나 편리한 것인지 잘 보십시오.

사제들이 그리 멀리 가지 않아서 금방 따라잡을 수가 있었습니다. 그들은 우리를 보고는 놀랐습니다. 나는 그들에게 우리가 풀려난 경위를 이야기했고, 내 동료는 상처가 너무 심해서 어금니가 입 밖으로 빠져나올까봐 말 한마디 제대로 할 수가 없었습니다. 각자 자기 나귀에 올랐습니다. 우리가 발뒤꿈치로 박차를 가할 겨를도 없이 정신없이 급히 나귀를 몰다 보니, 사제들이 뒤처졌습니다.

젊은 사제가 말했습니다. "자, 이제 지난 것은 다 잊고, 적적함도 달래고 유쾌한 기분으로 길을 갈 수 있게 세비야에서 일어난 이야기 하나 해줄게요."

모두 그의 호의에 감사했습니다. 이제 그의 기도가 끝이 났고, 우리는 조용히 그의 입에서 이야기가 나오기만을 기다렸습니다.

제8장

구스만 데 알파라체는 자기가 들은 두 연인
오스민과 다라하의 사랑 이야기를 들려준다

아주 짧게 기도를 하고는 기도서를 덮어 안장 자루에 넣고, 모두가 자기
이야기에 관심을 기울이자, 마음씨 착한 사제는 약속한 이야기를 이렇게
시작했습니다.

가톨릭 양왕 돈 페르난도와 도냐 이사벨[1]이 바사를 포위하고[2] 오랫동안
격렬하게 싸움을 지속했지만 승자가 결정되지 않고 있었습니다. 비록 국
왕 부처 군대가 수적으로 우세했으나, 무어인들의 군대도 밀리지 않았고,
또 그들의 요새가 지리적으로 우세한 곳에 있었습니다.

이사벨 여왕은 필요한 것을 갖추고 하엔 전투에 참가했고, 페르난도 왕

---

1) 1496년 교황 알렉산데르 6세는 국토회복운동을 성공적으로 수행한 이사벨 여왕과 페르난도
　왕의 공로를 인정하여 가톨릭 양왕이라는 이름을 주었다.
2) 무어인들이 지배하고 있던 바사는 6개월간 포위되었으며, 1489년 12월 4일에 함락되었다.

은 군수품을 요청했습니다. 왕은 군대를 두 편으로 나누어 한쪽은 포병부대로 카디스와 아길라르의 후작들과 팔마의 영주인 루이스 페르난데스 포르토카레로에게 맡기고, 자신은 많은 기사들을 거느리고 다른 부대를 이끌었는데 숙영하고 있는 도시 반 정도가 무어인들에게 포위되었습니다.

왕이 이끄는 부대와 다른 부대는 거리가 겨우 반 레구아 정도밖에 떨어져 있지 않았는데도 교신이 차단되어 있었고, 포위되지 않은 나머지 반은 산으로 둘러싸여 있어서 거기를 통해 연락을 하려면 1레구아를 가야만 했습니다. 구출된다는 것이 어렵다고 판단한 왕은 참호를 파고 성을 세우기로 결정하고서 몇 번씩 직접 그곳을 방문했습니다. 무어인들이 기를 쓰고 공사를 방해했지만, 기독교인들은 용감하게 그곳을 지키며 왕의 명령을 따랐습니다. 하루에도 두세 번씩 전투가 벌어져 부상자가 속출했지만, 공사가 너무나 중요했기 때문에 중단되지 않았고, 공사가 진행되는 동안에는 철통 같은 방어가 밤낮으로 이루어졌습니다.

돈 로드리고, 카소를라의 태수 돈 우르타도 데 멘도사 그리고 돈 산초 데 카스티야가 경비를 담당하고 있을 때, 왕이 이들에게 카브라와 우레냐의 백작들과 아스토르가 후작이 지원 군대를 데리고 올 때까지 공사 지역을 사수하라는 명령을 내렸습니다. 앞서 말한 것처럼 무어인들은 계속해서 공사를 방해하는 일에 주력하면서, 돈 우르타도 데 멘도사와 싸우기 위해 3,000명의 군사와 400마리의 말이 산꼭대기까지 올라갔습니다. 태수와 돈 산초가 무어인들에 맞서 싸우기 시작하자, 그 도시의 많은 무어인들이 그들을 지원하러 왔습니다. 이를 본 페르난도 왕이 텐디야 백작에게 다른 쪽에서 공격하라는 명령을 내리면서 피비린내 진동하는 전투가 시작되었습니다. 백작이 수세에 몰리고 부상당하자 왕은 산티아고의 영주에게 후방을 공격하라고 명령하고, 카디스 후작과 나헤라 공작 그리고 칼라트라

바의 기사단장들과 프란시스코 데 보바디야에게 군대를 이끌고 포병부대가 있는 곳으로 가서 지원 공격을 하라고 명령했습니다.

무어인들은 이들에 맞서 또다시 세 번째 군대를 출병시켰고 기독교인들처럼 용감히 싸웠습니다. 왕이 일촉즉발의 위기에 처하게 되자, 많은 기독교인들이 앞다투어 무기를 들고 왕을 구하러 왔습니다. 그 수가 너무 많아 무어인들은 더는 대항하지 못하고 후퇴하기 시작했고, 기독교인들은 적진영을 쑥대밭으로 만들고 도망치는 적들을 도시 밖으로 몰았습니다. 많은 군인들이 도시로 들어와서 많은 재화와 보물을 약탈하고 무어 귀족 몇을 포로로 잡았는데, 그중에는 그곳 성주의 무남독녀인 무어 처녀 다라하도 끼어 있었습니다.

완벽한 미모의 다라하는 아직 17세를 넘기지 않은 나이였지만, 매우 차분한 성격에 정숙하고 품위가 넘쳐흘렀습니다. 스페인어를 무척 잘해서 구기독교인[3]이 아님을 알아차리기 어려웠고, 총명함에서는 어느 누구에게도 뒤지지 않았습니다. 왕이 그녀를 어여쁘게 여기고 총애하여 부인인 여왕에게 보내니, 여왕 또한 훌륭한 가문의 딸로서 빼어난 미모와 고운 성품의 그녀를 기꺼이 받아들였습니다. 그녀의 아버지는 매우 명예로운 기사였습니다. 그는 더 이상의 피를 흘리지 않고, 더 이상의 전쟁을 치르지 않고 왕에게 자기 성을 넘겨주었던 것입니다. 그래서 여왕은 주위의 그 어느 누구보다도 그녀를 더 잘 대해주었고 마음 편하게 해주었습니다. 포로라기보다는 친척으로 여기며 예뻐했습니다. 그런 아름다운 육체에는 추악한 영혼이 깃들 여지가 없습니다.

..

3) 유대교나 이슬람교에서 가톨릭교로 개종한 신기독교인과 대비되는 개념으로 집안 대대로 가톨릭을 믿어온 사람들.

이러한 이유뿐만 아니라 다라하와 이야기를 나누면서 얻는 즐거움 때문에 여왕은 그녀를 자기 곁에서 잠시도 떨어져 있지 못하게 했습니다. 다라하는 마치 성숙한 여인처럼 매사에 신중해서 자기가 지금까지 방문했던 지역에 대해서 아주 자세히 여왕에게 이야기해주었습니다. 후에 바사가 몇 가지 조건을 달고 항복하고서 국왕 부처가 이곳에서 다시 합쳐 살게 되었을 때도 여왕은 다라하를 떠나보내려 하지 않았습니다. 여왕은 다라하를 너무 예뻐해서 그녀에게 특별한 은혜를 베풀겠노라고 도시의 시장인 그녀의 아버지에게 약속했습니다. 시장은 딸하고 떨어져 있어야 하는 것이 무척 가슴 아팠지만, 국왕 부처가 자기 딸을 사랑하니 가문의 영광과 부가 따를 것이라 스스로 위로하며 여왕의 제의를 거역하지 않았습니다. 여왕은 다라하를 항상 곁에 두었고, 그녀를 기독교인으로 만들고 싶은 마음에 그녀가 아무런 거부감 없이 조금씩 기독교 환경에 적응할 수 있도록 어느 날 세비야로 데리고 가서 말했습니다.

다라하야, 너도 이제 내가 너의 사람 됨됨이와 재주를 좋아하고 있다는 것을 알고 있겠지? 그에 대한 보답으로 너를 내 시녀로 삼고 싶으니, 그 옷을 벗고 내가 주는 옷으로 갈아입어라. 그러면 너의 아름다움이 더욱 돋보일 것이다."

다라하가 대답했습니다.

"여왕 폐하의 명을 기꺼이 따르겠습니다. 만일 제게 여왕 폐하를 기쁘게 해드릴 재주가 조금이라도 있다면, 여왕 폐하의 뜻을 따라 오늘부터 제 몸가짐을 더욱더 바르게 할 것이며, 여왕 폐하께서 주실 의복과 장신구는 저의 부족한 부분을 채워주어 저를 더욱 더 빛나게 해줄 것입니다."

여왕이 말했습니다.

"네 뜻이 기특하구나. 너의 섬김과 의지를 내 높이 사마."

다라하는 카스티야식으로 옷을 입고 며칠 동안 궁정에서 머물렀습니다. 드디어 그라나다를 포위하기 위해 떠나면서, 전쟁이 너무 위험했던지라 여왕은 자신의 측근인 돈 루이스 데 파디야의 집에 그녀를 있게 하는 것이 좋겠다고 생각했습니다. 그는 매우 용맹한 기사로 딸인 도냐 엘비라 데 구스만과 행복하게 살고 있었습니다. 여왕은 그들에게 다라하를 부탁했습니다. 그들은 다라하를 따뜻하게 맞이했으나, 그녀는 고향에서 멀리 떨어져 살게 되어서 무척 슬펐습니다. 그녀를 가슴 아프게 한 이유가 이것 말고도 여러 가지가 더 있었지만, 아무도 눈치채지 못했습니다. 그들은 다라하가 얌전하면서도 표정이 밝아서 여왕이 왜 그녀를 총애하는지 알 수 있었고, 그렇기에 더욱더 그녀를 기꺼이 받아들였습니다.

다라하에게는 부모들이 결혼 상대로 정해준 사람이 있었습니다. 그라나다의 무어인 기사로 이름이 오스민이었습니다. 그는 다라하와 너무나 잘 어울렸습니다. 돈 많고 출중한 외모에 신중하고 남자다운 그가 가지고 있는 장점들은 하나같이 뛰어났습니다. 스페인어도 잘해서 미치 카스티아의 중심부에서 태어나 자란 것 같았습니다. 자식이 여러 언어에 능통하고 고귀한 직업을 갖게 되면 찬양의 대상이 되고 그 부모들은 영광을 얻게 됩니다. 그는 자신의 연인을 무척 사랑했습니다. 너무나 사랑했기에 허락만 된다면 제단에 그녀의 동상을 세우고 싶을 정도였습니다. 그는 온통 그녀 생각뿐이었고, 그녀 생각에 뜬눈으로 밤을 지새웠고, 오로지 그녀를 위해서 존재할 뿐이었습니다. 다라하가 그를 사랑하는 마음도 이와 별반 차이가 없었습니다.

누가 더 사랑하는지를 가리기가 힘들 정도였지만, 둘은 겉으로 드러내지 않고 그 사랑을 속에 품고 있었습니다. 편지로 마음을 주고받았지만, 사랑의 메시지는 되도록 삼갔습니다. 서로 방문을 해서도 입으로 사랑을 말하지 않고 눈으로 서로 간의 감정을 주고받았습니다. 두 사람은 오래전부터, 말을 하기 시작한 어릴 적부터 서로 좋아했고, 서로 방문할 때마다 사랑의 싹을 키워나갔습니다. 부모들은 우정으로, 자식들은 사랑으로 묶여서 모두들 친척 관계 맺기를 바랐고, 그 소망이 이 결론으로 이루어진 것입니다. 그러나 불행히도 바사가 포위되면서 그들의 결혼은 이루어지지 못했습니다. 난리 법석 속에서 결혼식은 연기되었고, 다음에 좀 더 편안하고 즐거운 날을 택해 품위 있는 사람들의 결혼에 어울리는 격조 높은 예식을 올리기로 기약했습니다.

다라하의 아버지가 누구인지는 앞에서 이야기했고, 어머니는 그 도시의 왕인 보아브델린의 누이의 딸이었습니다. 오스민은 그라나다의 '미소년'이라는 별명을 가진 마호메트 왕과 사촌지간이었습니다.

무릇 모든 세상사가 바라는 것과는 반대로 일어나는 법이라, 다라하가 국왕의 보호하에 세비야에 머무르고 있다는 사실을 알게 된 약혼자가 한탄을 하고 한숨을 내쉬니, 모두들 그의 슬픔을 위로하려 했지만 다 허사였습니다. 그 고통은 자신이 감내해야 할 몫이라 어느 누구도 도와주지 못했고, 그는 가슴에 멍이 들기 시작하면서 얼마 안 가서 몸까지 아프게 되었습니다. 치료하기 힘들 정도로 병이 악화되었으나, 그 원인을 모르니 대책도 없었습니다. 병이 심해져 죽음의 그림자가 보였으나, 원인이 치료되지 않으니 백약이 무효였습니다. 병세가 그 지경에까지 이르자, 부모는 슬퍼하며 모든 희망을 접었고 의사들도 더는 회복이 불가능하다고 판단했습니다.

모두들 고통에 빠져 있었고 환자가 생의 마지막 순간에 다다랐을 때, 오스민은 별안간 어떤 과일을 따는 꿈을 꾸었습니다. 비록 그 일은 위험했지만 그 과일은 다른 것과 비교할 수 없을 정도로 컸습니다. 그는 꿈에서 본 것처럼 사랑하는 연인을 다시 보기 위해 기력을 찾고 힘을 내서 힘든 상황을 전부 극복해나갔습니다. 슬픔과 우울증을 털어내고 오로지 건강만 생각하니, 그의 병세를 우려했던 사람들의 생각과는 반대로 병의 차도가 보이기 시작했습니다. 희망은 두려움을 이겨내고 어려운 난관을 무너뜨리고 극복한다는 말이 있습니다. 환자에게 즐거움은 가장 좋은 약이고 진정한 진정제라, 환자가 즐거우면 건강해집니다.

오스민은 회복되기 시작했습니다. 기운을 좀 차리자마자 아랍어 통역 일을 준비했습니다. 그는 오랫동안 그라나다 왕들을 위해 첩자 노릇을 해왔습니다. 그는 또 여행에 필요한 보석과 돈 그리고 검은 빛깔의 훌륭한 말을 준비해 안장에 화승총을 얹고 칼과 단도를 묶고는 안달루시아식 복장으로 어느 날 밤 큰길을 벗어나 자기가 잘 알고 있는 지름길로 해서 도시를 빠져나갔습니다.

오스민은 군대 본영을 지나 이 길 저 길을 거쳐 로하로 갔습니다. 그 도시에 거의 다다랐을 때 운명의 장난으로 임무 수행 중에 있는 한 장교와 마주쳤습니다. 그 장교는 탈영병들을 잡으러 다니고 있었습니다. 그런 이탈자로 말미암아 군대 사기가 많이 떨어져 있었기 때문입니다. 오스민은 통행증을 가지고 있는 척하며 가슴과 호주머니 등에서 찾는 시늉을 했습니다. 장교는 오스민이 통행증이 없는 것을 보고는 의심이 들어 그를 본영으로 데리고 가려고 포박했습니다.

오스민은 조금도 당황하지 않고 약혼녀를 보호하고 있는 기사의 이름을 이용하여 자기가 그의 아들이며 이름은 돈 로드리고 데 파디야라고 거짓말하면서, 자기 아버지가 국왕 부처에게 보낸 전언과 다라하에게 전해줄 물건을 가지고 왔다가 병에 걸려서 돌아가는 중이었는데, 통행증과 길을 잃고 헤매는 중에 그 길로 들어섰다가 잡혔다고 대위한테 말을 했습니다.

오스민은 계속해서 그들의 마음을 돌리려고 온갖 수를 다 써보았지만 아무 소용이 없었고, 대위도 그의 말을 별로 믿지 않았습니다. 그러나 눈부시게 잘생긴 기사의 간곡한 부탁에 단단한 금속 같은 대위의 마음에 왕실 인장에 버금가는 직인이 찍혔습니다. 탈영병들을 잡아서 명령대로 처형하면서 힘을 과시하던 그들은 그를 잡아가 봤자 아무런 득이 되지 않을 거라고 생각했습니다.

오스민은 거친 군사들이 자기를 그냥 풀어주는 것이 의심스러워 다시 말했습니다.

"대위님, 보시다시피 제가 건강만 회복한다면 설사 열 번을 다시 부대로 되돌아간다 하더라도 고통스럽지 않을 겁니다. 비록 제가 지금 힘든 상황에 있긴 하지만, 제 신변의 위험 때문에 너무 걱정하지 마시기 바랍니다."

그리고 손가락에서 매우 값비싼 반지를 빼서 대위의 손에 넘겨주니, 그것은 마치 불에다 식초를 붓는 격이 되었습니다. 대위가 말했습니다.

"몸조심하십시오. 기사님은 정말 훌륭하신 분이라, 폐하께서 내리시는 은총이 과분하지 않고, 또 특별한 경우를 제외하고는 절대로 진영을 이탈하지 않으실 분입니다. 제가 로하까지 모시고 가서, 목적지까지 무사히 가실 수 있도록 통행증을 드리겠습니다."

그렇게 두 사람은 친한 사이가 되었고, 휴식을 취한 뒤에 헤어져 각자의 길을 갔습니다. 오스민은 이런저런 고생 끝에 세비야에 도착했습니다. 가지고 온 메모지 덕분에 다라하가 있는 집과 거기 가는 길을 알 수 있었습니다. 며칠 동안 하루에도 몇 시간씩 그 집 주위를 배회했지만 그녀를 볼 수가 없었습니다. 그녀는 집 밖으로 나오지 않고 교회도 안 가고, 온종일 자기 일에 몰두하고 친구인 도냐 엘비라와 즐겁게 노는 데 시간을 다 보냈습니다.

오스민은 자신의 뜻을 이루기 어렵겠다고 판단했습니다. 일반적으로 외지인이 나타나면 보이는 반응처럼, 그곳 사람들도 전부 그에게 관심을 기울이면서 그가 누구인지, 어디서 왔는지, 뭘 찾고 있는지, 뭐 하는 사람인지 알고 싶어 했고, 특히 오스민이 거리를 지나갈 때면 창문과 문틈으로 그를 유심히 살펴보았습니다. 그러다 보니 그곳 사람들은 사실 아무 상관도 없으면서도 그를 시기하고 험담하고 심지어 미워하게 되었습니다.

일이 이 지경에 이르게 되니, 오스민은 더 이상의 소문을 피하기 위해서 며칠간만이라도 하던 일을 중단해야만 했습니다. 데리고 있는 하인도 변변찮은 위인이라 도움이 되지 못했습니다. 어쨌든 몸을 웅크리고 있던 그는 다라하가 너무 보고 싶을 때는 밤에 갑자기 거리로 나가서 그녀 집의 현관문과 입구에 입맞춤을 하고 담장을 부둥켜안는 걸로 위안을 삼았습니다.

이렇게 절망적인 시간이 흘러가다가, 어느 날 드디어 오스민에게 바라던 행운이 찾아왔습니다. 하인이 대낮에 조심하며 길거리를 돌아다니다가, 돈 루이스가 담장을 고치면서 다라하를 담 밖으로 나오게 한 것을 보게 된 것입니다. 이 기회를 포착한 하인은 주인에게 헌 옷을 하나 사 입고 미장이로 가장해서 접근하라고 충고했습니다. 그 생각이 그럴듯하다고 여긴 오스민은 하인에게는 말과 돈을 지키며 객주에 남아 있으라고 하고, 자신은 계획을 실행에 옮겼습니다. 먼저 자기 같은 외지인도 일자리를 얻을 수 있는지 알아보고 허락을 받았습니다.

오스민은 인정받기 위해 다른 사람들보다 더 열심히 일했습니다. 건강이 완전히 회복되지 않아 힘겨웠지만, 뜨거운 가슴의 열기가 육신에 명령을 내려 나약한 육체에서 강인한 힘을 끄집어냈습니다. 제일 먼저 작업장에 출근해서 맨 마지막에 퇴근했고, 모두가 쉬고 있을 때도 일을 찾아서 했습니다. 모두들 그런 오스민을 비난했지만 ―불행 속에서도 시기와 질투는 끼어들 여지가 있습니다― 그는 한가하게 손 놓고 있을 수 없다고 대답했습니다. 오스민이 열심히 일하는 모습을 눈여겨본 돈 루이스는 그를 자기 집 정원 관리사로 쓰면 좋을 것 같아서, 그에게 의향을 물어보았습니다. 오스민은 자신이 잘하는 일은 아니지만 그래도 해보겠다고 대답하면서, 빠른 시간 내에 많이 배워서 맡은 일에 최선을 다하겠다고 했습니다. 돈 루이스는 오스민의 말대답과 공손한 태도 그리고 무엇보다도 열성적인 태도가 무척 마음에 들었습니다. 미장 작업이 다 끝나고 오스민은 정원사로 남게 되었습니다. 이날까지도 다라하를 본다는 것은 그에게는 아주 불가능한 일이었습니다. 행운의 여신은 그에게 맑고 고요한 태양이 떠오르고 불행의 먹구름이 걷히길 바랐습니다. 조난당한 그는 새로운 빛이 비치는 밝은 항구를 보았습니다. 정원사 일을 한 첫째 날 오후 자신의 약혼녀가 도금양, 장미, 자스민과 온갖 꽃들이 피어 있는 넓은 거리를 혼자 거닐면서 꽃 몇 송이를 따서 머리에 꽂는 것을 보았습니다. 옷만으로는 그녀를 알아볼 수 없었지만, 영혼의 모습은 진정 그대로였습니다. 너무나 아름답기에 그녀가 아닌 다른 사람일 수가 없었습니다. 그녀를 보고 말할 생각을 하니 가슴이 두근거리고 얼굴이 확 달아올라, 오스민은 고개를 숙이고 손에 쥐고 있던 곡괭이로 땅을 갈았습니다. 다라하가 새로 들어온 정원사를 바라보니, 그의 얼굴 일부분이 보였습니다. 그녀는 그 정원사가 꿈에서나 그리는 약혼자와 무척 비슷하게 생겼다고 생각하고는, 그만 북받쳐오르는 슬픔을 가누지 못하고 땅바닥에 쓰러져 정원의 배수관에 기댄 채 안타까운 심정에 한숨을 내쉬며 눈물을 흘렸습니다. 다라하는 불그레해진 뺨에 손을 갖다 대고, 너무나 많이 쌓여 있어서 숨을 못 쉴 정도로 자신의 삶을 억누르고 있는 기억들을 불러냈습니다. 가능한 한 그 기억들을 떨쳐내고, 정원사의 일부분만 보고 자기가 착각한 것이 아닌가 싶었지만, 보는 것만으로도 잠시 위로를 받고 싶어서 다시 한 번 약혼자를 닮은 사람을 보려고 일어서는데 온몸이 후들후들 떨리고 심장이 두근거렸습니다. 더 자세히 바라볼수록, 그 정원사가 더욱더 자기 연인의 생생한 모습으로 다가오며 자신은 꿈을 꾸고 있는 것 같았습니다. 다라하가 정신을 차리고 다시 보니 그가 귀신 같아서 무서웠습니다. 그가 정원사라는 것을 알면서도, 다라하는 그가 정말 자기가 사랑하는 그 사람이라면 얼마나 좋을까 싶었습니다. 당황스러웠습니다. 오스민이 병에 걸려서 몸이 많이 약해지고 혈색도 안 좋아져서 그전 모습이 아니었던 터라 다라하는 긴가민가했고 당황스러웠습니다. 이목구비나 체격으로 볼 때는 오스민이 확실했지만, 하고 있는 일과 입고 있는 옷과 지금 있는 장소 때문에 확신은 사라지고 다라하는 실망에 빠졌습니다. 실망감에 가슴은 찢어질 듯 아프고 사랑하는 연인을 보고 싶은 마음은 더 애틋하게 끓어오르니, 정원사에게 더 특별한 관심이 갔습니다. 다라하는 그가 정말 누군지 알고 싶어서 말했습니다.

"저기, 어디서 오셨나요?"

오스민은 얼굴을 들어 어여쁘고 귀여운 여인을 보았습니다. 혀가 목구멍에 딱 달라붙어 아무 말도 할 수가 없어서 눈으로 대답했습니다. 마치 두 개의 댐에서 수문을 여는 것처럼, 두 눈에서 넘쳐흐르는 눈물이 땅을 적셨습니다. 비로소 두 연인은 서로를 알아보았습니다.

다라하의 얼굴에서도 진주 구슬들이 떨어졌습니다. 둘은 서로 껴안고 싶었고 적어도 달콤한 사랑의 표현을 나누고 싶었는데, 그때 마침 돈 루이스의 장남인 돈 로드리고가 정원에 들어섰습니다. 다라하를 마음에 두고 있던 그는 항상 그녀의 뒤를 따라다니며 그녀를 바라보았습니다. 돈 로드리고가 아무런 눈치도 채지 못하게, 오스민은 자기 일을 하고 다라하는 앞으로 지나갔습니다.

돈 로드리고는 다라하의 표정에서 슬픔을, 상기된 눈에서 뭔가 새로운 일이 일어났음을 읽을 수 있었습니다. 혹시 그녀가 화가 나 그런가 싶어 오스민에게 물어봤습니다. 아직 좀 전의 감성에서 완전히 깨어나시 못했시만, 오스민은 힘을 내 정신을 차리고는 대답했습니다.

"도련님이 도착하셔서 아씨를 보셨을 때 저도 아씨를 봤지만, 아씨께서 저한테 한마디도 하지 않으셔서 아씨의 기분이 어떤지 저는 모르겠습니다. 더군다나 오늘은 제가 이곳에 처음 들어온 날이라서 감히 제가 아씨께 뭘 물어보거나 말을 걸 수가 없었습니다."

그 말을 하고서 오스민은 다라하에 대해 알아보려고 그 자리를 떴습니다. 그러나 그들이 그런 말을 주고받는 사이에 다라하는 빠른 걸음으로 계단을 거쳐 자기 방으로 들어가 문을 잠갔습니다.

며칠 동안 두 연인은 사랑 나무의 꽃과 열매를 즐기며 그간의 슬픔을 달랬고, 진정한 기쁨을 만끽하며 어둠과 난관이 없는 행복한 시간만이 있기를 바랐습니다. 그러나 기쁨은 오래가지도 확실하지도 못했습니다. 두 사람이 계속 만나면서 아랍어로 이야기를 나누고 다라하가 친구 도냐 엘비라와 함께하는 것을 피하다 보니, 집 안의 모든 사람들은 큰 걱정을 하였고, 또 광적으로 다라하를 지키던 돈 로드리고는 질투심에 화가 났습니다. 그는 정원사가 다라하를 사랑한다는 것을 이해할 수 없었고, 다른 사람하고는 안 그러면서 오직 다라하와만 마음 편하고 즐겁게 이야기를 나눌 자격이 오스민에게 있다고 생각하지도 않았습니다.

수군거림은 증오와 질투의 사생아처럼, 항상 다른 사람의 삶과 명예를 더럽히고 어둡게 만들면서 퍼져나갑니다. 천박한 사람들에게 이런 소문은 식욕을 가장 잘 돋우어주는 양념이고, 이것이 없다면 어떤 음식도 좋은 맛이 안 납니다. 이것은 가장 가볍게 나는 새라서, 가장 빨리 돌진해서 가장 큰 상처를 입힙니다. 어떤 이들은 그대로, 또 다른 사람들은 부풀려 말을 옮기면서 사실과는 완전 반대가 되어버렸고, 그런 험담이 돈 루이스의 귀에 들어가게 되었습니다. 이렇듯 세상 사람들은 진실이라곤 눈곱만치도 없는 그런 꾸민 말과 거짓말로 다른 사람을 희생양으로 삼아 윗사람들의 비위를 맞춥니다. 미덕이 부족한 사람들한테 딱 어울리는 짓입니다.

사람들이 그럴듯하게 꾸며낸 험담이 돈 루이스의 귀에 들어갔지만, 신중하고 현명한 기사는 한 쪽 귀로 듣고 다른 쪽 귀로 흘려보냈고, 당사자의 말을 듣고 진상을 확인할 여지를 남겨놓기 위해 그런 험담을 신뢰하지 않았습니다. 소문이 퍼져 시끄러워졌지만, 귀를 활짝 열고 깊이 생각해보니 떠도는 소문들이 전부 사실과는 거리가 멀었습니다. 그러나 혹시 오스민이 무어인이고 다라하를 뺏어가기 위해 교활하게 접근한 것이 아닌가 하는 의심 앞에서는 그의 마음도 흔들렸습니다. 그럴 수도 있겠다고 생각하니 돈 루이스는 눈에 보이는게 없었습니다. 한번 나쁜 쪽으로 생각된 것은 그 결과가 좋게 문밖으로 나가기가 쉽지 않습니다. 이런 생각을 하고서 돈 루이스는 오스민을 잡아두기로 결심했습니다.

오스민은 아무런 저항도 하지 않고 슬픈 표정이나 동요의 빛도 없이 순순히 방에 갇혔습니다. 돈 루이스는 오스민을 확실하게 가두고서 다라하가 있는 곳으로 갔습니다. 그녀는 집안일하는 사람들이 소란스럽게 떠드는 것을 통해 모든 것을 다 알게 되었고, 사실 며칠 전부터 이렇게 될 것을 직감하고 있었습니다.

다라하는 돈 루이스에게 인격적인 모욕을 당했다며 불만을 쏟아냈습니다. 어떻게 자기의 순결함과 도덕성을 의심할 수가 있냐고 따지며, 사람들은 전부 자기들 마음대로 생각하면서 항상 나쁜 의심을 하는 쪽으로 길을 낸다고 했습니다.

논리 정연하면서도 사람의 마음을 움직이는 다라하의 말에 돈 루이스는 자신의 행동을 후회했습니다. 지금까지 한 번도 그런 적이 없었던 터라 돈 루이스는 다라하의 요청에 따라 모든 것을 원래대로 되돌려놓았고 그런 일을 꾸미도록 옆에서 부추긴 사람들에게 화가 났습니다. 그러나 돈 루이스는 자신이 아무 생각 없이 아주 경솔하게 그런 일을 추진했다는 인상을 주지 않기 위해 후회하는 모습을 슬쩍 감추고 이렇게 말했습니다.

"다라하야, 네 말 잘 알겠다. 내가, 너를 비난하는 사람들이 무슨 생각으로 그런 말들을 했는지 먼저 알아보지도 않은 채 너에 대한 험담만 늘어놓았구나. 나는 너의 용기와 너를 낳아주신 네 부모님의 용기를 잘 알고 있다. 네가 가지고 있는 장점들은 오직 나의 군주이신 국왕 부처만이 갖출 수 있고, 네가 지니고 있는 사랑은 오직 진정한 자식만이 그의 사랑스럽고 인자한 부모한테서 얻을 수 있고, 너의 그러한 장점과 사랑이 널리 알려져 있다는 걸 나는 잘 알고 있다. 국왕 부처께서 너를 우리 집에 맡기시면서 성심성의껏 돌보라고 하셨으니, 나는 그분들의 신뢰를 받고 있는 만큼 너를 책임지고 잘 데리고 있어야 한다. 이러한 이유도 있고 또 나도 너를 잘 보살피고 싶으니, 너도 이런 내 진심을 알아주고 매사에 바르게 처신해야 할 것이다. 네가 너의 품위에 어울리지 않는 그런 일을 하리라고는 생각할 수도 없고, 생각하기도 싫다. 그러나 네가 암브로시오와 ―이 이름은 오스민이 인부로 일하러 왔을 때 사용한 이름이다― 매우 가깝게 지내는 것을 보니 걱정이 크게 앞선다. 모두들 네가 그와 아랍어로 주고받는 말이 어떤 내용인지 궁금해한다. 너나 나나 그전에 그를 봤거나 만난 적이 없지 않니? 그 내용만 안다면 모두들 의심을 떨쳐버릴 것이고, 나도 쓸데없는 불안감을 벗어버릴 수가 있겠다. 나는 가능하다면 언제까지라도 너와 함께 살 거니까 내 말을 믿고 아무쪼록 의심을 풀어주면 고맙겠다."

다라하는 돈 루이스의 말을 열심히 들으면서 어떤 대답을 할까 생각했습니다. 영특한 그녀는 자신의 신분이 노출될 걸 대비해서 미리 변명거리를 다 준비해두었습니다. 그러나 그 짧은 시간에 대답하기 위해서는 다른 이야기가 더 필요했습니다. 항상 그래 왔던 것처럼 약혼자와 즐거운 시간을 보내기 위해서는 돈 루이스가 만족스러운 대답을 듣고 의심을 다 풀고 더는 신경을 쓰지 말아야 했습니다.

"주인님이자 아버님. 당신은 저를 보호하고 계시니까 주인님이시고, 저한테 잘 해주시니까 아버님입니다. 주인님이 저한테 은혜를 베풀어주시고 항상 제 편만 들어주시고, 당신의 손을 통해서 폐하 부처께서 지속적으로 사랑을 보이시는데, 어떻게 제가 신중한 판단을 하시는 주인님께 제 비밀을 말씀드리지 않을 수 있겠습니까? 주인님은 그 비밀을 잘 지키시고 저에게 길을 제시해주실 것이니, 알고 싶어 하시는 것에 진실로 답하겠습니다. 당연히 말씀드려야겠지만, 그러기 위해 그 기억들을 떠올려야 하는 것이 저로서는 무척 괴롭고 죽기보다 힘든 일입니다. 그렇지만 제가 입고 있는 은혜에 대한 보답으로 말씀드리겠습니다. 주인님은 이제 제가 누군지, 어떤 운명의 장난으로 ─저는 그토록 힘겨운 세상살이의 끝을 보면서 결실을 거둘 때까지는 불행을 저주하거나 행운을 찬양할 수 없습니다─ 제가 가까운 친척이고 그라나다 왕의 후손인 그라나다 최고의 기사와 결혼을 약속한 후에 이 집까지 오게 되었는지 아시게 될 겁니다. 이제부터 그 사람을 제 남편이라 부르겠습니다. 제 남편은 어릴 적에 같은 나이 또래의 포로로 잡힌 기독교 소년과 6, 7년간 같이 자랐습니다. 남편의 부모님은 남편의 하인 겸 친구로 삼기 위해 그 소년을 샀습니다. 그들은 항상 같이 다니고, 같이 놀고, 밥도 같이 먹고, 잠도 같이 자면서 친하게 지냈습니다. 남편은 항상 즐거워했고, 무슨 비밀이든지 다 털어놓았으며, 그 소년은 사실 남편의 분신과 같은 존재였습니다. 두 사람은 모든 점에서 너무나 닮아서 법만이 그 둘을 구분할 수 있었습니다. 두 사람 다 매우 총명했고, 서로 우애가 상하지 않도록 노력할 필요도 없었습니다. 그 포로는 ―제가 잘못 말씀드렸네요. 동생이라고 부르는 편이 더 맞을 것 같습니다― 충실하고 예의 바르고 용감했습니다. 그가 천한 농사꾼 자식이고, 그의 부모님들이 그와 같이 어느 초라한 농가에서 포로로 잡혔다는 사실을 몰랐더라면 우리는 분명히 그가 어느 고귀한 혈통으로 훌륭한 집안에서 태어났다고 생각했을 겁니다. 그 친구는 우리가 결혼 계획을 잡는 데까지 많은 도움을 주었고, 중간 다리 노릇을 잘해주었습니다. 저한테 남편의 편지와 선물을 가져다주었고, 저의 답장을 가지고 돌아갔습니다. 바사가 함락되었을 때 그는 다른 포로들과 함께 자유의 몸이 되었습니다. 헤어진 고통이 큰 만큼 그를 되찾은 기쁨도 그만큼 크다고 말씀드린다면 잘못된 걸까요? 주인님은 그가 누군지 쉽게 아실 겁니다. 그는 바로 주인님이 고용한 암브로시오인데, 불행한 저를 위로하고자 신께서 그를 이리로 데려오신 겁니다. 저는 생각지도 않게 그와 헤어졌고, 우연히 그를 다시 만나게 되었습니다. 이제는 졸업한 불행했던 수업들을 그와 함께 복습을 하고, 그에게서 제 불행한 삶을 위로받으며 희망을 찾아냈습니다. 이것이 저한테는 위로가 되지만 주인님의 심기를 불편하게 했다면 주인님 뜻대로 하십시오. 주인님 뜻이 제 뜻이니까요.”

다라하가 조금의 막힘이나 그 어떤 심적 동요도 없이, 그리고 뭔가 꾸민 이야기 같다는 인상을 줄 수 있는 표정 변화 하나 없이 이야기를 풀어놓자, 돈 루이스는 그 슬픈 이야기에 놀라면서도 감동받았습니다. 더군다나 다라하의 눈에서 단단한 돌멩이를 부드럽게 하고 다이아몬드를 정교하게 세공할 수 있는 눈물이 떨어지는 것을 보니 더욱더 그 이야기에 믿음이 갔습니다.

돈 루이스는 다라하의 말을 듣고서 암브로시오를 풀어주었습니다. 더는 아무 질문도 하지 않고 단지 팔로 그의 목을 감싸고 기쁜 얼굴로 말했습니다.

"암브로시오, 이제 다 알았다. 너는 분명 훌륭한 가문의 자식이다. 그것이 아니라면 너에게는 덕성과 고결한 기품이 있다. 이제부터 네게 맞는 대우를 해주는 것이 내 도리라 생각한다."

오스민이 말했습니다.

"주인님 좋을 대로 하십시오. 주인님이 절 자상하게 대해주시고 보살펴주시는 한 저도 최선을 다해 주인님을 모시겠습니다."

오스민은 이전처럼 다시 정원사로 일을 하게 되었습니다. 그리고 원할 때마다 그와 다라하는 서로 만나 이야기를 나누었으며, 더는 나쁜 소문도 나돌지 않게 되었습니다.

국왕 부처는 다라하의 건강과 안부에 대해 항상 신경을 썼습니다. 사적으로 그녀에 관한 연락을 받으면 즐거워했고, 그녀를 잘 부탁한다는 편지도 보냈습니다. 국왕 부처의 총애와 다라하의 매력과 그녀를 차지하려는 욕망 때문에, 돈 로드리고를 비롯하여 그 도시의 많은 기사들은 구혼하고 싶어서 그녀가 기독교인이 되기를 바랐습니다. 그러나 돈 로드리고는, 흔히들 하는 말로, 다라하를 자기 집에 데리고 있는지라 다른 사람들 보기에 경쟁자들 가운데 가장 유리한 고지를 차지하고 있었습니다. 다라하의 외적 조건과 몸가짐과 태도로 볼 때 충분히 그럴 수 있는 일이어서, 그런 생각들이 일리가 있어 보였습니다. 그처럼 그녀의 자질은 어느 곳에서나 흔히 볼 수 있는 것이 아니었으며, 가장 낮은 계층에 있는 사람이 그녀의 그런 자질 중에서 한 가지만 가지고 있어도 자신의 미덕과 혈통을 자랑하며 남보다 더 빼어나 보이려고 할 겁니다. 모두가 다라하에게 연정을 품었지만 그녀의 마음을 얻지 못했고, 그녀의 마음이 흔들리지 않을수록 그녀에 대한 사랑의 의지를 더 불태웠습니다. 모두가 그녀를 예찬했지만 다라하는 한 번도 몸가짐이 흐트러지거나 그 누구에게도 감히 자기를 넘볼 여지를 남기지 않았습니다. 모두가 수단과 방법을 찾고 그물을 쳤지만, 아무도 그녀에게 접근하지 못했습니다.

오랜 시간 계속해서 다라하와 대화를 나누며 공을 들였지만 아무런 도움이 안되고 다 쓸데없는 짓이 되어버렸고, 더 이상의 대책이 없음을 알게 된 돈 로드리고는 오스민을 중간에 내세우면 분명히 목적을 달성할 수 있을 것 같았습니다. 그것이 가장 확실한 방법이라고 여기고, 어느 날 아침 정원에서 그에게 말했습니다.

"암브로시오, 너의 교리와 왕과 조국 그리고 네가 우리 아버지 덕분에 먹는 빵과 우리가 너의 도움을 받고 싶어 하는 것에 대한 부채를 네가 갚아야 한다는 것을 알 것이다. 내가 부탁할 게 하나 있는데, 너의 명예와 목숨이 달린 문제다. 다라하한테 가서 그녀가 추구하는 독버섯을 버리고 기독교인으로 돌아오라고 설득하여라. 잘된다면 너한테도 좋은 일이고, 그녀도 주님을 섬기며 구원을 받게 될 테고, 국왕 부처께는 기쁨이요, 너의 조국에는 영광이요, 나한테는 최고의 선물이 될 거다. 나는 그녀에게 청혼하고 결혼할 것이어서 너는 이 여행에서 많은 것을 얻을 것이며, 좋은 머리를 잘만 쓴다면 너는 명예와 실리를 다 얻을 것이다. 주님은 너에게 영적인 포상을 하실 것이며, 네가 중간 역할을 잘해서 나에게 생명을 주면 나는 네게 진정 어린 보답을 하고 너와 우정을 나눌 것이니, 최선을 다해서 나를 꼭 도와다오. 너는 우리한테 신세를 많이 졌으니, 내 부탁을 들어주지 않는다면 그건 사람의 도리가 아니다."

그의 말이 끝나자 오스민이 다음과 같이 대답했습니다.

"돈 로드리고 님, 도련님이 저한테 부탁하고 싶은 것과 똑같은 이유로 다라하 님이 자신의 교리를 따르고 싶어 한다는 것을 이해하셔야 합니다. 저도 수없이 여러 번 그녀를 진정으로 설득했습니다. 제가 바라는 것도 도련님과 다르지 않고, 저한테도 매우 중요한 문제니까 최선을 다해보겠습니다. 그러나 자기 남편을 진정으로 사랑하는 그녀를 기독교인으로 돌아오게 하려는 시도는 아무런 성과도 없이 도련님의 격정만 배가 되게 할 것입니다. 아직까지 그녀 마음속에 자신의 운명을 바꾸고 싶은 소망이 있을 것이고, 또 그것을 달성하려고 이 궁리 저 궁리 하고 있을 겁니다. 이것이 제가 그녀에 대해 알고 있고 또 그녀가 저한테 항상 했던 말인데, 그 속에서 확고한 의지를 볼 수 있었습니다. 그러나 저에게 내리신 명령을 수행하려면, 설사 결실을 맺지 못할지라도, 그녀에게 이야기해보고 설득해서 답을 가져다드리겠습니다."

잘 들어보면 무어인 말에는 거짓이 없었습니다. 돈 로드리고는 그의 진심을 알아채지 못하고 그의 말을 곧이곧대로 받아들였습니다. 이렇게 속은 돈 로드리고는 자신감 같은 것을 갖게 되었습니다. 진정으로 사랑하는 사람은 속아서 환멸감에 빠집니다.

돈 로드리고의 속마음을 다 알게 된 오스민은 슬펐고, 질투심이 나 거의 미칠 지경이었습니다. 너무 심한 압박을 받아서 그때부터 오스민이 즐거운 표정 짓는 모습을 한 번도 볼 수 없었습니다. 이제 그건 그에게 불가능한 일 같았습니다. 강력한 새로운 경쟁자가 온갖 술책을 다 써서 자신이 그토록 바라던 꿈을 방해할지도 모른다고 생각하니 마음이 너무 아팠습니다. 다라하의 마음이 흔들릴까 두려웠습니다. 강력한 성벽을 공격할 때 많은 포병부대가 돌파구를 열고, 비밀리에 땅을 파서 성벽을 무너뜨리고 붕괴시킵니다. 이러한 의구심을 품고 비극적인 종말과 불길한 사건이 벌어지는 상상을 했습니다. 사랑에 푹 빠지다 보니 실제로 오스민은 그럴 것 같은 두려움에 싸였습니다. 사랑하는 사람이 며칠 동안 슬픈 얼굴을 하고 있는 것을 본 다라하는 이유를 알고 싶었습니다. 그러나 오스민은 돈 로드리고와의 일에 대해 한마디도 언급하지 않았습니다. 그녀는 어떻게 해야 그를 즐겁게 해줄 수 있을지 몰랐습니다. 사랑스럽고 달콤한 말과 생글거리는 입술로 자신의 사랑을 분명히 밝히고, 아름다운 눈에서 흐르는 눈물로 그 사실을 재확인시켜 주며 그에게 말했습니다.

"내 자유의 주인이고, 내가 사랑하는 신이며, 내가 따르는 남편이여, 내가 이렇게 살아서 당신 앞에 있는데 도대체 무슨 일로 괴로워하세요? 내 삶이 당신 즐거움의 대가로 있는 것이 아닐까요? 당신이 슬퍼 괴로워하고 있는데 어떻게 내 삶이 있을 수 있을까요? 당신이 슬픔의 지옥에 빠져 있는 한 내 영혼은 삶과 함께 사라질 겁니다. 당신 얼굴의 즐거운 하늘이 내 가슴의 어둠을 몰아내주면 좋겠어요. 내가 당신과 함께 뭔가를 할 수 있다면, 내가 당신에게 품고 있는 사랑이 당신한테 조금이라도 의미가 있다면, 내가 지금 하고 있는 일이 당신의 마음을 움직일 수 있다면, 당신의 비밀 속에 내 삶이 묻히는 것을 원치 않는다면, 무엇 때문에 그리 슬퍼하는지 말해주세요."

여기서 다라하는 눈물에 목이 메어 말을 잇지 못했고, 오스민도 마찬가지로 말을 못하고 뜨거운 사랑의 눈물로 대답할 수밖에 없었습니다. 이렇게 눈물 때문에 말을 못하니, 두 사람은 서로의 눈물만 닦아주었습니다.

혹시 그녀가 눈치챌까 싶어 나오는 한숨도 억지로 참고 있자니 오스민은 애끓는 속만 더 타면서 갑자기 쓰러져 꼭 죽은 사람처럼 되었습니다. 다라하는 어찌할 바를 몰랐고, 어떻게 해야 그가 정신을 차릴지 몰라 발만 동동 굴렀고, 항상 즐겁던 사람이 왜 그렇게 됐는지 알 수가 없었습니다. 손에 쥐고 있던 예쁜 손수건을 물에 적셔 그의 눈에 남아 있는 눈물을 닦고, 얼굴을 깨끗하게 닦아주었습니다. 그 손수건은 금은색과 여러 색깔이 섞여 있었고, 매우 값비싼 작은 진주들이 박혀 있었습니다. 가슴이 찢어질 듯 아팠고 모든 신경이 온통 그를 돌보는 데 가 있었기 때문에, 다라하가 조금만 더 방심했더라면 거의 포옹하는 자세로 있는 자신들의 모습을 돈 로드리고에게 들키고 말았을 것입니다. 다라하가 오스민의 머리를 자기 무릎에 눕혀놓아서, 정신이 돌아왔을 때 오스민은 그녀의 무릎에 기대어 있었습니다. 오스민은 정신을 차리고는 그녀와 헤어져서 정원으로 들어갔습니다.

급히 자리를 뜨느라 다라하가 땅바닥에 떨어뜨리고 간 값비싼 손수건을 조금 뒤에 그의 주인이 주웠습니다. 돈 로드리고가 가까이 다가오는 것을 보고 그녀는 가버리고 두 사람만 남게 되었습니다. 돈 로드리고가 무슨 이야기를 했었냐고 묻자 오스민이 여느 때처럼 대답했습니다.

"자기 남편에 대한 변함없는 사랑 때문에, 주인님이 바라는 것처럼 다라하 님은 기독교인이 되지는 않을 겁니다. 설사 그렇게 되더라도 남편 때문에 다시 이슬람으로 개종할 겁니다. 이슬람 율법과 남편에 대한 그녀의 사랑은 거의 광적이었습니다. 주인님이 시키는 대로 말했더니, 주인님이 일을 꾸몄고 제가 중간에 나섰다고 우리를 미워했습니다. 또다시 그 일에 대해 이야기한다면 저를 더는 보지 않을 것이고, 당신이 오는 것만 봐도 도망쳐버리겠다고 말했습니다. 그러니 힘들게 시간 낭비하지 마십시오. 다 헛수고가 될 겁니다."

다라하의 냉정하고 단호한 대답에 돈 로드리고는 무척 낙심했고, 오스민이 자기한테 도움이 되기보다는 해가 될 것 같다는 생각이 들었습니다. 돈 로드리고는 적어도 다라하가 냉정하게 답을 했을 때 오스민은 사실상 거의 협상의 주인으로서 그녀에게 그런 태도로 말을 하지 말았어야 했을 거란 생각이 들었습니다. 사랑과 신중함은 양립이 불가능해서, 자제심을 잃을수록 그만큼 더 사랑하게 됩니다. 암브로시오가 첫 번째 수인과 맺었다고 말했던 진한 우정을 생각해보니, 돈 로드리고는 그것이 아직도 존재할 것 같았고, 그 뜨거웠던 불의 재가 다 식었다는 생각은 들지 않았습니다. 열정 때문에 이런 생각에 사로잡힌 돈 로드리고는, 암브로시오가 옛날 사랑 이야기로 다라하를 즐겁게 해줄지도 모르다면서, 그런 그를 그녀가 있는 공간에 있도록 하는 것은 매우 위험한 일이라고 아버지한테 말하고 그를 집에서 쫓아내기로 결심했습니다. 특히 국왕 부처의 뜻이 그녀를 기독교인으로 개종시키는 것인데, 암브로시오가 집에 있으면 그 일에 방해가 된다고 했습니다.

"아버지, 며칠간 그 두 사람을 떼어놓고 그 결과가 어떤지 보겠습니다."

돈 루이스는 아들 생각이 그리 나빠 보이지 않아서 말도 안 되는 핑계로 —강자에게는 이유를 따지지 않고, 장교는 자기 병사들한테 항상 하고 싶은 대로 합니다— 오스민을 집에서 쫓아내고, 그를 집 안에 한 발짝도 들이지 말라고 명령했습니다. 뜻밖에 벌어진 일이라 오스민은 연인과 작별한 시간도 없었습니다. 그는 주인의 명령에 따라, 그리 큰 고통을 받지 않은 척하며 몸뚱이를 그 집에서 끄집어냈습니다. 자신의 영혼은 주인이 따로 있어서 그 주인의 보호 아래 두었습니다.

오스민이 갑작스레 떠나게 된 것을 알게 된 다라하는 남편이 슬퍼했던 것이 그 새로운 사건의 의혹에서 시작됐을 거라 생각하고는 상황을 파악하게 되었습니다. 설상가상으로 남편을 못 보게 된 가엾은 여인은 가능한 한 티를 내지 않으려고 노력했으나, 그럴수록 속은 더 타들어갔습니다. 비탄에 잠긴 자는 울고 신음하고 한숨짓고 소리를 지르면, 비록 아픔을 떨쳐내지는 못하지만 조금은 줄이고, 넘치는 고통을 덜게 해줍니다. 삶의 아무런 즐거움도 없이 고통스럽게 살아가는 모습이 다라하의 얼굴에 그대로 나타났습니다.

사랑에 빠진 무어인은 신분을 바꾸기 싫어서, 이전처럼 일꾼 복장으로 돌아다니며 자신의 고달픈 운명을 따랐습니다. 그 옷을 입고 지내면서 즐거운 때도 있었고, 또 다른 좋은 일이 있기를 기대하기도 했었습니다. 자신의 운명을 시험해보기 위해 하루하루 날품을 팔며 여기저기 중요한 정보를 얻으러 애썼고, 다른 일에는 전혀 관심을 보이지 않았습니다. 생활은 집에서 가져온 돈과 보석으로 지탱해나갈 수 있었습니다. 그러나 앞서 말한 그런 복장으로는 아무도 눈치채지 못하게 거리낌 없이 돌아다닐 수 있었으므로 오스민은 계속 그런 생활을 고집했습니다.

다라하를 마음에 두고 있는 기사들은 오스민이 그녀에게 친절을 많이 베풀었다는 것과 이제는 돈 루이스 집에서 일하지 않는다는 것을 알고 있었습니다. 그런 그들이 자기들의 목적을 위해서 오스민을 탐내고 있다는 말들이 나돌았습니다. 그중에서도 돈 알론소 데 수니기기 가징 직극적이었는데, 장자인 그는 젊고 미남인 데다가 돈도 많고 의리도 있는 기사로, 자기가 가지고 있는 조건과 돈에다 암브로시오의 도움만 있다면 그 시합에서 승자가 될 것 같았습니다. 돈 알론소는 암브로시오를 불러 협상을 하고 사례금을 주면서 고마움을 치하한 다음 둘은 친구 사이처럼 되었습니다. 주인과 하인 사이에도 둘의 능력이 서로 비슷하면 우정이 성립할 수 있으니, 보통 이런 것을 총애라고 말합니다. 돈 알론소는 시간이 좀 지나고서 오스민에게 자신의 욕망을 밝히고 거액의 사례금을 약속했습니다. 돈 알론소가 밝히는 모든 욕망은 오스민에게는 하나하나가 다 상처가 되고 궤양을 악화시켰습니다.

전에는 한 명을 걱정했는데 이제는 두 명을 걱정하게 된 오스민은 주인이 털어놓은 이야기 속에서 많은 것을 알게 되었고, 각자 걸어가는 길이 서로에게 도움이 된다는 것도 곧 알게 되었습니다. 오스민은 자신의 중재만으로 충분히 목적을 달성할 수 있을 것이니 다른 사람의 도움은 필요 없다고 주인에게 말했습니다. 두 번씩이나 자기 약혼녀 뚜쟁이 노릇을 하게 되었으니, 오스민이 어떤 기분이었는지 저는 말로 표현할 수 없고 어느 누구도 짐작할 수 없을 것이며, 모든 것을 조심스럽게 시치미 뚝 떼는 것만이 그에게는 최상이었습니다. 그는 돈 로드리고와의 사이에서 있었던 일이 또 벌어질까 걱정하며 조심스레 대답했습니다. 오스민은 만일 주인님이 모든 사람들과 함께 뛰어들어야 한다면 아직도 갈 길이 많이 남아 있는데 성급하게 서두르다가 모든 것을 다 잃고 그녀에 대해 아무것도 알지 못하게 될 수도 있으니, 뜻하는 목표를 평화적으로 성취하기 위해서는 참고 견뎌내야 한다고 말했습니다.

오스민 속에서는 불이 활활 타 올랐지만 돈 알론소의 기분을 맞추어 주었습니다. 머릿속에서는 이 생각 저 생각이 충돌하고, 창으로 찌르고, 서로 싸웠지만 괴로운 심정을 위로받기 위해 어디에다 도움을 청해야 할지, 누구를 뒤쫓아가야 할지 몰랐습니다.

토끼 한 마리 사냥하는데, 잘 달리는 훌륭한 사냥개 여러 마리에다 집에서 기른 매까지 동원하고 여자 친구들과, 잘 알고 있는 여자들과 손님들을 초대해서 연회까지 열고서 항상 명예에다 불을 붙입니다. 그리고 이런 것을 명예로 여기는 많은 집에 여인들이 들어가는데, 귀부인 같아 보이는 그녀들은 명예라는 이름이 주는 무게와 속임수 때문에 일단 손님이 되면 귀부인이기를 포기하며, 이런 일은 어디서든지 있고 어디서든지 벌어집니다. 지체 높고 유명한 사람들을 위해서 악마는 이 불법 모임장소에 신경을 많이 씁니다.

돈 알론소는 특히 돈 로드리고를 경계했습니다. 그와 다른 경쟁자들은 돈 로드리고의 허세에 굉장한 거부감이 있었습니다. 돈 로드리고는 다른 경쟁자들을 단념시키기 위해 의도적으로 그런 허세를 부린 것입니다. 경쟁자들은 돈 로드리고가 거들먹거리는 것이 다라하가 호의를 보였기 때문이라 믿고 전부들 낙심했습니다. 돈 로드리고에게 말은 좋게 하였지만, 그를 좋아하지는 않았습니다. 그의 입에 단 꿀을 넣어주고 가슴에는 독을 남겼고, 그의 내장에 돌을 집어넣고 그 내장이 발기발기 찢어지기를 바랐습니다. 경쟁자들은 돈 로드리고에게 웃는 표정을 지었는데, 그것은 개가 장수말벌한테 항상 짓는 표정이었습니다. 이런 일들은 오늘날 특히 지체 높은 귀족들 사이에서 벌어지고 있습니다.

다시 다라하가 고통받고 있는 이야기로 돌아가겠습니다. 다라하는 남편이 어디로 갔는지, 어떻게 됐는지, 건강한지, 무슨 일이 생긴 건 아닌지 노심초사 잠을 이루지 못했습니다. 특히 다른 여자가 생긴 것은 아닌가 싶어 걱정이 더 됐습니다. 이건 일반적으로 자식들이 집을 비울 때 어머니들이 하는 걱정과는 다른 것이었습니다. 어머니들은 자식의 안부가 걱정되지만, 여자는 남편의 사랑을 걱정하면서 남편이 혹시 다른 여자하고 재미 보는 건 아닌지 의심하는 것입니다. 페넬로페가 사랑하는 남편 율리시스를 그리며 옷감을 짰던 것처럼, 다라하는 이 생각 저 생각을 잣고 풀고 하면서 슬프고 따분한 낮과 밤을 지새웠습니다.

이 부분은 침묵으로 많은 이야기를 하겠습니다. 그런 슬픔을 비슷하게나마 그리기 위해서는 어느 처녀의 죽음에서 한 유명한 화가가 이용했던 솜씨로도 부족할 것입니다. 처녀의 죽은 모습을 담은 그림을 보려고 부모, 형제, 친척, 친구, 지인과 집의 하인들이 모였습니다. 모두들 그녀를 직접 만져볼 수 있으면 얼마나 좋을까 생각하며 슬픔에 잠겼습니다. 화가는 그림을 부모 앞에 놓고 얼굴을 완성하라고 했습니다. 지금 각자가 느끼고 있는 아픔을 그림으로 옮기라는 것이었습니다. 부모가 느끼는 사랑이나 고통을 나타낼 수 있는 말이나 붓은 없기 때문입니다. 몇몇 이교도들의 작품에서나 그런 것을 읽을 수 있습니다. 나도 화가처럼 하겠다는 겁니다. 나의 거친 혀는 거친 붓이 되어 졸고를 완성시킬 것입니다. 듣는 사람의 자유에 맡겨 이야기를 스스로 판단해서 알아듣고 느끼게 하는 것이 현명한 일입니다. 각자 자신의 마음으로 다른 사람의 마음을 판단해서 그 이야기를 생각해보는 것입니다.

너무나 슬퍼하는 다라하의 속마음이 겉으로 다 드러났습니다. 우울하게 지내는 그녀를 즐겁게 해주려고 돈 루이스는 아들 돈 로드리고와 함께 투우 경기와 갈대마장⁴⁾ 경기를 열기로 했습니다. 그 도시는 그런 경기를 하기에 적합한 곳이라 소문이 금방 퍼져나갔습니다. 형형색색의 비단 옷을 걸친 기사들이 모여들었습니다. 그들 중에서도 각 팀의 주장이 걸친 옷 색깔은 여러 감정을 불러일으켰습니다. 절망, 희망, 억압, 애정, 즐거움, 슬픔, 질투, 사랑. 그러나 다라하 눈에는 다 똑같아 보였습니다.

오스민은 경기가 개최되고 자기 주인이 주장으로 참가한다는 이야기를 듣고서, 약혼녀를 볼 수 있는 기회라 여기고, 경기에 참가해 자신의 용기를 보여주기로 마음먹었습니다. 드디어 투우 시합이 열리는 날, 두 사람은 멋지게 차려입고 말을 타고 경기장에 들어섰습니다. 오스민은 푸른 비단 천으로 얼굴을 감싸고, 말의 눈은 검은 띠로 가렸습니다. 그는 외지인인 척했고, 하인이 큰 창을 들고 앞장섰습니다. 광장 전체를 다 둘러보며 이것저것 신기하고 재미있는 구경을 많이 했습니다.

⁝

4) 말을 타고 하는 시합으로 서로 편을 갈라 갈대를 던지고 방패로 막는 경기.

그중에서도 다라하의 아름다움이 가장 빛났습니다. 그녀는 밤의 어둠을 쫓아내는 아침 햇살이었습니다. 오스민이 투우장 입구에 들어섰을 때, 그때 마침 풀어놓은 유명한 황소를 피하느라 투우장이 시끌벅적했습니다. 타리파[5]에서 온 황소는 무서운 사자처럼 크고 사나웠습니다.

황소는 두 세 발자국 풀쩍 뛰어 투우장 중간에 들어섰는데, 모든 이들의 이목을 끌고 두려움의 대상이 되었습니다. 이쪽 저쪽으로 돌진하자 사람들이 창을 던졌고, 황소는 그것들을 뿌리쳤습니다. 황소는 워낙 민첩해서 한 대도 맞지 않았습니다. 그러나 어느 누구도, 멀찌감치에서도, 감히 황소 앞에 나서는 사람이 없었습니다. 사랑에 빠진 오스민과 그의 하인보다 황소에 더 가까이 있는 사람은 없었습니다.

황소가 바람처럼 기사에게 달려들어서, 재빨리 창을 던져야만 했습니다. 오스민은 오른팔을 들어 ―팔뚝에는 다라하의 손수건이 묶여 있었습니다― 뛰어난 솜씨와 우아한 동작으로 소의 등뼈 부분을 창으로 찔렀습니다. 창은 몸통을 뚫고 왼쪽 발가락까지 관통했습니다. 황소는 돌덩어리처럼 꼼짝도 않고 즉사했습니다. 오스민의 손에 창의 일부분이 남아 있었습니다. 오스민은 그것을 땅바닥에 던지고 투우장을 나왔습니다. 그 장면을 본 다라하는 너무 기뻤습니다. 그녀는 오스민이 들어올 때 그 하인 사이로 알아봤습니다. 그 하인은 이전에 자기 하인이었습니다. 그리고 오른팔에 맨 손수건을 보고 오스민임을 확신했습니다. 모두들 얼굴을 가린 기사의 신출귀몰한 창 솜씨와 용맹스러움에 감탄하고 찬양하느라 시끌벅적했습니다. 다들 그에 대해 이야기하느라 다른 것은 안중에도 없었습니다. 모두가 그를 봤고 그에 대해 이야기했습니다. 모두들 꿈을 꾸는 것 같았

5) 스페인 남부 안달루시아 지방의 카디스 주에 있는 도시.

고, 계속 그에 대해 이야기했습니다. 이 사람은 손동작을 많이 하면서 말을 했고, 저 사람은 감탄을 했고, 또 나른 이는 신호를 그었습니다. 이 사람은 눈과 입에 즐거움이 가득한 채 팔과 손가락을 치켜세웠고, 저 사람은 몸을 배배 꼬며 자리에서 일어섰고, 어떤 이들은 눈썹이 활처럼 휘었고, 다른 이들은 날아갈 듯 기뻐하며 재미있는 표정을 지었습니다. 다라하가 보기에 모두가 즐거워했습니다.

오스민은 처음 출발했던 근교의 과수원으로 돌아가서 말을 놔두고 옷을 바꿔 입고 칼을 찬 다음 다시 암브로시오로 돌아와 광장으로 갔습니다. 사랑하는 다라하가 보이는 곳, 그녀가 자기 목숨보다도 더 사랑하는 사람을 볼 수 있는 곳에 오스민은 멈춰 섰습니다. 둘은 서로 바라보며 기뻐했습니다. 다라하는 오스민이 서 있는 것을 보고 그한테 좋지 않은 일이 일어날까 두려워, 계단으로 올라오라고 신호를 보냈습니다. 모두들 투우에 정신이 빠져 있어서 둘의 행동을 눈치채지 못했습니다.

오후가 되면 당신은 여기서 갈대마장 경기 참가자들이 입장하는 모습을 보게 됩니다.

제일 먼저 화려한 색상의 옷을 입은 악단이 나팔을 불고 북을 치며 나오고, 시합에 참여하는 여덟 개 팀이 사용할 갈대 다발을 실은 노새 여덟 마리가 그 뒤를 따릅니다. 벨벳에 금실과 비단으로 주인의 무기 모양을 수놓은 천을 노새 위에 씌우고, 은으로 만든 열쇠가 달리고 금실과 비단으로 만든 함을 얹었습니다. 이를 뒤따라 48명의 기사가 240마리의 말과 함께 등장하는데, 기사 한 명당 이 다섯 마리에다 앞서 입장한 말 한 마리까지 합쳐서 6마리를 이끌게 됩니다. 기사들은 이 말들의 고삐를 자유자재로 다루면서, 두 줄로 해서 서로 반대 방향에서 들어왔습니다. 다섯 마리씩 한 조를 이루었고, 그중 선두에서 짝을 이룬 두 마리는 안장틀 바깥쪽으로 문

양과 표장이 그려져 있고 띠와 장식 끈이 달린 주인들의 방패를 매달고 있었으며, 나머지 말들에는 가슴걸이가 채워져 있었습니다. 말들은 전부 금은으로 된 화려한 굴레 장식과 상상도 할 수 없을 만큼 값비싼 보석과 아름답고 신기한 장식품으로 치장을 하고 있었습니다. 그것들이 전부 원산지가 세비야라는 것만 강조해도 충분할 것 같습니다. 그 명성에 대해 모르는 사람은 아무도 없습니다. 젊고 부유한 기사들은 전부 눈앞에 있는 여인을 사랑하는 경쟁자들이었습니다. 이들은 투우장 한쪽 문으로 들어와 한 바퀴를 돌고서 들어왔던 문 옆에 있는 다른 문으로 나가서, 입장하는 기사와 퇴장하는 기사는 서로 부딪히지 않고 다 통과할 수 있었습니다.

말들이 나가고 두 명씩 짝을 지은 기사 8개 조가 앞서 말한 것과 같은 복장으로 입장했습니다. 기사들이 손에 쥐고 있는 창들을 워낙 빨리 휘두르다 보니, 창 양끝이 서로 달라붙는 것처럼 보이면서 하나의 창에 네 개의 칼날이 붙어 있는 것 같았습니다. 날카로운 박차에 상처를 입은 말들은 함성 소리에 힘을 내서 달렸고, 기사들이 안장에 앉아서 달리는 모습은 말과 한 몸이 된 것 같았습니다. 이건 절대 허풍이 아닙니다. 세비야, 코르도바, 헤레스 데 라 프론테라처럼 안달루시아 대부분 지역에서는, 흔히 말하는 것처럼, 애들이 요람에서 나오면 말을 타서, 이런 갈대마장경기에 익숙해집니다. 일반적으로 어른들도 힘들어하는데, 어린 나이에 무거운 무기를 자유자재로 부리는 걸 보면 무척 감탄스럽습니다.

그들은 광장을 돌면서 동서남북으로 달렸고, 다시 나갔다가 이전처럼 또다시 들어왔습니다. 그러나 다시 들어올 때는 말을 바꾸고, 손에 들고 있는 방패와 갈대를 다시 고쳐 잡았습니다.

이 지역 풍습에 따라 6 대 6으로 갈라섰습니다. 15분쯤 지나고 중간에 다른 기사 몇 명이 들어와서 그들을 갈라놓고, 다시 다른 말들과 같이 질서정연하게 경기가 시작되었습니다. 말들이 워낙 일사불란하게 움직여서 마치 한 판의 춤을 보는 것 같아 사람들은 전부 입을 못 다물 정도로 즐거워했습니다.

이것이 마지막에 풀어놓은 성질 사나운 황소의 심기를 건드렸습니다. 말을 타고 있던 기사들이 투우용 창을 들고 황소 주위를 에워싸기 시작했습니다. 그러나 황소는 그들이 무슨 일을 할 건지 알지 못한 채 꿈쩍도 하지 않았고, 앞발로 땅을 긁으면서 그들을 빤히 바라만 보고 있었습니다. 모두들 각자 자신의 운명을 기다리는 순간, 남루한 옷을 걸친 어릿광대가 나와서 황소를 달랬습니다.

화가 나 있는 황소가 말을 타고 있는 기사들을 공격하지 못하게 자기 쪽으로 오게끔 하는 것은 크게 어려운 일이 아니었습니다. 어릿광대가 돌아서서 도망치자 황소가 그를 뒤쫓아서 다라하의 턱 밑까지 왔는데, 바로 거기에 오스민이 있었습니다. 오스민은 어릿광대가 안전한 곳으로 피신한 것 같았고, 만일 자기가 겁쟁이처럼 행동하면 자신과 연인이 창피당할 거란 생각이 들었고, 또 다른 기사들처럼 능력을 발휘하고 싶은 욕망이 불타올라서, 황소와 맞서려고 사람들 사이에서 앞으로 나왔습니다. 황소는 이제 자기가 쫓던 어릿광대를 놔두고 오스민에게 향했습니다. 모두들 그런 성난 짐승한테 덤비는 그가 틀림없이 미친 사람일 거라 생각하고, 황소의 뿔 앞에서 산산조각이 날 그의 시신을 거둘 생각을 하고 있었습니다.

모두들 그에게 피하라고 소리를 질렀습니다. 그의 부인이 무슨 말을 했는지는 모르겠지만, 모두들 그녀가 지금 아무런 감각도 느낄 수 없을 정도로 정신이 나갔을 거라 생각하며 그녀가 어떤 심정일지 상상할 수 있었습니다. 황소가 뿔로 그를 찌르려고 머리를 숙였습니다. 그것은 마치 희생자에게 고개를 숙이고서 다시 고개를 들지 않는 모습이었습니다. 무어인은 몸을 한쪽으로 피하면서 귀신같은 솜씨로 허리에 차고 있던 칼을 뽑아 황소의 목줄기를 찔렀습니다. 머리뼈가 박살 나면서 목과 턱에 매달린 채로 황소가 죽었습니다. 그는 마치 아무 일도 없었다는 듯이 칼을 칼집에 넣고 투우장을 나섰습니다.

마을 전체가 웅성거렸습니다. 말을 탄 기사들이나 서 있는 사람들 모두 그를 직접 보려고 모여들기 시작했습니다. 그를 직접 보고서는 다들 감탄했습니다. 너무나 많이 몰려들어서 사람들은 거의 깔려 죽을 정도였고 한 발자국 옮기기도 쉽지 않았습니다. 가설 계단 쪽에서 또다시 사람들의 감탄이 흘러나왔습니다. 그가 최고라며 모두들 즐거워했습니다. 축제가 끝나고 사람들은 그날 오후에 벌어졌던 일들 중에서 무엇이 제일 좋았는지, 어떤 음식이 가장 맛있었는지에 대해서만 이야기하면서, 불멸의 시간 동안 그런 무훈담을 이야기할 수 있도록 감미로운 입술과 감각을 준 것에 감사했습니다.

이날 다라하는 —지금까지 보신 것처럼— 기쁨을 두둑맞고 흥이 깨지고 즐거움이 반감되었습니다. 그토록 그리던 임을 보는 기쁨을 누리는 순간, 그가 위험에 빠질지 모른다는 두려움이 앞섰습니다. 언제 또다시 그를 볼 수 있게 될까, 어떻게 넘쳐흐르는 욕망에 싸여 있는 굶주린 눈을 만족시키면서 자신의 심정을 달랠 수 있을까 하는 생각이 그녀를 괴롭혔습니다. 고통을 내려놓은 곳에 기쁨이 이르지 않았기 때문에 그 축제가 즐거웠는지 그녀의 표정을 통해서는 알 수 없었습니다. 다라하의 아름다움에 속만 태우는 젊은 기사들은 어떻게 하면 그녀를 더 즐겁게 해줄 수 있을지, 언제 다시 그녀를 볼 수 있을지 이전보다 더 애가 탔고, 끓어오르는 피의 명예를 걸고 돈 로드리고를 주최자로 하는 일대일 결투를 요청했습니다.

결투 공고문이 축제가 벌어지는 날 밤에 발표되었습니다. 악단이 동원

되고 횃불이 밝혀지면서 거리와 광장들이 불타오르는 것 같았습니다. 모든 사람들이 다 읽을 수 있도록 눈에 잘 띄는 곳에 공고분이 붙었습니다.

코르도바 문이라고 하는 곳 바로 옆에 투우를 할 수 있는 막이 하나 성벽 쪽으로 쳐져 있었는데, 나는 거기에 가본 적이 있습니다. 비록 관리는 허술했지만, 그곳에서 기사들은 창던지기 연습을 하곤 했었습니다. 신참 기사 돈 알론소 데 수니가도 다라하한테 깊은 애정을 품고 있음을 보여주기 위해 거기서 연습을 했습니다. 그는 일대일 결투에서 패할지도 모른다는 두려움은 있었지만, 용기나 힘이 부족하지 않음을 공개적으로 보여주었습니다. 남자들은 연습을 통해서 장인의 경지에 오르고, 자신감을 갖고 있는 사람들도 이론만 따르다 실수를 하는 터라, 그는 실수를 저지르지 않으려고 조심했습니다.

한편 오스민은 가능하면 경쟁자가 적게 생기길 바랐습니다. 그는 일대일 결투에 참가할 수 없었고 그럴 가능성도 없었지만, 결투장에 가서 가장 라이벌로 생각하는 거만한 돈 로드리고의 코를 납작하게 해주고 싶은 마음이 굴뚝같았습니다. 주인을 섬기겠다는 마음이 아니라 이런 복수의 마음에서 말했습니다.

"주인님, 제가 하고 싶은 일을 할 수 있게끔 허락해주신다면, 혹시 때가 되면 주인님한테도 득이 될 수 있는 일을 한 가지 말씀드리겠습니다."

돈 알론소는 미덥지 못한 시큰둥한 표정을 짓다가, 자기 사랑과 관계있을 거란 생각이 들자 말했습니다.

"시간 끌지 말고 말해봐라, 무슨 이야기인지 궁금하다."

"주인님은 이미 공포된 일대일 결투에 참가하셔야 합니다. 사람들이 영광의 이름을 얻으려는 욕심으로 불안해하고 초조해하는 것이 저는 조금도 이상하지 않습니다. 당신 하인인 저는 주인님을 섬길 것이며, 주인님이 원하는 기사도 훈련을 짧은 시간 안에 가르쳐드려 좋은 결과가 있도록 도와 드리겠습니다. 나이 어린 놈이 말한다고 그냥 흘려듣지 마십시오. 저는 그런 일 속에서 자라서 몇 가지는 잘 알고 있습니다."

돈 알론소는 기뻐하며 고마움을 표했습니다.

"그렇게만 해준다면 무척 고맙겠다."

오스민이 대답했습니다.

"지킬 생각이 없는 약속을 하는 사람은 시간을 끌며 핑곗거리를 찾습니다. 그러나 저처럼 핑곗거리를 찾을 처지가 안 되는 사람은, 미치지 않는한, 약속한 것 이상의 뭔가를 해야 합니다. 주인님과 저의 무기를 준비해주십시오. 제가 주인님을 섬겨야 하는 의무에서가 아니라 주인님께서 베풀어주신 은혜에 보답하기 위해 오랜 시간 심사숙고해서 내린 결정임을 곧 아시게 될 겁니다."

돈 알론소는 서둘러 필요한 것을 준비시켰습니다. 그들은 그날부터 결투 시합이 벌어지는 날까지 좀 떨어진 장소로 가서 연습에 몰두했습니다. 연습한 지 얼마 지나지 않아 돈 알론소는 안장에 안정되게 앉고 창을 가슴에 붙어 있는 창받이에 자유롭게 끼고 빼며 창을 메고 당당하게 움직일 수있게 되어, 마치 오랜 세월 기술을 연마한 듯했습니다. 그는 뛰어난 몸과 강인한 체력 때문에 탁월한 능력을 발휘할 수 있었습니다.

날렵하게 말에 오르는 모습, 암브로시오가 가르쳐주는 내용, 암브로시오의 체격과 동작, 태도, 말씨 등을 보고 돈 알론소는 다음과 같은 생각이 들었습니다. '그가 일꾼이나 암브로시오일 리가 없어. 사람 됨됨이나 행동을 볼 때 분명 무슨 말 못할 사연이 있다. 그한테서는 훌륭하고 고귀한 품위가 흘러. 분명 무슨 사연이 있어서 그런 모습으로 다닐 것이다.' 더는 이런 생각을 감출 수 없어서, 돈 알론소는 그를 조용한 곳으로 데려가 조심스레 말했습니다.

"암브로시오, 네가 나한테 봉사할 게 있는 것이 아니라 내가 너한테 신세진 것이 많다. 너의 언행을 볼 때 네가 누군지 너는 숨길 수가 없다. 그런 낡은 옷과 일과 이름 밑에 너는 뭔가를 숨겼다. 내가 지금까지 봐온 바로는 네가 나를 속인 것이 분명하다. 네가 천한 일꾼으로 보이려고 했지만, 일반 상식을 가진 사람이라면 무술에 뛰어난 너 같은 훌륭한 젊은이를 그런 사람으로 믿기는 어려운 일이다. 나는 흙더미와 못 생긴 조개껍데기 밑에 순금과 동양의 진주가 있음을 알아차렸다. 너는 나를 잘 알지만, 나는 아직까지 너에 대해 잘 모른다. 그러나 결과의 원인이 밝혀졌으니 너는 나를 속일 수 없다. 예수 그리스도의 이름과 기사의 명예를 걸고 약속하건대, 나는 너의 친한 친구가 되어 나를 믿고 털어놓는 이야기의 비밀을 지킬 것이며, 내 여건이 허락하는 한 도와줄 것이다. 그러니 이야기해봐라. 그래야 내가 너한테 받은 도움의 일부분이라도 갚을 수가 있지 않겠니."

오스민이 대답했습니다.

"주인님이 강하게 요구하시니 더는 감추기 힘들 듯합니다. 주인님의 약속을 믿고 다 말씀드리겠습니다. 저는 아라곤 사라고사 출신 기사입니다. 제 이름은 하이메 비베스로, 부친의 함자도 저와 같습니다. 저는 어렸을 때 나쁜 친구들의 배신 때문에 무어인들의 포로가 되었습니다. 그것이 그들의 시기 때문인지 저의 불행 때문인지 따지자면 이야기가 길어집니다. 무어인들의 보호하에 있게 되면서 그들은 저를 어느 배교자[6]에게 팔았는데, 그 사람 이름은 기억하고 싶지 않아서 굳이 밝히지 않겠습니다. 그는 저를 그라나다까지 데리고 갔는데, 어느 세그리 기사[7]가 저를 샀습니다. 그

⋮

6) 가톨릭에서 이슬람교로 개종한 사람.

기사한테는 저와 동갑이고 오스민이라고 부르는 아들이 한 명 있었는데, 나이뿐 아니라 생긴 모습이나 체격 그리고 생년월일까지도 저와 똑같았습니다. 그래서 기사는 저를 더 사고 싶어 했고, 저한테 잘 대해주었으며, 오스민과 저 사이에는 우정이 싹텄습니다. 제가 고향에서 부모님으로부터 배워서 잘 알고 있고 할 수 있는 것을 오스민에게 다 가르쳐주었고, 제가 얻은 것도 적지 않았습니다. 가르쳐주면서 저의 지식도 점점 늘어났습니다. 그렇지 않았더라면 다 잊어버렸을 수도 있었을 겁니다. 사람들은 가르치면서 배우는 모양입니다. 그 집 아버지와 아들이 저를 더 좋아하게 되어, 저한테 그 집의 사람들과 재산의 관리를 맡겼습니다. 젊은 아들은 제가 모시는 여인이자 당신이 그토록 연모하는 바사 시장의 딸 다라하와 결혼하려 했습니다. 그 둘은 약혼을 한 터라 만일 바사가 포위되지 않고 전쟁만 일어나지 않았더라면 결혼했을 겁니다. 그러나 바사가 항복을 해서 결혼식을 연기할 수밖에 없었습니다. 저는 오스민의 총애를 받고 그 둘 사이의 연락을 맡고 있었기 때문에 선물을 가지고 이 도시에서 저 도시로 왔다 갔다 했습니다. 그러다가 우연히 바사에 있을 때 다행히도 바사가 항복을 해서, 저는 다른 포로들과 같이 자유를 되찾게 된 것입니다. 고향으로 돌아가고 싶었지만 수중에 돈이 없었던 저는 친척이 이 도시에 산다는 소식을 듣게 되었습니다. 제가 이 도시에 온 것은 두 가지 이유 때문이었습니다. 하나는 유명하고 훌륭한 이 도시를 보고 싶어서고, 또 하나는 제 길을 계속 갈 돈을 구하기 위해서였습니다. 그러나 친척 소식이 불확실해서 찾지 못한 채 오랜 시간 여기서 머물러 있게 되면서, 보통 사람들이 다 그렇

. .
.

7) 세그리 가문은 코르도바 왕국 칼리프들의 후예로서 그라나다 왕국의 대(大)씨족 아벤세라헤 가문과 경쟁적 위치에 있었다.

듯이 자포자기 상태에 빠지게 되었습니다. 돈도 없이 도시를 떠돌아다니며 힘들게 하루하루를 버텨내고 있던 어느 날, 다른 사람들 눈에는 그렇게 안 보였을지 모르겠지만, 제 눈에는 그야말로 어디에도 견줄 수 없는 아름다운 여인이 보였습니다. 저한테는 즐거움을 주는 게 아름다운 것입니다. 그녀에게 저의 모든 것을 다 바쳐서 저에게는 영혼도 남아 있지 않았습니다. 제 마음은 오로지 그녀에게로만 향했습니다. 그녀는 도냐 엘비라로 돈 로드리고의 여동생이고 저의 주인이신 돈 루이스 데 파디야의 딸이었습니다. 궁하면 통한다고 흔히들 말하는 것처럼, 그녀를 사랑하면서도 그녀에게 제 마음을 밝힐 방법을 찾지 못해 헤매고 다니면서, 제 아버지에게 제가 자유를 찾게 되었다는 소식을 편지로 알려드리기로 마음먹고, 1,000도블라[8]만 보내준다면 모든 일이 다 잘 풀릴 거라 부탁드렸습니다. 아버지께서 돈과 하인과 말까지 보내주셔서 저는 만반의 준비를 다 할 수 있었습니다. 처음 며칠간은 온종일 거리를 배회했지만, 그녀를 볼 수 없었습니다. 그렇게 돌아다니다 보니 저는 사람들의 눈에 띄었고, 사람들이 저를 의심의 눈초리로 바라보아서 저는 조심스럽게 행동했습니다. 저보다 나이도 많고 경험도 많은 제 하인에게 제 속마음을 털어놓자, 그가 자기 주인집에서 어떤 공사가 있음을 알아내고는 몇 가지 충고를 해주어서, 저는 제가 누군지 아무도 눈치 못 채게 이 작업복을 사서 미장으로 변장하고, 제 이름까지 바꾸었습니다. 저는 앞으로 어떤 일이 벌어질까 생각하기 시작했습니다. 어떤 강력한 것이나 어떤 요새도 사랑이나 죽음을 방어할 수 없기에, 저는 모든 것을 격파했고 모든 것이 저한테는 쉬운 일이었습니다. 저는 결심했고 제 예측은 정확히 맞아떨어졌습니다. 생각지도 않은 일이 벌어진 것입

8) 카스티야에서 사용했던 금화.

니다. 주인집에서 공사가 다 끝나자 저를 정원사로 채용한 겁니다. 그때 저의 운명의 달이 차기 시작했고 행운이 넘쳐흘러서, 정원에 발을 들여놓은 첫째 날 다라하와 마주칠 수 있었습니다. 다라하는 저를 알아보고 놀랐고, 저는 그녀를 보고 더 놀랐습니다. 우리는 힘들었던 지난날의 이야기를 서로 주고받았고, 저는 그녀의 여자 친구 때문에 우리가 만날 수 있게 되었다고 말했습니다. 다라하는 저의 부모님과 저의 가문과 저에 대해 잘 알고 있는 터리, 저는 그녀의 친구와 저의 사랑이 이루어져 결혼으로까지 이르러 저의 희망이 결실을 볼 수 있게끔 도와달라고 그녀에게 부탁했습니다. 다라하는 그러겠노라 약속을 했습니다. 그러나 운명이 시샘을 했는지, 우리의 달콤한 사랑이 제자리를 찾아갈수록, 어린 싹은 부러졌고 꽃은 사나운 바람에 시들어버렸으며 벌레가 뿌리를 갉아 먹어 모든 것이 다 끝나버렸습니다. 저는 이유도 모른 채 그 집에서 쫓겨났습니다. 저는 가장 비참한 악보다는 최고의 선을 믿으면서 도냐 엘비라를 섬기기 위해 창으로 황소를 죽였고, 칼로 다른 황소를 굴복시켰습니다. 도냐 엘비라는 저를 알아보고 기뻐했습니다. 그녀의 얼굴에서 그걸 알 수 있었고, 그녀의 눈이 저에게 그렇게 말했습니다. 그때 제 여인에게 저라는 것을 알리고 용맹을 떨쳐서 그녀를 기쁘게 해주고 싶었지만, 그러지 못하는 슬픔에 제 가슴은 찢어질 듯 아팠습니다. 그럴 수만 있다면 제 피까지 다 내주려고 했습니다. 주인님, 지금까지 불행했던 제 과거사를 다 말씀드렸습니다."

오스민의 이야기를 다 듣고 난 돈 알론소는 그를 두 팔로 꽉 껴안았습니다. 오스민은 주인의 손에 입을 맞추기 위해 그의 손을 잡으려 했으나, 그가 허락하지 않으며 말했습니다.

"너의 봉사를 받고 있는 이 손과 팔은 너의 호의에 보답해야 할 일에 사용되어야 할 것이다. 지금은 네가 예의를 차려서 인사할 때가 아니다. 혹시 마음이 바뀐다면 주저하지 말고, 일대일 결투도 아무 걱정 마라. 너도 참가할 수 있을 거라는 확신을 가져라."

오스민은 다시 한 번 땅바닥에 무릎을 꿇고 돈 알론소의 손을 잡으려고 했습니다. 돈 알론소는 새로운 우정의 힘에 이끌려 오스민과 똑같이 행동하면서 많은 제의를 했습니다. 그들은 몇 날 며칠간 계속 이야기를 나누었습니다. 드디어 일대일 결투 날이 다가왔습니다.

돈 로드리고가 거만한 태도 때문에 은연중에 사람들 사이에서 반감을 사게 되었다는 것은 앞에서 말했습니다. 돈 알론소는 드디어 원하는 것을 찾을 것 같았습니다. 하이메 비베스와 결투를 벌이면 분명 자신이 그를 이기고 그의 코를 납작하게 해줄 거란 확신이 들었기 때문입니다.

오스민도 돈 로드리고를 이기고 싶은 마음뿐이었습니다. 갑옷을 입고 준비를 하기 전에 다라하가 광장에 들어서는 것을 보기 위해 천천히 광장을 걸어 다녔습니다. 금실과 비단으로 만든 형형색색의 벽걸이로 장식된 광장의 화려함은 이루 말로 다 표현할 수가 없을 정도였습니다. 창문을 통해서 바라보는 사람들의 호기심, 멋진 귀금속과 장신구로 한껏 치장을 한 여인들의 아름다움, 멋진 사람들의 경연장, 모든 것이 귀금속 같았고 그하나하나가 거기에 박힌 보석 같았습니다. 광장 중간에 막이 하나 쳐져 있었습니다. 심판관들이 앉는 좌석은 관람하기 좋은 곳에 설치되었고, 그 앞에 다라하와 도냐 엘비라의 관람석이 있었습니다. 둘은 검은 벨벳으로 장식한 하얀 말을 타고 많은 사람들과 같이 들어와 광장 안을 한 바퀴 돌아보고는 자기들 자리로 갔습니다. 시합 주최자들이 들어올 준비를 하고 있었기 때문에 오스민은 광장을 빠져나갔습니다. 그들은 조금 후에 매우 화려하게 갖춰 입고 입장했습니다.

나팔을 비롯한 여러 악기 연주가 시작되었고, 연주는 주최자들이 자리를 잡을 때까지 계속되었습니다. 시합 참가자들이 입장하는데, 세 번의 창을 던져 제일 좋은 성적을 거둔 기사들 대열에 돈 알론소가 있었습니다. 그의 친구라고 속이고 헤레스 데 라 프론테라에서 온 것처럼 꾸며 시합에 참가할 수 있게 된 오스민은 자기 차례를 기다리고 있었습니다. 두 사람은 함께 막이 쳐진 곳으로 가서 돈 알론소가 그의 신원을 보증해주었습니다.

무어인은 검은 갑옷을 입고, 검붉은 말을 타고, 투구에는 깃털을 다는 대신에 다라하의 손수건에 있던 아주 섬세한 솜씨로 만든 장미를 꽂았습니다. 나중에 다라하는 그것으로 오스민을 알아보았습니다. 오스민은 자기 자리로 가서 첫 번째 던지는 창 실력으로 주최자의 조수 자리 하나라도 꿰어 찰 수 있는 행운을 기원했습니다. 신호가 울리고 시합이 시작되었습니다. 오스민은 상대방과 눈싸움을 벌이며 창으로 공격했으나 빗나갔습니다. 다시 그를 공격해 말 궁둥이 쪽으로 해서 땅에 떨어뜨렸습니다. 그러나 갑옷에 충격이 갈 정도로만 공격한 것입니다.

남은 두 번의 창을 던지기 위해 돈 로드리고가 입장했습니다. 그가 던진 첫 번째 창이 무어인의 갑옷 왼쪽 위를 스치며 지나갔습니다. 갑옷의 오른쪽 팔뚝 보호대가 세 쪽으로 쪼개지며 오스민은 상처를 입었습니다. 로드리고의 마지막 창 공격이 실패로 돌아갔고, 오스민이 던진 창은 그의 투구 턱받이를 박살 내버렸습니다. 모두들 그가 심하게 다쳤을 거라고 생각했지만, 그는 투구 덕분에 치명적인 상처는 입지 않았습니다. 세 번의 공격을 성공시킨 오스민이 의기양양한 승자가 되었고, 그의 후원자 돈 알론소는 오스민보다 더 우쭐해하며 기쁨을 감추지 못했습니다.

그들은 아무도 알아보지 못하게 광장에서 곧바로 집으로 가서 갑옷을 벗고 일상복으로 갈아입고는 후문으로 몰래 빠져나와, 다라하도 다시 보고 일대일 시합도 어떻게 되어가는지 보러 갔습니다. 오스민은 그녀 가까이 다가갔지만 손을 잡을 엄두는 못 내고 둘은 서로 바라보기만 했습니다. 그의 눈은 슬픔으로 가득 찼고, 그녀의 눈도 슬픔뿐이었습니다. 둘은 자기들이 왜 그렇게 되었는지, 정작 서로를 앞에 두고도 즐겁지 않은 이유가 뭔지 생각했습니다. 온통 불길한 징조의 색깔인 검은색의 갑옷을 입고 말을 타고 일대일 시합에 참가한 오스민을 본 다라하는 심란했습니다. 그녀는 매우 우울하고 가슴이 아팠습니다. 축제도 눈에 안 들어왔고, 답답한 가슴만 터질 것 같아서 집으로 돌아갔습니다.

다라하와 같이 있던 사람들은 그녀의 어두운 표정을 보고 이상하게 여기며 분명 무슨 사연이 있을 거라 생각하며 수군거렸습니다. 돈 루이스는 신중한 기사답게 자기가 맡은 일을 잘 처리했습니다. 그날 밤 자기 자식들에게 말했습니다.

"사람은 마음이 슬프면 즐거움 속에서도 우는 법이다. 원하는 것을 갖지 못한 사람을 기쁘게 해줄 수 있는 게 무엇일까? 선행은 지인들과 당사자가 같이 누릴 때 더 값진 것이다. 외지인들 사이에서도 편안함이 있을 수 있으나 그들은 느끼지 못한다. 자기 마음이 아플수록 다른 사람들은 더욱더 즐거워 보이는 것은 조금도 이상한 게 아니고, 또 그걸 비난할 생각도 없다. 그것은 다라하가 그만큼 신중하고 사려 깊다는 뜻일 테고, 그렇지 않다면 반대로 경박함의 극치일 것이다. 다라하는 부모도 없이, 남편과는 멀리 떨어져 있으며, 비록 자유의 몸이긴 하지만 타지에서 포로로 잡혀 있으며, 그런 상황에서 벗어날 아무런 방도나 대책도 없다. 각자 자신의 가슴에 귀를 기울이고 상대방의 입장에서 생각해보면 어떤 느낌이 올 것이다. 그렇게 하지 않는다는 것은 건강한 사람이 환자한테 무조건 많이 먹으라고 시키는 것이다."

그들은 이런 대화를 비밀리에 주고받은 다음, 헤레스 출신 기사의 무훈

담에 대해 이야기를 하면서 그가 누구인지 알고 싶어 했지만, 돈 알론소가 자신의 둘도 없는 친구라고 말하니 모두들 그렇게 믿었습니다.

다라하의 슬픔은 깊어만 갔습니다. 사람들은 왜 그녀가 슬퍼하는지 영문을 알 수 없었습니다. 모두들 반대로 생각해서, 그녀에게 즐거움을 줄 수 있는 것을 찾아주려고 했지만 그 어떤 것도 그녀가 원하는 것을 만족시켜줄 수 없었습니다.

돈 루이스네는 세비야 근교 마을 아하라페에 집과 농장을 가지고 있었습니다. 2월이 다가오자 날씨가 온화해졌습니다.[9] 들판에 나가 보면 사냥하기에 가장 알맞은 시기였습니다. 그들은 잠시 쉬러 그곳으로 가기로 했습니다. 시골길을 걷고 휴식을 취하다 보면 다라하가 슬픔에서 벗어나지 않을까 하는 생각에서였습니다. 이 말을 들은 다라하의 얼굴에 화색이 돌았습니다. 그 도시를 벗어나면 혹시 시골에서 오스민과 만나 이야기할 수 있는 기회가 생기지 않을까 하는 생각이 들었습니다. 다라하는 그들이 시끌벅적하고 부산하게 짐을 싸고 떠날 채비를 하는 모습을 보고 있노라니 참 즐거웠습니다. 사냥개들을 데려갈 건지, 매를 데리고 갈 건지, 올빼미를 데려갈 건지, 어깨에 거는 엽총과 활 중에서 어떤 것을 가져갈 건지, 짐은 노새에 싣고 갈 건지에 대해 모두들 시끄럽게 떠들며 축제 분위기가 되었습니다.

이 사실을 알게 된 알론소는 그 여인들이 얼마나 시골서 머물러 있다가 돌아올지 모르겠다고 오스민에게 말했습니다. 두 가지 이유 때문에 그녀들의 시골 나들이가 나빠 보이지 않았습니다. 하나는 운이 좋다면 사랑의 경쟁자들이 별로 없을 것이고, 또 하나는 아무도 모르게 사랑을 달성할 수

••

9) 스페인 세비야의 1~2월 평균기온은 10~12도이다.

있다는 것이었습니다.

그리 밝지도 어둡지도 않고, 춥지도 덥지도 않고, 평화롭고 고스넉한 밤이었습니다. 사랑에 빠진 두 친구는 자신들의 능력과 운명을 시험해보기로 하고 그 여인들을 만나러 떠나기로 했습니다. 해가 지자 일꾼 복장으로 갈아입고 말을 타고 길을 나섰습니다. 둘은 그 시골 마을에서 조금 떨어진 어느 농장에 도착해 말에서 내렸습니다. 사람들 눈에 띄지 않기 위해 걸어가기로 한 것입니다. 행운이 그들에게 등을 돌리지 않았는지, 그들에게 좋은 일이 생기는 듯했습니다. 그들이 도착했을 때 여인들이 발코니에서 이야기를 나누며 즐거운 시간을 보내고 있었던 것입니다.

돈 알론소는 사냥감을 놓칠까봐 감히 다가갈 엄두를 내지 못하고 있었습니다. 그래서 오스민한테 혼자 가서 말을 걸어보라고 했습니다. 도냐 엘비라는 너를 사랑하고, 다라하도 너를 알고 있으니 걱정할 필요가 없다고 했습니다. 오스민은 조심하며 낮은 목소리로, 이〔齒〕 사이로 아랍 노래를 부르며 조금씩 앞으로 나갔습니다. 그 언어를 알고 있는 사람은 그의 악센트를 분명하게 들었고, 그 말을 모르고 별로 관심을 기울이지 않는 사람에게는 그냥 콧노래 부르는 것처럼 들렸습니다.

도냐 엘비라가 다라하한테 말했습니다.

"신께서 저런 야만인들 몇 명한테는 값진 재능을 주셨는가봐. 저 야만인 좀 봐. 아름답고 감미로운 목소리하며, 가수들의 어머니처럼 노래하잖아. 바다에 내리는 빗물 같네."

다라하가 말했습니다.

"모든 사물은 각각 위치해 있는 곳에서 그 주인이고 그래서 존재가치가 있다는 걸 너도 이제 깨달았구나. 신기하게도 저 일꾼들은 젊은 나이에 현실에 때묻지 않고, 야만의 땅에서 문명의 땅으로 옮겨와, 태어날 거친 모습을 다 벗어버리고, 언젠가는 아주 신중한 사람들이 될지 모르지. 반대로 도시민으로 정치적 지식을 갖고 태어난 사람도, 포도밭처럼 몇 년 동안 땅을 갈지 않고 방치해두면 포도가 거의 열리지 않아. 야만인들도 자신들의 재능을 깨닫는다면 뛰어난 능력을 발휘할 수 있을 거야. 노래하고 있는 저 사람은 도끼나 큰 까뀌로 나무를 자르고 정교하게 다듬는 숙달된 목수는 아닌 것 같다. 저 노래자락을 들으니 내 가슴이 무척 아프다. 잘 시간이 됐으니 이제 안으로 들어가자."

연인들은 서로를 이해했습니다. 다라하는 오스민의 노래를, 오스민은 다라하의 말을 서로 이해했습니다. 여인들이 떠날 때 다라하는 조금 뒤에 뒤처져 가면서 오스민에게 아랍어로 기다리라고 말했습니다. 그는 그녀가 돌아오기를 기다리면서 거리를 거닐었습니다.

이유는 모르겠지만 상놈들은 귀족을 미워합니다. 마치 도마뱀이 뱀을, 백조가 독수리를, 닭이 자고새를, 가재가 문어를, 돌고래가 고래를, 기름이 송진을, 포도덩굴이 양배추를 미워하듯이. 그 이유가 뭔지 여러분이 알고 싶어서 물어본다면, 자석이 스스로 철을 끌어당기고, 금잔화가 태양을 향하고, 바실리스크 뱀은 바라보기만 해도 죽고, 애기똥풀은 눈에 좋다는 말밖에 할 수가 없습니다. 어떤 것들은 자기들끼리 좋아하고, 또 어떤 것들은 서로 미워하는 것이 다 하늘의 뜻이라 사람들은 오늘날까지 그에 대한 타당한 이유를 알아내지 못했습니다. 다양한 구성, 모습, 속성으로 이루어진 수많은 사물들이 그런 식으로 존재하는 것이 조금도 놀랍지 않습니다. 그러나 이성적인 인간들은 같은 진흙에서, 같은 피에서, 한 몸에서, 한 본질에서, 같은 목적을 위해서, 한 율법에서, 한 교리에서 나왔기 때문에 모두들 인간이라는 점에서 결국 하나입니다. 그래서 모든 인간이 본질적으로 모든 인간을 다 사랑하는 것은 당연합니다. 그런데 갈리시아 호두보다 더 딱딱한 상놈들이 귀족을 그토록 미워하는 것을 보면 참으로 놀라운 일입니다.

그날 밤 젊은이 몇 명도 산보를 하고 있다가, 우연히 외지인들을 보고는 별 이유도 없이, 조금의 틈도 주지 않고서는 모여들면서 "늑대한테 물려 죽어라"고 소리치며 마치 하늘에서 비가 쏟아지는 것처럼 돌멩이를 집어던져, 그들은 여인들을 기다리지 못하고 도망칠 수밖에 없었습니다. 엉겁결에 도망치는 통에 오스민은 작별 인사 할 기회조차 갖지 못했습니다. 이튿날 아무도 눈치채지 못하게 밤늦은 시각에 다시 가기로 마음먹고, 그들은 말을 묶어놓은 곳에 가서 말을 타고 도시로 돌아갔습니다. 설사 하늘에서 벼락이 떨어져 몸이 박살 날 거란 생각이 들었더라도 그들은 결심을 꺾지 않았을 것입니다. 그런데 나쁜 짓을 저지르고 남에게 피해를 줄 수만 있다면 자신의 지위를 지키는 것보다 차라리 목숨까지 내놓을 수 있는 그런 나쁜 놈이 있었습니다. 이튿날 밤 오스민과 돈 알론소가 그 마을에 발을 들여놓자마자, 그들을 알아본 젊은이들이 무리를 지어 미친개한테 하는 것처럼 고무 새총을 쏘고 돌을 던지고 몽둥이로 때리고 꼬챙이로 찔러서 삽자루 끝이 구부러지고 빗자루가 다 부서졌습니다.

그러나 오스민과 돈 알론소는 지난밤보다는 마음의 준비를 단단히 하고, 갑옷과 투구와 방패까지 다 준비해 왔습니다. 당신은 한쪽에서는 돌팔매질과 몽둥이질과 비명소리를 보고 듣고, 다른 쪽에서는 매우 격렬한 칼싸움을 보고 있습니다. 양쪽에서 일어나는 난리 법석 속에서 시골 마을은 고함소리에 붕괴되는 것 같았습니다. 돈 알론소는 방심하고 지나가다 가슴에 돌을 맞고 땅바닥에 쓰러졌습니다. 돈 알론소가 가까스로 몸을 피하고 오스민이 싸움 전면에 나서 그 젊은이에게 심한 상처를 입혀, 세 명이 죽고 여럿이 다쳤습니다. 소동이 점점 커져서 마을 사람들이 다 모여들어 길을 차단하니 오스민과 돈 알론소는 도망칠 방도가 없었습니다. 한쪽에서 우락부락하게 생긴 사람이 앞으로 나서서 문빗장으로 오스민의 어깨를 내리쳐 무릎을 꿇게 하니 시장 아들이라도 무사하지 못할 상황이었습니다. 그가 두 번째 타격을 가하기 전에 오스민이 달려들어 마치 새끼 염소의 머리를 내리치듯이 그의 머리를 칼로 내리쳐 두 쪽으로 갈라놓으니, 그는 해변의 참치 같은 꼴이 되어버렸습니다. 그는 무례한 행동으로 목숨을 잃은 겁니다. 여기저기서 떼를 지어 몰아붙이니 오스민은 더는 방어하지 못하고 붙잡혔습니다.

다라하와 도냐 엘비라는 처음부터 이 사건을 다 목격했습니다. 사람들이 오스민을 붙잡아 손을 뒤로 해서 끈으로 묶는 것을 보니 나귀가 묶여서 끌려가는 것 같았습니다. 이 사람 저 사람이 오스민을 마구 다루며 주먹으로 때리고 밀치고 발로 차는 등 수많은 모욕을 주면서 그에게 죽임을 당한 사람처럼 복수를 했습니다. 얼마나 추접하고 어리석은 짓거리들인지!

그런 불행에 대해 당신은 어떻게 생각하십니까? 오스민의 그림자도 사랑하는 다라하가 그 장면을 보고 심정이 어땠을까요? 이것은 오스민의 상황이고, 다른 쪽은 사상자가 났습니다. 오스민의 명예는 더 얻은 것도 더 잃은 것도 없습니다. 돈 루이스가 이 사실을 안다면 암브로시오가 이 마을에서 무엇을 찾고 있었는지 반드시 물어볼 것입니다. 다라하는 북새통 속에서 가장 필요한 것이 뭔지 생각해내고, 편지 한 통을 써서 봉한 다음 작은 상자에 넣었습니다. 돈 루이스가 오스만을 석방시켜 주러 올 때를 대비해서 핑계거리를 만들어놓은 것입니다.

이튿날이 밝았지만, 사람들은 아직도 흥분을 가라앉히지 못했습니다. 도시에 소식을 전하려고 사람을 보냈습니다. 법원서기가 와서 증인들을 조사하기 시작했습니다. 부르지 않았는데도 많은 사람들이 증인으로 참석하여 자기들끼리 짜고서 오스민에게 불리한 증언을 했고, 어떤 이들은 오스민과 함께 예닐곱 명이 왔다고 했습니다. 몇 사람은 돈 루이스 집에서 온 사람들이 창문에서 "죽여라"라는 말을 했다고 주장했고, 다른 이들은 그들이 편안히 쉬고 있는 마을 사람들을 갑자기 공격했다고 했습니다. 또 결투 신청을 해서 자기들을 집 밖으로 끄집어냈다고 말하는 이들도 있었습니다. 그들 중에 진실을 밝히는 사람은 한 명도 없었습니다.

신이 당신들을 상놈들로부터 보호해주길 기원합니다. 이들은 떡갈나무처럼 단단하기가 이를 데 없어서 부러지지 않고 뿌리째 뽑힙니다. 만일 그들이 해를 끼치려고 마음먹는다면, 그들은 자기들한테 아무런 이득도 안 되는 문제에서도 천 번이라도 거짓 선서를 할 것입니다. 그들은 오로지 남에게 피해만 주면 됩니다. 어리석은 사람들이 그렇게 해야만 구원을 받는다고 생각하는 것은 큰 죄악이며, 자신들의 그런 악행을 고백하는 경우는 거의 드뭅니다.

사상자에 대한 조사가 신중히 이루어졌습니다. 사실을 알게 된 돈 루이스가 마을로 가서 딸한테 자초지종을 다 들었습니다. 다라하한테도 어떻게 된 일인지 물어보니 그녀도 자기 딸과 똑같은 대답을 했습니다. 암브로시오를 그라나다로 보내려고 불렀는데, 그에게 말을 하기도 전에 이틀 밤에 걸쳐 사람들이 그에게 돌을 던지는 바람에 편지를 전해주지 못했노라고 말했습니다.

돈 루이스는 무슨 말을 전하려 했는지 보려고 편지를 보여달라고 했습니다. 다라하는 처음에는 주저하며 변명을 늘어놓다가 그가 계속 요구하니, 편지를 꺼내며 말했습니다.

"여기 있으니, 저의 진심을 알아주시고 제가 숨기고자 하는 것을 썼다고 의심치는 마십시오.

돈 루이스가 편지를 받아들고 읽으려고 보니, 전부 아랍어로 써 있어서 무슨 내용인지 알 수 없었습니다. 그는 편지를 읽어줄 사람을 찾았습니다. 다라하의 편지는 아버지에게 쓴 글인데, 자신의 건강을 걱정하고 있을 아버지에게 자신은 잘 지내고 있지만 아버지가 그립고, 돈 루이스의 귀여움을 받고 편안하게 잘 지내고 있지만 그의 아들들은 자기를 잘 대해주지 않고, 마지막으로 돈 루이스에게 감사의 편지 한 통을 보내주기를 부탁하는 내용이었습니다.

그런 난리 속에서는 말들이 많아집니다. 사람들은 각자 자기 마음 내키는 대로 추측한 것을 사실인 양 떠들어대고, 돈 루이스와 그 집안사람들에 대해서도 수근거렸습니다. 돈 루이스는 몹시 화가 났지만, 신중한 기사인지라 겉으로 드러내지 않고 집으로 돌아갔습니다.

이런 일이 벌어지고 있을 때, 우리가 역사를 통해서 알고 우리 부모님한테 들어서 아는 것처럼, 그라나다가 생각보다 빨리 항복을 했습니다.[10] 거기에 남아 있던 귀족들 사이에는 사돈지간인 오스민의 아버지 알보아센과 바사의 시장이 있었습니다. 두 사람은 기독교인이 되고 싶어서 세례를 요구했습니다. 기독교인이 된 시장은 국왕 부처에게 자기 딸 다라하를 볼 수 있게 해달라고 간청했습니다. 국왕 부처는 허락을 하고 언제 어떻게 만날 수 있을지 통보해주겠다고 말했습니다. 알보아센은 자기 자식이 죽었거나 포로가 되었을 거라 생각하고 그에 대한 소식을 알아보려 온갖 노력을 다 했지만, 어떤 흔적도 발견할 수가 없었습니다. 알보아센은 부자고 지체 높은 아버지로서 아들을 잃었다는 슬픔에서 헤어나지 못했습니다. 오스민을

10) 1492년 스페인 카스티야 왕국의 이사벨 여왕은 이슬람 지배에 있었던 그라나다를 함락시켰다.

친자식처럼 여긴 시장이 느끼는 슬픔도 그에 못지않았습니다. 다라하한테 이 슬픈 사실을 알려준다면 그녀도 무척 가슴 아파할 섯입니다.

국왕 부처는 세비야에 사람을 보내 돈 루이스에게 다라하를 데리고 오라는 말을 전했습니다. 편지에 적힌 명령을 보고서, 포로로 잡혀 위험에 처해 있는 남편의 행방도 모르는 상황에서 마을을 떠나야 한다고 생각하니 그녀는 정신이 거의 나가버렸습니다.

다라하는 혼란스러웠고, 온갖 상상이 다 들면서 슬펐습니다. 자신이 이 세상 여자 가운데 가장 불행하다고 수천 번 외쳐댔고, 모든 것을 다 포기하고 싶었습니다. 남편과 함께 이 세상을 하직하고 싶었습니다. 그녀는 어찌 할 바를 몰랐고, 오스민을 진정 사랑하고, 또 그에게 순정을 바치겠다는 표시로 매우 큰 실수를 저지를 마음을 먹었습니다. 그러나 그녀는 현명한 판단의 소유자였기에 순간적으로 잘못된 마음을 고쳐먹고 정신을 차리고는, 자신의 불행이 끝나기를 기대하며 원수인 운명에 불행을 맡기기로 결심했습니다. 잘못되면 그때 가서 죽으면 된다는 심정으로 굳게 마음먹었습니다. 그러나 고통의 댐은 그녀의 눈에서 넘쳐나는 눈물의 바다를 견디지 못했습니다. 다라하가 고향으로 돌아가게 되어 기쁨의 눈물을 흘린다고 생각한 사람들은 다들 속은 것입니다. 사람들이 그녀를 격려했지만, 그러지 않은 사람들도 있었습니다.

돈 로드리고가 다라하와 작별을 나누러 왔습니다. 하늘처럼 맑은 눈에서 유리처럼 반짝이는 눈물이 그녀의 얼굴에 흘러내렸습니다. 그녀는 그에게 이렇게 말했습니다.

"돈 로드리고 님은 제가 이렇게 부탁드리는 것을 충분히 이해하실 겁니다. 저는 이 부탁을 드리지 않을 수 없고, 당신은 들어주실 겁니다. 우리를 궁지에 빠트리는 사람들에게 자비를 베풀어야 한다는 것을 당신도 아실 겁니다. 이것은 야만인도 아는 신성한 자연의 법칙으로, 타당한 이유가 많을수록 그만큼 더 강력한 힘을 갖습니다. 그중에서도 중요한 이유는 그는 우리가 빵을 줬던 사람이라는 것입니다. 당신의 지위로 볼 때 군이 제가 나서지 않아도 되겠지만, 그래도 부탁드리는 것은, 아시다시피 암브로시오는 당신 부모님과 저의 부모님의 하인이었습니다. 그래서 우리는 그에게 신세를 진 거고, 제 잘못으로 그가 고통을 당하고 있으니 저는 더 큰 빚을 지고 있는 셈입니다. 그렇다고 제가 그에게 특별히 다른 관심이 있어서 이러는 것은 아닙니다. 제 손으로 그를 위험에 빠트렸으니 저에게 책임이 있습니다. 저를 그 책임에서 자유롭게 해주시고 싶으시다면, 제가 편안해지는 것을 원하신다면, 제가 당신께 항상 고마운 마음을 갖게 하고 싶으시다면, 당신의 호의에 저의 소원이 더해져서 그의 석방에 힘을 써주시길 돈 로드리고 님께 부탁합니다. 그것은 저의 석방이나 마찬가지입니다. 저의 주인이신 돈 루이스 님은 저를 이 빚에서 벗어나게 해주기 위해서 여기를 떠나시기 전에 친구들과 친지들과 함께 가능한 수단 방법을 전부 동원하실 겁니다."

돈 로드리고는 약속을 했고 그들은 떠났습니다. 사랑하는 남편을 그런 위험에 놓아둔 채 떠나는 가엾은 여인은 그에게서 멀어질수록 더욱더 가슴이 아파서 그라나다에 도착했을 때는 딴사람이 된 듯했습니다. 그들은 그녀를 궁전으로 데려갔습니다. 우리는 그녀를 궁전에 잘 놔두고, 감옥에 갇혀 있는 오스민에게 가보겠습니다. 돈 로드리고는 오스만을 형제처럼 잘 대해주었습니다.

돈 알론소는 가슴에 상처를 입고 도망을 해서 병석에 누웠습니다. 그러나 오스민을 체포해 세비야로 데려간 사실을 알고는, 더는 머뭇거리지 않고 자리에서 일어나 마치 자기 일처럼 재판을 요청했습니다. 그러나 나쁜 마음을 먹고 고소를 하는 사람들이 여기저기서 나타났고 사상자도 많다 보니 오스민은 공개 처형을 피할 방법이 없었습니다.

돈 로드리고는 자신의 하인이 아무 죄도 없이 교수형을 당한다면 아버지와 자기의 위신과 체면에 손상이 가는 일이라 매우 불쾌해했습니다. 또 한편으로 돈 알론소는 친구이자 훌륭한 가문 출신의 기사인 하이메 비베스가 교수형을 당하도록 놔두지는 않을 것이며 또 그럴 수는 없는 거라고 말하며 그를 변호했습니다. 죄가 클 때, 특히 교수형이나 참수형을 당할 경우, 그 사람에 대한 평가가 엇갈릴수록 목숨을 구제받을 가능성이 높아지는 법입니다.

한 사람을 두고 돈 로드리고는 하인이라 부르고, 돈 알론소는 친구라고 하니 재판부는 도대체 어떻게 된 일인지 몰라 당황스러웠습니다. 돈 로드리고는 암브로시오를 위해서, 돈 알론소는 사라고사 출신의 기사 하이메 비베스를 위해서 변론했습니다. 돈 알론소는 그가 그 도시의 모든 사람들이 본 투우 시합에서 두 번의 승리를 거두었고, 자기가 후원자가 된 일대일 결투에서 경쟁자를 물리치면서 용기를 잘 보여줬다고 진술했습니다. 이처럼 변론에 차이가 있고 그의 신분에 대해 진술된 내용이 완전히 상반되고 큰 차이를 보이다 보니, 재판관들은 혼란을 잠재우기 위해 오스민 본인의 진술을 듣기로 했습니다.

재판관들이 먼저 기사인지 물어보니 그는 왕족 혈통의 귀족이라고 대답했습니다. 그러나 이름은 암브로시오도 하이메 비베스도 아니라고 했습니다. 재판관들은 진짜 이름과 신원을 밝히라고 했습니다. 그는 이름과 신분을 밝힌다고 죄를 감해줄 것도 아니고, 자신은 분명히 죽을 것이고, 이래 죽으나 저래 죽으나 죽기는 마찬가지니 군이 밝힐 필요는 없지 않느냐고 말했습니다. 재판관들이 돈 알론소가 말한 것처럼 투우와 일대일 결투에서 뛰어난 기량을 보인 기사가 맞느냐고 물으니 그는 그렇다고 대답했습니다.

그가 집안을 밝히는 것을 정말로 꺼리는 것을 보고는 모두들 그가 훌륭한 가문 출신이라 여기게 되었고, 그가 누구이며 왜 두 기사가 그를 변호하는지 궁금해했고, 그 도시의 모두가 그에게 관심을 갖고 그의 석방을 원했습니다.

재판관들은 사라고사에 사람을 보내 사실을 조회하고 그의 출생에 대해 알아보았습니다. 며칠 동안 여기저기를 다 뒤지며 찾아봤지만, 그에 대해 알고 있거나 그런 이름이나 인상을 가진 기사를 알고 있는 사람은 나타나지 않았습니다. 이런 부정적인 결과가 통보되자, 신원을 분명하게 밝히라고 그에게 친구들은 귀찮게 졸라댔고 간수는 여러 번 요구했습니다. 그러나 그는 자신을 밝히고 싶지 않았고 그럴 수도 없었습니다. 그러는 사이 시간은 흘렀고 재판관들은 그 용감한 젊은이에게 동정은 갔지만 반대 측의 끈질긴 요구 때문에, 자신들의 뜻과는 반대로 판결을 내릴 수밖에 없어서 형을 확정했습니다.

다라하와 오스민의 부모님은 그 기간 내내 하루도 편히 잠잘 수가 없었습니다. 국왕 부처는 사건 내용을 일일이 보고받고 있었고, 탄원서도 계속해서 올라왔습니다. 다라하는 개인적으로 남편의 목숨을 살려달라고 간청했지만 아무런 대답도 들을 수가 없었습니다. 그러나 국왕 부처는 비밀리에 돈 루이스에게 사람을 보내 재판부에 죄수를 석방하라는 국왕의 명령을 전달토록 했습니다.

돈 루이스는 명령받은 대로 급히 출발했습니다. 탄원서를 제출하고 선처를 부탁해도 계속해서 아무런 대답이 없다 보니, 가엾은 다라하와 그녀의 아버지와 시아버지는 불쌍한 기사를 재판부가 곧 처형할 것 같은 생각이 들어 하루하루를 눈물로 지새웠습니다. 아무런 답도 없고 그렇다고 희망도 보이지도 않은 채 왜 처형 날짜만 실실 끄는지 그 이유를 알 수 없었습니다. 시간이 흐를수록 가슴만 답답하고 더 슬플 뿐이었습니다. 그렇다고 무슨 뾰족한 대책이 있는 것도 아닌 터라 처형이 지체되면서 불안감만 더해갔습니다.

그들이 동요하고 있는 동안 ―앞에서 말한 대로― 비밀리에 돈 루이스는 발걸음을 재촉해 세비야 성문을 통과했습니다. 오스민은 처형장으로 가기 위해 감옥 문을 나섰습니다. 그를 데리고 지나가는 거리와 광장은 사람들이 인산인해를 이루며 난리 북새통이 되었습니다. 출중한 외모와 용기 그리고 사람들 앞에서 보여준 유명한 사건으로 인기가 높아진 젊은이를 보면서 울지 않는 이가 없었습니다. 고해를 하려 들지 않고 죽는 젊은이를 보고 너무 가슴 아파했습니다. 모두들 그가 도망치거나 목숨을 연장하기 위해 그러는 거라 생각했습니다. 그는 한마디 말도 하지 않고 얼굴에 슬픔이라곤 조금도 찾아볼 수 없고, 도리어 거의 웃는 표정으로 사람들을 바라보고 있었습니다. 모두들 그가 육체는 처형당하더라도 영혼은 잃지 않도록 고해를 하라고 그를 설득하려 했지만, 그는 아무런 대답도 없이 묵묵히 침묵만 지켰습니다.

모두가 혼돈에 빠져 있고 도시 전체가 슬픈 광경을 기다리고 있을 때, 돈 루이스가 오스민의 처형을 중단시키기 위해 군중을 가르며 도착했습니다. 군졸들은 이를 저항하는 것이라 생각했지만, 돈 루이스가 워낙 담대하고 지체 높은 기사인지라 감히 어떻게 하지는 못하고 우왕좌왕하며 오스민은 뒷전에 제쳐둔 채 상관들에게 상황 보고를 하러 갔습니다. 도대체 왜 그런 소란이 일어났는지 보려고 상관들이 왔습니다. 죄수를 만나러 돈 루이스가 그들 앞에 나섰습니다. 국왕 부처의 명령서를 보여주니 그들은 기꺼이 명령에 따랐습니다. 그 도시의 모든 기사들은 기뻐하며 오스민을 돈 루이스 집으로 데려다주는 데 동참했습니다. 모두들 즐거워하며 거리와 창문에 햇불과 등불을 밝히고 가면을 쓰고 축제를 벌였습니다. 오스민이 누군지 이제 다 밝혀진 만큼 기쁨의 표시로 며칠 동안 모두가 같이 즐길 수 있는 축제를 벌이고 싶었습니다. 그러나 돈 루이스는 어명을 따르기 위해 축제에 참가하지 않고, 아침에 즐거운 마음으로 죄수를 데리고 도시를 떠났습니다.

돈 루이스가 그라나다에 도착해 남의 눈에 띄지 않게 오스민과 함께 며칠을 보내고 나니, 드디어 국왕 부처가 그를 궁전으로 데려오라고 명령했습니다. 오스민을 본 국왕 부처는 무척 기뻐하며 다라하한테 나오라고 했습니다. 너무나 다른 상황에 있던 두 사람은 이제 같은 처지에서 서로를 바라보았습니다. 두 사람이 받은 생각지도 못한 기쁨과 감정을 당신은 가슴 속에서 판단할 수 있을 것입니다. 여왕은 다라하한테 부모님이 기독교인이 되었다는 사실을 말해주었습니다. 다라하는 자신들도 기독교인이 되고 싶으니 성은을 베풀어달라고 부탁했습니다. 사랑과 두려움이 아니라 신의 구원에 대한 사랑만이 그들을 복종하게 만들었고, 그때부터 하인과 재산을 마음대로 쓸 수 있는 자유가 다라하와 오스민에게 주어졌습니다.

오스민은 베풀어준 성은에 감사드리며 세례를 받고 싶다고 하면서, 국왕 부처 앞에서 자기 부인에게도 똑같이 세례를 받게 해달라고 부탁했습니다. 단 한순간도 남편에게서 눈을 떼지 않고 있던 다라하는 흐르는 눈물을 억제하지 못한 채 국왕 부처에게 눈을 돌려, 그토록 험난한 가시밭길 속에서 진정한 빛을 준 국왕 부처의 뜻을 알게 되었고 이제 온갖 정성을 다해서 자기를 보호해준 국왕 부처와 주인을 섬길 준비가 되었다고 말했습니다.

두 사람은 페르난도와 이사벨이라는 세례명을 받았고, 국왕 부처는 두 사람의 세례식과 며칠 뒤에 벌어진 결혼식에서 대부 대모가 되었고 많은 은총을 베풀어, 두 사람은 그 도시에 살면서 자자손손 대대로 훌륭한 집안을 일으켰습니다.

우리는 한마디 말도 하지 않은 채 이야기를 들으며 오다 보니 마치 자로 잰 것처럼 정확하게 카사야에 도착했습니다. 물론 사제는 내가 이야기한 것보다는 좀 더 늘리고, 다른 색깔을 가미해서 이야기했습니다. 마부가 ─그는 이야기가 시작될 때부터 벙어리가 되었고, 물론 우리도 그렇게 왔습니다─ 입을 열었습니다. "여러분, 이제 다들 나귀에서 내리시지요. 나는 이 길로 해서 포도 압착기가 있는 곳으로 가야 합니다." 그리고 나한테 말했습니다. "우리 젊은이는? 우리 계산해야지."

내가 중얼거렸습니다. "겨우 한 모금 마셨잖아요. 나는 친하다고 주는 줄 알았는데." 나는 당황해서 무슨 대답을 어떻게 해야 할지 몰라, 9레구아 타고 온 삯이 얼마냐고 물었습니다. "이분들처럼 네 것만 내면 돼. 식사하고 잠자리해서 3레알이야." 노새 내장 값치고는 비쌌습니다. 더군다나 그만한 돈이 없어서 말했습니다. "아저씨, 숙박비는 내겠지만 나귀 타고 온 것은 낼 수 없어요. 내가 부탁한 것도 아닌데 아저씨가 타라고 했잖아요." 그가 대답했습니다. "공짜로 말을 타려고 했다면 그건 악마 같은 심보지."

우리는 옥신각신했습니다. 사제들이 말리려고 중간에 끼어들어, 그날 밤 내 나귀 사료값은 내라고 했습니다. 돈을 주고 나니 내 주머니에는 겨우 20마라베디 남아서, 그걸로 그날 밤을 지냈습니다. 마부는 자기 농장으로 가고, 사제들과 나는 카사야에서 헤어져 각자의 길을 갔습니다.

제2권

구스만 데 알파라체는 자기가 어떻게 악동이
되었고, 어떤 일들을 겪었는지 이야기한다

제1장

구스만 데 알파라체는 카사야를 떠나
마드리드로 가는 도중 한 객주에서
일하게 된다

당신은 세비야에서 12레구아 떨어져 있는 카사야에서 나를 봅니다. 월요일 아침 주머니에 가진 것이 없어서 쫄쫄 굶고 아무런 대책도 없다 보니 나는 앞으로 도둑놈으로 몰릴 게 뻔했습니다. 첫날은 배가 너무 고팠고, 둘째 날은 걱정이 더 커졌고 축축한 몸에 비까지 와서 배고픔이 더 심했습니다. 빵을 씹으면 고통도 덜하기에 남은 돈으로 빵을 사 먹었습니다. 아버지가 있는 것은 좋은 일이고 어머니가 있는 것도 좋은 일이지만, 그보다도 먹는 것이 최고입니다.

　셋째 날 나는 거의 초주검이 되어 있었습니다. 나는 다른 개들이 보고 짖어대는 비쩍 마른 개 같았습니다. 다른 개들이 주위를 에워싸자, 그 개는 모든 개들에게 이빨을 드러내고 공격하지만 한 마리도 물지 못합니다. 나를 둘러싼 가난이 짖어대며 몰아붙였습니다. 무엇보다도 매일매일 먹을거리를 찾을 대책이 보이지 않았습니다. 그때 나는 블랑카를 알게 되었고,

돈을 벌지 않는 사람은 돈을 소중히 여기지 않고 돈이 부족하지 않는 한 그 가치를 모른다는 것을 깨달았습니다.

나는 이단자의 얼굴을 한 가난을 처음으로 보았습니다. 가난 때문에 사람들이 얼마나 어리석은 행동을 저지르는지, 얼마나 잔인한 상상을 하는지, 얼마나 많은 불명예를 요구하는지, 얼마나 말도 안 되는 엉터리 짓을 부추기는지, 얼마나 실현 불가능한 일을 시도하는지 어렴풋이 알았습니다. 물론 분명히 알게 된 것은 그 이후였습니다. 이와 함께 나는 우리들의 대자연이 가난에 거의 만족하지 않고, 모든 이들에게 아무리 많이 줘도 아무도 만족하지 않는다는 것을 알았습니다. 아! 쾌락주의자이며 방탕한 자여, 당신은 수백만 두카도의 수익을 꿀꺽 삼킨다고 미친 듯이 말합니다! 그것을 가지고 있다고 말하지, 먹는다고 말하지 마십시오. 썩은 콩, 구더기가 들끓는 콩, 딱딱한 콩 그리고 쥐가 갉아 먹은 비스킷이나 먹고 살이나 찐 나보다 그리 잘난 것도 없는 당신이 뭐가 불만입니까? 그 이유를 나한테 말해주지 않겠습니까? 나는 모르겠습니다.

그러나 당신은 이미 가난할 수도 있고 가난하게 될 수도 있으니 ―그렇게 생각하는 편이 더 나을 겁니다― 만일 그렇다면 나는 고통스러워서 울게 될 것입니다. 가난은 모든 것의 스승이고 교묘한 거짓말쟁이라서, 개똥지빠귀, 까치, 갈까마귀, 잉꼬들이 그것에 대해 말합니다.

나는 어떻게 불행이 인간을 신중하게 만드는지 분명히 봤습니다. 그 점에서 나는 새로운 빛을 느껴본 적이 있는 것 같은데, 그것은 깨끗한 거울 속에서 나의 과거, 현재, 미래가 비치는 듯했습니다. 여태까지 나는 바보였습니다. 과부 자식, 아주 버릇없는 놈, 가정교육 형편없는 놈이란 이름이 나한테 아주 딱 어울렸습니다. 촌놈이다 보니 도회지에서 살아가기 위해 무례하고 촌스러운 모습을 벗어던지는 일이 급선무였습니다. 이것 때문에 내가 얼마나 가슴앓이를 했는지 도저히 말로 다 표현 못할 정도였습니다. 나는 방탕하고 한 가지 일에 빠지고 안전하게 기댈 곳도 없고 나이도 어리고 경험도 미천했습니다. 그것보다 더 큰 문제는 길을 잃고 헤맬 거 같은 예감이 들어 충고를 받고 싶어도 그럴 만한 사람을 알고 있지 못하다는 점이었습니다.

나라는 인간에 대해 곰곰이 생각해보니, 엉망진창이고 장점보다는 단점이 많은 놈이었습니다. 이 상태에서 벗어날 능력도 부족했고, 그렇다고 되돌아갈 힘도 없었습니다. 어머니, 친구들, 친척들이 보는 앞에서 벌써 출발했는데, 흔히들 말하는 것처럼 아직도 문기둥 앞에 머물러 있는 것이 창피했습니다. 제기랄! 그 이후로 이 '창피하다'는 것 때문에 얼마나 많은 걸 눈앞에서 놓쳐버렸는지! 얼마나 많은 처녀들이 달콤한 사랑의 약속이나 노랫말이 적힌 쪽지 때문에 몸을 망가뜨렸는지! 얼마나 많은 어리석은 자들이 빚보증을 섰다가 모든 것을 다 잃고 자식들을 고아원으로 보냈는지! 우정을 맺으려고 돈을 빌려줬다가 친구 잃고 갚을 빚만 늘어나고, 돈을 빌려준 사람은 돈을 못 받고, 돈을 빌린 사람은 넘쳐나고, 창피당할까봐 돈 돌려 달라는 말은 감히 꺼내지도 못합니다.

당신한테 단단히 일러두는데 ─만일 당신이 그것을 모른다면─ 수치심은 실로 짠 그물 같은 거라 한 올만 끊어져도 전부 다 망가지고 사라져버립니다. 당신에게 분명히 해가 될 수 있고 당신을 압박할 수 있는 일에서 벗어나기 위해서는 수치심을 버리고 실을 끊으세요. 그러면 당신은 나를 원망하지 않을 겁니다. 사람들이 당신에게 수치심을 요구하는 데서 당신이 겪을 괴로움을 그 사람들한테 줘버리고 당신은 부끄러워 마십시오. 그들 말을 따르기 위해 수치심을 느끼는 것은 매우 바보스러운 짓입니다. 혼자 있더라도 어리석거나 창피스러운 일을 하지 않기 위해 당신 자신을 부끄러워하는 것은 좋은 일입니다. 더군다나 당신은 부끄러움이 무슨 색깔인지, 어떤 모양인지도 제대로 모릅니다. 그것을 어리석음의 문 뒤에다 개처럼 묶어놓지 말고, 당신한테 중요한 것에다 풀어놓으십시오. 내가 말한 것처럼 당신은 파렴치한 짓을 하지 않았다는 수치심만 가지십시오. 당신이 부끄러운 짓이라고 하는 것은 반드시 필요한 것입니다. 만일 나한테 수치심 같은 게 일어나지 않는다면, 굳이 당신한테 이야기하느라고 이 정도 분량의 종이 뭉치를 낭비하지 않아도 될 것입니다. 어쨌든 신이 허락한다면 내 인생에서 중요한 일들을 당신한테 이야기해야 하니까 서둘러야겠습니다.

분명히 말하건대, 망토 입고 출발해 흔히 말하는 것처럼 멀리 가지도 못하고 망토만 잃어버리고 돌아오는 것이 너무 가슴 아팠습니다. 그야말로 체면이 말이 아니었습니다. 굳게 마음먹고 집을 떠나서 되돌아오는 일은 겁쟁이들이나 하는 짓입니다. 나는 명예를 지키기로 했습니다. 힘들이지 않고 명예를 지켰습니다. 명예를 잃고 싶지 않았습니다. 명예는 아무런 격식도 갖추지 않고 산발을 하고 갈 것입니다. 나는 명예의 입에 물을 먹이고 발로 목덜미를 눌러 복수할 겁니다.

명예란 거만한 젊은이, 이치에 맞지 않는 남자, 생각이 없는 늙은이란 것을 나와 당신 중에 누구라도 알았더라면 당신은 그런 망나니짓이나 바보 같은 짓을 하지 않았을 테고 신이 기뻐하셨을 겁니다. 여기서 평범한 내 이야기를 부풀려서 노래 부르고 싶지는 않습니다. 명예가 무엇이고 당신이 무엇에 환멸감을 느낄 건지 이야기해주면서, 나는 당신한테 한 약속을 지킬 겁니다. 잠시만 기다리면 곧 이야기해주겠습니다.

나는 명예를 걸기로 했습니다. 나 혼자 중얼거렸습니다. "신이시여, 어느 누구도 믿음이 부족하지 않게 해주소서!" 이런 믿음을 가지고 마드리드까지 가기로 결심했습니다. 거기에는 궁전이 있고, 모든 것이 번창했고, 투손 기사단,[1] 수많은 고관대작들, 귀족들, 고위성직자들, 기사들, 저명인사들과 특히 최근에 결혼한 젊은 왕[2]이 있었기 때문이었습니다. 내 성격이나 외모 때문에 모두들 나한테 호의를 베풀 것이며, 거기에 도착하면 서로 나를 데려가려 주먹다짐도 벌일 것 같았습니다.

아, 이런 순진한 인간한테 얼마나 많은 일이 한꺼번에 일어나는지! 생각과 실제 사이에 얼마나 큰 간격이 있는지! 일하고 튀기고 요리하는 것이 생각은 쉬운데 실제로 행하기는 얼마나 어려운지! 상상 속에서 그림을 그리는 것은 종이로 만든 장난감 풍차를 손에 든 채 경주용 말을 타고 달리는 미소년을 생각하는 것이지만, 실제로 행한다는 것은 백발노인, 대머리, 외팔이, 절름발이가 매우 높고 튼튼한 성벽을 두 개의 목발을 짚고 올라가는 것과 같습니다.

말이 너무 많았나요? 분명 적게 한 것은 아닙니다. 밤의 어둠 속에서 은밀히 이루어지는 일들이 얼마나 많습니까? 어름에 옅은 안개를 태양이 걷어내는 것처럼 태양은 정확한 시각에 떠올라 어둠을 걷습니다. 이런 생각을 하며 잠도 못 자고 고심하는 나를 누가 볼 수 있을까요? 그것은 모래 위에 세운 성이고, 환상의 키메라[3]였습니다. 입고 있는 옷은 대부분 길에서 얻은 것들이었습니다. 많은 일을 구상했지만 구체적으로 실행한 것은 하나도 없었고, 오히려 그 반대였습니다. 모든 것이 귀신의 보물같이 헛되

--

1) 1429년 부르고뉴에서 창설되어, 나중에 특히 합스부르크 왕가의 오스트리아 및 스페인과 제휴한 기사단. 황금양모기사단.
2) 펠리페 2세는 1560년 33세의 나이로 엘리자베트 발루아(스페인 왕비가 되어서는 이사벨 데 발로이스)와 결혼하였다.
3) 키마이라. 그리스 신화에 나오는 괴물. 머리는 사자, 몸통은 양, 꼬리는 뱀 또는 용의 모양을 하고 있으며 불을 내뿜는다고 한다.

고 거짓이고 착각이고 가짜고 상상의 속임수고 석탄과 숯입니다.

길을 계속 가다가 손에 들고 다닐 밀짚 도롱이를 하나 찾았습니다. 그것을 걸치면 망토를 입는 것 같았습니다. 물론 망토처럼 폼이 나거나 따뜻하지는 않았지만 그래도 몸을 보호하는 데는 많은 도움이 되었습니다.

두 사람이 나귀를 타고 지나가는데, 내 비용을 다 대줄 것 같은 생각이 들었습니다. 큰 망치로 낚시를 한다고 물고기를 확실하게 잡는 것은 아니고, 생각한다고 해서 아는 것은 아닙니다. 그들은 하인을 데리고 있지 않았고, 나한테 하는 걸로 봐서 속도 좁았습니다. 그들을 따라 3레구아를 걸어가다 보니 정오가 되었습니다. 나는 뒤처지지 않으려고 전속력으로 달리다가 지쳐버렸습니다. 아직 나이 어린 내 힘으로는 급하게 서둘러 가야 겨우 따라잡을 수 있는 거리였습니다. 이들은 남자들이라 ―짐승이라고 해야 더 옳은 표현일지 모르겠습니다― 말을 하지 않았고, 내 생각에는 욕심이 많은 것 같았습니다. 어떤 이들은 지나치게 욕심이 많아서 만일 침이 약이 된다는 사실을 안다면 침 한 방울도 안 줄 것입니다. 매정한 사람들은 즐거운 분위기를 띄워서 나를 도와줄 생각이 없는지 잠자코 입을 다물고 있었습니다. 옛날이야기 같은 거라도 해준다면 그렇게까지 피곤하지는 않았을 것입니다. 즐거운 대화만 있다면 어디에서라도 마음이 여유로워지고, 방랑자들의 가슴이 즐거워지고, 기분이 전환되고, 힘든 것을 잊고, 길이 평탄해지고, 아픈 사람들은 즐겁고 오래 살게 되고, 특히 걸어서 가는 사람은 말을 탄 것처럼 편안하게 갈 수 있습니다.

우리는 다 함께 객주에 도착했습니다. 나는 지칠 대로 지쳐서 완전 산송장이었습니다. 빵 한 쪽을 벌기 위해 우리는 서두르고, 사소한 것들은 잊어버려야 합니다. 나는 힘닿는 것 이상으로 일을 했습니다. 자세를 낮추고, 그들에게 봉사하고, 노새를 마구간에 넣고, 옷을 숙소에 갖다놓았습니다.

그들은 건강하고 나는 역병에 걸린 것이 틀림없었습니다. 한 사람이 말했습니다. "한쪽으로 비켜, 잘생긴 젊은이. 우리한테서 비켜서게나." "이런 나쁜 놈들! —내가 말했습니다— 동정심이라곤 눈곱만치도 없는 이런 새끼들한테 밥이라도 제대로 얻어먹을 수 있을까? 혹시 내가 길을 가다 지치면 노새 궁둥이에라도 올라타게 해줄까?"

그들은 밥을 먹으려고 앉았습니다. 나는 건너편 의자에 앉아서 생각했습니다. '아마 먹다가 남은 음식 좀 주겠지!' 그러나 그런 일은 일어나지 않았습니다. 프란시스코회 수도사가 도착해서는 서서 인사를 했습니다. 그는 쉬려고 앉더니, 조금 있다가 가지고 있던 자루에서 빵하고 베이컨을 꺼냈습니다.

몇 끼를 건너뛴 나는 배가 너무 고파 숨 쉴 힘조차 없었습니다. 창피하고 겁도 나고 해서 감히 말을 꺼낼 엄두도 못 냈고, 신의 사랑으로 빵 한 조각만 주기를 그저 눈빛으로 수도사에게 부탁했습니다. 내 마음을 읽은 착한 수도사는 빵을 주는 것이 자신의 삶인 양 힘주어 말했습니다. "하느님 아버지, 비록 저한테 먹을 것이 하나도 남지 않는다 하더라도, 당신이 지금 계신다면 다 드리겠습니다. 자 얘야, 같이 먹자."

신의 거룩한 은총이고, 영원한 지혜며, 신의 섭리고, 무한한 자비심입니다. 딱딱한 돌덩어리 안에서 당신은 번데기를 키우고, 당신의 대범함이 모든 것을 구제합니다. 줄 수 있는 것을 가지고 있던 자들은 탐욕 때문에 나한테 먹을 것을 주지 않았는데, 가난한 수도사한테서 그것을 얻었습니다.

가난하지 않은 자는 다른 사람의 빈곤을 기억하지 못합니다. 그들은 내가 어린 나이에 딱한 처지에 있음을 알았지만 동정을 베풀지 않았습니다. 착한 수도사는 자기 음식을 나누어 나를 배부르게 했습니다. 그 훌륭한 분이 세비야로 가는 것처럼 나도 그쪽으로 갔다면 살 수 있었을 것입니다.

그러나 우리가 갈 길은 이미 정해져 있었습니다.

수도사가 떠나면서 남은 빵 반쪽을 나한테 주면서 말했습니다. "조심해서 가거라. 좀 더 있다면 더 많이 줄 텐데." 나는 빵 반쪽을 겉옷 안주머니에 넣고 조금씩 길을 갔습니다. 3레구아를 걷다 보니 밤이 되어 빵만으로 저녁을 때웠습니다. 그것 말고는 먹을 게 없었고, 또 나한테 음식을 주는 사람도 없었습니다. 객주에는 집으로 가는 마부들이 모여들었습니다. 주인이 짚을 넣어두는 헛간에서 자라고 해서, 나는 그렇게 했습니다. 나는 힘닿는 것 이상으로 열심히 일을 했습니다.

저녁은 아쉬웠습니다. 내가 배부른 채로 아침에 일어나지 않았다는 건 맹세하지 않아도 다들 믿을 것입니다. 떠나려고 하자 주인이 숙박비를 요구했지만, 나는 돈이 없었고 지불할 수도 없었습니다. 엉큼한 주인은 좋은 천으로 만든 내 겉옷을 빼앗으려 했습니다. 그가 나를 꽉 눌러 조인 나머지 내 눈에서 눈물이 넘쳐흘렀습니다. 거기에 있던 마부 한 명이 내 모습을 측은하게 여기며 —마부라고 다 양심이 없는 것은 아닙니다— 말했습니다.

"주인장, 그 아이 그냥 놔둬요. 내가 대신 낼게요."

그의 동료들이 나한테 물었습니다. "얘야, 어디서 왔니? 어디로 가는 길이니?" 내 돈을 대신 치른 마부가 그들에게 말했습니다. "이런 얼간이들, 그걸 몰라서 묻는 거야? 하고 있는 꼬락서니를 보면 자기 아버지 집이나 주인집에서 도망친 거잖아."

주인이 물었습니다. "얘, 내가 급료 줄 테니까 여기서 일할래?" 물론 시키는 것만 배워온 나한테 봉사하는 것은 어려운 일이었지만, 현재로서는 나쁜 조건이 아닌 것 같아서 그러겠다고 대답했습니다. "그렇다면 들어와서 여기서 지내라. 넌 우리 객주에 오는 마부들한테 보리와 짚을 잘 챙겨주기만 하면 된다." "그렇게 하겠습니다." 내가 대답했습니다. 공짜로 밥 먹고 돈 받고 일하면서 며칠간 편안하게 지냈습니다. 늦은 밤 마부들이 올 때까지는 손님들 시중드는 일이 그렇게 힘들지는 않았습니다.

나는 보리를 뜨거운 물에 불려서 무게를 3분의 1 정도 더 늘리는 법, 무게를 잴 때 끝부분을 덜어내는 법, 손을 넣어서 무게가 더 나가게 하는 법, 여물통을 살펴보는 척하면서 여물을 덜어내는 법을 알게 되어서, 마부가 자기 말을 부탁하면 비용의 3분의 1을 받아 챙길 수 있었습니다. 한껏 멋을 내고 콧수염을 기르고 잘생긴 손님들이 하인도 없이 와서는 기사인 척하면서 대접을 받으려고 하면, 우리는 그들이 원하는 대로 다 해주며 비위를 맞추어주었습니다. 그들의 말을 마구간에 갖다 놓고 받은 돈의 반만큼의 여물만 주었습니다. 우리의 입이 실제 가격표하고는 전혀 상관없는 저울이었습니다. 객주에 가격표를 붙여놓지 않으면 벌을 받기 때문에 매달 시장하고 법원서기에게 세금 낼 때만 책임을 피하기 위해 가격표를 붙여두었습니다.

그들이 떠날 때는 말들이 먹은 여물하고 보리 그리고 자는 것까지 해서 말 한 마리당 얼마인지 계산했습니다. 내가 보기에 식사비는 정말 말도 안 되는 액수였습니다. 우리는 잽싸게 끼어들어 "그 정도 레알과 그 정도 마라베디면 식탁이 아주 푸짐할 겁니다"라고 말하며, 항상 블랑카 한 푼 적은 가격이 아니라 레알 한 푼 더 얹은 가격을 요구했습니다. 대부분 손님들은 한참 동안 신중히 생각하다가 돈을 치렀습니다. 몇몇 신출내기나 용기 있는 자들은 아주 비싸다고 따졌는데, 그건 자기 무덤을 자기가 파는 꼴이었습니다. 가격을 올릴 때 우리는 항상 한 가지 음식이라도 더 제공한다는 핑계를 댔고, 손님들은 당연히 따라야 할 명령으로 여기고 돈을 지불했습니다. 객주 주인의 말은 최종 판결문이어서 아무도 따지지 않고 지갑을 열었습니다. 그들은 비밀경찰들이나 하는 그런 엄포는 놓지 않았습니다. 비밀경찰들은 나쁜 생각을 품고 어떤 사람을 마을까시 조용히 미행히어 그가 객주 주인에게 손해를 끼치고 복수를 하기 위해 객주에 방화하려 하였고, 주인을 몽둥이로 때리고, 그의 부인이나 딸을 강간했다는 증거를 댈지도 모릅니다.

우리는 배고픈 손님들을 꼬드길 음식을 준비해두고 있었습니다. 음식들은 겉보기는 그럴듯했지만 실상은 형편없어서, 손님들은 객주에 들어올 때는 맛있는 음식 먹겠다는 생각에 말 타고 급히 달려왔다가, 나갈 때는 음식 값으로 타고 온 말까지 뺏기고 걸어서 갔습니다.

당신은 속아서 터무니없는 값을 치렀음을 나중에야 깨닫게 될 것입니다. 객주에서는 도적질하고 횡포 부리고, 부끄러운 줄 모르고 나쁜 짓 벌이는 것이 다반사입니다. 객주 주인들은 형편없는 봉사에 터무니없이 비싼 돈을 받고 공공연하게 도적질하고, 신과 관리들과 법을 무서워하지 않습니다. 그들이 지은 죄를 알든지 모르든지 간에 이제는 더 이상 그들이 횡포를 부리지 않도록 대책을 세우는 일이 매우 중요할 것입니다. 형편없는 봉사에 비싼 돈을 받으며 공공연하게 도적질을 하는 객주 주인이 무서워서 거래가 피해를 보고 있습니다. 나는 오랫동안 말할 수 없었던 그들의 오만 방자한 짓을 보아온 증인입니다. 우리는 그런 짓들이 야만인들 사이에서 벌어진다는 말을 들으면 비난할 것인데, 실제로 우리 눈앞에서 일어나고 있는데도 전혀 상관하지 않습니다. 내 맹세하건대 길과 다리와 객주를 개혁할 때는 거래나 계약과 같은 더 중요한 것을 개혁할 때처럼 아주 세심한 주의를 기울여야 합니다. 아직은 아니지만 언젠가 내가 여기서 나간다면 객주 근처도 얼씬거리지 않을 겁니다.

제2장

구스만 데 알파라체는 객주 주인을 떠나
마드리드로 가서 악동이 된다

그때는 편안한 생활을 했지만 객주 일은 한 번도 좋아 보인 적이 없었고, 내가 원하던 삶과는 거리가 멀었습니다. 기껏해야 나는 객주 주인의 하인이었고, 그건 맹인의 하인보다도 더 못한 삶이었습니다. 객주는 그저 지나가는 길에 잠시 머물렀던 곳입니다. 수천 번 목숨을 잃는다 하더라도 그런 일은 하고 싶지 않았습니다. 내 또래 아이들이 지나갔습니다. 돈을 좀 가지고 있는 애들도 있고, 구걸하는 아이도 있었습니다. 내가 말했습니다. "내가 쟤네들보다 더 겁쟁이인가 아닌가? 나는 겁쟁이로 낙인찍히고 싶지 않다." 힘든 일도 피하지 않고 부딪히며 마음을 다잡고서 몇 가지 심부름하고서 힘들게 얻은 동전 한 닢 가지고 객주를 떠나 이곳저곳을 전전했습니다.

얼마 없던 돈은 금방 다 써버리고 신의 이름으로 구걸하기 시작했습니다. 몇 사람은 내게 쿠아르토[1] 반 냥을 주면서, 대부분 "미안하다, 애야"라

179

고 말했습니다. 쿠아르토 반 냥과 또 이것저것 구걸해 얻은 돈으로는 배를 푸짐하게 채웠지만, "미안하다, 애야"라는 말은 아무런 도움이 안 됐고 나는 그냥 배만 곯았습니다.

동냥은 아주 조금밖에 못 했는데, 그건 그리 놀라운 일이 아니었습니다. 그해는 흉년이 들었는데 안달루시아가 흉년이면 톨레도 왕국 내륙 쪽은 더 심했고, 산골짜기로 들어갈수록 그 피해는 극심했습니다. "카스티야에서 내려오는 질병과 안달루시아에서 올라가는 배고픔으로부터 신이 당신을 벗어나게 해주기를"이라는 말도 들었습니다.

별로 도움이 되지 않고 힘만 들다 보니 나는 풀이 죽어, 동냥에 목숨 걸지 않기로 했습니다. 나는 걸치고 있는 옷을 이용하기로 하고 여기저기서 얻은 옷가지를 펼쳐놓았습니다. 어떤 옷은 팔리고, 어떤 옷은 아예 사람들 관심도 못 끌고, 어떤 것은 힘들게 팔았다가 다시 반품되었습니다. 옷 판 돈을 전부 먹고 자는 데 쓰다 보니, 마드리드에 도착했을 때 나는 노를 젓는 죄수처럼 시원한 반바지에 더럽고 찢어지고 낡은 셔츠 차림이었습니다. 그런 거지꼴을 하고서, 좋은 말로 나를 신뢰하는 사람을 주인으로 섬기려고 찾아보았으나, 내 재능을 믿고 나를 하인으로 받아들이려는 사람은 아무도 없었습니다. 나는 그만큼 몰골이 말이 아니었고 손재주도 없었습니다. 모두가 나를 자기 집 물건을 훔쳐 달아날 도둑놈 취급했습니다.

의지할 곳 하나 없는 나는 본격적으로 악동의 길에 들어서기로 했습니다. 돌아가야만 한다는 수치심은 길에서 다 잊어버렸습니다. 무척 힘들게 걸어와서 수치심을 가져올 수도 없었고, 설사 가져왔더라도 망토에 달린 모자 속에 넣어 왔을 것입니다. 그래서인지 그때부터 하품이 나고 오한이

∙∙
1) 카스티야에서 14세기부터 사용된 동전으로 4마라베디의 가치가 있었다.

들면서 병이 올 것 같았습니다. 이제 나한테는 아무런 쓸모도 없는 수치심이 조금도 남아 있지 않아서 어떠한 일에도 화가 나지 않기 시작했고, 배고픔과 수치심은 친구가 될 수 없기 때문에 전에는 창피하게 여겼던 것들도 뻔뻔스럽게 되었습니다. 과거는 한순간임을 알았고, 어린 시절에는 수치심을 갖는 것이 필요하다고 생각하며 헤매고 다녔지만, 이제는 그것을 마치 나를 깨문 살모사처럼 내 손가락에서 떨쳐냈습니다.

나는 훔치는 데 일가견이 있는 내 나이 또래 도둑놈들과 같이 다녔습니다. 나는 할 수 있는 한 그들을 따라했습니다. 아직까지 그런 일을 잘 몰랐지만 그들이 하는 일을 도와주고, 그들의 뒤만 졸졸 쫓아다니고, 그들의 활동 무대를 돌아다니다 보니 나도 물들어버렸습니다. 여기저기를 돌아다니고 이곳저곳을 기웃거렸습니다. 나는 수도원에서 무료로 나누어주는 묽은 수프를 먹었습니다. 그것이 배를 채우는 확실한 방법이었지만, 시간에 맞춰서 가야만 먹을 수 있어서 제시간에 도착하지 못하면 굶어야만 했습니다. 나는 좋은 손님이 되는 법, 기다리는 법, 기디리지 않게 하는 법을 배웠습니다.

시간 맞춰 밥 먹으러 가고 빈둥거리며 지내는 것이 여간 고통스러운 일이 아니었습니다. 나는 발뒤꿈치 높이 들어 올리는 놀이, 동전 던지기 놀이, 구멍에 동전 넣기 놀이를 배웠습니다. 그다음으로 중급 단계로 올라가 킨세, 트레인타 이 우노, 키뇰라스, 프리메라 같은 카드놀이를 배웠습니다. 카드 실력은 중급 과정을 빨리 끝내고 토파, 아고 같은 어려운 상급 과정을 통과할 수준이 되었습니다. 이 악동의 삶을 과거 좋았던 시절이 나의 삶과 바꾸고 싶은 생각이 조금도 없었습니다. 궁정의 사정을 조금씩 알게 되었고, 시간이 지날수록 머리 회전은 더 빨라졌으며, 새로운 지식을 쌓고, 나보다 더 어린 애들이 구걸이나 다른 사람의 도움도 받지 않고 많은 돈과 음식을 쉽게 구하는 것을 보았습니다. 구걸이나 도움으로 얻는 것은 비록 당신의 아버지가 준다 하더라도 고통의 빵이며 피의 빵입니다. 이런 영광스러운 자유를 누리고 싶은 마음과 다른 사람들처럼 거지라는 이유로 쫓겨나거나 벌을 받고 싶지 않아서, 나는 어깨에 바구니를 짊어져 나르는 막노동을 했습니다.

당나귀들은 길게 늘어서서 인부들의 힘을 덜어주기 위해 우직하게 짐을 날랐습니다. 그러나 못돼먹은 사람들도 있어서, 그들은 포도주를 한 잔이라도 더 많이 마시기 위해 당나귀에 실린 짐을 빼돌려 자기 광주리에 몰래 담았습니다.

이것은 일단 한쪽에 놔두고, 당신한테 고백할 게 있는데, 나는 처음에는 열의나 의욕도 없고 오로지 두려움만 앞섰습니다. 생소한 일이다 보니 마음에 들지 않았고 일도 서툴렀습니다. 뭐든지 처음에는 다 어려운 법입니다. 그러나 악동 생활의 단맛을 보고 나서는 달콤함에 취해 맹목적으로 따라가게 되었습니다. 얼마나 아름답고 즐거운 인생인가! 골무나 실이나 바늘도 필요 없고, 펜치나 망치나 송곳이나 그밖의 어떤 도구도 필요 없이 오직 광주리만 있으면 되는 생활이었고, 마치 안톤 마르틴 형제[2]처럼 비록 그의 훌륭한 삶과 보호는 없지만, 일을 하고 수입이 생겼습니다. 그 생활은 씨가 없는 음식이고, 뼈를 발라낸 등심이며, 여유롭게 할 수 있고, 모든 괴로움에서 자유로워지는 일이었습니다.

부모님의 삶과, 나의 짧은 인생에서 경험했던 것과, 부모님이 아무 목적도 없이 큰 대가를 치르며 나를 키운 것에 대해 한 번씩 생각하기 시작했

..

2) 야경꾼인 안톤은 형의 복수를 위해 그라나다로 오지만 성 후안 데 디오스의 언행에 감동받고 산후안데디오스 병원에서 봉사자가 된다.

습니다. 나는 말했습니다.

"아, 명예의 무게만큼 무거운 금속은 없을까! 부득이 명예를 사용해야 하는 자는 얼마나 불행한가!" 얼마나 높고 가는 줄 위에서 달려야 하는가! 얼마나 위험한 항해를 해야 하는가! 어떤 일에 뛰어들고 싶어 하고, 어떤 가시덤불에 빠지고 싶어 할까! 내 입에서 나오는 말들은 거칠었고 내 손이 하는 일은 인간의 힘으로는 막아낼 도리가 없어서, 사람들은 나의 버릇없는 입과 무모한 손의 명예를 꼼짝 못하게 해야 한다고 말했습니다.

도대체 사탄의 어떤 광기가 명예의 이런 남용을 사람들하고 짝을 짓게 하기에, 사람들은 분별없이 명예에 집착할까요? 미덕이 명예의 중심이어서 덕망이 두터운 사람은 그만큼 더 존경받을 것이고, 나에게서 미덕을 빼앗지 않는다면 내 명예를 뺏는 것은 불가능할 것입니다. 스페인에는, 오로지 여자만이 자신의 명예를 버리면서 내 명예를 빼앗을 수 있다는 말이 있습니다. 그녀가 나와 함께하면, 마치 육체가 하나가 되는 것처럼, 나의 명예와 그녀의 명예는 두 개가 아니고 하나가 되기 때문입니다. 그게 아니라면 그건 속이고 꾸며대는 것이고 꿈일 뿐입니다.

명예가 뭔지도 모르고, 그것과 관계도 하지 않는 당신은 참 행복한 인생입니다. 아무런 열정도 없이 그 결과만을 생각하며 명예를 추구했던 자는 그것을 만져보기도 전에 잃어버릴 수 있을 것 같았습니다. 명예를 얻는다는 것이 얼마나 위험한 일인가요! 명예를 지키는 것은 얼마나 어려운 일인가요! 명예를 가져오는 것은 얼마나 위험한 일인가요! 일반인의 존경을 받기 위해 명예를 잃는 것이 얼마나 쉬운 일인가요! 속인하고 같이 길을 걸어가야 한다면, 명예는 가장 큰 고문 중 하나인지라, 조용히 자기 길을 가고자 하는 자에게는 이생에서는 결코 겪지 않을 폭풍우가 내리칠 수 있습니다. 그런 일이 벌어지는 것을 눈앞에서 보고 있노라면, 마치 영혼들을 구원하는 것처럼, 명예를 위해 영혼들을 내놓습니다. 벌거벗은 자에게 옷을 입히고, 배고픈 자를 배불리 먹이는 그런 명예로운 일을 당신이 하지 않는 것을 나는 알고 있지만 입을 다물고, 당신 자신은 그걸 알고 있으면서도 다른 사람들이 모를 거라 생각하며 모르는 척하고 —나는 손가락으로 당신을 가리키지 않기 위해 그 사실을 쓰지 않습니다— 그리고 명예를 쫓아내려고 인상을 씁니다.

당신의 식료품가게나 주점에서 없어진 것이 병원에 갖추어져 있는 것을 당신은 자랑으로 여깁니다. 당신의 노새들이 담요와 시트를 가지고 있는 곳에서 예수님은 추워서 얼어 죽습니다. 당신의 말들은 움직이기 힘들 정도로 살이 쪘고, 불쌍한 사람들은 당신 앞에서 비쩍 말라 쓰러져 죽습니다. 이것이 가져야 하고 찾아야 하는 명예고, 당신이 명예라고 하는 것은 정확히 말하면 오만이거나 미친 존경이라, 이것을 달성하고 싶은 욕망에 헐떡거리는 도덕군자나 폐결핵 환자들은 결국 이것을 잃고서 가슴 아파하며 울어야 합니다.

제3장

구스만 데 알파라체는 덧없는 명예에 대한
공격을 계속하고, 어떻게 해야 품위 있는
사람이 될 수 있는가에 대한 생각을 밝힌다

비록 나이는 어렸지만 산전수전 다 겪다 보니 이러한 생각을 하게 되었습니다. 명예는 앞으로 무르익을 햇과일 같아서 살 수 있는 사람부터 살 만한 여유가 없는 사람까지 똑같이 비싼 돈을 내고 사는 것 같습니다. 덜 익은 버찌 반 파운드를 어느 일꾼에게 빵 두 개 가격을 받고 파는 것은 아주 무모하고 뻔뻔스러운 짓입니다. 일꾼은 그 돈으로 자기 자식들과 부인을 먹일 수 있는 빵 두 개를 살 수 있습니다. 아, 성스러운 율법이여! 행복한 지방에서는 나라 전체에 피해를 끼치는 것으로 간주하고 여기에 제동을 거는구나! 결국 사람들은 무절제하게 명예를 사서 한도 끝도 없이 먹습니다. 그들은 명예를 사는 거나 먹는 것에 싫증 내지 않습니다. 그들의 몸은 나쁜 영양분으로 만들어져서 악취를 풍기고, 나중에 열병이나 고통스러운 병으로 곤욕을 치릅니다. 분명히 명예를 삼키는 그만큼 설사약을 더 먹어야 할 것입니다. 나는 명예를 알고부터는 절대로 그것을 탐하거나 그것에 귀를 기울이지 않았습니다. 또한 나는 시종과 하인과 관리인들이, 마치 추위와 더위처럼 자신들과 어울리지 않는 일을 맡게 되고, 그리고 하늘과 땅 사이처럼 자신들의 능력과는 너무나 거리가 멀게 대접받는 것도 보았습니다.

　당신은 어제 하인에게 아주 퉁명스럽게 '보스'[1]라는 그에게 어울리지 않는 호칭을 썼습니다. 오늘은 문지기를 불러 그에게 '메르세데스'[2]를 남발하면서 일을 부탁했습니다. 어제는 꼬리가 없었던 가짜 공작새가 지금은 빙글빙글 돌면서 꼬리를 펼치는 것처럼 명예가 그런 것인지, 어디 말 좀 해보십시오. 분명히 명예도 바로 그런 것이어서, 장식으로 엉성하게 붙인 깃털은 쉽게 떨어지고 원래 모습만 남게 될 것입니다. 그걸 잘 생각해본다면, 하인들은 명예로운 사람들이 아니라 명예로워지려 하는 사람들임을 알게 될 것입니다. 명예로운 사람들은 명예를 이미 자기 것으로 만들었기에 어느 누구도 그것을 빼앗을 수 없고, 그들에게는 맨 처음 깃털보다 더 아름다운 깃털이 나지 않습니다. 그러나 명예로워지려고 하는 이들은 다른 사람들한테서 깃털을 받습니다. 당신은 그들을 보기도 하고, 보지 않기도 합니다. 5월의 아가씨들[3]은 거리에 계속 앉아 있을수록 관심을 갖는 사람들에게 더 많은 돈을 받게 됩니다. 지나가고 나면 본래 모습만 남습니다.

　매우 현명한 판단력을 갖춘 어느 이달고[4]는 명예로워지려고 하는 이들이 아주 중요한 일로 바쁘게 나가는 것을 보고서 자기도 그들처럼 해보고 싶어 하고, 또 그렇게 되고 싶어 할 수도 있습니다. 나는 침대에서 그들에

⁝

1) 시종이나 하인 그리고 신하를 부를 때 사용하는 호칭.
2) 귀족 칭호가 없는 사람을 예우해서 부를 때 사용하는 존칭.
3) 5월 봄 축제 때 새색시처럼 화려하게 치장한 여자아이들을 길거리에 앉혀놓고 다른 여자아이들이 지나가는 행인들에게 돈을 요구했다.
4) "이달고"는 "누구의 아들"이라는 말에서 유래한 단어로 최하위 귀족에 속한다.

게 자주 말했습니다. "이것 봐, 형제, 어디로 그렇게 바삐 가는 거야?" 만일 그들이 내 말을 들으면 이렇게 대답할지 모릅니다. "내가 그걸 무슨 수로 알아? 밥벌이로 4레알을 벌고 싶으면 저기로 가라고 하던데."

아이고! 불쌍한 당신은 지금 맡아서 하는 일을 이해하지도 못하고, 그것이 당신의 천직도 아니고, 당신의 영혼을 잃으면서 다른 사람의 일도 망가뜨리고, 양심에 상처를 입히고 있다고 생각지 않습니까? 그 일에서 벗어나기 위해서는 바느질이나 천의 잔털을 깎거나 아무개 여인이 부인을 도와주기 위해 팔을 내미는 것 이상이 필요하다는 걸 모릅니까? 당신이 충분한 능력이 있는지, 당신이 양심을 저버리고 그리고 당신한테 그 일을 준 사람을 데리고 지옥으로 가면서, 당신이 그것을 잘할 수 있고 잘할 줄 아는지 사람들이 당신한테 질문을 했거나 당신 스스로 엄정하게 확인했나요? 여기 이웃에 사는 어떤 학사가, 내 생각에 그는 이발사였는데 —그들은 항상 허풍쟁이였습니다— 나한테 대답했습니다. "우리는 할 수 있다. 어떤 모습인지, 얼마나 많이 속이고 의문투성이인지 봐라! 우리 모두는 인간이고 머리를 쓸 줄 안다. 인간은 일단 태어나면 스스로 걷고 자란다."

아, 이발을 하러 온 당신이 그 일을 배운다는 것이 참 애석합니다! 뛰어난 항해 솜씨를 갖고 있는 선장도 배를 몰 때, 태풍이 불 때뿐만 아니라 바다가 잔잔할 때에도 어떤 돌발 사건이 일어날지 몰라 항상 두려워하는데, 한 번도 바다를 본 적도 없고 항해 기술도 없는 당신이 어떻게 낯선 바다에서 배를 몰고 앞으로 나아가겠습니까? 누가 이 기타 치는 젊은이[5]에게 이렇게 말할 수 있을까요? "당신이 이발 일을 이해하게 되거나 이해한다고 생각한 때, 가장 분명한 점은 낭신은 이제 이 일을 잃어버렸고, 당신이 며

..
5) '이발사'를 뜻하는데, 당시 이발사들이 대부분 기타를 쳤기 때문이다.

칠 동안 차지하고 있었던 이발소의 주인한테 말도 안 되는 엉터리 짓을 벌였다는 걸 모릅니까? 다른 사람 일은 놔두고 당신 일을 이용하세요. 그러나 그건 당신 잘못이 아니고 당신한테 그 일을 맡긴 사람의 잘못입니다. 거래는 각자 양심에 따라야 합니다. 이야기 계속 합시다.

그렇게 해서 오늘은 불쌍하고 가난한 자들로 알고 있었던 사람들이 내 일은 봉기를 해서 수염을 노인같이 물들인 젊은이처럼, 전혀 낯선 모습으로 나타나, 왕위에 오르자마자 제일 먼저, 하인들과 천한 일을 하는 서민들이 섬길 만한 사람들한테 인사받기를 기대했습니다. 나는 그들이 어디로 달려갔는지, 누가 그들을 이끌었는지, 왜 일들을 그 주인들한테서 빼앗아 아무 상관도 없는 사람들한테 주려고 난동을 부렸는지 잘 알고 있었습니다. 일에 대해 투덜대는 사람들이 옳다는 느낌도 들었습니다. 각자 자기들 권리에 해당하는 것을 줘야 했기 때문에 시기와 악의가 일을 망가뜨렸고, 인간을 위해 일을 찾지 일을 위해 인간을 찾지 않기 때문에 모두의 명예가 실추되었습니다. 품위하고는 거리가 아주 먼 사람들은 유명해질수록 더욱더 사람들의 조롱거리가 되기 때문입니다. 품위는 대가를 치르지 않으면 존재하지 않아서, 품위하고는 거리가 멀면서 품위 있게 보이려 하는 사람들은 무시당하고 비난을 받아서 불명예스럽게 됩니다.

지금까지 걸어오면서 한참 동안 한 생각은 여기서 끝이 났습니다. 당신이 괜찮다고 생각하면 나는 내 것을 팔겠습니다. 나한테 가장 좋은 아버지 같기 때문에 당신한테 그것을 말해줄 테니, 당신은 당신 좋을 대로 받아들여서 부족한 것을 채우십시오. 비록 악동의 생각이긴 하지만, 우리 모두는 다 인간이고 판단력을 지니고 있다고 생각하십시오. 사제복이 사제를 만드는 것이 아닙니다. 나는 당신이 올바르게 살아갈 수 있도록 어디든지 가겠습니다.

비록 단점도 있지만, 내가 깊은 신앙심을 가지고 단 하루도 묵주기도를 빠트리지 않았음을 당신이 알아줬으면 좋겠네요. 내가 성모 마리아에 대한 믿음이 무척 강한 척하며 그 묵주를 손에서 놓지 않는 것은 아주 도둑놈 같은 심보라고 중얼거리며 당신 좋은 대로 생각하고 지껄이는 걸 듣긴 했지만, 나도 당신한테 좋은 말 듣고 싶은 생각은 추호도 없습니다.

매일 아침 나는 미사를 본 후에 먹고살기 위해 도둑질을 하러 나갑니다. 한번은 몸이 안 좋아 늦게 일어나 일하러 나가고 싶은 마음이 안 들었습니다. 그때가 축제 기간이라서 교회로 가서는 대축일 미사를 보고 아우구스티누스 수도회 소속의 어느 박사가 하는 마태복음 5장에 대한 강론을 들었습니다. 그의 설교 중에 이런 말이 있었습니다. "이같이 너희 빛을 사람 앞에 비취게 하여 저희로 너희 착한 행실을 보고 하늘에 계신 너희 아버지께 영광을 돌리게 하라." 그는 고위 성직자들과 사제들에게 일은 많이 하는데 별로 효과를 보지 못하고 있다고 따끔하게 일침을 가했습니다. 필요치 않은 사람들에게 먹을 것과 입을 것을 주지 말고 필요한 사람들에게 주며, 교회의 성직자들도 구제소에서 일하는 집사나 관리들처럼 일을 맡게 되면 더 많은 신임을 얻게 되고, 제 욕심만 차리지 않고 더 자비로워지고, 어지러운 세상사를 한 발 물러나 볼 수 있게 되어 마음을 비우고 더욱 성실하게 맡은 바 소임을 다할 수 있을 거라고 했습니다. 그리고 먹을 것과 입을 것을 받았던 사람이 어떻게 그것을 나누어주는지 눈을 바짝 뜨고 지켜보라고 했습니다. 그건 다른 사람의 돈이기 때문에 책임지고 처리했어야 했습니다. 또 어느 누구도 자지 말고 밤새 지켜라. 단 1마라베디라도 속이려고 속임수의 법칙을 찾거나 음모를 꾸미려 한다면 그건 유다의 속임수라고 말했습니다. 그리고 신의 행동과 습성은 함대의 표시등 같아서 그분을 바라보고 뒤따라 걸어가면, 거짓이나 결점이 있을 수 없는 신의 말씀을 담은 책에 손을 얹고 약속했던 책임과 맹세했던 서원을 지킬 수 있을 거라고 했습니다.

그분의 말씀을 들으니 자기가 받은 것을 엉터리로 나눠줬고, 나쁜 본보기를 남긴 아버지 친구가 기억났습니다. 그분이 좋은 이야기를 많이 했지만, 우리 직업상 그런 말을 언급하는 것은 금지되어 있어서 입을 다물겠습니다.

밤에 나는 몸이 점점 더 아팠습니다. 내 침대는 바닥에 구멍이 숭숭 뚫린 낡은 돗자리 쪼가리보다도 더 형편없었습니다. 벼룩들이 비쩍 마른 내 몸을 뜯어 먹으러 왔습니다. 시끄러운 소리에 잠이 깨어 몸을 긁으면서 주위를 살피기 시작했습니다. 내가 들은 연설문 전체를 하나하나 깊이 생각해보았습니다. 비록 그가 성직자들하고 이야기를 하였지만, 박사는 교황부터 국왕까지 그리고 고관대작부터 가장 밑바닥 인생들까지의 모든 사람들을 다 언급한 것입니다. 나는 생각하기 시작했습니다. '하느님께서는 아직도 날 껴안고 있으시고, 나도 이렇게 그냥 가만히 있을 사람이 아니다. 내가 어떤 빛을 낼 수 있을까? 아무런 희망도 없고 직업도 천한 사람이 어떻게 빛을 가질 수 있을까?' 내가 대답했습니다. '그래 친구야. 신은 너를 껴안고서, 비록 질적으로는 차이가 나지만, 너도 신비스러운 육체를 가졌다는 점에서 본질적으로 다른 사람과 똑같다고 말씀하신다. 네가 맡은 짐을 아주 조심해서 성실하게 옮겨라. 네 것이 아닌 짐을 옮기는 도중에 광주리에서 반바지나 속주머니로 숨기거나 훔치지 마라. 빵 두 개 정도 대가의 수고로 대들보 두 개 값을 벌려고 하지 마라. 모든 사람들한테 너의 감정을 드러내지 마라. 가난한 사람들한테 무료로 봉사하고, 햇과일을 신에게 바쳐라. 거짓말하지 말고, 포식하지 말고, 나쁜 짓 하지 말고, 과음하지 마라. 너의 양심에 대해 생각해보면, 복음서의 불쌍한 노파처럼 자신의 심장을 높이 쳐들고 하늘을 바라보며 "주님이시여, 악동들 사이에도 미덕은 있습니다"라고 말하는 사람이 있을 것이다. 그리고 그 말은 너한테 빛이 될 것이다.'

돌이켜 생각해보면, 그때 말했던 사람들은 성직자들이나 수도사들이라기보다는 정의의 왕들과 대신들이었습니다. 진정 그들은 찬란한 빛이고, 그들이 빛을 가지고 있지 않다고 억지 부리지 못하게 그 성스러운 회의의 모든 것이 빛이자 빛 이상이었습니다. 빛은 매개체로 아픈 사람 속에서 햇불이나 당신이 좋아하는 다른 어떤 것에서 초 같은 역할을 할 거라 생각했습니다. 그런 사람은 누구일까 상상해보았는데, 그게 바로 당신이었습니다. 당신의 훌륭한 행동과 태도, 열의, 고결함은 광채가 나면서 빛을 내야 합니다. 당신한테 그런 존엄한 일을 맡기는 것에 대해 어떻게 생각합니까? 그것은 더욱더 활활 타오르도록 불에다 밀랍을 넣는 일입니다. 빛의 역할은 무엇입니까? 더 밝고 오래 비추기 위해 열기로 밀랍을 자기 쪽으로 부르고 흡수하는 일입니다.

당신도 이렇게 일을 해야 합니다. 모두가 당신의 덕성을 본받아 올바르게 살도록, 미덕과 정직한 삶의 빛 속에 당신의 일을 흡수해서 일체가 되어야 합니다. 상대방의 간청에 마음 약해지지 말고, 눈물 때문에 쉽게 감동되지 말고, 돈 욕심에 눈멀지 말고, 협박에 떨지 말고, 분노에 일을 그르치지 말고, 증오심에 평정심을 잃지 말고, 사랑에 속지 마십시오. 내 이야기를 더 들어보십시오. 우리는 촛불하고 초 중에서 뭘 먼저 볼까요? 당신은 불을 먼저 본다는 걸 부정하지 않을 것입니다. 그렇다면 당신의 일을 초가 하는 것처럼 하십시오. 일은 당신 다음입니다. 당신 때문에 일을 알게 되는 것이지, 일 때문에 당신을 아는 것이 아닙니다.

큰 초의 심지가 가는 것처럼, 초가 크고 불빛이 작아 불이 초 안에 파묻혀 꺼지는 일이 많이 일어납니다. 또 어떤 경우에는 촛불이 아래로 쓰러져서 불이 꺼질 때도 있습니다. 그래서 장점은 아주 삭은네 주어진 일이 딩신 장점의 크기를 압도하여, 당신한테 있는 아주 작은 불도 꺼지고 당신은 어둠 속에 남게 됩니다. 또 다른 경우에 당신은 미덕을 바닥에 내려놓고 나쁜 생각을 합니다. 훔치고, 속이고, 강요하고, 가난한 자의 말을 무시하고, 가난한 자의 소송은 뒤로 미루고, 부자의 소송은 빨리 처리하면서 당신의 일을 망칩니다. 당신은 가난한 자에게는 엄격하면서 부자에게는 관대합니다. 그리고 가난한 자에게는 거만하게, 부자한테는 존경심과 예의를 갖춰 말합니다. 이렇게 해서 당신은 모든 것을 다 잃고 죽음에 이르게 되는 것입니다.

앞에서 말했던 것처럼, 일을 통해 빛을 내는 사람이 있고, 반대로 자신들이 초가 되는 사람들이 있습니다. 이런 사람들이 어떤 일을 벌이는지 혹시 아십니까? 내가 말해줄게요. 초의 본질이 뭐지요? 조금씩 타다 없어지면서 마지막으로 불빛이 흔들리다가, 결국 초도 불도 다 사라지고 아무것도 남지 않습니다. 이와 똑같은 일이 그들에게도 일어납니다. 그들은 선행과 미덕을 자랑스럽거나 소중히 여기지 않기 때문에 그런 것들을 감추고 살아갑니다. 그들은 불을 밝혔던 일을 소중히 여깁니다. 양분을 빨아내고, 중요 부분을 걷어내고, 심지어 피를 다 뽑아냄으로써 그 일을 망가뜨리고 그들 자신도 조금씩 소멸해갑니다. 그들은 불행하게 살다가 불행하게 죽습니다. 그렇게 살았던 것처럼 그렇게 죽습니다.

초가 되는 사람은 자신의 정의나 당연한 권리를 사람들이 빼앗아 그것을 탐내는 바보한테 줄 때 무슨 생각을 하는지 당신은 아십니까? 그는 자신도 모른 채 타서 사라지고 맙니다. 그리고 건강이 악화되고, 명예가 사라지고, 가산을 잃고, 그를 철석같이 의지했던 자식과 부인과 친척과 친구들은 이유도 모른 채 깊은 슬픔에 빠졌다가 죽습니다. 친구여, 신의 회초리가 그 이유입니다. 현실에서 신은 그들이 가장 아파하는 곳을 회초리로 때리고서 그들을 기다립니다. 올바른 사람들을 위로해주기 위해서, 앞뒤 안 가리고 다른 사람들을 노골적으로 욕보이면서 방탕한 죄를 짓는 사람들을 공개적으로 벌하는 것을 신은 허락합니다. 그래야 사람들이 신의 정의를 찬양하고 그분의 자비로움에 위로받을 수 있기 때문입니다.

당신은 건강하고 즐겁게 살고 불평불만 없이 만족하면서, 재산이 많고 슬픔이 없는 것을 원하시나요? 그렇다면 이 규칙을 따르십시오. 죽을 때 하는 것처럼 병자성사를 하십시오. 각자에게 그들의 몫을 주면서 정의를 구현하십시오. 다른 사람의 노고가 아닌 당신의 땀으로 얻은 것을 드십시오. 착한 일을 하고 정직하게 번 돈으로 사십시오. 그러면 당신은 맛있는 음식을 먹고 행복할 것이며, 모든 일이 잘 풀릴 것입니다.

나는 점점 더 깊은 생각 속으로 빠져들면서 길을 잃고 구조의 손길이 필요할 정도가 되었습니다. 이익 때문이었는지, 애정이니 열정 때문이었는지 왜 그리고 어떻게 생각 속에서 뭔가가 만들어지는지 말하려고 촉각을 세웠습니다. 침묵을 지키는 자를 성인이라 부르기에 입을 다물고 싶었고, 혼자서 비밀을 간직한다면 나에게 위험한 법은 없을 것입니다. 물론 내가 말이 많다는 것을 잘 압니다. 그래서 나는 악동이기보다 차라리 설교하는 목자 같습니다. 그러나 이건 도둑을 발견하고 목이 터져라 짖어대는 개들의 소리입니다. 다행인지 불행인지 그들의 입에 빵을 던져주니 조용합니다!

제4장

구스만 데 알파라체는 계속해서
명예의 무상함에 대해 언급한다

이야기가 말도 안 되게 너무 많이 옆으로 샜습니다. 나도 알고 있었지만 아주 급한 일이라 그랬으니 너무 놀라지 마십시오. 만일 몸에서 두개나 그 이상의 장애가 동시에 일어난다면, 물론 작은 상처를 잊어서는 안 되지만, 가장 큰 상처를 먼저 치료하는 것이 원칙이기 때문입니다. 전쟁뿐만 아니라 그보다 더 심각한 모든 일에서 이런 일이 벌어집니다. 확신하건대, 내가 제쳐둔 것하고 취한 것 두 가지가 다 중요했던 만큼 어느 것이 더 컸는지 말할 수는 없습니다. 그러나 우리한테 저당물을 맡긴 곳으로 돌아가서 그 이야기를 계속해보겠습니다.

하루는 라스트로[1]에서 양고기 4분의 1마리를 큰 광주리에 담아 양말 짜는 사람에게 가져다주면서 시를 읊조리는 것처럼 중간 톤으로 옛날 노래

••
1) 지금은 마드리드에서 가장 큰 벼룩시장이 열리는 곳으로, 옛날에는 도살장이 있었다.

를 불렀습니다. 주인이 머리를 돌려 나를 보고는 씩 웃으며 말했습니다. "야, 이 쌍놈 자식아! 네가 읽을 줄이나 아니?" 그에게 대답했습니다. "쓰는 것은 더 잘합니다." 그러자 그는 대가를 지불할 테니 내게 서명하는 것을 가르쳐달라고 부탁했습니다. 그한테 물었습니다. "단지 서명하는 것만 요? 도대체 뭐 하시게요?" 그가 대답했습니다. "뭐 할 거냐고? 나는 주인 아무개 씨 ―그는 자기 주인을 그렇게 불렀습니다― 애들 양말을 만들어 주는데, 주인하고 계약할 때 혹시 서명할 일이라도 생기면, 하지 못한다는 말을 안 하기 위해서 어떤 서명이라도 할 줄 알면 원이 없겠다."

계약이 이루어지고서 나의 긴 독백은 한동안 계속 이어졌습니다.

'구스만, 너는 여기서 명예가 무엇인지 알게 될 것이다. 흙먼지 속에서 일어난 근본도 없는 자식은 깨지고 구멍이 숭숭 나서 중요한 것은 담을 수 없는 쓸모없는 그릇이지만, 누더기 쪼가리하고 이해관계의 굵은 줄로 수선해서는 물 푸는 바가지로 사용해보니 쓸모 있어 보인다. 그의 아버지가 잘했든 못했든 할 수 있었고 할 줄 알아서 그에게 쓸 것을 남겨놓은 근본도 모르는 다른 자식과, 도둑질해서 줄 것과 거두어들일 것을 가지고 있던 또 다른 근본 없는 자식은 명예로워지고 거드름 피우며 말을 하고, 모든 일에 사사건건 참견을 한다. 전에는 그들을 존경하지 않았을 노새몰이꾼들까지도 이제는 그들에게 자리와 안장을 내준다.

얼마나 착한 사람들이 궁지에 몰리고, 얼마나 많은 산티아고, 칼라트라바, 알칸타라의 사제복들이 지닌 권위가 상실되었는지, 라인 칼보와 구뇨 라수라[2]와 같은 구(舊) 귀족 가문들이 얼마나 많이 쇠약해졌는지 봐라. 누가 사람들에게서 빼앗은 명예를 다른 사람들에게 주는지 말해봐라. 그는

••

2) 카스티야 최초의 판사들.

명예로운 사람이고, 훌륭한 학장이거나 관대한 학교장이거나 선생님일 거다. 그들이 얼마나 신중하게 학생들을 졸업시키고, 얼미나 훌륭한 시험문제를 낼까!

네가 최고라고 말하는 직업을 갖고 있고, 돈이 많아서 이 세상에서 가장 신성한 상타 상크토룸[3]의 왕으로 추대됐던 그가 무엇에 복종을 하는지 말해봐라. 신중하고 고귀하고 덕이 높고 분명한 원칙과 신중한 판단력을 갖추고 학식 높고 사물의 진정한 주인인 사람도, 이것을 잃고 나면 가난해지고 궁지에 떨어지고 비탄에 잠기고 더 나쁜 일을 당하지 않으려 자기 일이 아닌 것을 해야 할 필요가 있을지도 모른다. 아는 것이 별로 없는 나한테 너는 너무 많이 요구한다. 그러나 내가 깨닫고 이해하는 것을 이야기해주겠다. 인간과 천사는 신이 어떤 판단을 내릴지 전혀 모른다. 내 짧은 지식으로 말할 수 있는 것은, 신은 인간이 구원받는 데 필요한 모든 것을 개개인에게 준다는 것이다. 그래서 직업이 각자에게 맞는지 아닌지는 신이 판단하고, 벌을 내릴지 영혼을 구제할지는 신이 미리 다 정해놓았다. 응당한 대가를 받지 못한 자도 신이 미리 다 그렇게 정해놓은 것이다. 그러나 그들에게서 그것을 빼앗는 권력가는 그들의 의도나 마음의 재판관도 아니고, 더구나 그들을 조사할 수도 없다. 그들은 신의 섭리를 수박 겉핥기로만 알고 뜻을 거스른다. 만일 우리가 천상의 고상한 언어가 아닌 거친 말로 이야기해야 한다면, 내 분명히 말하는데, 신은 이 권력가에게 빚을 갚으라고 독촉하면서 ―뭔가를 경고하기 위해서 여기서 우리가 항상 그러는 것처럼― "내가 너에게 무엇을 요구해야 될까? 내가 인간들에게 위협을 했는데도, 내 뜻을 무시하고 무례하게 구는 이유가 무엇일까?"라고 말

3) Sancta Sanctorum. 거룩한 성소라는 뜻이다.

한다. "지상의 재판관들, 너희들은 올바른 판단을 하지 못하기 때문에 나는 너희들에게 매우 엄한 벌을 내릴 준비가 되어 있다", "나는 신들의 교회당에서 거주할 것이며, 그들을 심판할 것이다." 분명히 처벌받을 죄를 지어 고발당했고, 자신들의 빚을 갚지 않고서는 용서받을 길이 없다는 것을 알면서도 빚을 갚지 않고서 올바르고 진정한 재판관 앞에 있으려고 한다면 참으로 안타까운 일이다.

사실 그들에게 다음과 같이 말할 사람은 있을 것이다. "네. 당신은 가까운 친지나 친구나 하인들에게 일을 줄 수 있었고, 그랬다면 죄를 짓지 않을 수도 있었습니다. 그러나 그들에게서 일을 빼앗아 다른 곳에 두었기 때문에, 사실 줄 수가 없었습니다." 너 자신한테 돌아가서 실수가 뭐였는지 생각해봐라. 너는 할 수 없었기 때문에 죄를 지은 것이고, 죄를 지었기 때문에 일이 뜻대로 안 된 것이다. 바보들이나 아첨꾼들의 말에 신경 쓰지 마라. 가장 좋은 것은 너를 힘들게 하는 게 뭔지 신중하게 판단하고 앞으로 그것을 조심하는 것이다. 쉽게 용서해주는 고해신부들은 미치 재단사들처럼 자기들이 만든 옷이 너한테 잘 어울린다고 말할 것이다. 그러나 너는 옷이 쪼이는지, 불편한지, 안 맞는지 어떤지 잘 안다. 사는 동안 너한테 진실을 말해줄 사람을 찾지 않았기 때문에, 신의 섭리로 죽을 때 너는 너한테 진실을 말해줄 사람 한 명 없이 지옥에 떨어진다. 눈을 크게 뜨고 귀를 활짝 열고 열심히 살피고, 사탄의 벌들이 너의 눈과 귀에 꿀을 넣지 않게 하고, 그 속에서 벌떼가 자라지 않게 해라. 그렇지 않는다면 너 자신을 잃게 된다.

신의 문제로 다시 돌아와서, 나는 그분의 응징을 의심치 않는다. 그리고 인간들의 문제에서 너한테 말할 수 있는 것은, 앞에서 말한 것처럼, 사람들은 내가 생각했던 종말들이 비밀일 거라고 하면서, 나쁜 사람들이 정당하지 못한 수단을 이용해서 가격을 올리고 좋은 사람들의 착한 마음씨가 배제당하고 무시당하는 것을 보면서, 그토록 좋은 장점들이 형편없는 보상을 받고 아주 불공평한 거래가 이루어진 것을 유감스럽게 여기며 이에 대해 수군거리며 공개적으로 대화를 한다는 것이다. 그러나 신은 그들의 머리카락 개수를 한 올도 빠뜨리지 않고 다 세고 있다는 것을 너한테 분명히 말할 수 있다. 설사 인간이 머리카락이 없더라도 머리카락이 부족하지 않게 신이 알아서 다 잘해줄 테니 너는 걱정하지 않아도 된다.

이런 식으로 모든 사물은 존재한다. 나는 권력도 권위도 원치 않고, 명예를 가지는 것도 그것을 보는 것도 싫다. 친구 구스만, 너는 생긴 대로 살아라. 다행히도 그것들은 마을의 옛이야기가 되고, 아무도 너를 기억하지 못할 것이다. 네가 자유롭게 나올 수 없는 곳에는 들어가지 말고, 네가 두려워하는 위험한 곳에는 머무르지 말고, 사람들이 빼앗아갈 만큼 넘치게 소유하지 말고, 아부하면서까지 지나치게 바라지 마라. 너의 삶을 잘 살피고 그 진정한 주인이 되도록 한다면, 너는 현재의 신분에서 벗어날 수 있을 것이다.

내일은 사라지고 없어질, 아니 내일까지 지속될 수도 없는 그런 북새통에 누가 너를 집어넣느냐? 돈 펠라요 왕[4]의 집사나, 페르난 곤살레스 백작[5]의 시종에 대해 네가 아는 것이 무엇이며, 또 누가 알겠는가? 그들은 명예를 가졌었고 그것을 간직하였으나, 그들이나 그 명예에 대해서 지금 기억하는 사람은 아무도 없다. 너도 내일이면 사람들의 기억에서 사라질 것이다. 무엇을 위해 명예에 집착하고 목말라하는가? 어떤 사람은 먹기 위

··
4) 8세기 이슬람 세력의 침입에 대항해 스페인 국토회복운동(레콩키스타 운동)을 시작한 왕.
5) 10세기 백작령이던 카스티야를 왕국으로 독립시킨 인물.

해서다. 이것은 진짜로 말도 안 되는데, 그런 사람들은 많이 먹고 다 싸버린다. 다른 사람은 옷을 위해서, 또 다른 사람은 명예를 위해서다. 안 돼, 안 돼! 너한테는 어울리지 않고, 또 그렇게 신경 쓰면 늙기 전에 죽든지 아니면 겉늙어버릴 것이다. 그런 거인들의 거드름을 버려라, 버려! 그런 쓸데없는 것들은 한쪽 벽에다 치워버려라. 겨울에는 네 몸을 감싸주는 옷을 입고, 여름에는 네 몸을 가리는 옷을 걸치고, 경박스럽거나 거드름 피우며 걷지 마라. 네가 살아가는 네 필요한 만큼만 먹어라. 필요한 것 말고는 전부 다 무의미한 것이다. 그것 때문에 부자가 살고 가난한 자가 죽는 것이 아니다. 다양하고 풍요로운 음식은 도리어 병이 되어서, 기분을 불쾌하게 하고 심각한 사고와 치명적인 뇌출혈을 일으킨다.

아! 아침에 일어나고 싶을 때 일어나고, 누구를 섬긴다거나 누구에게 봉사받느라 신경 써야 할 일이 하나도 없는 너는 얼마나 행운아냐! 주인을 섬기는 것이 힘든 일이긴 하지만, 나중에 말하겠지만, 하인을 거느리는 것이 더 힘든 일이다. 너는 낮에 요리사나 식품가게 점원한테 돈을 내지 않고도 확실하게 밥을 먹을 수 있고, 젖은 석탄 때문에 가게에 가서 흙하고 돌을 사올 필요도 없다. 그리고 멋 내려고 신경 쓸 필요도 없고, 옷 더러워질 것을 염려하거나 멋있게 수놓은 옷을 욕심낼 필요도 없고, 감시에서 자유롭고, 뭐를 잃어버릴 걱정을 하지 않아도 되고, 누구를 부러워하거나 의심할 필요도 없고, 빼앗기 위해서 거짓말하거나 음모를 꾸밀 필요도 없다. 너한테는 누구랑 같이 가나 혼자 가나, 빨리 가나 천천히 가나, 울면서 가나 웃으면서 가나, 달려가나 기어가나 다 마찬가지다. 너한테는 가장 맛있는 포도주를 마실 수 있는 술집하고 가장 맛있는 음식을 먹을 수 있는 식당이 최고다. 너는 광장에서 제일 좋은 자리를, 파티에서는 명당자리를 차지한다. 겨울에는 햇볕을 쬐고, 여름에는 그늘에서 쉰다. 너 자신한테 부탁을 하면 네 취향에 맞게 식탁을 차리고 잠자리를 준비한다. 그렇다고 네가 누구한테 돈을 지불하는 것도 아니고, 너한테 그것을 못하게 금하거나 간섭하거나 반대하는 사람도 없다. 너는 소송과도 거리가 멀고, 거짓 증인으로 나와달라는 부탁을 받는 일도 없다. 너는 어떤 요구에도 신경을 쓰지 않는다. 보증인으로 인정받지 못하고 외상으로 사지 못하니까, 그 또한 적지 않은 영광이다. 처형당할 이유도 없고 사형을 집행할 일도 없고, 소송이나 다툼이나 분쟁에 휘말리지도 않는다. 마지막으로, 어떤 것도 너를 억압하지 않고, 네가 피해야 하는 것이 무엇일까 하는 고민 때문에 새벽에 단잠을 깨는 일도 없는 것에 만족해라. 모든 사람들이 다 이렇게 살 수 없고, 신은 불쌍한 자를 잊지 않고 그에게 만족하며 살아가는 길을 열어주셨고 너는 추위에 떨지 않게 옷을 주셨고 부자처럼 살 수 있게 해주셨다.

그러나 이 삶은 모두를 위한 것이 아니고, 이런 행복한 평온은 분명히 어떤 독특하고 창의적인 원리를 깨달음으로써 얻게 되는 만큼 분명 최초의 발명가는 아주 유명한 철학자였을 것이다. 그리고 사실대로 말한다면, 그렇지 않다면 이러한 평온을 얻기가 무척 힘들어서, 그렇지 못한 사람들은 고통스럽게 많은 대가를 치르고 살아가면서 불안해하고, 다투고, 괴로워하고, 아부하고, 우상을 숭배하고, 억지로 끼워맞추고, 겪어보지 않고 가보지 않고 자신과 맞지 않은 것을 우격다짐으로 교묘하게 끼워 넣고, 중요한 것은 눈을 감고 보지 않으면서 눈을 감고 보지 말아야 할 것은 이익이 되는 것을 놓칠까봐 눈에 불을 켜고 본다. 그리고 다른 사람들을 앞질러 나갈 생각에 노심초사하면서 덫을 만들고 속임수를 쓰고, 그들을 빠트려 뒤처지게 하려고 함정을 만든다. 헛되고 헛되며 모든 것이 헛되도다! 이렇게 많은 불행을 겪는다는 것이 얼마나 슬픈 일인가! 깨지기 쉽고 불행한 명예가 떨어지지 않게 하기 위해서는 이런 불행을 격파하거나 적어도 버팀

목을 덧대야 한다. 그리고 가장 견고한 명예를 가진 자가 가장 불안하고 놀란 가슴으로 살아간다.'

나는 쉬지 않고 줄기차게 말했습니다. "너는 행복한 거야. 납과 돌로 둘러싸고 단단한 줄로 묶고는 명예를 바닷속에 빠트려서, 더는 빠져나오지 못하고 나타나지도 못하게 해!"

요즘 하인들처럼 교활하고 주인 눈 속이고 거짓말 잘하는 어떤 하인이 집안일을 하면서 보여줬던 모습들이 생각났습니다. 그가 편하게 지내려면 바보가 되고, 욕심 많고, 신중치 못하고, 경거망동하고, 게으르고, 엉큼하고, 험담을 사방팔방에 다 퍼뜨리고, 대답할 때는 쓸데없이 수다스럽고, 정작 중요한 말을 할 때는 벙어리처럼 입을 다물고, 어리석고, 주인의 투덜대는 불만의 소리는 한쪽 귀로 흘려야 했습니다. 모든 일을 도맡아 하려는 하녀는 추하고 물건을 잘 훔쳐서, 동생들이나 친척들하고 짜고서 밤이면 밤마다 음식을 빼돌립니다. 밥을 얻어먹기 위해 독신남자 시중을 들고, 만티야를 어깨에 걸치는 것을 좋아하고, 기회가 생길 때마다 수고비 받는 일에 신경을 많이 씁니다. 그리고 그녀는 위가 약해서 포도주를 조금 마셔야 합니다.

거리로 나가보면 푸줏간 주인들과 광장과 가게에 있는 사람들에게 법이란 존재하지 않고, 무법천지에 엉망진창이고, 무게나 길이에서 정확한 것이 하나도 없습니다. 그 외에도 거짓말 잘하는 법원서기는 엄청난 실망감을 안겨주고, 그한테 진실이라는 것은 아무짝에도 쓸모없고, 그가 들고 있는 펜은 얼마나 많은 해를 끼치는지 마치 가공할 만한 대포 같습니다. 믿을 수 없는 검사는 소동을 일으키는 학자이며, 양심이라곤 눈곱만치도 없고, 속이고, 일을 복잡하게 하고 질질 끄는 것을 좋아합니다. 그는 그렇게 해서 먹고삽니다. 고집이 센 판사는 내가 아는 것도 모르고, 암소 사이에 있는 황소처럼 고분고분 말 잘 들으며 항상 뭔가를 바라면서 걸어 다니고, 투우장으로 나가면 그에게 수많은 창이 꼽히는 것 같습니다. 그는 옷의 모양과 형태를 잡아주는 안감 종이가 천 개 이상 필요한 옷을 입고 다니고, 자기는 한 번도 배부르게 먹은 적이 없다고 생각합니다. 그는 어디서든지 죄를 찾습니다. 다 죽어가는 새끼들이 기운을 차리려면 대책이 필요한데, 누가 암사자처럼 으르렁거리며 그 새끼들(죽은 진실들)을 살릴 수 있을지 보십시오.

재단사들은 자투리 천을 많이 남기기 위해 천을 많이 가져옵니다. 자투리 천을 남기려고 일을 하거나 자투리 천에만 신경을 쓰다 보니 일이 마비가 될 정도입니다. 미장이, 대장장이, 목수나 다른 직업의 종사자들도 다 훔치고, 거짓말하고, 속입니다. 어느 누구도 자신들이 해야 할 일을 완수하지 않고, 일반적으로 생각하는 것보다 그들의 악행은 훨씬 더 심각합니다.

앞으로 돌아가서, 약제사에 대해 할 말이 있는데, 그는 "가지고 있지 않다"고 말하지 않고, 자기가 조제한 약을 그럴듯하게 선전하며 당신한테 바뀐 시럽과 가짜 기름을 줄 것인데, 당신은 그것으로 효과를 보지 못할 것입니다. 그가 마음대로 약제를 섞고 이름 붙여서 처방해주니까 전혀 효과가 없는 것이고, 얼토당토않는 엉터리 약을 만들다 보니 그 약병은 대포, 약은 폭탄이 되어서 사람들을 죽입니다.

의사 선생이 환자를 치료하면 덜 아프다고 당신은 생각할 겁니다. 당신이 돈을 내지 않으면 그는 치료를 하지 않고, 돈을 내면 치료를 질질 끌면서 수도 없이 환자를 죽음으로 몰고 갑니다. 법은 이성의 딸이라, 당신이 어떤 변호사에게 의견을 물어보면 그는 먼저 돈이 되는가를 따져보고서 검토하고 해결책을 제시합니다. 왕진을 가는 의사는 환자의 맥박만 잰 뒤에 자기 지식으로는 알 수 없는 질병을 알아내고, 환자를 무덤으로 보내기 위한 방법을 적용합니다. '인생은 짧고, 예술은 길고, 경험은 믿을 게 못 되고, 판단은 어렵다'는 의사의 원칙이 사실이라면, 알 때까지 조금씩 나아가고 환자 치료를 위해 필요한 방법을 연구하면서 치료하고 싶은 분야의 전문가가 되는 것이 좋은 게 아닐까요? 이 문제를 다루려면 이야기가 길어집니다. 모든 것이 뒤엉키고 복잡하게 꼬이고 정신없이 가고 있습니다. 당신은 더는 다른 사람과 더불어 사는 사람을 만나지 못할 것입니다. 마치 고양이가 쥐를 쫓는 것처럼 우리는 모두 다른 사람들을 몰래 뒤따르며 살거나, 줄에 매달려 방심하고 있는 뱀의 목덜미를 잡고 세게 눌러 도망치지 못하게 하고서 독으로 죽이는 거미처럼 살고 있습니다.

제5장

구스만 데 알파라체가 요리사의
하인이 된 사연을 이야기한다

나는 어떠한 것에도 어떠한 사람에게도 속박되지 않고 자유로웠습니다. 다만 병에 걸리면 병원에 입원할 생각을 해두었습니다. 현자들이 칭송하고, 많은 사람들이 원하고, 시인들이 노래 부른 무한한 자유를 만끽했습니다. 그 자유에 비한다면 지상의 금은보화의 가치는 새 발의 피입니다.

　나는 자유를 가졌지만 지킬 줄을 몰랐습니다. 내가 짐을 나르는 데 익숙해지고 성실하게 일한다는 것이 알려지면서, 그 나쁜 식품 담당자가 나를 눈여겨보고 있었습니다. 신이시여, 그에게 죄를 내리소서! 나를 신임한 그는 내게 자기가 구매한 물건을 숙소까지 옮기는 일을 맡겼습니다. 내가 아무 탈 없이 자기 말을 잘 따르자 그는 나를 철석같이 믿었고, 내가 열심히만 한다면 허드렛일을 맡기겠다고 여러 번 말했습니다. 나로선 여간해서 잡기 어려운 일자리였습니다. 그는 어느 날 아침 나한테 여러 가지 약속을 하면서 일만 잘 배운다면 한 계단씩 자리를 올려줘서, 언젠가는 왕궁에 들어가게 되고, 거기서 오랫동안 일을 하다 보면 부자가 되서 돌아오게 될 거라고 했습니다. 내 머리는 바람으로 가득 찼고, 설마 하면서도 기꺼이 도전해보고 싶었습니다.

그는 나와 이미 구면인 자기 주인에게 나를 데려갔습니다. 거기에 도착하자 주인은 우리를 마치 처음 만나는 것처럼 엄청 거드름을 피우며 말했습니다. "음, 왜 그렇게 꼴이 말이 아니니? 이예스카스의 기사님이 웬일로 여기까지 오셨대? 뭐가 필요해서 오셨을까? 나하고 같이 있으려고 오셨나?" 나는 심사가 뒤틀렸습니다. 그 주인이 거만한 목소리로 말을 시작했을 때, 혼자 이야기하게 놔두고 나는 등을 돌려서 떠나야만 했었습니다. 나는 어떻게 대답해야 할지 몰라 우물쭈물하다가 겨우 입을 열었습니다. "네, 그렇습니다."

그가 말했습니다. "우리 집에 들어와서 열심히 일을 한다면야 쫓아내지는 않을 거다."

내가 대답했습니다. "주인 나리 집에서 일을 한다면 돈이 생길 테니, 지야 손해 볼 게 없죠." 그가 물었습니다. "네가 해야 할 일을 알고 있니?" 그에게 대답했습니다. "무슨 일을 시키시더라도 저는 다 할 줄 알고, 할 수 있습니다. 아무 일도 하지 않으려는 하인은 곤경에 빠져봐야지 그다음부터 무슨 일이라도 기꺼이 자신의 일을 완수하게 됩니다." 그는 내 말에 만족스러워했고, 나는 그의 호감에 무척 감사했습니다. 나는 고정 월급은 받지 못했지만 그래도 마음씨 후한 주인 밑에서 지내게 되었습니다.

내가 처음부터 일을 빈틈없이 처리하니 주인은 많은 선물을 주었습니다. 주인 부부를 위해서 산과 들에서, 집 안팎에서 그들이 원하는 것이라면 남녀 하인 일 가리지 않고 다 했을 뿐만 아니라, 여주인을 위해서는 치마 두르고 망토 뒤집어쓰는 일 빼놓고는 다 했습니다. 보통은 집안일, 빗질, 설거지, 요리, 응접실 정리를 했고, 바쁜 와중에도 주인집에서 일하는 모든 하인들의 마음에 들게끔 노력했습니다. 그래서 단숨에 집사나 급사장급 하인들의 신임을 얻었습니다. 어떤 하인은 나한테 필요한 것을 사다 달라고, 어떤 이는 자기 옷 세탁을, 이 사람은 자기 목에 비누칠을 해달라고, 저 사람은 자기 아내한테 또 어떤 사람은 자기 정부한테 음식을 가져다주라고 시켰고, 나는 그때마다 그들의 부탁을 다 들어주었습니다. 나는 남 말하는 것을 좋아하지 않았고, 다른 사람의 비밀에는 관심이 없었습니다. 나는 어떤 말을 전해야 하고, 어떤 말은 입을 꾹 다물고 비밀을 지켜야 하는지 잘 알고 있었습니다. 다른 이를 섬기는 사람은 이 두 가지를 잘 지켜야 합니다. 그렇지 않으면 모든 사람들이 미워하고 증오하는 대상이 되어서 금방 쫓겨나게 됩니다. 나는 사람들이 시비를 걸어도 아무 대꾸도 하지 않았고, 또 그럴 만한 빌미도 제공하지 않았습니다. 타인을 섬기는 자는 이 점을 꼭 명심해야 합니다. 난 내가 있어야 할 곳에는 항상 빠지지 않고 있었습니다. 모든 일이 힘에 부치긴 했지만, 어느 것 하나 소홀히 하지 않았습니다. 어떤 일이든 미루지 않고 그 즉시 처리하다 보니 주위의 칭찬이 자자했고, 나의 힘든 생활은 그걸로 위로가 되었습니다.

자기가 모시는 주인에게 좋은 대접을 받는 것은 큰 기쁨입니다. 이것은 앞으로 나아가려는 의지를 자극하는 박차고, 욕망을 부르는 미끼 새이고, 군대가 지치지 않기 위해 타고 가는 전차입니다. 정성을 다해 섬기고 싶은 사람이 있는 반면에 돈을 준다고 해도 싫은 사람들이 있습니다. 무엇보다도 나는 대가도 지급하지 않고 잘 대해주지도 않는 주인을 미워합니다.

감히 입에 올려서도 안 되고 다른 정치인과는 비교도 할 수 없는 그런 여왕과 같은 악동 짓을 지금은 그만두었지만, 이 세상에서 잘살기 위한 진기한 방법들이 악동 짓에 다 포함되어 있기 때문에, 조금 조심스럽긴 해도 그것이 최고라고 단언할 수 있었습니다. 나처럼 귀여움 받고 자란 사람한테는 그 직업이 최고였습니다. 식사 때에는 고향집으로 돌아온 것 같은 착각이 들었습니다. 길거리 싸구려 음식하고는 질과 맛이 비교도 안 될 정도로 달랐습니다. 산 힐, 산토도밍고, 태양의 문, 대광장, 톨레도 거리에서 먹었던 음식들한테는 미안한 이야기이지만, 나는 그 형편없이 맛없는 베이컨 튀김과 간 쪼가리를 잊어버렸습니다.

내가 쓸데없는 짓을 하더라도 모두들 나에게 고마움을 표하면서 동전 한 푼이나 1레알, 조끼나 낡은 겉옷을 줘서 그걸로 몸뚱이를 가릴 수 있었고, 아주 꾀죄죄하게 지내지도 않았습니다. 음식은 끼니때마다 꼬박꼬박 먹었고, 비록 다른 음식은 섭취할 수 없었지만 밥 많이 먹고 스튜 요리 맛보는 것만으로도 만족스러웠습니다. 그리고 수고비로 받은 돈은 손도 안 대고 다 모았습니다.

지난 시절 노름을 배운 나한테는 이런 생활이 치명적인 결과를 가져왔습니다. 고칠 집도 없고 살 땅도 없는 나는 가지고 있는 것을 노름을 하려고 전부 다 팔았습니다. 분에 넘치는 행운이 나를 망가뜨린 것입니다. 훌륭한 사람들은 행운을 이용할 줄 알기 때문에 득이 되지만, 나쁜 사람들은 행운을 잃으면 패가망신합니다. 그들은 독이 있는 동물들처럼 벌이 꿀을 만들어내는 재료에서 독을 만들어냅니다. 착한 사람은 향수처럼 깨끗한 용기에서는 최상의 상태로 유지되지만, 나쁜 용기에서는 썩고 향기가 사라집니다.

노름에 도가 통한 나는 며칠 만에 더 뛰어난 손 솜씨를 가지게 되었는데, 이게 더 안 좋은 결과를 불러왔습니다. 노름은 인간을 최악의 상태로 빠트립니다. 모든 물이 바다로 흘러가는 것처럼 노름에서 만나지 않는 악은 없습니다. 좋은 일은 절대로 하지 않고 항상 악을 생각하며, 절대로 진실을 다루지 않고 항상 거짓을 꾸미며, 친구도 친척도 없습니다. 자신과 집안의 명예도 존중치 않고 있습니다. 서글픈 인생을 살고, 쓸데없이 맹세하고, 별일이 아닌 것에도 입에 담지 못할 육두문자를 씁니다. 신을 두려워 않고 성령을 존중치 않습니다. 잃은 돈을 되찾기 위해 창피함도 모르고 추한 행동을 합니다. 손에 성스러운 초 대신에 카드를 잡고서 영혼과 삶과 재산을 한순간에 날려버리며, 노름과 같이 살아가고 노름과 같이 죽어 갑니다.

나는 수많은 일을 경험했습니다. 내가 하는 이야기는 남들한테 들은 것이 아니라 직접 본 것입니다. 노름할 돈이 떨어지면, 돈이 될 만한 것을 찾기 위해 타오르는 횃불처럼 눈에 불을 켜고 집 안 구석구석을 다 뒤졌습니다. 다른 사람들이 나를 의심하지 못하게 온갖 간계를 다 부려 물건들을 아무도 찾을 수 없는 곳에 숨겨놓았습니다. 훔친 물건들은 대부분 원래 있던 방에다 숨겨놓았습니다. 그러면 혹시 나를 의심하더라도 보는 앞에서 그것을 꺼내 보임으로써 앞으로도 계속 신임을 얻을 수 있었기 때문이었습니다. 만일 주인이 다른 사람을 의심하면 숨겨놓은 물건은 확실히 내 것이 되었고, 그때 가서 그것을 다른 곳으로 옮겨놓았습니다.

어느 날 매우 구미가 당기는 일이 일어났습니다. 주인이 술친구인 과달카날과 코카[1]의 친구 몇을 집으로 데리고 와서 새참을 주려고 했습니다. 그들 모두가 능글능글하게 주인의 비위를 잘 맞췄습니다. 술이 거나하게 들어간 주인의 입에서는 노래가 흘러나왔습니다. 그가 항상 음식을 담아 두는 찬장에서 양의 피처럼 아끼는 베이컨 몇 조각을 끄집어냈습니다. 처음부터 술이 얼큰하게 취해 있었고 기분도 좋고 배도 부른 데다 또 다시 건배를 하게 되니 ─여주인도 최고의 무용수처럼 그들과 함께 몇 번이나

..
1) 포도주 생산지로 유명한 지역들이다.

건배를 하였고 —모두들 술통에 빠진 것 같았습니다. 먼지가 많이 일었고, 굴뚝 저 높이 연기가 피어올랐습니다. 몇 명은 쓰러지고 몇 명은 걸려 넘어지면서 겨우 돌아갔고, 주인 부부는 대문도 잠그지 않고 식탁도 치우지 않은 채 침실로 가버려서, 그들이 건배하던 은컵이 땅바닥에 굴러다녔는데 그걸 줍는 사람이 임자일 정도였다는 말을 나중에 이웃한테 들었습니다.

나는 그때 주인의 부엌에서 프라이팬과 산적꽂이를 정리하고 땔감을 긁어모으고 있었습니다. 일을 끝내고 집으로 돌아와 보니 집 안이 엉망진창이었습니다. 문은 활짝 열려 있고, 컵은 다 찌그러지고 우그러져서, 마치 누구라도 공손하게 올려놓아 달라고 부탁하는 듯했습니다. 컵을 주우려 몸을 숙이며 혹시 나를 보는 사람이 있는지 주위를 둘러보고는 총총걸음으로 밖으로 나갔습니다. 네 발짝을 띄기도 전에 이상한 기분이 들었습니다. 누가 일부러 나를 놀리려고 꾸민 짓이 아닌가 하는 생각이 들었습니다. 그럴 것 같다는 확신이 더 들었습니다. 별로 재미도 없는 그런 위험한 일에 괜히 뛰어들어 화만 자초하는 게 아닌가 싶었습니다. 다시 안으로 들어가서 두세 번 불렀지만 대답하는 사람이 아무도 없었습니다. 주인 침실로 가보니 그들은 죽은 사람들처럼 정신없이 뻗어 있었습니다. 사실 그들은 포도주 속에 완전히 파묻혀 있었던 터라 시체보다도 더 꼼짝하지 않았습니다. 그들의 입에서 뿜어져 나오는 술 냄새 때문에 어느 유명한 술집에 들어온 것 같았습니다.

주인과 주인 여자를 침대 다리에다 줄로 꽁꽁 묶어놓고 놀려주고 싶었지만, 은컵이 눈에 먼저 들어와서 대가로 챙기기로 했습니다. 그것을 잘 숨겨놓고 부엌으로 돌아가 밤이 될 때까지 우두커니 있었는데, 그때 주인이 두통을 호소하며 나타나 불에 타다 남은 장작을 보고는, 무슨 땔감을 그리 많이 썼으며 집까지 태울 거냐며 나를 때리려고 했습니다. 그날 밤에 쓸 땔감이 없어서 나는 부족한 것을 채워놓았습니다. 저녁상을 차려 밥을 먹고 뒷정리를 다 한 다음에 주인 부부와 나는 자러 갔습니다. 그런데 여주인의 안색이 좋지 않았습니다. 고개를 숙인 채 울먹이면서 매우 슬프고 걱정 어린 표정을 지으며 주인이 자러갈 때까지 한마디도 하지 않았습니다. 있는 대로 인상을 다 찡그리고 있어서 내가 무슨 일이냐고 물었더니 여주인이 대답했습니다. "아, 나의 영혼의 자식, 귀여운 구스만, 나는 너무 불행해! 왜 우리 어머니는 나를 이렇게 팔자 사납고 더럽게 낳으셨까!"

나는 그녀가 어디가 아픈지 이미 알고 있었습니다. 그녀를 위한 약은 내 호주머니에 있었고, 내 의지는 나를 그녀를 치료할 수 있는 의사가 될 수 있었습니다. 그러나 나는 그녀를 동정하고 싶은 마음이 추호도 없었기 때문에 그렇게 하지 않았습니다. 여자가 많이 울면 1월에 맨발로 물에서 걷는 거위한테서 느끼는 것과 같은 연민을 가져야 한다는 말을 들었기 때문입니다. 나는 머리털 하나 꼼짝하지 않았습니다. 그렇지만 그녀의 고통에 가슴 아픈 척하며, 그런 말은 하지 말라고 위로하면서, 내가 할 수만 있다면 친엄마처럼 생각하고 도울 테니 무슨 일인지 이야기해달라고 했습니다. 그녀가 대답했습니다. "아, 애야! 너의 주인이 갑자기 친구들을 새참을 주려고 데려왔고, 그 와중에 은컵이 없어졌다! 이 사실을 알면 네 주인이 가만히 있겠니? 적어도 나를 죽이려고 들 거다!" 나는 "'적어도'보다 더 이상이면 어떻게 될까요" 하고 묻고 싶었습니다. 나는 누가 그런 짓을 저질렀냐고 욕을 하면서 안타까운 척했습니다. 유일한 방법이라곤 아침에 일어나 은세공업자한테 가서 잃어버린 은컵과 같은 것을 사가지고 와서, 주인한테는 그 컵이 이제 낡고 우그러져서 깨끗하게 닦고 수선했다고 하면 화를 피할 수 있을 거라 말했습니다. 혹시 돈이 없다면 내 급료를 빌려줄 테니까 그걸로 지불하고 나중에 갚으면 된다고 했습니다.

여주인은 내 충고와 대책에 무척 고마워했습니다. 그러나 자기가 혼자 외출하는 것을 질투심 많은 남편한테 들킬까봐 겁이 나니, 나 혼자 가서 은컵의 가격을 좀 알아보고 오라고 부탁했습니다. 모두들 십중팔구 내가 그걸 훔쳤을 거라 생각할 것이기 때문에, 나는 장물애비를 신중히 골랐습니다. 은세공업자들한테 가서 은컵을 깨끗하게 닦고 우그러진 부분을 펴주면 2레알을 주겠다고 하니, 그들은 그것을 방금 새로 만든 것처럼 해놓았습니다. 주인집으로 돌아와서 말했습니다. "푸에르타 데 과달라하라에서 은세공업자를 하나 찾아냈는데, 가격이 57레알이나 했고 품삯으로 8레알 이하는 안 된데요." 어쨌든 그 난국에서 벗어나고 싶었던 그녀에게 그것은 그리 큰돈으로 보이지 않았습니다. 나는 이전 것과 똑같은 것도 아니고 훔친 것도 아닌 것처럼 해서 그녀에게 돈을 받고 은컵을 팔았습니다. 그렇게 그녀는 만족해했고, 나는 돈을 받았습니다.

나는 이렇게 머리를 굴려 훔친 걸로 돈을 챙겼고, 이런 기회를 통해서 도둑질을 하나하나 배워나갔습니다. 그러나 허가받은 도둑질을 할 때는 나중에 필요할 때를 잘 이용하기 위해서 항상 조심했습니다. 식량을 나누어주는 곳에서는 항상 끝을 잘라먹는 일이 발생했습니다. 나는 그곳에서 어떤 일이 벌어지고 한 사람당 어떻게 2온스가 부족하게 배분되는지 유심히 살펴보면서, 손가락으로 속이고 저울 눈금을 속이고 무게를 잴 때 속이는 법을 알게 되었습니다. 사람들이 무게를 정확히 재라고 하면, 식량 담당자는 고기 핏물을 닦아서 무게가 줄어든 터라 양을 조금씩 줄일 수밖에 없다고 말했습니다. 식품 담당자, 주방장, 포도주 담당자, 식품 구매자와 그 외 담당자들 모두가 마치 법 집행자라도 되는 것처럼 도둑질을 하고서도 자기들은 그럴 권리가 있다고 뻔뻔스럽게 떠들어댔습니다. 그래서 닭이

나 육류의 내장, 햄, 양고기나 쇠고기 쪼가리, 양념, 향신료, 포도주, 설탕, 기름, 꿀, 초, 석탄, 땔감처럼 어느 정도 사는 집에서 가장 필요로 하는 것에서부터 그리 쓸모없는 물건들까지도 웬만한 하인들이라면 다 가지고 있었습니다.

처음 그 집에 들어갔을 때는 그리 큰 신임을 그리 얻지 못했지만, 어떤 이들은 즐겁게 해주고 다른 이들은 만족시켜주면서 모두에게 봉사하다 보니 조금씩 신뢰를 쌓게 되었습니다. 자신을 기쁘게 해주기를 바라는 사람은 다른 사람들에게 기쁨을 줘야 하고, 친구를 만들려면 높은 이자로 돈을 갚고 관개가 잘 되는 땅에 씨를 뿌려야 하는 법입니다. 친구를 사귀기 위해 인생은 모험을 걸 만하고, 적을 만들지 않으려면 돈을 써야 합니다. 적은 백 개의 눈을 가진 용처럼 멀리서 우리의 행적을 심판하기 위해 악의 탑 위에서 정탐하기 때문입니다. 그래서 적을 만들지 않는 것이 매우 중요하고, 만일 적이 생긴다면 짧은 시간 안에 친구처럼 대할 수 있도록 해야 합니다. 그가 누군지 알고 싶다면 그의 이름을 잘 보십시오. 그것은 바로 우리의 적인 악마와 같은 이름인데, 이 두 이름은 실체가 같습니다. 좋은 씨를 뿌리면 좋은 결실을 얻게 될 것이고, 은혜를 베풀면 고귀한 마음을 거둘 수 있는 고리를 만들 수 있습니다.

내가 앞으로 나아갈 수 있었던 곳에서는 나태가 발목을 잡지 않았습니다. 나는 사람들이 못마땅하게 여기거나 트집 잡을 만한 빌미를 남기지 않았고, 이유 없이 흠 잡히는 것을 피했고, 특히 남 말하기 좋아하는 사람들을 피했습니다. 그런 사람들을 스펀지라 불렀는데, 그들은 저기서 짜낸 것을 여기서 빨아들였습니다. 일반적으로 그런 사람들을 신뢰하려 하지 않았고, 그들과 가까이하려고도 하지 않고 증오했습니다. 그럼에도 불구하고 결국에는 흠이 잡히고 상처를 입어서 항상 그런 사람들에게 신경이 쓰였습니다. 한 집안이나 한 나라에서 불화의 씨를 뿌리고 소동을 일으키는 사람들과 뒤에서 쑥덕거리며 말을 만들어내는 친구들을 사귀는 것보다 더 큰 재앙이나 더 전염성이 강한 역병은 없을 것입니다. 뭐가 어찌 됐건 간에 나는 그저 자세를 낮추고 편안하고 조용히 지낼 수 있기를 바랐습니다. 평화를 사랑하는 겸손한 자는 자신을 창조한 신을 사랑하고 그분의 사랑을 받습니다. 나쁜 사람들이 괴롭히지 않았다면, 나는 잘 시작할 수 있었고 훨씬 더 잘 달릴 수 있었습니다. 즐겁게 내 길을 걸어가면서 먹고 마시며 편하게 지냈습니다.

일을 끝내고 나면 정오의 따사로운 햇빛 속에서 잠이 들 때가 많았고, 저녁에 잠들어 아침까지 자는 경우도 허다했습니다. 집 안에서 일이 없을 때는 하인들과 시동들이 신참인 나를 길들이겠다고 프라이팬과 몽둥이로 때리고 놀리고, 내가 잘 때 신발에다 밀랍을 붙이거나, 불 붙인 종이에서 나는 연기를 내 콧구멍에다 쑤셔 넣기도 했습니다. 그것 때문에 한번은 내가 서 있는 건지 앉아 있는 건지 구분을 못한 정도로 한참 동안 정신을 차리지 못해서, 그때 그들이 잡아주지 않았더라면 머리가 모퉁이에 박혀서 산산조각 났을 것입니다. 그래도 나 자신을 지켜나가기 위해 한마디 불평도 하지 않고 꾹 참고, 복수는 나중에 한꺼번에 하리라 마음먹었습니다. 짧게 살고 싶지 않다면 모든 것을 참아야 합니다. 욕을 해도 무시해버리면 욕한 사람이 무안해하며 지쳐버리고, 거기에 맞장구를 친다면 당신만 더 힘들어질 것입니다.

그들은 나를 시험했습니다. 한번은 말먹이꾼들이 내가 돈을 훔치는 나쁜 놈인지 알아보려고, 보면 반드시 가져가고 싶은 곳에다 돈을 놓아두었다가 나중에 다른 곳에다 숨겨놓았습니다. 그러나 나는 그들의 속임수를 알아차리고 말했습니다. "말먹이 판 돈은 나한테 준 게 아니라 뼈다귀 값아 먹고 있는 다른 개새끼한테 줬잖아요. 멀쩡한 사람 조롱하지 말고, 내 불행을 즐기려 하지 말고, 나를 나쁜 놈으로 만들지 마세요." 그러면 돈을 내 앞에 놓아두었다가 감춘 사람은 나 말고는 돈을 치운 사람이 없다고 우기며 나를 도둑놈으로 몰았습니다. 또 어떤 때는 돈을 감추었다가 내 주인한테 몰래 줘놓고는, 훌륭한 의사처럼 신중하게 내 다친 마음을 위로해주는 척했습니다. 병 주고 약 주는 식이었습니다.

나는 능력 닿는 한 훔쳤지만, 어느 누구의 의심도 받지 않게 처신했습니다. 내가 해야 할 일은 철저하게 했기 때문에 주인은 방심했습니다. 일거리가 있으면 주인이 시키기도 전에 알아서 처리했고, 집안일 하는 사람들 누구한테라도 "당신이 하세요"라는 말을 하지 않고, 새의 털을 벗기고, 닦아내고, 청소하고, 마당을 쓸고, 불을 붙이고 껐습니다. 빈둥거리지 않고 손을 가만히 놀게 두지 않고 이 일 저 일 가리지 않고 부지런히 몸을 움직이면 주인을 훨씬 더 잘 속일 수 있을 거란 생각이 들었습니다.

나는 열심히 일하는 척하면서 항상 내가 할 수 있는 것, 할 줄 아는 것 이상을 했습니다. 새의 털을 다 벗기기도 전에 벌써 소스나 스튜 요리에 필요한 양념을 만들려고 절구를 찧었습니다. 연장들은 항상 날카로운 칼처럼 다듬어놓고, 프라이팬은 깨끗하게 씻어놓고, 칼은 거울처럼 번쩍거리게 갈아놓았습니다. 필요할 때 여기저기서 찾지 않고 바로바로 쓸 수 있게 상자에 담아서 제자리에 못으로 걸어놓았습니다.

특히 오후에 일 끝나고 남는 시간에 집 관리인들은 보너스로 받은 물건을 나한테 팔아 오라고 시켰습니다. 그것을 가지고 푸줏간 문 앞 노점으로 가면, 그것을 필요로 하는 사람들이 사러 왔습니다. 가져간 물건이 좋을 때도 있고 그렇지 않을 때도 있고 또 냄새가 날 때도 있었습니다. 그러나 세비야 시에 2퍼센트의 세금만 내면 됐기 때문에 시에서 부과하는 세금보다 훨씬 더 유리해서 다 팔고 나면 모두들 수지맞았다고 좋아했습니다.[2] 그곳에는 새의 내장, 소의 허드레 부위, 메추리, 닭, 가죽 벗긴 토끼, 돼지고기로 속을 가득 채운 순대 등 없는 것이 없었습니다. 이런 것을 전부 다 파는 데는 시간이 걸렸기 때문에 썩은 냄새가 진동을 했습니다. 그래서 이런 것들은 싱싱하게 보이게 만들었습니다. 상인들은 자기 물건이 가장 잘 팔릴 수 있도록 손질을 했습니다. 소 혀, 멧돼지 육포, 소금에 절인 돼지 둥심, 영국식 사슴고기 파이, 베이컨도 팔았습니다. 얼마나 엉터리 법인지, 얼마나 피해를 주는 장사인지 잘 보십시오! 정식 허가를 받지 않은 장사가 판을 치니 국가는 빚을 지고 신하를 팝니다!

높으신 분들이 해로운 좀나방 같은 이런 난전을 퇴치할 수 없고, 퇴치할 줄 모르고, 더 그럴듯한 말로, 퇴치하기 싫어하다니! 남한테 우쭐거리기 위해 좀 더 힘이 있는 자가 되려는 불쌍한 사람들! 인부는 푸줏간 주인처럼, 푸줏간 주인은 상인처럼, 상인은 기사처럼, 기사는 귀족처럼, 귀족은 대신처럼, 대신은 왕처럼 모든 이들이 잘난 척 빼기고 싶어 합니다. 그런데 왕이라는 자리는 그리 편하지가 않아서 인부처럼 자거나 쉬지 못하고, 푸줏간 주인처럼 편안하게 먹지 못하고, 상인보다 더 큰 고민거리에 힘들어합니다. 왕은 어떻게 하면 군대를 정비할 수 있을까 하는 문제로 무기를 걱정하는 기사보다 훨씬 더 큰 걱정을 합니다. 그보다 빚이 더 많은 귀족은 없고, 그보다 더 많은 업무와 괴로움을 겪는 대신도 없습니다. 모두가 잘 때 그는 밤을 꼬박 샙니다. 그래서 이집트인들은 왕을 그릴 때 왕홀(王笏) 위에다 눈도 같이 그려 넣었습니다. 왕은 마차이고 마부이기 때문에, 모두가 쉴 때 그는 일을 합니다. 모두가 웃을 때 그는 한숨을 내쉬고 신음

..

2) 세비야에서는 5퍼센트의 세금을 부과했다.

하고, 그에게 관심을 갖고 동정하는 사람은 거의 없기 때문에 스스로 자신을 사랑하고 위로하고 존중합니다. 그의 미움을 사지 않기 위해서 그를 진실로 대하는 사람은 거의 없고, 그가 현실을 직시할 수 없도록 만듭니다. 그들은 왜 그런지 무엇 때문인지 알고 있고, 비록 그의 날개가 초로 만들어져서 이카로스의 바다에 추락할지라도, 그들이 그를 앞으로 나아가게 하고 훨씬 높이 날아가게 한다는 것을 우리는 모두 알고 있습니다.

당신한테 말했던 것처럼 광기와 교만으로 인간들은 허영에 빠졌고, 그 정도가 가장 심각한 사람들은 군주와 기사들로서, 이들은 쓸데없이 낭비를 해서 곤궁에 처하게 됐습니다. 비록 조금씩이긴 하지만 계속해서 지출하다 보니 재산은 고갈되고, 깃털은 하나씩 빠지고, 결국 총 한 자루 남지 않은 빈털터리가 되었습니다. 그러고서 그들은 시골이나 산간 농장에 틀어박혀 가축이나 닭을 키우고, 매일 달걀 수를 세고, 그걸로 밑천을 만들었습니다. 결론적으로 말해서, 만일 부자가 지배를 받고 싶은 마음이 있다면 그는 결코 가난하지 않을 것이고, 가난한 자가 시간에 순응하면서 조심하면 곧 부자가 될 것입니다. 주인이 절약하고 가난한 자가 낭비하는 것은 잘못된 것입니다. 즐거움을 가져야 하지만, 그건 타락하기 위해서가 아니라 즐기기 위해서입니다. 때때로 각자 자신의 처지에 순응하기 위해서 즐거움을 갖지만, 모두가 다 똑같지는 않습니다. 만일 기사가 떠난다면 하인은 멈춰야 합니다. 자기가 30보 걸어간 거리를 하인이 3보에 간다면, 주객이 전도된 말도 안 되는 엉터리고, 모두들 자기를 비웃으며 수근댈 것이고, 자신의 체면이 사라지고 궁지에 몰린 초라한 존재가 된다고 생각하지 않을까요? 그가 단지 까악까악거릴 줄만 아는 까마귀라면, 아무리 아첨꾼이 그에게 좋은 목소리를 가졌다고 말하더라도, 그는 무엇 때문에 노래를 부르며 목소리를 자랑하려고 들까요? 치즈를 뺏고 조롱하려고 아첨꾼이 그렇게 한다는 것을 그는 모르나요?

모든 이들에게 이와 똑같은 이야기를 할 수 있습니다. 각자 자신을 잘 알아야 하고, 무쇠 같은 자신의 기질을 잘 파악하고, 몽둥이 다듬는 데 쇠를 낭비하려고 하지 말고, 다른 사람을 험담하는 자는 다른 사람이 자기를 험담하지 않도록 문을 잠가야 합니다. 모두들 학처럼 한쪽 다리로 서서 자는 것이 좋습니다. 재산 문제 면에서는 이미 많이 썼기 때문에 도둑맞지 않도록 신경 써야 합니다. 노둑이 훔쳐가게 내버려두는 것은 관대함이 아닙니다. 요리 감별사, 요리사, 식품 담당자 세 명이 훔치는 걸로 하인 여섯 명에게 수당을 줄 수 있습니다. 나는 이런 사람들의 도적질에 대해 말하는 것이지, 저 사람들의 낭비벽에 대해 이야기하는 것이 아닙니다. 모두가 훔치고, 모두가 자기가 담당하고 있는 것에서 떼어낼 수 있는 것을 가져갑니다. 비록 조금씩 떼어가지만 조금씩 많이 모이면 어느 정도가 되고, 어느 정도가 많이 모이면 꽤 많은 양이 되어서 결국 그것을 전부 다 훔치게 됩니다.

이런 잘못은 대부분 주인들이 저지릅니다. 그들을 섬기는 가난한 자들 가운데 충실한 자가 별로 없기 때문에 주인들은 하인들의 월급을 깎고 제대로 주지도 않습니다. 당신이 일 년 동안 버는 수입의 일부를 돌려주고 월급을 지급하고 베풀면, 복을 받고 충실한 하인을 두게 될 것입니다. 보수를 후하게 주고 상을 주면 하인은 주인을 존경하고 최선을 다해 섬길 것입니다. 월급만 주면 충분하다고 생각하고는 가장 성실한 하인에게 1레알도 보상으로 주지 않는 주인이 있는데, 그건 좋은 생각이 아닙니다. 당신도 당신이 해야 할 일을 했기 때문에 하인이 당신에게 감사해야 할 이유는 없습니다. 당신이 해야 할 일 이상을 했을 때 하인은 애정을 갖고 당신을 섬기게 될 것입니다. 당신이 주인으로서 약속한 것에서 멀리 벗어나지 않는다면, 하인도 자신이 해야 할 일 앞에서 몸을 사리고 선뜻 나서지 않으려 하는 일이 많지 않을 것입니다.

겁이 많고 지나칠 정도로 돈을 쫓은 어떤 이달고한테 일어났던 일입니다. 그는 자신의 힘과 정신이 나약하다는 것을 깨닫고는 용감한 하인을 곁에 두고 싶어 했습니다. 한번은 적이 칼을 들고 그를 공격했으나, 하인이 적을 물리치고 주인을 구했습니다. 싸우면서 하인이 모자와 칼집을 잃어버렸는데도 주인은 아무런 보상도 해주지 않고 고맙다는 인사도 하지 않았습니다. 또다시 이와 비슷한 일이 벌어졌는데, 이전 싸움에서 쫓겨났던 적이 이번에는 몽둥이를 가지고 나타나 주인을 때리는데도, 하인은 그저 바라만 보고 있었습니다. 주인이 도와달라고 소리 지르자 하인이 대답했습니다. "주인님께서 매월 제 월급을 지급하신다면 저도 약속한 대로 주인님을 도와드리겠습니다. 주인님이 약속을 안 지키시니 저도 할 일을 안 하는 겁니다." 하인들이 충실하게 일하기를 바란다면 그들의 마음을 얻어야 합니다. 그러면 그들도 당신의 재산과 신분을 지킬 것이며, 당신의 명성을 빛나게 하고, 당신이 편안하게 살 수 있도록 힘쓸 것입니다.

아! 닭고기 파이, 돼지고기, 새, 비둘기, 여러 지방에서 온 수백 가지 치즈들과 그것 말고도 너무나 많아서 나열하기 지겹고 시간도 부족하고 그만한 기억력도 없을 정도로 많은 것을 나르는 것을 여러 번 보았고, 또 내가 직접 나르기도 했습니다. 단지 내가 말하고 싶은 것은 이런 혼란스러움이 나를 그들처럼 만들었다는 것입니다. 나는 늑대들 사이를 걸어 다녔고, 울부짖는 법을 배웠습니다. 나는 초보자치고는 그런 대로 잘하는 편이었고, 그때부터 두려움을 잃게 되었습니다. 주저하지 않고 물로 뛰어들고, 날렵하게 빠져나왔습니다. 모두가 노름을 하고, 맹세를 하고, 훔치고, 도둑질하였고, 나도 그들을 따라 했습니다. 조그만 시작이 큰 결과를 낳습니다.

앞서 말했던 것처럼 나는 어려서부터 노름과 도둑질을 했습니다. 어린 애들이 걷다가 뛰기 시작하는 것처럼 나는 이 생활에 점점 더 깊이 빠져들면서 뛰어난 솜씨를 발휘할 수 있게 되었습니다. 내가 순진한 탓이었는지 그걸 나쁜 게 아니라 정당한 일이라 여겼습니다. 빠른 시간 안에 소득이 많은 일을 찾다가, 한번은 이런 일이 있어났습니다. 집 울타리 안에서 또래 아이들과 카드놀이를 하다 보니 꽤 시끄러워졌습니다. 너무 떠들어서 집이 다 무너질 것 같았습니다. 주인이 급사장에게 무슨 일인지 알아보라고 했습니다. 우리가 열을 올리면서 나쁜 짓을 하고 있는 것을 급사장이 보고는, 굳이 그 정도까지 화를 낼 필요가 없는데도 엄청 화를 내며 마른 장작으로 우리를 무자비하게 때려서, 셔츠 안의 온몸에 피멍이 들었습니다. 나는 그동안 쌓아두었던 신용을 다 잃고 그때부터 감시의 대상이 되었고, 흔히 말하는 것처럼, 거기서부터 완전한 파멸이 시작되었는데, 거기에 대해서는 앞으로 알게 될 것입니다.

제6장

|

구스만 데 알파라체는 계속해서
주인 요리사와의 사이에서 벌어진 일과
그와 헤어지게 된 사연을 이야기한다

땀 흘려 노력한 대가로 돈을 버는 사람을 무척 존중해야 하고, 자신의 미덕으로 얻은 것을 간직할 줄 아는 자는 더욱더 존경받아야 합니다. 과거 나쁜 습관의 유혹 때문에 어렵긴 했지만, 나도 사람 노릇하며 살고 싶다는 생각을 마음속에 갖고 있었습니다. 그런 생각이 들 때마다 올바른 일도 몇 번 해봤지만, 겨우 흉내 내는 정도밖에 안 되다 보니 꼭 원숭이가 따라 하는 것 같았습니다. 꼼수로 얻은 영광은 오래가지 못하고 금방 지나가버립니다.

나는 처음에는 표시가 없다가 시간이 조금만 지나도 금방 드러나고 점점 더 진해지는 그런 기름때 같았습니다. 이제 아무도 나를 믿지 않고 입이 가볍다고 했고, 비너스의 고양이[1]라고 불렀습니다. 그건 사람들이 나를 잘

---

1) 매우 예쁜 고양이지만 천성은 버리지 못한다는 뜻이다.

몰라서 그런 것입니다. 나는 천성적으로 착해서 나쁜 짓을 몰랐는데, 배고 픔과 악마의 꼬드김 때문에 나쁜 짓을 배운 것입니다. 나는 집 관리인들과 하인들과는 잘 어울렸습니다.

운 좋은 도둑놈은 늙어서 죽고, 재수 없는 도둑놈은 딱 한 번 훔친 것 때문에 교수형을 당합니다. 다른 사람들한테는 가벼운 죄도 나한테는 치 명적이 됩니다. 콩 심은 데 콩 나고 팥 심은 데 팥 나는 법이라, 해서는 안 될 일을 했으니 그것은 당연했습니다. 나쁜 동료들은 미덕의 사형 집행인 들이고, 악의 계단이며, 취하게 하는 술이고, 질식시키는 연기이고, 멍하게 만드는 환각제며, 3월의 햇빛[2]이며, 조용히 다가오는 독사이며, 사이렌[3]의 목소리라 나는 그들과 어울리면서 파멸의 길로 접어들었습니다. 주인을 섬기기 시작했을 때는 열심히 일을 하며 주인을 기쁘게 해주려고 노력했었 는데, 그 후로 나쁜 친구들이 나를 서서히 나쁜 길로 유혹했습니다. 물론 내가 나태해진 것이 가장 큰 원인이었습니다. 바쁜 자에게는 덕이 부족하 지 않고 게으른 자에게는 악이 넘칩니다.

나태함은 파멸의 자유 지역, 나쁜 생각의 씨를 뿌리는 쟁기, 좋은 습관 을 솎아내는 호미, 착한 일을 잘라내는 낫, 명예를 떨어내는 탈곡기, 악행 을 운반하는 수레, 모든 악을 저장해두는 헛간입니다.

나는 나를 보지 않고 그들에게 눈을 돌렸습니다. 그들이 평생을 훔치며 살아와서 도둑질에는 일가견이 있다는 평판을 얻었다는 것은 생각지도 않 고, 그들이 하는 일이 정당하게만 여겨졌습니다. 나는 그런 훌륭한 재주도

----

2) 3월의 햇빛은 큰 망치로 때리는 것처럼 몸에 해롭다는 말이 있다.
3) 세이렌. 그리스 신화에 나오는 바다의 요정. 아름다운 가성으로 선원들을 유혹하여 배를 난 파시키는 바다의 님프이다.

없고 별 볼일 없는 악동이지만 그들처럼 행동하면서 같이 어울리고 싶었습니다.

군이 변명을 하자면, 내 눈에는 그들이 너무나도 자유롭게 걸어가는 그 길이 신비의 나라처럼 보였기 때문에 —말했던 것처럼— 올바른 일이라 믿으며 그쪽으로 걸어갔던 것입니다. 비록 나중에는 그들한테 속았음을 깨달았지만, 처음에는 판단을 잘못해서 그들이 옳다고 생각했습니다. 이런 도적 떼들이 갖고 있는 재능은 단지 돈 많고 힘센 패거리들의 우두머리들이나 그들의 측근자들, 으스대는 사람들, 거들먹거리는 사람들, 아첨꾼들, 악어의 눈물을 흘리는 사람들, 입으로 깨물지 않고 꼬리로 상처를 입히는 전갈들만 사용할 수 있어서, 달콤한 말로 육체를 즐겁게 하고 나쁜 행동으로 영혼을 파괴했습니다.

이런 것들이 그들에게는 많은 도움이 되었지만, 나 같은 사람들에게는 악이자 망나니짓이었습니다. 나는 속아서 멋대로 행동했고, 비록 모든 것이 철없는 어린애 짓이었지만, 아주 멀리서도 내 행동들이 심각한 병이라는 것을 알아차렸을 것입니다.

불행을 마지막으로 알아차리는 자는 남편이라고 말하곤 합니다. 내가 저지르는 수많은 못된 짓 중에서 하나가 주인의 귀에 들어가도, 그는 내가 마음에 들었는지 나를 멀리하며 집에서 내쫓으려고 하지 않았고, 집 안 사람들이 나의 그런 행동을 일러바쳐도 다 한통속이라 생각하고는 그리 놀라지 않았습니다. 그러나 방심해서 나의 나쁜 짓이 많이 들통 나는 경우에는 쥐 잡듯이 나를 몰아세우며 따끔하게 혼냈습니다.

어느 날 처음으로 궁전을 방문한 외국 왕을 맞이할 연회를 준비하기 위해 주인이 부름을 받았습니다. 평소 하던 대로 요리 과정에서 훔친 것을 집으로 몰래 가져오기 위해 주인은 나한테 같이 가자고 했습니다. 숙소에 도착한 다음 우리는 슬쩍해온 것을 정리했습니다. 주인은 현란한 솜씨로 재료를 용도에 따라 토막 내고 자르고 다지면서 좋은 부위는 따로 떼어내어서는 숨겨놓았습니다. 열 사람이 한 사람의 도둑을 지키지 못하니, 주인은 빈틈없는 솜씨로 자신의 몫을 챙겼습니다.

밤이 되자 주인은 갈비를 가져오라는 명령을 하달받았습니다. 주인은 능숙한 솜씨로 손질해서는 재빨리 내 등에다 올려놓고 아무도 눈치채지 못하게 네 번이나 왔다 갔다 짐을 나르게 해서 나는 거의 숨 쉴 수조차 없을 정도였습니다. 나른 짐 하나하나가 노아의 방주 같았는데, 그 속에 그렇게 많은 생물들이 있었던 건지 아니면 나중에 신이 그것들을 키웠던 건지 나는 모릅니다. 그 일을 끝내고 나니까 그다음에는 불을 지피고 물을 끓여 갈비를 껍질을 벗겨 불 위에 살짝 구우라고 시켜서, 나는 그 일을 하느라 밤을 하얗게 새웠습니다.

훔친 수확물 때문에 마음이 급해진 주인은 우왕좌왕 왔다 갔다 하며, 자기 부인 혼자서는 그 많은 물건을 제대로 관리하지 못할 것 같은지, 아니면 혹시 회오리바람이라도 부는 것은 아닐까 하는 불안감이 드는지, 급한 마음에 노심초사하며 말했습니다. "구스만, 집에 가서 네가 갖다 놓은 것들 잘 정리하고, 눈 똑바로 뜨고 사방팔방 잘 살펴봐라. 주인아주머니한테 나는 여기서 좀 더 있어야 된다고 전해라. 집안 단속 잘하고, 날이 밝는 대로 여기로 빨리 와라."

나는 그가 시키는 대로 주인아주머니한테 말을 전하고 고기를 걸 갈고리와 줄을 부탁해서 복도에서 안마당까지 줄을 쳐놓고 거기에 승리의 전리품을 줄줄이 꿰었습니다. 메추리, 멧비둘기, 닭, 칠면조, 새끼 비둘기, 거위 깃털이 수북이 쌓인 것을 보는 것은 영광이었고, 그중에서도 특히 토끼머리들을 끄집어낼 때는 사육장에서 나가는 것 같은 기분이 들었습니다.

다른 쪽에다가는 소금에 절인 돼지 넓적다리, 쇠고기, 사슴고기, 멧돼지고기, 양고기, 소 혀, 돼지고기, 염소고기를 매달았습니다. 안마당 주변은 내가 갖다 놓은 정향(丁香)의 냄새가 코를 찔렀고, 내 당신한테 맹세하건대, 안마당에 널려 있는 고기를 보니, 내가 5분의 2는 가져온 것 같았습니다. 있는 것을 다 가져오려면 라라의 일곱 왕자[4]가 와도 부족할 것 같았습니다. 일을 다 끝내고 나니 진짜 너무 피곤했습니다. 나는 제대로 대가도 못 받고 보수도 형편없었지만, 마무리까지 열심히 해놓았습니다.

주인아주머니는 아래층에 살고 있었습니다. 그녀는 내가 마치 풍뎅이라도 되는 줄 알고는 내 등에 무거운 짐을 다 얹어놓고 잠자러 가버렸습니다. 저녁을 짜게 먹었는지 그녀는 물을 엄청 들이켰습니다. 나도 일을 끝내고 물을 많이 마신 다음 자러 올라갔습니다. 날씨가 더워서 한참이나 몸을 긁적이고 뒤척이다가 엉큼한 생각이 들면서 급하게 꿈속으로 빠져들었습니다. 주인이 항상 명령했던 것처럼 새벽에 일찍 일어나야 한다는 생각을 하며 담요를 껴안고 ―그 지역에서는 하인들한테 침대 시트는 주지 않고 오직 내 몸뚱이만 한 짚방석만 사용하게 했습니다― 깊은 잠에 빠져들었습니다.

새벽 세 시쯤 됐을 때 아래 마당에서 고양이들이 두 개의 불빛 속에서 대구포 쪼가리로 파티를 열면서 승강이하는 소리가 들렸습니다. 아마도 이웃집 지붕에서 들려오는 듯했습니다. 허기에 지쳐 있던 고양이들이 얼마나 만족해하는지 당신은 상상도 못 할 정도였습니다. 늙은 고양이들은 조용히는 먹고 싶지 않은지 큰 소리를 내고 있었는데, 그건 맛이 좋거나 간이 맞지 않다고 말하는 것 같았고, 어쨌든 나는 시끄러운 싸움 소리에 잠에서

4) 스페인 중세 대표적인 기사담 『라라의 일곱 왕자들의 전설』에 등장하는 인물들.

깨서는 말했습니다. "이 시간에 이렇게 좋은 사람들의 행복을 시샘하며 싸운다면 그건 악마의 짓일지도 모르겠다. 그들이 고기를 먹기 때문에 내 뼈가 대가를 치를 것이고 나와 주인 사이에는 의심과 불화만 더 커지겠다."

나는 엄마 배 속에서 나왔을 때 모습으로 침대에 있었습니다. 누가 나를 볼 거라고는 생각지 않았습니다. 생각을 떨치고, 마치 무어인들이 내 집 사람들을 전부 데려가서 급히 구출이라도 해야 하는 것처럼, 제때에 도착하기 위해 아래층 계단으로 달려갔습니다.

주인아주머니는 나보다 먼저 잠자리에 들었던 터라, 훨씬 많이 쉬고 있다가 누에가 깨어나 내는 소리를 지르며 네 개의 방을 뛰어다녔습니다. 기습 소리를 들은 그녀는 내가 분명히 자고 있어서 듣지 못했을 거라고 생각했을 것입니다. 그녀는 옷을 입고 잠들지만 항상 알몸으로 돌아다녔습니다. 이번에도 이브로부터 물려받은 몸뚱이 위에다 셔츠나 숄 하나 걸치지 않은 나체였고, 몸을 가리려는 생각도 없이 알몸으로 집 안을 살펴보기 위해 손에 촛불만 든 채로 뛰쳐나왔습니다. 그녀와 나는 똑같은 생각에, 똑같이 정신을 못 차리고, 소리도 거의 내지 않고 맨발로 나왔습니다.

당신은 지금 안마당으로 들어서는 우리를 보고 있습니다. 그녀는 나를 보고 놀랐고 나는 그녀를 보고 기겁했습니다. 그녀는 나를 귀신으로 여겼는지 촛불을 놓치고 소리를 질렀습니다. 나는 그 모습과 촛불 빛에 무서워 벌벌 떨면서 더 큰 소리를 질렀고, 그 모습이 바로 이틀 전에 죽은 식량 담당자의 영혼이 주인과 계산할 게 남아서 찾아온 거라고 생각했습니다. 그녀는 마을 사람들이 다 들을 정도로 소리를 질러댔고, 나는 마을 사람 어느 누구도 들을 수 없을 정도로 작은 모기 소리를 냈습니다. 그녀가 자기 방으로 도망치자 나도 내 방으로 가고 싶었습니다. 고양이들이 도망치기 시작했고, 나는 도망치다가 첫 번째 계단에서 집 안에서 키우는 고양이 한 마리를 밟았습니다. 고양이가 발톱으로 내 다리를 잡아서, 나는 악마가 나를 데려가면서 내 영혼을 끄집어낸다고 생각했습니다. 나는 어둠 속에서 계단에서 넘어져 머리와 얼굴에 상처를 입었습니다.

모든 것이 순식간에 일어났고 우리 두 사람은 같은 종소리가 나는 쪽으로 쫓아갔기 때문에 처음에는 서로 상대방이 누군지 알아보지 못했고, 내가 바닥에 넘어지고 그녀가 자기 방에 숨어서 지른 고함과 우는 소리 때문에 서로를 알아차리게 되었습니다.

아수라장 속에서 아침의 상쾌함 때문인지 아니면 자제력이 부족했는지, 주인아주머니는 자기 방으로 들어가기 전에 현관과 마당에 앵두씨가 가득 들어 있는 똥을 쌌습니다. 아마 앵두를 통째로 먹은 모양이었습니다. 청소하는 것이 내 일이라 한참 동안 그 배설물을 다 쓸고 씻어냈습니다. 그러한 돌발 상황에서 누는 똥은 보통 때 것보다 훨씬 더 냄새가 많이 나고 역겹다는 것을 그때 알았습니다. 그 원인을 조사하고 규명하는 것은 철학자의 몫으로 넘기고, 참기 힘든 냄새를 맡아가며 힘들게 처리한 내 경험을 철학자에게 증언할 수 있다면 그걸로 충분할 것입니다.

주인아주머니는 당황스러워했고, 나는 비록 남자이긴 했지만 아직 어려서인지 그녀보다 더 당황해했고, 그런 상황이 너무 부끄러웠습니다. 나는 젊은 처녀처럼 부끄러워서 얼굴 들고 주인아주머니 보기가 너무 힘들어서, 내 생애 다시는 이런 일이 일어나지 않기를 바랐습니다. 그러나 나를 나쁜 애로 생각지 말라고 설득할 수도 없었고, 그녀는 내가 어떠한 맹세를 해도 곧이듣지 않았고, 나의 결백함을 믿으려고도 하지 않았습니다.

그때부터 주인아주머니는 나한테 호의를 베풀지 않았고, 후에 주인아주머니한테 이 사건 이야기를 전해 들은 이웃 아주머니가 말하기를 그녀가 고통스러웠던 것은 자기가 알몸으로 있어서가 아니라 똥을 쌌기 때문이고, 별

거 아닌 일로 넘기려고 해도 자존심 때문에 그럴 수가 없었다고 했습니다.

　나를 집에서 내쫓으려고, 주인아주머니가 마치 모든 것이 내 잘못인 양 남편에게 나를 나쁘게 말하고 거짓말을 늘어놓을 거라는 불길한 예감이 들었습니다. 그 이후로 그녀 얼굴을 똑바로 쳐다본 일도 없고, 그녀도 나한테 말 한마디 건네려고 하지 않았습니다. 날이 밝아오자 나는 또다시 지겨운 일상의 일터로 돌아갔습니다.

　나는 주인에게 이야기를 하면서 지난 일에 대해서는 한마디도 뻥긋하지 않았습니다. 집안 단속 잘하라는 당부의 말을 전했느냐고 물어봐서 그렇다고 대답했습니다. 그는 몇 가지 일을 시켰고, 그와 그의 동료들과 나와 내 동료들은 보조자와 일꾼으로서 푸짐한 음식을 먹는 것보다 훔친 것을 처분하는 일에 더 급급했습니다. 질서나 계산서나 약속이 없다면 모든 것이 어떻게 굴러갈까요! 고통 없이 요구하고 얻는 것은 아무런 영광도 없고, 쓸 것도 없고, 도움도 안 됩니다. 그들은 케이크 만든다고 설탕을, 또 케이크 만든다고 설탕을 그리고 매번 음식 만들 때마다 두세 번씩 새료를 요구했습니다.

　이러한 연회를 우리는 주빌레오[5]라 불렀는데, 강물은 넘쳐흐르고 물고기들은 둥둥 떠다녔기 때문입니다. 이를 통해서 나는 흔히들 말하는 것처럼 힘 안 들이고 얻는 빵이 더 맛있고, 나도 편하게 살아갈 수 있으리라 생각했습니다. 나는 남자로서 이런 일을 도모할 만한 능력을 다 갖추고 있고 영혼도 육체 속에 들어 있어서, 비록 탁자 밑에 떨어진 빵 부스러기 같은 존재지만 내 동료들과 같은 처지에 있고 싶지 않았고, 노름판에서 개평이라도 받아서 자유롭게 사는 편이 더 정당할 것 같았습니다.

..
5) 히브리어로 '숫양의 뿔'이라는 요벨에서 유래한 말로 '기쁨'이라는 뜻이다.

나는 새털을 벗기고 아몬드와 잣 껍질을 까고 물을 데우고 그 밖에 허드렛일들을 하느라 늘 피곤했습니다. 항상 낡은 셔츠와 떨어진 조끼를 입고 다녔습니다. 주인이 훔친 약탈품 중에 달걀 광주리가 있었는데, 나는 그 안에 있는 달걀 몇 개를 셔츠 안과 바지 주머니에 넣어서 나왔습니다. 당신도 알다시피 원도 한도 없이 실컷 먹어보고 싶어서 거기에 손을 댄 것입니다. 그러나 사실대로 말해서, 먹고 싶은 욕심보다는 ─그랬다면 그것은 불행한 일이었지요─ 애인에게 키스하고 싶다는 말도 하고 싶었고, 내가 아직도 여자 경험이 없다거나 궁전에 가서 왕을 아직도 보지 못했다는 말들을 듣기 싫었던 것이 더 큰 이유였습니다.

　그런데 주인 밑에 있던 엉큼한 하인이 내 도둑질을 눈치채고는, 내가 달걀을 훔친 것으로 자신의 충성심을 확신시키고 내 죄로 자신의 죄를 씻기 위해 식품 담당자와 다른 급사장들 앞에서 나를 일러바쳤습니다. 내가, 들키지 않으려고, 훔친 것을 다른 곳에 안전하게 숨기기 위해 나가려고 하는데, 주인이 사자처럼 달려와서 나를 세게 잡아당기고 쓰러뜨리고는 발로 짓밟았습니다.

　싱싱한 장물이 어떻게 됐는지 당신도 짐작이 갈 것입니다. 내 몸 속에 있던 달걀을 전부 다 발로 차서, 흰자와 노른자가 다리 아래로 흘러나왔습니다. 나는 속으로 말했습니다. '분명히 어떤 행성의 닭이 나를 학대하는 거야.' 나는 화가 나 주인에게 소리 지르고 싶었습니다. '이 도둑놈아, 너는 네가 훔치고 내가 옮긴 물건들로 집을 덕지덕지 치장하면서, 내가 겨우 쪼끄만 달걀 여섯 개 가져갔다고 어찌 그리 생난리를 칠 수가 있냐? 나를 화나게 하면 네가 피해를 본다는 것을 모르냐?' 모욕을 줄 때 최선의 방법은 그것을 무시하는 것이라, 입을 다물고 있는 편이 더 나을 것 같았습니다. 차라리 모르는 사람이 그랬다면 그렇게까지 느끼지는 않았을 텐데, 주인이 그러니까 더 큰 모욕감을 느꼈지만 참아야만 했습니다. 나는 아무런 대꾸도 하지 않고 입을 꾹 다문 채 하늘을 쳐다보며 눈물만 흘렸습니다.

떠들썩했던 연회가 끝나고 집으로 가는 도중에 주인이 말했습니다. "구스만, 내 말 잘 들어라. 오늘 내가 너한테 준 것은 네가 생각하는 것보다 나한테는 훨씬 더 중요하다는 것을 명심해라. 오늘 내가 한 짓이 옳지 않다는 것을 이제 나도 알겠다. 그 대신에 내일 달걀보다 훨씬 비싼 신발 하나 새로 사주마." 내 신발이 낡고 다 떨어진 터라 나는 그 제안에 귀가 솔깃했습니다.

주인아주머니가 틀림없이 주인한테 내 험담을 한 것 같았습니다. 우리가 집에 들어간 후부터 주인은 항상 나한테 식초 맛을 본 표정을 짓고, 신발 사줄 기미는 보이지 않았습니다. 그가 언짢은 표정을 하고 있어서, 나는 조그마한 꼬투리도 잡히지 않으려고 어느 때보다도 더 열심히 시중을 들면서 그의 기분을 풀어보려고 애썼습니다.

어느 축제 날, 늘 그랬던 것처럼 주인은 빵 반죽을 아주 조금만 남기고 나머지는 전부 파이와 케이크를 만들었습니다. 지난 월요일에 투우 시합이 있었는지, 쓰레기통에는 소 다리뼈가 통째로 있었습니다. 새처럼 갇혀 사는 나는 기분 전환도 할 겸 재미있는 게 없을까 잠시 생각하다가 다리뼈를 밀가루 반죽에 싸서 겉보기에 매우 예쁜 토끼 모양을 만들었습니다.

외지인을 속일 생각으로 그걸 평소 내가 물건 팔던 곳으로 가지고 갔습니다. 물건 살 사람이 오기를 기다리는데 마음이 초조했습니다. 마침내 백발에 점잖게 생긴 한 시종이 그걸 사겠다고 해서, 짭짤한 수익을 올릴 수 있게 되었습니다. 가격을 3레알 반에 흥정했습니다. 빨리 돌아가려고 넓게 펼쳐진 하늘로 눈길을 돌렸지만, 내 마음이 급할수록 그의 행동은 무척 굼떴습니다. 손에 들고 다니는 조그만 달력을 팔 밑에 걸치고, 허리띠에 장

갑과 손수건을 걸고 안경을 꺼내 깨끗하게 닦고 안경집에 다시 넣는 데 두 시간이나 걸렸습니다. 그는 가죽 지갑에서 쿠아르토 동전을 하니히나 꺼내 내 손에 넘겨주는데, 쿠아르토 반 냥이 그에게는 쿠아르티요[6]로 보인 모양이었습니다. 그는 그 동전을 태양에 비춰 보면서 여섯 번이나 앞뒤를 확인했습니다.

돈을 다 받는 바로 그 순간에 주인이 나타났습니다. 내가 축낸 밀가루 반죽 때문에 나를 찾아 나선 것입니다. 그가 내 팔을 잡고 말했습니다. "이 놈아, 도대체 무슨 짓을 한 거냐?" 시종은 자초지종을 알고 싶어서 가지 않고 계속 그 자리에 있었습니다. 나는 당황해서 둘러댈 수가 없었고, 그 물건은 금지된 서적이나 장물처럼 돼버렸고, 주인은 나를 혼내고는 돈을 뺏으며 말했습니다. "이거 내놔, 이 나쁜 놈아! 그래, 네가 내 하인 맞니? 이런 죽은 파리보다 못한 놈아, 내가 그토록 믿고, 재산까지 맡겼건만! 너 같은 놈이 내 집에 있었단 말이냐? 너한테 밥을 먹여줬는데, 이런 식으로 보답을 해? 이제 내 집 안에는 한 발짝도 들여놓을 생각 마라. 지금은 이 정도지만 앞으로 너는 엄청난 손해를 끼칠 놈이야!"

고객 앞에서 붙잡히고 발로 차이고 해서 —재수 더럽게도 그 굼뜬 작자는 그 자리를 뜨지 않았습니다— 나는 쓰러지기 일보 직전이었습니다. 나는 너무나 무안해서 무슨 말을 해야 할지 몰랐고, 설사 할 수 있었다 하더라도 부끄러워서 가만히 있어야 했습니다. 주인의 처사가 너무 지나치다는 생각이 들었지만 고개를 숙이고 한마디 대꾸도 하지 않고 부끄러워했습니다. 대답하면서 이기는 것보다 조용히 입 다물고 창피함을 벗어나는 것이 더 큰 영광이었기 때문입니다.

..

6) 4분의 1 레알의 가치가 있었던 동전.

제7장

구스만 데 알파라체는 주인과 헤어져
다시 악동이 되고, 향료 상인한테서
돈을 훔치게 된 사정을 이야기한다

재물은 배신을 해도 학문은 절대로 인간을 저버리지 않기 때문에, 어떠한 상황에서도 가지는 것보다는 아는 것이 더 낫습니다. 재물은 없어지고 학문은 발전을 하니까, 조금 알고 있는 현자가 많이 갖고 있는 부자보다 더 큰 존경을 받습니다. 학문이 재물보다 월등하다는 것을 의심하는 사람은 없습니다. 재물에는 여러 가지가 있기 때문에 철학자들은 그것들을 다양한 방법으로 그렸습니다. 스스로 재물을 얻는 정도에 따라 각자 그것을 그렸거나, 아니면 다른 방법으로 그것에 대해 생각했습니다. 재물이 행운이라면 모든 미덕의 계모고, 불행이라면 모든 악의 어머니라서 재물이 가장 많은 자는 그만큼 큰 고뇌를 짊어지고 있는 것입니다. 재물은 유리로 된 둥근 형체라 평면에서는 불안정하고, 오늘 준 것을 내일은 빼앗아갑니다. 그리고 썰물 파도라서 한곳에 가만히 있지를 못합니다. 재물은 우리를 굴리고 돌리다가 별안간 죽음의 언저리로 몰아내고서는 거기서 절대로 데리러 오지 않고, 우리가 사는 동안에 새로운 역할과 일을 연구하는 배우가 되어서 세상의 무대에 공연하러 나가도록 우리를 강요합니다.

여러 사건으로 재물은 사라지고 도둑맞지만, 학문은 삶의 좌표를 상실하고 절망하는 사람들을 쉽게 구제합니다. 학문은 광물이 풍부하게 매장되어 있는 광산이라, 절대 마르지 않고 바닥이 드러나지 않는 강물에서 물을 쉽게 얻는 것처럼, 원하는 사람은 큰 보물을 캘 수 있습니다. 학문은 큰 재력가를 영광스럽게 만들고 불행에 빠진 자를 도와줍니다. 그리고 가난한 사람에게는 은이고, 부자에게는 금이고, 왕에게는 보석입니다. 현자는 위험한 난국이나 심각한 상황을 꿋꿋하게 통과하고, 어리석은 자는 대수롭지 않은 일에도 부딪히고 넘어집니다. 지상에서 학문에 대적할 만큼 위대한 일은 없고, 바다에서 그렇게 큰 태풍은 없으며, 하늘에서 그렇게 큰 폭풍우는 없습니다. 그래서 모든 사람들은 알기 위해 살고 싶어 해야 하고, 잘 살기 위해 배우고 싶어 해야 합니다. 학문은 당신의 영원한 재산이고 확실한 동산입니다.

당신은 나한테 이렇게 물어볼 것입니다. "구스만, 그렇게 많은 학문의 짐을 지고 어디로 가니? 그걸로 뭐 할 생각인데? 왜 그렇게 장황하게 학문을 찬양하는 거야? 무슨 말을 하고 싶은 건데? 언제까지 그럴 거야?" 맹세하건대 내가 먹고살기 위해 공부한 것이 학문이었고, 그것이 학문의 중요한 부분입니다. 직업이 있는 사람은 돈을 벌고, 데모스테네스[1]와 율리시스가 자기 시대에 뛰어난 웅변가과 지략가로 살았던 것처럼 그 당시 나에게는 인생을 살아가기 위해서 다른 사람이 모르는 것을 아는 것이 매우 중요했습니다.

•••

1) 고대 그리스의 웅변가이자 정치가.

나는 본성이 착했습니다. 고귀하고 훌륭한 부모에게서 태어났다는 사실을 숨길 수도 잃을 수도 없었습니다. 내 부모는 모욕을 참고 견디는 속에서 강인한 정신이 드러난다고 생각하는 분들이었습니다. 나쁜 사람들이 착한 사람들과 같이 있으면 더 악해지지만, 나쁜 사람들과 같이 있는 착한 사람들은 더 착해집니다. 전혀 생각지도 않던 하찮은 이유 때문에 성실히 봉사를 하고도 나쁜 대가를 받을 수도 있다고 말할 수 있는 사람이 있을까요? 세상이 다 그런 거라고 당신이 말한다면, 착하고 자기가 맡은 일을 천직이라 생각하고 열심히 하는 사람은 바로 그 같은 이유 때문에 타락하고 궁지에 빠질 것이고, 그게 아니라면 신에 의해 운명이 결정된 사람들은 죄를 지으면 죄값을 치를 것입니다. 내가 행운아라서 내 육신이 벌을 받을 수 있다면 얼마나 좋을까요! 주인은 자기 부인이 옆에서 부추기는 통에 나한테 마음의 문을 닫아버렸습니다. 그런 상황에서 벗어나려고 발버둥 쳐도 아무런 소용이 없었습니다. 나는 버림받고 길거리에 내팽겨졌습니다. 무엇을 할까? 어디로 갈까? 앞으로 나는 어떻게 될까? 도둑놈 소리 듣고 쫓겨난 나를 좋든 싫든 누가 받아줄까?

힘들었던 시간을 광주리를 짊어지고 헤쳐나갔던 기억을 떠올렸습니다. 어떤 일이라도 닥치는 대로 해서 내 삶을 이어왔습니다. 힘든 일이 닥쳐도 어렵다 생각지 않고 그때마다 잘 헤쳐 나왔습니다. 어쩔 수 없이 곤궁에 빠지면 덜 힘들기 위해서 의도적으로 한 번씩 힘든 일을 겪어보는 것도 좋습니다. 곤궁이 찾아왔을 때 슬기롭게 극복하기 위해서 그것을 스스로 터득할 필요가 있습니다. 그래서 인간은 참고 견디는 속에서 결실을 맺게 되는 것입니다.

어떤 힘든 일이라도 당신이 원하기만 한다면 그 속에서 달콤한 결과를 맛볼 수 있고, 미덕 속에서의 휴식이 아니라면 어떤 달콤한 휴식을 취하더라도 고통스러운 결과를 가질 수 있습니다. 이전에 내 마음대로 편하게 지내면서 아무런 고통도 겪지 않았더라면, 나는 잔잔한 물길을 찾아내는 선장처럼 부엌에서 벗어나는 항해를 할 줄 몰랐을 테고 고통에서 벗어나는 방법을 찾지도 못했을 것입니다.

그랬더라면 나는 어떻게 됐을까요? 일도 잃고, 먹고살 방법도 모르고, 몸뚱이 하나 의탁할 곳도 없이 얼마나 혼란스럽고 고통스럽고 슬펐을지 당신은 상상이 되세요? 일하고 노름하고 훔친 돈으로는 세습상속권, 주민증, 집, 망토나 그 외에 몸 가릴 옷 하나 제대로 살 수 없었습니다. 들어온 것은 다 나갔고, 하인 노릇 하면서는 월급은 받지 못한 채 겨우 밥만 얻어 먹었고, 일해서 번 돈은 노름판에서 다 날렸습니다.

설상가상으로 수중에 돈도 다 떨어지다 보니, 체면이고 뭐고 다 내던져 버렸습니다. 불쌍한 사람한테는 체면이란 것이 아무 쓸모가 없어서, 체면을 덜 차릴수록 실수를 하더라도 고통을 덜 받게 됩니다.

이제 모두들 내가 어떤 사람인지 다 알게 되었고, 내가 돈을 버는 방법은 광주리 나르는 일밖에 없었습니다. 그래도 내가 어리석지 않고 그나마 좀 알고 있는 지식을 이용해 먹을 것을 벌기 위해 배우는 것을 좋아했기 때문에, 광주리를 다시 어깨에 메려고 결심하기 전 며칠 동안 밤낮으로 돌아다니며, 주인의 친구나 지인들 중에서 혹시 나를 받아줄 사람이 있는지 알아보았습니다. 몇몇 사람들은 빵 쪼가리라도 챙겨주었습니다. 그렇지만 무슨 소리를 들었는지 나를 두둔하지 않고 얼마 안 있다가는 쫓아냈습니다. 힘이 지배하는 곳에서는 법이 실종되었습니다.

힘든 일을 회피하려고 과거의 모습으로 돌아간 것이 아님을 나 스스로 다짐하기 위해 부지런히 맡은 일을 했습니다. 당신한테 분명히 말하는데, 제가 그런 생활을 좋아했던 이유는 나쁜 생활 속에서 경험을 얻었고, 일을 열심히 하는 사람은 훨씬 더 남자다운 남자가 되고, 게으른 사람은 그 반대가 된다는 것을 알았기 때문입니다. 그러나 이제 나는 다른 사람은 될 수가 없고, 또 앞으로 무엇이 될 수 있을지도 모릅니다. 우리는 전혀 착하지 않으면서도 착한 사람이 되고 싶어 하고, 비록 몇 시간 동안은 그렇게 되려고 결심하지만 몇 년 동안에는, 더더군다나 살아생전에는 그렇게 되지 못합니다. 그 이유는 우리가 그것을 원치 않고, 또 현재 이상을 기억하지 못하기 때문입니다.

나는 짐을 나르기 시작했습니다. 내 배는 나의 신이 아니었기 때문에 필요한 만큼만 먹었습니다. 인간은 살아가기에 충분한 양보다 더 먹으면 안 되고, 지나치게 많이 먹는 사람은 야만인이고, 살찌기 위해 포식하는 짐승 같습니다. 나는 규칙적인 식사를 통해 정신이 무력해지거나 육체가 약해지지 않게 되었습니다. 또한 성질을 부리지 않고 건강을 지키다 보니 노름 밑천도 두둑하게 쌓였습니다.

술을 마실 때도 급하게 마시거나 과음하지 않고 적당하게 마시려 노력했습니다. 농료들이 술에 취해 감각과 이성을 잃고, 병에 걸리고, 목소리가 거칠어지고, 화난 표정으로 사람들에게 거칠게 대들고, 눈에는 핏발이 서고, 걸음도 제대로 못 옮기고 갈지자로 걸으면서 온 마을 사람들의 조롱과 비웃음의 대상이 되는 것이 좋아 보이지 않았습니다.

그런데 악동들은 그렇게 되고 싶어 합니다. 그것이 악동의 모습이라 나한테는 조금도 이상하지 않습니다. 어떤 천박함도 그들의 몸에 맞춘 것처럼 딱 맞고, 그들은 자기들 하고 싶은 대로 하는 인간 쓰레기들입니다. 그러나 존경받는 자들, 귀족들, 권세가들이나 금욕주의자가 되어야 하는 사람들도 그렇게 되고 싶어 합니다. 성직자는 머리카락 한 터럭만큼 타락하고 싶어 합니다! 아니, 그 정도를 넘어서서 악동의 세계에서 같이 호흡하고 싶어 합니다. 그들은 느낀 대로 말하고 싶어 하면서 말도 안 되는 소리로 계속 우기고, 실성한 사람처럼 횡설수설히면서 변명을 늘어놓고, 결국 실수를 하면서 이백 가지 거짓말을 하게 됩니다. 그러나 그들은 모두 진실을 알고 있습니다. 그것은 부끄럽고 망신스럽고, 그것을 감추는 것은 교활하고, 그것을 증오하지 않는다면 인간으로서의 자격이 없습니다.

산타크루스 바로 옆 광장에 다른 사람 돈으로 구입해서 수리한 우리 집이 있었는데, 거기서 모여 놀고 파티를 벌이곤 했습니다. 나는 해가 뜰 때 일어나 상인들하고 빵가게 주인들을 도와주고 정육점에 들어갔습니다. 아침부터 시작해서 온종일 일자리를 찾아 부지런히 돌아다녔습니다. 음식을 가져다줄 하인이 없는 고객들이 나에게 일거리를 줘서 열심히 일했습니다.

내가 일 잘한다는 소문이 퍼져 동료들은 일이 없어도 나는 일이 넘쳐흘러서 불쌍한 사람들이 항상 내 주위로 몰려들었습니다. 전에는 악동들이 별로 없어서 모두 빈둥거렸는데, 지금은 그 수가 많아져서 모두들 일거리를 찾아야만 했습니다. 악동보다 더 자유로운 신분이 없다 보니, 모두들 악동이 되려고 했고 우쭐거리기도 했습니다. 이들은 불행이 닥치면 위험을 무릅쓰고 비행을 저지르고, 교활한 짓을 명예롭게 여기며, 진실을 왜곡했습니다.

병부에서 몇몇 장교들한테 전투식량을 지급했다는 사실이 마을에 알려졌습니다. 악동들은 잠을 자지 않고 설전을 벌이며 의견을 나누고 계획을 짰습니다. 하층민들은 진실에서 멀어지고 믿지 못할 존재라고 생각지 마십시오. 그렇다면 당신은 진짜로 잘못 생각한 것입니다. 오히려 그 반대로 그들이 사물의 본질을 알아내기도 하는데, 거기에는 그럴 만한 이유가 있습니다. 많은 악동들이 떼를 지어 온종일 여기저기 수많은 길과 집을 돌아다니며 여러 이야기를 많이 듣기 때문에 지식이 풍부하다고 생각하는 사람이 많습니다. 사람이 많으면 생각도 다양하다고 하지만, 한 명이나 백 명이 말도 안 되는 이야기를 할 때 신중히 생각하는 사람들도 있어서, 우리는 여기저기서 주워들은 이야기들을 종합해서 저녁을 먹으며 궁정에서 일어난 일에 대해 이야기했습니다. 그런 이야기를 하지 않거나 듣지 못하는 선술집은 없어서, 그 강의실에 모여서 문제점이나 의심나는 점들에 대해 토론하고, 시시껄렁한 이야기를 하며 시간을 보내고, 내각을 개혁하고 장관들을 질타했습니다. 결국 거기서 사람들은 진실을 다 알게 되고, 온갖 이야기를 다 다루고, 모든 법을 다 제정했습니다. 그들은 세레스[2]를 조상으로 섬기며 배가 터지도록 먹고 마시며 이야기했고, 새 술은 항아리에서 부글부글 익혔습니다.

거기서 배운 것을 가지고 우리는 모여서 각자의 생각을 이야기했습니다. 이번에는 전부 이구동성으로, 출발했던 그 부대들이 이탈리아로 떠날 거라고 말했습니다. 부대가 깃발을 앞세우고 톨레도 왕국 경계에 위치한 알모도바르와 아르가미시아에서 출발해서 리만차를 통과해 알칼라 데 에나레스와 과달라하라까지 진군하면서 계속 지중해 쪽으로 가고 있는 것을 보니 우리 말이 맞는 것 같았습니다.

나는 꿈을 이룰 수 있는 좋은 기회라 여겼습니다. 내 핏줄과 친척들이 누구며 어떤 사람들인지 알고 싶은 마음에 그 여행이 더욱 간절했습니다. 그러나 그때 나는 몸과 마음이 다 지쳐 있어서 생각이 생각에만 머무르면서 그 꿈을 실현하기가 불가능할 것 같았습니다. 그러면서도 다른 일에는 눈길조차 주지 않았습니다.

그 일에만 신경이 쓰여서 나는 매일 왔다 갔다 어슬렁거렸습니다. 낮 동안에는 그 일이 머리에서 떠나지 않았고, 밤에는 꿈에까지 나타났습니다. '교황이 되고 싶으면 머리에 교황의 직인을 찍어라'라는 로마 속담이 내 경우에 꼭 들어맞는 말이었습니다. 어떻게 해야 하나 이런저런 고민을 하며 걷다 광장 한쪽에 있는 가게 —거기는 내가 항상 물건을 팔던 자리였습니다— 옆에 앉아서 얼굴을 손바닥에 파묻고 곰곰이 생각하다가 설사 전투식량을 나르는 병사로 따라갈 수밖에 없다 하더라도 떠나기로 결정했는데, 그때 나를 부르는 소리가 들렸습니다. "구스만, 구스만!" 소리 나는 쪽으로 몸을 돌려서 보니까, 정육점 바로 옆 현관문 아래에서 어떤 향료 상인이 나를 부르며 자기 쪽으로 오라고 손짓하고 있었습니다. 왜 그러는지 보려고 일어났습니다. 그가 말했습니다. "그 광주리 열어라." 그가 광주리에다가 금화하고 은화 2,500레알을 넣어서 내가 물었습니다. "이 구리들, 어떤 솥 장수한테 가지고 가는 거죠?" "악동한테는 이게 구리처럼 보이니? 빨리 서둘러라. 나한테 물건 판 외국 상인한테 지불할 돈이다."

　향료 상인이 말했을 때 나는 그를 따돌리고 도망칠 생각을 품었습니다. 아버지의 귀에 원하던 즐거운 출산 소식이 들리고, 태풍으로 난파당한 선원이 찾던 항구를 발견하고, 유명한 장군이 성벽을 공격해서 무너뜨렸을 때도, "그 광주리 열어라"라는 향료 상인의 그 달콤하고 부드러운 목소리를 듣는 순간 내 마음 속에서 느꼈던 것만큼은 기쁘지 않았을 겁니다. 얼마나 위대한 말입니까! 금으로 새겨진 글자들이 가슴에 뚜렷하게 새겨지면서 나는 황홀감에 빠졌습니다. 그 말이 아주 멋지다고 판단될수록, 내 최후의 수단으로 생각했던 것을 조용하고 평화롭게 가질 수 있게 되었다는 안도감에 빠져들었습니다. 그 행운의 순간부터 돈은 따지지 않고 인생을 설계하기 시작했습니다. 무거운 척하면서 돈을 다 담고 나니 실제 액수보다 훨씬 더 무거웠습니다.

향료 상인이 앞서서 걷기 시작했을 때, 나는 사람들이 붐비는 거리나 내 꿈을 이룰 수 있는 그런 집을 발견하고픈 욕망을 품고 그의 뒤를 따랐습니다. 간절히 바라다 보니 행운이 그런 집으로 나를 이끌어줘, 정문으로 들어가서 후문으로 나오니 세 갈래 길이 나 있어서, 나는 그가 눈치채지 못하게 큰 보폭으로 모퉁이 모퉁이를 돌며 날쌘 걸음으로 부지런히 걸어 푸에르타 라베가까지 와서 강 쪽으로 내려왔습니다. 카사 델 캄포를 통과하고, 야심한 밤을 이용해서 포플러나무, 버드나무, 찔레나무가 우거져 있는 숲길을 1레구아 정도 걸어갔습니다.

숲이 우거진 곳에 멈춰 서서 훔친 것을 앞으로 어떻게 하면 좋을까 생각해봤습니다. 끝이 좋지 않다면 시작이 좋거나 과정이 좋아도 별 의미가 없습니다. 돈 훔친 것이 발각되어 잡혀서는 그 돈을 다 빼앗기고, 귀가 잘리고,[3] 그렇게 나이 들어 죽고 제삿밥이나 얻어먹는다면 훔친 장물이 무슨 도움이 될까요?

좋은 방법이 떠올랐습니다. 빽빽한 숲 속에서 물이 가장 깊이 고여 있는 곳을 찾아 구멍을 파고 반바지와 옷에 돈을 싸서 묻고 돌과 모래로 잘 덮어두었습니다. 그리고 표시를 해두었는데, 그건 내가 거기서 보름 정도 머물러 있을 동안 아무 걱정도 하지 않기 위해서가 아니라, 나중에, 특히 사나흘분 식량을 구하러 밤에 이웃 동네로 갔다가 동이 틀 때쯤 파르도 숲을 지나 이 묻어놓은 곳으로 돌아왔을 때 2피트 앞에나 뒤에서 찾으면서 당황해할까봐 그렇게 한 것입니다. 손을 집어넣었는데 잡히는 것이 없으면 나는 명대로 살지 못할 것입니다.

••

3) 당시 스페인에서는 매주 화요일 백성들이 보는 앞에서 공개적으로, 도둑질을 하다 잡힌 죄수들의 귀를 잘랐다.

즐거운 시간을 보내면서, 분명히 내 뒤를 쫓고 있을 첩자와 경찰들을 따돌리고 흔적을 없앴습니다. 안전하게 거처를 옮기고 떠날 수 있을 것 같아서, 남아 있는 낡은 안감 천으로 작은 꾸러미를 만들고 그 속에 심장의 피를 싸서 넣었습니다. 나한테 남은 거라곤 낡은 겉옷 몇 벌, 남루한 조끼, 찢어진 셔츠가 전부였지만 자주 세탁을 해서 전부 깨끗했습니다. 나는 칼춤[4]에 어울리는 하얀 복장을 했습니다.

걸어가면서 작대기 두 개를 골랐습니다. 하나는 등에다 메고 거기에 소중한 짐 보따리를 걸었고, 다른 하나는 손에 쥐고 지팡이로 썼습니다. 그 좁은 곳에서 토끼처럼 숨어 지내는 것도 지겹고 또 지쳤으며, 경찰이나 또는 누구라도 거기서 내가 살고 있는 것을 보면 의심이나 하지 않을까 겁도 나서, 어두운 밤에 큰길은 피하고 산길이나 오솔길을 통해 톨레도의 라사그라다 마을을 지나 거기서 2레구아 떨어진 아수케이카라는 숲에서 아침을 맞았습니다.

낮 시간을 보내려고 모과나무 그늘로 들어갔습니다. 그런데 생각지도 않게 나만 한 남자아이를 만났습니다. 아마 어떤 도시에서 나처럼 생각을 잘못해서 세상을 보겠다고 부모 곁을 떠난 아이 같았습니다. 그 아이는 신출내기 기사처럼 작은 보따리를 메고, 아직 입에서 젖비린내가 나면서 철부지 티가 풀풀 났는데, 아직 제 몸 하나 제대로 못 가눌 정도이다 보니 짐 무게에 눌려 지쳐 있었습니다. 집으로 돌아갈 생각도 없고, 자기 부모한테 들키고 싶지도 않은 것 같았습니다.

그 아이도 나처럼 낮에는 숲 속을, 밤에는 길을 걸으며 새벽이슬 피할 곳을 찾았습니다. 내가 이렇게 말하는 이유는 우리가 거기에 도착했을 때

4) 톨레도 왕국에서 흰 검을 들고 추던 춤.

부터 밤이 될 때까지 그 아이는 내가 있는 곳에서 한 발자국도 떨어지지 않았기 때문입니다. 그 아이가 떠나려고 보따리를 들다가 힘에 겨웠던지 바닥에 떨어뜨리며 말했습니다. "에이 씨, 아직 너하고 헤어질 때가 아닌 모양이다!" 우리는 오래전부터 서로 말을 트고 알아온 사람들처럼, 어디서 왔고 누구이며 어디로 여행하는지 서로 알고 싶어 했습니다. 그 아이는 그걸 말하지 않았고, 나도 그 아이에게 밝히지 않았습니다. 우리는 서로 거짓말을 했습니다. 그래서 나는 그 아이가 필요한 것이 무언인지만 알아낼 수 있었습니다.

기회를 엿보고 있다가 그 아이가 자신이 짊어진 보따리 때문에 불평하고 화를 내는 것을 보고, 나는 그것이 옷 보따리라는 생각이 들었습니다. 힘들게 가지고 가는 게 뭐냐고 물었더니 그가 대답했습니다. "옷 몇 벌이야." 나는 내 욕심을 채울 기회라 여기며 말했습니다. "원한다면 내가 좋은 충고 하나 해줄게." 그 아이는 그러면 무척 고맙겠다며 해달라고 부탁했습니다. "중요하지 않은 것 때문에 힘 빼지 말고, 꼭 필요한 것만 가지고 다녀. 가벼운 것은 팔아서 돈으로 챙겨." 그 아이는 신중히 대답했습니다. 그게 톨레도인들의 장점입니다. "좋은 생각이긴 하지만, 지금은 그리 좋은 생각이 아닌 것 같아. 대책이 없는 충고는 영혼 없는 육체야. 그걸 살 사람이 없다면 팔고 싶어도 어쩔 수 없잖아. 나를 모르는 사람은 내 물건을 사려고 하지 않을 텐데, 나는 물건을 바꾸거나 팔러 마을로 들어가고 싶진 않아." 짊어지고 가는 게 뭐냐고 묻자 그가 대답했습니다. "내가 지금 걸치고 있는 옷하고 바꿔 입을 옷가지들이야." 색깔이 뭔지, 너무 낡은 게 아닌지 물어보았습니다. 여러 가지 섞인 색깔이고 입을 만하다고 했습니다. 듣고 보니 괜찮은 대답이라 나는 내 마음에 들면 그 옷을 돈 주고 사겠다고 제안했습니다. 그 아이는 나를 바라보며 아무 쓸모도 없는 헌 옷을 돈 주고 사려고 하는 이유가 뭔지 생각했습니다.

이건 내 생각이고, 그 아이의 생각은 분명 다른 듯했습니다. 그 아이는 틀림없이 내가 자기를 놀리려고 일부러 그러는 좀도둑이라고 생각했습니다. 나 같은 놈한테서는 좋은 일을 기대할 수 없고 그렇다고 의심할 수도 없는 노릇이라, 그 아이는 돈을 보여줘야 할지 말지를 고민하고 있었습니다.

좋은 옷과 낡은 옷을 입고 있는 것에 따라 한 사람에 대한 평가가 크게 차이 나는 것입니다. 각자 생각대로 당신을 평가하기 때문에, 당신을 잘 모를 때는 사람들은 당신 옷을 보고 판단하는데 그래서 다들 속는 겁니다. 초라한 망토 안에 엄청난 식충이가 항상 있기 마련입니다.

나는 그 아이 속에 들어가 있는 것처럼 그 아이의 속마음을 금방 알아차리고서 말했습니다.

"이봐, 나도 너처럼 훌륭한 부모 밑에서 가정교육 잘 받았어. 지금까지 내 얘기를 하고 싶지는 않았지만, 네 의심을 풀려면 해줘야겠다. 나는 부르고스에서 태어나서, 네가 떠나온 것처럼 거기를 떠났어. 내가 너한테 충고한 일을 나는 했어. 내 옷가지 중에서 필요 없는 것들을 팔아 챙긴 돈과 집에서 가지고 나온 돈으로 필요할 때 옷을 살 생각이었어. 돈과 이 남루한 옷을 잘 챙기고서 내 삶에 확신을 가졌고, 자유로이 떠돌았지. 불쌍한 사람은 아무도 건드리지 않으니, 손해 끼칠 도둑이나 소매치기에 대한 두려움 같은 거 없이 난 안전하게 살고 있어. 너한테 필요 없는 것들 나한테 팔 생각 없니? 내가 돈을 안 줄 거라는 의심은 접어두고. 나 돈 있어. 곧 톨레도에 들어갈 건데, 지금처럼 낡은 옷 대신에 잘 차려입고 가고 싶어서 그래."

그 아이가 보따리를 풀더니, 모자 안 달린 망토와 반바지, 짧막한 옷, 셔츠 두 장 그리고 비단 스타킹을 끄집어냈는데, 그 모든 것이 나를 위해서 만들어진 것 같았습니다. 나는 1,000레알에 그걸 다 사기로 했습니다. 더 큰 돈을 지불할 마음은 없었습니다. 그다지 썩 좋은 천은 아니었지만 나한테 아주 잘 맞았습니다.

내 보따리 한쪽을 풀어서 돈을 꺼냈습니다. 그 아이는 수상한 돈인 줄 알았지만 나는 기분 나쁘게 생각지 않았습니다. 무거운 짐에서 벗어나 편하게 갈 수 있었기 때문에, 그 아이는 돈의 유혹을 뿌리칠 수가 없었습니다. 그 어떤 일보다도 큰 이익이 생기다 보니 그 아이는 무척 만족스러워했습니다. 우리는 헤어져 그 아이는 큰 행운을 안고 떠났고, 나는 비록 늦었지만 그날 밤 톨레도에 들어갔습니다.

제8장

멋지게 차려입은 구스만 데 알파라체는
톨레도에서 몇몇 여인들과 나눈 사랑 이야기와,
그녀들에게 배신당한 일 그리고 말라곤에서
또다시 농락당한 일에 대해 이야기한다

흔히들 속된 말로 원숭이한테 아무리 비단옷을 입혀도 원숭이일 뿐이라고
하는데, 이것은 예외 없는 확실한 진리입니다. 비록 좋은 옷을 입을 수는
있어도, 그렇다고 나쁜 사람이 바뀌지는 않습니다. 좋은 옷으로 다른 사람
의 마음을 끌고 속일 수는 있을지 몰라도, 그 자신은 그대로일 것입니다.
아무리 재빨리 멋진 옷을 입어도 나는 금방 촌놈이 될 것입니다. 당신도
앞으로 보겠지만, 땀 흘려 벌 줄 모르는 자는 쉽게 잃습니다.

내가 아침에 제일 먼저 하는 일은 조끼와 신발과 모자로 멋을 내는 것
이었습니다. 망토 깃에 원래 붙어 있었던 장식을 떼어내고 다른 색깔 장식
을 붙였습니다. 옷 단추를 바꿔 달고 모직으로 된 옷소매를 떼어내고 비단
으로 된 소매를 붙이고 나니, 돈 조금 들여서 완전히 딴 옷이 되었습니다.
그런데 내가 지금까지 지은 죄나 불행한 팔자 때문에 재수 없게 그 아이가
잡혀서 나한테 자기 옷을 보지 못했느냐고 물어본다든가, 그 옷을 훔치려

고 그 아이를 죽인 것이 아니냐고 내가 추궁당하는 일이 생기지 않을까 하는 불길한 마음이 앞섰습니다.

공들여 차려입고 이틀 동안 도시를 돌아다니며 군대가 어디 있는지 알아보았지만 확실하게 가르쳐주는 사람이 한 사람도 없었습니다. 그렇게 아무 소득도 없이 돌아다녔습니다. 겁이 나서 겨우 몇 번 돌아다녔고, 그나마 숙소에서 외출할 때도 혹시 얼굴이 알려지면 뒤따르는 사람이 있을까 싶어 사흘에 하루 정도 잠 안 자고 늦은 밤에 불안한 마음으로 소코도 베르[1]를 지날 때, 궁전 시종 한 명이 샘날 정도로 멋있게 차려입고 나귀를 타고 궁전으로 가는 것을 봤습니다.

그가 입고 있는 검붉은색 반바지는 무릎까지 내려오고, 은실로 안감을 댔습니다. 3인치 정도 너비의 밀라노 장식 끈이 부착되고 금실과 사슴가죽으로 된 조끼를 입고, 깃털로 멋지게 장식을 하고 금줄로 엮어서 검은색 칠보를 박은 모자를 쓰고, 갖고 가는 가방에는 망토가 들어 있었는데 두꺼운 비단으로 만든 것 같았고 가죽조끼와 반바지처럼 주위에 금실로 된 끈으로 장식되어 있었습니다.

그 시종의 옷이 무척 탐났지만 땅을 판다고 돈이 나오는 것이 아니라며 마음을 달래봤지만 편치는 않았습니다. 속으로 그에게 말했습니다. "내가 원한다면 분명 당신은 내 음악에 맞춰 춤을 춰야 할 것이고, 당신이 나와 함께 가기를 원치 않는다면 내가 당신을 등에 지고라도 갈 거야. 조만간에 이걸 꼭 이루고 말겠다."

나는 상점으로 가서 주인을 부른 뒤, 갖고 있는 돈을 다 꺼내 옷 하나를 맞췄습니다. 빨리 해달라고 주문했더니, 흔히 말하는 것처럼 들도 보도 못

••
1) 톨레도 대광장.

한 속도로 만들어 사흘 만에 새 옷을 입을 수 있었습니다. 질 좋은 사슴가죽은 구할 수 없어서 대신 비단으로 조끼를 만들고 금실로 엮은 끈으로 장식했습니다. 용맹스럽고 멋지게 보이기 위해 중간에 금실을 박아 넣은 노란 벨트를 찼습니다.

이전에는 항상 구걸하는 모습이었지만, 실제로 어렸을 적에는 나도 잘생긴 얼굴이었습니다. 멋진 군인 모습으로 톨레도 거리를 활보하고 다니니까 어느 훌륭한 집안의 자제처럼 보였습니다. 그 지역을 잘 알고 있는 시동 한 명을 구했습니다. 잘 차려입고 멋있는 내 모습을 보니 아버지가 살아 있는 것 같고, 아버지의 호시절로 내가 다시 돌아간 듯했습니다. 나는 무척 만족해하며 길을 걸었습니다. 밤에도 옷을 벗고 싶지 않았고, 낮에도 모두가 나를 바라볼 수 있도록 계속 길을 돌아다니고 싶었습니다. 그러면서도 누구도 나를 알아보지 못하기를 바랐습니다.

일요일이 밝아왔습니다. 잘 차려입고 으스대며 미사를 보러 마요르 교회에 불쑥 들어갔습니다. 사실 그 이유보다는 더 많은 사람들한테 나를 보이고 싶어서였습니다. 교회 안을 서너 번 왔다 갔다 했고, 많은 사람들이 몰리는 예배당으로 들어갔다가, 결국에는 신사 숙녀가 많이 있는 두 성가대 사이에서 멈춰 섰습니다. 내가 그들 중에서 가장 뛰어나다고 생각하면서, 늠름한 목자처럼 멋진 옷을 입고 있는 나를 모두가 봐주기를 바라며 우쭐거렸습니다.

목을 쭉 빼들고 배와 다리에 힘을 힘껏 주었습니다. 우쭐거리느라 너무 힘이 들어가서, 모두들 찡그린 내 얼굴 표정과 뒤뚱거리는 내 엉덩이를 보면서 비웃었습니다. 내가 그것을 눈치채지 못하니까 급기야는 웃기까지 했습니다. 나는 그들이 나의 늠름한 모습에 감탄하고 있는 거라고 생각했습니다.

남자들하고는 당신한테 말해줄 만한 일이 일어나지 않았지만, 여자들하고는 나처럼 어리석은 남자들에게 어울리는 일이 일어났습니다. 거기에 있는 여인들 중에서 그 도시 출신의 매우 아름다운 한 여인이 잘 차려입은 사람은 돈을 가지고 있다고 생각하면서 내게, 다시 말해 나의 돈에 눈길을 주었습니다. 그러나 그때 나는 그녀를 보지 못하고, 다른 쪽에 있는 여인한테 눈길이 팔려 있었습니다. 그 여인은 유치한 눈길을 몇 번이나 보내는 나를 의뭉스러운 표정으로 비웃었습니다.

그걸로 이미 그 여인의 마음을 사로잡았다는 생각이 들었습니다. 나는 어리석음에서 벗어나지 못했고, 그 여인은 계속해서 교활함을 보였습니다. 교회를 나와 그 여인은 자기 집으로 향했고, 나는 그 여인 뒤를 조금씩 따라가면서 몇 마디 말을 건넸습니다. 그 여인은 마치 목석처럼 한마디 대꾸도 하지 않고, 아무런 감정도 드러내지 않았습니다. 그러나 그 여인이 가끔씩 고개를 돌려 얼굴을 보여주니, 그때마다 내 욕망은 활활 타올랐습니다.

우리는 산세브리안의 양지바른 어느 길가에 도착했는데, 그 여인은 거기에 살고 있었습니다. 집에 들어갈 때 그 여인은 머리를 살짝 숙이며 나에게 예의를 갖춰 인사하는 듯 보였고, 눈은 생글거리고 표정은 밝았습니다.

그 여인과 헤어져서는 왔던 길을 되돌아 숙소로 오는데, 겨우 몇 발자국 걸었을 때 모퉁이에서 주위를 살피는 하녀 한 명이 있었습니다. 하녀는 망토를 뒤집어쓰고 있어서 눈이 거의 보이지 않았습니다. 나를 따라오던 하녀는 손에서 손가락 두 개만을 끄집어내더니 그 손가락하고 머리로 나를 불러서, 나는 왜 그러는지 보러 갔습니다. 그 하녀는 자신은 매우 높은 신분의 어떤 귀부인을 모시고 있다며, 그분이 나에게 호감을 갖고 있을 뿐만 아니라 그분의 성품이나 훌륭한 친척들 때문에 내가 감사를 드려야 한다고 하고, 또 그분이 나하고 해결해야 할 일이 있어 내가 어디 사는지 알고 싶어 한다고 말했습니다.

나는 기쁨에 완전히 취해버렸습니다. 내 행운을 알렉산더 대왕의 더 좋은 행운과도 바꾸고 싶지 않았습니다. 모든 여인들이 나 때문에 괴로워하는 것 같았습니다. 귀부인의 호의에 감사를 표하며 그녀를 섬기게 된다면 나로서는 이루 말할 수 없는 큰 영광이라고 대답하며 거만한 태도를 지었습니다. 그런 대화를 주고받으며 내 숙소로 갔습니다. 하녀는 내 숙소 위치를 확인하고 돌아갔고, 나는 식사 시간이라 밥 먹으로 들어갔습니다.

그 부인이 누군지도 모르고 또 한 번도 본 적이 없는 것 같아서 그녀를 기다리겠다는 마음보다는 좀 전에 만났던 여인을 보고 싶은 욕망이 더 타올랐습니다. 시간은 더디게 흘러갔습니다. 그 여인이 사는 거리로 가서 우물을 퍼 올리는 야윈 말처럼 주위를 서성거렸습니다. 오후가 한참 지나서야 그 여인은 나한테 말을 하려고 마치 도둑처럼 창문에서 나왔습니다. 우리는 몇 마디 말을 나누었고, 마지막에 그 여인은 나보고 밤에 저녁 먹으러 오라고 말했습니다. 나는 하인한테 우유로 양념한 닭고기, 메추리 두 마리, 토끼고기 파이, 산토 포도주,[2] 가장 맛있는 빵 그리고 후식으로 과일하고 설탕절임 과일을 사오라고 시켰습니다.

날이 어두워지고 시간이 된 것 같아서 약속 장소로 갔더니, 그 여인이 기쁘게 맞이해줬습니다. 저녁 먹을 시간이라 그 여인에게 식탁을 차리라고 했지만, 그 여인은 이 핑계 저 핑계를 대면서 시간을 질질 끌었습니다. 그 여인은 자기가 지체 높은 집안의 딸이며 망나니 같은 오빠가 있는데, 그 오빠는 밥때만 집에 들어오고 그 이외의 시간에는 밤낮으로 노름과 여색

⋮

2) 산 마르틴 데 발데 이글레시아스에서 생산되는 유명한 백포도주.

에 빠져 산다고 하면서 나를 불안하게 만들었습니다.

이야기 도중에 문 두드리는 소리가 크게 들렸습니다. 그 여인이 말했습니다. "어머, 어떻게 해, 난 이제 죽었다!" 난리 법석을 피우며 그 어떤 가증스러운 속임수보다 더 그럴듯한 거짓 연기를 했습니다. 그 여인은 이미 일이 어떻게 진행되고 결과가 어떻게 될 건지 알고 있으면서도, 어떻게 해야 할지 당황하는 척했습니다. 갑자기 무슨 대책이 생각난 것처럼, 나보고 물이 없는 항아리에 들어가라고 했습니다. 앞마당에 놓여 있는 항아리 속에는 진흙이 들어 있어서 지저분했습니다. 그 여인이 시키는 대로 들어가서 뚜껑을 덮고 있으니, 오빠가 들어와서 집 안에 연기가 있는 있을 보고는 말했습니다. "너는 겁도 없이 집 안에 연기가 나게 하고 비가 새게 만들어놨냐? 나를 집 밖으로 쫓아내려고 그런 거지? 어떻게 연기가 자욱한 이런 곳에서 밥을 먹으란 말이냐?"

그는 부엌으로 들어갔다가 우리가 준비한 음식들을 봤는지, 나와서 말했습니다. "이게 다 뭐야? 우리 중에 누가 오늘 밤에 결혼하니? 언제부터 우리 집에 이런 것들이 있었지? 무슨 파티 준비나 손님맞이 하는 거냐? 그래도 나는 너를 믿었는데! 이것이 내가 지켜오고, 네가 부모님께 안겨드린 명예니? 사실대로 말하지 않으면 오늘 밤은 비극으로 끝날 거다!"

나는 알아들을 수 없었지만, 그 여인이 무슨 변명을 하는 것 같았습니다. 나는 무서웠고, 항아리 속에 갇혀 있어서 다른 말은 잘 안 들리고 고함치는 소리만 겨우 들렸는데, 그는 그 여인에게 화를 내며 식탁에 앉으라고 했습니다. 그는 저녁을 먹고서 촛불을 들고 내려와 집 안을 살피고 대문 빗장을 걸었습니다. 두 사람은 각자 자기 방으로 들어가고, 나는 항아리 속에 있었습니다.

온갖 신경을 다 모아 귀를 기울이며, 내가 알고 있는 기도문 중에서 쓰지 않은 기도문은 하나도 없을 정도로 기도하면서 그이 눈을 멀게 헤서 내가 있는 곳을 보지 못하게 해달라고 빌었습니다. 위험에서 벗어났다 싶어 뚜껑을 열고 머리를 조금씩 내밀어 그 여인이 오는지, 기침을 하는지, 침을 뱉는지 보았습니다. 고양이가 움직이든지 아니면 그 뭐든 간에 그 여인이 아닌가 싶어 애간장이 타들어갔습니다. 그러나 그 여인은 나타나지 않고 집 안이 조용한 것을 보고는 항아리 속에서 나와 보니, 내 꼴은 영락없이 매우 지저분한 또 다른 요나[3]였습니다.

지금까지 그래왔던 것처럼 불행한 일이 또 일어나지 않을까 불안한 마음이 들었지만, 좋은 옷은 다음날을 위해 잘 챙겨두고는 밤에 입으려고 전에 사두었던 낡은 옷을 입고 온 것을 그나마 다행이라 여기며 근심 걱정을 떨쳐냈습니다. 집 주위를 배회하다가 그 여인의 방으로 다가가서 그 여인이 내 소리를 듣게끔 문과 땅바닥을 손가락으로 긁기 시작했습니다. 그 여인은 멍청한 귀머거리라 들으려고 하지 않았습니다.

밤이 지나가고 날이 밝아오자 화가 나고, 슬프고, 기운이 하나도 없고 추웠습니다. 대문을 열고서는 제대로 닫지도 않고 미친놈처럼 욕을 하면서 밖으로 뛰쳐나와 길모퉁이들을 지나가면서 다시는 그 길을 지나지 않을 거라 결심했습니다. 나는 왜 이리도 불행할까 생각하면서 시청 앞에 도착했는데, 그 옆에 있는 빵집 문이 열려 있었습니다. 나는 훌륭한 미각의 소유자라, 악동처럼 질 나쁜 빵에는 신물이 났습니다. 억지로 빵을 배 속으로 밀어 넣었지만, 목구멍에 걸려 숨도 쉬기 힘들었습니다.

내 숙소는 가까이에 있었습니다. 문을 두드리니 기다리고 있던 하인이 문을 열어주었습니다. 옷을 벗고 침대 속으로 들어갔지만, 아직도 화가 덜

.•
3) 구약성경에 나오는 히브리의 예언자로 고래에 먹혀 고래 배 속에서 사흘을 보낸 인물.

풀려서 마음을 진정하기도 힘들었고, 쉽게 잠을 청할 수도 없었습니다. 나 자신이, 그 여인이, 내 팔자가 원망스러웠습니다. 화창한 날에 방 안에서 신세 한탄만 하고 있는데, 밖에서 나를 부르는 소리가 들렸습니다. 전날 나를 따라왔던 하녀였는데, 그 여주인도 같이 왔습니다. 여주인은 침대 머리맡에 있는 의자에, 하녀는 문 옆 바닥에 앉았습니다. 부인은 내가 살아온 이야기, 내가 누군지, 어디로 가는지, 그 도시에서 얼마나 머물 건지 이야기해달라고 했습니다. 그러나 내 것은 전부 거짓이어서 사실대로 말하지 않았습니다. 그녀는 자기를 속일 생각을 하고 있는 나를 쥐덫으로 잡았습니다. 그녀의 질문에 충실히 대답하다 보니, 가장 중요한 대목에서 내 말이 엇나가고 말았습니다. 몇 달간 머물 것이라고 말했어야 하는 건데, 지나가는 길에 잠시 들른 거라 한 것입니다.

그녀는 잡은 기회를 안 놓치려 급하게 사랑의 관계를 맺으려고 하지 않고, 내가 가진 것을 다 빼앗으려고 마음먹었습니다. 그녀는 나를 사로잡을 곳에 그물을 펼치기 시작했습니다. 내가 방심한 틈을 이용해 그녀는 이탈리아산 비단 치마 밑으로 금 장식구들과 그 외에 여러 화려한 것들로 꾸민 자신의 아름다움을 조심스럽게 드러냈습니다. 주머니에서 산호 묵주를 꺼내 만지작거리더니, 조금 있다가 그것에 박혀 있던 보석 하나가 빠져버린 것처럼 꾸며댔습니다.

그녀는 그것이 남편 거라고 말하며 무척 슬퍼했고, 혹시 집에 있을지 모르니 돌아가서 찬찬히 찾아봐야겠다며 자리에서 일어섰습니다. 내가 다른 것을 주겠다고 약속하며 여러 말로 유혹하고 그 외에도 많은 것을 약속했지만, 그녀를 좀 더 잡아두려는 내 의도는 실패로 돌아가고 말았습니다.

그녀는 가면서 다시 나를 방문할 거고, 집에 도착해서 빠진 보석이 있는지 확인해보고 하녀를 보내 알려주겠다고 했습니다. 앞서 말했던 것처럼,

아름답고 자상하고 신중한 여인이 가고 나니 너무 슬펐습니다. 잠이 와서 꿈속으로 들어갔다가 두 시간도 채 지나지 않아 깼습니다. 조바심이 나서 자리에서 일어나 옷을 입고 나니 밥 먹을 시간이 되어서, 식탁에 가 앉아 있는데 하녀가 왔습니다. 눈치 빠른 하녀는 내가 밥을 다 먹을 때까지 내 기분을 잘 맞춰주면서 자기 여주인이 묵주를 가지고 놀다가 보석 하나를 빠트린 거 같아서 확인하러 왔다고 해서, 둘이 같이 찾아보았지만 보석은 나타나지 않았습니다. 보석은 처음부터 빠진 것이 아니었습니다.

하녀는 잃어버린 보석이 무척 비싼 거라고 누누이 강조했습니다. 그 크기와 모양을 설명해주며 내 돈으로 그것을 사주면 어떻겠냐고 은근슬쩍 나를 떠보면서, 그러면 이튿날 날이 밝으면 여주인이 순례 여행을 간다는 핑계로 외출해서 나한테 올 거라고 약속했습니다. 그래서 나는 하녀와 함께 금은세공업자한테 가서 하녀가 자기 여주인이 이미 점찍어둔 것이라면서 고른, 금으로 된 아주 멋진 묵주를 사줬습니다. 그렇게 해서 그들은 묵주를 차지했지만, 나는 부인과 하녀에 대해 더 이상 아는 것이 없었습니다.

오후 세 시가 되자 나는 지난밤 일이 어떻게 된 건지 알고 싶었고, 놀림 당한 게 아닌 가 싶어서 마음이 급해졌습니다. 그렇지만 다 잊고 길을 가는데, 항아리 사건의 여인이 슬픈 표정을 지으며 나를 기다리고 있었습니다. 손가락 하나를 입에다 갖다 대고, 마치 누군가를 두려워하듯이 고개를 돌려 뒤를 살피고서는 손으로 나를 불러서 다가가니 나보고 마요르 교회 쪽으로 먼저 가라고 말했습니다.

나는 그렇게 했습니다. 그녀는 망토를 걸쳤고, 그녀와 나는 거의 동시에 도착했습니다. 그녀는 두 개의 성가대석 사이를 지나 눈짓으로 자기를 따라오라고 하면서 차피네리아 거리로 나아갔습니다. 그녀가 알카나[1]에 있는 한 상점으로 들어가기에 나도 따라 들어갔습니다. 그녀가 수많은 맹세를 하면서 지난 일은 자기 잘못이 아니라며 어쩔 수 없었다고 해서 나는 기분이 풀렸습니다. 내 머릿속은 온통 헛바람으로 가득 찼고, 그럴듯하게 꾸며대는 그 거짓말을 믿었습니다. 그녀는 그날 밤 자기가 잘못한 것을 보상할 것이며, 목숨이 위험해지더라도 내 요구를 들어줄 거라고 약속했습니다. 너무나 나긋나긋하게 다가오니 내 마음은 초처럼 녹아내렸습니다.

그녀는 150레알만큼의 물건을 사고서는 계산할 때 상점 주인에게 말했습니다. "이거 외상으로 가져가면 매주 얼마씩 드려야 하죠?" "부인, 저는 외상 거래는 하지 않습니다. 돈을 가져와서 사가십시오, 아니면 죄송하지만 드릴 수 없습니다." 내가 말했습니다. "주인장, 부인을 모욕하지 마세요. 부인은 값을 치를 돈이 있습니다. 부인의 지갑은 집사인 제가 가지고 있습니다." 나는 우쭐거리며 주머니에서 에스쿠도 몇 푼을 끄집어냈고, 그 덕에 내 체면이 섰고, 그녀를 빚에서 구해냈습니다. 그 순간에 나는 그렇게 하는 것이 우쭐거리며 놀림당하지 않을 대책이라고 생각했습니다. 나의 선심으로 그녀는 부담을 갖게 될 것이고, 나를 두 여인 사이에서 사랑을 바치는 그런 바람둥이로 보지 않게 될 거 같아서, 나는 그렇게 한 것이 후회되지 않았습니다. 그래서 그녀에게 약속을 분명히 지킬 건지, 몇 시에 만날 건지 물어보았습니다. 그녀는 밤 열 시에 틀림없이 만날 거라고 했습니다.

그녀는 자기 집으로 돌아갔고, 나는 두 마리 고기를 한꺼번에 잡을 것 같은 들뜬 마음으로 낮 시간을 보냈습니다. 시간이 되어 약속한 대로 그녀의 집 창문 아래에서 돌멩이로 두드리며 신호를 보냈습니다. 그런데 그건 알칸타라 다리에서 돌을 두드리는 거나 마찬가지였습니다.

∴

4) 톨레도에 있는 유명한 거리로 상점이 많이 들어서 있다.

야숙 시간이 아직 안 된 것 같나는 생각이 들었습니다. 그게 아니라면 절대 그런 일은 있을 수 없었습니다. 계속 기다리며 한 번씩 신호를 보내다 보니 자정이 다 되었습니다. 정말 쓸데없이 피곤한 일이었고, 또 농락당한 것이었습니다. 오빠라고 말한 자는 그녀의 애인이었고, 두 사람은 미리 작전을 짜고 속임수를 써서 먹고사는 것입니다.

코르도바 출신인 그들은 사람들에게 쉽게 접근했으며, 그들이 사냥한 포획물 중에는 갓 결혼한 젊은 법원서기가 있었는데, 그는 그 여인한테 속아서 보석을 주었고, 나처럼 애가 타게 기다리고, 돈을 잃고 억울해했습니다. 그는 자신이 농락당했다는 사실을 알아차리고서는 복수를 결심했습니다.

그날 밤, 당신이 이미 들은 대로, 내가 기다리다 지쳐서 돌아가려고 할 때, 한 무리의 사람들이 웅성거리며 오고 있었습니다. 앞으로 나가서 보니 군졸들이 문을 두드리는 것 같았습니다. 그들이 뭘 찾는지 보려고 조금 가까이 다가가니, 군졸 한 명이 자신의 신분을 밝히며 문을 열라고 했습니다. 그들이 들어갔을 때 나는 도대체 무슨 일인지 보려고 문에 다가갔습니다. 군졸이 집 안을 다 뒤졌지만 그들이 찾는 것은 발견하지 못했습니다. '항아리들을 살피세요'라는 말을 하고 싶었지만 입 밖으로 나오지 않았고, 갑자기 도망치고 싶었습니다. 분명히 그 젊은 법원서기는 항아리에 송진이 발라져 있는 것을 알았고, 그래서 그것들을 꼼꼼히 살피라고 시켰습니다. 그런 일들은 비록 쉽게 발각되지 않을지라도 완벽하게 감출 수도 없기 때문에, 오빠라는 사람의 옷을 숨길 때 땅바닥에 떨어뜨렸던 의수를 누군가 발견했습니다. 동료들 사이에서도 업무 능력이 뛰어난 군졸이 말했습니다. "이 의수의 주인이 범인입니다." 여인이 사실을 감추려했지만, 그럴수록 군졸들은 주위를 더 자세히 뒤졌습니다. 한 군졸이 한 사람 정도 들어갈 수 있는 큰 상자를 발견하고는 열어서 문제의 남자를 찾아냈습니다. 두 사람에게 옷을 입혀서 감옥소로 데리고 갔습니다.

그때서야 비로소 나는 통쾌감을 느꼈습니다. 그들이 집 안에서 나를 찾아내지 못했고, 내가 당한 농락에서 벗어났다는 통쾌감이었습니다. 남은 밤 시간 내내 그 일과, 기다렸던 다른 여인 생각에 나는 잠을 이룰 수가 없었습니다. 그 여인과는 다른 성품과 조건을 지닌 여인을 마음속에서 그려 봤습니다. 그날 온종일 그녀를 기다렸지만 전갈 한 통 오지 않았고, 나는 그녀가 어디 사는지, 누구인지도 몰랐습니다. 당신은 여기서 바람기 많은 내가 양을 오십 마리 샀더라면 훨씬 더 좋았을 거라고 생각할 것입니다.

나는 풀이 죽고 힘도 없어서 쉬려고 밤에 숙소에 도착하니, 낯선 군졸 한 명이 와서 내가 전혀 모르는 사람에 대해 물어보았습니다. 그때 내 심정이 어땠는지 당신은 상상이 될 겁니다. 하인한테 아침까지 나를 기다리라는 말을 군졸에게 전하라고 시켰습니다. 캄브론 성문을 통해 나가서, 생각하며 거닐면서 거의 아침이 될 때까지 시간을 보냈습니다. 도대체 그 군졸이 원하는 것이 뭔지, 무엇을 찾고 있는 건지 곰곰이 생각해봤습니다. 날이 밝아와 집으로 와서 옷을 갈아입고 거처를 옮기기에 안전한 시간이라 생각했습니다. 그 군졸이 찾는 사람이 내가 아니라는 말을 듣고서는 안심이 되었습니다.

소코도베르 광장으로 나갔더니, 두 마리 나귀가 알마그로로 떠날 거라는 고함 소리가 들렸습니다. 그 소리를 듣는 것이 가격을 흥정하고 톨레도를 떠나는 것보다 시간이 더 걸렸습니다. 거기에 있는 모든 것에서 교수형 밧줄 냄새와 신발 밑창 냄새가 나는 듯했기 때문입니다.

그날 밤은 오르가스에서, 이튿날 밤은 말라곤에서 맞이했습니다. 하지만 예상치 못한 일들로 인해 며칠 전부터 밤에 잠을 제대로 자지 못해서,

도착하니 너무 졸렸습니다. 하지만 숙소로 들어갈 때 하녀는 아닌 것 같고, 그렇다고 그 집 딸도 아닌 것 같은 앙증맞고 귀엽고 밝은 표정의 여자애가 내 옷을 받아주니 정신이 번쩍 들면서 잠이 달아났습니다. 객주 주인들은 손님을 끌어들이려고 그런 애들을 고용했습니다.

말을 걸어보니 그 하녀는 공손하게 대답했습니다. 그녀는 주인 부부가 잠들고 나면 나하고 계속 이야기하기로 했습니다. 그녀가 식탁을 차렸고, 내가 닭 가슴살을 그녀에게 주면서 "건배"라고 외쳤습니다. 팔을 잡으려고 하자 그녀가 몸을 피했습니다. 내가 다가가니 그녀는 도망을 쳤고, 그러다가 나는 바닥 옆에 있는 등걸이 의자에 걸려 넘어졌습니다. 충격이 심했고, 설상가상으로 벨트에 찬 칼이 빠지면서 칼자루가 땅으로 떨어지고 칼끝이 위로 향하면서 의자 팔걸이에 박혔습니다. 내가 죽지 않은 것이 기적이었습니다. 그렇게 내 죗값을 치르는 것으로 그 일은 일단락되었습니다.

기다릴 테니 올 거냐고 묻자, 그녀는 그런 짓을 안 하면 자기를 볼 수 있을 거라고 말하며 몇 마디 신소리를 하고서는 갔습니다. 이미 말했듯이 그전 며칠 동안 잠을 이루지 못했기 때문에, 그날 밤은 안 자고 버티기가 너무 힘들었지만, 설사 앞으로 잠을 못 자더라도 그날 밤만은 새벽까지 견디고 싶었습니다. 그래서 하인들에게 아침에 사료로 쓸 밀짚과 보리를 내 방에 갖다 놓으라고 시키니, 하인들은 그것들을 방문 옆에 문 높이만큼 쌓아놓고서 자러들 갔습니다.

하염없이 쏟아지는 잠을 타오르는 욕정으로 버텼지만, 도저히 더는 못 견디고 결국 나는 깊은 잠에 빠져들었습니다. 자정이 지나 마구간을 뛰쳐나온 것인지 집 안에 있던 것인지, 당나귀 한 마리가 집 안을 돌아다니다가 내 방으로 다가와 보리 냄새를 맡고서 한입 먹겠다는 생각에 머리를 교묘히 집어넣고 들어오려고 하니 문에서 소리가 났습니다. 항상 마음을 조이고 있던 나는 혼비백산했습니다. 투우장에서 황소들이 들어오는 것 같았습니다. 아직 잠이 덜 깬 상태여서, 침대가 어디에 있는지도 모를 정도였습니다. 침대에 걸터앉아 그녀를 불렀습니다.

인기척을 느낀 당나귀는 겁이 나 그 자리에 멈춰 서면서도 다리는 밀짚 광주리에 넣었습니다. 나는 그 하녀가 들어오다가 광주리에 부딪힌 거라 생각하면서 침대에서 뛰쳐나가며 말했습니다. "어서 들어와, 내 사랑! 손을 줘!" 그녀의 손을 잡으려고 온몸을 쭉 뻗었는데, 무릎이 당나귀의 얼굴에 닿았습니다. 당나귀가 머리를 들면서 내 얼굴과 세게 부딪히고는 도망쳤습니다. 얼마나 아팠던지, 만일 당나귀가 거기에 그대로 있었더라면 칼로 배를 푹 찔렀을 것입니다. 내 입과 코에서 피가 많이 흘렀습니다. 악마를 사랑하고 그에게 속고 나니 모두가 나를 교묘히 이용하고, 욕심에 눈이 멀면 뭐든지 쉽게 믿어버린다는 것을 깨달았습니다. 나는 문빗장을 걸고 다시 침대 속으로 들어갔습니다.

제9장

알마그로에 도착한 구스만 데 알파라체는
어느 부대 소속의 군인이 되고,
'말라곤에는 집집마다 도둑이 있고
시장의 집에는 아들과 아버지가 있다'라는
부정적인 말의 기원에 대해 이야기한다

사랑이라는 것이 이성의 원칙도 없고, 법에 따르지도 않고, 한가한 마음에서 일어나는 그런 불멸의 욕망이 아닌 것처럼, 쉽게 마음속으로 들어가지만 거기에서 나오기는 어려워서 강한 의지가 있어야 성취할 수 있기에 더는 사랑을 추구하지 않기로 맹세했습니다.

나는 잠이 들어 있던 터라 내가 무슨 말을 했는지 몰랐습니다. 그때는 꿈속을 헤매고 있었기 때문에 얼마나 아팠는지 기억도 안 났습니다. 한밤중에 한바탕 소동을 벌이고 나니 일찍 일어날 수가 없어서 아침 아홉 시까지 잤습니다. 그 시간에 꼴도 보기 싫은 그 여자애가 들어와서는 주인 부부가 당나귀를 가두었다고 말했습니다. 분명 무슨 꿍꿍이속으로 그런 거짓말을 하는 거라며 생각하고 말했습니다. "루시아, 너의 사랑은 내가 여기에 왔을 때부터 떠날 때까지 나를 화나게 하는구나. 또다시 내 인내력의 한계를 넘는 그런 장난을 치지는 못할 거다. 떠날 생각이니 점심이나 차려라."

오후가 됐고 하루해가 짧을 때라 구운 메추리 두 마리와 베이컨으로 점심 겸 저녁 상이 차려졌습니다. 나는 떠날 마음을 먹었고, 노새도 준비가 다 되었습니다. 나는 기분이 불쾌해서 한마디도 하지 않았습니다. 벤치로 올라가서 노새에 타려고 뒤로 슬그머니 지나갈 때, 노새가 나한테 올라타지 말라면서 안 그러면 떨어질 거라고 말하려는 것 같았습니다. 노새는 내가 이해할 수 있는 말을 할 줄 모르기 때문에 나를 자기 근처에 못 오게 하려고 두 번이나 뒷발질을 했지만, 나는 가까이 다가가 노새의 뒷다리 무릎을 꽉 잡아서 다치지 않았습니다. "이런 것까지도 나를 무시하네." 나는 좀 격앙된 목소리로 말했습니다. "이 집에는 노새까지 암컷이란 암컷은 전부 다 나쁜 버릇을 가지고 있어."

노새에 올라타고 길을 가다가 그동안 겪었던 불행이 생각나 하인들에게 나귀 사건 이야기를 해줬습니다. 그들은 웃었고, 특히 객주 하녀를 믿은 어리석었던 나의 이야기에는 배꼽을 잡았습니다. 2레구아 갔을 때, 걸어가던 하인이 포도주를 마시려고 술 자루를 찾았는데 보이지 않았습니다. 우리가 깜빡하고 잊은 것입니다. 그가 말했습니다. "웃고 떠드는 사이에 그 여주인이 술 자루를 다 빼돌렸네. 결국 우린 헛고생만 했네." 시동이 대답했습니다. "그게 아니라 이 마을의 명성에 걸맞게 우리가 도둑맞은 것 같아요."

나는 그런 말이 어떻게 생겨난 것인지 알고 싶어졌습니다. 항상 물건을 가지고 이곳저곳으로 돌아다니는 사람들은 여러 사람들한테서 그와 비슷한 이야기들을 듣는지라, 나는 섞어가고 있는 하인이 알고 있을 것 같아서 그에게 말했습니다. "안드레스, 너는 전에는 학생이었고 지금은 노새를 모는 마부라서, 왜 이 마을이 그런 명성을 지니고, 또 왜 '말라곤에는 집집마다 도둑이 있고 시장의 집에는 아들과 아버지가 있다'고 하는지 혹시 들어

본 적이 있으면 이야기 좀 해주지 않을래?"

하인이 대답했습니다. "주인님께서 제가 그동안 많은 사람들이 각자 자기 방식으로 저한테 이야기한 것에 대해 물어보시는데, 제가 말씀드려야 한다면, 길은 짧고 이야기는 길지만 술을 무척 마시고 싶습니다. 저는 술을 마시지 않으면 말을 제대로 할 수가 없습니다. 그러나 어찌 됐든지 간에 말씀드려야 한다면, 제가 들은 것 중에서 진실의 색깔이나 그림자가 없는 것은 떼어내고 제 판단에 가장 확실하다고 생각되는 것만 하겠습니다. 우리는 선천적으로 이성을 갖고 있지 못하고 배우지도 못했기 때문에, 시간이 지나면서 모든 것이 잊혔을 때 우리가 따라야 하는 법은 좋은 판단력입니다. 그래서 이 이야기는 매우 오래전부터 이런 식으로 전해 내려온 겁니다.

레온 왕국의 돈 알론소 왕이 서거한 지 2년째 되던 해 카스티야 이 레온(Castilla y Léon) 왕국을 통치하던 그의 아들 돈 페르난도 엘 산토 왕이 세비야를 점령한 서기 1236년 어느 날 베나벤테에서 점심을 먹고 있었습니다. 그때, 기독교인들이 코르도바에 입성하여 아하르키아라는 마을의 탑들과 성들을 차지했는데 무어인들은 수가 많은데 기독교인들은 수가 얼마 안 되어 구조를 기다리고 있다는 전갈을 받았습니다.

왕은 이 전갈을 카스티야의 유명한 기사로서 강력한 군대를 이끌고 마르토스에 와 있는 돈 알바로 페레스 데 카스트로와 돈 오르도뇨 알바레스 그리고 다른 기사들에게 보내어 도움을 청했습니다. 소식을 접한 기사들은 즉시 그곳으로 달려갔고, 왕도 지체하지 않고 떠날 채비를 했습니다. 왕이 전갈을 받은 1월 28일은 눈이 많이 와서 춥고 힘들 때였지만 어떠한 역경도 왕의 의지를 꺾을 수 없었던 터라, 왕은 신하들이 도착하는 대로 자기를 따르라는 명령을 내리고 100명도 채 안 되는 군사를 데리고 떠났습니다. 또한 모든 도시와 마을에도 자기가 떠나는 전선으로 지원군을 보내라고 명령했습니다.

냇물과 강물이 많이 불어나 건너가기 힘든 상황이 되었습니다. 여러 지역에서 군인들이 너무 많이 집결해서 말라곤은 사람들로 북적거렸고, 집집마다 군인 한두 명씩은 다 머무르고 있었습니다. 시장은 어느 군대의 대위와 그가 기수로 데리고 온 그의 아들을 자기 집에 머무르게 했습니다. 양식과 필수품이 부족하다 보니, 사람들은 훔칠 수 있는 것은 다 훔치면서 삶을 연명하고 있었습니다.

이 지역 출신의 재미있는 어느 일꾼이 톨레도로 가는 길에 오르가스에서 기사 무리를 만났는데, 그들이 그에게 어디서 오는 거냐고 물었습니다. 그가 말라곤에서 왔다고 대답하자, 그에게 다시 물었습니다. '그쪽에는 뭐 새로운 소식이 있나요?' 그가 대답했습니다. '나리들, 말라곤의 새로운 소식은 집집마다 도둑이 있고 시장의 집에는 아들과 아버지가 있다는 것입니다.'

이것이 근거도 모르면서 이 마을에 붙여진 엉터리 명성의 진짜 기원입니다. 이 시대에 여기보다 더 편안하게 묵을 곳과 더 친절한 사람들이 과연 있을까 하는 생각을 이 길 오는 내내 하면서 참 말도 안 되는 명예훼손이라는 생각이 들었습니다. 우리는 이런 소문이 이 지역이 갖고 있는 중요한 장점들을 훔쳐갔다고도 말할 수 있을 것입니다."

이런 이야기로 노정의 피곤함을 달래며 가다가 한 행인한테서 알마그로에 어떤 부대가 주둔하고 있다는 사실을 듣게 되었습니다. 그는 자기 말이 틀림없는 사실이라고 했고, 나는 무척이나 기뻤습니다. 고통스러운 삶에서 벗어나기 위해 나는 오로지 그것만을 찾아 헤맸던 것입니다. 마을에 도착해 레알 거리에서 창문에 깃발이 나부끼는 것을 봤습니다. 계속 앞으로 가다가 광장에 있는 객주에 들어가 이른 석을 먹고 지난 며칠 동안 악몽 같은 일들을 당하며 쌓였던 피로를 풀고 힘을 재충전하기 위해 자러 갔습니다. 잘 차려입고 대접 잘 받는 나를 본 객주 주인과 손님들은 내 하인들 한테 내가 누군지 물었고, 하인들은 나한테 들은 말 말고는 아는 것이 없었는지라, 내가 토랄 가문[1]의 신분 높은 기사 자제로 돈 후안 데 구스만 이라고 대답했습니다.

아침 일찍 시동이 챙겨준 옷을 차려입고 미사를 본 다음 대위한테 가서 시중들러 왔다고 했습니다. 그는 기쁜 표정을 지으며 아주 정중히 나를 맞이했는데, 멋진 옷을 입고 1,000레알 조금 넘는 돈을 지니고 있는 나한테 어울리는 대접이었습니다. 사람들이 출세하고 나면 옷이나 사랑이나 길에서의 까마귀처럼 날아가버립니다.

대위는 자기 사무실 탁자에 나를 앉히고는 항상 점잖게 나를 대하였고, 그것에 대한 보답으로 나는 왕자처럼 선심을 쓰면서 그에게 선물 공세를 하고 그를 성심껏 섬겼습니다. 그러다 보니 항상 나쁜 짓의 유혹에서 벗어나기가 쉽지 않았고, 또 다른 향료 상인이나 아니면 안전하게 몸을 숨길 수 있는 강이나 숲을 다시 찾아야 할 것 같았습니다. 흥청망청 돈을 쓰고, 노름으로 무분별하게 돈을 잃고, 부대 안에서 벌어지는 노름판에 자주 들락거리며 돈을 따는 일은 거의 없고 대부분 잃다 보니 나는 무일푼이 되었습니다.

이렇게 하루하루 시간을 즐기다가 부대가 출정할 때가 되어서, 우리는 월급의 일부를 선불로 받기 위해 교회 안에 모였습니다. 한 명씩 받으러 나갔는데, 내 차례가 되어 나가니 회계 담당자는 내가 너무 어려 보였는지

..

1) 구스만 씨족 중에서 가장 대표적인 가문.

지금 규칙이라 하면서 내 몫을 안 내주려고 했습니다. 나는 너무 화가 나서 얼굴색이 변하고 욕을 해대고 싶은 충동이 일었지만, 나중에 피해를 볼 것 같아서 불법적이라는 것을 알면서도 거기에 따를 수밖에 없었습니다.

아! 좋은 옷을 차려입은 사람들이 하는 짓이란! 전에 한번 나는 죽을 정도로 발로 차이고 머리와 목을 맞아서 완전히 바보처럼 됐지만, 말 한마디도 안 하고 꾹 참은 적이 있었습니다. 그러나 이제는 별거 아닌 일도 그냥 넘어가지 않았습니다. 화가 머리끝까지 치밀어 올랐습니다. 포도주도 분노만큼 인간을 취하게 하지 못하고, 이성의 빛을 차단하며 판단력을 흐리게 하지 못한다는 것을 그때 경험했습니다. 만일 그 분노가 빨리 지나가지 않는다면, 어떤 폭언이나 난폭함이 내 것하고 비교될 수 있을지 모르겠습니다. 끓어오르는 분노를 진정시키고 말했습니다. "회계 담당자님, 나이는 아무것도 아니고 정신 상태가 훨씬 더 중요합니다. 용기 있는 심장이 명령을 하고, 팔이 검을 다룰 줄 아는 겁니다. 중대한 일을 처리하기 위해서 심장에 피가 있는 겁니다." 그가 매우 조리 있게 말했습니다. "그건 네 말이 맞다. 나도 진실로 그렇게 믿고 싶지만 명령받은 지급액을 초과하면 내 지갑에서 변상해야 하니 어쩔 수가 없구나."

화가 나서 상기된 얼굴 색깔이 빨리 사라지지는 않았지만, 나는 그 점잖은 말 앞에서 뭐라 대답할 말이 없었습니다. 대위는 내가 푸대접 받는 것을 보고 마치 자기 자신이 그런 대접을 받는 것처럼 불쾌해했습니다. 나를 자기 부하로 데리고 있을 수 없다면 내가 떠날 거라고 생각하고는, 회계 담당자에게 좋지 못한 감정을 품고 따져 물었습니다. 만일 그가 감정을 억누르지 못했더라면 큰 소동이 일어났을 것입니다. 다행히 큰 싸움으로 번지지 않고 상황이 진정된 후, 대위가 숙소로 찾아와 내 억울한 심정을 다 이해한다면서 따뜻한 말과 약속으로 나를 위로해줬습니다.

좋은 재갈로 말들을 통제할 수 있는 것처럼, 말은 인간의 분노를 가라앉히며 의지를 바꾸고 굳게 먹은 마음도 쉽게 움직이는 힘이 있습니다. 나는 그의 곁을 떠나려 했지만, 그는 말로써 내가 남도록 설득했습니다.

우리는 한참 동안 얘기를 나누었습니다. 용기 있는 자들이 꿈을 펼치지 못한 채 살아가고, 군대 사기는 땅에 떨어지고, 군인 월급은 쥐꼬리만큼이고, 대신들은 사리사욕을 채우느라 군대의 이러한 현실을 전혀 모르고, 대신들이 올바른 목표를 향해 똑바로 가지 못하고 수많은 시행착오를 겪고, 모두가 자신의 이익만을 좇는 것에 불만을 터뜨렸습니다. 한 사람이 최선을 다해 통치하고 이끌어도 다른 사람이 혼자 주인이 되려 왜곡하고 장해물을 가로질러 놓고는 그것을 무너뜨리기 때문에, 그 사람도 더 많은 부를 축적하기 위해 적과 손을 잡고 친구가 되어 천 가지 수단 방법을 찾고, 신처럼 높은 위치에 오르고 싶어 하고, 북극에 자신의 의지를 심어놓고, 다른 사람은 그렇게 하지 못하기를 바랍니다. 말로는 왕에게 충성하는 척하면서 실제로는 자기 자신을 위해서 일을 도모합니다. 그건 하늘을 향해 팔을 올리고서 땅을 향해 곡괭이를 내리치는 일 같습니다. 그들은 자신들의 의무를 저버리고 전쟁을 일으키고 평화를 깨트리며, 나라를 도탄에 빠트리고, 재산을 빼앗고, 결국 모든 사람들을 지옥에 빠트립니다. 능력도 모자라는 자들이 하고 싶다는 이유만으로 책임을 맡다 보니 얼마나 많은 실수를 저지르고, 얼마나 많은 성채를 잃고, 얼마나 많은 군대가 무너집니까? 그 모든 불행이 그들에게는 행운이고, 좋은 일이 일어난다면 그들에게는 불행이 될 것입니다. 모두가 이렇게 살아가니 모두가 창피한 일입니다.

내가 말했습니다. "군인들이 화려한 색상에 깃털로 장식한 멋진 옷을 입고 힘을 내서 우리 스페인을 도탄에 빠트리는 난관들을 용감하게 처부수어야 하는데, 우리가 검은 누더기를 걸친 가난하고 지친 학생들이나 거지들처럼 입고 다녀야 하는 현실의 비참한 운명을 대위님은 어떻게 보십니까? 우리를 명예롭게 만들어줘야 할 사람들이 도리어 해를 끼치니, 우리는 이제 자포자기 상태에 있습니다. 한때는 전쟁이 나면 그 명성 때문에 스페인이란 이름만 들어도 세상 사람들이 다 벌벌 떨었는데, 이제는 우리가 지은 죄 때문에 그 명성을 거의 다 잃었습니다. 우리는 완전히 속았고, 군대도 충분치 않습니다. 우리의 과거가 현새이고 미래입니다. 아무쪼록 신께서 이러한 문제점을 파악할 수 있는 혜안을 우리에게 주시고 국왕, 법, 조국과 자기 자신들에게 불행을 끼치는 사람들을 바로잡아 주시기를. 앞으로 충분한 시간을 두고 돈 후안 대위님께 제 진심과, 총애를 받으려는 욕심 때문에 일어난 피해에 대해 말씀드리겠습니다. 총애에서 증오가, 증오에서 질투가, 질투에서 분쟁이, 분쟁에서 잘못된 명령이 생겨납니다. 거기서 어떤 결론이 날지 생각해보십시오. 이제 우리는 출정하니까 대위님은 괴로워 마십시오. 이탈리아에서는 또 다른 세상이 펼쳐질 것이며, 거기 가서는 제가 대위님을 잘 보필하겠습니다. 비록 큰 도움은 안 되겠지만, 대위님이 앞으로 출세하시는 데 제가 디딤돌이 되겠습니다."

　대위에게 무척 감사하다는 말을 하고서 헤어졌습니다. 대위가 혼자 가겠다는 것을 내가 숙소까지 모시겠다고 우겼지만, 그가 허락하지 않았습니다. 이튿날 부대는 출발하여 해안가까지 멈추지 않고 진군했습니다. 배가 올 때까지 거의 3개월가량을 기다리며 지내다 보니 돈은 바닥이 났고, 계속해서 노름에 빠지다 보니 경제적으로 압박감이 더 심해져서 내 처지는 말이 아니었고 모든 것이 원위치로 되돌아갔습니다.

　내가 얼마나 미친 짓을 한 건지! 내 자신을 얼마나 꾸짖었는가! 돈이 한 푼도 없이 다 떨어졌을 때 마음잡고 정신 차리겠다고 얼마나 다짐했는가! 어떤 나무에 기대야 할지 몰랐을 때 나 자신을 지키려고 얼마나 노력했었나!

누가 분별없이 나를 사랑했있나! 누가 조심하지 않고 나에게 화려한 옷을 입혔나? 누가 무분별하게 돈 쓰는 것을 내게 가르쳤나! 노름에 재주가 있고, 숙영지에서 솔직하고, 대위를 위해서 돈을 흥청망청 쓴 것이 무슨 의미가 있단 말인가! 안장에 먼저 앉는 사람이 뒤처지는 일이 얼마나 자주 있는가? 쾌락을 좇는 것은 얼마나 어리석은 일인가!

그 이전에는 그런 평판을 받아본 적이 없던 내가 말도 안 되는 소리를 지껄여대면서 인기를 얻다 보니, 정신을 제대로 차릴 수가 없었습니다. 젊은 혈기에 우쭐거리는 나에 대한 평이 나쁘지 않았고, 그렇다고 좋지도 않았습니다. 잘나가다 보니까 친구도 생기고, 대위와 소위로서 식탁에서 솔직한 대화도 나누고, 나를 받아들이려는 소대도 생겼습니다. 뜨거운 바람이 머리로 들어가 뇌를 태우고 화살처럼 빛처럼 눈 깜짝할 사이에 지나가고 달려가는 듯했습니다. 쓸 돈이 점점 부족해지다 보니, 나는 조금씩 위축되어갔고 체면도 많이 깎였습니다. 성 니콜라스 축일 때 입을 옷을 살 돈도 마련하지 못했습니다.[2]

나를 자랑스럽게 여겼던 사람들, 나를 찾아왔던 사람들, 나를 즐겁게 해줬던 사람들, 내 파티에 참석했던 사람들은 내가 돈이 다 떨어지고 나니까 나를 외면하고 나와 사귀지 않고, 나하고 이야기도 나누지 않았습니다. 가난해졌다는 이유로 좋은 향기는 악취가 되고, 즐거움은 불쾌감이 되고, 명예는 불명예가 되었습니다. 그리고 이것이 마치 죄라도 되는 것처럼 나는 하급 부대로 보내졌습니다. 이제 나는 군수물자 보급병들과 사귀었고, 그들과 이야기를 나누었습니다. 죄를 지은 자가 죗값을 치르는 것이 공정한 재판입니다.

∵

[2] 성 니콜라스 축일 전야제에 소년들이 주교 복장을 하고 미사에 참석했다.

제10장

구스만 데 알파라체가 이탈리아에
도착하기까지 대위를 섬기면서 겪은 일들

또다시 견디기 힘들고 불행한 일이 나한테 일어나기 시작했습니다. 그러나 이미 수없이 많은 불행을 겪어온 나는 북 치는 사람을 태운 노새가 시끄러운 소리에 적응하는 것처럼, 거기에 익숙해져 있었습니다. 금방 올라왔다가 내려가는 두레박처럼 꽉 찼다가 텅 비어버리는 허망하고 덧없는 재물을 믿지 않고, 모든 것에 대해 아는 것이 큰 재산이라, 나는 다시 힘을 냈습니다.

그래도 내가 위안 삼는 것이 하나 있었으니, 힘들 때를 대비해서 잘나갈 때 쌓아놓은 신뢰였습니다. 나는 가난했기 때문에 귀족들이 흔히 하는 것처럼 알량한 돈으로 신뢰를 얻은 것이 아니라, 주위 사람들에게 나를 적극적으로 알린 덕분이었습니다. 대위도 내가 성실하게 자기를 섬기는 것을 보고 나를 어느 정도 인정해주면서 도와주고 싶어 했으나, 본인 코도 석자인지라 어쩌지를 못했습니다. 그렇지만 적어도 나하고 알고 지내는 동안에는 나를 근본 있는 아이로 취급하면서 잘 보살펴주었습니다.

나는 거드름을 피우면서도 한편으로는 솔직해지고 싶었습니다. 허영과 가난이 나하고는 잘 어울리지 않는다는 생각에, 나는 그동안 멋진 옷을 입으면서 간과했고 돈을 쓰면서 등한시했던 겸손을 다시 되찾았습니다. 가진 자는 뭐 때문에 기고만장하고, 없는 자는 왜 기가 죽나요? 가난한 자는 카멜레온이라, 이들이 꿀꺽 삼키는 것은 아무런 실체도 없는 공기일 뿐입니다. 거만한 부자도 증오스럽지만, 잘난 척하는 가난뱅이도 꼴불견이고 가관입니다.

허영이 나한테 어울리지 않는다는 것을 알았습니다. 내가 모시는 대위하고는 얼마 전부터 동료 관계가 되었습니다. 전에 요리사 시중들 때보다도 더 조심해서 대위를 섬겼습니다. 그는 내가 어릴 적에 철없이 지내다 보니 자기 밑에 들어올 때까지 거칠게 살아온 아이라는 것을 감안해서 나에게 뭘 시킬 때도 함부로 대하지 않았고, 내가 어떤 이익을 위해 훌륭한 사람들과의 약속을 어기는 짓은 하지 않을 거라고 믿고 있었습니다. 나를 참을성이 많을 뿐 아니라 충실하고 입이 무거운 아이로 인정해서 자기 비밀의 보물창고로 여겼고, 나는 그것을 항상 감사히 여겼습니다.

대위는 오랜 시간 힘들게 노력하고, 부탁하고, 참고 견디고, 윗사람한테 비굴하게 아부하고, 섬기고, 따라다니고, 아침저녁 총총걸음으로 앞마당을 지나다니며 모자를 벗어 손에 쥐고 머리를 땅바닥까지 숙여 인사하면서 원하던 자리를 겨우 얻을 수 있게 되었지만, 그러느라 돈을 많이 써서 돈에 무척 쪼들린다고 말했습니다. 궁전에서 나올 때 윗사람의 측근이 제 얼굴을 가리고 자기를 마차에 태우면서 눈을 뜨면 죽일 거라고 협박을 하며, 출항 허가에 시간이 많이 걸리니 돈을 내야만 해결될 거라고 했다는 말도 했습니다.

신이시여, 권력과 나쁜 의지가 합쳐지지 않도록 해주소서! 이런 것들을 추구하는 자가 대리인이라는 것을 망각하고 특별한 숭배를 바라며 그런 일을 하고, 천박한 사람처럼 유골의 재가 되기 위해 무덤으로 재빨리 다시 들어가려고 하는 것은 참 안타까운 일입니다.

이제 막 광대놀이는 끝났고, 나와 우리 모두를 하나로 합친 것이 바로 당신입니다. 그래서 몇몇 사람들은 자기 배 속에 바닷물을 다 채워 넣을 수 있고 영원한 삶을 누릴 수 있는 것처럼 우쭐거리고, 죽음이 자신들을 굴복시키지 못할 것처럼 잘난 척합니다. 신이 계신 것이 우리에게는 축복입니다! 신이시여, 최후의 심판 날처럼 은총을 베푸소서!

가난을 이겨낼 방도를 모르는 대위는 나한테 미안해했습니다. 고귀한 사람이 곤궁에 빠지면, 부자보다는 가난한 사람이 더욱더 그를 동정합니다. 대위는 팔 수 있는 패물을 몇 개 가지고 있었습니다. 그러나 그는 그 보석늘을 소중하게 여겼고, 곧 배를 타게 되면 그것들이 필요했기 때문에, 조그만 것을 막기 위해 큰 것을 없애는 것이 좋아 보이지 않았습니다.

배가 도착할 때까지 우리는 숙소 안에서 시간을 보냈습니다. 나는 주인이 털어놓는 속마음을 이해했고, 왜 나한테 그런 말을 하는지 이유도 알아차렸습니다. 그에게 말했습니다. "주인님, 저는 행운과 불행, 성공과 역경을 다 경험했습니다. 아직 나이는 어리지만 그동안 여러 곳을 많이 돌아다녔습니다. 그러면서 저는 주인님께 지켜야 할 충성심을 터득한 것 같습니다. 아무 걱정 마십시오. 좋은 때가 오면 힘들지 않게 현실을 타개해나갈 수 있게끔 계획을 세워 주인님을 섬기는 데 제 목숨을 바칠 것입니다."

그렇게 나는 가지고 있는 힘과 재능 밖의 일들을 책임졌습니다. 그때부터 나는 놀라운 솜씨를 발휘했습니다. 숙박업소에 머물 때마다 숙박증을 한 다스씩 모았는데, 전부 12레알 이상 값어치가 나가는 것들이었고, 어떤 것은 50레알까지 했습니다.[1] 내 손이 위험을 무릅쓴 대가로 나는 어떤 숙소라도 다 공짜로 들어갔습니다. 내 주인은 점심 저녁 상에서 닭고기를 먹었고, 일요일에는 소금에 절였거나 포도주에 삶은 족발을 꼭 먹었습니다.

나는 훔친 것을 내 책임으로 돌리지 않고, 항상 동정심에 호소했습니다. 훔치다가 걸리면 별거 아닌 경우에는 그냥 아이들 장난으로 넘어갔고, 문제가 커지면 고발인이 보는 앞에서 내 주인은 나를 잡아 손을 묶고 밑창이 얇은 구두로 겁나게 때렸습니다. 구두 속이 비어 있어서 소리만 컸지 아프지는 않았습니다. 어떤 때는 보호자들이 나서서 용서해줬지만, 그렇지 않은 경우에도 심한 벌은 받지 않았습니다. 그들이 원치는 않았지만 법 때문에 어쩔 수 없이 혼낸다는 것을 알고 있었던 터라, 집이 떠나갈 정도로 소리 지르면 그들은 내 옷깃 하나 건드리지 않았습니다. 그렇게 하면 그들은 자신들의 의무를 다할 수 있었고, 나는 배고픔을 멈추고 명예를 지키며 필요한 것을 얻을 수 있었습니다.

나는 군수품 나르는 데 필요한 역마를 징발하러 다녔습니다. 말 주인들한테 말을 되돌려주는 것이 얼마나 힘든 일인지를 누차 강조하면서 구전을 받았습니다. 우리한테 돈을 준 사람들 말은 가능한 한 돌려주었고, 그렇지 않은 말들은 도망쳤다고 말했습니다. 병사 명부와 월급 선불 명단에 그 마을에서 적당한 젊은 애들 대여섯 명의 이름을 거짓으로 올려놓고, 한 명을 납골당 꼭대기를 통해 교회로 다섯 번 들여보내 다섯 명분의 선금을 지급받았고, 내 의도가 들통 나고 못된 짓이 발각될까 싶어, 마지막으로 들여보낼 때는 알아보지 못하도록 코에 고약을 붙였고 매번 옷을

..

1) 군인들에게 길을 가다가 일반 가정집에서 숙박을 할 수 있도록 숙박증을 지급했는데, 그것을 사고파는 경우가 있었다.

갈아입혔습니다.

이런저런 못된 짓과 속임수로 나라는 존재는 대위한테 네 번의 물자 배급품[2]만큼 값어치가 나가니, 그는 나를 자신의 생명처럼 아꼈습니다. 그러나 그의 씀씀이가 커서 내가 그리 큰 도움은 되지 못했습니다.

배를 타기 위해 바르셀로나에 도착했는데 왕에게서는 아무런 지원도 없고, 돈을 구할 방법도 없고, 나도 아무런 도움이 못 되다 보니 대위는 지쳐버렸습니다. 그는 우울해하고, 슬퍼하고, 의욕상실증에 빠진 것 같았습니다. 전에도 그를 여러 번 치료해주었듯이, 나는 의사처럼 그의 병 원인을 진단했습니다. 그가 갑자기 나한테 대안을 제시했습니다. 정확히는 모르겠지만 그는 보석 몇 개하고 금으로 된 매우 값비싼 성물을 가지고 있었는데, 그것을 처분한다는 말에 너무 가슴이 아파서 내가 말했습니다. "주인님께서 저를 믿으신다면, 그 성물을 제게 주십시오. 그러면 이틀 내로 더 좋은 것으로 가져다드리겠습니다." 그 말을 듣고 다소 기분이 좋아진 대위가 농담조로 말했습니다. "구스만, 또 무슨 꿍꿍이속이냐? 네가 늘 벌이는 못된 짓 또 하려고?" 내 재능과 비밀이 자기에게 이익과 명예를 가져다주리라는 것을 알고 있었던 만큼, 그는 내가 몇 번 조르지 않았는데도 그것을 주면서 말했습니다. "네가 그것을 나한테 다시 가져오고 네가 생각한 대로 일이 진행될 것을 신께서 원하실 테니, 가지고 가거라."

그것을 받아 작은 주머니에 넣고 꼭꼭 싸매서 조끼 안주머니에 매달아 가슴에다 잘 품고는 곧바로 근방에서 고리대금업을 크게 하면서 기독교로 개종한 귀금속 상인 집으로 갔습니다. 그에게 내가 군대에 오게 된 사연을 이야기하느라 시간이 많이 지체되어서, 나는 서둘러 본론으로 들어갔습니다.

• •

2) 전쟁 때 장교가 병사들을 모집하는 데 필요한 물자를 병부에서 보내주었다.

급할 때를 대비해서 매우 값비싼 보석 히니를 가지고 있는네, 소금 싸게 팔 거라고 했습니다. 그러나 먼저 나는 상인에게 내가 누구고, 내가 어떤 사람인지 알아보고 싶다면, 사람들한테 왜 그런 질문을 하는지는 말하지 말고 물어서 만족할 만한 정보를 당신이 얻은 후에, 내가 해변에서 혼자 기다리고 있을 테니 거기로 오라고 했습니다. 보석에 탐이 난 상인은 대위와 나에 관해서 웬만한 정보를 다 캐내기 위해 여러 사람들한테 물어보니, 모두들 같은 대답만 했습니다. 대위는 지체 높고 부유한 기사의 아들로 이탈리아로 가고 싶어서 두 명의 하인과 돈을 챙겨왔는데 가진 돈을 거의 다 탕진했다고 했습니다. 상인은 내가 기다리고 있는 곳으로 와서 들은 이야기를 나한테 했습니다. 내 물건을 그가 살 거란 확신이 들면서 나는 속으로 쾌재를 불렀습니다. 그는 가격을 후하게 쳐줄 테니 보석을 보여달라고 했습니다. 나는 서로 떨어진 거리에서 보여주겠다고 했습니다.

우리는 서로 조금 떨어져서, 내 보기에 적당하다 싶은 곳으로 갔습니다. 나는 가슴에 손을 넣고 금으로 된 성물을 꺼냈습니다. 나는 성물의 가격을 미리 다 알아보았습니다. 그 보물은 정교하게 만들어졌을 뿐만 아니라 값비싼 보석으로 되어 있어서, 상인은 매우 흡족해하면서 그것을 무척 사고 싶어 했습니다. 나는 매우 싸게 해서 200에스쿠도만 달라고 했고, 그는 가격을 깎기 시작하더니 터무니없는 가격을 제시했습니다. 물건의 단점을 백 가지 지적하면서 1,000레알을 준다는 것이었습니다. 나는 150에스쿠도는 충분히 나가고 그 가격에서 1레알도 더 깎을 수는 없다고 단호하게 말했습니다. 파는 자에게는, 절대로 가격을 내릴 수 없고 가격을 올려주는 소비자를 기다리겠다며 강경한 태도를 보이는 것이 도움이 됩니다.

계속해서 가격을 흥정하다가 상인은 금화로 120에스쿠도를 주기로 했습니다. 더는 올려 받기 힘들 것 같고, 내가 처음에 의도했던 만큼의 액수라 합의했습니다. 상인은 값을 치를 때까지 나하고 떨어져 있거나 나 혼자 놔두기 싫어서, 나보고 같이 가자고 했습니다. 내가 말했습니다. "훌륭하고 존경받는 분이시여, 내가 혼자 가려고 하는 것은 이탈리아에 도착해서 옷을 사 입고 친척들을 만나는 데 쓸 이 돈을 혹시 빼앗기지 않을까 하는 두려움 때문입니다. 내가 당신하고 가는 것을 보는 군인이 있다면 분명 당신이 뭔가를 사려는 것이 아니라 팔려는 것이라고 오해할 것이며, 나한테서 돈 냄새를 맡고 내가 아직 어리니까 그것을 빼앗으려고 할 것인데, 그럼 나는 속수무책으로 당할 수밖에 없습니다. 여기서 기다리고 있을 테니, 기회를 봐서 조용할 때 오십시오. 에스쿠도를 가지고 오셔서 당신의 보석을 가지고 가십시오. 당신이 원하는 대로 큰 이득을 볼 것입니다."

내 말이 그럴듯했는지, 상인은 돈 가지러 자기 집까지 경주마처럼 쏜살같이 달려갔습니다. 나는 주인이 신뢰하는 다른 하인에게 이곳에 와서 기다리고 있으라고 했습니다. 상인이 주위를 살피며 와서 내 손바닥에 에스쿠도를 세어서 주었습니다. 내가 보석을 써내려 주머니를 풀려고 했으나, 너무 꽉 묶어놓아서 풀리지가 않았습니다. 상인의 허리띠에 몇 개의 칼이 꽂혀 있는 칼집이 매달려 있어서, 칼을 달라고 하니까 그는 영문도 모른 채 하나 줬습니다. 그걸로 끈을 자르니, 매듭은 원래 있던 대로 조끼에 붙어 있었습니다. 성물을 주머니에 담은 채로 건네줬습니다. 그는 만족스러워하며 내게 왜 그렇게 주냐고 물었습니다. 나는 그것을 싸서 줄 종이나 상자가 없고 주머니는 낡아서 더는 필요가 없어 그랬다고 대답하고서, 받은 에스쿠도는 벨트에다 묶었습니다.

상인은 보석을 받아, 내가 줄 때처럼 가슴에 넣고는 나와 헤어졌습니다. 내 동료한테 신호를 보내 그가 오자 빨리 집으로 가서 주인한테 돈을 가져다주고, 나는 조금 있다가 갈 거라는 말을 전하라고 시켰습니다. 그러고 나서 상인의 뒤를 따랐습니다. 나하고는 거리 차이가 한참 나서, 한참 달려가서야 그를 앞지를 수 있었습니다. 그때 군인들이 쑥덕거리며 나타나, 나는 양손으로 그들을 붙잡고 소리쳤습니다. "도둑이야, 도둑! 군인 아저씨들, 도둑맞았어요. 저놈 놓치지 말고 잡아서 내 보석 좀 찾아주세요. 그거 잃어버리면 전 집에 가서 주인한테 맞아 죽어요!"

군인들은 나를 알고 있던지라, 내 말이 진실이라고 생각했습니다. 그들은 사건 진상을 파악하기 위해 상인을 붙잡았습니다. 목소리 큰 사람이 더 옳고 결국 이기는 법이라, 내가 크게 소리를 지르다 보니 상인은 아무 말도 못했고, 말을 해도 아무도 그의 말을 믿으려 하지 않았기 때문에 나로서는 일거양득이었습니다. 나는 손은 치켜들고 무릎은 땅에 꿇으면서 큰 소리로 애원했습니다. "여러분, 내 주인이신 대위님이 나를 죽일 겁니다. 도와주십시오!"

군인들은 괴로워하는 내 모습을 보고 눈물을 흘리며, 도대체 어떻게 된 일이냐고 물었습니다. 나는 상인이 진실을 밝히게 놔두질 않았습니다. 상인의 말을 거짓으로 만들기 위해, 그럴듯한 거짓말을 꾸며 그를 이기고 싶었습니다. 내가 듣기로, 그 상인은 처음 약속한 여인과 결혼을 했다가 이혼을 했고, 다른 정부들도 있었지만 다 떠나고 아무도 남아 있지 않았습니다. 나는 군인들한테 말했습니다. "오늘 아침에 주인이 내 머리맡에 성물 하나를 놓아두면서 잘 간수하라고 해서, 그걸 주머니에 싸서 가슴에다 품고 있었는데, 해변에서 멀쩡하게 생긴 이 귀금속 상인을 만나 그것을 꺼내 보여주면서 가격이 얼마나 나가는지 물어보았습니다. 그 상인이 그건 도금한 구리하고 유리로 만든 거라고 하면서 팔 거냐고 물어서, 팔 게 아니라 주인 거라고 대답했습니다. '주인이 그거 팔 건가?'라고 물어서, '모르겠습니다. 당신이 직접 말씀해보세요'라고 대답했습니다. 그는 내가 누구이며, 어디서 왔고, 어디로 갈 건지 물어보면서 가다가 우리 둘만 있는 것을 보자, 저 칼집에서 칼을 꺼내 조용히 입 다물고 있지 않으면 죽일 거라고 나를 위협했습니다. 가슴에서 보석을 꺼내는데, 끈을 풀 수가 없으니까 그걸 자른 겁니다. 일이 이렇게 된 거니까 제발 보석을 찾아주세요!"

주머니가 잘린 것을 본 군인들은 상인을 바라보았는데, 그는 아무 말도 하지 못하고 죽은 사람처럼 사색이 되어 있었습니다. 군인들은 그의 가슴 속에 있는 내가 준 주머니에서 성물을 끄집어냈습니다. 상인은 욕을 하며 그건 내가 판 것이고, 내가 칼로 주머니를 자른 것이며, 거기에 그걸 담아 내가 줬고, 자신은 그 대가로 금화 120에스쿠도를 내게 줬다고 맹세했습니다. 나한테서 돈을 찾아내지 못했기 때문에, 그가 나에게서 그걸 샀다는 말을 아무도 믿지 않고 훔친 거라 생각했습니다.

이제 증거가 명백해져서 군인들이 욕을 하며 상인을 거칠게 대하자, 그의 어떤 말도 먹혀들지 않았습니다. 군인들은 강제로 그에게서 성물을 빼앗았습니다. 그가 법에 호소해서, 나는 법정에 출두해 내가 지금까지 언급한 이야기를 한 글자도 빼지 않고 진술했습니다. 증인들도 자기들이 그것을 목격했다고 하자, 재판관들은 사건을 종결짓고 상인에게 유죄판결을 내리고 그를 추방시켰고, 나한테는 주인에게 보석을 가져다주라고 명령했습니다. 나는 숙소로 달려와서 모든 사람들이 보는 앞에서 보석을 주인에게 주었습니다.

배신은 마음에 들어도, 배신자는 마음에 들지 않습니다. 악한 자는 나쁜 짓을 저지르며 자기에게 그걸 시킨 자를 기쁘게 해줄 수 있지만, 시킨 자에게 도움이 될 수 있는 한계를 넘어서게 되면 시킨 자는 악행과 속임수를 가슴에 새기면서 악인을 신뢰하지 않게 됩니다. 그때 주인은 내 행동을 불쾌히 여기지는 않았지만 나를 경계했습니다. 나의 못된 짓으로 그는 형편이 좋아졌지만, 그런 일과 나를 두려워했습니다. 이런 근심 걱정을 품고 제노바까지 건너가서는 배에서 내리자마자 내 도움을 별로 필요로 하지 않고 나를 내팽개쳤습니다.

나쁜 사람들은 독사나 전갈처럼 진액을 뽑아 먹고는 껍데기는 쓰레기 더미에 던져버립니다. 그들은 자신들이 바라는 목적을 달성하기 위해서 그 진액만으로 살아가다가, 그들 자신도 나중에 그런 존재가 되고 맙니다. 며칠 지나지도 않아 대위가 말했습니다. "이제 너는 이탈리아에 왔다. 너의 봉사가 나한테 그리 도움이 되지 않을 것 같고, 너의 행동 때문에 내 가슴이 무척 아프니, 이제 네가 가고 싶은 곳으로 떠나라." 그는 동전 몇 푼하고 스페인 레알 몇 푼을 나한테 주었는데, 정말 쥐꼬리만큼이었습니다. 그걸로 나는 대위와 헤어졌습니다.

길 가는 내내 고개를 푹 숙이고 미덕의 힘이란 과연 무엇일까 곰곰이 생각해봤습니다. 누구든지 착한 일을 하면 상을 받고, 나쁜 짓을 하면 벌과 비난을 받습니다. 그때 나는 주인 때문에 겪어야 했던 일, 그를 위기에서 구하기 위해 어쩔 수 없이 했던 일들처럼 전부 내가 힘들었던 것들을 주인에게 이야기해주고 싶었습니다. 그러나 주인이 나를 썩은 고기 보듯 피하는 걸 보면 내 책임도 있다고 생각했습니다. 내 팔자가 기구하지만 친척들을 찾을 걸 생각하며 모두 대수롭지 않게 넘겼습니다. 친척들을 만나겠다는 희망을 갖고 그들에 대한 소식을 알아보면서 낯선 그 도시를 돌아다녔습니다.

제3권

구스만 데 알파라체는 이탈리아에서 겪은
구걸 행각과 그 밖의 일들에 대해 이야기한다

제1장

구스만 데 알파라체는 제노바에서
친척들을 찾지 못하고 사람들에게
놀림만 받다가 결국 로마로 도망친다

아첨꾼들은 사물을 실제보다 크게 보이게 하는 망원경을 가지고 있어서, 그들에게는 어리석은 부자나 신중한 가난뱅이가 존재하지 않습니다. 실제로 그들을 부의 나방들, 진실의 벌레들이라고 부를 수 있습니다. 아첨은 가난한 자의 철천지원수이면서도 가난과 함께 살고, 가난은 정신의 딸이 아니라 비난의 어머니, 불명예, 모든 악의 근원, 인간의 적, 고통스러운 문둥병, 지옥으로 가는 길이면서 그리고 인내가 가라앉고, 명예가 실종되고, 생명이 끝나고, 영혼을 잃은 바다입니다.

가난한 자는 유통되지 않는 돈, 꾸민 이야기, 마음의 찌꺼기, 광장에 떨어져 있는 말똥, 부잣집 당나귀입니다. 그는 가장 맛있는 음식을 아주 비싸게 값을 치르고 매우 늦게 먹습니다. 그가 가진 돈은 가치가 실제 가치의 반도 안 되고, 그의 말은 어리석기 짝이 없고, 그의 신중함은 정신 나간 짓이고, 그가 신에게 하는 맹세는 비웃음이고, 그의 재산은 공동의 것이라, 그는 많은 사람들한테서 욕을 먹고, 모든 사람들한테서 미움을 받습니다. 그가 말을 하면 사람들은 귀담아 듣지 않고 피하고, 그가 충고를 하면 언짢아하며 투덜거립니다. 그가 기적을 일으키면 마법사가 되고, 그가 덕망이 있으면 사기꾼이 되고, 그의 가벼운 죄는 벌 받을 짓이 되고, 그의 생각은 죄악이라 벌을 받고, 그의 정의는 보호받지 못하고, 그가 욕을 보이면 주어서두 죗값을 치르게 됩니다. 모두가 그를 짓밟고, 어느 누구도 그를 두둔하지 않습니다. 그의 어리석음을 깨우쳐줄 수 있는 사람은 없고, 그의 고통을 위로해주거나 고독을 함께 나눌 사람도 없습니다. 어느 누구도 그를 도와주지 않고 훼방을 놓고, 그에게 뭘 주는 사람은 없고 다 빼앗고, 그는 누구에게 신세 지는 일이 없고, 가지고 있는 것도 다 갖다 바칩니다. 사람들이 시계의 시간을 그에게 팔고, 그는 8월의 햇빛을 사니, 가난한 사람은 너무 불행하고 불쌍합니다! 식용으로 쓸 수 없는 죽은 짐승 고기가 개의 음식이 되는 것처럼, 신중히 일을 처리하는 가난한 자는 죽어서 바보들의 음식이 됩니다.

이와는 정반대로 부자는 얼마나 잘 달립니까! 그들은 뒤바람을 타고 갑니다. 얼마나 잔잔한 바다를 항해하는가요? 다른 사람의 곤궁에는 전혀 관심이 없습니다. 그의 곡간에는 밀이, 양조통에는 포도주가, 항아리에는 식용유가, 사무실과 금고에는 돈이 넘쳐납니다. 여름에는 더위에서 보호해주고, 겨울에는 추위를 차단해줍니다. 모두가 그를 대접해줍니다. 그의 광기는 기사도이고, 그의 어리석음은 판결문입니다. 만일 그가 심술궂으면 영특하다고 하고, 방탕하면 대담하다고 하고, 욕심이 많으면 신중하고 현명하다고 하고, 험담을 하면 재치 있다고 하고, 무모하면 자유분방하다고 하고, 뻔뻔하면 쾌활하다고 하고, 신랄하면 예의 바르다고 하고, 행실이 나쁘면 장난이 심하다고 하고, 말이 많으면 대화가 통한다고 하고, 사악하면 사교성이 좋다고 하고, 배은망덕하면 힘이 있다고 하고, 고집을 부리면 한결같다고 하고, 신을 모독하면 용기 있다고 하고, 게으르면 점잖다고 합니다.

그의 실수는 땅을 뒤덮습니다. 모두가 그를 두려워하며, 어느 누구도 그 앞에 함부로 나서지 않습니다. 모두들 그저 그의 기분을 맞춰주려고 그의 혀에 신경을 집중합니다. 그는 사람들이 자기 말을 오해할까봐 말을 하지 않습니다. 그는 원하는 것을 가지고 나갑니다. 그는 소송 당사자고 판사고 증인입니다. 거짓말도 그럴듯하게 꾸며내다 보면 진실처럼 보이게 만들 수 있게 되어 마치 진실인 것처럼 되고 결국 진리로 통하게 됩니다. 부자한테는 수많은 거짓말이 따라다니고, 사람들은 온갖 거짓말로 그를 환대합니다. 그런 거짓말들이 그를 얼마나 위대하게 만드는지요!

결국 가난은 가난한 자들의 것이고, 부는 부자들 것입니다. 그래서 좋은 피가 끓고 명예가 느껴지는 곳에서는 죽음보다도 빈곤을 더 고통스럽게 여깁니다. 돈이 피를 뜨겁게 하고, 피에 활기를 불어넣습니다. 그래서 돈이 없는 자는 살아 있는 자들 사이를 걸어가는 시체입니다. 돈이 없으면 어떤 일도 제대로 할 수 없고, 욕망을 채울 수도 없고, 만족스러운 삶을 살 수도 없습니다.

이 길은 세상으로 나 있습니다. 세상은 다시 시작하지 않습니다. 오랜 시간 흘러왔고, 우리는 세상을 바꿀 수가 없습니다. 그럴 수 있는 방법도, 대책도 없습니다. 그렇게 우리는 세상을 만났고, 세상을 그대로 놓아둘 것입니다. 더 좋은 때를 기다리지 말고, 지난 시간이 더 좋았을 거라고 생각하지 마십시오. 과거와 현재와 미래가 다 하나입니다. 첫째 아버지는 믿을 수 없었고, 첫째 어머니는 거짓말쟁이였습니다. 첫째 아들은 도둑놈이었고 동생을 죽였습니다. 과거에 없었는데 현재에 뭐가 있을 것이며, 미래에 뭘 기대하는가요? 과거가 더 좋아 보이는 이유는 보이는 것에서는 나쁜 것만 보이고, 보이지 않는 것에서는 좋은 것만 기억하기 때문입니다. 고통도 지나가고 나면, 마치 아무 일도 없었던 것처럼 즐거움만 남습니다. 마찬가지로, 멀리서 바라보면 쾌적하고 평화롭게 보이는 초원도 실제로 가서 보면 편안히 앉을 땅 한 뼘 없이 전부 구덩이고 돌멩이고 쓰레기뿐입니다. 우리는 하나를 보고 있으면 다른 것을 잊게 됩니다.

매우 오래전부터 모두가 성공을 바라고, 부를 좇고, 배부름만 찾고, 이익을 추구하고, 풍요롭게 죽기를 바랐습니다. 부족한 곳에서는 부자간에, 형제간에 그리고 나와 나 자신 사이에도 믿음이 깨지고, 나 자신한테까지도 넌덜머리가 납니다. 지금까지 살아온 시간 속에서 수많은 시련을 겪으면서 나는 그것을 터득했습니다. 제노바에 도착해서 나 자신을 뒤돌아보고, 더는 우쭐거리지 말고 보다 나은 미래를 위해 그 기회를 잘 지켰더라면, 앞으로 당신도 보겠지만, 방황하지 않았을 거라는 것을 이제야 깨달았습니다.

내 주인이었던 대위와 헤어진 이후, 나는 그 도시의 귀족들과 친척 간이 되는 그런 매우 유서 깊고 뼈대 있는 집안의 자손이라는 것을 과시하기 위해 무화과나무로 만든 허수아비처럼 넝마 쪼가리를 덧대 입고 아버지 집안에 대해 물어보면서 내가 누구였노라고 떠들며 돌아다니니, 사람들은 화를 내며 나를 죽도록 싫어했습니다. 그들도 자신을 지키기 위해 나한테 그랬을 거라는 생각이 들고, 당신이라도 그런 손님이 문으로 들어왔더라면 마찬가지였을 것입니다. 그러나 그들은 나한테 저질렀던 일들 때문에 기를 쓰고 나를 못마땅하게 여겼습니다.

주먹질하고 따귀를 때려서라도 나를 구할 생각은 없었냐고 사람들에게 직접 물어보지는 않았습니다. 그나마 덜 나쁜 사람은 내 얼굴에 침을 뱉으며 말했습니다. "이 더러운 유대인 놈아! 네가 제노바 사람이냐? 너도 눈치

챘듯이, 너는 아주 더러운 갈보 자식이다!"

　마치 아버지가 근본 없는 천민이었거나 아니면 이백 년 전에 죽은 사람인 것처럼, 나는 아버지 일가친척의 흔적도 찾지 못했습니다. 그러는 중에 어떤 사람이 나한테 다가와 뱀 꼬리를 흔들며 아부했습니다. 아, 진짜 엉큼하고 나쁜 늙은이! 나를 얼마나 속였던지! 그가 말했습니다. "너의 아버지 친척들과 오랫동안 관계를 맺어온 사람이 너의 아버지에 대해 하는 이야기를 들었는데, 내 생각에 너의 아버지 친척들은 이 도시에서 가장 훌륭한 귀족이 틀림없다. 저녁은 먹었을 테고, 다른 거 할 시간은 안 되니, 우리 숙소에 자러 가자. 내일 아침에 나가서 한 바퀴 둘러보고, 너의 친척들과 오랫동안 알고 지냈던 그 사람을 소개해줄게."

　말쑥한 외모와 점잖은 말씨, 훤칠한 키, 대머리, 허리까지 내려오는 길고 흰 턱수염에 손에 지팡이를 쥐고 있는 모습이 성 바울이 내 앞에 나타난 것 같았습니다. 잠자는 것보다는 밥 먹고 싶은 마음에 그의 숙소로 따라갔습니다. 그날은 내가 밥값을 내게 되어서, 논이 많이 들까봐 아주 조금만 먹었습니다. 돈을 냈더니 그는 딱딱하게 굳은 빵을 조금 줘놓고는 부드러운 빵을 많이 준 것처럼 말해서 나는 더는 돈을 낭비하지 않기 위해 조심했습니다. 배고픔이 더 심해졌는데, 코르도바 사람처럼 그는 내가 벌써 저녁을 먹었을 거라고 말한 걸 보면, 얼마나 인색한 사람인지 알 수 있습니다. 그 기회를 잃어도 상관없다면야 그를 따라 그 숙소에 먼저 가지는 않았을 테지만, 나를 기다리고 있을 행운을 잡겠다는 희망에 나는 날아가는 소를 삼기 위해 손에 있는 새를 놓아주었습니다.

　숙소에 들어가니 하인이 망토를 받으러 나왔습니다. 노인은 망토는 주지 않고 하인하고 무슨 말인가를 주고받았습니다. 하인을 내보내고 우리끼리만 멍청하게 있었습니다. 그는 스페인 소식과 내 어머니에 대해 그리고 내 어머니한테 재산이 있었느지, 내 형제가 몇인지, 내가 어디에 살았는지 물어보았습니다. 나는 정신을 바짝 차리고 그의 질문에 다 대답해주었습니다. 하인이 다시 들어올 때까지 한 시간 넘게 대화를 나누면서 나는 기분이 좋았습니다. 그런데 늙은이가 갑자기 왜 그랬는지 모르겠지만, 경계의 눈빛을 띠며 말했습니다.

"자, 이제 가서 자고 내일 보자. 안토니오 마리아, 이분을 잠자리로 모셔라."

그녀를 따라 다른 방으로 갔습니다. 많은 대리석 기둥과 대리석으로 지어진 매우 넓은 숙소였습니다. 복도를 지나 제일 끝에 있는 방으로 들어갔습니다. 여러 색상의 그림이 그려진 멋진 천들이 벽에 걸려 있는 방은 잘 정돈되어 있었습니다. 한쪽에 침대가 있고, 침대 머리맡 바로 곁에 둥그런 의자가 하나 있었습니다. 마치 내가 옷을 다 벗어야 할 이유라도 있는 것처럼 하인은 내 옷을 벗기고 싶어 했습니다.

내가 입고 있는 옷은 워낙 여러 쪼가리를 모아서 만든 옷이라, 입을 때마다 종이로 만든 안감 틀을 끼우고 거기에 쪼가리를 하나하나 맞춰가며 입었는데, 아직 서툴러서 제자리에 정확하게 맞춰 입기가 힘들었습니다. 그래서 땅바닥에 질질 끌리는 내 옷을 보는 사람이 있었다면 어느 것이 조끼이고 어느 것이 바지인지 구분하지 못했을 것입니다. 벨트가 없어서 그 대용으로 옷들을 연결한 매듭들을 풀어 옷을 침대 밑에 벗어놓고는 이가 우글거리는 더러운 몸으로 침대 속으로 들어갔습니다.

깨끗한 침대는 푹신하고 냄새가 좋았습니다. 나는 생각했습니다. '이 착한 늙은이가 내 친척이라 나를 극진히 대접해주고, 자신이 누군지는 내일 아침까지 밝히려고 하지 않는구나. 출발이 좋으니 나한테 옷을 만들어주고 잘 대해주겠지. 이렇게 좋은 사람이 나를 환대해주는 걸 보니, 분명 내 친척일 거야. 이번에는 진짜로 행운을 잡았다.' 나는 아직 어려서 겉만 보고 속까지는 들여다보지 못했습니다. 내가 뭔가를 알고 경험이 있었다면, 큰 선심 앞에서는 깊이 생각을 해야 했고 성대한 대접은 매우 조심해야 했었습니다. 세상에 공짜는 없고, 거기에는 비밀이 숨어 있습니다. 전혀 익숙지 않은 동작으로 당신에게 애정 표시를 하는 사람은 당신을 속이거나 이용하려고 그러는 것입니다.

하인이 방 안에 있는 등불을 켜놓고 나가서, 불을 끄라고 하니 하인은 안 된다고 했습니다. 그 지역에는 밤에 아주 위험한 큰 박쥐들이 돌아다니는데, 방 안에 불을 켜놓으면 그것들이 어둠 속으로 도망친다는 거였습니다. 또 그 지역에는 귀신들도 많이 살고 있는데, 불을 무서워하고, 어두운 방에는 한번씩 나타나 해코지를 한다고 했습니다. 세상에서 가장 어리석은 나는 그 말을 곧이곧대로 믿었습니다.

그 말을 하고서 하인은 나갔습니다. 나는 도둑맞을까 걱정되어서가 아니라, 어리다 보니 하인이 말한 일이 나한테 일어날까 싶어서 일어나 문을 잠갔습니다. 베개, 매트리스, 이불, 시트가 너무 편안한 데다가 무척 졸렸기 때문에, 침대에 들어가자마자 기분 좋게 잠들었습니다.

밤도 거의 중간을 넘어 새벽녘을 향해 가고, 나는 송장처럼 꼼짝 않고 잠에 빠져 있었는데, 옷을 입고 가발을 쓰고 가면을 한 악마 형상의 네 그림자가 어른거리는 소리에 나는 잠이 깼습니다. 그들은 침대로 다가와서 내게 정신을 잃을 정도로 겁을 주며 한마디도 하지 않고 내 윗도리를 벗겼습니다. 나는 재빨리 성호를 그으며 기도를 하고 예수님 이름을 천 번이나 불러댔습니다. 그러나 그들은 인성을 가진 악마들이었고, 더욱더 나를 궁지로 몰아넣었습니다.

그들은 시트 밑에 있는 매트리스 위에다 담요 한 장을 깔고서 각각 모포의 끝자락을 잡고 나를 중간에 놓았습니다. 나는 기도도 아무 소용이 없는 것을 보고는 더욱더 당황해서 감히 입도 뻥긋하지 못했습니다. 담요 위치가 아주 적당했습니다. 그들은 담요 위에 눕힌 나를 마치 사육제 때 개한테 하는 것처럼 높이 행가래를 쳤습니다. 그들은 지치고 나는 완전히 녹초가 되어서야, 그들은 나를 처음 깨웠던 장소에다 다시 갖다 놓고 초죽음이 된 나를 옷으로 덮어놓고 불을 끄고는 들어왔던 곳으로 나갔습니다.

뼈마디가 전부 탈골된 것 같았고 그 상태가 너무 심해서 날이 밝았을 때 내가 있는 곳이 하늘인지 땅인지도 알 수 없었습니다. 나를 보호해준 신은 그 이유를 알고 있었습니다. 아마 아침 여덟 시쯤이었을 것입니다. 일어날 수 있을 것 같아 일어나려고 했습니다. 몸에서 악취가 나서 보니까 몸에 끈적끈적한 것이 묻어 있었습니다. 전에 주인이었던 요리사의 부인이 기억났는데, 그런 난리 속에서 난감하게도 내가 설사를 한 것입니다. 그러나 날개보다 더 검은 까마귀가 될 수는 없었습니다.[1] 시트 끝을 뜯어 내 몸을 전부 닦아내고, 옷 쪼가리들을 하나하나 연결하면서 도대체 무슨 일이 일어난 건지 생각해봤습니다. 뼈 마디마디가 다 쑤셔서 일어날 수가 없었고, 꿈을 꾼 게 아닌가 하는 생각이 들었습니다. 사방을 둘러봤지만 그들이 들어올 만한 곳은 없었습니다. 지난밤 내 손으로 직접 문을 잠갔고 자물쇠가 그대로 있는 걸로 보아 문으로는 들어올 수가 없었습니다. 지난밤 하인이 말한 것처럼 혹시 귀신들이 장난친 것이 아닌가 상상도 해봤지만 그런 것 같지는 않았습니다. 만일 그렇다면 빛의 귀신들이 있다는 것을 미리 귀띔해주지 않은 그 하인을 가만두지 않았을 것입니다.

..

1) 스페인 속담으로, 큰일을 당하면 그것보다 더 큰 일은 일어나지 않을 거라고 생각한다는 뜻이다.

사방을 살펴보다가 벽에 걸린 천을 들춰서 혹시 그 뒤에 작은 문 같은 것이 있나 봤습니다. 복도로 향하는 창문이 열려 있는 것을 발견하고는 말했습니다. "분명 여기로 그 끔찍한 것들이 들어왔구나!"

체스 말들을 담아놓는 주머니에서 나는 것 같은 소리가 갈비뼈에서 났지만, 그곳에서 벗어날 때까지는 똥 마려운 것을 참는 것처럼 꾹 참았습니다. 다른 사람들이 들어와서 침대를 보고 나의 나약함을 알아차리고 그것 때문에 또 다른 벌을 줄까봐, 침대를 잘 덮어놓았습니다. 나를 데리고 왔던 하인이 거의 아홉 시쯤 되어서야 나타나 자기 주인이 교회에서 기다리고 있으니 거기로 가라고 전했습니다. 거기에 하인만 남겨두면 또 무슨 수작을 피울 것 같아서, 출구를 모르니 문까지 데려다 달라고 부탁했습니다. 그는 나를 데려다 주고 돌아갔습니다. 일단 길에 들어서자마자, 나는 마치 발에 날개가 달린 것처럼, 몸이 다 나은 것처럼 재빨리 뺑소니쳤습니다. 역마도 못 따라올 정도로 쏜살같이 도망갔습니다.

달렸다기보다는 도망을 친 것입니다. 겁이 나 젖 먹던 힘까지 내서 재빨리 그곳을 떴습니다. 시간을 아끼기 위해 먹을 것을 사서는 걸어가면서 먹었습니다. 그 도시를 벗어날 때까지 잠시도 멈추지 않는데, 한 선술집에 들러 포도주를 조금 마시고 나니 로마를 한 바퀴 돌 수 있을 정도로 원기가 회복되었습니다. 가난한 나 때문에 자기들 체면이 깎일까봐 나를 심하게 놀리면서 쫓아내려고 했던 기억들을 떠올리며 걸어갔습니다. 그러나 제2부에서 보겠지만, 나는 그 빚을 그들에게 갚아줍니다.

제2장

제노바를 빠져나온 구스만 데 알파라체는
구걸을 시작했고, 가난한 자들과 어울리면서
그들의 법규과 법령을 배운다

나는 제노바를 그렇게 빠져나왔고, 만일 롯의 부인이 나처럼 절대로 고개를 돌리지 않았더라면 소금 기둥으로 변하지 않았을 것입니다. 화가 머리 끝까지 치밀어 오르면 치명적인 상처를 입은 것 같은 느낌이 들고, 화를 참으면 참을수록 그만큼 더 그 피해를 깨닫게 됩니다.

　나는 꼬리에 몽둥이가 묶인 개[1]가 도망치듯이 패주했습니다. 온몸의 뼈가 다 분리된 것 같았습니다. 그러나 거기서 10마일쯤 떨어진 조그만 마을에 도착해서 쉴 때까지는 통증을 느끼지 못했습니다. 내가 어디로 가는지도 모른 채, 정신없이, 알몸으로, 돈 한 푼 없이, 몸은 지칠 대로 지쳐서 거기에 도착한 것입니다. 아, 궁핍함이여! 너는 영혼들에게 얼마나 많은 겁을 주고 육신들을 얼마나 무기력하게 만드는가! 너는 교묘하게 재주를 부려

∴

1) 사육제 기간, 개 꼬리에 몽둥이를 묶는 풍습이 있었다.

감각을 둔하게 하면서 점차 사라지게 만들어 결국에는 강력한 의지를 무너뜨리는구나!

궁핍에는 두 가지가 있습니다. 하나는 초대하지 않았는데도 참석하는 염치없는 궁핍이고, 또 하나는 와달라고 간절히 부탁하면서 초대해 참석하는 궁핍입니다. 신이시여, 자진해서 참석하는 궁핍에서 우리를 자유롭게 해주소서! 이 궁핍에 대해 이야기하겠습니다. 이것은 초라한 집에 막무가내로 묵는 손님으로, 천 개의 에프[2]를 같이 데리고 옵니다. 모든 악의 근거고, 모든 배신들의 획책이고, 고통의 요새인 이것은 자기를 따르는 모든 사람을 속이는 등불이고, 남자아이들의 축제고, 바보들을 뒤섞어놓은 것이고, 우스꽝스러운 광대놀이고, 명예와 도덕의 비극적인 장례식입니다. 이것은 사납고, 추하고, 괴이하고, 미쳐 날뛰고, 귀찮고, 줏대 없고, 쉽고, 나약하고, 엉터리라서 프란시스카 되는 일만 남았습니다.[3] 놀랍게도 이것은 불명예스럽지 않은 결실도 가져옵니다.

우리가 초대하는 또 다른 궁핍은 아주 기품 있고, 인자하고, 부자고, 솔직하고, 힘 있고, 상냥하고, 자상하고, 붙임성 있고, 쾌활하고, 우리 집을 채우게 하고, 우리에게 대가를 지급하고, 단단한 방어벽이고, 난공불락의 탑이고, 진정한 재산이고, 악의 없는 선이고, 영원한 휴식이고, 신의 집이고, 하늘로 가는 길입니다. 이것은 필요한 궁핍이고, 마음을 움직이고, 육신에 힘을 불어넣고, 명성을 밝히고, 마음을 즐겁게 하고, 이름을 영원하게 해서 업적을 위대하게 해줍니다.

∵

2) 알파벳 'f'로 시작하는 낱말들을 뜻한다.
3) "사납고 …… 엉터리"까지 나열되는 스페인어 형용사들은 'f'로 시작된다. '프란시스카'는 당시 시인들이 즐겨 사용하던 토피크로 본문에 나타나는 'f'로 시작하는 속성들을 가진 인물로 등장한다.

이것의 진정한 남편인 ㄱ품격이 예전은 이것을 친양하는 노래를 불렀습니다. 이것은 다이아몬드로 된 발과 다리, 사파이어로 된 몸, 루비로 된 얼굴을 가지고 있으면서, 빛이 나고 기쁨을 주고, 활기를 불어넣습니다. 이것의 이웃인 다른 궁핍은 더러운 상점 주인처럼 생겼습니다. 구역질 나고 더러운 넝마 쪼가리를 온몸에 두르고 괜찮아 보이는 곳은 하나도 없어서, 모두가 멀리하는 것은 당연한 일입니다.

이것이 사랑하고 있는 내가 지금 어떤 모습인지 잘 보십시오. 이것이 나하고 집에서 은밀한 관계를 맺고, 죽을 죄를 짓고, 자기를 먹여 살리라고 시키면서 동냥하는 법을 배우게 했습니다. 오늘은 이곳을 내일은 저곳을 데리고 다니며 동냥을 시켰습니다. 자기가 가진 것을 주는 것은 올바른 일이고, 당신한테 고백하건대, 이탈리아에서는 동정을 베푸는 사람이 너무 많아서 나는 이 새로운 직업의 단맛에 푹 빠져버렸습니다.

며칠 만에 나는 꽤 수지가 맞아서, 제노바를 떠나 로마에 도착할 때까지 땡전 한 푼 안 쓰고 여행을 할 수 있었습니다. 돈이 나를 지켜줬고, 먹을 것이 항상 풍족했습니다. 나는 아직 신참이라서, 나중에 팔았더라면 무척 값나갔을 것들을 여러 번 헐값에 처분했습니다. 나는 그 돈을 옷 사 입고 치장하는 데 쓰고 싶었지만 나쁜 생각 같아서 나 자신한테 말했습니다. "구스만, 너 또 톨레도 생활로 돌아가고 싶니? 네가 멋진 옷을 걸치고도 주인을 만나지 못한다면, 뭐로 먹고살 거니? 좀 자제해라. 옷 잘 입고 구걸하면 사람들이 아무것도 주지 않을 것이다. 가진 것 잘 간직하고, 헛바람 들지 마라." 나는 다시 중심을 잡고 돈주머니를 꼭꼭 싸맸습니다. "언제 너한테 돈이 필요할지 모르니, 지금 자중해야 한다."

나는 옷 형태를 잡아주는 안감 종이로 낡고 쓸모없는 천 쪼가리를 이용했고, 거기에 넝마 쪼가리들을 붙여 입고서 구걸을 시작했는데, 정오에 음식이 있을 만한 곳은 사방팔방 다 찾아다녔습니다. 추기경들, 대사들, 귀족들, 주교들, 세도가들의 집은 한 군데도 빠트리지 않고 다 돌아다니며 구걸했습니다.

나는 그 지역 출신으로 그런 일에 능숙한 어떤 아이를 따라다니면서 일을 배우기 시작했습니다. 그 아이는 이 사람 저 사람한테 구걸하는 중요한 요령을 내게 가르쳐주면서, 한 가지 목소리 톤으로 하거나 길게 하면 안 된다고 했습니다. 남자들은 귀찮은 것을 싫어하고, 신의 은총을 바라는 꾸밈없는 구걸을 바라고, 여자들은 성모 마리아에 대한 신앙심이 깊다고 말했습니다. "신이시여, 우리의 모든 일을 당신을 섬기는 성스러운 길로 인도하시고, 우리가 지옥에 떨어질 큰 죄를 짓지 않고, 거짓 증언을 하지 않고, 배신자가 되지 않고, 나쁜 말을 하지 않게 해주소서!" 이 말을 자신 있는 목소리로 힘차게 낭송하면 사람들은 가진 돈을 다 털어주었습니다. 그 아이는 어떻게 하면 부자들한테 동정심을 유발하고, 보통 사람들을 울리고, 신앙심 깊은 자들의 주머니에서 돈을 끄집어낼 수 있는지를 가르쳐주었습니다. 나는 교묘하게 머리를 써서 짧은 시간 안에 오랫동안 먹을 수 있는 것을 장만했습니다.

나는 교황부터 하위 성직자들까지 전부 찾아다녔고, 거리란 거리는 다 돌아다녔습니다. 동냥을 자주 가면 그들이 성가시게 생각할까봐, 도시를 네 구역으로 나누고, 교회들은 축제별로 나누어 겹치지 않게 계획을 세워 돌아다녔습니다. 가장 많이 얻는 것은 빵 조각이었는데, 이것을 팔아서 꽤 많은 돈을 모았습니다. 그 빵 중 일부는 가난하지만 운이 좋아 동냥은 하지 않는 사람들이 사갔습니다. 또 노동자들과 가축이나 닭을 키우는 사람들에게도 빵을 팔았습니다. 그러나 빵 가격을 가장 후하게 쳐준 사람들은 투론[4] 만드는 사람들이었는데, 그들은 카스티야에서 알라후스 혹은 알파호르라고 부르는 투론을 만드는 데 이 빵을 사용했습니다. 이들 말고도 나이 든 귀부인 몇 명이 나를 굶주리고 헐벗은 아이로 생각하고 측은하게 여기며 빵을 사주었습니다. 이후에는 구걸로 뼈가 굵은 늙은이들과 같이 다니면서 그들의 뛰어난 솜씨를 배울 수 있게 되었습니다. 그들과 함께 유명한 집들로 동냥을 나갔는데, 어떤 이들은 경건한 신앙심 때문에 오전마다 자기 집에서 동냥을 주었습니다. 한번은 프랑스 대사 집에 동냥을 갔는데, 내 뒤에서 오던 다른 거지들이 하는 말을 들었습니다. "지금 로마에서 동냥질 잘하는 저 스페인 욕심쟁이는 아는 것도 없는 신출내기 같은데, 우리를 못살게 만든다. 저 아이는 여러 군데 동냥을 다니면서 음식을 한 번 먹고 나면 더 줘도 안 받는다. 그래서 가난한 우리들도 다 배부르게 살아간다고 사람들이 착각하게 되니, 우리 솜씨가 아무 쓸모도 없게 되었다. 저 놈은 우리한테 막심한 피해를 주고, 자기 자신도 챙길 줄 모른다."

같이 가던 다른 사람이 그에게 말했습니다. "입 다물고 저 아이를 나한테 맡겨. 이 바닥 생리가 어떤 건지, 만만한 데가 아니라는 걸 가르쳐줘야지." 그는 걸어가는 나를 따로 불렀습니다. 그는 다재다능했습니다. 자기가 마치 거지 대장이라도 되는 것처럼 내 고향이 어딘지, 언제, 왜 여기에 오게 됐는지를 먼저 물어봤습니다. 그는 거지들이 품위를 지키고, 서로 연락하고 도와주고 목동들처럼 단결하기 위해 지켜야 할 사항들에 대해 이야기해줬고, 내가 몰랐던 신기하고 재미있는 비밀 이야기도 알려줬습니다. 사실 내가 이전에 그 아이나 다른 거지들에게서 배운 것은 큰 도둑들에 비하면 기껏해야 좀도둑질 정도였습니다.

그는 내가 살아가는 동안 잊지 말아야 할 주의 사항도 알려줬습니다. 그

..
4) 스페인 사람들이 크리스마스 때 먹는 과자.

중에서 한 가지는 배에 있는 서너 개의 주름이 펴질 정도로 아무리 많이 먹어도 해가 되지 않는 방법으로, 모퉁이를 돌자마자 다 토하는 건데, 그건 두 가지 효과가 있었습니다. 사람들이 내가 아프다고 생각하면서 불쌍히 여겼고, 국을 두 그릇을 먹어도 배 속에 더 들어갈 공간이 있다는 것을 보여줌으로써 가난한 사람들의 배고픔과 비참함을 알릴 수 있는 좋은 방법이었습니다.

나는 동냥으로 받는 빵은 어떻게 먹어야 하는지, 그 빵에 어떻게 입맞춤을 하고, 어떻게 간수해야 하는지, 어떤 표정을 짓고, 언제 목청을 높여야 하는지, 몇 시에는 어디로 가서 동냥을 해야 하는지, 어떤 집은 침실까지 들어가야 하고, 어떤 집은 문턱도 넘어서는 안 되는지, 누구는 귀찮게 졸라야 하고, 누구는 한 번만 구걸해야 하는지를 배웠습니다. 그는 성문으로 된 구걸에 관한 법규를 알려주면서, 안 좋은 소문이 나지 않으려면 잘 숙지하라고 했습니다. 그 내용은 이랬습니다.

"각 나라마다 구걸 방법이 다 다른데, 독일 거지들은 떼 지어 노래를 하고, 프랑스 거지들은 기도를 하고, 플랑드르 거지들은 경의를 표하며 절을 하고, 집시 거지들은 귀찮게 졸라대고, 포르투갈 거지들은 울고, 토스카나 거지들은 장광설을 늘어놓고, 카스티야 거지들은 증오하고 참지 못하며 말대꾸를 한다. 카스티야 거지들에게 화를 참고 욕지거리 하지 말기를 명하니, 잘 지키길 바란다.

이 나라에 도착한 어떤 거지도 다른 나라 거지와 같이 다닐 수 없고, 어떤 거지도 기도하는 맹인, 엉터리 약장수, 음악가, 시인, 성모 마리아 덕에 터키인들에게서 풀려난 죄수, 성에서 탈출하다 다친 늙은 군인, 폭풍에 조난당한 선원들과 계약을 맺거나 한패가 될 수 없다. 누구나 거지가 될 수 있지만, 상대방을 너무 치켜세우며 속이거나 지나치게 말이 많으면 안 된다.

무두들 이 명령을 잘 지키길 바란다.

각 나라 거지들은 자기 나라에서, 특히 자기 고향에서 일상적으로 가장 나이가 많은 늙은이 서너 명이 손에 지팡이를 쥐고 관리하는 유명한 선술집을 가지도록 해라. 그 노인들은 선술집 안에서 일어날 수 있는 모든 일을 처리할 것이고, 자신들의 의견을 제시할 것이며, 카드놀이를 할 것이고, 다른 사람들이나 자신들 혹은 조상들의 무훈담이나 자신들이 참가하지 않았던 전쟁에 대해 이야기하거나 이야기를 할 수 있을 것이고, 그러면서 시간을 재미있게 보낼 것이다.

모든 거지들은 손에 몽둥이를 가지고 다니고, 가능하다면 앞으로 닥칠지도 모를 일에 대비해서 말발굽을 가지고 다녀라.

어느 누구도 잘못 사용해서 부서졌거나 수리한 물건 말고 새 물건이나 거의 새것이나 다름없는 물건을 가지고 다니지 마라. 새 물건을 동냥으로 얻었을 때는 그것을 받은 그날 하루만 허락할 것이며, 그 후에는 가지고 다닐 수 없다.

모든 거지들 서열은 나이에 상관없이 이 생활을 누가 더 오래 했느냐에 따라 결정될 것이니, 서로 이 점을 속이지 마라.

아프거나 다친 두 거지가 같이 다닐 때는 형제라고 하면서 서로 교대로 큰 소리로 동냥을 할 수 있다. 길게 말하지 말고, 각자 서로 다른 어려움을 호소하고, 얻는 것을 나누어라. 그렇지 않으면 동냥하기 힘들다.

어떤 거지도 칼 같은 공격용·방어용 무기를 가지고 다닐 수 없고, 장갑, 슬리퍼, 안경이나, 끈으로 묶은 바지를 착용하고 다닐 수 없다. 그러지 않으면 성직자들의 도움을 얻기 힘들 것이다.

거지들은 머리 묶는 더러운 천 쪼가리, 가위, 나이프, 송곳, 실, 바늘, 나무그릇, 호리병박, 작은 광주리, 가죽 자루, 자루 같은 것을 가지고 다닐 수 있지만, 큰 자루, 큰 광주리, 여행용 자루나 그와 비슷한 것에는 물건을 담아 다닐 수 없다.

주머니, 작은 주머니, 속주머니를 가지고 다닐 수 있고, 동냥한 것을 모자에다 담을 수 있다. 망토나 겉옷에 주머니를 만들어 동냥을 해서는 안 된다. 그런 어리석은 짓을 한다면 다 잃어버릴 수 있다.

어떤 거지도 동냥 기술이 없거나 동냥 규칙을 지키겠다고 맹세하지 않은 거지에게 우리의 책략을 누설하거나 알려주면 안 된다. 새로운 동냥 기술을 터득한 거지는 다른 거지에게 그것을 보여줘서 이해할 수 있도록 해라. 재물은 공동의 것이므로 한 사람이 독점할 수 없다. 서로의 협의를 통해서, 우리들은 기술을 개발한 거지가 1년 동안 그것을 사용할 수 있는 특권을 부여한다. 그의 허락 없이는 어떤 거지도 그 기술을 사용할 수 없다. 안 그러면 우리의 응징이 따를 것이다.

다른 거지들에게 동냥을 주는 집들, 특히 카지노나 사교장처럼 확실하게 동냥을 할 수 있는 장소들을 알려줘라.

어떤 거지라도 그레이하운드 같은 사냥개를 키울 수 없고, 우리가 허락해주는 똥개만 집에서 줄이나 허리끈으로 묶어서 데리고 다닐 수 있다.

개를 데리고 다니면서 춤을 추게 하고 나무 테두리를 뛰어넘게 하는 거지는 거리를 지나가는 사람들에게만 동냥할 수 있고, 교회나 성당 또는 대성당 문 앞에서 동냥을 하거나 죄를 용서 받을 수 없다. 이를 따르지 않는 것은 항명이다.

어떠한 거지도 아주 급하게 필요하거나 의사의 허락이 있는 경우가 아니고서는 음식 파는 곳에 와서 고기나 생선을 살 수 없고, 노래를 하거나, 악기를 연주하거나, 춤을 출 수 없다. 만일 그런 일을 하면 좋지 않은 소문이 퍼져서 동냥을 얻을 수 없다.

거지들은 어린애들을 네 명까지 데리고 다니면서 앵벌이를 시킬 수 있는데, 한 엄마 배 속에서 나온 애들은 두 명까지만 되고, 애들의 나이를 조사해서 큰애가 다섯 살이 넘으면 안 된다. 여자 거지일 경우에는 가슴으로, 남자 거지는 팔로, 다른 경우에는 손으로 아이를 키우며 데리고 다녀야 하며, 그 밖의 다른 방법은 없다.

자식이 있는 거지들은 자식을 사냥개처럼 키워서, 교회에 간 사람들 앞에서 자기 부모들이 아파서 누워 있다는 거짓말로 동냥을 해오게 시켜라. 여섯 살 때까지는 이렇게 시키고, 그 후로는 날아가게 내버려둬라. 그러면 자식들은 떠돌아다니면서 살 방도를 찾고, 일정한 때가 되면 불쌍한 몸을 이끌고 집으로 찾아올 것이다.

어떤 거지도 자기 자식이 하인이 되는 것을 허락하거나 또 그렇게 되도록 내버려두면 안 되고, 그들에게 하인 일을 가르쳐서도 안 되고, 주인을 섬기도록 해서도 안 된다. 그러면 돈을 거의 못 벌면서 일만 죽도록 하고 조상들보다 더 퇴보하게 된다.

겨울에는 아침 일곱 시, 여름에는 새벽 다섯 시에 어떤 거지도 자기 침대나 숙소에 머물러 있어서는 안 되고, 해가 뜨는 시각이나 아니면 그것보다 30분 일찍 일하러 나가야 한다. 그리고 우리가 허락한 경우가 아니면 항상 해 지기 30분 전에 집으로 돌아와서 내내 방에만 있어야 한다.

그날 먹을 만큼 벌어온다면 매일 아침밥을 먹으면서 취하도록 마실 수 있다. 그렇지 않으면 시간과 돈을 낭비하면서 가지고 있는 재산을 축내게 된다. 단 마늘이나 파를 먹고 포도주를 마셔 입 냄새가 나는 상태로 거리나 이 집 저 집을 돌아다니지 말아야 한다. 그렇지 않으면 솜씨가 없고 무능한 자로 낙인찍힐 것이다.

어떤 거지도 감히 속임수를 쓰거나, 보석을 훔치거나, 지붕을 교체하거나 고치는 일을 도와주거나, 어린애 옷을 벗기거나, 그 밖에 그런 비열한 짓을 저질러서는 안 된다. 만일 그런 일을 벌인다면 신성한 우리 조직에서 쫓겨나 보통 사람들 삶으로 돌아갈 것이다.

만 12세가 된 후부터 3년 동안 충실히 동냥 기술을 익힌다면, 그 사람은 거지 규칙을 잘 지킨 사람으로 알려질 것이다. 지금까지 언급한 조항들 이외에도 우리들에게 허용된 필요한 두 개의 그물망인 자유와 특권을 가지고 우리들의 법규를 지키면서 의무를 준수하고 명령을 따른다면 충분한 보상을 받을 것이다."

제3장

구스만 데 알파라체가
가난한 법학자에게 혼난 이야기와
그 밖에 구걸을 하면서 겪은 일들

이러한 규칙들 이외에도 여기서 언급하기에는 다소 부적절한 규칙들이 더 많이 있었습니다. 이것들은 이탈리아에서 가장 게으르다고 소문난 사람들이 자기가 살고 있는 시대에 필요하다고 생각해서 만든 것이어서, 스페인 규칙들의 또 다른 '신법령집'이라고 이름 붙여도 될 것 같았습니다. 이것은 본래 이름은 알베르코인데 사람들이 미세르 모르콘[1]이라 부르는 사람이 가르쳐주었습니다.

이 이름은 로마에서는 매우 흔한 이름이었습니다. 그의 키나 말투나 칭찬할 만한 행동들로 볼 때 그는 제국의 왕 자리에 어울릴 만한 사람이었습니다. 그의 가문에 대적할 만한 집안을 가진 사람은 아무도 없었기 때문입

••

1) '모르콘'은 원래 기름이 많은 내장으로 만든 순대를 일컫는 말인데, 키가 작고 땅딸하고 지저분한 사람에게 붙이는 이름이다.

니다. 그는 게으른 왕국의 왕자나 가장 게으른 기독교인일지도 모릅니다. 전채나 후식은 없이, 양 곱창과 발로 요리한 내장탕 두 그릇, 소의 목울대 한 개, 빵 10리브라[2]를 포도주 2아숨브레[3]와 같이 먹어치웠습니다. 내가 그가 같이 붙어 다니는 이유는 다른 거지 여섯 명이 받는 동냥보다 더 많이 받을 수 있었기 때문이고, 그는 받은 동냥을 남기거나 팔지 않고 다 먹어치웠고, 받은 돈은 전부 술을 사 마시는 데 써버렸습니다. 그는 너무 궁핍한 모습으로 다녀서, 우리는 좋은 신하나 충신이나 간신이 다 겪을 수밖에 없는 것처럼 어쩔 수 없이 그를 힘껏 구해내야만 했습니다. 그는 허리띠를 하거나, 허벅지 중간까지 올라오는 스타킹을 신는 적이 없었습니다. 머리카락이 없어 머리가 훤히 드러나니 마치 돼지기름을 발라놓은 것처럼 번들거렸습니다.

법령집에는 모든 거지들한테 나무 그릇과 호리병박을 아무한테도 들키지 않게 가지고 다니라는 규칙이 있었습니다. 어떤 거지라도 물 항아리나 물 주전자를 가지고 다닐 수 없고, 냄비나 그릇이나 큰 항아리나 그와 비슷한 것에다 머리를 처박고 짐승처럼 물을 먹는 것 이외의 다른 방법은 없었습니다. 술을 마실 때 샐러드를 같이 먹지 않는 거지는 그날 온종일 식사 때 술을 마실 수 없어서 갈증만 나게 되고, 어떤 거지도 과자나 통조림이나 사탕을 사 먹어서는 안 되고, 소금이나 후추가 들어 있는 음식을 먹거나 아니면 먹기 전에 그것을 뿌려야 하고, 잘 때는 베개를 베지 말고 옷을 입고 똑바로 누워서 자야 하고, 그날 필요한 만큼만 동냥을 해야지 더 요구해서는 안 된다고 명시되어 있었습니다.

..

2) 1리브라는 1파운드로 460그램이다.
3) 1아숨브레는 약 2리터다.

그는 동냥으로 던져주는 것을 먹었고, 겨울과 여름에는 지붕이 없는 한뎃잠을 잤고, 일 년에 열 달은 주막이나 선술집에서 죽치고 있었습니다.

내가 말한 것처럼 우리에게는 우리만의 법이 있었습니다. 나는 그것을 외웠지만 지역을 잘 관리하는 데 필요한 법들만 기억났고, 그 나머지 것은 안중에도 없었습니다. 내 직업 분야에서 명성이 쌓이고 기술이 완성 단계에 이르면서 나는 최고의 행복에 빠졌습니다. 일이란 일단 시작하면 끝날 때까지 잊거나 중간에 관둘 수가 없기 때문에, 많은 일을 시작해놓고 하나도 마무리하지 못한다면 그건 전혀 성실하지 않다는 것입니다. 나는 어떤 일이든지 한번 시작하면 반드시 마무리 지었습니다. 그러나 아직 젊은 나이다 보니, 경험이 부족했고, 매일 동냥하는 데 어려움을 겪었고, 실수도 많이 저질렀습니다.

9월 초순 어느 축제 날 오후 한 시에 시내로 나갔는데, 말로는 표현을 할 수 없을 정도로 무더웠습니다. 그 시간에 동냥을 하면 누군가 내 말을 듣고 무척 배가 고파 구걸한다고 여기고는 뭐 좀 줄 거라고 생각했습니다. 그 시간에 무엇을 얻을 수 있을지 무척 궁금해하며, 몇몇 거리와 집들을 돌아다녔지만 욕만 얻어먹었습니다. 어느 집 앞에 도착해서 가지고 있던 몽둥이로 문을 두드렸는데 아무런 대답이 없어서 두세 번 다시 두드렸지만 인기척이 없었습니다. 큰 저택이라서 다시 문을 세게 두드렸습니다. 틀림없이 부엌에서 설거지를 하고 있다가 나온 것 같은 심술궂게 생긴 하인이 무쇠 냄비에 담긴 펄펄 끓는 물을 위층의 창문에서 부었습니다. 내 등에 그 물이 떨어지자, 그가 천천히 말했습니다. "자 물 나간다! 밑에 조심해라."

나는 사람들이 나를 죽인다고 소리를 질러댔습니다. 뜨거운 물에 살이 데었지만, 사실 죽을 정도는 아니었습니다. 사람들이 모여들면서 한마디씩

했습니다. 어떤 사람들은 물을 부은 게 나쁜 짓이라고 하고, 또 어떤 사람들은 잠이 안 오면 다른 사람들이라도 자게 놔뒀어야 하는데 내가 잘못한 거라고 했습니다.[4] 인심 좋은 몇 사람이 나를 위로하며 돈을 주어서, 나는 옷을 말리고 쉬러 갔습니다.

가면서 속으로 말했습니다. '누가 나를 이렇게 못살게 굴까? 나는 이 빚을 언제 갚아줄 수 있을까? 언제 혼내줄 수 있을까? 나는 언제 필요한 것 외에는 관심도 안 쏟고, 필요한 것만 가지고 만족할 수 있을까? 어떤 악마가 꼬드겨 나를 평범한 삶에서 끄집어냈을까?'

집 가까이에 도착했습니다. 옆집에 거의 일흔이나 된 가난한 늙은이가 살고 있었는데, 그는 직업이 있는 부모한테서 태어나, 물려받은 유산으로 생계를 이어왔습니다. 그는 코르도바 출신이었습니다. 내가 왜 이 말을 하는가 하면 그가 아주 교활한 사람임을 당신에게 알려주기 위해서입니다. 그의 어머니가 희년[5]에 그를 가슴에 품고 로마로 데리고 왔습니다. 내가 더럽고, 기름과 양배추와 콩으로 뒤범벅이 되어서 젖은 수세미 꼴을 해가지고 지나가는 것을 보고는 그가 도대체 무슨 일이냐고 물어보았습니다. 내가 일어났던 일을 이야기해주자, 그는 웃음을 터뜨리며 말했습니다.

"야, 구스만아, 나는 네가 또 다른 베니티요[6]가 될까 겁난다. 뭐든지 지나치면 문제가 된다는 것을 모르니? 네가 우리나라 사람이고 아직 어리니, 네가 해야 할 일이 뭔지 가르쳐주고 싶구나. 왜 여름에는 낮잠 자는 시간에 귀족들 집보다는 일하는 사람들 집에 가서 동냥을 해서는 안 되는지 앎

<hr />

4) 스페인에서는 '시에스타'라고 해서 점심을 먹고서 낮잠을 자는 습관이 있다.
5) 성경에 나오는 규정으로, 안식년이 일곱 번 지난 50년마다 돌아오는 해.
6) '내 아들 베니티요는 학생 이전에 선생이다'라는 속담은 단 한 번도 학생인 적이 없던 사람이 선생이 되려고 하는 것은 안타까운 일이라는 뜻이다.

아서 한번 생각해봐라. 그 시간에는 모두들 힘들어서 쉬거나 쉬고 싶어 하기 때문에, 누가 깨우면 귀찮아하면서 화를 낸다.

누가 문을 두 번 두드리면 집에 사람이 없거나, 잠에서 깨는 것이 싫어서 아무런 대답이 없는 것이다. 그럴 때 계속 문을 두드리면 돈도 못 벌면서 시간만 낭비하는 것이다. 닫혀 있는 문은 열지 마라. 문을 열지 말고, 안으로 들어가지 말고 동냥을 해라. 혹시 문이 열려 있어도 주의하지 않다가는 개가 나와서 네 엉덩이 반쪽을 무는 수가 있다. 아직까지 우리가 개를 싫어하는 것은 개들이 우리를 어떻게 구별해내는지 모르기 때문이다. 설사 개가 없더라도 네가 듣기 싫어하는 말을 하는 호래자식 같은 하인이 적지 않을 것이다.

동냥을 할 때는 웃거나 목소리 톤을 바꾸지 마라. 네가 비록 건강을 장담할 수 있을지라도, 눈은 똑바로 뜨고 입 모양은 바르게 하고 고개는 숙여서 아픈 사람처럼 소리를 내도록 해라.

아침마다 수건으로 얼굴을 닦고, 물에 흠뻑 젖은 것보다는 축축한 얼굴로, 깨끗하지도 더럽지도 않게 해서 나가라. 옷은 비록 멀쩡하더라도 다른 색깔의 천을 덧대 꿰매라. 깨끗한 거지보다 수선한 옷을 입은 거지가 더 유리하지만, 그렇다고 구역질 날 정도가 되서는 안 된다.

네가 동냥을 할 때, 어떤 사람이 장갑을 벗어 호주머니에 손을 넣고, 네가 동냥을 주려고 그러는구나 싶어 즐거운 마음이 드는 순간, 그 사람이 코를 풀려고 손수건을 꺼낼 때가 있을 것이다. 그럴 때 투덜거리며 화를 내지 마라. 다행히도 그 옆에 너한테 동냥을 주고 싶은 사람이 있을 수도 있는데, 네가 그러는 것을 보면 주지 않을 것이다.

너의 신앙심이 깊어질수록 매일 가는 곳마다 대접을 받고 재산은 늘 것이다. 그 집 문을 떠날 때는 반드시 그의 죽은 조상의 명복을 비는 기도를 하고, 그의 일이 잘되도록 신께 기원해라.

너한테 욕을 하더라도 겸손하게 대답하고, 심한 말을 하더라고 부드럽게 받아넘겨라. 너는 스페인 출신이고, 우리 스페인 사람들은 어디를 가든지 우쭐거리는 것 때문에 다들 우리를 싫어한다. 그리고 다른 사람 주머니에서 돈을 꺼내야 하는 사람은, 어린 송아지가 자기 엄마 소뿐만 아니라 다른 암소의 젖도 빠는 것[7]처럼, 싸우기보다는 간청을 하고 저주하기보다는 기도를 하는 편이 더 좋다.

너한테 동냥을 주지 않는 곳에서는 경건하게 말해라. '신을 찬양할 지어다! 당신들께서 가난한 자들에게 동냥을 주신다면 신께서 이 집에 건강과 평화와 기쁨을 주실 겁니다!' 이 계략 덕분에 나는 많은 돈을 벌 수 있었다. 눈을 하늘로 향하면서 그런 말투로 대답을 하고 손을 벌리면, 사람들은 나한테 가진 것을 다 주었다."

이것 말고도 그는 문둥병자인 것처럼 하기, 상처 난 것처럼 하기, 다리를 붓게 하기, 팔이 마비된 것처럼 하기, 얼굴색 바꾸기, 몸 전체를 바꾸기 등 여러 신기한 기술들을 가르쳐줘서, 내가 힘 있고 건강하면서도 일부러 그런다는 말을 안 듣도록 했습니다. 그는 나와 무척 친해졌습니다. 그는 신기한 것을 많이 알고 있었는데, 그가 보기에 내가 능력이 있고 이제 이 길을 시작했다고 생각했는지, 하나도 숨기지 않고 다 이야기해줬습니다. 그는 이제 무덤으로 갈 채비가 되어서, 자기를 위해 신께 기도할 사제를 남기고 싶었습니다. 그러고는 얼마 안 있어 죽었습니다.

우리는 몇 명이서 모여 어떤 말을 해야 동냥을 더 잘할 수 있을지 토론했습니다. 밤에 그 문제에 대해 연구를 하고, 축복의 말을 만들었습니다.

••

7) '자세를 낮추고 참으면 바라는 것을 얻는다'는 뜻의 속담이다.

그런 말들을 만들어 우리에게 빌어서 먹고사는 거지도 있었습니다. 사람들의 마음을 움직여 동정을 베풀게 하기 위해서는 그 모든 것이 다 필요했습니다.

축제 기간 동안 우리는 교회에서 동냥하기에 좋은 자리를 차지하기 위해 일찍 일어났습니다. 성수대나 예배당 주변에 자리 잡은 거지들은 동냥을 꽤 받았습니다. 그 지역에서 우리가 들르지 않은 시골 마을이나 집은 없었으며, 그렇게 주기적으로 돌아다니면서 동냥을 많이 얻었습니다. 사람들이 우리를 불쌍히 여기며 베이컨, 치즈, 빵, 달걀을 많이 주었고 옷도 주었습니다.

배가 무척 아플 때는 신의 사랑으로 포도주 한 모금 달라고 했습니다. 우리는 포도주를 얻을 수 있다는 정보를 입수하면 어디라도 갔습니다. 우리는 물 마실 때 사용하려고 2분의 1 아숨브레가 조금 덜 들어가는 컵을 가지고 다녔던지라 사람들은 거기에 포도주를 가득 따라주었습니다. 그러면 문밖으로 나와서, 항상 벨트에 매달고 다니던 술통에다가 부어 넣었는데, 거기에는 4아숨브레가 들어갔습니다. 거리에서 포도주가 술통에 가득 차면, 우리는 집으로 가서 항아리에 갖다 부어놓고 술을 더 얻으려고 다시 나왔습니다.

보통 우리는 신발을 신거나 아니면 맨발로 그리고 머리는 모자로 가리고 다녔는데, 안 신고 안 쓴 거나 마찬가지였습니다. 그만큼 우리 신발은 매우 낡고 다 해졌고, 모자도 그랬습니다. 셔츠를 입는 일은 거의 드물었습니다. 집 문 앞에서 동냥을 할 때, 사람들이 "미안해, 신께서 도와주실 거야! 다음에 줄게!"라고 하면, 우리는 "신발도 없이 다니는 이 불쌍한 놈은 햇빛이나 비를 가리지도 못합니다! 우리가 겪고 있는 것과 같은 이런 고통과 수고에서 당신들을 해방시켜주신 신은 축복받을 겁니다! 신께서 당신들의 영혼과 육체를 건강하게 해주시고, 배신자들의 힘에서 당신들을 벗어나게 해주시길 기원합니다. 그것이야말로 진정한 재산입니다!"라고 했습니다.

그들이 "지금은 가진 게 없어서 줄 게 없어"라고 말하면, 우리는 이렇게 요구를 했습니다. "낡고 해져서 버릴 셔츠라도 이렇게 불쌍한 놈 몸뚱이 가리고 상처 치료하게 하나 주시면, 하늘나라에서 신의 은총을 입게 되실 겁니다! 저는 일할 수도 없고 돈을 벌수도 없으니 예수님께 그것을 주시길 간절히 부탁드립니다! 성모 마리아의 순결함은 축복받을 겁니다!" 이러 저런 말로 쇠로 된 속과 돌로 된 가슴을 부드럽게 녹였습니다.

대부분의 집에서 동냥으로 얻은 신발이나 모자, 셔츠는 더는 낡거나 해질 수 없을 정도로 볼품이 없어서 반 레알 이상의 가치는 안 나갔습니다. 우리한테는 상당히 귀한 물건들이었지만, 그것을 준 사람들한테는 아무 쓸모없는 것늘이었습니다. 그것은 포토시 산[8]에 있는 광산이었습니다.

우리가 구걸해서 얻은 물건을 돈을 주고 사가는 행상이 있었는데, 그들은 우리가 불에 그슬리고 꽃에서 뽑아낸 즙으로 닦은 판자에다가 돈을 놓았습니다. 우리는 길을 다닐 때 비가 오면 가끔씩 타고서 시냇물을 건너기 위해 당나귀를 데리고 다녔습니다. 그리고 점잖게 생긴 사람이 지나가면 멀찌감치 떨어져서 따라가다가 적당한 기회를 엿봐서 동냥을 했습니다. 면전에서 동냥을 하려고 기다리면, 많은 사람들이 멈추지 않으려고 동냥을 주지 않고 가버렸기 때문이었습니다. 그런 식으로 동냥을 하면 거의 틀림없이 성공을 했습니다.

8) 볼리비아에 있는 해발 4,824미터의 산으로, 1545년에 세계 최대의 은 광맥이 발견된 이후 부를 강조하는 용어로 사용되고 있다.

어떨 때는 멀리서 한 무리의 사람들이 오는 것이 보이면 우리는 다리를 절기 시작하면서 찡그리는 표정을 짓고, 서로서로 등에 업고, 입은 뒤틀린 모양을 짓고, 눈꺼풀은 위로 치켜세우고 목발을 이용해서 벙어리, 절름발이, 맹인 흉내를 냈고, 사슴보다 더 날렵하게 풀쩍 뛰어서 목에 걸치고 있던 수건 솔기 부분에 다리나 팔을 끼웠습니다. 그렇게 하고서 여행 중에 신의 가호가 있기를 기원한다거나 그들이 좋아하는 사람과 잘되길 바란다는 말을 하면, 사람들은 항상 돈을 주었습니다. 인적이 드문 곳에서 돈냥을 얻거나, 생각지도 않게 한 번씩 수지맞거나, 어떤 때는 길을 가는 데 필요한 만큼 돈냥을 얻을 때가 있었는데, 우리는 이것을 '작은 행운'이라고 불렀습니다.

무엇보다도 특히 생각지도 않던 축제나 피로연을 만나게 되는 것을 최고의 행운으로 쳤습니다. 우리는 열 동네 떨어져 있는 거리에서도 냄새를 맡았습니다. 집이 없는 우리에게는 모든 집이 다 우리 것이었습니다. 추기경, 대사 혹은 대신 집 대문도 예외는 아니었습니다. 불행한 시간의 연속이었지만, 교회 현관에서 아무도 우리를 쫓아낼 수 없었습니다. 우리는 가진 게 없었지만 모든 걸 다 소유했습니다. 오래된 탑이나 무너진 건물이나 다 쓰러져가는 방에서 기거했습니다. 우리 모두가 한가하게 돌아다니거나 음식을 배불리 먹은 것은 아니었습니다. 그러나 아직 젊었던 나는 밤을 만나는 곳에서 이튿날 아침까지 지샜습니다. 비록 힘든 생활이었지만 매우 좋은 경험이라 여기며 젊음으로 버텼습니다.

제4장

구스만 데 알파라체가 어느 기사하고
생겼던 일과 가난한 자들의 자유에 대해
이야기한다

우리들 운명의 진정한 길잡이는 타인에 대한 동정입니다. 타인의 불행을
자기 것처럼 가슴 아파하는 것은 죄를 감싸주는 자비로운 행위이고, 거기
에 항상 신이 함께하고 있습니다. 자비와 함께 모든 것은 살고, 자비가 없
으면 모든 것이 죽습니다. 예언의 능력, 신비스러운 지식, 신의 학문 그리
고 모든 신념도 자비가 없다면 아무 의미가 없습니다. 나 자신을 사랑하는
것처럼 이웃을 사랑하는 것은, 현존하는 신의 사원에서 이루어지는 행위이
기에 모든 것 중에서 가장 큰 희생입니다. 그리고 자기 자신이 구원을 받
는다고 기뻐하는 것처럼 자기 형제가 삶을 포기하고 방황하는 것에 큰 아
픔을 느끼는 것은 분명히 큰 공덕입니다.

자비는 모든 가르침의 목표입니다. 최후 심판의 날에 신은 자비로운 사
람에게 더욱더 많은 은혜를 베풀 것입니다. 자비는 우리 스스로 갖고 있는
것이 아니라 하늘의 선물인 만큼, 우리는 그 선물을 달라고 눈물로 호소

해야 하고, 그것을 얻기 위한 노력을 해서 메마른 영혼을 적시고 딱딱하게 굳은 마음을 부드럽게 풀어야 합니다. 겸손한 자세로 회개하는 마음을 간직하면 신이 큰 은혜를 내릴 것입니다. 자만의 이웃인 부 때문에 악이 선을 위축시켜, 부자는 위험에 빠지고 주인은 포악해지고 하인은 배신을 하지만, 자비는 설탕처럼 달콤하면서 뜨거운 것과 섞이면 따뜻해지고 찬 것과 섞이면 시원해집니다. 부자는 자비로움을 통해서 지복을 살 수 있습니다. 가난한 자를 부자로 만들어주는 대신에 자기 자신은 가난해지는 그런 사람이 자비롭고 진정한 부자이며 그리스도의 제자가 됩니다.

어느 날 나는 어느 추기경 집 현관에 있었습니다. 나는 그때 누런색의 큰 망토를 몸에 두리두리 감고 있었는데, 너무 수선을 많이 하고 꿰맨 곳을 또 꿰매다 보니 망토는 세 종류의 천으로 된 옷으로 변했고, 원래 색상을 알 수 없을 정도가 돼버렸습니다. 그래도 그 옷은 판자처럼 두툼해서 아주 추운 날씨에는 값비싼 모포보다도 더 좋았습니다. 몸을 무척 따뜻하게 해줬고, 바람이나 물이나 어떤 추위도 다 막아줬고, 투창도 뚫지 못할 정도였습니다.

그 추기경 집에 한 기사가 방문하였는데, 외모나 같이 데리고 온 사람을 보니 지체 높은 양반 같았습니다. 그때가 겨울이고 찬바람이 불었는데 전날 밤부터 아침까지 거기서 있었던 나를 보더니 틀림없이 열병에 걸렸다고 생각한 모양입니다. 그는 멈춰 서서 나를 보고는 불렀습니다. 나는 얼굴만 겨우 내밀고 옆에 서 있는 그 기사를 놀란 표정으로 보고서, 무슨 일인지 몰라 얼굴색이 창백해졌습니다. 그는 떨고 있는 나를 보면서 말했습니다. "얘야, 얼굴 감싸고 그대로 있어라." 그는 호주머니에서 13레알쯤 되는 돈을 꺼내 나한테 줬습니다. 나는 그것을 받으면서 동냥뿐만 아니라, 내 눈을 번쩍 뜨게 하는 뭔가를 봤기 때문에 제정신이 아니었습니다.

그는 그때 분명히 다음과 같이 말해야 했을 거라고 나는 생각했습니다. "주님이시여, 하늘나라의 천사들과 신하들이 당신을 찬미하고, 모든 영령들이 당신을 찬양할 것입니다! 그러나 인간들은 경망스러워 주님을 찬양할 줄 모릅니다. 제 몸이 최고의 금속으로 만들어지지 않았고, 이 아이보다 더 좋은 혈통을 가지고 있는지는 모르겠지만, 저는 침대에서 자고 이아이는 바닥에서 자며, 저는 옷을 입고 이 아이는 맨몸으로 지내며, 저는 부자고 이 아이는 가난합니다. 저는 건강하고 이 아이는 아프며, 사람들이 저는 좋아하고 이 아이는 무시합니다. 주님이 저한테 주신 것을 이 아이한테도 주실 수 있었고 이 아이의 신분도 바꿔주셨는데도, 이 아이는 당신을 존경하지 않고 있습니다. 당신은 왜 그런지, 무엇 때문인지 아십니다. 주님이시여, 당신의 피로 저를 구원해주십시오! 당신을 섬기는 것이 저의 진정한 재산이고, 당신 없이는 저는 죽은 목숨입니다."

그는 진정 자기가 갖고 있는 것을 베풀 줄 알았습니다. 그는 누구에게 줄까가 아니라 누구를 위해 줄까를 고려하며, 나를 보며 곰곰이 생각하더니 자비로운 손과 동정 어린 마음으로 가진 것을 아낌없이 다 내주었습니다. 이러한 자비로운 마음씨는 하늘을 얻었고, 우리는 맛있는 음식을 먹으려는 욕심에 눈이 멀어, 가난하지 않으면서도 동냥을 해서 맛있는 음식을 가진 사람한테서 빼앗고, 나쁜 마음을 먹고 타인의 일을 약탈하면서 하늘을 잃게 되었습니다.

우리는 먹고 마시고 빈둥거리며 지냈습니다. 우리는 먹는 것은 원로원들처럼 먹으며 지냈습니다. 비록 그들만큼 존경받지는 못했지만, 그들보다 걱정도 덜하고 더 편안하게 인생을 잘 즐겼고, 그들이나 다른 어떤 지체 높은 로마 귀족들보다도 두 가지 자유를 더 가졌습니다. 하나는 잃는 것 없이 동냥하는 자유인데, 어떤 훌륭한 사람도 이것을 갖지 못합니다.

불쌍한 사람은 필요한 것을 구하기 위해서 자기한테 동냥 주는 것을 한 번이라도 의무로 여기는 사람을 만나는 ─설사 그 사람이 자기 형제일지라도─ 것 이외에 더 큰 행운은 없습니다. 동냥을 받는 사람은 동냥을 비싸게 사고, 동냥을 감사히 받는 자에게 주는 사람은 그것을 더 비싸게 팔기 때문입니다. 가난한 자는 어쩔 수 없이 동냥을 하지만 그의 삶은 무척 고통스럽다고 나는 생각합니다. 사람들이 동냥을 주기는 하지만, 구걸한다는 것이 그 자신한테 무척 견디기 힘든 일이기 때문입니다.

동냥하는 것이 왜 슬프고 가슴 아픈 일인지 당신한테 이야기해주겠습니다. 성부, 성자, 성령의 도움으로 신께서 사람을 만들 때 '나의 형상을 따라 사람을 만들었다'고 하셨기 때문에, 인간은 신을 닮아서 완벽하고 이성적인 동물이고, 영원을 추구하는 피조물입니다. 이것을 어떻게 이해해야 하는지 당신한테 이야기할 수도 있지만, 지금은 적당한 때가 아닌 것 같습니다. 이렇게 인간은 만들어졌고, 신성을 가지고 나왔기 때문에, 우리 모두는 가능한 한 신에게 가까이 다가가서 신을 닮으려는 경향이 있고, 항상 이런 목마름과 배고픔을 짊어지고 다닙니다.

우리는 신께서 만물을 창조했다는 것을 알고 있습니다. 우리는 바로 그와 같은 것을 원합니다. 우리는 신처럼 할 수가 없기 때문에, 힘닿는 선에서 종족을 보전하려고 애쓰면서 뭔가를 합니다. 동물들, 물에 사는 물고기들, 땅에 있는 식물들, 자연에 있는 모든 것들도 다 마찬가지입니다. 신은 자신의 성스럽고 강력한 손으로 직접 만든 작품들을 보고 무척 만족해하셨습니다. 그 작품들이 마음에 들었기 때문에 무척 기뻐하셨습니다.

이 말을 있는 그대로 요즘 말로 옮겨보겠습니다. 우리는 창조하고 흉내 내고 싶어 합니다. 내 집에서 자라는 새, 내 농지에서 태어나는 양, 내 과수원에서 키우는 나무, 내 정원에서 피어나는 꽃, 이 모든 것이 나한테 얼마나 예쁘게 보입니까! 나는 이런 것들을 보는 기쁨으로 살기 때문에, 내가 키우지 않고 돌보지 않고 심지 않은 것들은 아무리 좋더라도 별 심적 갈등 없이 뽑아내고 망가뜨릴 것입니다. 내 손으로 만든 작품들은 내 기술의 자식이고 노동의 결과인 만큼, 설사 아주 좋지 않더라도 내 모습을 닮았기에 좋아 보이고 또 좋아하는 것입니다.

나는 내 이웃이나 지인들의 나무에서 자라는 꽃과 열매만 따는 것이 아니라 이파리 하나 가지 하나까지도 남지 않게 할 것이고, 혹시 또 하고 싶다면 몸통마저도 잘라낼 것입니다. 그러나 내가 키운 나무는 내 것이기 때문에, 상처를 내는 개미나 부리로 쪼는 새를 발견하면 내 가슴이 아픕니다. 결론적으로 말해서 모두들 자기가 만든 것을 사랑합니다. 자신의 작품을 좋아하는 데에서 나는 나를 창조한 이를 닮았고 그분을 계승했습니다.

다른 모든 것들도 이와 마찬가지입니다. 신에게 있어서 주는 것은 매우 자연스러운 일이고 얻는 것은 부적절한 일이지만, 우리한테는 그렇지 않습니다. 신이 우리한테 요구하는 것은 자기 자신을 위해서가 아니고 또 자기한테 필요해서도 아니라, 모든 가난을 해결하고 배고픔을 달래주기 위해서입니다. 신은 많은 것을 가지고 있어서 줄 수 있고, 부족한 것이 하나도 없습니다. 당신의 빈곤에서 그분의 자비심까지의 거리를 가는 만큼의 오랜 시간 동안 당신이 바다에서 퍼낼 수 있을 물만큼 신은 가진 것을 전부 나눠줍니다.

우리도 이 점에서 그분을 닮고 싶습니다. 신께서 자신의 모습을 본떠 나를 만들었기 때문에, 판화와 판화 원판처럼 나는 그분을 닮아야 합니다. 우리 모두는 베풀려고 얼마나 정신없이 미쳐 날뛰고, 갈망하고, 우쭐거렸는지요! 욕심쟁이, 인색한 사람, 부자, 고리대금업자, 가난한 사람, 모두들 베풀기 위해 간직하고 있지만, 내가 이전에 말한 것처럼 나누어주려는 기대를 더 많이 품고 있는 사람들은 죽고서 주기 때문에 훨씬 적게 줍니다.

당신이 이 사람들한테 왜 살아생전에 가진 돈을 땅에 묻어서 보관하느냐고 물어보면, 어떤 사람들은 자기 후손들을 위해서, 다른 사람들은 자신들의 영혼을 위해서, 또 어떤 이들은 뭔가를 남겨놓기 위해서라고 대답할 텐데, 다들 죽을 때 돈을 가지고 갈 수 없다는 것을 알고서는 실망에 빠집니다. 그래서 당신도 보다시피 모두가 돈을 주고 싶어 할 때는, 완전한 모습을 갖추지 못한 조산아처럼, 제때가 아닙니다. 그러나 결국 돈이 우리의 목표이고 희망입니다.

자비로운 마음을 갖고 줄 것이 있을 때 주는 인간은 얼마나 신을 닮았는지요! 그의 손은 달콤해지고, 얼굴은 기쁨으로 가득 차고, 영혼은 휴식을 취하고, 마음은 만족스러워집니다! 흰머리는 사라지고, 피는 젊어지고, 생명은 연장되니, 그 무엇과도 비교할 수 없을 정도로 많이 베풀면 베풀수록 자신이 부족해지지 않을까 하는 두려움은 사라지고, 자신이 베풀 것을 그만큼 더 갖고 있음을 알게 됩니다.

자기 자신한테 하는 것같이 우리에게 베푼 사람처럼, 우리는 주고 싶어 하고, 동냥 얻는 것을 가슴 아파하고, 신께서 만들었고, 고귀한 마음씨를 가지고 있어서 ―이것은 신께서 준 또 다른 특별한 선물입니다― 신께서 아낌없이 베풀어주는 사람들은 가난해서 고통받고 있지만 자신들을 불행에서 구해내려고 하는 사람에게 동냥받기보다는 차라리 어떠한 가난이라도 겪으려고 합니다.

모두가 이런 사람들을 가엾게 여기며 이들의 손에 도움을 가득 담아줘야 합니다. 그 과정에서 누가 이들에게 은혜를 베풀었는지 알려집니다. 불쌍한 사람을 보면 그들이 도와달라고 하지 않아도 도와주십시오. 도와달라고 할 때까지 기다리고 있으면 그건 도와주는 것도 빌려주는 것도 아닙니다. 그건 갚아야 할 빚이고, 가지고 있는 것을 그에게 비싸게 파는 것입니다. 도움은 친구를 구해주는 거고, 나는 도움을 자신이 책임지고 있는 사람을 구제하는 거라고 부릅니다. 내가 도움을 줘야 하지, 그들이 도움을 요구하게 해서는 안 됩니다. 그가 기다리거나 걸어가지 않게 하기 위해 내가 그에게 달려가야 합니다. 내가 가만히 있어서 당신을 만족시키지 못했다면, 나의 어리석음을 용서하고 내 마음을 받아주십시오.

동냥의 자유는 단지 가난한 자에게만 허용됩니다. 이 점에서 우리가 왕들과 동등하고, 굽실거리지 않고 동냥을 할 수 있는 것은 특권입니다. 그러나 차이점이 있습니다. 모두가 곤경에 처해 있을 때 왕들은 공동의 행복을 위해서 모두에게 요구하지만, 가난한 사람들은 나쁜 습성 때문에 오로지 자신만을 위해서 그렇게 합니다.

또 다른 자유는 오감의 자유입니다. 오늘날 거지보다 누가 더 자기 마음대로 숨김없이 더 확실한 미각을 가지고 오감을 즐길 수 있겠습니까? 내가 미각이라고 말했으니, 그것부터 얘기를 시작하겠습니다. 우리는 끓어오르는 거품을 걷어내지 않은 냄비가 없으며, 우리가 맛보지 않은 음식이 없으며, 우리가 참석하지 않은 연회가 없습니다. 오늘 어떤 집에서 거지를 거부하고 내일 그에게 동냥을 주지 않는다면, 거지는 어디로 갈까요? 거지는 집집마다 돌아다니며 동냥을 하고, 모든 음식을 다 맛보고, 어느 집 음식이 가장 맛있는지 말할 수 있을 것입니다.

청각에 있어서는, 누가 거지보다 더 잘 들을까요? 거지들은 다른 것에는 관심이 없기 때문에, 어느 누구도 거지가 자기 말을 엿들을까봐 걱정하지 않습니다. 거리, 집, 교회, 모든 장소에서 사람들은 볼일을 볼 때나 하물며 중요한 일을 할 때도 거지들 신경은 쓰지 않습니다. 그래서 거지들이 밤에 광장이나 거리에서 잘 때 듣지 않는 음악이 어떤 것이 있을까요? 우리 거지들이 알지 못하는 사랑의 속삭임이 무엇일까요? 어떤 것도 우리가 모르는 것이 없고, 우리는 천지사방에서 비밀스러운 이야기를 다 듣기 때문에 그 누구보다도 그런 것들을 공개적으로 수천 번도 더 들어 알고 있습니다.

시각에 있어서 우리는 누구도 눈치채지 못하게, 누구의 허락도 없이, 누구의 방해도 받지 않고 뭐든지 다 볼 수 있습니다. 솔직히 고백하건대, 나는 교회에서 동냥하면서 수도 없이 보고 즐겼습니다. 더 솔직히 말한다면, 천사처럼 예쁜 여자들의 애인들은 들킬까봐 감히 그녀들의 얼굴을 제대로 바라볼 수 없었지만, 우리 거지들은 가능했기 때문에 나는 마음껏 그녀들을 보면서 탐냈습니다.

후각에 있어서는, 다른 집에서 나는 냄새를 다 알아내는 우리보다 더 좋은 후각을 갖고 있는 사람이 있을까요? 우리는 좋은 냄새 맡는 것을 무척 좋아했는데, 그중에서도 진정으로 가장 좋아한 것은 방부제로 쓰이며 어디서나 흔하게 맡을 수 있는 마늘 냄새였습니다. 다른 냄새를 맡고 싶으면 우리는 사향이나 용연향을 파는 거리 모퉁이로 가서 향 처리를 한 가죽옷이나 장갑의 냄새를 맡는데, 그러면 그 향내가 우리 눈과 코로 들어왔습니다.

당신은 우리가 좋은 물건은 만져볼 수 없었기 때문에 촉각이 부족하다고 말하고 싶을 텐데, 그건 가난과 아름다움이 별개임을 몰라서 하는 소리입니다. 가난한 사람들도 부자들처럼 훌륭한 것을 만지고 즐기는데, 모두들 이 신비한 이치를 깨닫지 못합니다. 갑부가 차지하고 싶어 할 정도의 여인을 구걸과 가난으로 부양하는 거지가 있습니다. 그 여인은 자기를 능멸하는 부자보다는 자기에게 먹을 것을 부족하지 않게 해주는 거지를 더 좋아합니다. 얼마나 수도 없이 여러 숙녀들이 자기들 손으로 직접 나에게 동냥을 주었나요? 다른 사람들은 어떻게 했는지 모르겠지만, 젊음의 혈기가 넘치는 나는 그녀들의 손을 꼭 잡고 감사의 표시로 손에 입맞춤을 하지 않고서는 절대로 놓지 않았습니다.

그러나 이것은 큰 불행이고 바보 같은 짓입니다. 미각, 시각, 후각, 청각, 촉각의 오감 중에서도 가장 근본적이고 진정한 것은 은밀한 곳에 아무도 모르게 감추어둔 번쩍번쩍 빛나고 아름다운 위대한 카스티야의 금화를 만지며 즐기는 일이었습니다. 지불하거나 사용하기 위해서 돈을 가지고 있는 것은 돈을 즐기는 것이 아닙니다. 돈을 즐긴다는 것은 오로지 오감을 만족시키기 위해 돈을 여유 있게 가지는 것입니다. 물론 돈은 쓸 때 비로소 즐기는 거라고 말하는 사람도 있습니다.

우리는 몇 번이나 천을 덧대고 수선한, 몸에 꽉 쪼이는 조끼에다 돈을 넣고 꿰매서 가지고 다녔습니다. 아무리 더럽고 낡은 옷이라도 고쳐서 새 옷처럼 되지 않을 것 같으면 아예 수선하지도 않았습니다. 우리는 은혜로 먹고살며 번 돈은 쓰지 않아서 금화를 많이 가지고 있었습니다. 그것이 당신을 부자로 만들었고, 당신을 먹여 살렸습니다. 낡은 곡식을 한 톨 한 톨 먹으며 배를 채웁니다. 우리는 어떤 정직한 바닥에서 발을 들어 진흙탕을 밟지 않을 정도의 돈을 모으게 되었습니다.

당신은 이 객주에서 잠시 쉬고서, 다음 장에서 펼쳐지는 여정에서 나와 동시대 사람인 피렌체의 어떤 거지가 겪은 일을 들을 것이고, 촉각이라는 게 정말 좋은 것인지 그를 통해서 알게 될 것입니다.

제5장

구스만 데 알파라체는 자기와 동시대 사람인
피렌체에서 죽은 어떤 거지한테 일어났던
이야기를 한다

모든 거지가 다 밤낮으로 자지 않고 역경을 헤쳐나갈 방법을 찾으면서 속임수를 쓴다는 것은 이미 알려져 있습니다. 이런 일은 어디서든지 일어납니다. 잔인한 점에서는 이탈리아가 최고고, 그중에서도 제노바가 단연 으뜸이라고 말들 하지만, 거기 토양 때문에 그런 것이 아니고 가난과 욕심 때문에 그런 것 같습니다. 제노바 사람들은 잔인하기 때문에 자기들 스스로 하얀 무어인이라고 불렀습니다. 그들은 복수를 하거나 죄를 다른 사람에게 뒤집어씌우기 위해서 은연중에라도 사실을 밝히는 사람은 대가를 치를 것이라고 말합니다. 이 말은 제노바 상인들을 보면 이해할 수 있습니다. 그들은 실이 풀린 호주머니에 양심을 넣고 다니다가 잃어버려서, 결국 양심을 가진 사람이 한 명도 없습니다.

한 사람이 저 뒤에서 달려오다가 양심을 잃어버렸다고 말했습니다. 제노바 사람들은 자식을 학교에 보낼 때 양심을 갖고 가게 합니다. 자식들은 학교 가서 그걸로 놀고 장난도 칩니다. 그러다가 어떤 학생들은 그걸 잃어버리고, 다른 학생들은 그걸 거기에 놔두고 잊어버립니다. 그들이 학교 청소를 하다가 그것을 발견하면 선생님한테 가져다주고, 이들은 그것을 다시 잃어버리지 않기 위해서 상자에 잘 보관합니다. 나중에 그게 필요한 학생은 그걸 놓아둔 장소를 기억해내고 찾으러 갑니다. 선생님은 그 많은 양심을 힌곳에 모아 보관하고 있는 만큼 어느 양심이 어떤 학생 건지 몰라서 그냥 맨 먼저 보이는 것을 주면 학생은 그것이 자기 것인 줄 생각하고 가져가는데, 실제 그것은 친구나 아는 사람이나 친지들 것입니다. 어느 누구도 자기 양심을 가져오지 못하고, 다른 사람들 것을 간직합니다. 여기서 그런 오명을 갖게 된 것입니다.

아, 아, 스페인, 사랑하는 나의 조국, 신앙심의 보고! 신의 가호가 있기를! 네 안에는 신앙심이 깊은 사람도 많지만, 양심을 바꾸는 선생님과 바뀐 양심을 가져오는 사람들도 있구나! 정작 자신들의 양심은 잃어버리고서, 자기들이 꾸짖고 비난하는 다른 사람의 양심이 자기들한테 올까 싶어 노심초사하는 사람들이 얼마나 많은가?

당신 자신에게 돌아가서 바뀐 양심을 부숴버리세요. 다른 사람의 눈에서 티를 빼지 말고 당신 눈의 들보를 빼세요. 속고 있는 당신의 모습을 잘 보세요. 당신 양심을 내려놓게 하는 사람이 당신을 속이는 거라고 생각하겠지만, 당신이 스스로를 속이는 것입니다. "아무개가 제일 악덕 고리대금업자다"라고 말하면서 당신은 안 그런 척 시치미 떼지 마십시오. 훔치지 말고, 다른 사람이 더 큰 도둑놈이라고 변명하거나 스스로 위로하지 마십시오. 타인의 양심은 놔두고, 당신의 양심을 보십시오. 이것이 당신한테 중요한 것입니다. 각자 자신의 것이 아닌 것과 다른 죄인들의 눈에서 떨어지십시오. 솔로몬의 우상숭배와 유다의 불경이 당신의 변명거리가 될 수 없고, 각자 자신에게 합당한 벌을 받게 됩니다.

당신은 해롭고 나쁜 쪽으로 가려는 경향이 있는데, 왜 성인군자들이 보여준 절제하고, 참회하고, 성체 받고, 속죄하고, 고결하고 모범적인 삶을 따라 하지 않습니까? 당신 같은 사람이 또 있을까요? 당신은 환자처럼, 건강하게 해주는 것을 버리고 해가 되는 것을 먹습니다. 내 분명히 말하는데, 당신 자신을 기억하고 나를 잊는 것이 당신의 구원에 중요합니다.

선생님들이 학생들의 양심을 보관하는 학교가 많은 곳이 세비야입니다─비록, 내가 말하는 것처럼, 이 세계의 어떤 도시나 마을이나 장소도 다 마찬가지지만. 사람들이 바다를 건너려고 배에 올랐으나, 너무 많이 타서 양심들 무게 때문에 배가 빠지게 될 지경까지 되자, 다음에 돌아올 때까지 자기 양심들을 집과 숙소에다 보관해두었습니다. 나중에 찾는다지만, 그곳은 양심이라고는 눈 닦고 찾아봐도 없는 멀리 떨어져 있는 땅이기에 내 생각에는 힘든 일이었습니다. 설사 그렇지 않다 하더라도 그들은 대부분 양심을 찾지 못한 채 양심 없이 살아가게 됩니다.

따라서 세비야에는 양심을 놔두고 가서 돌아오지 않은 사람들의 양심이 넘쳐났습니다. 나는 교회 앞 계단이나 시장을 돌아다니고 싶지 않았고, 산프란시스코 광장[1]에도 가고 싶지 않았고, 강에 빠지고 싶지도 않았습니다. 모든 거래나 계약은 일단 시작하면 손 떼기가 쉽지 않을 것이니 한쪽으로 치워놓으세요. 마치 내가 말했던 것처럼 나중에 말하게 될지도 모를 것을 지금 말하는 거라고 생각하고, 가슴에 잘 새기십시오.

제노바 근교에서 태어났고 머리가 아주 잘 돌아가고 재주가 비상한 사람이 있었습니다. 판탈론 카스테예토라 불리는 아주 불쌍한 거지였습니다.

∙∙

1) 세비야의 중심지였다.

피렌체에서 결혼을 하고 아들을 하나 둔 것 같은데, 자기 자식이 부인 배 속에서 나왔을 때부터 하인 일이나 어떤 직업을 가질 생각은 하지 않고 어떻게 하면 아들을 먹여 살리지 않아도 될까만 궁리했습니다. 거기서 이런 말이 나왔습니다. '지옥에 아버지를 둔 아들은 행운아야!'[2] 내가 비록 그 아들을 불쌍하다고 말하지만, 그가 상속받은 것을 내가 얻기란 불가능합니다.

내 생각에 그 거지는 자신의 운명을 따르지 않고 바꿨기 때문에 위험에 빠진 것 같았습니다. 설사 가난한 사람이라도 같은 일을 하는 사람과 결혼을 해서 웬만큼 돈도 모으기 때문에 자기들한테 필요한 것을 어느 정도 갖고 있었고, 자기 자식이 적당한 대접을 받을 수 있을 만큼의 재산은 남겨놓을 수 있었지만, 그는 운명을 믿고 싶지 않아서 보통 생각할 수 있는 것보다 더 잔인한 생각을 떠올렸습니다. 그 나라 출신의 많은 사람들이 더 많은 동냥을 얻기 위해 어린 자식들을 마치 양초처럼 비틀고, 부러뜨리고, 자기 하고 싶은 대로 새로운 형태를 바꾸어 괴물같이 만들어놓았는데, 그한테도 그런 끔찍한 생각이 났던 것입니다. 어린 애들이 늙은 부모를 위해 먹을 것을 벌고, 부모들은 자식들에게 이런 장애를 훌륭한 유산으로 남겨주었습니다.

그 거지는 새로운 고문 방법을 이용해 불쌍한 어린 자식을 희생시켜 이득을 보려고 했습니다. 그 잔인한 방법들을 한꺼번에 다 쓴 것이 아니라, 아이가 자라는 것에 따라서 셔츠를 입히기도 하고 목욕을 시키기도 하는 것처럼, 한 번은 알몸으로 또 한 번은 옷을 입히고 하는 식으로 해서, 네기

∵

2) 정직하지 않은 사람은 부자가 되고, 죽을 때 아들 등 상속자에게 많은 재산을 남겨놓을 수 있다는 뜻이다.

이제 당신한테 자세하게 보여주는 것처럼, 아들의 몸을 완전히 새로 만들었습니다.

그는 자식의 성격에는 전혀 손대지 않았고, 또 그럴 수도 없었습니다. 그 아이는 팔자는 불행했지만, 머리가 좋고 재치 있고 익살스러웠습니다. 그는 아들의 몸 중에서 머리부터 손대기 시작해서 머리는 거의 뒤로 비틀어놓고, 얼굴은 오른쪽 어깨에 닿게 했습니다. 그 아이의 양쪽 눈 위아래 눈꺼풀은 그냥 살덩어리일 뿐이었습니다. 이마와 눈썹은 타서 주름살이 천 개는 생겼습니다. 몸은 오그라들어 곱사처럼 되었고, 아이에게서 사람의 모습은 어디에도 찾아볼 수 없었습니다. 뼈가 앙상하게 드러나는 다리는 어깨 위로 구부려져 있었습니다. 팔과 혓바닥은 온전했습니다. 그 아이는 당나귀 위에 얹은 우리에 갇혀서, 손으로 당나귀를 몰고 다녔습니다. 그러나 올라갈 때나 내려올 때는 당나귀를 잡아줄 사람이 필요해서 사람들이 도와주었습니다.

내가 말한 것처럼 그는 재치 있고, 매우 유익한 이야기를 많이 했습니다. 완전히 일그러지고, 발기발기 찢어지고, 차마 눈뜨고 볼 수 없을 만큼 비참한 몸으로 다녔기 때문에, 피렌체 전체가 가슴 아파했고, 그는 비참한 몸과 재미있는 입담으로 동냥을 많이 얻었습니다.

그렇게 그는 일흔두 해를 살았는데, 생의 끝자락 즈음에 몸에 심한 고통을 느끼고는 죽음을 예감했습니다. 그 순간에 그는 구원과 천벌 중에 어떤 것을 받을 것인가를 신중히 생각하고 본성을 되찾아, 그 시간은 남을 속이거나 신도로서 병자성사를 할 때가 아닌 것 같았습니다. 병자성사는 최후의 순간에 의미 있게 하고 싶었습니다. 그는 친분이 있는 고해신부에게 삶과 의식과 교리에 관한 많은 말씀과 고견을 부탁했습니다. 신부에게 자신이 살아온 이야기를 하면서 죄를 고했고, 자신의 유언을 아주 간단하게 작성해달라고 부탁했습니다. 머리말은 공증인이 작성하고, 그다음 부분은 그가 이렇게 말했습니다.

"내 영혼은 나를 키워주신 신께 드리고, 내 육신은 땅에 바치니 내 교구 성당에 묻어주십시오. 내 당나귀는 팔아서 장례식 비용으로 쓰고, 안장은 나의 주인이자 그것의 권리를 갖고 계시는 대공께 드리고, 그분을 나의 유언 집행인이자 내 전 재산의 상속자로 지명합니다."

그는 그 말을 마치고 유언장을 접고 죽었습니다. 모두들 그를 재미있게 말하는 사람이라 여기고 있었던 만큼, 다른 어리석은 사람들이 항상 그러는 것처럼 그도 삶과 죽음을 다 같이 신의 은총으로 받아들였다고 생각했습니다. 그러나 그를 알고 있었던 대공은 유언 내용을 전해 듣고서는 신중히 생각한 끝에 무슨 비밀이 숨겨져 있을 거라고 추정했습니다. 고인이 남긴 안장을 궁전으로 가져오게 해서 꿰맨 부분을 하나하나 다 풀어보니 많은 동전과 금덩어리가 나왔는데, 동전은 전부 금화였고 그 액수가 스페인 돈으로 따지면 동전 한 개당 400마라베디가 되어서 전부 3,600에스쿠도였습니다.

곤란해하는 대공에게 다들 충고를 했지만, 그는 그 돈이 자기 것이 아닌 것 같았고 그렇다고 원주인에게 되돌려줄 수도 없는 노릇이라, 자기 양심에 따라 모든 거지들을 관리하는 책임자에게 그 돈을 맡겼습니다. 죽은 거지가 진정으로 자신을 유언 집행인으로 그리고 최고의 기사로 인정해준 마음씨를 갸륵하게 여긴 강력한 왕자이자 자비로운 영주인 대공은 영원히 그 거지를 기억할 것을 모든 사람에게 명령했습니다.

당신은 이제 이 거지의 촉각에 대해 무슨 말을 할 겁니까? 당신이 아무리 또 다른 비너스를 만져본다고 해도, 당신 촉각은 그만큼 섬세하지 못할 것입니다.

이 두 가지 장점에서 우리를 따라올 사람은 아무도 없었습니다. 그동안 내가 살아온 시간과 즐거웠던 시간들을 생각하기 시작한 것은, 그렇게 하고 싶었거나 힘들었던 시간들을 잊어버리기 위해서가 아니라, 지금 내가 이 갤리선에서 겪고 있는 고통이 내게 더 크게 보이도록 하기 위해서입니다. 그렇다고 내가 지난 기억들을 소중히 여기지 않는 건 아닙니다. 그때는 항상 차려진 식탁, 정리된 침대, 깨끗한 숙소, 가득 찬 음식 주머니, 눈앞에 쌓여 있는 재산이 있었습니다. 나는 도둑놈들이 두렵지 않았고, 비가 무섭지 않았고, 4월의 근심이나 5월의 걱정도 없었습니다. 이런 것들은 농사꾼들이나 하고 다니는 불평입니다. 또 옷이나 태도에 신경 안 써도 됐고, 아첨하는 것에 주의할 것도 없었고, 이름을 날리기 위해 거짓말할 필요도 없었습니다. 존경받기 위해서 나는 무엇을 할까? 사람들한테서 잊히지 않기 위해 나는 어떻게 방문할까? 다른 사람들이 내 말을 잘 듣게 하려면 어떻게 해야 할까? 당신이 말을 하도록 하고, 다른 사람들이 나를 보게 하려면 어떤 계기를 만들어야할까? 항상 날이 새기 전에 일찍 일어나려면 어떻게 해야 하나? 내 혈통의 순수성을 지키려면 가문을 어떻게 이끌어야 할까? 내가 험담하는 것을 듣는 사람이 내게 약점이 없다고 생각하게 하기 위해서 어떻게 그의 약점을 찾아낼까? 우쭐대기 위해서는 어떻게 말해야 할까? 내 말을 들려주려면 어디로 돌아다녀야 할까? 내가 다른 사람들을 험담했던 것처럼 나를 돌대가리라고 쑥덕거리는 사람들에게서 벗어나 험담을 듣지 않으려면 어디로 가야 할까?

아, 얼마나 오랜 시간 사람들은 모여서 수군거리고 험담하였습니까! 이 달고가 엉터리로 옷을 만들었다고, 사제가 땅바닥까지 질질 끌리는 긴 옷을 입는다고, 정숙한 부인이 긴 치마를 입는다고 험담한다고 해서 누가 신경을 쓰겠습니까! 성인과 죄인에게는 긴 옷을 입힙니다.

우리가 산다면 거기에 도착할 거니까, 당신은 여기에 남아 계십시오. 세계를 항해해야 하는 불운한 항해사는 신의 가호를 기다리며 정확한 자로 측량을 하고 수면을 조사하고 나침반을 살펴야 합니다. 행운은 늦게 도착하고, 불행은 너무나 빨리 닥칩니다. 아무리 정확하게 측정하더라도 잘못 재는 실수를 하게 됩니다. 그는 마음에 안 들면 얼굴 표정에 다 나타나고, 그가 말을 잘해도 수다스럽다고 하고, 적게 하면 말이 짧다고 합니다. 고도의 섬세한 일을 하려고 하면 앞뒤 안 가린 채 무턱대고 덤벼들고 이해도 못하면서 깊이 들어간다고 하고, 그렇지 않은 일을 하려고 하면 비굴하다고 하고, 겸손해하면 천하다고 하고, 일어서면 건방지다고 하고, 일을 꾀하면 성가시고 미쳤다고 하고, 자제하면 비겁하다고 하고, 바라보면 홀딱 반했다고 하고, 화해하면 위선자라고 하고, 웃으면 변덕스럽다고 하고, 자중하면 침울하다고 하고, 붙임성이 있으면 무시한다고 하고, 점잖으면 싫증 난다고 하고, 공정하면 잔인하다고 하고, 인정 많으면 얌전한 소라고 합니다.

이런 모든 불행에 대비해 거지들은 통행증을 가지고 다니고, 자기 인생에 대해서 주인으로서 책임을 지고, 세금과 부역에서 자유롭고, 경쟁자들과 멀리 떨어져 있습니다. 그들의 삶을 들춰낼 측량기사도, 재단할 재단사도, 깨물 개도 없기 때문에 거지들은 즐겁게 살아갑니다.

시간과 운명이 ―이것들은 사물이 어느 한 상태에 머무르는 것을 허락지 않고 소멸시킵니다― 내 삶을 무너뜨리지 않았더라면, 나를 험담하는 사람들의 말처럼 그런 상처도 없고 허약하지도 않은 건강한 내 상태를 얼굴색과 자유로운 사지를 통해서 밝히면서 내 인생도 행복했을 것입니다.

한번은 가에타 시에 있는 어떤 교회 문 앞에서 동냥을 하려고 앉아 있다가, 그 교회의 자비와 동냥이 로마교회와 같은지 알아보고 싶은 호기심이 갑자기 발동했습니다. 나는 막 도착해서 필요한 것이 없는 표정을 지었습니다. 나는 거미 흉내를 기가 차게 잘 내서 그걸 이용했습니다. 시장이 들어오다 내 눈과 마주치자 동냥을 주어서 며칠간 편하게 지냈습니다. 탐욕이 보따리를 망가뜨린다고, 어느 축제 날 나는 새로운 계략을 짜내고 싶었습니다. 다리 한쪽을 포도밭 하나 살 만큼의 돈을 들여 변장했습니다. 교회로 가서 다리를 높이 쳐들면서 소리를 크게 지르기 시작했습니다. 나의 불행이나 어리석음이 그걸 원했던 겁니다. 이처럼 모든 사건은 항상 어리석음과 가난에서 나옵니다.

나는 그 조그만 마을에서 굳이 그런 터무니없는 짓을 할 필요가 없었습니다. 힘들게 마구 지껄이거나 온갖 계략을 짜내지 않아도, 불쌍한 내 모습을 보고 사람들이 주는 먹을 것을 받기만 하면 되었습니다.

그날 시장이 미사를 보기 위해 교회에 왔다가 나를 알아보고는, 나를 일으키면서 말했습니다. "나하고 같이 가자, 네가 입을 셔츠 하나 줘야겠다." 그 말을 믿고 그의 집으로 따라갔습니다. 그가 나한테 원하는 것이 뭔지를 알았더라면, 그가 아무리 교묘한 술책을 부리더라도 그렇게 대포로 나를 맞힐 수 있었을지, 나를 손으로 잡을 수 있었을지 잘 모르겠습니다.

거기에 있는데, 시장이 내 얼굴을 보면서 말했습니다. "네 얼굴색과 몸뚱이를 보니 살도 있고, 건강하고, 실하구나. 그 다리는 왜 그런 거니? 한쪽 다리를 저네." 나는 당혹스러운 표정을 지으며 대답했습니다. "모르겠습니다, 나리. 신께서 알아서 돌봐주십니다." 나는 뭔가 잘못 돌아간다는 것을 알아차리고서, 문을 열 수 있는지 출입구를 슬쩍 엿봤지만 닫혀 있어서 열 수가 없었습니다. 시장은 의사를 불러 나를 진찰해보라고 명령했습니다. 의사가 와서 천천히 나를 살펴보았습니다. 처음에는 어찌된 영문인지 몰라서 당황하더니, 이내 속았다는 것을 깨닫고 시장에게 말했습니다.

"시장님, 이 아이는 제 눈 수만큼 다리를 가지고 있습니다. 분명하게 보실수 있게, 제가 보여드리겠습니다." 의사가 화를 내면서 내가 변장한 것을 걷어내니, 원래 건강했던 모습의 내 다리가 그대로 드러났습니다.

시장은 내 솜씨에 감탄했습니다. 나는 무슨 말을, 무엇을 해야 할지 아무 생각도 나지 않으면서 완전히 얼어붙었습니다. 나이 덕을 보든지 아니면 신이 나를 본보기로 주는 벌에서 구해주지 않는다면 방도는 없었습니다. 그러나 어린 나이 때문에 더 큰 벌이 나를 기다리고 있었습니다. 시장은 나한테 약속한 셔츠 대신에 사형 집행인을 오라고 해서 내 다리에 나무를 댄 부분 아래를 회초리로 때린 다음 곧바로 나를 그 도시에서 쫓아내라고 명령했습니다. 설사 그런 명령을 내리지 않았더라도, 나는 그 도시에 남아 있지 않았을 것이기 때문에 조심스레 떠났습니다.

나는 가면서도 무섭고, 떨리고, 겁이 났습니다. 혹시 그들이 다시 나타나 받을 것이 더 남아서 다시 나를 데려가겠다고 하면 어쩌나 싶어 가끔씩 뒤를 돌아보았습니다. 로마에서는 절대로 사소한 일에 앙갚음을 하지 않았고, 얼굴색을 자세히 살펴보지 않았던 것이 기억나 그 도시를 수천 번도 더 칭찬을 하며, 교황님이 계신 땅으로 갔습니다. 각자 최선을 다해서 자신의 인생을 찾으십시오. 훔칠 것이 있다면 땅끝 먼 곳까지도 항해해서 가십시오. 물살이 거센 해협으로 항해하지 않고 항상 운하로 항해하다 보면 얼마 가지 않아서 작은 폭풍우에도 당신의 배는 고장 나고 부서질 겁니다.

제6장

로마로 돌아온 구스만 데 알파라체를
가엾게 여긴 추기경이 자기 집으로 데려가
침대에 눕히고 치료를 해준다

어린 나이에 신중을 기해야 하는 민감한 사안에 대해 안목이 짧을 수밖에 없는 것은 너무나 당연한 이치입니다. 그것은 이해력이 아니라 신중함이 부족해서고, 신중해지려면 경험이 필요하고, 경험을 쌓으려면 시간이 필요합니다. 덜 익은 과일이 시고 떫고 맛이 없는 것처럼, 어린아이는 성숙한 모습을 갖추지 못합니다. 그 나이에는 인생의 품위를 갖추지 못하고, 사물에 대해 깊이 생각하지 못하고, 사물의 진정한 가치를 깨닫지 못합니다. 어린아이가 실수하는 것은 놀라운 일이 아니고, 도리어 정확하게 맞추는 것이 불가사의한 일입니다. 그러나 일반적으로 천성이 착한 사람이 훨씬 더 사려 깊습니다.

나는 나 자신을 잘 알고 있습니다. 나는 내 나이의 정신력보다 더 강한 모습으로 일어섰고, 독수리가 자기 새끼를 보듯이 눈을 진실의 태양에 고정시키니까, 내가 사람들을 속인 계략과 방법이 결국에는 전부 나 자신을 속인 것이고, 상처 입고 불구가 되어 일을 못하고 진짜로 도움이 필요한 불쌍한 사람이 받을 동냥을 내가 가로챘다는 것을 깨닫게 되었고, 가난한 사람은 아무리 속이려고 해도 절대 속이지 못하고 속일 수 없다는 것을 알았습니다. 주는 사람은 주는 사람을 보지 못하고, 받는 사람은 다른 새들을 부르는 미끼 새가 되어 덫 안에서 안전하기 때문입니다.

눈물을 미끼 새 삼아 동냥을 얻어 살아가는 거지는 신을 자기 목소리에 넣고, 신을 채무자로 만들어 빚을 갚게 합니다. 나는 한편으로는 동냥 얻는 것이 좋았지만, 또 한편으로는 내 인생을 좀먹게 할까봐 속으로 불안했습니다. 동냥은 지옥으로 가는 길이란 것을 알고 있었기 때문에, 나는 피렌체 거지가 했던 것처럼 온전한 정신 상태로 돌아가야 한다는 강박관념에 싸여 있었습니다. 그러나 한 번씩 세도가나 부자가 하찮은 동전 한 닢을 주면서도 갈등을 겪는 걸 보면 참을 수가 없었습니다. 그때는 꾹 참았지만, 아직까지도 그걸 생각하면 화가 치밀어 오르는데, 그 분노를 이루 말로 다 설명하지 못하겠습니다.

부자여, 당신은 불쌍한 사람들을 위해서 뭔가를 해야 합니다. 그들이 신에게 요구하는 것을 당신이 대신해서 베풀어야 합니다. 신이 당신한테 자신을 대신해서 불쌍한 사람을 도와주라고 했고, 그리고 신이 다른 사람의 빚을 자신의 것으로 만들어 당신한테 그 빚을 갚으라고 말한 것을 신물이 날 만큼 들었을 텐데, 당신은 왜 그 말에 귀를 닫습니까?

우리 거지들은 아라비아 숫자의 영(0)과 같아서 그것만으로는 아무런 가치가 없지만, 다른 숫자 옆에 있으면 가치가 드러나고, 이때는 영이 많으면 많을수록 가치가 높아집니다. 당신이 10의 가치가 되고 싶다면 옆에 불쌍한 거지를 한 명 두고, 당신이 거지들을 더 많이 구제하고 동냥을 준다면 그들은 신의 은총에 감사하며 당신한테 더 많은 영을 줄 겁니다. 내가 동냥을 받거나 받지 못한다면, 그들이 나에게 동냥을 주거나 주지 않는다면 당신은 어떤 생각이 들겠습니까? 당신이 줄 게 있고 줄 수 있다면, 내가 당신에게 요구하는 것을 나한테 주십시오. 그건 당신에게 그렇게 명령하는 신을 위해서가 아니라 당신이 나한테 진 빚이기 때문입니다. 당신이 그것을 가지고 있고, 지키고 있는 이유는 그것이 최고급의 양모라서가 아니라 잘 손질한 양모이기 때문임을 깨달으십시오. 당신한테 그걸 줬고, 나한테서 그걸 빼앗은 사람은 기도하고 있던 손을 풀어 자기 마음이 향하고 또 그 마음을 받을 만한 사람에게 축복을 내릴지도 모릅니다.

당신은 생각이나 선택을 하지 마십시오. 당신이 그것을 바라본다면, 이는 주지 않으려는 욕심과 변명에 지나지 않는다는 것을 나는 잘 압니다. 넓은 아량을 가지십시오. 그러기 위해서는 베푼 것의 결과를 보고 지혜로운 성 카니시우스[1]가 언급한 소프로니우스[2]의 말을 들어보십시오. 어느 과부에게 매우 어여쁜 딸이 한 명 있었는데, 제노 황제[3]가 그녀와 사랑에 빠져, 그녀의 의지와 상관없이 강제로 욕보이고 마음대로 차지해버렸습니다. 신앙심이 깊었던 그 어머니는 슬퍼하며 더욱더 성모 마리아에게 기대며 말했습니다. "성모 마리아여, 저희를 능욕하고 모욕을 안겨준 폭군 제노 황제에게 죄를 내리시고 복수해주십시오." 소프로니우스는 그녀가 다음과 같은 말을 들었다고 합니다. "만일 황제가 준 동냥이 우리 손을 묶지 않았더라면 너는 벌써 복수를 했을 텐데."

거지들을 도와주기 위해서 당신의 묶인 손을 푼다면 동냥을 받는 거지

---

1) 독일의 '제2사도'라고 알려진 성 피터 카니시우스(1521~1597)는 최초의 네덜란드 출신 예수회 신부이다.
2) 6세기경 키프로스 주교였던 성 소프로니우스.
3) 474~491년 비잔티움 제국의 황제.

들보다 동냥을 주는 당신한테 그만큼 큰 축복이 돌아갑니다. 신은 부자를 위해 가난한 사람을 만든 그만큼 가난한 사람을 위해 부자를 만들지는 않았습니다. 당신은 누가 더 축복을 받는다는 말에는 신경 쓰지 마십시오. 신 이외에는 아무것도 없고, 신을 위해서 당신에게 동냥을 요구하는 것이고, 당신은 가진 것을 신에게 바치는 거고, 모든 것이 하나고, 겉보기에 건강해 보이고 동냥하는 것이 옳지 않아 보이는 사람이 얼마나 가난에 고통받고 있는지 당신이 이해할 수 없고 그것을 아는 것도 불가능합니다. 당신은 교묘히 회피하려 탈출구를 찾지 말고 주인에게 돌려주십시오. 시험은 당신 몫이 아니고, 그것을 담당하는 재판관들이 있습니다. 그건 나를 보면 잘 알 수 있을 겁니다. 나를 벌하는 일에 방심하는 재판관이 있었던가요? 다른 사람들한테도 이와 똑같은 일이 벌어질 것입니다.

당신처럼 마음 나쁜 사람은 숨어 있어도 다 보입니다. 내 말은 자선과 동냥은 순서가 있다는 뜻입니다. 그렇다고 당신보고 순서를 정하라는 게 아니라 자선을 베풀고 동냥을 주라는 뜻입니다. 그가 그것을 가지고 있는지 없는지, 말을 했는지, 요구했는지, 할 수 있는지 없는지 따지지 말고 그냥 주라는 뜻입니다. 그가 당신한테 그걸 요구하면 당신은 줘야 합니다. 말했듯이, 그는 무척 힘겹게 살아갑니다. 당신이 할 일은 단지 주는 것뿐입니다. 시장과 군수, 고위 성직자와 교구신부는 벌을 주기 위해 눈을 크게 뜨고 누가 가난한 자가 아닌지 알아내야 합니다. 그것이 그들의 일이고, 희생과 노고로 이루어진 그들의 품위입니다. 그들이 지도자가 된 것은 최고의 음식을 먹기 위해서가 아니라 모든 사람을 돌보기 위해서고, 익살꾼들하고 노닥거리며 즐기기 위해서가 아니라 백성들의 고통을 안타깝게 여기기 위해서고, 코를 골며 자기 위해서가 아니라 용처럼 계속해서 맑은 영혼의 눈을 부릅뜨고 밤을 새며 한숨을 내쉬기 위해서입니다.

이제는 당신이 동냥을 줄 차례입니다. 당신한테 필요 없거나, 쓰레기터에 버리려고 구석에 처박아두었던 것을 주면서 동냥 줬다고 생각하지 마십시오. 가난한 사람들이 그 정도로 우스운 사람들이라면 그런 걸 줘도 되겠지만, 그건 주는 것이 아니라 집에 있는 쓰레기를 치우는 것에 지나지 않고, 바로 카인의 희생입니다. 정의로운 아벨이 진정으로 자기가 가진 것 중에서 제일 좋고 값진 것을 제물로 바친 것처럼, 당신도 가장 좋은 것을 내놓아야 합니다. 억지로 하지 말고, 자랑하며 떠들어대지도 말고, 당신의 희생이 자양분이 되어 풍요로운 과실이 맺힐 수 있게끔 순수한 자비심으로 베푸십시오.

한참 걸어 로마에 도착하니 기뻐서 눈물이 솟구쳤습니다. 성스러운 성벽을 얼싸안을 만큼 내 팔이 강했으면 하는 마음이 들었습니다. 그 안으로 첫걸음을 들여놓자마자 성스러운 땅바닥에 입맞춤했습니다. 대지가 어머니라는 것을 모든 인간들이 알고 있는 것처럼, 나는 그 도시를 잘 알고 있었고, 그곳에서 유명했었습니다. 이전처럼 나의 삶을 찾기 시작했습니다. 지금까지는 살아도 산 것이 아니라 죽어 있었던 겁니다. 그곳이 나의 중심이라는 생각이 들었습니다.

우리는 열정과 완전히 한 몸이 되어 있어서, 그렇지 않은 것은 진실하고 확실한 것도 이상하게 보입니다. 그래서 다른 사람들은 다 불행하고 나만 가장 행복한 사람 같았습니다. 나는 나쁜 쪽으로만 마음이 끌렸고, 그것을 최상으로 여겼습니다.

어느 날 아침 일어나서는 예전에 했던 것처럼 다리를 변장하고 어느 추기경 집 문 앞에서 동냥을 했는데, 성스러운 궁전으로 향하던 추기경이 멈춰 서서 내 말을 들었습니다. 나는 일반 노래의 8계음이 아닌 돼지 멱따는 소리를 고래고래 질렀습니다. "고귀한 기독교인이시며 예수님의 친구분이

시여, 한 푼 주십시오! 이 상처 입고 고통받고 불구가 된 죄인을 불쌍히 여기십시오! 이 불쌍한 인생을 한번 보십시오! 이 죄인을 가엾게 여기십시오! 아, 성스러운 아버지, 고명하신 몬시뇨르,[4] 이 가엾은 아이를 동정하십시오! 우리의 스승이자 구세주이신 예수님의 열정은 칭송받으실 겁니다!"

내 말을 유심히 들은 몬시뇨르는 나를 아주 불쌍히 여겼습니다. 나는 그가 사람이 아니라 신의 대리인이라 생각했습니다. 그는 하인들을 시켜서 나를 팔로 안아 집 안으로 데려가, 더럽고 낡은 내 옷을 벗기고, 자신의 침대에 눕히고, 그 옆에 자기 침대를 하나 더 갖다 놓으라고 했습니다. 그 모든 것이 순식간에 다 이루어졌습니다.

아, 신의 크나큰 은혜여! 고귀하고 위대한 신이여! 사람들은 내 옷을 벗겨갔고, 내가 받을 동냥을 빼앗아갔습니다. 신은 아무리 큰 은혜를 베풀더라도 절대로 빼앗지 않습니다. 신이 당신에게 요구하고, 당신에게 주고 싶어 합니다. 한낮에 피곤해서 샘가에서 쉬고 있으면, 가축들이 마실 수 있게 물 항아리를 요구합니다. 신은 당신이 시원한 물을 가축들에게 주고, 그것 때문에 천사들 사이에서 즐겁게 지낼 수 있기를 바랍니다. 그 성직자는 신을 그대로 따라 했습니다. 그는 의사 두 명을 불러 큰 대가를 지불하고 나의 치료를 맡기고 건강을 돌보게 했습니다. 그렇게 나를 사형 집행인과 원수들의 손아귀에 넘겨주고 여행을 떠났습니다.

일부러 상처 난 것처럼 하는 여러 방법 중에서 당시 나는 주로 풀을 이용해서 위장을 했는데, 그것을 본 사람들은 치유되기 힘든 병이라 여기고 대단한 치료 방법이 필요하다고 생각할 지경이었습니다. 그러나 3일만 그 속임수를 중단하면, 자연스럽게 몸은 이전처럼 다시 완벽하게 건강을 되찾았습니다.

두 의사는 지금까지 살아오면서 그런 일을 처음 보는 것 같았습니다. 그들은 외투를 벗었습니다. 벌겋게 달아오른 숯불, 버터, 달걀과 다른 것들을 부탁하고, 적당한 때가 되자 자기들 마음대로 내 벨트를 풀었습니다. 그리고 나서 그런 경우에 항상 하는 질문들인, 언제부터 상처를 입었느냐, 무슨 일로 그랬는지 기억나느냐, 술을 마셨느냐, 무엇을 먹었느냐 등등을 물어보았습니다.

그들이 자르고 불로 지지기 위해 준비한 것들을 보고서 나는 한참 동안 정신이 나가 죽은 사람처럼 그들의 질문에 아무런 대답도 못하고 있었습니다. 그렇다고 질문을 피한다면 나쁜 짓이 다 들통 나게 될 거고, 몬시뇨르가 속았다는 것을 알게 되면 내게 무서운 벌을 내리라고 할 것 같아서 두려웠습니다. 가에타 시에서 겪은 힘든 일은 차라리 새 발의 피일 것입니다.

어떤 탄원의 기도와 『성인들의 꽃』[5]에서도 나의 나쁜 짓을 옹호해줄 수 있는 성인의 말씀을 찾을 수 없어서, 나는 어떤 대책을 세워야 할지, 무엇을 해야 할지, 누구한테 부탁을 해야 할지 몰랐습니다. 그들이 내 몸을 수백 번도 더 유심히 훑어봐서 내가 말했습니다. "이렇게 저를 죽이신다면, 저는 살아도 산목숨이 아닙니다. 테베레 강에다 저를 묻지 않는다면 두 시간도 견디기 힘든 시간입니다. 할 수만 있다면야 두 시간은 참을 것이고, 만일 다리를 절단하셔도 제가 죽지만 않는다면 그거야말로 당신들에게는 돈 벌기 좋은 구실이 될 겁니다. 그러나 최악의 상황이 벌어진다면 저한

..

5) 스페인 출생의 예수회 소속 수사인 페드로 리바데네이라(1527~1611)가 성인들의 일대기를 모아놓은 책.

테는 더 이상 아무 의미가 없는 것이 될 겁니다. 태어나 힘든 일 다 견디며 살아왔는데, 여기서 죽으면 제 인생이 너무 가엾지 않을까요?"

욕심으로 가득 찬 의사들이 여기서 잠시 머뭇거리는 틈에 내게는 위기를 벗어날 문이 열렸습니다. 둘 중에 경험이 더 많은 의사가 내가 사용한 풀의 효과로 나타나는 증상을 알고 있어서, 내가 꾀병을 부리고 있음을 알아차렸습니다. 그는 그것에 대해서는 언급하지 않고 다른 의사에게 말했습니다. "이 부위가 많이 심한 것 같아요. 더 썩어 들어가지 않고 새 살이 나오게 하려면, 주변에 성한 살까지 잘라낼 필요가 있을 것 같네요." 다른 의사가 말했습니다. "이 병을 치료하려면 시간이 많이 걸리니, 먼저 영양 보충을 잘해줘야 합니다."

상황을 다 눈치채고 있던 의사가 다른 의사의 손을 잡고 거실로 데리고 나갔습니다. 그들이 나가는 것을 본 나는 침대에서 내려와 뒤따라가서 그들이 말하는 것을 엿들었습니다. "선생님, 저는 선생님이 이 병이 뭔지 모르실 거라고 생각합니다. 물론 그건 당연한 일입니다. 이런 병은 거의 치료를 안 해보셨을 테고, 또 이 병을 아는 사람은 거의 없을 겁니다. 제가 큰 비밀 하나를 알아냈다는 것을 알아주셨으면 합니다." "그게 뭔데요? 어서 말씀해주십시오." 다른 의사가 말했습니다. "그럼 말씀드리죠. 이 병은 아주 심각한 꾀병이고, 상처는 일부러 꾸민 겁니다. 이제 어떻게 할까요? 그냥 놔두면 우리 명예나 이득이 다 사라져버릴 거고, 그렇다고 치료를 하려 해도 치료할 것이 없으니 사람들이 우리를 돌팔이라고 비웃을 겁니다. 이 방법 저 방법 어느 것 하나 우리한테 좋을 게 없으니, 추기경한데 사실대로 다 이야기하는 게 좋을 듯합니다." 다른 의사가 말했습니다. "아닙니다, 선생님. 지금은 적당한 때가 아닌 것 같습니다. 이런 악동이 꾀병을 부리게 내버려두는 것보다는 우리에 대한 사람들의 평가가 조금 안 좋아지는 게 오히려 더 나을 것 같습니다. 우리가 눈치채지 못한 척하고, 몇 가지 약으로 치료를 해보는 것이 더 좋겠습니다. 필요하다면 성한 살을 썩게 하는 약을 며칠간 써보는 것도 괜찮을 듯합니다." 다른 의사가 말했습니다. "그것보다는 감염된 부위를 불로 태우는 편이 더 좋을 겁니다."

　두 가지 치료법 중에서 어떤 걸로 시작하고, 수입은 어떻게 나눌지에 대한 생각이 서로 일치하지 않고, 꾀병을 알아차린 의사가 더 많은 수익을 요구하자, 둘은 몬시뇨르한테 사실대로 알리기로 합의했습니다. 그들이 그렇게 결론 내리고 곧바로 실행에 옮길 것 같아서, 다 잃어버릴 바에야 조금이라도 건질 생각으로 나는 거의 알몸으로 뛰쳐나가 그들 발밑에 쓰러지며 말했습니다. "의사 선생님들, 당신들의 손과 입에 제 목숨이 달려 있습니다. 제가 불행해진다면 선생님들한테도 좋을 것이 없고, 제가 잘된다면 선생님들께서는 확실한 이득과 명성을 보장받게 됩니다. 이미 선생님들께서는 가난한 사람들의 궁핍과 부자들의 냉혹한 마음씨를 잘 알고 계실 겁니다. 부자들한테 동냥을 조금이라도 얻으려면 고통을 참아가며 저희 몸에 상처를 낼 필요가 있습니다. 이렇게라도 해서 저희는 사람들의 동정심을 이끌어냅니다. 가장 큰 불행은 그들한테서 초라한 음식을 받기 위해 저희가 이 고통을 어쩔 수 없이 겪어야 한다는 겁니다. 선생님들도 저처럼 세상에 있는 광장을 다 돌아다니고, 육신이 있는 사람이고, 저 때문에 이득을 봤고 앞으로도 이득을 볼 수 있으니까, 신을 위해서 저를 불쌍히 여기시고 이 일이 밝혀지지 않게 해주십시오. 선생님들을 섬기고 도와드리는 데 한 점 부족함이 없을 것이며, 저를 치료해주시면 선생님들께서는 많은 이익을 얻게 될 겁니다. 저는 죄를 받을지 모른다는 두려움 때문에라도 비밀을 확실하게 지킬 것이니까 중간에 비밀이 조금이라도 새지 않을까라는 걱정은 마시고 저를 믿어주십시오. 그리고 수익에 대해서도 걱정 마십시오. 그것을 잃는 것보다는 찾아내는 편이 더 좋습니다. 저희 셋이서 힘을 합치는 편이 안 하는 것보다 훨씬 유리할 겁니다." 그들 또한 혜택을 보게 될 것이라고 제안하면서 간청한 것이 상당한 설득력을 가져왔습니다. 그들은 얼마나 좋아했던지 나를 어깨에 들쳐 메고 침대에 갖다 눕힐 정도였습니다. 우리는 각자 자신들한테 중요한 것을 얻기 위해서 힘을 합쳤습니다.

이렇게 합의점에 도달하느라고 시간이 많이 지체되어서, 내가 옷으로 몸을 겨우 가렸을 때 몬시뇨르가 문으로 들어왔습니다. 한 의사가 그에게 말했습니다. "존경하는 몬시뇨르, 이 아이의 병 상태가 아주 위독합니다. 몸의 여러 군데에 난 상처가 심하고 뿌리가 깊게 곪아서, 몇 가지 약으로는 불가능하고 오랜 시간 치료를 해야 할 성싶어 치료비가 많이 들 것 같습니다. 그러나 신의 의지를 통해서 저 아이는 분명 건강하게 회복될 것입니다." 또 다른 의사가 말했습니다. "만일 이 아이가 자비로우신 몬시뇨르의 품에 있지 않았다면 며칠 내로 상처가 썩어서 죽었을 겁니다. 그러나 상처를 치료하면 여섯 달 이내에, 아니면 그보다 훨씬 더 빨리 이 아이의 몸은 저보다도 훨씬 더 깨끗하게 치유될 겁니다." 오로지 자비만 베푸는 추기경이 그들에게 말했습니다. "여섯 달이든 열 달이든 치료해야 할 것은 다 하세요. 필요한 것은 다 지원해드리라고 명령하겠소."

말을 마치고 그는 다른 방으로 들어갔습니다. 사실 처음부터 지금 이 순간까지 그 배신자들을 믿지 못하고 있었던 터라, 나는 다른 사람의 심장을 이식받은 것처럼 힘이 났습니다. 혹시 그들이 등을 돌려 다 잃게 될까봐 두려웠지만, 묘시뇨르가 내 앞에서 약속한 것을 보고 나는 기뻐하며 안심이 되었습니다.

그러나 거짓 맹세하고 노름하고 나쁜 짓을 일삼는 버릇은 뿌리치기 힘듭니다. 이전에는 동냥으로 좋은 것을 많이 즐겼던 것을 이제는 갇혀서 마음대로 할 수 없게 되니 생활이 너무 고통스러웠습니다. 그러나 극진한 대접과 맛있는 음식과 편안한 잠자리 덕분에 그럭저럭 지낼 만했습니다. 몬시뇨르가 집 안 사람들에게 나를 자기 손님처럼 대하라고 명령했기 때문에 나는 왕자처럼 대접과 치료를 받았습니다. 이외에도 그는 매일 나를 직접 찾아주었고, 내 이야기를 재미있게 듣는 통에 늦게까지 있다가 가는 날도 있었습니다.

그러는 사이 내 병은 다 나았고, 의사들은 때가 되었다고 생각하고서 조금의 수고로 많은 돈을 받고 떠났습니다. 나한테는 옷을 차려입고 시동들의 숙소로 가라고 했습니다. 그때부터 나는 몬시뇨르를 섬기는 시동이 되었습니다.

제7장

구스만 데 알파라체가 추기경을 모시는
시동이 되면서 벌어진 일들

모든 피조물 중에서 전성기가 없었다고 말할 수 있는 것은 하나도 없을 것입니다. 어떤 존재라도 더 잘나가던 때가 있었습니다. 그러나 시간이 모든 것을 바꾸어놓는 것처럼, 어떤 것들은 지나가고 다른 것들은 이미 지나갔습니다. 시 중에서도 위대한 것들은 오늘날 우리에게 잘 알려져 있습니다. 연설에 대해 말하자면 고대 로마는 연설가들을 존중했습니다. 성서는 오랜 세월이 지난 뒤에 오늘날 우리 스페인에 널리 뿌리내렸습니다. 스페인 의상들도 이 법칙을 벗어나지 못하고, 나날이 새로운 옷들이 세상에 나오면 모두들 미친 듯이 그 유행을 따릅니다. 처음 그대로인 것은 아무것도 없습니다. 좋아 보이지 않고 오늘날 받아들여지지 않는 것도, 이전에는 좋은 것으로 생각되고 사용되었습니다. 어리석은 백성들은 모두가 같아지고 싶어 하며, 키 큰 사람이 키 작은 사람처럼, 뚱뚱한 사람이 마른 사람처럼, 아픈 사람이 건강한 사람처럼 옷을 맞춰서 추악한 괴물처럼 입고 다니고, 똑같이 따라 하고, 물약과 설사약으로 모든 병을 다 치료하고 싶어 합니다.

실제 사용하는 말들은 단어나 문장들의 품위를 떨어뜨려놓고, 한때 순결하고 고결했던 사람들을 우리는 이제 야만인으로 취급합니다. 음식도 맛있는 때가 있는 법이라, 여름에 맛있는 음식도 겨울에 먹으면 맛이 없고, 한여름에 제철인 음식은 가을에 맛이 없고 그 반대 경우도 마찬가지입니다.

건물들과 전쟁 무기들은 나날이 새로워집니다. 의자, 책상, 탁자, 벤치, 평상, 유등, 촛대처럼 손으로 만드는 물건들은 낡아서 부서지고, 놀이와 춤들도 사라집니다. 음악과 노래의 경우에도 이 같은 현상들이 나타나, 세기디야[1]는 사라반다[2]를 몰아냈고, 또 다른 춤들이 세기디야를 무너뜨릴 것입니다.

한때는 궁둥이 부분에 질질 끌리는 벨벳을 매달고 다니다가 오늘날 비단이나 금실로 된 것을 걸치는 것은 꿈도 꾸지 못하고 천덕꾸러기 신세가 된 노새들을 누가 봤습니까? 귀부인들이 기도하러 교회 갈 때 작은 당나귀를 타고 가는 모습이 얼마나 아름다웠는지 우리는 다 봐서 압니다. 전에는 그런 안장에 앉아 갔지만 이제는 전부 가마를 타고 다닙니다. 그 귀부인들이 그것을 아주 귀하다고 했고, 그전에는 실패와 반짇고리로 보내던 시간들을 즐기기 위해서 삽살개와 원숭이와 앵무새를 키우는 것이 중요하다고 말했을지라도, 이제 그것은 재미가 없고 다 지나갔습니다. 다른 것들과 마찬가지로 다 지나갔습니다.

••
1) 스페인 라만차 지방의 민요와 춤.
2) 16~17세기 스페인의 경쾌하고 외설적인 춤.

'진실'에서도 이와 똑같은 일이 일어났습니다. '진실' 역시 최고로 찬양받던 때가 있었습니다. 옛날에는 '진실'이 지금보다 더 많이 사용되었기 때문에 미덕 중에서 가장 존경받았고, 다소 심각한 거짓말을 한 사람은 벌을 주고 심하게는 공개적으로 돌로 쳐 죽이는 일까지 있었습니다. 그러나 선은 피곤하고 악은 절대로 손해를 보지 않기 때문에, 나쁜 사람들 사이에서 그토록 성스러운 법을 간직할 수가 없었습니다. 한번은 큰 역병이 돌아서 그 병에 걸린 사람은 설사 목숨은 건지더라도 중병에 걸렸습니다. 그렇게 한 세대가 지나가고 그다음 세대에 건강하게 태어난 사람들은 불구가 된 사람들을 병신이라 하면서 무시하고 욕지거리를 퍼부었고, 다친 사람들은 심한 모멸감을 느끼며 무척 가슴 아파했습니다. 그래서 '진실'은 아무도 눈치 못 채게 살금살금 왔지만, 아무도 그것을 들으려 하지 않고 말하고 싶지 않게 되어서, '진실'은 한 계단에서 두 계단으로, 두 계단에서 제일 높은 곳까지 올라갔습니다. 불꽃이 일며 도시가 다 타버렸습니다. 결국 '진실'은 규칙을 어기는 무례를 저질렀고, 그것 때문에 영원히 추방당했고, 그의 의자는 '거짓'이 차지했습니다.

'진실'은 판결문에 따라 추방당해 혼자서 쓸쓸히 갔습니다. 패자가 가지고 있거나 가질 수 있는 것을 승자가 다 차지하고, 친구라고 하는 사람들이 역경 속에서 명백하게 원수로 밝혀지는 일도 다반사입니다. 얼마 안 가 가파른 비탈길에 접어들면서 언덕 위에 많은 사람들이 보였고, 더 가까이 다가가니 웅장한 모습을 볼 수 있었습니다. 왕들, 왕자들, 대신들, 자비로운 사제들, 행정 각료들, 고관대작들이 기병대 호위를 받고 각가 자신들의 신분에 어울리게 차려입고, 경이롭고 신기한 솜씨로 만든 웅장한 꽃마차와 가까운 거리를 유지하면서 가고 있었습니다. 그 안에는 왕좌가 놓여 있었는데, 대리석과 흑단과 금으로 만들어진 그 의자에는 많은 보석이 박혀 있었습니다. 거기에 매우 아름다운 여인이 왕관을 쓰고 앉아 있었는데, 가까이서 볼수록 아름다운 모습은 사라지고, 심지어는 못생겨 보였습니다. 앉아 있는 모습은 화려했지만, 서서 걸어갈 때는 결점이 많이 드러났습니다. 무지갯빛이 반짝이는 옷을 입고 있었지만, 천의 질이 그리 좋지 않고 가벼워서 바람이 불면 엉망진창이 되어버렸고, 스치기만 해도 찢어졌습니다.

기병대가 지나가는 동안 멈춰 서서 웅장한 모습을 보고 감탄하고 있는 '진실'을 알아본 '거짓'이 마차를 멈추게 하고, 자기 곁으로 오라고 했습니다. 그에게 어디서 오는지, 어디로 가는지 물어보았습니다. '진실'이 그 동안의 일을 다 이야기했습니다. '거짓'은 '진실'을 곁에 두는 것이 자신의 위상에 어울린다고 생각했습니다. 더욱더 강력해질수록 그만큼 큰 적을 격파하고, 더 많이 가질수록 더 많은 적을 격퇴시킵니다.

'거짓'은 '진실'에게 돌아오라고 했습니다. 그 말을 거역할 수 없었던 '진실'은 '거짓'과 함께 걸어가야만 했습니다. 그러나 그 지역은 자기가 잘 알고 있는 곳이라 그 무리에서 멀찌감치 떨어져 갔습니다. '진실'을 발견하는 사람이 혹시 있을지 모르니 '거짓'이나 '거짓'의 신하들과 같이 가는 자신을 알아보지 못하게 '진실'은 무리의 제일 뒤에 있었습니다.

그들은 첫 번째 여정으로 어느 도시에 도착했는데, '호의'가 그들을 영접하고 '거짓'을 자신의 집으로 초대했습니다. '거짓'은 그의 마음만 고맙게 받아들이고, 매우 부자인 '재치'가 운영하는 객주로 가서 진수성찬에 극진한 대접을 받았습니다.

계속 길을 가기 위해 큰 체격, 긴 수염, 진지한 표정, 절도 있는 걸음걸이, 차분한 말씨를 가진 집사 '허식'이 객주 주인에게 값이 얼마인지 물었습니다. 계산서를 보여주니 집사는 더 살펴보지도 않고 알겠다고 했습니다. 이윽고 '거짓'이 '허식'을 불러놓고 말했습니다. "네가 여기 들어왔을 때 잘 보관하라고 저 훌륭한 분에게 맡겨놓은 돈에서 셈해라."

객주 주인은 도대체 그들이 무슨 돈을 이야기하는 건지 몰라 어안이 벙벙했습니다. 처음에는 웃자고 하는 소리라고 생각했습니다. 그런데 그들이 계속 그 돈 이야기를 하고, 멀쩡하게 생긴 수많은 사람들이 다 그 말이 옳다고 하니, 객주 주인은 그런 돈은 절대로 받은 적이 없다고 하면서 슬퍼했습니다. '거짓'은 출납을 담당하는 '게으름', 급사장인 '아첨', 시종인 '부도덕', 하녀 우두머리인 '계략'과 그 밖의 자기 하인들을 증인으로 내세웠습니다. 자기 말이 옳다는 것을 더 확실하게 납득시키기 위해 객주 주인의 아들인 '이익'과 그의 부인인 '탐욕'을 자기 앞에 출두하라고 명령했습니다. 모두들 '거짓'의 말이 옳다고 거들었습니다. 궁지에 몰린 객주 주인 '재치'는 그들이 계산을 하지 않을 뿐만 아니라 맡겨놓지도 않은 것을 내놓으라고 한다면서 하늘에 대고 진실을 밝혀 달라고 큰 소리로 말했습니다.

'진실'은 항상 '재치'의 친구가 되고 싶었을 만큼 그와 아주 친했기에, 그가 곤란한 상황에 처한 것을 보고서 말했습니다. "친구, '재치'야, 네가 옳다. 그러나 '거짓'이 거짓말을 하고, 여기서 너를 믿는 사람이 나밖에 없고, 내가 너를 도울 방법이라곤 내가 직접 밝히는 방법밖에 없는데, 너한테 큰 도움이 될지 모르겠구나." '진실'의 그런 태도에 입장이 난처해진 '거짓'은 '진실'의 재산에서 '재치'에게 돈을 치르라고 신하들에게 시켰습니다.

그렇게 하고 길을 나서니, 그런 사람들이 길과 주점과 객주에서 항시 벌이는 그런 도적질을 하지 않는 곳이 없었습니다. 나쁜 사람은 항상 다른 사람에게 괴로움을 끼치고, 그리고 도둑놈, 신을 모독하는 자, 기둥서방, 포악무도한 자는 다른 사람들의 손에 의해 똑같은 일을 당합니다. 큰 물고기가 작은 물고기를 잡아먹기 마련입니다.

그들은 한참 가다가 '거짓'의 가장 친한 친구이며 귀부인인 '험담'이 살고 있는 지역에 도착했습니다. 그녀는 '거짓'을 맞이하러 나오면서 그 지역의 세도가들과 자기 집안의 측근들을 데리고 나왔는데, 거기에는 '거만', '배신', '속임', '폭식', '배은망덕', '악의', '증오', '나태', '완고', '복수', '시샘', '모욕', '곤궁', '자만', '광기', '의지'와 그 밖의 많은 식구들이 있었습니다.

'험담'이 '거짓'을 자기 집으로 초대하자, 그는 그 제안을 받아들였지만, 그녀가 돈을 받으려고 했기 때문에 집만 빌려달라는 조건을 달았습니다 '험담'은 자신의 세력을 과시하고 '거짓'을 기쁘게 해주고 싶었으나, '거짓'이 하고 싶은 대로 해주어야 했기 때문에 아무 대꾸도 하지 않고 순순히 그의 말을 따랐습니다. 그들은 궁전으로 갔습니다. 음식 감별사 '청구'와 식품 담당자 '변덕'이 음식을 조달했습니다. 소문을 듣고 지역에서 엄청난 양의 식량이 도달했습니다. '거짓'은 가격도 안 따지고 그 식량을 다 받아들였습니다. 음식을 먹고 떠나려고 하자, 식량 주인들은 자기들이 판 음식값을 요구했습니다. 출납 담당자는 자기들은 빚진 게 하나도 없다고 말했고, '변덕'은 이미 다 값을 치렀다고 말했습니다.

큰 소동이 일어났습니다. '거짓'이 나와서 말했습니다. "친구들이여, 도대체 무슨 돈을 요구하는 거냐? 너희들이 미친 것이 아니라면 이해가 안 된다. 너희들이 갖고 온 음식값 다 치르는 것을 나하고 '진실'이 다 봤다. 만일 증인이 필요하다면 '진실'이 다 밝혀줄 것이다." 그들이 '진실'한테 가서 본 대로 이야기해달라고 했습니다. '진실'은 잠자코 입을 다물고 있었습니다. 그들은 소리 높여 '진실'에게 사실을 요구했지만, '진실'은 아무리 생각해봐도 '거짓'이 돈을 치른것 같지는 않지만, 그들이 워낙에 그런 일을 다반사로 하는 사람들이라, 원수들과 다른 사람들이 돈을 치르지 않았다고 말하고 싶은 것을 참고서 벙어리인 척했습니다.

이제 '진실'은 벙어리가 되었고, 그 돈을 자기가 내게 되었습니다. 그러나 나는 '진실'과 '거짓'이 악기의 현과 줄 조리개 같다는 생각이 들었습니다. 현은 아름답고 부드럽고 사랑스러운 소리를 내고, 줄 조리개는 뻑뻑 소리를 내고 힘겹게 돌아갑니다. 현은 스스로 길이를 조정하다가 결국 자기 소리를 찾습니다. 줄 조리개를 돌리면서 현을 꽉 조이기도 하고 느슨하게도 합니다. 그래서 '진실'이 줄 조리개고, '거짓'이 현입니다. '거짓'이 잡아당기면서 '진실'을 압박할 수도 있고, 뻑뻑 소리가 나게 할 수도 있습니다. 그러나 '진실'은 비록 힘들기는 하지만 결국 줄 조리개를 돌려서 현을 느슨하게 해 제소리를 내고, '거짓'은 깨집니다.

비록 모진 풍파와 모멸감과 슬픔의 시간을 겪었을지라도 나의 행동이 진실했다면 결국 훌륭한 항구를 찾았을 테지만, 그것은 거짓과 속임수라 결국 깨지고 부서졌고, 꼬이는 인생을 극복할 수 없었습니다. 항상 넘어지고 다치고, 설상가상으로 깊은 나락에 빠지면 또 다른 심연이 나를 기다리고 있었습니다.

나는 이제 시동이 되었습니다. 신은 우리가 더는 나빠지지 않기를 바랄 겁니다. 본의 아니게 역경에 빠진 사람은 자기 마음대로 중앙으로 내려가거나 올라갈 수가 없습니다. 그들이 나를 영광의 자리에서 끄집어내서 나는 주인을 섬기는 자리로 내려갔습니다. 나의 짧았던 시동 생활을 당신은 곧 보게 될 것입니다. 급하게 걸으면 빨리 피로해집니다. 한쪽 끝에서 다른 쪽 끝으로 그렇게 빨리 날아오는 것은 확신할 수도 없고 유지하기도 매우 어렵습니다. 나무가 뿌리를 내리지 못하면 열매가 맺지 않고 금방 말라 죽습니다. 니는 몇 년긴을 참고 견뎠지만, 새로운 일에 뿌리를 내리지 못했고 열매도 맺지 못했습니다. 악동에서 시동이 된 것은 많은 단계를 뛰어오른 것이지만, 이것은 단지 옷으로만 구분되는 것이라 어느 정도 상대적이고 바뀔 수도 있어서, 나는 신세 한탄만 했습니다.

다른 사람들은 명예로워질수록 더 배고파진다고 하는데, 나는 정반대였습니다. 내가 지금까지 자랑스럽게 여겨왔던 명예가 혐오스러웠습니다. 그것은 나만의 명예였습니다. 사람은 어떻게 자라는가에 달려 있습니다. 물에서 물고기를 끄집어내고 거기다 칠면조를 키우고, 소를 날게 하고, 독수리한테 밭을 갈게 하고, 모래로 말을 먹이고, 매에게 짚을 먹이로 주고, 인간에게서 웃음을 빼앗는 일이 좋은 일일지도 모릅니다. 나는 이집트의 냄비를 그리워하는 버릇이 들었고, 내 중심은 주점이고, 선술집은 내 원점이고, 악은 내 길의 목적지였습니다. 나는 악을 좋아했고, 그것이 나의 구원이었습니다.

당신이나 나나 똑같은 사람인데, 먹는 데 말고는 입이 필요 없는 당신은 자느라 눈이 퉁퉁 부었고, 일하지 않은 손은 비단 같고, 원숭이처럼 배 속에서 북소리가 들릴 정도로 정신없이 음식을 퍼먹어서 피부는 매끄럽고 탱탱하고, 소 내장으로 가득 찬 엉덩이는 하도 앉아 있어서 펑퍼짐하건만, 나는 겨우 쥐꼬리만큼의 음식만 먹고는 낮에는 망을 보고, 밤에는 손에 횃불을 들고 학처럼 한 다리로 서서 거의 동이 틀 때까지 벽에 기대 있고, 어떨 때는 저녁도 못 먹고, 어떨 때는 추위에 몸이 꽁꽁 얼어붙은 채로 방문객이 들어오고 나가기를 기다리며, 대장장이 풀무처럼 내려갔다 올라갔다 방문객 뒤를 따라다니고, 시도 때도 없이 마차를 따라다니느라 겨울에는 진흙을 여름에는 먼지를 뒤집어쓰고, 식사 시중을 들면서 내 배 속에서는 먹고 싶은 욕망이 줄을 지어 행진하고, 눈으로 먹고, 마음속으로는 차려진 음식을 탐하고, 갈 때도 조심하고 올 때도 조심하고, 다달이 지급받은 신발은 보름만 걸어 다녀도 다 닳아서 맨발이 되었습니다.

매년 1월 1일부터 12월 31일까지 매일 이렇게 시간이 지나갔습니다. 마지막 날 "가진 게 뭐고, 무엇을 벌었니?"라고 물어보면 내 대답은 아주 간단했습니다. "주인님, 저는 주인님을 섬긴 대가로 한 번씩 푼돈을 받고, 먹고 마시고, 겨울에는 추위 여름에는 더위 말고는 가진 것이 없고, 번 것은 형편없습니다. 제가 입고 있는 옷은 제 몸을 가리기 위해서가 아니라 주인님을 잘 섬기라고 주셨고, 저를 잘 감싸라고 주신 것이 아니라 주인님을 존경하라고 주신 겁니다. 제 돈으로 주인님을 즐겁게 해드린 거고, 주인님의 여러 욕구를 충족해드린 겁니다. 우리가 그동안 많이 불려놓은 재산은 꽁꽁 얼어붙어서, 우리는 꼼짝달싹 못합니다. 우리는 겨우 여드름과 가려움증이나 그 밖의 종기나 아니면 그보다 더 지독한 것을 가지고 재미로 놀고 있습니다. 서늘한 바람이 불 때 우리가 전부 합쳐서 열 개나 열두 개의 방을 살 만큼의 돈을 모으게 된 것은, 횃불에서 조금씩 떼어낸 초를 어느 늙은 구두 수선공한테 팔았기 때문입니다. 조금이라도 돈을 모을 수 있는 사람은 이미 재산을 가진 것이고, 신분이 높아지고, 맛있는 빵과 다른 과자를 삽니다. 그러나 혹시 그가 돈이 있다는 것이 발각되면 그는 매로 대가를 받는데, 그것이 빕입니다." 난시 법이 훔치는 것을 허락했다는 것은 그것이 그리 나쁘지 않다는 뜻이라서, 만일 우리한테 도적질이 허용된다면, 조금씩 기술을 익혀서 양초 가게를 하나 열고 싶었습니다. 그러나 내 술책으로 돈을 벌거나, 동료들의 기술로 돈이 생기면 그때그때 다 써버렸습니다.

그들은 아주 게걸스러운 놈들이라서, 음식을 옆으로 제쳐놓고 다른 것에 손대는 것을 본 적이 없었습니다. 그들은 음식을 하나도 팔지 않고 다 먹어치웠습니다. 물론 그런 때도 그들은 어리석은 짓을 수도 없이 저질렀습니다. 한 명이 식탁에 있는 꿀통을 들어 잽싸게 수건에 싸서 호주머니에 넣었습니다. 만찬 시간이 길어지다 보니 자기가 원했던 대로 일이 쉽게 끝나지 않아서, 열기 때문에 꿀이 녹아 목이 긴 양말 밑으로 줄줄 흘러내렸습니다. 식탁에서 그 모습을 바라보고 있던 몬시뇨르가 더 골려줄 마음으로 바지를 위로 걷어 올리라고 해서 시동은 시키는 대로 했습니다. 시동은 손에 꿀이 범벅이 되고 들러붙어서 어쩔 줄 몰라 했고, 거기에 있던 사람들은 다 웃었습니다. 꿀은 맛도 못 보고 다 흘러내리고 혁대에 밀랍만 남았기 때문에 그의 가슴은 쓰라렸습니다. 나는 그처럼 어리석지 않아서 그런 일이 한 번도 일어나지 않았습니다. 나는 못된 짓은 뭐든지 잘 알고 있었고, 기술도 잊지 않고 있었습니다. 동료들한테 무시당하지 않기 위해 항상 그들에게 신경을 쓰면서 사소한 일에까지 관심을 가졌습니다. 악마에게 속아 궁전에 와서 모든 것을 잃어버린 멍청하고 얼빠진 그들은 사람을 성가시게 하고 괴롭히고 껄끄럽게 말을 해서, 그들을 상대하다 보면 곤죽이 되도록 지쳤습니다. 남자는 좋은 말이나 그레이하운드 개를 닮아야 해서, 기회가 오면 자신의 능력을 보여줘야 하지만, 그전까지는 조심성 있고 차분한 모습을 보여야 합니다.

시동은 많았지만 전부 얼간이들이었고, 주인 앞이나 뒤에서 조용히 숨죽이고 있었기 때문에 나는 그들과 잘 섞이지 못했습니다. 그들은 침대에서 일어날 때처럼 심부름을 시켜도 느릿느릿했습니다. 나는 굼벵이처럼 게으르고, 조심성이 없는 그들을 속이는 것을 좋아했고, 그들의 긴 양말, 양말 대님, 목깃, 모자, 손수건, 벨트, 소매 토시, 신발 등을 훔쳐서 내 동료의 침대 매트리스에 숨겼습니다. 아주 교묘하고 재빨리 다른 것으로 바꿔서, 고철 한 조각도 내 수중에 남아 있지 않았습니다. 한순간만 방심해도 그것이 가는 것을 보는 눈이 있어도 그것이 돌아오는 것을 보지 못할 수가 있기 때문에, 각자 조그만 꾸러미에도 신경을 많이 써야 했습니다.

나는 그런 못된 장난을 많이 쳤고, 그 모든 장난들이 철없는 아이의 작품들이었습니다. 이후에 나는 생각지도 않게 한 가지 일에 집착하게 되었는데, 그건 단것을 먹고 싶다는 것이었습니다. 단 음식을 조금밖에 못 먹어서인지 아니면 그것이 먹고 싶어서 그랬는지는 잘 모르겠지만, 어쨌든 입 밖으로 그 사실을 밝히지는 않았습니다. 일정한 나이가 들면 남자들은 습관이 바뀐다고들 말하였기 때문입니다.

맹인이 기도에 집착하는 것처럼, 나는 단것을 따라다녔습니다. 아무리 멀리 있는 것이라도 일단 내 눈에 들어온 단 음식들은 설사 국고에 들어 있더라도 안전하지 못했습니다. 내 손은 독수리였고, 내 눈은 마치 사슴이 씩씩거리며 땅속에서 뱀을 끄집어내는 것처럼 먹을 것을 응시하고 입으로 가져가면서 굴복시켰습니다.

몬시뇨르는 이탈리아에서 사용하는 흰 소나무로 만든 큰 궤를 가지고 있었습니다. 스페인에서는 그런 것을 많이 봤는데, 거기에 물건 특히 유리 그릇이나 사기 그릇 등을 담아서 이탈리아에서 가져오곤 했습니다. 그는 이것을 안방에 두고 거기에 설탕에 절여서 말린 과일들, 다시 말해서 건과일을 많이 보관하고 있었습니다. 아란후에스의 베르가모트 배,[3] 제노바 사두, 그라나다 멜론, 세비야 시트론, 플라센시아 오렌지와 자몽, 무르시아 레몬, 발렌시아 오이, 섬에서 나는 과일들, 톨레도 가지, 아라곤 복숭아, 말라가 감자와, 그 이외에도 서양 사과, 당근, 호박, 천 가지 방법으로 만든 수도 없이 다양한 설탕절임들이 들어 있어서 나는 정신을 빼앗겼고 내 영혼은 안절부절못했습니다.

내가 이런 것들로 간식이나 음식을 준비해야 할 때마다 몬시뇨르는 나를 전혀 믿지 않았기 때문에, 나에게 열쇠를 주면서 자기 앞에서 상자를 열도록 했습니다. 이런 불신 때문에 나는 화가 났고, 화에서 복수의 욕망

••

3) 배의 일종. 부드럽고 즙이 많은 걸로 유명하며 초기에는 왕궁 정원에서만 재배했다.

이 생겨났습니다. 나는 복수를 꿈꾸며 깨어 있었습니다. "신이시여, 어떻게 하면 이 궤를 교수형에 처할 수 있을까요?" 내가 앞에서 그 궤가 크다고 말했듯이, 그것은 길이가 2바라 반⁴⁾이고, 높이도 높고, 폭도 넓고, 종이보다 더 희고, 모시처럼 결이 촘촘했고, 정교하게 만들어졌고, 윤이 나고, 뚜껑 중간과 모서리는 가죽으로 마감 처리가 잘되어 있었습니다.

훔치는 것이 뭔지 알거나 아니면 그것에 대해 이야기를 들었다면, 위조한 열쇠로 열지 않고, 경첩을 떼내지 않고, 바닥을 부수지 않고 상자를 텅비우는 것이 얼마나 어려운 일인지 잘 알 터인데, 조금 기다리면 내가 그렇게 훔친 이야기를 해주겠습니다. 나는 내가 상자를 지킬 때 손님이 오거나, 그 안에 들어 있는 것을 먹고 싶다는 유혹을 이기지 못하거나, 아니면 주변에 아무도 없을 때를 대비해서 연장을 준비해놓고 있었습니다. 뚜껑 가장자리를 조금 들어 올려서 나무쐐기를 끼우고는 조금 더 들어 올려, 망치 자루 같은 둥근 막대기를 돌리면서 끼웠습니다. 이것을 돌려가면서 뚜껑 쪽으로 조금씩 밀어 넣어 거의 거기까지 다가가면 나무쐐기를 더 깊이 밀어 넣어 틈을 더 벌렸습니다. 나는 아직 어려서 팔이 가늘었기에 먹고 싶은 것을 꺼내서 주머니 주머니마다 다 넣었습니다.

단것들이 조금 멀리 있어서 손에 닿지 않을 때는 가는 막대기나 갈대 줄기에다가 두 개의 핀을 끼웠는데, 하나는 뾰쪽하게 다른 하나는 갈고리 모양으로 만들어 그걸로 내 뜻에 순종하지 않고 반란을 일으키는 것들을 진압했습니다. 그렇게 해서 나는 상자 열쇠도 없이 그 안에 들어 있는 것들의 주인이 되었습니다. 내 솜씨가 너무 신출귀몰해서 내 손아귀에서 벗어날 수 있는 것은 아무것도 없었습니다. 나는 카스티야 자몽 맛에 푹 빠졌

··

4) 1바라는 약 84센티미터이다.

습니다. 매우 크고 황금빛이 나는 그 과일을 무척 좋아했습니다. 그것은 타오르는 금덩어리처럼 보였고, 맛도 황홀해서 오늘까지도 입에 물고 다닙니다. 그것보다 맛있거나 그것처럼 맛있는 것을 지금까지 본 적이 없습니다.

그런 유명한 과일이 상자에서 없어지다 보니 슬슬 의심의 눈초리가 내게로 쏟아지기 시작했습니다. 그러나 위조 열쇠로 열지 않고서야 어떻게 그런 일이 벌어질 수 있는지 아무도 이해하지 못했습니다. 몬시뇨르는 집 안에서, 그것도 자기가 개인적으로 사용하는 방 안의 열쇠를 위조하는 사람이 있다는 것이 가슴 아팠습니다. 그는 사실을 알고 싶어서 신뢰하는 하인들을 불렀습니다. 다행히도 내 수중에 있던 것들은 흔적도 없이 다 내 배 속에 들어 있었습니다. 집사는 항상 우울한 표정에 성격도 안 좋은 사제였는데, 하인들을 전부 한방에 불러놓고 샅샅이 뒤지고, 그들의 방도 철저하게 조사해야 한다고 말했습니다. 그는 그런 일은 이성적인 사람의 행동이 아니라 어린 하인들의 철없는 짓이라고 생각했습니다.

우리를 모두 가두어놓고 잃어버린 물건을 찾은 것이 아니라 위조 열쇠를 찾았지만 헛수고였습니다. 이렇게 이 일은 일단락됐지만, 주인은 진실을 알고 싶은 마음에 의심의 눈초리를 거두지 않았습니다. 이런 소동이 벌어지자 나는 이 일이 다 잊히고 또 다른 좋은 기회가 오기를 기다리며, 그 상자에 손댈 생각은 아예 버리고 거기에 눈길 한 번 주지 않고 며칠간 조용히 지냈습니다. 그러나 어릴 때 휜 나무는 자랄수록 그 정도가 더 심해지는 것처럼, 내가 배운 나쁜 버릇들은 사라지지 않고 몸에 배어 있었습니다. 그래서 그것 없이 살아가는 것은 숨을 쉬지 않는 것과 같았습니다. 나는 그런 장난질에 맛을 들여, 그 상자를 다시 방문하지 않고서는 의자에 앉을 수가 없었습니다. 나는 미련을 떨치지 못하고 다시 이전 생활로 돌아갔습니다.

어느 날 주인은 내키지 않았지만 어쩔 수 없이 다른 추기경들하고 카드놀이를 하게 되었습니다. 상자는 주인의 침실 안 깊숙이 있었습니다. 내가 팔을 걷어붙이고 그 방 안으로 들어간 바로 그때 몬시뇨르는 소피가 마려웠습니다. 그가 자리에서 일어나 시동이 보이지 않자 침대 머리맡에 있는 요강에다 오줌을 눌 때, 나는 인기척을 느끼며 당황했습니다. 급하게 팔을 빼려다가 걸쳐놓은 둥근 막대가 바닥으로 떨어지며 팔이 뚜껑과 모서리 사이에 끼였습니다. 나는 덫에 걸린 참새처럼 꼼짝달싹 못하게 되었습니다.

쿵 소리에 몬시뇨르가 물었습니다. "거기 누구냐?" 나는 대답도 할 수 없었고, 있는 곳에서 떨어질 수도 없었습니다. 그가 안으로 들어와, 무릎 꿇고 벌집에서 꿀을 따는 내 모습을 보고는 뭐하고 있냐고 물었습니다. 나는 솔직하게 고백해야만 했습니다.

그는 내 꼴을 보고는 웃음을 터뜨리며, 같이 카드놀이를 하고 있던 추기경들을 불러서 나를 보라고 했습니다. 모두들 웃으며 애들이 단것을 좋아해서 그런 것이니 용서해주라고 했지만, 몬시뇨르는 그렇게는 안 되고 회초리를 맞아야 한다고 했습니다. 회초리를 몇 대나 때려야 하는지를 가지고 그들은 신바람 내며 떠들었고, 마치 교구의 부과금처럼 깎아주면서 결국 열두 대로 합의를 봤습니다. 비서로 일하고 있는 라틴어 교사 니콜라오가 매질을 맡았습니다. 나와 철천지원수였던 그는 나를 자기 방으로 데리고 가서 얼마나 신나게 회초리로 때렸던지 나는 보름 동안 앉을 수가 없었습니다.

그렇게 빨리 그토록 가혹하게 나에게 중형을 내린 그 비서에게 생각지도 못한 일이 벌어졌습니다. 로마 전역에 모기가 극성을 부렸는데, 특히 집 안에 모기가 들끓어서 그는 무척 힘들어했습니다. 내가 그에게 말했습니다. "이런 나쁜 놈들을 쳐부수기 위해서 우리 스페인에서 사용하는 방법을 알려드리겠습니다." 그는 고마워하며 이야기해달라고 졸랐습니다. 나는 파슬리 한 묶음을 준비해서 식초에 담갔다가 침대 머리맡에 두면 모기들이 전부 냄새를 맡고 달려들다가 죽는다고 했습니다. 내 말을 철석같이 믿은 그는 그대로 따라했습니다. 그가 침대에 자러 갔을 때 엄청나게 많은 모기들이 몰려들어 그의 눈과 코를 물어뜯었습니다. 그는 모기들을 죽이기 위해 자기 뺨을 천 대나 때렸고, 모기들이 죽을 거라고 생각하면서 밤을 꼬박 새웠습니다.

이튿날 밤에는 그 묘책 때문에 집 안의 모기뿐만 아니라 그 지역의 모든 모기가 다 덤벼들어서 얼굴 모양을 일그러뜨려 놓았고, 몸도 어느 한 군데 성한 곳 없이 다 물어뜯겨서, 그는 방에서 도망쳐야만 했습니다.

비서는 나를 죽이고 싶어 했고, 그가 문둥병자 모습으로 나타나고, 나는 그가 무서워 나타나지도 않는 것을 보고서, 몬시뇨르는 나의 장난에 배꼽이 빠져라 웃으며 나를 불러 왜 그런 장난을 쳤는지 물었습니다. 내가 대답했습니다. "몬시뇨르께서 건과일 때문에 열두 대 때리라고 하셨는데, 라틴어 교사 니콜라오 선생이 제 나이 숫자만큼 그것도 제가 죽을 정도로 무자비하게 나를 때렸습니다. 그는 자기 계산대로 스무 대를 때리면서 마지막에는 무척 잔인하게 때렸습니다. 그래서 모기가 무는 것으로 복수를 한 겁니다."

그 일은 해프닝으로 넘어갔지만, 나는 버릇없는 짓을 했다는 이유로 회조리를 맞고 추기경 시동 자리에서 쫓겨나 시종을 서게 되었습니다.

제8장

구스만 데 알파라체는 자기가 모시는 시종을
조롱한 비서에게 복수를 한 것과 건과일 한 통을
훔치기 위해 꾸민 책략에 대해 이야기한다

시종(侍從)은 악의라곤 조금도 없는 호인이었고 믿음이 깊고 남을 속일 줄
모르는 신사였는데, 다만 좀 귀찮게 하고 공상에 잘 빠지는 성격이었습니
다. 그에게는 가난한 친척들이 있었는데, 그는 매일 그들에게 자신의 양
식을 나누어주었고, 앞으로 당신이 듣게 될 일이 일어나기 전날 밤처럼 한
번씩 그들과 같이 점심이나 저녁을 먹었습니다. 그날은 밀가루 반죽을 잘
라 새의 기름과 치즈와 후추로 요리한 맛있는 파스타와, 포도주 대신에 물
로 저녁을 먹고, 곧바로 침대로 가서 옷을 벗고 누웠습니다. 시종이 식사
때 보이지 않자 몬시뇨르가 그에게 무슨 일이 있는지 물어보아 모두들 사
실대로 이야기했습니다. 시종에게 사람을 보내니까 그는 몸이 안 좋다고
하면서, 추기경님께서 자신의 건강을 염려하며 직접 사람까지 보내 감사하
게 생각한다면서 아침에는 참석하겠다고 했습니다.

아침에 시종은 집에서 머물렀고, 나는 그의 친척 집에 음식을 가져다주

러 갔고, 내 동료는 주인이 입을 옷을 손질하고 있었습니다. 시종과 비서는 서로 약을 많이 올렸고, 몬시뇨르는 그들이 서로 놀리는 모습을 즐겼습니다. 비서가 일어나 내 동료가 있는 곳으로 가서 물었습니다. "너희 주인 어떠시니?" 전날 밤에 잠을 제대로 이루지 못해서 쉬고 있다고 대답했습니다. 그가 다시 물었습니다. "그가 안 보이니 여기 내 하인하고 같이 가서 조심해서 모셔와라. 나는 여기서 기다리고 있을 테니, 서둘러라."

시동은 시키는 대로 갔고, 비서는 밖에서 저녁을 먹을 거라 식사에는 참석하지 못한다는 핑계를 대고, 재미있는 장난을 꾸며 젊은 시동 한 명한테 시녀 복장을 입혀 시종의 침대 뒤에 숨겼습니다. 시종은 자고 있었고, 지키고 있는 사람이 없어서 누구 눈에도 띄지 않고 들어갈 수 있었습니다. 젊은 시동은 시킨 대로 숨어 있었습니다. 비서는 방에서 나와 몬시뇨르가 기도하며 산보하고 있는 곳으로 갔고, 몬시뇨르가 시종에 대해 물어보자 그가 대답했습니다. "저도 방금 그의 시동한테 들었는데, 오늘 밤 몸이 좋지 않답니다. 어젯밤에 제 방으로 가기 전에 그에게 들렀는데, 목소리에 힘이 없었습니다. 저도 무슨 일인지 모르겠습니다."

자비로운 몬시뇨르는 시종을 방문하러 갔습니다. 그의 침대 머리맡에 앉아 있는데, 젊은 시동이 침대 뒤 커튼에서 나오며 말했습니다. "아, 가여운 내 사랑! 이제 늦었으니 저는 갈게요, 내 사랑!" 그렇게 말하며 몬시뇨르와 같이 간 하인들 사이로 나갔습니다. 몬시뇨르는 그가 성인인가 싶어 감격하였고, 놀란 시종은 허깨비를 봤다고 생각하며 소리를 질렀습니다. "예수님, 예수님! 악마예요, 악마!" 그렇게 외치며 잠옷 차림으로 온 방 안을 도망 다녔습니다. 비서와 그 계획을 알고 있었던 사람들은 웃었고, 그때서야 몬시뇨르도 그 일이 장난임을 알게 되었습니다. 거기에 있던 사람들이 몬시뇨르에게 사실대로 다 이야기했습니다.

시종은 정신을 못 차린 채 어디로 도망쳐야 할지 몰라 우왕좌왕했습니다. 모두들 그를 안정시키려 했지만, 그는 정신을 못 차리고 장난에 놀랐고, 몬시뇨르 앞이다 보니 난처해했습니다. 그러나 시종으로서 체면을 차리기 위해 가능한 한 감정을 드러내지 않으려 했고, 몬시뇨르는 성호를 긋고 장난에 웃으며 즐거워했습니다. 내가 도착했을 때는 모든 것이 다 끝난 뒤였습니다. 그러나 나는 또다시 회초리를 맞은 것처럼 가슴이 아팠고, 내 주인이 이에는 이 눈에는 눈으로 복수하기를 바랐습니다. 내가 슬퍼하자 그도 슬퍼하며 내게 물었습니다. "구스만아, 이 나쁜 사람들이 한 짓에 대해 어떻게 생각하니?" 내가 대답했습니다. "재미있네요. 그렇지만 만약에 저한테 그런 일을 꾸몄는데도 몬시뇨르께서 아무런 죄를 내리시지 않거나, 또 그 명령을 내 유언으로 남길 바에야 차라리 내가 빚을 갚아주는 게 나쁘지 않을 것 같은 생각이 듭니다." 모두들 나를 행실이 나쁘고 장난 많이 치는 아이로 취급했습니다. 좋은 생각이 떠올라서 말이 많이 필요 없었습니다. 담당자가 동급의 다른 담당자에게 당한 모욕을 시동이 대신 복수하는 것이 불법이어서, 시종에게 충고하기가 나는 조심스러웠습니다. 끼리끼리 어울리기 때문에 연장자를 놀리는 것은 좋지 않습니다. 나는 비서를 한번 놀려준 것만으로 만족했고, 그것으로 그의 사과를 받아낸 것입니다. 회초리를 심하게 맞거나 아니면 귀를 쫑긋 세우고 남의 말에 귀 기울이는 것 말고는 벗어날 수 없는 그런 일들에다가 누가 왜 어린 나를 밀어 넣었을까요? 그래서 나는 조용히 입을 다물고 잠자코 있었습니다.

그러나 시종은 귀찮을 정도로 계속하여 나를 졸라대면서 큰 선물을 하겠다고 약속도 하고, 전에 몬시뇨르가 내가 꾸민 일들을 알아냈을 때 자기가 나를 두둔했다는 점을 계속 치켜세워서, 결국 나는 내 주인을 위해 일을 도모하기로 결심했습니다. 그래서 날씨가 더 더워지길 기다리며 며칠을 보냈습니다. 일을 꾸미기에 적당하다고 생각했을 때, 마침 스페인에서 정기 우편이 도착해서 비서는 업무가 바빴습니다. 나는 송진, 향, 고무를 조금 사서, 그걸 빻고 체로 쳐서 고운 가루로 만들었습니다.

그날 아침 비서의 시동은 빨래하느라 정신없이 바빴습니다. 내가 그에게 가서 말했습니다. "어이, 하코보! 고기구이 판에 베이컨하고 빵이 있는데, 너한테 포도주 있으면 같이 먹자. 그게 없으면 미안하지만 다른 애를 찾아봐야겠다." 그가 말했습니다. "제기랄, 그건 안 되지, 내가 포도주 가져올게. 여기 좀 있어, 내가 가져올 테니까 같이 먹자."

그가 식료품 창고로 간 사이, 나는 가루 봉지를 꺼내고 바지를 뒤집어 유리병에 담아간 포도주를 적시고 가루를 골고루 잘 뿌린 다음에 시동이 놓아둔 원래대로 바지를 다시 뒤집어놓았습니다. 시동이 재빨리 포도주 병을 가지고 돌아와서는 무슨 말을 하기도 전에 그의 주인이 옷을 입겠다고 불렀습니다. 그는 포도주를 나한테 맡겨놓고 안으로 들어갔습니다. 비서는 가루가 묻은 바지를 입고서 정오까지 방에서 나올 수가 없었습니다.

비서는 몸에 털이 많았습니다. 가루 효과가 나타나기 시작했습니다. 대서 때라 더운 날씨 때문에 허리부터 발바닥까지 매우 강력한 접착제를 붙여놓은 꼴이 되어서, 비서는 털 하나하나마다 뿌리까지 다 뽑히는 고통을 감수해야만 했습니다.

비서는 도대체 그게 뭔지 알아내려고 사람들을 불렀습니다. 아무도 그게 뭔지를 알 수가 없어서 한마디도 못하고 있을 때, 시종이 들어가서 말했습니다. "비서님, 이것은 장난친 사람을 골려주고 잘못된 것을 바로잡는 것입니다. 저를 놀리셨으니, 저도 그대로 되돌려드리는 겁니다." 앙갚음 정도가 지나쳐서, 하인 두 명이 가위로 털을 하나하나 다 잘라내고, 바지를 벗기기 위해서 꿰맨 실을 다 풀어야 했습니다. 이 장난은 첫 번째 것보다 정도가 더 심해서 비서는 무척 고통스러워했습니다. 이번에는 내가 범인이라는 것이 분명히 밝혀져서, 모두들 죄를 피하는 것처럼 나의 놀림을 피했습니다.

두 달간의 추방령이 끝나고, 나는 이전처럼 부끄러움을 전혀 모른 채 일터로 돌아왔습니다. 당신은 부끄러움, 공기, 물에 대한 이야기를 이미 들어서 알고 있을지도 모르겠습니다. 이 셋이 서로 떠나면서 어디서 다시 만날까 하고 물었는데, 공기는 산 정상에서, 물은 땅속에서, 부끄러움은 자기는 한번 떠나면 다시 찾기가 불가능하다고 대답했습니다. 나는 부끄러움을 잃어서 그것이 없을 뿐만 아니라 그것을 찾을 희망도 없었습니다. 부끄러움을 모르는 사람은 마을 전체가 다 자기 것이기 때문에, 이런 상황이 나한테는 조금도 도움이 되지 않았습니다.

앞으로 똑같은 짓을 저지르지 말라고 벌을 주는 것입니다. 내가 나쁜 짓을 해서 벌 받은 이야기를 해주겠습니다. 나는 맛있는 순대 맛에 길들어서, 그것을 못 먹는 날에는 물을 빼앗긴 환자나 술을 빼앗긴 술주정꾼처럼 되었습니다. 나는 순대를 훔치기 위해서는 산탄젤로 성의 가장 높은 곳에서도 떨어질 용의가 있습니다. 죽음을 두려워하는 자는 삶을 즐기지 못하기 때문입니다. 만일 두려움이 나를 겁쟁이로 만든다면, 나는 인생의 달콤함을 즐기지 못하고 살아갈 겁니다.

나는 '내가 만일 다른 곳에 있으면 어떻게 될까? 어떤 불행이 닥칠까?'라는 상상을 했습니다. 두려움은 항상 나약하고, 처참하고, 노랗고, 슬프고, 알몸에 움츠려 있는 모습으로 그려졌습니다. 두려움은 노예들한테나 어울리는 비굴한 행위고, 어떤 것에도 맞서지 않고, 좋은 결과를 낳지 못합니다. 그것은 물기보다는 짖기만 하면서 무서워 벌벌 떠는 개 같습니다. 두려움은 영혼의 사형 집행인이고, 피할 수 없는 것을 무서워하는 것은 어리석은 짓입니다. 내 처지에서 포기하는 것은 불가능한 일이었습니다. '어떤 일이 오더라도 행운은 용기 있는 자들의 편에 있다. 신은 나에게 땅 한 덩어리나 사육할 가축 한 마리 주지 않은 만큼, 나는 동산이나 부동산이 아닌 내 몸으로 때워야 한다.'

몬시뇨르는 달콤한 건과일을 좋아해서 항상 그것을 카나리아 제도와 그 밖의 섬에서 가져왔는데, 그것을 담아놓은 통이 비면 아무렇게나 버렸습니다. 나는 그중에서 좀 괜찮은 통 하나를 챙겨서 바구니로 이용하고 거기에 카드, 주사위, 양말 끈, 소매 토시, 코 푸는 수건과 그 밖에 가난한 시동의 허접한 물건들을 간직했습니다.

어느 날 식사를 하면서 집사를 부르더니, 몬시뇨르는 시장에 가서 들어온 지 얼마 안 되는 싱싱한 건과일을 300~400파운드 정도 사오라고 시켰습니다. 나는 그 말을 듣자마자 어떻게 하면 내가 가지고 있는 통을 이용할 수 있을까 생각했습니다. 식탁을 정리하고 모두들 밥 먹으러 들어간 사이에 나는 내 방으로 들어가서 헌 옷과 흙을 손에 잡히는 대로 집어서 눈 깜짝할 사이에 통에 채워는 넣고 꽉꽉 눌러서 처음에 가져온 통처럼 만들어놓았습니다. 그렇게 해놓고서 앞으로 어떻게 일이 진행될 건지 주시했습니다.

어두워지기 직전에 당신은 여기서 노새 두 마리에 가득 실은 건과일 통들을 거실에 내려놓는 장면을 봅니다. 집사가 우리 시동들한테 그것을 몬시뇨르 방으로 옮기라고 했습니다. 드디어 기회가 찾아왔습니다. '이번에는 너를 절대로 그냥 지나가게 내버려두지 않겠다.' 다른 시동들처럼 통 히나를 짊어지고 제일 끝에 서서 내 방 앞으로 지나갈 때, 나는 그 통을 방 안에 던져놓고 미리 준비해둔 통을 안방으로 가져갔습니다. 그렇게 나는 또다시 그들의 신뢰를 배신하고 큰 수확을 올렸습니다.

내가 제일 마지막으로 거실로 들어가서 잠시 생각에 빠져 있을 때, 몬시뇨르가 이야기했습니다. "구스만, 이 과일들 보니까 어떤 생각이 드니? 여기는 절대 손을 못 댈 거다! 쐐기도 아무 쓸모없을 거고!" 내가 바로 대답했습니다. "몬시뇨르, 쐐기가 소용없는 곳에서는 손톱이 사용되고, 팔이 들어가지 않으면 손을 이용하면 됩니다." 그가 말했습니다. "손톱도 들어갈 방법이 없을 건데, 어떻게 손이 가능하겠니?" 내가 대답했습니다. "어렵지 않게 큰 기술 필요 없이 쉽게 열 수 있게 해주는 것이 바로 학문입니다. 어려움 속에서 창의력이 생겨나고, 아주 중요하고 위대한 일에서 창의력이 발휘됩니다. 그것은 벽에 못을 치거나 신발을 신는 것처럼 쉬운 일에 필요한 것이 아닙니다." 그가 말했습니다. "네가 일주일 안에 재치를 발휘해서 내 것을 훔친다면 거기에 하나를 더 얹어서 너한테 줄 것이고, 그렇게 하지 못한다면 벌을 내리겠다." 내가 말했습니다. "몬시뇨르, 일주일이라는 시간은 한 남자의 일생만큼 긴 시간이라, 일주일이 지나면 약속이 식어버리거나 기억조차 못 할 수 있습니다. 저는 성하의 은총을 받아들이겠습니다. 내일 이 시간까지 성공하지 못한다면 제 벌을 비서의 판단에 맡기겠습니다. 확신하건대 그는 전번 일로 화가 나 내게 복수를 하고 싶어 할 겁니다. 아직까지도 그한테서는 송진 냄새가 나고 털이 안 났습니다." 몬시뇨르와 같이 있던 사람들은 웃었고, 우리는 이튿날까지로 약속 시간을 잡았습니다. 그러나 그건 분명히 내가 이길 게임이라서 시간이 될 때까지 가만히 기다리고 있었습니다.

이튿날 식탁을 차리자 몬시뇨르는 앉아서 내가 가져간 전채 요리를 먹으며, 내 얼굴을 바라보고 웃으며 말했습니다. "구스만, 곧 오후가 되고 약속 시간이 얼마 남지 않았으니, 이제 네가 벌 받는 일밖에 없겠구나. 니콜라오 라틴어 선생은 벌써 준비를 다 해놓은 것 같은데, 내가 보기에 선생은 너한테 어떻게 복수할 건지, 너는 너대로 어떻게 선생한테 복수를 할 건지 다들 생각해놓은 것 같구나. 너한테 잘 대해주라고 내가 충고는 하겠지만, 그건 너를 위해서라기보다는 그를 위해서다." 내가 대답했습니다. "존경하는 몬시뇨르, 라틴어 선생 손에서 엄한 벌이 떨어질 것은 분명하지만, 제 건과일에는 벌을 내리지 못할 겁니다. 이제 저한테 행운이 왔으니, 설사 노름을 해서 제가 가진 것보다 더 많이 잃는다 하더라도, 이번에는 카드를 치겠습니다."

식사가 끝나서 후식을 준비하려고 찬장에서 접시를 꺼내 통에 들어 있는 건과일을 담아 식탁으로 가져갔습니다. 몬시뇨르는 내기를 한 터라 자기 방에다 통들을 갖다 놓고, 아무도 믿지 않고 자기가 열쇠를 직접 가지고 있었기 때문에, 그것을 보고는 깜짝 놀랐습니다. 시종을 불러서 안으로 들어가 통들 수를 세어보고, 통이 열려 있는 것이 있는지, 깨진 것이 있는지 확인해보라고 했습니다. 시종이 확인하고 나와서 머리카락 한 올도 부족하지 않을 정도로 전부 다 온전한 상태로 있다고 말했습니다. "아, 아, 아! ─몬시뇨르가 말했습니다─ 네가 또 몹쓸 짓을 했구나! 이번에는 죗값을 톡톡히 치러야 할 거다! 네가 통에서 그것을 꺼냈으니 네 돈으로 죗값을 치를 수 있겠니?" "니콜라오 선생 ─비서에게 말했습니다─, 구스만이 내기에 져서, 선생한테 구스만을 넘겨줄 테니 알아서 처리하세요." 비서가 대답했습니다. "몬시뇨르께서 저 아이에게 어떤 벌을 내리는 것이 좋을지 결정해주십시오. 저는 저 아이 그림자 옆에도 가고 싶지 않고, 또 그럴 엄두도 안 납니다. 제가 벌을 준다면 저 아이는 서를 잡아먹을 벌레들을 찾을 겁니다. 만일 저한테 벌주는 것을 맡겨주신다면 저는 저 아이를 용서해주고 친구로 삼고 싶습니다." "지금까지 저는 ─내가 대답했습니다─ 용서받을 만한 어떤 잘못도 한 것이 없습니다. 재료가 없는 곳에서는 형식을 찾을 필요가 없습니다. 제가 이겼습니다. 이게 사실이 아니란 것이 분명히 밝혀지면 원하시는 대로 저를 벌하십시오. 작품들이 있는 곳에 낱말들이 왜 필요합니까? 다시 말씀드리자면 이 건과일은 어제 가져온 것입니다. 이것뿐만이 아니라 제 방에는 한 통이 있습니다."

도대체 어찌 된 일인지 어리둥절한 몬시뇨르는 성호를 그었습니다. 식사가 끝나고 식탁을 치우는 동안에도 그는 손으로 성호만 긋고 있었습니다. 확인하고 싶은 마음에 일어나 직접 자기 눈으로 보러 갔습니다. 하나하나 표시해가면서 확인해봤지만 통 개수는 정확하고 열쇠는 자기가 가지고 있으니 어찌 된 일인지 몰랐습니다. 그는 분명히 내가 통을 샀다고 확신하며 말했습니다. "구스만, 네가 얼마나 많은 거짓말을 하는지 모르니? 통들을 세어봐라." 내가 세어보고 말했습니다. "존경하는 몬시뇨르, 늑대가 하나 먹은 것 빼놓고는 꼭 맞습니다. 여기 있는 것들은 정확해 보이지만, 전부 다 그렇지는 않습니다. 제 말이 사실이라는 것을 보여드릴 테니, 제 방에 있던 통을 가져오게 하셔서 열어보시면 제가 통을 바꿔놓은 것을 보실 수 있을 겁니다." 모두들 그 통을 열어서 흙과 헌 옷들이 들어 있는 것을 보고 내 말이 사실이라는 것과 나의 재주를 알아차리게 되었습니다. 모두들 어떻게 그런 일이 가능한지 놀라워하며 내게 물어보았지만, 나는 누구한테도 말하지 않았습니다.

나는 약속한 대로 해달라고 간청했고, 내 뜻대로 되었습니다. 나한테 건과일 하나를 더 주라고 명령해서 두 개를 가지게 되었습니다. 그러나 나의 착한 마음씨를 사람들에게 알리기 위해 내가 받은 것을 시동들과 동료들에게 건과일을 나누어주었습니다.

몬시뇨르는 훔치는 재주 때문에 내가 사람들의 구설수에 오르게 됐지만, 나의 대범함을 무척 칭찬하고 기특하게 여겼습니다. 그는 나의 나쁜 손버릇을 걱정했고, 그렇게 호인이 아니었더라면 분명 나를 쫓아냈을 것입니다.

몬시뇨르는 생각에 잠겼습니다. '이 버림받은 아이는 나쁜 버릇 때문에 매우 불행한 일을 겪을 것 같구나. 우리 집에서 하는 짓들은 전부 어린애 장난들이어서 나한테 해가 되는 것은 없었다. 애가 굶주리다 보니 다른 사람들한테는 피해를 많이 주지만, 나한테는 그리 무례하게 굴지 않아. 그만한 게 다행이다.' 몬시뇨르는 그런 생각을 드러내지 않기 위해 내 장난을 재미로 받아넘겼습니다. 손해를 막을 수 있을 때는 막고 그러지 못할 때는 모른 체하고 넘어가는 것은 매우 신중한 태도입니다. 그는 자기를 방문하는 모든 왕자들과 영주들에게 내 이야기를 들려주며 그들을 매우 즐겁게 해줬습니다.

제9장

구스만 데 알파라체가 몬시뇨르에게서 또다시
건과일을 훔치는 이야기와 노름 때문에
스스로 그 집을 나가게 된 이야기

사랑의 순서에 대해서는 전에도 언급했지만, 신이 제일 먼저고 그다음으로
부모, 자식, 하인순인데, 충실한 하인들은 불효자식들보다도 더 많은 사랑
을 받아야 합니다. 그러나 몬시뇨르는 자식이 없어서 신과 신의 형상 다음
으로, 자기를 섬기는 하인들을 사랑스러운 마음으로 대했습니다. 그는 자
비심으로 가득 찬 청빈한 성직자였습니다. 자비는 성령의 첫 번째 결실이
자 성령의 불이고, 최고의 선이며, 행복한 결말의 시작입니다. 그는 자비
롭고, 마음속에 믿음과 희망을 품고 있었습니다. 그것은 하늘로 가는 길이
며, 신과 인간을 맺어주는 끈이며, 기적을 일으키고 거만을 제어하는 힘이
며, 지혜의 샘입니다.

그는 내가 올바른 사람이 되는 것이 자기 책임인 양 간절히 바랐고, 무
섭게 윽박지르기보다는 사랑으로 나를 이끌었습니다. 나를 다시 착한 아
이로 만들 수 있는지 시험해보기 위해, 내가 자기 음식을 욕심내고 훔치려

고 하는 기회를 아예 단절시키고 식탁에서 먹을 것을 주었습니다. 식사를 하면서 장난기가 발동한 그는 나에게 음식을 나누어주며 말했습니다. "구스만, 평화의 표시로 이것을 줄 테니 우리 휴전하자. 나는 라틴어 선생 니콜라오처럼 너하고 싸우고 싶지 않으니, 이 음식 먹고 기분 풀면 너를 신하로 인정하고 공물을 내리겠다."

몬시뇨르는 식탁에 다른 손님들이 있어도 개의치 않고 즐거운 표정으로 웃으며 그렇게 말했습니다. 그는 자비로운 신사였고, 하인들을 사랑으로 다루고 존중해주었으며, 그들을 두둔하고 사랑하고 그들을 위해 해줄 수 있는 일은 다 했기 때문에, 모두들 그를 진정으로 존경하며 충심으로 섬겼습니다. 분명히 하인은 존경하는 주인을 섬깁니다. 물론 주인이 보수를 잘 주면 하인은 주인을 잘 섬기고, 주인이 인간적으로 대해주면 하인은 그를 숭배하지만, 이와는 반대로, 거만하고 임금을 잘 주지 않고 고마워하지 않는 주인한테는 하인은 진실을 말하지 않고, 친해지지도 않고, 무서워하지도 않고, 사랑으로 보답하지도 않습니다. 그를 미워하고 증오하고 비난하고 광장과 거리와 법정에서 큰 소리로 그를 험담하고, 모두가 믿지 않고 누구도 그를 옹호하지 않습니다.

만일에 주인들이 예의 바르고 착한 하인들이 얼마나 중요한지를 안다면, 자기들은 먹지 않고 그 밥을 하인들에게 줄 것입니다. 그만큼 그런 하인들은 진정한 재산입니다. 자기를 사랑하지 않는 주인을 부지런하게 섬기는 하인은 있을 수가 없습니다.

제노바에서 건과일 몇 상자를 몬시뇨르한테 가지고 왔는데, 그 상자는 매우 크고 번쩍번쩍거리고 정교하게 세공되어 있었습니다. 그 건과일들은 만든 지 얼마 안 되어서 싱싱했는데, 오는 도중에 습기를 먹고 좀 눅눅해졌습니다. 그것을 앞에다 갖다 놓자 추기경은 즐거워했고, 더구나 그것은 항상 정기적으로 선물을 보내주는 어느 여자 친척이 직접 만들어서 보낸 거라 아주 귀하게 여겼습니다. 나는 그때 집에 없었는데, 내가 돌아오는 사이에 자기들끼리 내가 돌아오면 탐을 낼 거니까 그 건과일들을 어떻게 보관하고 어떻게 말리면 좋을지에 대해 이야기를 나누었습니다. 눅눅해져서 햇볕에 말려야 하는데, 그러면 줄리어스 시저의 유골이 담긴 납골함이라도 위험에 빠질 수 있기 때문이었습니다. 각자 자신의 생각을 내놨는데, 어느 것 하나 신통한 것이 없었습니다.

몬시뇨르가 한 가지 의견에 동의하면서 말했습니다. "건과일들을 보관할 곳을 찾을 필요는 없다. 어디에 보관하든지 안전할 거다." 모두들 그의 의견에 따르기로 했고, 내가 도착하자 몬시뇨르가 말했습니다. "구스만, 이 말린 과일들이 운반 도중에 눅눅해졌는데, 썩지 않게 하려면 어떻게 하면 좋겠니?"

내가 대답했습니다. "몬시뇨르, 그거야 빨리 다 먹어버리면 되죠." 그가 물었습니다. "너는 그걸 다 먹을 수가 있단 말이니?" 내가 대답했습니다. "시간만 충분하다면 양이 그리 많지는 않을 것 같습니다. 그러나 저는 먹보가 아니니, 훌륭한 분들이 오시면 대접하겠습니다."

"여기서는 관리하기가 힘드니, 네가 그것을 보관하면서 매일 햇볕에 말려주면 좋겠다. 건과일들을 너한테 주라고 일러놓을 테니까, 너는 반드시 그걸 되돌려줘야 한다. 하나도 빼돌리지 말고 그대로 가지고 와야 한다. 나는 틀림없이 네가 그것에 손을 댈 거란 생각이 든다."

"저는 절대 그러지 않을 거고 —내가 대답했습니다— 어느 누구도 손댈 수 없을 겁니다. 다만 저는 이브의 자식이고 건과일의 낙원에 파묻혀 있어서 살아 있는 뱀이 저를 유혹할지 모르겠습니다."

몬시뇨르가 다시 말했습니다. "내가 너한테 주는 것 그대로 온전하게 나한테 줘야 하지, 만일 그렇지 않다면 어떻게 되는지 봐라." 내가 말했습니다. "거기에 대해서는 아무 걱정하지 마십시오. 보통 발생하는, 조금 부족하다거나 잘못되는 일 없이 그대로 돌려드릴 겁니다. 그러나 하나 걸리는 것이 있습니다."

몬시뇨르가 다시 물었습니다. "뭐가 문젠데?" 내가 대답했습니다. "저는 제 장단점을 잘 알고 있기 때문에, 시키신 일을 하다 보면 본의 아니게 맛을 좀 볼 수밖에 없는 위험에 빠질 수 있습니다."

몬시뇨르가 감탄하며 말했습니다. "여기서 너의 재주를 보고 싶구나. 네가 한 번은 마음껏 먹을 수 있도록 해주겠다. 단 조건이 하나 있는데, 부족한 것을 내가 알아보지 못하도록 해야 한다는 것이다. 만일 내가 알아차린다면, 너는 그 대가를 치러야 한다."

나는 그 조건을 받아들이고 건과일을 넘겨받았습니다. 이튿날 그것을 햇볕에 말리려고 복도에 내다놓았는데, 그중에서 레몬 꽃과 레몬이 담긴 통 하나가 내 눈에 들어왔습니다. 칼을 가지고 조용히 다가가 통을 뒤집어 바닥의 못을 빼내고, 안에 들어 있는 것의 절반가량을 덜어내고 틈에 맞게 자른 종이를 그 자리에 끼워 넣고서 처음처럼 다시 못을 박았습니다.

그날 밤 몬시뇨르가 과일 통들을 확인하러 와서, 나는 통 네 개를 탁자에 갖다 놓고 잘 간수한 건지 물었습니다. 그가 대답했습니다. "다른 것들도 이와 같다면 나는 만족이다."

내가 다른 통들도 다 가져와 건과일들이 아주 잘 말라서 그대로 보존되어 있는 것을 보여주니 몬시뇨르는 흡족해했습니다. 나는 훔친 선과일을 접시에 담아 그에게 가져갔습니다. 사실 나는 그중에서 호두 하나 크기만큼도 떼어내서 맛을 보지 않았습니다. 그 이유는 오로지 나의 재능을 보여주고 싶었기 때문입니다.

그것을 본 몬시뇨르가 물었습니다. "이게 뭐냐?" 내가 대답했습니다. "제가 훔친 것을 성하와 나누는 것입니다." 그가 말했습니다. "나는 너한테 마음껏 먹으라고 했지, 훔치라고 하지는 않았다. 이번에는 네가 졌다."

내가 대답했습니다. "저는 배부르게 먹지도 않았고, 더군다나 맛도 안 봤습니다. 지금까지 훔치며 살아온 생활이 지겨워져서, 저는 이제 그 길에서 방황하고 싶지 않습니다. 제가 능력을 발휘한 것 때문에 벌을 받아야 한다면, 저는 어느 길로 가는 게 올바른 것인지 모르겠고, 결국에는 뒤안길을 돌아다닐 수밖에 없습니다. 저는 어느 길이 올바른 것인지 몰라서 오솔길로 접어든 것입니다. 저는 벌 받을 짓을 하지 않았고, 내기에서 지지도 않았고, 오히려 제가 이긴 것 같습니다. 저는 다시는 지지 않을 겁니다."

"나는 너에게 원망 듣고 싶지 않다—그가 대답했습니다—. 내가 이유 없이 너를 혼냈구나. 다 좋은데, 나는 네가 어느 통에서 끄집어냈는지 알고 싶다." 나는 손을 뻗으며 말했습니다. "이것입니다." 나는 어느 통에서 어떻게 끄집어냈는지 얘기해주었습니다.

몬시뇨르는 나의 뛰어난 솜씨에 즐거워하면서도 더는 내버려두면 안 되겠다고 생각했습니다. 혹시 앞으로 내가 나쁜 일에 그런 솜씨를 사용할까 무척 걱정이 된 것입니다. 그는 나한테 상자를 갖다 놓으라고 했습니다.

나는 계속해서 여러 차례 그런 일을 벌였고, 몬시뇨르도 그런 일을 보며 즐거워했고, 내가 음유시인이라도 되는 것처럼 좋아했습니다. 잠을 자고 있는 시동을 깨우기 위해서는 다음에 신발이나 스타킹을 사주겠다는 약속보다는 신발에 밀랍을 붙여놓는 편이 더 효과적입니다. 우리 시동들은 매일 오전 오후 두 시간씩 선생님한테 공부를 배웠습니다. 주로 라틴어, 희랍어, 히브리어를 조금씩 배웠습니다. 주인을 섬긴 다음에 조금 지치긴 했지만, 책을 읽고, 서로 소설을 들려주고, 놀기도 했습니다. 집 밖을 나가는 것은 오로지 도넛 장수를 속이기 위해서였는데, 그들은 빵 장수들과 함께 우리를 무척 신뢰했습니다. 밤에는 문 앞에서 지나가는 여인들한테 더러운 물을 뿌리면서 노래를 부르고 희롱했습니다. 나는 수염이 나기 시작할 때까지 그런 생활을 계속했습니다. 당신 보기에는 재미있는 인생 같을지 모르겠지만, 그 즐거움은 몽둥이를 맞고 목에 칼을 쓰는 창피한 대가를 치러야 하는 인생이있습니다. 나는 그런 생활이 싫어졌습니다. 쾌락으로 점철된 지난 시절 때문에 밤낮으로 후회의 한숨을 내쉬었습니다.

나는 칼을 찰 정도의 청년이 되고서야 앞날의 희망을 엿볼 수 있었습니다. 지금까지 내가 해온 일을 돌이켜봤을 때 확신이 들었습니다. 그러나 굳은 의지로 올바른 판단력을 갖추고 선행을 쌓아가는 대신에 옷에 신경 쓰고 틈만 나면 노름을 했습니다.

특히 프리메라 카드놀이를 할 때면 내가 할 수 있는 속임수와 교활함을 다 동원했습니다. 카드 두 장을 잡는 척하며 세 장을 잡고, 다섯 장을 가지고서 그중에서 제일 좋은 세 장으로 내기를 걸고, 마지막 카드를 뒤집어 좋은지 안 좋은지 보고, 더 유리한 카드를 찾아내서 내기를 하면서 그야말로 공개적으로 도둑질을 하고, 똘마니를 내 옆에서 자는 척하게 하고서는 그한테서 밑으로 카드를 받았습니다. 또 어떨 때는 도박장 주인이 다른 사람들이 어떤 패를 가지고 있는지를 사람들이 전혀 눈치채지 못하게 미묘한 동작으로 나에게 알려주기도 했습니다. 얼마나 많은 속임수를 썼던지! 상대방에게 52점을 주고, 나는 에이스를 가지고 55점을 만들거나 아니면 5점을 더해서 54점을 만들어 항상 이기곤 했습니다. 우리는 기드놀이를 할 때 버려진 카드를 주워서 부족한 카드는 그려서 하기도 했고, 카드 던지기도 했고, 점수 많이 내기 시합도 했는데, 그럴 때마다 카드 파는 도박장 주인과 미리 짰습니다.

아, 야비한 짓과 속임수를 얼마나 많이 썼던가! 그러나 아무도 눈치채지 못했습니다. 노름은 사람 눈을 멀게 해서, 조심스럽고 빈틈없는 사람도 정신을 못 차리게 만듭니다. 만일 그것이 합법적이라면 —내가 합법적이라고 말한 것은 이 나라에서 죄가 득실거리는 집이 허용된다는 것입니다— 더 큰 죄를 짓지 않도록, 각 마을마다 최고의 타짜가 있어서 게임에 빠진 사람들한테 속임수가 있다는 것을 알리고 속지 않도록 해줘야 합니다. 우리들의 육감은 악에 쉽게 넘어가기 때문에, 합법적인 행위를 통해서 만들어진 것도 나쁜 습관으로 바꾸어버립니다. 합법적으로 이루어진 것을 본래의 궤도에서 이탈시켜 분별없이 추종하기 때문에 나쁜 습관이라고 말하는 게 틀린 것은 아닙니다. 노름은 삶의 스트레스나 피로를 덜어줌으로써 정신적 즐거움을 주는데, 이 한계를 벗어나는 것이 죄악이고 불명예이고 도둑질입니다. 이런 속성들이 한꺼번에 발현되는 것을 이것 말고는 찾기 힘듭니다.

나는 지금 노름꾼들에 대해 이야기하고 있는 것입니다. 그들은 노름을 업으로 하고, 상습적으로 도박을 일삼습니다. 아주 고귀한 분들이 노름꾼들이 주는 피해를 보면서 그들을 멀리하려고 하는 것보다도 더 멀리 나는 그들에게서 떨어지고 싶었습니다. 나쁜 사람이나 좋은 사람이나 다 똑같이 한 사람이 따면 한 사람은 잃게 되고, 그때는 점잖은 사람도 앞뒤 안 가리고 거친 행동이나 말을 하는 것을 보았습니다. 그 밖에 여러 가지에 대해서는 내 입으로 감히 말하기가 그렇지만, 이런저런 이유로 노름과 노름판이 벌어지는 집들을 멀리해야만 했습니다.

그러나 우리의 욕구는 끝이 없어서 젊은 애가 노름 규칙과 노름판과 그 속에서의 속임수를 아는 건 나쁜 것이 아니라 중요한 일일 것입니다. 만일 노름에 깊이 빠진다면 짐승처럼 당신의 돈을 다 잃지 않도록, 남은 돈은 장화, 바지, 소매 토시, 목 칼라, 허리춤, 가슴, 옷소매 그리고 그 외에 어디든지 넣을 수 있는 곳에는 다 깊숙이 넣어두십시오. 그렇지 않으면 당신은 돈을 다 잃고서 그들의 놀림감이 됩니다. 노름꾼이 적거나 판돈이 작거나 아니면 돈을 많이 딸 생각이 없는 사람하고 노름을 하게 되면 원망을 듣게 마련이어서, 나는 그런 데서는 노름을 하지 않으려고 마음먹었습니다. 노름꾼이 자기의 책임을 다한다는 것은 불가능한 일이라, 노름에 빠진 나도 일을 소홀히 하게 되었고, 주인 시중 드는 일에도 태만해졌습니다. 노름하는 하인에게 빵을 주는 주인이 과연 있을지 모르겠습니다. 자기 돈이 있더라도 잃고 나면 주인 돈으로 할 것이고, 그것마저 잃으면 하인에게는 갚을 돈이 없으니 결국 주인이 피해를 보기 때문입니다. 나한테 일어난 것처럼, 제때에 주인 시중 들기가 불가능해지고, 주인이 필요로 할 때 하인을 찾을 수도 없습니다.

몬시뇨르는 이 점을 마음에 두고 있었습니다. 나의 나쁜 버릇을 고치기 위해 혼내고 타이르고 약속을 해도 아무 소용이 없었습니다. 한번은 내가 없을 때 집 안의 다른 하인들에게 자기는 나를 무척 사랑하고 내가 잘됐으면 좋겠다고 말했습니다. 아무리 좋은 방법도 나한테는 큰 도움이 되지 못한다고 판단한 그는 머리를 짜내서 내가 배고프고 아쉬움을 많이 느끼게 되면 고분고분해지고 말을 잘 들을 거라 생각하고, 며칠간 나를 집 밖으로 쫓아냈습니다. 그러나 내가 어리석은 짓이나 나쁜 짓을 저지를까봐 음식까지 뺏을 마음은 없었습니다. 아, 얼마나 고귀하고, 영원히 찬양받을 성인입니까! 훌륭한 대접을 받고 싶은 사람들은 모두가 본받아야 할 분입니다! 어떤 하인이라도 그런 주인들에게는 단지 조그마한 기쁨을 주기 위해서라도 수천 번 목숨을 내놓을 것입니다.

몬시뇨르는 나에게 최소한의 식량은 챙겨주었습니다. 전지전능한 신이 당신을 그런 궁핍함에서 벗어나게 해주시기를! 다른 모든 사람들이 그런 궁핍 속에서 힘겹게 살아가고 있습니다. 식사 시간이 됐는데도 먹을 것이 없어 쫄쫄 굶으며 밤까지 아무것도 먹지 못하면 하나밖에 없는 외투도 반값 이하로 팔아버릴지 모릅니다.

나는 밤낮으로 노름을 하면서 가진 돈을 다 날리고, 남은 거라곤 걸치고 있는 조끼하고 흰색 천으로 된 반바지밖에 없을 정도로 무척 힘들게 지내고 있었습니다. 그런 꼴로 밖에 나갈 생각은 엄두도 내지 못하고 방에만 처박혀 있었습니다. 아프다는 핑계를 댔지만 계속 그렇게 있을 수만은 없었습니다. 몬시뇨르는 하인들의 건강뿐만 아니라 무엇이 필요한지 무척 세심하게 배려했기 때문에 나한테 의사들을 보내려 했고, 이 사람 저사람 입을 통해서 집에 있는 사람들 전부 내가 겪고 있는 힘든 상황을 다 알아버렸습니다.

내가 식탁에 나타나지 않은 며칠 동안, 몬시뇨르는 계속 내 안부를 물었습니다. 그는 서로 험담하고 비난하는 것에 가슴 아파했습니다. 몇 사람이 그에게 말했습니다. "저 쪽에서 돌아다니던데요." 몬시뇨르가 혹시 나한테 나쁜 일이라도 일어난 것이 아닌가 싶어 걱정을 크게 하고 내 근황에 대해 무척 알고 싶어 해서, 그에게 사실대로 말하지 않을 수 없었습니다. 겁도 없이 부끄러움도 모른 채 방탕하게 생활하는 내 모습에 그는 가슴 아파하며 나에게 새 옷을 입힌 다음, 전에 그랬던 것과 똑같은 식으로, 집에서 내쫓으라고 했습니다.

집사는 옷을 입혀서 나를 집에서 쫓아냈습니다. 나는 마치 몬시뇨르한테 받을 빚이라도 있는 것처럼 거만을 떨며 다시는 여기로 돌아가지 않을 거라고 큰소리치면서 집을 나왔습니다. 그러자 몬시뇨르가 보낸 사람들이 주의를 주고 달래면서 그가 그렇게 한 이유는 단지 내 버릇을 고쳐주기 위해서였고, 그가 나를 얼마나 좋아하고, 또 내가 없을 때 나에 대해 한 말도 들려주면서 집으로 돌아가자고 여러 번 구슬렸지만, 어떤 말도 내 귀에 들어오지 않았습니다. 나는 계속 고집을 부렸고, 그걸로 몬시뇨르한테 복수하는 것 같았습니다. 나는 성인 같은 내 주인이 베푼 은혜를 저버린 배은망덕한 놈이 되었습니다. 좋은 기회를 줘도 놓치고, 부드러운 말로 타일러도 듣지 않는 자는 엄하고 가혹하게 벌주는 것이 정당한 판결입니다. 나는 아쉬운 것이 전혀 없는 사람처럼, 아무것도 아닌 일에 괜히 억지를 부리며 고집을 꺾지 않았습니다. 아무 이유도 없이 아무런 대가도 바라지 않고 나에게 베풀어준 그 많은 은혜를 얼마나 무시했었는지! 나는 그저 내가 한 봉사에 비해 돌아오는 것이 턱없이 부족하다고만 여겼습니다. 큰 것을 당연히 받을 거라고 기대했던 나는 그 감사한 선물을 제대로 간수할 줄도 몰랐고, 또 그런 것을 받을 만한 자격도 없었습니다. 나는 몬시뇨르가 나를 치료해준 은혜를 저버렸고, 나를 이끌어준 가르침을 잊었고, 내게 베풀어준 사랑에 감사할 줄 몰랐고, 사려 깊은 가르침에 태만했고, 따뜻한 가르침에 거만하게 굴었고, 달콤한 설득에도 고집불통이었고, 사랑스럽고 점잖은 말로 타일렀지만 내 귀를 닫아버렸고, 일이 조금만 힘들어도 참지 못했고, 아무리 지켜줘도 나쁜 버릇을 못 고쳤고, 대책을 찾아주면 거기에 반기를 들었습니다. 나는 좋은 말을 들을 자격도 없고, 부주의한 태도를 고칠 능력도 없었습니다.

나를 아들이라고 생각했던 두 사람 중에서 어느 누가 살아 있더라도 나의 못된 장난을 다 받아주면서 그토록 사랑하지는 못했을 것입니다. 그만큼 나는 주인이나 아버지의 집이 아니라 내 집에서 하는 것처럼 마음대로 못된 장난질을 많이 쳤습니다. 주인 앞에서도 그가 마치 나와 같은 신분인 것처럼 깍듯이 예의를 갖추지 않았지만, 신성을 가진 주인은 너그러이 봐주었습니다. 나를 낳은 사람도 분명히 나를 미워하고 포기하고 지쳤을 텐데, 몬시뇨르는 내 행동에 피곤해하지 않고 화도 내지 않았습니다.

아, 얼마나 성스러운 분이기에 나 같은 사람들에게 그토록 은혜를 베푸는지! 몬시뇨르는 내가 변명 같은 것을 하지 않게 하고, 창피함이란 것을 알게 하고, 우리가 지은 죄를 우리 스스로 반성하도록 하루, 일주일, 한 달, 일 년, 수년 동안 기다리며 우리 모두에게 은혜를 베풀었습니다.

나는 좋아하는 것만 따랐고, 다른 것은 들리지 않는 척했습니다. 나는 내 몸에 의지했고 —이것은 나의 악을 가속시켰습니다— 몸을 따르면서 갈수록 교만해졌습니다. 나는 악을 행할 힘을, 악을 찾을 재능을, 악에서 빠져나오지 않을 지조를, 악을 버리지 않을 확신을 가지고 있었습니다. 그런 것들이 내 속에서 자연스럽게 녹아 있었던 나는 미덕 속에서는 불편했습니다. 그러나 그 모든 것을 천성 탓으로 돌릴 수는 없습니다. 나는 못된 짓 벌이는 것을 좋아하는 만큼 착한 일을 할 수 있는 자질도 많이 갖고 있었습니다. 그러나 잘못을 저지르는 데는 반드시 그 이유가 있는 법이라, 결국 다 내 잘못이었습니다. 잘못은 항상 진실과 수치심의 스승이었고, 필요한 곳에서 빠지지 않았습니다. 그러나 죄를 짓다 보면 본성은 타락하고 또 내 죄가 많다 보니, 나는 내 자신의 사형 집행인으로서 그 결과에 대한 원인을 제공했습니다.

제10장

구스만 데 알파라체는 추기경과 헤어져
프랑스 대사를 섬기게 되면서 몇 가지 장난을 친다.
나폴리의 한 시종에게서 들은 이야기를 하면서
이 책의 제1부를 끝낸다

몬시뇨르 집에서 쫓겨난 것에 대해 나는 불만을 가질 수 없습니다. 그러나 앞에서 말한 것처럼 그 집으로 돌아가고 싶은 마음은 간절했지만, 피가 뜨겁게 끓었기 때문에 그것을 다행한 불행이라 여겼습니다. 다행한 불행이라고 말한다고 해서 내가 나의 불행을 좋게 생각한 것은 아닙니다.

로마 거리를 돌아다니며 하고 싶은 대로 했고, 전에 잘나갈 때 사귄 몇몇 친구들이 내가 궁하게 지내는 것을 보고는 나를 초대했었는데, 그것 때문에 나는 비싼 대가를 치렀습니다. 나쁜 사람들 사이에서 먹는 음식은 몸에는 영양분을 주지만, 나쁜 기운 때문에 정신을 무너뜨립니다. 음식은 그런대로 먹을 만했지만, 그들의 나쁜 충고와 행동들은 나를 피괴했고, 그것을 후회했을 때는 이미 물이 입에까지 차올랐을 때였습니다.

악은 조용히 들어와서 소리 안 내고 깎아내는 것인지라, 사람이 파멸되기 전까지는 그것을 느끼지 못합니다. 악은 받아들이기 쉬운 만큼 단념하기도 어렵습니다. 그런 친구들은 풀무 같아서 타오르기 시작한 불을 활활 타오르게 하고, 불꽃으로 큰 불을 지핍니다.

　주인의 집사가 나보고 매일 음식을 받으러 오든지 아니면 보내주겠다고 말했기 때문에 내가 마음만 먹으면 음식을 얻을 수 있었습니다. 그러나 나는 그 제안을 끝내 거절했고, 좋은 사람들과 배불리 먹을 바에야 차라리 나쁜 사람들과 함께 배고픔을 겪고 싶었습니다. 배고픔을 잊을 수 있도록 충고를 해준 사람들을 나는 믿고 따랐지만, 그들은 재빨리 내게서 등을 돌렸습니다. 그들은 나한테 그런 걸 가르쳐주는 일에 금방 지쳐서, 더는 가르쳐주지도 않고 나를 미워하기 시작했습니다. 이처럼 다른 집에서 묵을 때는 이해가 되지 않는 미스터리가 있습니다. 나는 그들이 입에는 꿀을 바르고 손에는 쓸개를 들고 초대를 하는 것을 봤습니다. 그들은 솔직하게 약속하고 아까워하며 주고, 기쁘게 초대하고 슬프게 먹습니다.

　다른 집에 머무는 사람들은 부자여야 했고, 잠시만 머물러야 했고, 불쾌감을 주지 않기 위해서 집을 거의 밟지 말아야 했고, 의자나 식탁에 거의 앉지 말아야 했습니다. 자유롭고 편안하게 머무를 수 있다는 객주 주인의 말을 믿지 마십시오. 친척 집에서는 일주일, 친한 형제 집에서는 한 달, 친한 친구 집에서는 일 년, 나쁜 아버지 집에서는 평생 머무르는 것이 내 숙박 규칙입니다.

　아버지만 귀찮아하지 않고, 다른 사람들은 전부 짜증 내고 화를 냅니다. 당신이 오래 머무를수록 사람들은 당신을 미워하고, 귀찮아하며, 당신 빵에다 짐승 잡는 데 사용하는 독약을 뿌리고 싶어 할지도 모릅니다. 가슴이 작고 재산은 있고 조금 사나운 그런 부인과 사는 남자가 당신을 초대하거나, 아니면 엄마나 누이 같은 욕심 많은 여자가 당신을 초대해놓고 얼마나 울고 안타깝게 여기고 당신을 욕하고 자신을 한탄하는지 아십니까! 다른 집에서 부드러운 칠면조 고기를 먹을 바에야 당신 집에서 딱딱한 돌멩이를 먹는 편이 더 좋을 것입니다.

친구들이 나를 귀찮게 생각해서, 내가 그들을 멀리하는 것을 미안해할 필요가 없었습니다. 그들은 나에게 주는 음식 양을 점점 줄이더니 급기야는 노골적으로 음식을 주지 않으면서 나를 내팽개쳤습니다. 내게는 음식을 해결할 수 있는 그런 기댈 수 있는 나무를 찾는 것이 급선무였습니다. 너무 궁핍해서, 어떤 방탕한 아들처럼, 몬시뇨르 집의 하인이 다시 되고 싶다는 생각까지 들었습니다. 불행해지고 나니 나는 이미 죽은 목숨이었습니다. 이제 삶의 무게에 지쳐서 나를 바른 사람으로 만들어보려 했던 그분의 확고한 뜻에 따르고 싶었지만 이미 늦었습니다. 할 수 있을 때 하기 싫어하는 사람은 원할 때 하지 못할 수 있고, 악 때문에 원할 때 선을 행하지 못할 수 있습니다.

행운이 끝나고 두 달도 채 지나지 않아 불행이 찾아왔습니다. 만일 그런 굴곡 없이 두 달이 흘렀더라면, 불행할 경우에는 그의 하인들보다도 못한 사람처럼 되어서 평생 초라한 음식으로, 그리고 행운이 찾아오면 조금 더 나은 음식으로 살아갔을지 모릅니다. 그러나 인생은 새옹지마라서 신은 찬양받는 것입니다. 내 팔자 때문에 불행이 찾아온 것이 아니라, 나는 오랫동안 철면피로 살아와서 불행해진 것입니다. 운명은 그 나름으로 작용은 하지만 강요는 하지 않습니다. 몇몇 어리석은 사람들은 "오, 주인님! 결국 이렇게 되고 말았고, 앞으로는 될 대로 될 것입니다"라고 말합니다. 형제여, 당신은 진실을 잘못 알고 있습니다. 결국 그렇게 되는 것도 아니고, 당연히 그렇게 되는 것도 아닙니다. 당신이 자신을 다스릴 수 있도록 자유의지를 준 것입니다. 운명은 당신에게 강요하지 않고, 우주의 어떠한 존재도 당신에게 강요할 수 없습니다. 당신 자신이 선을 포기한 것이고, 불행을 자초한 부정을 따르며 악의 세계에서 발버둥 친 것입니다.

나는 프랑스 대사의 시동이 되었습니다. 몬시뇨르가 최고의 자리에 있을 때 깊은 친분을 맺었던 그는 그때 나의 유치한 짓들을 보며 무척 즐거워했었습니다. 그는 내 시중을 무척 받고 싶어 했었지만, 몬시뇨르와의 우정에 금이 갈까봐 감히 나를 받아들일 엄두를 못 냈습니다. 결국 나는 그집으로 갔습니다. 그가 나한테 잘 대해준 것은 다른 속셈이 있어서였습니다. 몬시뇨르는 나한테 도움이 될 수 있는 길을 찾으려 했고, 대사는 자기만족을 위해서였습니다. 그는 내가 말하는 거나 해주는 이야기를 재미로 받아들였고, 그것을 자기와 관계를 맺고 있는 여인들의 관심을 끌기 위해 한 번씩 사용하기도 했습니다.

프랑스 대사는 나한테 고정적인 일자리를 주지 않고, 내가 봉사할 때마다 수고비를 주었습니다. 그가 대가를 지불하면 나는 그 앞에서 즐겁게 해주었습니다. 사람들은 내가 익살스러운 아이라고 말했지만, 분명히 말해서 나는 그의 어릿광대였습니다. 우리는 만찬이 열릴 때마다 어김없이 초대되어 세심한 주의를 기울여 손님들에게 봉사했는데, 초대하지도 않았는데 참석하는 귀찮고 어리석고 짜증나게 하는 손님들한테는 장난을 많이 쳤습니다. 어떤 손님들한테는 목을 축일 술을 주지 않아, 마치 우리가 말라비틀어진 멜론을 재배하는 것 같았습니다. 또 다른 손님들한테는 마시기 불편한 잔에다 술을 조금만 주었고, 어떤 이들한테는 물을 아주 많이 탄 술을, 또 어떤 이들한테는 뜨거운 술을 주었습니다. 그들이 좋아하는 음식을 숨기고, 소금, 식초, 맛없는 조미료를 가지고 시중을 들었고, 그들이 음식을 즐기지 못하고 다시는 이 집에 얼씬거리지 않도록 하기 위해 온갖 궁리를 다 했습니다.

한번은 이런 일도 있었습니다. 어떤 영국인이 대사의 친척이 된다고 하면서 매일 집으로 와 주인이 화가 났습니다. 그는 친척도, 귀족도 아니었고, 특히 무례한 말투는 사람을 피곤하게 했습니다. 바라보기만 해도 정신 사납게 만드는 사람이 있고, 또 마음속으로 들어와 이 사람 손이나 저 사람 힘 안에다 증오나 사랑 같은 감정은 만들지 않으면서 좋아하는 감정을 불러일으켜 놓는 사람도 있습니다. 그러나 그 사람은 전부 납으로 이루어진 것처럼 촌스럽고 무례했습니다.

어느 날 밤 식사가 시작되면서 온갖 거짓말이 꼬리에 꼬리를 물고 그의 입에서 이어지자, 대사가 더는 참지 못하고 엄청 화를 내며 다른 사람들이 알아듣지 못하게 스페인어로 나한테 말했습니다. "이 미친 놈 때문에 참 피곤하다." 그게 바보나 귀머거리한테 한 말이 아님을 나는 어림짐작으로 금방 알아차렸습니다. 내가 매운 것을 부드러운 포도주에 타서 큰 잔에 따라줬더니, 그는 연신 들이켜다가 얼굴이 폭발 직전이 되었습니다. 그가 술에 취해 몸을 가눌 수 없을 정도가 됐을 때, 내 벨트를 풀어서 그의 발등에 묶고 다른 끝을 의자에 묶었습니다. 식탁보를 치우고, 그가 자기 방으로 가려고 자리에서 일어나려다가 넘어지면서 어금니하고 다른 이빨들이 깨지고 코까지 심하게 다쳤습니다. 이튿날 술이 깨고 정신이 돌아온 다음 자신의 처참한 몰골을 보고는, 그는 다시는 오지 않았습니다.

그것이 바로 내가 원하던 것이라 기분이 좋았습니다. 그러나 던진 창이 다 정확히 들어맞지는 않습니다. 자기가 뛰어나다고 생각하는 스페인 군인을 만나 내가 겪은 일처럼, 어떤 사람들은 창으로 미끼를 찔러 가져가고 낚싯바늘에는 아무것도 없게 만들어 어부를 약 올립니다. 아, 나쁜 배신자, 얼마나 교활하고 빈틈이 없었는지! 그 때문에 우리가 겪은 일 좀 들어 보십시오. 정오에 그는 우리 집에 들어와서 식사를 하려고 하는 대사에게 자기는 코르도바 출신의 군인이고 최고의 기사인데, 지금 어려움에 처해 있으니 초의를 베풀어달라고 간청했습니다. 대사는 에스쿠도가 몇 푼 들어 있던 작은 주머니를 열어보지도 않고 통째로 그에게 주면서, 그 정도면 충분할 거라 생각했습니다. 그러나 그것에 만족하지 못한 군인은 가지 않고 계속해서 자기가 어떤 사람이며, 지금 어떤 처지에 놓여 있다는 것을 주절주절 늘어놓았습니다. 대사가 식탁에 가서 앉으려고 하자 그도 그대로 따라 했습니다. 군인은 의자를 하나 가져와서 대사 옆에 앉았습니다. 나는 음식을 옮기다가 도둑놈 두 명이 그처럼 복도로 들어오는 것을 보았는데, 그 군인이 먹는 것을 보고서 도둑 하나가 다른 도둑에게 말했습니다. "제기랄! 죄 지은 놈이 우리 발을 묶는 것 같네. 항상 이놈이 우리보다 먼저 선수 치네." 그들이 말하는 것을 듣고서 나는 다가가 말했습니다. "저 기사를 아십니까?" 그들 중 한 명이 대답했습니다. "저 술주정꾼을 잘 알지. 그의 아버지가 코르도바에서 나한테 신발을 만들어주었는데, 그 양반이 처형당할 때 썼던 두건이 마요르 교회 천장에 걸려 있지.[1] 이것이 우리의 불행이라. 스무 명의 기사가 이탈리아로 건너가면, 백 명의 후안무치한 놈들이 와서는 고트족 혈통이라고 으스대지.[2] 불명예스러운 겁쟁이들은 자기들을 알아주지 않는다는 것을 알아차리고 콧수염[3]을 붙이고 깃털[4] 네 개를 휘날리면서 고귀함과 용맹스러움을 쟁취했다고 생각해. 그러나 콧수염과 깃털이 아니라 진정한 용기로 싸우는 것이지. 이제 여자처럼 연약한 이 남자한테 우리의 병영을 비우고 농장이나 찾으라고 하고, 우리는 떠나자!"

∴

1) 종교재판에서 사람을 처형할 때 썼던 두건을 교회에 걸어놓고 후손들로 하여금 자신들의 불명예를 잊지 말도록 하는 풍습이 있었다.
2) 일반적으로 스페인 사람들은 유서가 깊고 혈통이 순수한 고트족의 후예임을 자랑스럽게 여긴다.
3) 16~17세기에 남성의 콧수염은 용기의 상징이었다.
4) 기사의 위엄을 나타내기 위해 모자에 깃털을 달았다.

그들이 가고 나는 그 세 사람이 어떤 사람들인지, 어떻게 그들이 허풍을 떨면서 지냈는지 생각해봤습니다. 나는 그 두 사람이 허세를 부리고 그들의 말투가 다른 사람의 희생이나 피해 없이 명예로워지려는 사람을 헐뜯는 것 같아서 화가 났고, 지나치게 무례한 군인의 행동에 분노가 치밀어 올랐습니다. 그는 뻔뻔스럽게 식탁에 앉았으면 미안한 마음을 갖고 주는 것에 만족했어야 했습니다.

그 군인을 골려주고 싶은 마음이 들었지만, 괜히 일을 벌였다가 잘못되면 나만 곤란해질 것 같아서 관두었습니다. 그가 마실 것을 요구했지만 내가 모른 척하니 다시 손짓을 해서 나는 그 옆으로 가까이 갔습니다. 그는 다시 세 번째 손짓을 해서 뭔가 골똘히 생각하는 척하며 눈을 다른 쪽으로 돌렸습니다. 내 모습이 바보나 심술궂은 애로 보였던지, 그는 더는 나에게 부탁하지 않고 대사에게 말했습니다. "주인 나리께서는 제가 아무리 그럴 만한 사연이 있다 하더라도 초대받지도 않고 이렇게 식탁에 앉아 있는 것이 무례하게 보이시지 않습니까? 그러나 무엇보다도 먼저 능력과 가문으로 볼 때 저는 이런 대접을 받을 자격이 있습니다. 둘째로 저는 훌륭한 업적을 세운 군인으로서 아무리 높은 왕자의 식탁이라도 앉을 자격이 있습니다. 마지막으로, 지금까지 말씀드린 것 이외에도 제가 지금 아주 곤란한 상황에 빠져 있다는 것입니다. 주인 나리의 식탁은 그러한 것을 구제하기 위해 차려진 거라, 저와 같은 처지의 군인들은 초대받을 때까지 기다릴 필요가 없습니다. 제가 스페인 사람이라 아무리 부탁을 해도 다들 제 말을 알아듣지 못하니까 저한테 마실 것을 가져다주라고 주인 나리께서 명령해주시길 간청드립니다."

주인이 그한테 마실 것을 주라고 시켜서 우리는 어쩔 수 없이 따를 수밖에 없었습니다. 그러나 나는 그가 대가를 치르게 만들 거라고 속으로 맹세했습니다. 아주 작고 마시기 불편한 잔에다 물을 많이 탄 포도주를 담아서 갖다 주니, 그는 마셔도 갈증이 조금도 사라지지 않았습니다. 그러나 스페인 사람들은 즐길 것이 거의 없고 무척 힘들게 살아가고 있기 때문에, 식사가 끝날 때까지 그 한 방울의 포도주로 버텼고, 그가 또다시 포도주를 갖다 달라고 신호를 보낼까봐, 시동들은 전부 그가 밥 먹는 동안 그의 얼굴을 보지 않기로 동맹을 맺었습니다. 그러나 이를 다 눈치 챈 그는 음식으로 배를 가득 채우고 후식을 먹고서 또 말했습니다. "주인 나리께서 허락하셨으니 저는 마시겠습니다." 그러고는 의자에서 일어나 진열장으로 가서 거기에 있는 가장 큰 잔에다 포도주와 물을 따랐습니다. 갈증을 해소하고서 모자를 벗어 경의를 표한 다음 거실에서 나가더니, 한마디 말도 없이 가버렸습니다. 나의 계책을 즐기며, 그 군인의 결단에 감탄해 마지않던 주인이 나에게 말했습니다. "구스만, 이 군인은 너와 너의 조국을 닮아서, 거만하고 수치심이라곤 조금도 없구나."

우리가 후식을 준비하고 있을 때 한 나폴리 시종이 문으로 들어와 말했습니다. "주인 나리께 오늘 로마에서 일어난 일로 이 시대에 가장 잔학하고 놀라운 일을 말씀드리러 왔습니다." 대사는 이야기해달라고 했습니다. 나도 그 이야기를 듣기 위해 음식을 대접하고 의자를 갖다 주니, 그는 앉으며 이렇게 말했습니다.

"나이는 많아야 스물한 살쯤 됐고, 귀족 가문에, 재산은 그리 많지 않은 젊은 기사가 이 도시에 살고 있었습니다. 그는 외모가 출중하고, 덕망이 높고, 능력 있고, 무기를 잘 쓰고, 용맹스러웠습니다. 그는 로마에 살고 있는 열일곱 살쯤 됐고 빼어난 아름다움과 고운 마음씨의 처녀를 좋아하게 되었습니다. 두 사람은 신분도 같았지만, 사랑하는 마음도 서로 뒤지지 않았습니다. 그래서 한 사람이 사랑하면 한 사람은 사랑에 불타올랐습니다.

그의 이름은 도리도고 그녀는 클로리니아였습니다.

클로리니아의 부모님은 그녀를 집 안에 꼭꼭 숨겨놓고 키우며, 그녀에게 피해를 줄지도 모를 다른 남자와의 만남이나 대화를 완전히 차단하고, 그녀가 창가에 가까이 다가가는 것조차도 거의 금지시켰습니다. 그건 그녀가 너무나 아름다워서 젊은 귀족들이 모두 욕심을 낸 때문이었습니다. 그녀의 부모와 오빠의 감시가 너무 심해서 두 연인은 만날 수가 없었습니다. 사랑에 빠진 클로리니아는 거리에 나갈 때마다 도리도를 만날 수 있지 않을까 하는 마음밖에 없었습니다. 그녀 방 창문과 그녀 친구 방 창문 사이에 벽이 하나 있었는데, 결혼한 그 친구는 좀 더 자유롭게 그녀의 방으로 올 수 있었습니다. 친구에게 자신의 속마음을 털어놓았던 터라, 도리도가 지나갈 때 친구가 신호를 해주면 클로리니아는 사랑하는 연인을 보러 나가서 타오르는 사랑을 받았습니다.

두 사람은 한동안 서로 바라보기만 하면서 사랑을 이어갔습니다. 그러나 타오르는 욕망을 더는 참지 못한 도리도는 어떻게 하면 좀 더 편안하게 클로리니아의 아름다운 모습을 볼 수 있을까 고민하다가, 그녀의 오빠인 발레리오와 친구가 되는 것이 유일한 방법이라고 생각했습니다. 도리도의 온갖 작전 끝에 결국 발레리오는 그 없이는 살 수 없을 정도가 되어서는 계속해서 그를 자기 집으로 데려왔고, 도리도는 자기가 사랑하는 연인을 마음껏 볼 수 있게 되었습니다. 이런 기회를 틈타 두 사람은 눈빛으로 마음을 나누며 흔들리지 않는 사랑을 이어갔습니다.

마음이 여린 클로리니아는 사랑 때문에 불타오르는 속마음을 자기 하녀 신틸라에게 털어놓았고, 주인아가씨를 잘 섬기고 싶은 하녀는 도리도를 찾아가서 이렇게 이야기했습니다.

"도리도 님, 저한테 변명 늘어놓을 시간이 없습니다. 당신과 저의 아가씨 사이의 사랑에 대해 저는 이미 알고 있어요. 제가 당신을 속이는 것이 아닐까 하는 염려는 하지 않으셔도 됩니다. 아가씨가 저한테 다 털어놓으시며, 당신을 사랑하는 마음을 당신한테 밝히고 싶다며 도와달라고 하셨어요. 당신이 아가씨를 좋아한다면 당신 팔에 매시라며 희망의 표시로 아가씨가 저한테 이 초록색 끈을 주셨습니다. 아가씨가 이 끈을 머리에 묶고 있었던 것을 여러 번 보셨을 테니까, 이것을 아가씨 손으로 직접 주셨다는 것을 당신은 확신하실 거라 생각합니다. 그리고 앞으로 저는 기꺼이 당신을 섬길 것이니 저를 믿어주세요."

그 말을 들은 도리도는 깜짝 놀라면서도 기분이 언짢았습니다. 항상 클로리니아를 걱정했던 그로서는 이제 그녀를 믿을 만한 사람이 아주 못 된다고 생각하면서, 자기들의 사랑이 들통날까봐 두려웠습니다. 그러나 다른 방법이 없었던지라 클로리니아의 생각에 따르기로 하고, 불만스러운 표정을 숨기고 마지못해 그녀의 사랑과 생각에 고마움을 표시했습니다.

사랑하는 연인에게 말을 하고 싶은 욕망이 며칠 동안 도리도의 가슴속에서 커져갔지만 마땅한 대책을 찾을 수 없어 벙어리 냉가슴만 앓고 있었는데, 모든 것을 할 수 있고 불가능도 극복하는 사랑은 그가 그토록 원하던 것을 이룰 수 있는 방법을 가르쳐주면서 길을 열어주었습니다. 사람들이 다니는 길로 나 있는 클로리니아 집 담에 창문 정도의 높이에 반쯤 허문 낡은 담장 일부가 붙어 있었는데, 그 조금 아래로 빼냈다 끼웠다 할 수 있는 돌로 가려져 있는 개구멍이 하나 있었습니다.

클로리니아는 이 구멍을 통해서 거리를 지나가는 사람들을 몰래 보곤 했습니다. 도리도도 이 구멍을 통해서 자신의 여인을 여러 번 보았던 터라 이것을 잘 알고 있었고, 자신의 욕망을 이룰 수 있는 좋은 기회라 여겼습니다. 그는 신틸라에게 연락을 해서 도와달라고 부탁하며 말했습니다.

"신틸라, 다행히도 네가 우리 사랑을 위해서 애써주려고 하니, 이제 내 운명을 네 손에 맡길 것이며, 너는 성심성의껏 아가씨를 모시고 나를 도와 줘야 할 것이다. 클로리니아한테 마음을 빼앗긴 이래로, 그녀는 내 영혼과 삶의 진정한 주인이 됐지만 기회가 없어서 나는 그저 눈으로만 마음을 전 했을 뿐이다. 앞에 장애물이 있으면 있을수록 내 욕망은 점점 더 커졌다. 창문 밑에 있는 구멍을 너도 잘 알 것이다. 그 구멍은 내 행운의 장소가, 너는 내 행운의 중재자가 될 것이다. 클로리니아한테 가서 내 사랑을 받아 주기를 바란다고 전하고, 혹시 싫다고 하면 네가 그녀의 마음을 움직여 오 늘 밤 어둠이 우리를 도와줄 수 있을 때, 식구들이 잠들면 나한테 연락을 다오. 내가 부탁하고픈 것은 이것뿐이다."

신틸라는 쉬운 일이고 위험하지 않을 것 같아서, 그에게 잘될 거라 말하 고 부탁한 것은 잘 알아서 하겠다고 약속했습니다. 약속한 대로 일을 처리 하고, 가야 할 시간과 창에서 보낼 신호를 알려주었습니다.

밤이 되자 도리도는 옷을 바꿔 입고 약속 장소로 가서 기다렸습니다. 약 속 시간이 되고 집에 있는 사람들이 모두 잠들자, 신틸라는 창문으로 가서 물을 버리는 시늉을 하면서 창문을 열었습니다. 벌써 벽 위에 있던 도리도 가 신틸라를 알아보고는 말했습니다.

"나 여기 있어."

신틸라는 그에게 기다리라고 말하고, 창문을 닫고 안으로 들어갔습니 다. 사랑의 불길에 타오르는 욕망으로 도리도의 심장은 터져 가슴에서 튀 어나올 것 같았고, 그러한 영광을 방해할 일이 생길까 두려웠고, 클로리니 아를 만나면 어떤 말을 할 수 있을지 걱정이 앞섰습니다. 온통 이런 생각 에 잠기면서도 눈은 엉성하게 막아놓은 돌 틈으로 난 구멍에 가 있었습니 다. 클로리니아가 부모님과 신틸라와 이야기하는 것, 그녀가 자리에서 일어나 다른 쪽으로 사는 것, 그녀의 부모님이 잠자리에 드는 것, 그녀가 오다가 부끄러움에 갈등을 겪으며 다시 돌아가려고 하는 모습을 보았습니다. 그러나 신틸라가 용기를 북돋아줘서 결국 그녀는 왔습니다.

도리도는 무슨 말을 해야 할지 미리 준비를 했지만 막상 클로리니아와 함께 있게 되자 가슴이 두근거리며 아무 말도 못했고, 그녀도 그 못지않게 가슴이 심하게 떨려서, 그런 기회 속에서 두 사람은 한마디도 말할 엄두가 나지 않았습니다. 조금씩 얼었던 혀에서 온기가 돌면서 두 사람은 인사말을 나누었습니다.

도리도는 클로리니아에게 청혼을 했고, 그녀도 기꺼이 동의했습니다. 사랑을 나누기에 적당한 장소가 아니어서 또 다른 즐거움을 갖기는 힘들었기 때문에, 그는 그녀의 얼굴을 당겨 자신의 입에서 그녀를 조금도 떨어지지 않게 하기 위해 키스를 하고 그녀의 얼굴을 애무했습니다. 두 사람은 한참 동안 즐거운 시간을 가졌습니다. 둘은 아무 말도 하지 않고 손으로만 이야기했습니다.

신틸라가 다른 사람들한테 들킬까봐 빨리 서두르라고 재촉해서, 도리도는 클로리니아에게 이튿날 밤 같은 시간 같은 장소에서 다시 만날 수 있는 기쁨을 달라고 아주 간절히 부탁했습니다. 그녀가 그렇게 하겠다는 약속을 하고, 둘은 서로 즐거운 마음으로 헤어졌고, 그는 너무나 기뻐서 제정신이 아니었습니다. 도리도는 그날 밤과 그 이튿날이 빨리 지나가길 바라며 집으로 돌아갔습니다. 그는 집에 도착해서도 가만히 앉아 있을 수가 없었고, 일어나 누울 곳을 찾아봤지만 편히 누워 있을 수도 없어서 흥분과 설렘으로 왔다 갔다 했습니다.

도리도는 초조한 마음으로 한 알 한 알 천천히 떨어지는 모래시계로 시간을 재면서 이튿날 밤 약속 시간까지 기다렸습니다. 약속장소로 가서 신호를 기다렸습니다. 창문 가까이에 있는 허물어진 벽의 낡은 문틈으로 들어가서 구멍으로 올라가다가 두 남자가 그 거리에서 배회하는 것을 보고, 사랑하는 연인을 만나기 위해 그들이 빨리 사라져주기를 바랐습니다.

그 둘은 도리도의 아주 친한 친구들로서, 그가 클로리니아와 사랑에 빠져 있다는 것을 알고 있었습니다. 그들은 서로 잘 알고 있었지만, 도리도는 사랑하는 마음을 친구들한테 들키지 않으려고 매우 조심했습니다. 그는 부근에서 배회하는 친구들에게 들킬까봐 벽에 오를 엄두를 내지 못했습니다. 밤은 더욱 깊어져갔지만 서성이고 있는 친구들이 자기를 아주 뚜렷하게 알아볼 수 있을 것 같아서, 그들이 머물러 있는 동안 들키지 않으려고 조심했습니다. 친구들 눈에 안 띄려고 그 자리에서 좀 멀리 떨어져서 그들이 가기를 기다리며, 자기도 약속 장소로 가기 위해 그들이 숙소로 돌아가서 즐거운 시간을 갖기를 바랐습니다. 그러나 그들은 떠나지 않고 약속 시간은 다가오니, 이런 상황을 모르는 그녀가 약속 장소에 없는 자기를 무심하거나 사랑하는 마음이 없는 사람으로 생각할 거 같아서 도리도는 안타까운 마음에 화가 치밀어 올라, 그들을 공격해서 쫓아내고, 만일 그들이 맞선다면 죽이려고 결심했습니다.

도리도는 힘을 내서 마음의 준비를 단단히 하고 그들을 공격하려고 했습니다. 끓어오르는 분노 덕분에 그런 용기가 나왔고, 자기도 모르는 사이에 힘이 불끈 솟아올랐습니다. 그러나 자신의 위험이 문제가 아니라 그녀와의 일이 잘못될까 싶어 참았고, 미친 사람처럼 입술을 깨물고 손을 불끈 쥐며 하늘을 바라보고 땅을 찼습니다.

시간이 지나고 그는 속상한 기분으로 돌아갔고, 즐거웠던 밤은 지나갔습니다. 이튿날 밤 이 두 친구가 도리도를 찾아와서 말했습니다.

"이보게 친구, 알다시피 우리는 자네 친구니, 우리 사이에는 숨기는 게 있으면 안 되네. 우리가 친구라면 물어보는 것에 사실대로 대답해주는 것이 맞는 말이지. 어젯밤에 우리 동네 거리를 네 시간 동안 걸어 다니며 — 우리가 그 거리를 이렇게 부르는 이유는 그 거리 곳곳에 우리의 영혼이 스며 있기 때문이지 — 행운을 찾고 있었는데, 우리 뒤를 쫓아오면서 한눈팔지 않고 집요하게 우리를 정탐하는 남자가 한 명 있었어. 우리는 그가 누군지 알고 싶었지만, 괜히 시끄러운 소동이라도 벌어질까봐 관두었지. 그러나 정황을 살펴보니, 확신하건대 그 장본인이 자네라는 의심을 떨칠 수가 없네. 우리가 자네의 연인 집 창 가까이에 있었을 때, 인기척을 들은 신틸라가 창문을 열고 얼굴을 내밀며 누군지 알아보지도 않고 말했어. '도리도 님, 왜 안 올라오세요?' 그 말을 들은 우리는 괜히 호기심이 발동해서, 자네의 우정을 믿고서 이렇게 대답했네. '어디로?' 이 말을 듣고서는 신틸라는 아무 대꾸도 하지 않고, 창문을 닫고 안으로 들어갔어. 우리는 의심이 들었으나, 자네 일을 방해하지 않기 위해 조금 있다가 자네를 찾았지만 보이지 않았어. 그래서 지금까지 일어났던 일을 자네한테 이야기할 수 없었던 거야. 그러나 자네를 도와주고 싶고, 우정을 지키며 우리가 바라는 것을 어려움 없이 이루고 싶으니, 밤을 나누어서 자네가 여덟시부터 열한시까지, 그 이후 시간은 우리가 쓰겠네. 원한다면 바꿔도 좋아, 우리는 다 괜찮으니까."

　도리도는 그들에게 감추고 싶었지만 말문이 막히면서 어쩔 수 없이 그들이 제시한 시간을 택하고, 지난번 일도 있고 해도 클로리니아가 나타나리라는 희망은 전혀 품지 않고 그날 밤에 세 번째 방문을 했습니다.

　사랑에 깊이 빠져 있던 클로리니아는 다른 생각은 전혀 하지 못하고, 사랑하는 연인이 돌아와서 다시 만나게 되고 지난밤에 무슨 일로 올 수 없었는지 알고 싶은 마음뿐이었습니다. 부모님이 저녁 식사를 하는 동안, 그녀는 일어나 구멍으로 갔습니다. 저녁을 먹고 있는 곳 거실 한쪽에 큰 벽난로가 있고, 구멍으로 가는 창문은 다른 쪽 구석에 있는데 그 중간에 장애물이 있어서 이쪽에서 저쪽이 보이지가 않았으므로 그녀는 마음 놓고 거기로 갈 수 있었습니다.

부모님이 반대쪽에 있었기 때문에, 그녀는 아무도 눈치채지 못하게 쉽게 구멍으로 가서 나지막하게 말할 수 있었습니다. 사실 그녀는 그 자리를 빨리 벗어나기 위해, 혹시 일어날지도 모를 일에 대비해 빈틈없이 경계하고 있었습니다. 거실에서 나는 발자국 소리가 길에서도 들렸기에 기다리고 있던 도리도는 그녀가 오는 것을 눈치챘습니다. 그것은 그녀가 자신에게 보내는 일종의 신호였습니다. 도리도는 재빨리 그녀를 보러 올라갔습니다. 두 번째 만남이라 첫 번째만큼의 부끄러움은 없었습니다.

둘은 주어진 시간 속에서 용기를 내 말을 주고받았는데, 그날 밤 시간은 꼭 도둑맞은 것처럼 빨리 지나갔습니다. 달콤한 사랑의 말로 헤어지며, 지금은 하현달이 떴으니까 더 좋은 기회가 오기 전까지는 상현달이 뜰 때 다시 만나 사랑을 나누기로 했습니다.

그즈음에 오라시오라는 도리도의 친한 친구가 클로리니아를 마음에 두고 있었습니다. 클로리니아가 자기 친구의 연인이라는 사실을 알고 있으면서도 그녀를 연모하고 있었습니다. 그러나 오라시오는 자기 친구가 그녀와 결혼하려는 마음이 없다는 것을 알고 있었고, 그는 그녀와 결혼할 마음이 있었습니다. 클로리니아와의 사랑에 대한 두 사람의 목표가 서로 달랐던 터라, 친구와의 우정을 굳게 믿고 있었던 오라시오는 순수한 동기에 의한 정당한 요구라고 생각하며 친구에게 클로리니아와의 사랑을 단념하고 자기에게 기회를 달라고 간절히 부탁했습니다.

오라시오의 우정 어린 말과 정당한 요구에 진정성이 있다고 생각한 도리도는 그에게 긍정적인 답을 주면서, 만일 자기 연인이 동의한다면 자기는 아무런 반대 없이 물러나고 그에게 자리를 비워주겠노라 약속하고, 자기는 경쟁자가 아니니 안심하라고 말하면서, 그러기 위해서는 두 가지 일을 해야 한다고 말했습니다. 하나는 자신이 종교적인 서원 때문에 결혼을 할 수 없다는 말로 클로리니아를 실망시켜야 하는 것이며, 다른 하나는 그녀를 잊기 위해서 다른 여인을 사랑해야 한다는 것이었습니다. 그러나 도리도는 발레리오와의 우정 때문에 그녀의 집을 방문하지 않을 수 없었고, 그러다 보니 손해 보는 일은 없고 혜택만 입게 되어, 기회가 되면 그에게 보답을 해야겠다고 생각했습니다.

한편 오라시오는 클로리니아가 결정권을 쥐고 있고 그녀의 마음을 얻는 일이 거의 불가능하다는 것은 생각지도 않고, 매우 만족해하며 도리도에게 무척 고마워했습니다. 도리도의 말에 그는 자기들이 결정한 것을 알리면 클로리니아는 자기한테 마음을 열어줄 거라고 믿었습니다.

오라시오는 이런 믿음을 가지고 자기에 대해 잘 말해달라고 도리도에게 부탁을 했고, 도리도는 우정을 지키기 위해 그들의 사랑에 대해 소문을 내지 않고 그렇게 하겠다고 약속했습니다.

오라시오에게 약속한 대로 도리도는 자기 연인을 만나 지난 이야기를 한참 동안 해주고, 만일 그녀가 오라시오를 마음에 두고 있다면 그런 숭고한 사랑을 자기가 방해하도록 신께서 절대로 허락하지 않을 거라고 말했습니다. 그리고 그걸 원치 않는다 하더라도, 최소한 오라시오의 사랑하는 마음에 고마움을 느껴야 할 것이며, 거리에서 만나더라도 쌀쌀맞게 대한다거나 피하지 말고 억지로라도 밝은 웃음으로 대해주라고 말했습니다.

클로리니아는 그런 명령은 내리지 말고, 더는 거기에 대해 말하지 말라며 화를 냈습니다. 그런 이유 때문에 도리도가 자기를 버린다면, 그녀는 다른 사람을 사랑해서 도리도와 자기 자신을 배신할 바에야 차라리 그에게 버림받는 존재가 되는 편이 더 좋을 것 같다고 말했습니다. 자신의 인생에서 그가 첫사랑이었고 마지막 사랑이 될 거고, 자신의 인생이 분명히 그를 희생시켰기 때문에, 자기를 잊으라는 명령은 내리지 말고, 자신이 알아서 앞으로의 일을 처리하겠다고 말했습니다.

도리도는 자신의 사랑을 정제시키고 서로 간의 사랑을 더 확신시켜주는 진정한 시련에 만족스러워하며, 더는 그 문제를 꺼내지 않았습니다. 오히려 오라시오와의 약속은 저버리고 밤낮으로 그녀를 더 자주 방문했습니다.

오라시오는 이 사실을 믿고 싶지 않았습니다. 이 소식을 듣고 너무나 슬펐지만, 클로리니아를 포기하지 않았습니다. 그러나 그녀는 그에게 호의를 베풀려고 하지 않고 도리어 까칠하고 차갑게 대했습니다. 자기를 무시하고 도리도를 더 좋아한다는 것을 알고서 그의 분노는 인내심을 넘어섰고 화가 지옥의 불처럼 치밀어 올라 그녀에 대한 사랑은 미움으로 변했습니다. 그전까지는 항상 그녀를 섬길 마음뿐이었는데, 그 후로는 어떻게 하면 그녀에게 상처를 줄 수 있을까를 밤잠을 설치며 고민하다가, 오라시오는 한 번씩 도리도의 뒤를 캐면서 시간과 장소와 허물어진 벽을 올라가는 방법을 알아냈고, 그들이 주고받는 말에서 다시 만날 날을 알아내고는 그날 밤 진짜 애인인 척하면서 그 장소로 올라가 그전에 몇 번 본 대로, 구멍에 있는 돌로 작은 소리를 냈습니다.

신호를 들은 클로리니아는 약속한 시간보다 일렀지만 별 의심 없이 소리 나는 곳으로 갔습니다. 돌을 빼내고 사랑스러운 말로, 침묵을 지키고 있던 거짓 연인을 맞이했는데, 그녀의 사랑스러운 태도가 오라시오의 배신을 더욱 부추겼습니다. 그는 손을 구멍으로 넣고 클로리니아의 손을 잡아

구멍 밖으로 빼내서 입맞춤을 하려는 척했습니다. 왼손으로는 그녀를 꽉 쥐고, 오른손으로 몸에 지니고 있던 날카로운 칼을 어렵지 않게 꺼내서 무자비하게 그녀의 손을 잘라 가졌고, 가엾은 여인은 땅바닥에 쓰러졌습니다. 연약한 여인의 고통스러운 탄식 소리에 그는 마음이 약해지고 주춤거리며 불같은 분노를 억눌렀고, 그녀는 거의 죽은 사람처럼 되었습니다.

그때 사람들이 빨리 달려 나오지 않았더라면 클로리니아는 분명히 죽었을 것입니다. 그녀가 보이지 않아 불렀지만 대답이 없자 부모는 당황하며 딸을 찾으러 나가서, 열려 있는 구멍 옆 바닥에서 피를 흘리고 있는 그녀를 발견했습니다. 피투성이가 되어 있는 딸이 죽었다고 판단될 정도로 클로리니아에게서 삶의 가능성은 전혀 보이지 않았습니다.

잔인하고 슬픈 장면과 손이 잘려나간 딸의 팔을 보며 고통스러워하는 부모는 더는 아픔을 참지 못하고 불행한 딸 옆에 죽은 사람처럼 쓰러져서, 그녀처럼 꼼짝도 하지 못했습니다. 하지만 조금 있다가 정신이 돌아오자 지금까지 들었던 그 어떤 울음보다도 더 슬프게 울면서 자신들의 불행한 팔자타령을 늘어놓기 시작했습니다. 하지만 그런 격심한 고통 속에서도, 딸은 이미 죽은 거고 집안의 명예도 추락하게 생겼으니, 굳이 이 두개를 한꺼번에 다 잃는 것이 적절치 않다는 생각을 하게 되었습니다.

그들은 한숨과 신음 소리를 참으며 사건을 은폐하려고 했습니다. 집 안이 잠잠해지고서 클로리니아를 침대로 옮기고 극진히 간호하다 보니 그녀의 정신이 돌아왔습니다. 깨어나 자신이 슬피 울고 있는 부모님 사이에 있는 것을 보니 또 다른 고통이 밀려오고, 그녀는 수치심에 못 이겨 다시 실신했습니다.

딸이 그토록 고통스러워하는 모습을 본 부모는 가슴이 찢어지는 아픔을 느끼며, 딸이 가장 고통스러워하는 마음의 상처를 치료해주기 위해 딸을 진정으로 사랑하는 부모답게 그녀를 껴안고 부드러운 말로 달래주고 위로했습니다.

자신의 불행을 슬퍼하면서도 부모의 그런 따뜻한 사랑에 클로리니아가 어느 정도 기운을 차리고 나니, 그때까지 꼼짝할 수 없었던 몸의 다리에서 감각이 살아났습니다. 부모는 아주 조용히 딸을 치료하기로 했습니다. 그의 오빠 발레리오가 친구이자 아주 믿을 수 있는 의사를 부르러 갔습니다.

그날 밤은 매우 깜깜했습니다. 발레리오는 등불을 가지고 가다가 거리를 지날 때 도리도를 봤습니다. 도리도는 자기 연인한테 어떤 일이 벌어졌는지 전혀 알지 못한 채, 아무런 조심성도 없이 그녀를 보러 오고 있었습니다. 고통스럽고 슬픈 목소리로 도리도를 부르자, 그가 뒤돌아봐서, 발레리오가 말했습니다.

"이 친구야! 어디 가는가? 혹시 우리의 인생을 완전히 망쳐놓은 불행과 비극적인 고통 때문에 슬퍼하고 있는 우리를 위로해주러 오는 건가? 자네는 불쌍한 우리 클로리니아의 불행 같은 것을 본 적이나 느낀 적이 있는가? 아! 세상 사람 모두에게 감추어야 하는 것도 진정한 친구인 자네한테는 숨길 수가 없네. 나는 자네가 우리의 슬픔을 같이 나눌 동료라는 사실을 믿어 의심치 않으며 자네를 우리 식구처럼 생각하고 있으니, 누가 내 여동생을 잔인하게 살해하려 했는지 알아내서 복수해줄 거라 믿네."

이 말을 들은 도리도는 정신 나간 사람처럼 멍하니 있었고, 가슴이 찢어지도록 아파서 서 있는 것조차 힘들었습니다. 그러나 상황을 파악하기 위해 힘을 내어 정신을 차리고, 떨리는 목소리로 무슨 일이 있었냐고 물었습니다. 발레리오가 일어났던 일을 차근차근히 말해주고, 자기는 의사를 부르러 가는 길이라고 했습니다. 시간이 지체되면 클로리니아의 목숨이 위험해지니 같이 동행하자고 부탁해서, 도리도는 그와 같이 갔습니다. 도리도는 위로를 해주기보다는 위로를 받아야 할 상황이었지만, 아직까지는 견딜만 했기에 말했습니다.

"내 친구, 발레리오, 자네의 슬픔과 클로리니아의 불행에 대해 무척 유감스럽게 생각하네. 나도 자네만큼이나 그녀의 불행에 가슴이 아프네. 내가 유감스럽게 생각한다고 해도 자네한테 아무런 도움이 되지 못할 것이지만, 고통은 아무런 도움이 되지 못하고 눈물은 아무 소용이 없음을 알기에, 자네가 어떻게 해야 할지 충고만 하겠네. 내가 하려는 말은 그런 잔인한 짓을 한 놈을 찾아서 지금까지 그 누구도 하지 않았던 엄청난 복수를 해야 한다는 것이네. 내가 그 일을 맡을 것이니, 부지런히 돌아다니며 범인의 흔적을 찾아내겠네. 지금 해야 할 일은 많고 또 내가 해야 할 일은 촌각을 다투는 일인데 모두가 한 가지 일에 매달리는 것은 좋지 않으니, 자네는 의사한테 가보게. 각자 맡은 일을 하세나. 나는 더는 지체할 수 없으니, 자네도 잘 가게."

이 말을 하고서 그들은 헤어졌습니다. 도리도는 오라시오가 그런 잔인한 짓을 할 위인이 아닐 거라는 생각이 들었지만, 다른 한편으로 여러 정황을 종합해보고는 그가 그럴 수 있겠다는 심증을 굳혔습니다. 그리하여 자신의 정당한 분노만큼 그를 벌하기로 했습니다. 이런 결심으로 집으로 가 방으로 들어가서는 가혹한 재앙을 한탄하며 참았던 눈물을 마구 쏟아냈습니다.

"내 눈에 넣어도 아프지 않을 클로리니아! 나 때문에 그대가 불행에 빠졌소. 다 내 잘못이오. 배신자 오라시오가 그대를 속였어. 그대는 그가 사랑하는 사람 도리도인 줄 알았어. 아, 불행한 나의 여인이여! 나는 그대의 마음을 심란하게 했고, 그대를 깊은 곳에서 끄집어내 이렇게 쓴 고통을 안겨줬고, 죽음에 이르게 했소. 그 저주받을 구멍! 아, 그대를 본 내 눈이 잘못이오! 그대로 하여금 나에게 말을 하게 만든 이 저주받은 혓바닥! 사랑하는 클로리니아! 나의 사랑 클로리니아, 나의 생명 클로리니아! 이제는 나의 생명이 아니라 죽음이 됐구려. 당신이 죽는다면 나도 따라 죽을 것이오! 내가 그대한테 죽을죄를 지은 거요! 그러나 나는 그대의 복수를 할 때까지 죽을 수 없고, 그 배신자에게 복수를 했다는 것을 알 때까지는 그대도 살아 있어야 하오! 이 정당한 복수는 앞으로 모든 사람들한테 생생하게 기억되는 본보기가 될 것이오! 나는 배신자 오라시오의 불경한 피를 그대 유골 앞에 재물로 바칠 것을 약속하오. 그대의 한 손을 자른 그는 두 손이 잘릴 것이오. 오라시오는 그대의 순진무구한 손 하나를 잘랐지만, 나는 그 죄 많은 두 손을 자를 것이오. 그대는 하늘나라에서 영원한 삶을 살고, 이번 일 때문에 내가 빚진 것을 다 보상받을 것이오. 사랑스러운 클로리니아, 나의 잘못을 용서해주오. 내가 죽어 그대가 기쁠 수만 있다면 내 손으로 내 목숨을 당신에게 기꺼이 바치리라!"

이런 슬픈 넋두리를 늘어놓으며 울고 있으니, 하늘도 슬퍼했습니다. 그는 너무나 고통스러워 죽고 싶은 심정이었지만, 복수를 하겠다는 일념으로 겨우 버티며 죽음과 삶 사이를 오가며 그날 밤을 보냈습니다. 이튿날 클로리니아의 식구들을 찾아갔습니다.

클로리니아의 부모와 오빠는 또다시 서로 부둥켜안고 눈물을 흘렸습니다. 아버지가 말했습니다.

"도리도야, 이게 무슨 날벼락이냐? 하늘은 나한테 왜 이리도 엄한 벌을 내리실까? 지옥에 있는 보복의 여신이 이런 일을 꾸민 걸까? 너는 우리의 불행에 대해 어떻게 생각하니? 우리의 가문은 이제 어떻게 될 거 같니? 이런 창피한 불명예를 무엇으로 덮을 수 있을까? 어떻게 복수를 해야 이런 고통을 가라앉힐 수 있을까? 어떻게 해야 우리가 위로될 수 있을지 말

좀 헤뇌라. 우리의 생명과도 같은 딸을 잃고 우리가 어떻게 살아갈 수 있겠니?"

하염없이 눈물을 흘리던 도리도는 가슴 아파하는 클로리니아의 부모와 오빠를 위로하며 말했습니다.

"지금은 슬퍼하며 시간을 허비할 때가 아닙니다. 그전에 우리 모두한테 가장 중요한 일을 해야 합니다. 제가 말씀드리려는 일을 위해서 꼭 제가 나설 필요는 없지만, 이 일을 비밀리에 처리하기 위해서는 어쩔 수 없이 제가 해야 합니다. 물론 불행한 일이란 것이 무엇인지 잘 아시고 보셨을 테지만, 여러분의 불행과 저의 불행은 너무나 크며, 아니, 저는 저의 불행뿐 아니라 여러분의 불행까지 느끼기 때문에 저의 불행이 더 클 것입니다. 저는 삶의 끈이 끊어졌고 이제 단지 쓰디쓴 죽음만 기다리고 있지만, 클로리니아보다 제가 먼저 죽는다면 저한테는 큰 행운이라고 생각합니다. 이제 제가 어떤 사람인지 다 아셨을 테고, 저도 여러분의 큰 용기와 숭고한 뜻을 알았습니다. 변변치 못한 저를 따뜻하게 맞아주셨으니 제 목숨 다해서 은혜를 갚겠습니다. 세상 사람들이 이 사건이 저의 일이라고 생각하도록, 클로리니아를 저의 아내로 맞이할 수 있게 허락해주십시오. 그러면 두 가지가 해결될 것입니다. 여러분은 명예를 되찾고, 손수 복수를 하실 수 있게 됩니다. 다행히도 하늘이 그녀를 살려준다면, 비록 제가 그녀의 배우자로서 부족한 점이 많지만, 저는 그녀와 살면서 그녀를 섬기고 싶었던 제 희망을 이룰 수 있습니다. 그리고 만일 다른 일이 벌어지더라도, 클로리나아로 하여금 자기 부모님의 친구 도리도가 아닌, 자기 남편이 저지른 일이라 제가 책임을 진 거라고 생각하게 하는 편이 더 좋을 것입니다. 우리 모두에게 이런 좋은 결과를 가져올 수 있으니까, 저의 부탁을 들어주십시오."

그녀의 부모와 오빠는 이치에 맞는 훌륭한 부탁이라 생각하고 무척 흐

뭇해했습니다. 그러나 이것이 클로리니아의 문제인 만큼 그녀의 의견을 듣고 싶었습니다. 이 이야기를 들려주자, 그녀는 기쁨의 눈물을 흘리며 말했습니다.

"이 말만 듣고서도 저는 살고 싶습니다. 저는 아무리 힘들어도 잘 견뎌왔습니다. 신은 저에게 즐거운 삶과 편안한 죽음을 주실 것이라 믿고 있으니, 저의 남편 도리도의 부탁을 허락해주십시오."

도리도를 부르고, 그가 와서 그녀와 서로 바라보면서, 둘은 한참 동안 아무 말도 하지 못하고 마음만 서로 주고받았습니다. 그렇게 그들은 결혼을 맹세하고, 일사천리로 비밀리에 결혼식을 마치고 신혼부부가 되었습니다.

이렇게 사흘이 지나면서 클로리니아는 만족스러운 생활 때문인지 많이 좋아 보였습니다. 그러나 그건 그렇게 보인 것뿐이고, 실제로 그녀는 피를 너무 많이 흘려서 점점 더 죽음에 가까이 다가가고 있었습니다. 자기 아내가 살 가망이 없다는 것을 간지한 도리도는 할 수만 있다면 그녀가 즐거운 마음으로 죽음을 맞이할 수 있도록 해주기 위해, 나흘째 되던 날 자기가 꾸민 일을 시작할 적당한 때가 됐다고 생각하고, 닷새째 날에 오라시오를 이전처럼 초대했습니다. 오라시오는 그 도시나 이웃 도시에서도 이 일에 대해 한마디도 나돌지 않는 것을 보고는 자기가 완벽한 범죄를 저질렀음을 확신하며, 마치 아무 일도 저지르지 않은 것처럼 걱정 하나 하지 않고 느긋하게 지내고 있었습니다.

도리도는 비밀이 새어나가지 않게 더욱 조심하며, 아무것도 모르는 척했습니다. 즐거운 표정으로 입가에 미소를 띠며 오라시오에게 말을 거니, 그는 안심하며 도리도의 초대에 응했습니다. 도리도는 마시면 깊은 잠에 빠지는 포도주를 만들어, 식사 때 오라시오에게 대접하라고 비밀리에 명령했습니다. 식사를 하고 마지막에 포도주를 한 모금 마신 오라시오는 의자에서 죽은 사람처럼 뻗어버렸습니다. 도리도는 그의 발과 팔을 의자에 단단히 묶고서 집 안의 모든 문을 다 닫고 둘만 남게 되자, 그에게 향을 맡게 해서 송장처럼 누워 있던 그를 잠에서 깨웠습니다. 정신이 돌아온 그는 꼼짝달싹할 수 없는 자신의 모습을 보고서, 자기가 지은 죄의 대가를 치르고 있음을 깨달았습니다.

도리도는 오라시오의 양손을 자르고, 목을 졸라 질식사시켰습니다. 그날 새벽 동이 트기 전에 그를 말안장에 태워서, 그가 죄를 지은 곳의 구멍에 나무를 설치해서 그의 목을 매달고 끈으로 그의 두 손을 목에다 묶은 다음 소네트를 지어 달아났습니다.

클리로니아 없이는 조국이나 삶도 아무런 의미가 없다고 생각한 도리도는 로마를 떠났습니다. 오늘 이 처참한 사건의 전모가 밝혀졌고, 클로리니아는 방금 전에 숨을 거두었습니다.

대사는 그 이야기를 듣고 눈물을 흘리며 놀라워했습니다. 그가 궁전으로 들어갈 시간이라 헤어졌습니다. 나는 신에게 사랑에 빠지지 않게 해준 것에 대해 수천 번도 더 감사드렸습니다. 나는 주사위 놀이를 하지 않으면 더 나쁜 짓을 했는데, 이것은 내 인생 이야기 제2부에서 잘 볼 수 있을 것입니다. 당신이 제1부를 재미있게 읽었다면 제2부에 초대하겠습니다.

다음은 오라시오한테 쓴 소네트를 우리말로 옮긴 겁니다.

소네트

그녀가 다른 사람을 더 좋아하는 것을 보고
나는 질투심에 빠졌고,
마르스의 분노에 눈이 멀어,

그의 목소리와 몸짓을 하고 옷을 따라 입었습니다.

나는 인간들에게 잔인했고, 하늘을 배반했고,
순진한 클로리니아를 배신했습니다.
그녀를 향한 내 사랑을 알아주지 않기에,
씻을 수 없는 죄를 짓고, 땅에 눈물을 흘립니다.

나를 무시하고 내 친구를 사랑하기에,
아름다운 천사의 손 하나와 목숨을,
복수하기 위해 무자비하게 빼앗았습니다.

그는 여기서 나의 손을 목에다 묶었습니다.
그는 원고, 재판관, 증인이었습니다. 그의 판정은,
나의 잘못에 비하면, 아주 약한 벌이었습니다.

외국 고전작품 역서에서 꼭 빠지지 않는 부분이 있다. 역주와 해제다. 물론 낯선 외국작품을 처음 접하는 독자들에게 역주와 해제는 아주 중요한 길라잡이가 되기도 한다. 그런데 지나칠 정도로 친절하고 상세한 역주는 독자의 상상력을 가로막기도 하고 독서의 흐름을 끊기도 한다. 해제 또한 독자들이 작품을 이해하는 데 도움을 준다는 그 나름대로의 의미는 있겠지만, 이제 세상은 스마트하게 변했다. 원터치로 세상의 모든 정보를 알아낼 수 있게 된 공간에서 이러한 형식은 결과적으로 박제화된 텍스트를 만들어 독자가 참여할 수 있는 공간을 원천 봉쇄하는 결과를 가져올 수도 있다. 더군다나 "듣는 사람의 자유에 맡겨 이야기를 스스로 판단해서 알아듣고 느끼게 하는 것이 현명한 일이다"라고 작품 속에서 말하는 작가의 의도를 최대한 살리기 위해서라도 이 역서에서는 역주와 해제를 생략하려고 했다.

하지만, 16세기 말 남유럽 끝자락에 위치해 있는 스페인에서 태어난 문학작품을 21세기 한국 독자들에게 아무런 소개말도 없이 작품만 덜렁 안겨주는 것은 역자로서 무례하고 무책임한 행동이라고 꾸짖는 분들의 질책과 충고를 감사히 받아들여 역주를 최소한도로 처리하고, 작가와 작품에 대한 간단한 해설을 덧붙인다.

작가 소개

『구스만 데 알파라체』의 작가 마테오 알레만(Mateo Alemán)은 1547년 세비야의 유대인계 집안에서 태어났다. 윗대 조상 중 한 명이 종교재판에 의해 화형을 당하기도 했다. 그의 아버지 에르난도는 세비야 교도소의 의사였고, 어머니 후아나 데 에네로는 피렌체 출신이었다.

알레만은 1564년 세비야 마에세로드리고(Maese Rodrigo)대학교에서 예술·철학부 학사학위를 받고, 같은 해에 세비야대학교 의과대학에 입학했다가 살라망카와 알칼라데에나레스(Alcalá de Henares)로 가서 학업을 계속한다. 이유는 알 수 없지만 알레만은 4학년까지 마친 의과대학 공부를 중단하고 어머니와 같이 살기 위해 1568년에 세비야로 돌아왔다. 그때부터 알레만은 돈을 빌리기 시작하는데, 이 버릇은 그가 죽을 때까지 버리지 못했다. 1568년 그는 생애 처음으로 알론소 에르난데스 데 아얄라(Alonso Hernández de Ayala) 선장에게 돈을 빌리는데, 이 사람은 카탈리나 데 에스피노사(Catalina de Espinosa)의 개인교사였다. 그런데 흥미로운 점은 이때 알레만이 돈을 빌리는 조건 가운데 하나가 1년 내에 카탈리나와 결혼을 하고, 결혼 후에 빌린 돈의 일부분을 갚는다는 것이었다. 그러나 알레만이 돈도 갚지 않고 결혼 약속도 이행하지 않아서 1571년 아얄라 선장이 소송을 제기하는 통에, 알레만은 어쩔 수 없이 결혼을 택할 수밖에 없었다.

1582년에는 부인과 페루로 갈 수 있는 허가증을 얻게 되지만 어떤 이유인지 떠나지 못했다. 알레만은 1583년 우사그레(Usagre) 마을의 회계 담당 위원장직과 판사직을 맡아 일을 처리하면서 주위의 시기와 질투를 받게 되는데, 주지사의 부탁으로 죄수 두 명을 석방시켜준 사실이 드러나 마드리드에서 감옥살이를 하게 되었다.

알레만은 이런 사건에도 불구하고 1593년에는 독일의 푸거가 형제들이 운영하는 아우크스부르크 은행이 채광권을 갖고 있는 스페인 중서부의 알마덴 광산에서 일하는 광부들이 노동착취를 심하게 당하고 있다는 사실을 조사하는 파견판사로 임명되었다. 그는 그곳 노동자들의 노동환경을 자세히 검토하려 했지만, 푸거가 형제들이 영향력을 발휘하는 바람에 그의 조사 업무는 중단되었고 광산에서의 비인간적인 노동상황은 지속되었다. 알레만은 1596년 또는 1597년까지 이 임시직을 수행했다. 1598년 호라티우스의 송시 두 편(카르미나, II, 10, 14)을 번역 출판하고, 1599년 친구 알론소 데 바로스(Alonso de Barros)가 마드리드에서 출판한 『도덕 잠언(Proverbios morales)』의 서론을 썼다.

알레만은 1599년 『구스만 데 알파라체』 제1부를 출판했고, 작품은 대성공을 거두었다. 루이스 발데스(Luis Valdés)가 『구스만 데 알파라체』 제2부 〈추천서〉에서 밝힌 것처럼, 제1부는 26쇄까지 인쇄가 되고 5만 부나 팔려나갔다. 이러한 성공에도 불구하고 정작 알레만 자신은 경제적으로 큰 이익을 보지 못했고, 1602년에는 부채를 갚지 못해서 다시 감옥살이를 하게 되었다. 사촌인 후안 바우티스타 델 로소의 도움으로 빚을 갚고 감옥을 나올 수 있었다. 그해, 발렌시아 출신 변호사인 후안 호세 마르티(Juan Jose

Marti)가 미대오 루한 데 사야베드라(Mateo Luján de Sayavedra)라는 필명으로『구스만 데 알파라체』제2부 위작을 출판했다.

1604년『성 안토니오의 생애(*Vida de san Antonio de Padua*)』를 출판했고, 그해가 끝날 무렵 리스본에서『구스만 데 알파라체』제2부를 출판했다.

구스만은 1607년에 다시 한 번 신대륙으로 갈 수 있는 허가를 받기 위해 왕의 비서인 페드로 데 레데스마에게 부탁을 했다. 당시 스페인 순수 혈통인 아닌 사람들에게는 신대륙으로 가는 것이 허락되지 않았기 때문에 레데스마와 같이 직위가 높은 사람의 신원보증이 필요했다. 몇 차례의 좌절 끝에 1608년 애인 프란시스카 데 칼데론(Francisca de Calderón)과 함께 멕시코로 가는 배에 오를 수 있었다. 그때 극작가인 후안 루이스 데 알라르콘(Juan Ruiz de Alarcón)과 멕시코 대주교로 부임하는 가르시아 게라(García Guerra) 신부도 같은 배에 타고 있었는데, 특히 대주교는 알레만이 멕시코에 머무르는 동안 도움을 주었다.

1609년에는 멕시코에서『카스테야노 철자법(*Ortografía castellana*)』를 출판하고, 친구인 루이스 벨몬테 베르무데스(Luis Belmonte Bermúdez)의『이그나시오 데 로욜라 신부님의 생애(*La vida del Padre Maestro Ignacio de Loyola*)』의 서론을 썼다. 1613년에는 자신의 마지막 작품인『멕시코 대주교 가르시아 게라의 행적(*Sucesos de don fray García Guerra, arzobispo de México*)』을 출판했다.

그 이후로 멕시코에서 알레만의 행적은 찾을 수 없고 그가 사망한 날짜조차도 알려지지 않았다. 유일하게 알려져 있는 것은 1615년에 멕시코시티에서 그리 멀리 떨어져 있지 않는 조그만 마을인 찰코스에 거주했다는 사실뿐이다.

작품 해설

스페인 제국주의가 절정을 이룬 16~17세기를 스페인에서는 '황금세기'라 부르는데, 스페인 문학의 가장 특징적이고 대표적인 장르인 피카레스크 소설(Novela picaresca)은 바로 이 시기에 탄생한다. 1554년 『라사리요 데 토르메스(*Lazarillo de Tormes*)』의 출간과 함께 시작된 피카레스크 소설은 주인공인 피카로(악동)를 등장시켜 당시 사회의 어둡고 부조리한 모습을 통렬하게 고발한다.

『구스만 데 알파라체』의 배경은 펠리페 2세(1556~1598 재위) 통치하의 스페인이다. 펠리페 2세는 가톨릭의 열렬한 수호자를 자처하며 아버지 카를 5세(카를로스 1세)로부터 '태양이 지지 않는 대제국'을 이어받아 스페인 역사상 최고의 국력과 영토 확장을 이루었으나 1566년에 일어난 네덜란드의 반란 진압에 실패하고, 1588년에는 영국 침략을 감행하다가 '무적함대'가 격멸되는 등 연속되는 악재로 1599년 재정 파탄을 겪게 된다.

게다가 스페인은 종교적으로도 위기를 맞게 되는데, 종교개혁의 회오리 속에서 프로테스탄트의 공격에 대항해 가톨릭 수호에 앞장서서 반종교개혁을 펼치며 종교재판소의 위력을 더 강화하고, 당시 유럽에서 불어오던 자유로운 사상의 유입을 차단하면서 폐쇄적인 국가로 남게 된다.

이러한 시대적 상황 속에서 기독교인, 유대인, 무어인들이 같이 살고 있었던 스페인에서는 신앙과 혈통의 순수성이라는 인종적 문제가 사회 갈등의 큰 요인으로 부각되는데, 그중에서도 특히 구기독교인들과 유대교에서 가톨릭으로 개종한 사람들 간의 갈등의 골이 깊어지게 된다.

이처럼 암울한 사회 분위기 속에서 『구스만 데 알파라체』 제1, 2부가 출간되었는데, 제1부는 1599년 마드리드에서 출판되자마자 인기를 끌어

1600년과 1607년에 마드리드에서 재판이 간행되었고, 1606년에는 세비야에서 출판되었으며, 이어 바르셀로나, 사라고사, 리스본, 코임브라, 브뤼셀, 타라고나, 밀라노에서도 출판되어 성공을 거둔다.

1602년에 후안 호세 마르티라는 변호사가 발렌시아에서『구스만 데 알파라체』제2부 위작을 출판하여 대대적인 성공을 거두며 재판까지 출간하자, 이에 자극을 받은 마테오 알레만은 1604년 리스본에서『구스만 데 알파라체』제2부를 출판한다. 제2부가 인기를 끌며 재판까지 나오게 되면서 제1·2부 합본이 출간되고, 유럽에서도 프랑스어(제1부는 1600년에, 제1·2부는 1619년에 번역 출판), 독일어(1615년), 영어(1622년), 이탈리아어(1606년)로, 그뿐만 아니라 라틴어(1623년)로까지 번역 출판된다.

스페인 바로크 작가이자 시학자로서 최고의 명성을 구가했던 벨타사르 그라시안(Baltasar Gracián, 1601~1658)까지도 세르반테스의『돈키호테』(제1부 1605, 제2부 1615)를 제쳐놓고『구스만 데 알파라체』를 당대 최고의 작품으로 인정할 정도로, 이 작품이 바로크 시대를 살던 전 유럽 사람들을 그토록 열광시키며 베스트셀러 반열에 오를 수 있었던 이유는 무엇일까? 그라시안은『구스만 데 알파라체』의 독창성과 문체의 자연스러움을 그 해답으로 제시했다. 이 책을 감상할 한국의 독자들은 바로크 시학자가 전해주는 이 두 개의 열쇠를 가지고 이 작품이 품고 있는 비밀의 문을 열어보기 바란다.

이 역서는 1599년 마드리드에서 출간된 마테오 알레만의『구스만 데 알파라체(Guzmán de Alfarache)』원전을 저본으로 삼고, 프란시스코 리코(Francisco Rico)가 플라네타(Planeta)출판사에서 1983년에 출간한 판본과 베니토 브랑카포르테(Benito Brancaforte)가 카테드라(Cátedra)출판사에서

1984년에 출간한 판본을 참조해서 이루어졌다. 그리고 『구스만 데 알파라체』는 16세기 작품이라 이 번역을 위해서 『스페인어 사전(*Diccionario de la lengua española*)』(스페인 한림원, 1992), 『카스테야노 혹은 스페인어 보물(*Tesoro de la lengua castellana o española*)』(코바루비아스, 1611) 사전을 참조했고, 문학 텍스트의 가독성을 위해 원텍스트의 의미가 손상되지 않는 범위 내에서 문단을 나누고 문장부호를 첨가했다.

끝으로 스페인 바로크 문학의 큰 축을 이루고 있는 피카레스크 소설의 최고 대표작이자 전설이 된 이 작품을 번역할 수 있도록 지원해주신 한국연구재단과(2009년도 한국연구재단의 명저번역지원, NRF-2009-421-A00103), 고전작품의 품위가 고스란히 드러나는 책으로 만들어주신 아카넷 출판사에 고마움을 표하고, 아울러 이런 멋진 고전작품을 번역할 수 있게 나를 키워주신 부모님께 사랑한다는 말을 전하고 싶다.

2012년 11월
강필운

지은이

:: 마테오 알레만 Mateo Alemán

마테오 알레만은 1547년 스페인 세비야의 유대인계 집안에서 태어났다. 대학에서 예술·
철학을 공부한 다음 다시 의과대학에 입학했다가 중도에 포기하고 이후 회계사로
일하기도 하였다. 두 차례나 감옥살이를 하였고 말년에 멕시코로 이민 가서 그곳에서
생을 마쳤다.
그의 대표작 『구스만 데 알파라체』 제1부는 1599년 마드리드에서, 제2부는 1604년
리스본에서 출판되었다. 이 책은 그중에서 제1부만 번역한 것이다.
마테오 알레만은 세르반테스의 『돈키호테』를 비롯하여 당대와 후대의 수많은 작가들
의 작품에 지대한 영향을 끼쳤다. 호라티우스의 송시 두 편(1598)을 번역 출판하였고,
친구 알론소 데 바로스의 『도덕 잠언』(1599)의 서론을 썼으며, 『성 안토니오의 생애』
(1604)와 『카스테야노 철자법』(1609)을 출판하였고, 루이스 벨몬테 베르무데스의 『이그
나시오 데 로욜라 신부님의 생애』의 서론을 썼다. 1613년에는 자신의 마지막 작품인
『멕시코 대주교 가르시아 게라의 행적』을 출판하였다.

옮긴이

:: 강필운

한국외대 스페인어과를 졸업하고 스페인 외무성 장학생으로 선발되어 마드리드국립
대학교에서 스페인 황금세기 문학 연구로 문학박사 학위를 받았다. 현재 한국외국어
대학교에서 스페인 문학과 지성사에 관한 강의를 하고 있다. 저서로는 『신비주의 문학
의 이해』(1996), 역서로는 『수사학의 역사』(2001), 『모두가 창녀다』(2007), 『세상 밖으로
배낭을 꾸려라: 아르헨티나에서 콜롬비아까지』(2012)가 있으며, 스페인 황금세기(16~
17세기) 문학에 관한 논문을 다수 발표하였다.

한국연구재단총서 학술명지번역 서양편 513

구스만 데 알파라체

1판 1쇄 찍음 | 2012년 11월 12일
1판 1쇄 펴냄 | 2012년 11월 20일

지은이 | 마테오 알레만
옮긴이 | 강필운
펴낸이 | 김정호
펴낸곳 | 아카넷

출판등록 2000년 1월 24일(제2-3009호)
100-802 서울시 중구 남대문로 5가 526 대우재단빌딩 8층
전화 | 6366-0511(편집) · 6366-0514(주문)
팩시밀리 | 6366-0515
책임편집 | 좌세훈
www.acanet.co.kr

Printed in Seoul, Korea.

ISBN 978-89-5733-258-0 94870
ISBN 978-89-5733-214-6 (세트)